HEYNE ‹

AF636222

Das Buch

Wie kämpft man gegen einen scheinbar unbesiegbaren Gegner? Das Sonnensystem mit seinen über tausend Welten und Ringtoren wurde von der mit Alien-Technologie aufgerüsteten laconischen Raumflotte erobert. Winston Duarte, nicht länger nur Diktator von Laconia, sondern nunmehr Herrscher über unzählige Welten, betrachtet sich selbst als neue Stufe der Evolution. Kurz vor dem entscheidenden Sieg gegen die Rebellenallianz, angeführt von Kapitän James Holden, Naomi Nagata, Alex und Amos, erleidet Duarte jedoch einen Zusammenbruch. Der Herrscher der Galaxis ist nur noch ein sabberndes Wrack, und Admiral Tejo von der laconischen Raummarine hat alle Hände voll zu tun, die Herrschaft aufrechtzuerhalten. Und dann ist da noch Teresa Duarte, die entflohene Tochter des Diktators, die sich gerade auf der *Rosinante* in Obhut befindet. Und während Duarte sich in etwas verwandelt, das immer weniger mit einem Menschen gemein hat, während Tejo nach Teresa suchen lässt und während der Widerstand der Menschheit gegen ihre Unterdrücker wächst, hat das Protomolekül seine eigenen Pläne. Pläne, die den Pfad der Menschheit in die Zukunft für immer verändern werden …

THE EXPANSE

James Coreys internationale Bestsellerserie sprengt alle Maßstäbe der Science-Fiction. Die TV-Verfilmung wird bereits als beste Science-Fiction-Serie aller Zeiten gefeiert.

Erster Roman: *Leviathan erwacht*
Zweiter Roman: *Calibans Krieg*
Dritter Roman: *Abaddons Tor*
Vierter Roman: *Cibola brennt*
Fünfter Roman: *Nemesis-Spiele*
Sechster Roman: *Babylons Asche*
Siebter Roman: *Persepolis erhebt sich*
Achter Roman: *Tiamats Zorn*
Neunter Roman: *Leviathan fällt*
Die Erzählungen: *Das Protomolekül*

Die Autoren

Hinter dem Pseudonym James Corey verbergen sich die beiden Autoren Daniel James Abraham und Ty Corey Franck. Beide schreiben auch unter ihrem eigenen Namen Romane und leben in New Mexico. Mit ihrer erfolgreichen gemeinsamen Science-Fiction-Serie THE EXPANSE haben sie sich weltweit in die Herzen von Lesern und Kritikern gleichermaßen geschrieben.

THE EXPANSE

JAMES COREY

LEVIATHAN FÄLLT

Roman

WILHELM HEYNE VERLAG
MÜNCHEN

Titel der amerikanischen Originalausgabe:
LEVIATHAN FALLS

Deutsche Übersetzung von Jürgen Langowski

FSC www.fsc.org
MIX
Papier | Fördert gute Waldnutzung
FSC® C014496

Penguin Random House Verlagsgruppe FSC® N001967

2. Auflage

Taschenbuchausgabe 04/2023
Redaktion: Ralf Dürr

in der Penguin Random House Verlagsgruppe GmbH,
Neumarkter Straße 28, 81673 München
produktsicherheit@penguinrandomhouse.de
(Vorstehende Angaben sind zugleich Pflichtinformationen nach GPSR)

Umschlaggestaltung: Animagic, Bielefeld,
unter Verwendung eines Umschlagmotivs von Daniel Dociu
Umschlagillustration: Daniel Dociu
Satz: Schaber Datentechnik, Austria
Druck und Bindung: GGP Media GmbH, Pößneck
Printed in Germany

ISBN: 978-3-453-32275-2

diezukunft.de

Neun Bücher später, und du bist immer noch da.
Deshalb ist dieses hier für dich.

PROLOG

Zuerst war da ein Mann namens Winston Duarte. Und dann war er nicht mehr da.

Der letzte Augenblick war banal. Er hatte in seinem privaten Arbeitszimmer im Herzen des Staatshauses auf seinem Diwan gesessen. In den Schreibtisch – laconischer Regenbaum mit einer Maserung wie Sedimentgestein – war ein Bildschirm integriert, auf dem unzählige Berichte um seine Aufmerksamkeit buhlten. Langsam tickte das Uhrwerk des Reichs, und mit jeder Umdrehung des Rades lief der Mechanismus ein wenig glatter und präziser. Er hatte die Sicherheitsmeldungen aus Auberon geprüft, wo der Gouverneur infolge separatistischer Ausschreitungen begonnen hatte, Einheimische für die Sicherheitskräfte zu rekrutieren. Seine Tochter Teresa war schon wieder zu einem ihrer verbotenen Ausflüge außerhalb des Geländes aufgebrochen. Die einsamen Spaziergänge in der Natur, die sie ungestört von den wachsamen Augen der laconischen Personenschützer zu unternehmen glaubte, waren für ihre Persönlichkeitsentwicklung wichtig. Deshalb beobachtete er die Eskapaden nicht nur mit Nachsicht, sondern auch voller Stolz.

Erst vor Kurzem hatte er ihr erklärt, welche Pläne er für sie hatte. Sie sollte nach ihm selbst Paolo Cortázars zweite Patientin werden, damit sich ihr Bewusstsein öffnete und vertiefte, wie es schon bei ihm geschehen war, sodass sie beide vielleicht nicht ewig, aber doch unbegrenzt lange leben konnten. In hundert Jahren würden sie immer noch das Reich der Menschen anführen. In tausend Jahren. In zehntausend Jahren.

Falls.

Das war der schreckliche Druck, der auf allem lastete. Dieses unerträgliche *Falls*. Könnte er doch nur diese schreckliche menschliche Selbstzufriedenheit überwinden. Könnte er doch nur dieses gewaltige, verstreute Gewimmel, das die Menschheit war, davon überzeugen, dass sie etwas unternehmen mussten, um dem Schicksal ihrer Vorläufer zu entgehen. Entweder taten sie, was nötig war, um die Dunkelheit auf der dritten Seite der Ringtore zu verstehen und zu besiegen, oder sie starben durch diese Kraft.

Die Experimente im Tecoma-System liefen ab wie alle entscheidenden Schritte in der Entwicklungsgeschichte der Menschheit. Seit das erste Säugetier beschlossen hatte, sich auf die Hinterbeine zu erheben, um über das Gras hinwegzublicken. Wenn es funktionierte, würde sich abermals alles verändern. Immer veränderte das Neue alles, was vorher war. Das war die am wenigsten überraschende Tatsache des Lebens.

In diesen letzten Augenblicken hatte er nach seiner Teetasse gegriffen, aber mit einem seiner eigenartigen neuen Sinne, die Dr. Cortázar ihm geschenkt hatte, bemerkt, dass das Getränk bereits kalt war. Das Gespür für die Schwingungen der Moleküle entsprach der physischen Wahrnehmung von Wärme – beides maß dieselbe Realität der Materie –, doch der gewöhnliche menschliche Sinn war wie ein Kind, das mit einer Flöte spielte, während Duarte über ein ganzes Sinfonieorchester neuer Wahrnehmungen verfügte.

Dann kam der letzte Augenblick.

In dem kurzen Moment zwischen dem Entschluss, seinen Kammerdiener eine frische Tasse Tee holen zu lassen, und dem Ausstrecken der Hand zur Steuerung des Coms flog Winston Duartes Bewusstsein auseinander wie ein Strohhaufen in einem Wirbelsturm.

Da waren Schmerzen – sehr starke Schmerzen – und Angst. Aber es war niemand mehr da, der etwas fühlen konnte, also klangen sie rasch ab. Es gab kein Bewusstsein, keine Strukturen und keinen Menschen mehr, der die Gedanken festhalten konnte, die aufkamen und wieder verblassten. Etwas Zarteres – etwas Anmutigeres und Komplexeres – wäre gestorben. Die narrative Kette, die sich selbst als Winston Duarte betrachtete, wurde in Stücke gerissen, doch der Körper, der ihn beherbergte, existierte weiter. Die fein abgestimmten Energieströme in seinem Körper gingen in den unsichtbaren Turbulenzen eines inneren Sturmes unter und verloren jeden Zusammenhalt. Und dann, ohne dass es irgendjemand bemerkte, wurden sie langsamer und kamen zum Stillstand.

Seine dreißig Billionen Zellen nahmen weiterhin Sauerstoff aus der komplizierten Flüssigkeit auf, die sein Blut gewesen war. Die Gebilde, die seine Neuronen gewesen waren, verbanden sich miteinander wie Trinkkumpane, die in einer unbewussten Synchronizität gleichzeitig die Ellenbogen beugten. Etwas, das vorher nicht da gewesen war, entstand. Nicht das Alte, sondern eine neue Struktur, die sich in dem zurückbleibenden leeren Raum ansiedelte. Nicht der Tänzer, sondern ein Tanz. Nicht das Wasser, sondern ein Strudel. Keine Person. Kein Bewusstsein. Aber etwas.

Als das Bewusstsein zurückkehrte, erschien es zuerst in Form von Farben. Blau, aber ohne ein Wort für das Blau. Dann kam Rot. Dann ein Weiß, das ebenfalls etwas bedeutete. Ein Bruchstück einer Idee. Schnee.

Freude kam auf und hielt sich länger als die Angst. Ein umfassendes Staunen wallte empor und griff um sich, ohne ein Medium zu besitzen, das es weitertragen konnte. Strukturen entstanden und vergingen, verbanden sich und lösten sich. Die wenigen, die langsamer zerfielen, gingen manchmal Beziehungen mit anderen ein und konnten sich dadurch etwas länger halten.

Wie ein Baby, das mit Tastsinn, Augenlicht und Kinästhesie nach und nach eine Vorstellung von etwas entwickelte, das es noch nicht »Fuß« nennen konnte, berührten kleine Bewusstseinsfragmente das Universum, und etwas wie Verstehen bildete sich heraus. Etwas spürte seine schwerfällige, primitive Körperlichkeit, während es in die großen Lücken zwischen den Zellen Chemikalien einschleuste. Es erfasste die groben, ungehemmten Schwingungen jenseits der Ringtore, die die Welten verbanden, und es dachte an wunde Stellen und Geschwüre. Es spürte etwas. Es dachte etwas. Es erinnerte sich, wie man sich erinnerte, und dann vergaß es.

Es hatte einen Grund gegeben, ein Ziel. Etwas hatte Gräueltaten gerechtfertigt, um noch Schlimmeres zu verhindern. Er hatte seine Nation verraten. Er hatte sich gegen Milliarden verschworen. Er hatte Menschen zum Tode verurteilt, die ihm bis in den Tod treu ergeben waren. Es hatte einen Grund gegeben. Daran erinnerte er sich. Und er vergaß. Er entdeckte von Neuem das prachtvolle Strahlen von Gelb und gab sich der Erfahrung ganz und gar hin.

Er hörte Stimmen, die wie Sinfonien klangen, und hörte sie wie ein Quaken. Zu seiner Überraschung stellte er fest, dass ein »Er« existierte und dass er selbst es war. Es gab etwas, das er tun sollte. Die Menschheit retten. Etwas in dieser Art, etwas lächerlich Großartiges.

Er vergaß.

Komm zurück. Daddy, komm zurück zu mir.

Wie damals, als sie, noch ein Kleinkind, an seiner Seite geschlafen hatte, konzentrierte er sich automatisch auf sie. Seine Tochter quengelte, und er stand auf, damit es seine Frau nicht tun musste. Teresa hatte irgendwann seine Hand genommen und etwas gesagt. An die Worte konnte er sich nicht erinnern, deshalb blickte er in der Zeit zu dem Moment zurück, in dem sie es ausgesprochen hatte. *Dr. Cortázar? Er wird mich töten.*

Das fand er nicht richtig. Den Grund konnte er nicht benennen. Der Sturm an jenem anderen Ort war laut, flaute ab, war wieder laut. Da gab es eine Verbindung. Er sollte die Menschen vor den Wesen in dem Sturm retten. Vor den Wesen, die der Sturm *waren*. Oder vor ihrer eigenen allzu menschlichen Natur. Doch seine Tochter war da, und sie war interessant. Er sah die Verzweiflung durch ihr Gehirn und durch den ganzen Körper fluten. Der Kummer in ihrem Blut strahlte wie eine Witterung ringsherum in die Luft aus. Er wollte etwas. Er wollte sie trösten und beruhigen. Er wollte alles wiedergutmachen, was ihr zugestoßen war. Noch interessanter aber war, dass er zum ersten Mal etwas *wollte*.

Der seltsame Eindruck, als er diese Dinge fühlte, zerrte an seiner Aufmerksamkeit, und er irrte ab. Er hielt ihre Hand und wanderte. Als er zurückkehrte, hielt er immer noch ihre Hand, doch sie war jemand anders. *Sir, wir müssen Sie jetzt scannen. Es tut nicht weh.*

Dr. Cortázar, er erinnerte sich. *Er wird mich töten.* Er wedelte Cortázar weg, indem er in die leeren Räume zwischen den winzigen Flöckchen stieß, die ihn zu einer physischen Erscheinung machten, bis der Mann davonwehte wie Staub. So. Das war erledigt. Doch die Anstrengung hatte ihn erschöpft, und sein Körper tat weh. Er gestattete sich abzuirren, bemerkte dabei aber, dass er sich nicht mehr so weit entfernte. Sein Nervensystem war zertrümmert, wuchs jedoch wieder zusammen. Sein Körper bestand darauf, dass es weitergehen musste, obwohl es nicht weitergehen konnte. Er bewunderte seine störrische Weigerung zu sterben, als wäre sie etwas, das außerhalb von ihm selbst existierte. Der dumpfe, rein körperliche Drang weiterzuschreiten, die Entschlossenheit jeder Zelle, weiterzuarbeiten, das störrische Bedürfnis, die Existenz fortzusetzen, das alles erforderte nicht einmal einen Willen. Und das alles hatte eine Bedeutung. Es war wichtig. Er musste sich nur erinnern, warum. Es hatte mit seiner

Tochter zu tun. Damit, dass sie wohlbehalten und sicher leben sollte.

Er erinnerte sich. Daran, dass er ein Mann war, der sein Kind liebte, und so erinnerte er sich, dass er ein Mann war. Dieses Band war stärker als der Ehrgeiz, der ein Reich aufgebaut hatte. Er erinnerte sich, dass er sich in etwas verwandelt hatte, das anders war als ein Mensch. Mehr als ein Mensch. Und er begriff, wie ihn diese fremdartige Stärke zugleich geschwächt hatte. Und wie ihn der primitive, für Schuldgefühle unempfängliche Lehm seines Körpers vor der Vernichtung bewahrt hatte. Das Schwert, das eine Milliarde Engel getötet hatte, konnte die Primaten in ihren Blasen aus Metall und Luft höchstens ein wenig belästigen. Und ein Mann namens Duarte, auf halbem Wege zwischen Engel und Affen, war zerbrochen, aber nicht gestorben. Die Scherben waren ihren eigenen Weg gegangen.

Da war noch jemand anders. Ein Mann mit ausgetrockneten Flussbetten im Gehirn. Ein anderer Mann, der verändert worden war. James Holden. Der Feind, der einen gemeinsamen Feind bekämpft hatte. Damals, bevor Winston Duarte zerbrochen und im Zerbrechen zu etwas Neuem geworden war.

Mit unendlicher Mühe und Sorgfalt zog er die unerträgliche Weite und Komplexität seines Bewusstseins zusammen, immer weiter zusammen, und verdichtete sich zu dem, was er gewesen war. Das Blau verblasste zu der Farbe, die er als Mensch gekannt hatte. Das Gefühl, dass gleich auf der anderen Seite ein gewaltiger, gefährlicher Sturm tobte, verflog. Er spürte die warme, nach Eisen riechende Muskulatur seiner Hand, die nichts hielt. Dann schlug er die Augen auf, drehte sich zur Com-Anlage um und öffnete eine Verbindung.

»Kelly«, sagte er. »Könnten Sie mir einen frischen Tee bringen?«

Die Pause dauerte länger, als man angesichts der Umstände hätte erwarten können. »Ja, Sir«, antwortete Kelly.

»Danke.« Duarte trennte die Verbindung.

In seinem Arbeitszimmer hatte man ein Krankenbett mit einer Schaumstoffmatratze aufgestellt, die das Wundliegen verhindern sollte, doch er saß am Schreibtisch, als hätte er ihn nie verlassen. Er machte eine Bestandsaufnahme seines Körpers und registrierte dessen Schwächen. Die ausgezehrten Muskeln. Er stand auf, verschränkte die Hände hinter dem Rücken und ging zum Fenster, weil er wissen wollte, ob er es konnte. Es gelang ihm.

Draußen blitzte es, der Regen trommelte. Auf den Gehwegen standen Pfützen, das Gras war saftig und sauber gewaschen. Er griff nach Teresa hinaus und fand sie. Sie war nicht in der Nähe, aber sie schwebte auch nicht in Gefahr. Es war, als sähe er sie wieder durch die Wildnis trampeln, nur ohne die Hilfe der künstlichen Kameraobjektive. Die Liebe und Nachsicht, die er für sie empfand, waren unerschöpflich. So weit wie das Meer. Aber dies hier war nicht dringend. Der beste Ausdruck seiner Liebe war seine Arbeit. Also wandte er sich ihr zu, als sei es ein ganz normaler Tag.

Wie er es jeden Morgen getan hatte, rief Duarte eine Zusammenfassung der Dossiers auf. Normalerweise war ein solcher Bericht nur eine Seite lang. Dieser war so umfangreich wie ein Buch. Er sortierte die Meldungen nach Themengebieten und holte diejenigen hervor, die sich um den Verkehrsfluss durch den Ringraum drehten.

Die Dinge waren, um es vorsichtig auszudrücken, während seiner Abwesenheit nicht gut gelaufen. Wissenschaftliche Memoranden über den Verlust der Medina-Station und der *Typhoon*. Militärische Analysen der Belagerung von Laconia und zum Verlust der Konstruktionsplattformen. Geheimdienstberichte über die erstarkende Opposition in den weit verstreuten Systemen der Menschheit. Admiral Trejos Versuche, den Traum vom Reich auch ohne ihn zu hüten.

Nicht lange nach dem Tod ihrer Mutter hatte es eine Phase gegeben, in der Teresa darauf bestanden hatte, ihm das Frühstück zuzubereiten. Sie war so jung gewesen, jung und noch nicht dazu fähig, und sie war gescheitert. Er erinnerte sich an das geröstete Brot, auf dem sich ein Berg Marmelade türmte, oben darauf ein Eckchen nicht geschmolzener Butter. Die Kombination aus Ehrgeiz, Zuneigung und Pathos war auf ihre eigene Weise wunderschön gewesen. Die Art von Erinnerungen, die überlebten, weil Liebe und Peinlichkeit einander so perfekt ergänzten. Dies hier fühlte sich genauso an.

Sein Bewusstsein für den Ringraum war jetzt klar. Er hörte die Echos im Gewebe der Realität, als presste er das Ohr auf ein Schiffsdeck, um den Zustand des Antriebs einzuschätzen. Das Toben des Feindes war für ihn so offenkundig, als hörte er dessen Stimmen. Das Kreischen, das in einem Medium, das keine Luft war, in einer Dimension gellte, die keine Zeit war.

»Admiral Trejo«, sagte er. Anton zuckte zusammen.

Es war die fünfte Woche der kombinierten Presse- und Eroberungskampagne im Solsystem. Erschöpft, nachdem er den ganzen Tag lang lokalen Anführern und Beamten die Hände geschüttelt und Reden gehalten hatte, saß er in seiner Kabine. Er war das Gesicht des beinahe getaumelten Reichs und achtete darauf, dass niemand erfuhr, wie nahe sie dem Untergang gewesen waren. Nach den langen Wochen unter hohem Schub, nachdem sie Laconia verlassen hatten, war er müde. Er wollte nichts lieber als einen steifen Drink und acht Stunden Schlaf im Bett. Oder gleich zwanzig. Stattdessen musste er an einer Videokonferenz mit Generalsekretär Duchet und seinem marsianischen Pendant teilnehmen. Beide waren auf Luna und damit so nahe, dass es keine Zeitverzögerung gab. Die Politiker logen ihn lächelnd an. Trejos Lächeln war drohend.

»Natürlich verstehen wir, wie wichtig es ist, die orbitalen Schiffswerften so schnell wie möglich wieder in Gang zu bringen. Wir müssen unbedingt unsere gemeinsame Verteidigung wiederaufbauen«, erklärte Duchet. »Aber angesichts der gesetzlosen Zustände nach dem kürzlichen Angriff auf Laconia gilt unsere größte Sorge der Sicherheit der Einrichtungen. Wir brauchen eine Art Garantie, dass Ihre Schiffe fähig sind, diese wertvollen Anlagen zu beschützen. Wir wollen uns nicht selbst als Ziel anbieten, das der Untergrund jederzeit ins Visier nehmen kann.«

Sie haben dich gerade eben in den Arsch getreten, sie haben deine Fabriken in die Luft gejagt, du hast zwei deiner mächtigsten Schlachtschiffe verloren und hast Mühe, das Reich beisammenzuhalten. Hast du überhaupt genug Schiffe, um uns zu zwingen, für dich zu arbeiten?

»Es ist wahr, wir haben Rückschläge erlitten.« Wie meistens, wenn er wütend war, sprach Trejo mit einem leiernden Akzent. »Aber es besteht kein Anlass zur Sorge. Wir haben mehr als genug Zerstörer der *Pulsar*-Klasse, um im gesamten Solsystem die Sicherheit zu gewährleisten.«

Ich habe euch gerade mit zwei Dutzend dieser Schiffe erobert, und ich habe noch erheblich mehr davon, die ich herbeirufen kann, falls es nötig wird, also tut ihr jetzt gefälligst, was ich verlange.

»Das ist wirklich gut zu hören«, warf der marsianische Premierminister ein. »Bitte teilen Sie dem Hochkonsul mit, dass wir keine Mühen scheuen werden, um seine Produktionsvorgaben zu erfüllen.«

Bitte befehlen Sie keine Flächenbombardements auf unsere Städte.

»Ich werde es ihm sagen«, antwortete Trejo. »Der Hochkonsul weiß Ihre Unterstützung und Loyalität zu schätzen.«

Duarte ist ein sabbernder Idiot, aber wenn ihr mir die Schiffe gebt, damit ich das Reich zusammenhalten kann, muss ich eure verdammten Planeten nicht in Schlacke verwandeln, und vielleicht siegen wir dann doch noch.

Trejo trennte die Verbindung und lehnte sich auf seinem Stuhl zurück. Leise rief ihn die Flasche Whisky in seinem Schrank.

Das frisch gemachte Bett war lauter. Er hatte für beides keine Zeit. Der Untergrund zettelte in mehr als tausenddreihundert Systemen Aufstände an. Und das war nur das Problem, das er mit den Menschen hatte. Danach musste er sich um die Tore kümmern und um das in ihnen, was in ganzen Systemen das Bewusstsein ausknipste, während es nach Wegen suchte, die gesamte Menschheit zu vernichten.

Das Böse ruhte nicht, das Gute fand keinen Schlaf.

»Verbinde mich mit der Vertreterin der Weltenvereinigung im Solsystem. An den Namen erinnere ich mich nicht«, sagte er. Niemand außer dem Schiff hörte ihn.

VERBINDE, stand auf dem Bildschirm. Zeit für die nächsten lächelnden Lügen. Noch mehr versteckte Drohungen. Noch mehr – er benutzte das Wort fast wie ein Synonym – Diplomatie.

»Admiral Trejo«, sagte jemand hinter ihm. Er kannte die Stimme, aber es kam so unerwartet, dass er Mühe hatte, sie richtig einzuordnen. Einen Moment lang gab er sich der völlig abwegigen Vorstellung hin, sein Attaché habe sich die ganze Zeit in seiner Kabine versteckt und diesen Augenblick gewählt, um zum Vorschein zu kommen.

»Anton«, sagte die Stimme so leise und vertraulich, als spräche ein Freund. Trejo drehte sich auf dem Stuhl um. Am Fußende seines Betts stand Winston Duarte, die Hände hinter dem Rücken verschränkt. Er trug ein locker sitzendes Freizeithemd, schwarze Hosen und keine Schuhe an den Füßen. Seine Haare waren zerzaust, als wäre er gerade erst aufgewacht. Er sah aus, als sei er tatsächlich da.

»Sicherheitsalarm«, sagte Trejo. »Dieser Raum, volle Überprüfung.«

Duarte verzog schmerzlich das Gesicht. »Anton«, sagte er noch einmal.

Einige Millisekunden später hatte das Schiff jeden Zentimeter seiner Kabine daraufhin untersucht, ob sich dort irgendetwas befand, das nicht dort sein sollte. Der Bildschirm meldete, dass der Raum frei sei von Abhörgeräten, gefährlichen Chemikalien und nicht autorisierter Technologie. Außerdem war er der einzige Mensch, der sich in dem Raum befand. Das Schiff fragte, ob er bewaffnete Sicherheitskräfte anfordern wollte.

»Habe ich einen Schlaganfall?«, fragte er die Erscheinung.

»Nein«, antwortete Duarte. »Aber Sie sollten sich mehr Schlaf gönnen.« Der Geist in seiner Kabine zuckte fast verlegen mit den Achseln. »Anton, hören Sie, Sie haben alles getan, was man nur von Ihnen verlangen konnte, um das Reich beisammenzuhalten. Ich habe die Berichte gesehen und weiß, wie schwierig diese Aufgabe war.«

»Sie sind gar nicht hier.« Trejo versteifte sich auf die einzige denkbare Realität und verwarf die Lügen, die seine Sinne ihm eingaben.

»Das Wort *hier* ist für mich inzwischen ein dehnbarer Begriff«, stimmte Duarte zu. »So sehr ich Ihre Arbeit auch schätze, Sie können sich jetzt zurückziehen.«

»Nein, es ist noch nicht vorbei. Ich kämpfe immer noch dafür, das Reich zu bewahren.«

»Das weiß ich wirklich zu schätzen. Ehrlich. Aber wir haben einen falschen Weg eingeschlagen. Ich brauche ein wenig Ruhe, um das alles zu durchdenken, aber ich sehe es jetzt viel klarer. Alles wird gut.«

Die Erleichterung, endlich diese Worte zu hören – und sie zu glauben –, durchflutete Trejo. Nicht einmal der erste Kuss einer Geliebten war so überwältigend gewesen wie dieses Gefühl.

Duarte schüttelte belustigt und wehmütig den Kopf. »Sie und ich, wir haben ein Reich aufgebaut, das die Galaxis umfasst. Wer hätte ahnen können, dass wir zu klein gedacht haben?«

Das Bild, die Illusion, die Projektion, was es auch war, verschwand so abrupt wie beim Szenenwechsel im Film.

»Leck mich doch«, sagte Trejo zu niemand im Besonderen. Auf dem Display über dem Schreibtisch blinkte immer noch der Sicherheitsalarm. Mit einer Hand aktivierte er den Com.

»Sir«, antwortete der Wachhabende. »Wir haben eine aktive Warnmeldung in Ihrem Quartier. Sollen wir …«

»Sie haben fünf Minuten für die Vorbereitungen, ehe wir mit maximalem Schub zum Ring fliegen.«

»Sir?«

»Geben Sie Alarm«, befahl Trejo. »Alle sollen sich auf die Druckliegen begeben. Wir müssen zurück nach Laconia. Unverzüglich.«

1 Jim

»Sie pingen uns an«, sagte Alex. Seine Stimme klang gelassen, es war fast ein Singsang, was bedeutete, dass sie im Eimer waren.

Jim saß auf dem Operationsdeck und hatte eine taktische Karte des Kronos-Systems vor sich auf dem Display. Sein Herzschlag beschleunigte sich, und er wollte widersprechen. »Nur weil er anklopft, weiß er doch noch lange nicht, wer zu Hause ist. Wir machen weiter wie gehabt.«

Die *Rosinante* verhielt sich wie ein Kurzstreckenfrachter und ahmte einen Schiffstyp nach, der im Kronos-System häufig vorkam. Naomi hatte den Epstein-Antrieb manipuliert, um die Antriebssignatur zu verändern, ohne allzu viel unnütze Abwärme zu erzeugen. In einer Untergrundwerft im Harris-System hatten sie zusätzliche Platten an die Hülle schweißen lassen, um die Silhouette zu verändern. Oben auf dem Schiff tröpfelte langsam flüssiger Wasserstoff heraus und veränderte auch das Wärmeprofil. Als Naomi den Plan, mit dem sie sich tarnen wollten, durchgegangen war, hatte alles sehr einleuchtend geklungen. Angesichts der drohenden Gewalt fühlte Jim sich allerdings schutzlos.

Die feindliche Fregatte war die *Black Kite*. Kleiner als die Zerstörer der *Storm*-Klasse, aber immer noch gut bewaffnet und mit der selbstheilenden Außenhülle versehen, die es so schwer machte, laconische Schiffe zu vernichten. Sie gehörte zu einem Suchtrupp, der in allen bewohnten Systemen nach Teresa Duarte fahndete – nach der entlaufenen Tochter des Hochkonsuls Winston

Duarte und der Erbin des Reichs, die im Augenblick als auszubildende Mechanikerin auf der *Rosinante* beschäftigt war.

Es war nicht das erste Mal, dass sie so etwas erlebten.

»Kommt da noch mehr?«, fragte Jim.

»Nur der Lidar-Ping«, antwortete Alex. »Soll ich für alle Fälle die Erbsenpistole hochfahren?«

Ja, unbedingt, wollte Jim antworten, doch nun schaltete sich Naomi ein. »Nein. Es spricht einiges dafür, dass ihre neuartigen Sensoren die Kondensatoren einer Railgun erkennen können.«

»Das ist doch unfair«, schimpfte Jim. »Was eine Crew in der Privatsphäre ihres Schiffs mit einem Railgun-Kondensator tut, sollte niemanden etwas angehen.«

Er hörte, dass Naomi lächelte, während sie ihm antwortete. »Im Prinzip bin ich ganz deiner Meinung, aber wir sollten die Waffen offline lassen, solange wir sie nicht unbedingt brauchen.«

»Verstanden«, bestätigte Alex.

»Immer noch nichts weiter?«, fragte Jim, obwohl er Zugriff auf die gleichen Daten wie Alex hatte. Alex sah trotzdem nach.

»Keine Nachricht über den Com.«

Kronos war kein wirklich totes System, aber es stand dicht davor. Der Stern war groß und verbrannte seine restliche Energie sehr schnell. Irgendwann hatte es einen bewohnbaren Planeten in der Lebenszone gegeben – oder jedenfalls so bewohnbar, dass das Protomolekül die nötige Biomasse kapern konnte, um ein Ringtor zu bauen. Doch in den seltsamen Äonen seit der Entstehung des Tores, bis die Menschheit über die Alien-Ruinen gestolpert war, hatte sich die Biosphäre verschoben. Der ursprünglich für Leben geeignete Planet war noch nicht ganz in der Sonne aufgegangen, doch die Ozeane waren verdampft, und die Atmosphäre war weggeweht. Das einzige einheimische Leben in diesem System existierte jetzt auf dem feuchten Mond eines äußeren Gasriesen, bestand aber lediglich aus heftig miteinander konkurrierenden kontinentgroßen Schichten von schleimigem Schimmel.

Die menschlichen Bewohner des Kronos-Systems waren etwa zehntausend Bergleute auf siebenhundertzweiunddreißig aktiven Abbaustellen. Firmen, von Regierungen geförderte Interessengruppen, unabhängige Felsenhüpfer und unangenehme Mischformen aus allen dreien gewannen im reich gesegneten Asteroidengürtel Palladium und schickten es an jeden, der Luftrecycler baute oder Terraforming betrieb.

Also praktisch an jeden.

Früher hatte sich Kronos am Rand des Einflussbereichs der Transportgewerkschaft befunden, dann hatte das System zum Hinterland des Laconischen Reichs gehört, und jetzt wusste niemand genau, was es eigentlich war. Im Tornetzwerk gab es Hunderte Systeme wie dieses. Orte, die sich noch nicht selbst versorgen konnten oder es gar nicht wollten, weil sie vor allem darauf aus waren, ihre ökonomische Nische zu finden, ohne an umfassenden Koalitionen interessiert zu sein. An Orten wie diesen konnte sich der Untergrund leicht verbergen, Schiffe reparieren und die nächsten Schritte planen. Auf der taktischen Karte trieben die mit Umlaufbahn, Erkundungsstatus, Zusammensetzung und Besitzverhältnissen markierten Asteroiden um den zornigen Stern wie Pollen im Frühling. Die Schiffe drängten sich dutzendfach um die Abbaustellen und Erkundungsstützpunkte, und mindestens genauso viele weitere waren draußen in der Einsamkeit mit irgendwelchen Aufträgen zwischen kleinen Vorposten unterwegs oder um Strahlenschutzplatten und Wasser als Reaktionsmasse zu beschaffen.

Vor drei Tagen war die *Black Kite* durch das Ringtor gekommen, hatte den Funkrepeater des Untergrunds auf der Oberfläche des Tors mit einem Torpedo zerstört und war mit leichtem Schub an Ort und Stelle verharrt wie ein Türsteher vor einem noblen Nachtclub. Die Ringtore kreisten nicht um die Sterne, sondern blieben an fixen Positionen, als hätte man sie im Vakuum an einem Haken befestigt. Das war nicht einmal das Seltsamste an ihnen. Jim hatte sich der Hoffnung hingegeben, dass sich die *Kite* damit zufriedengeben würde, den Sender des Untergrunds zu zerstören. Vielleicht wäre der kleine Akt des Vandalismus genug, und sie würden sich wieder verziehen, um in einem anderen System die metaphorischen Telefonleitungen zu kappen.

Doch das Schiff war geblieben und hatte das System gescannt. Es suchte sie. Es suchte Teresa. Und Naomi, dem Namen nach die Anführerin des Untergrunds. Und ihn selbst.

Das Com-Display zeigte in Grün eine eingehende Nachricht an. Jims Magen verkrampfte sich. Angesichts der Entfernung würde eine etwaige Schlacht erst in Stunden beginnen, doch der Adrenalinstoß war so heftig, als hätte jemand eine Pistole abgefeuert. Die Furcht war so akut und überwältigend, dass ihm zunächst nichts Ungewöhnliches auffiel.

»Rundruf«, sagte Alex über den Schiffscom. »Merkwürdig, das ist kein Richtstrahl. Ich glaube nicht, dass wir gemeint sind.«

Jim öffnete den Kanal.

Die Frau sprach knapp, emotionslos und förmlich mit dem Akzent des laconischen Militärs. »… als feindselige Aktion betrachtet und entsprechend beantwortet. Ich wiederhole. Hier ist die *Black Kite* mit einer Nachricht für den Frachter *Perishable Harvest*. Auf Befehl der laconischen Sicherheitskräfte werden Sie den Antrieb abschalten und sich für unsere Kräfte bereithalten, die zu einer Inspektion an Bord kommen werden. Eine Weigerung wird als feindselige Aktion betrachtet und entsprechend beantwortet. Ich wiederhole …«

Jim legte einen Filter über die taktische Karte. Die *Perishable Harvest* war in Umlaufrichtung etwa dreißig Grad von der *Rosinante* entfernt und hielt auf die riesige zornige Sonne zu. Falls sie die Nachricht bekommen hatten, so hatten sie bisher nicht reagiert.

»Ist das eines von unseren?«, fragte Jim.

»Nein«, antwortete Naomi. »Es ist aufgeführt als Eigentum eines gewissen David Calrassi aus Bara Gaon. Mehr weiß ich nicht darüber.«

Angesichts der Zeitverzögerung hätte der Frachter den Befehl der *Black Kite* zehn Minuten vor der *Rosinante* empfangen können. Jim stellte sich vor, wie die Crew da drüben in Panik geriet, weil sie genau die Nachricht erhalten hatte, die sie am meisten fürchtete. Was jetzt auch geschehen würde, die *Rosinante* war im Augenblick nicht im Fadenkreuz. Er wünschte, er könnte die Erleichterung wirklich tief empfinden.

Jim schnallte sich von der Druckliege ab und schwenkte die Beine auf den Boden. Die Lager zischten unter seinem Gewicht.

»Ich gehe mal eben runter in die Kombüse«, erklärte er.

»Bring mir einen Kaffee mit«, bat Alex ihn.

»O nein, ich hole mir keinen Kaffee. Mir ist eher nach Kamille oder warmer Milch. Irgendetwas, das beruhigt und nicht aggressiv ist.«

»Klingt gut«, meinte Alex. »Aber wenn du es dir anders überlegst und dir einen Kaffee machst, nehme ich auch einen.«

Im Aufzug lehnte Jim sich an die Wand und wartete, bis sich sein Herzschlag wieder beruhigte. So begann doch ein Herzinfarkt, oder? Ein erhöhter Puls, der sich nicht mehr beruhigen wollte, bis irgendwo ein Gefäß platzte. Wahrscheinlich stimmte das gar nicht, aber so fühlte es sich an. So fühlte er sich die ganze Zeit.

Es wurde besser. Einfacher. Der Autodoc hatte das Neuwachstum seiner fehlenden Zähne überwacht. Abgesehen von der würdelosen Notwendigkeit, sich das Zahnfleisch betäuben zu lassen wie ein Kleinkind, war es gut verlaufen. Die Albträume waren inzwischen alte Bekannte. Sie hatten auf Laconia begonnen, als er noch ein Gefangener des Hochkonsuls Duarte gewesen war. Er hatte damit gerechnet, dass sie sich legten, sobald er wieder frei wäre, doch sie waren schlimmer geworden. Die neueste Version drehte sich darum, lebendig begraben zu werden. Besonders häufig kam es vor, dass jemand, den er liebte, nebenan ermordet wurde, und er konnte das Codeschloss nicht schnell genug knacken, um denjenigen zu retten. Oder er hatte einen Parasiten unter der Haut und suchte eine Möglichkeit, ihn herauszuschneiden. Oder die Wächter auf Laconia kamen und verprügelten ihn, bis der Zahn wieder abbrach. Wie sie es ja schon getan hatten.

Das Positive war, dass die alten Albträume darüber, in denen er vergessen hatte, sich anzuziehen, oder dass er für eine Prüfung nicht genug gelernt hatte, aus der Rotation genommen wurden. Sein eigenartig rachsüchtiges Traumleben war im Grunde gar nicht so schlimm.

Trotzdem gab es Tage, an denen er das Gefühl einer Bedrohung nicht abschütteln konnte. Manchmal verlegte sich ein Winkel seines Geistes auf die unbegründete und absurde Gewissheit, sein altes laconisches Folterteam werde ihn jeden Moment entdecken. Oder es war die weniger irrationale Furcht vor den Dingen hinter den Toren. Die Apokalypse, die die Schöpfer des Protomoleküls zerstört hatte und drauf und dran war, auch die Menschheit zu vernichten.

Vor diesem Hintergrund war er vielleicht doch nicht der kaputte Teil in der Gleichung. Vielleicht war die Gesamtsituation so übel, dass es ein Anzeichen des Wahnsinns gewesen wäre, sich selbst so heil und gesund zu sehen wie der Mann, der er vor der laconischen Gefangenschaft gewesen war. Trotzdem wünschte er sich, er könne erkennen, ob dieses Schaudern, das in Wellen kam, eine Resonanz des nicht sauber eingestellten Antriebs war, oder ob es doch nur an ihm selbst lag.

Der Aufzug hielt an, und er trat hinaus und wandte sich zur Kombüse. Das leise, rhythmische Pochen einer Hunderute verriet ihm, dass Teresa und Bisam schon dort waren. Amos – schwarzäugig, mit grauer Haut und zurückgekehrt von den Toten – war ebenfalls anwesend. Er saß mit seinem üblichen neutralen Lächeln auf den Lippen am Tisch. Jim hatte nicht gesehen, wie er in Laconia einen Schuss in den Kopf bekommen hatte, aber er wusste von den Drohnen, die die Stücke seines Körpers aufgehoben und repariert hatten. Naomi rang noch mit sich, ob dieses Wesen, das sich Amos nannte, wirklich der Mechaniker war, mit dem sie so viele Jahre geflogen war, oder ob er jetzt ein Alien-Mechanismus war, der sich für Amos hielt, weil er aus dessen Körperteilen und Gehirnzellen konstruiert worden war. Jim hatte beschlossen, dass Amos immer noch Amos war, auch wenn er manchmal Dinge wusste, die sich als Informationsbröckchen aus der uralten Alienwelt entpuppten. Er hatte sowieso nicht die Kraft, eingehender über Amos nachzudenken.

Außerdem mochte ihn der Hund. Das Tier war nicht unbedingt der perfekte Kritiker, aber wahrscheinlich der am wenigsten unvollkommene.

Bisam saß vor Teresas Füßen, blickte hoffnungsvoll zu Jim empor und pochte wieder mit der Rute auf das Deck.

»Ich habe kein Würstchen«, sagte Jim zu den ausdrucksvollen braunen Augen. »Du musst dich wie wir alle mit Grütze begnügen.«

»Du hast sie verzogen«, sagte Teresa. »Daran wird sie dich immer erinnern.«

»Wenn ich in den Himmel komme, dann bitte deshalb, weil ich Hunde und Kinder verwöhnt habe«, erklärte Jim und ging zum Spender. Automatisch wählte er einen Beutel Kaffee. Dann wurde ihm bewusst, was er getan hatte, und er zapfte einen weiteren für Alex.

Teresa Duarte zuckte mit den Achseln und richtete die Aufmerksamkeit wieder auf den Schlauch mit Pilzen, Gewürzen und Ballastfasern, die ihr Frühstück darstellten. Sie hatte sich die Haare zu einem dunklen Pferdeschwanz zurückgebunden, und ihre Mundwinkel zeigten die ewige leichte Missbilligung, die entweder eine Eigentümlichkeit ihrer Physiologie oder ein Charakterzug war. Jim hatte gesehen, wie sie im Staatshaus von einem frühreifen Kind zu einer rebellischen Jugendlichen herangewachsen war. Sie war jetzt fünfzehn, und es war ernüchternd, wenn er daran dachte, was er in ihrem Alter gewesen war: ein schmächtiger dunkelhaariger Junge in Montana ohne großen Ehrgeiz, abgesehen von der Gewissheit, dass er immer noch zur Navy gehen konnte, wenn sich nichts anderes ergab. Teresa schien älter zu sein als der jugendliche Jim damals, sie wusste viel mehr über das Universum und war erheblich wütender darauf. Vielleicht ging beides sogar Hand in Hand.

Als er in die Gefangenschaft ihres Vaters geraten war, hatte sie sich anfangs vor ihm gefürchtet. Jetzt, auf Jims Schiff, war die Angst völlig verflogen. Damals war er ihr Feind gewesen, und er war immer noch nicht sicher, ob sie ihn inzwischen als Freund betrachtete. Die emotionalen Umbrüche einer Jugendlichen, die einsam aufwuchs, waren vermutlich komplizierter, als er es je verstehen konnte.

Der Spender hatte seinen und Alex' Beutel abgefüllt. Jim nahm beide an sich und freute sich über die Wärme in den Händen. Das Schaudern war fast verflogen, und der bittere Kaffee war beruhigender als Tee.

»Wir müssen bald Nachschub aufnehmen«, erklärte Amos.

»Wirklich?«

»Wasser ist kein Problem, aber wir könnten Treibstoffpellets gebrauchen. Und die Recycler sind auch nicht mehr das, was sie mal waren.«

»Wie schlimm ist es?«

»Ein paar Wochen geht es noch«, meinte Amos.

Jim nickte. Sein erster Impuls war es, dies als Problem abzutun, um das er sich an einem anderen Tag kümmern konnte. Das war jedoch falsch. Leck mich, wenn es nicht in diesem Moment passiert – das war die Art und Weise, wie man in Krisen dachte.

Wenn er diese Einstellung nicht überwand, mussten sie später mit umso größeren Krisen rechnen.

»Ich rede mit Naomi«, versprach er. »Wir überlegen uns etwas.« *Vorausgesetzt, die Laconier finden uns nicht. Vorausgesetzt, die Wesen in den Toren töten uns nicht. Vorausgesetzt, irgendeine der anderen tausend Katastrophen, die ich mir nicht einmal vorstellen kann, bringt uns nicht um, ehe das wichtig wird.* Er trank noch einen Schluck Kaffee.

»Wie geht es denn so, Käpt'n?«, fragte Amos. »Du wirkst ein bisschen nervös.«

»Gut«, antwortete Jim. »Ich überspiele die ständig unter der Oberfläche lauernde Panik mit ein wenig Humor, genau wie alle anderen.«

Amos saß einen Augenblick völlig still da – eine Eigenart seiner neuen Persönlichkeit –, dann wurde sein Lächeln ein wenig breiter. »Alles klar.«

Alex unterbrach über den Schiffscom. »Wir haben da was.«

»Etwas Gutes?«

»Kann sein«, berichtete Alex. »Die *Perishable Harvest* hat gerade eine Art Flüssigkeit abgelassen und gibt wie von Furien gehetzt Schub in Richtung der großen Handelsstation im äußeren Gürtel.«

»Verstanden«, sagte Naomi ebenfalls über den Com mit der neuen Stakkato-Ruhe, die Jim bei sich als »Kommandantin-Nagata-Stimme« bezeichnete. »Bestätigt.«

»Und die *Black Kite*?«, fragte Jim die Wand.

Alex und Naomi schwiegen einen Augenblick, dann sagte Alex: »Sieht aus, als nähmen sie die Verfolgung auf.«

»Also entfernen sie sich vom Ringtor?«

»Ja, genau«, bestätigte Alex. Die Freude in seiner Stimme war unverkennbar.

Jim war erleichtert, doch es dauerte nur einen Moment. Er dachte bereits darüber nach, ob es sich um eine Falle handelte.

Wenn die *Rosinante* den Ring zu früh ansteuerte, erregte sie Aufmerksamkeit. Selbst wenn sein Schiff der *Black Kite* entkam, lauerte vielleicht eine weitere laconische Einheit im Ringraum, um fliehende Transporter abzufangen.

»Warum hauen die ab?«, überlegte Teresa. »Die glauben doch nicht, dass sie entkommen können, oder? Das wäre dumm.«

»Sie versuchen nicht, das Schiff zu retten«, warf Amos ein. Er sprach mit einem geduldigen, beinahe philosophischen Tonfall, als erklärte er ihr, wie man unter Mikroschwerkraft eine gute Schweißnaht hinbekam, oder wie man die Dichtung eines Rohrs überprüfte. Es war die Stimme eines Lehrers, der seiner Schülerin geduldig erklärte, wie die Welt funktioniert. »Wenn sie etwas an Bord hatten, das Laconia wütend machen würde, können sie es nicht verbergen. Nicht in einem so dünn besiedelten System. Und es gibt keine Möglichkeit, unterzutauchen und den Transponder zu wechseln, also ist das Schiff im Arsch. Die Handelsstation ist groß genug, sodass sie vielleicht die Crew von Bord bekommen und auf andere Schiffe schleichen oder so tun können, als wären sie die ganze Zeit schon dort gewesen.«

»Sie laufen dorthin, wo sie ein Versteck finden«, antwortete Teresa.

»Und je mehr Vorsprung sie haben, desto besser sind ihre Aussichten, einen guten Unterschlupf zu finden«, bekräftigte Amos.

Das könnten auch wir sein, überlegte Jim. *Hätte die* Black Kite *entschieden, dass wir zwielichtiger aussehen als die* Perishable Harvest, *dann würden jetzt wir unser Schiff opfern und hoffen, dass wir uns klein machen können und übersehen werden.* Allerdings traf das nicht zu. In Kronos oder sonst irgendwo gab es kein Versteck, das unscheinbar genug war, um unterzutauchen und sicher zu sein, dass Laconia dort nicht nachschaute. Der beste Plan war, offen zu fliegen und unerkannt zu bleiben, denn Plan B bedeutete Gewalt.

Er war nicht der Ansicht, dass er laut gesprochen oder ein Geräusch von sich gegeben hatte, das seine Sorgen verriet, aber vielleicht hatte er es doch getan, denn Teresa sah ihn mit einem Ausdruck an, der zwischen Gereiztheit und Mitgefühl schwankte. »Vergiss nicht, ich werde nicht zulassen, dass sie euch etwas tun.«

»Ich weiß, dass du es versuchen wirst«, antwortete Jim.

»Ich bin immer noch die Tochter des Hochkonsuls«, erwiderte sie. »Ich habe euch schon einmal herausgepaukt.«

»Ich würde mich nicht darauf verlassen, dass dieser Trick noch öfter funktioniert«, wandte Jim etwas schärfer ein, als es seine Absicht gewesen war. Bisam regte sich, stand auf und sah unsicher zwischen Jim und Teresa hin und her. Teresas Blick wurde hart.

»Ich glaube, der Kapitän will damit sagen, dass er sich nicht wohl damit fühlt, dich als lebenden Schutzschild einzusetzen«, warf Amos ein. »Es ist ja nicht so, dass du es nicht tun würdest, denn du hast es schon getan. Aber die Leute, die uns im Visier haben – wir kennen sie nicht, und sie sind möglicherweise unberechenbar. Je weniger wir uns auf sie verlassen müssen, desto besser ist es.«

Teresa machte eine finstere Miene, entspannte sich aber ein wenig.

»Ja«, bestätigte Jim. »Das war gut ausgedrückt.«

»Manchmal kann ich das ganz gut.« Man wusste nie, wann Amos scherzte und wann nicht. »Willst du das Schiff bereit machen, damit wir schnell abhauen können? Wir haben noch genug Reaktionsmasse, um starken Schub zu geben.«

»Ich dachte, wir brauchen Pellets.«

»Das ist richtig, aber wir können den restlichen Vorrat verbrauchen, während wir Kronos verlassen. Wir setzen das Wasser auf die Einkaufsliste und verschwinden. Was uns wirklich Sorgen machen sollte, sind die Recycler.«

Der Gedanke entwickelte einen stärkeren Zug als die Schwerkraft. Den Antrieb zünden, den Bug auf das Ringtor richten und mit Höchstgeschwindigkeit verschwinden, ehe der Feind sie schnappen konnte. Unwillkürlich hätte Jim beinahe die Beutel losgelassen. »Naomi, was denkst du?«

Nach einem kurzen Schweigen antwortete sie: »Entschuldige, ich habe nicht zugehört. Wie war die Frage?«

»Sollen wir die *Rosinante* vorbereiten, um blitzschnell zu verschwinden? Sobald die *Black Kite* eine Weile Schub gegeben hat, könnten wir es schaffen.«

»Nein«, antwortete sie, wie er es vorhergesehen hatte. »Sie haben uns nicht identifiziert. Wenn wir zu schnell abhauen, erregen wir nur ihr Misstrauen. Es ist besser, wenn wir wie Zaungäste wirken. Alex? Berechne einen Rendezvouskurs für die *Black Oak*. Das ist der größte Eistransporter am zweiten Gasriesen.«

»Hab sie«, meldete Alex.

Amos drehte sich auf der Sitzbank herum. »Kapitän?«

»Mir geht es gut.«

»Wenn wir abhauen müssen, dann tun wir es eben«, ergänzte Naomi.

Wir müssen immer wieder fliehen. Wir kommen nie zur Ruhe, dachte Jim. Es schien aber sinnlos, es auszusprechen.

2 Tanaka

Aliana drückte auf den Knopf ihres Verdampfers und inhalierte tief. Der Dampf schmeckte nach Vanille und drang wie eine weiche warme Wolke in die Lunge ein. Nikotin und Tetrahydrocannabinol, gemischt mit geringfügigen exotischen Beigaben. Etwas, das der Schläfrigkeit des THC entgegenwirkte und eine lebhafte Hyperwachheit erzeugte. Die Jalousien waren vorgezogen, das schwache Licht an den Rändern verwandelte die Staubkörnchen in einen Regenbogen aus Funken. Sie bewegte ein Bein. Die Seidendecke streichelte die Haut wie tausend winzige Liebhaber.

Tristan schlief neben ihr. Sein kleiner muskulöser Hintern drückte gegen ihren Schenkel. Er schnarchte leise, ab und zu zuckte oder seufzte er. Aliana wusste, dass sie das nur high und im postkoitalen Zustand reizend und liebenswert fand. Sobald sein Schnarchen nervig wurde, war Tristan nicht mehr willkommen.

Ihrer Ansicht nach gab es zwei Wege, in einem autoritär-rigiden System zu überleben. Der erste – für den sich die meisten Menschen entschieden – lief darauf hinaus, das zu sein, was die Machthaber erwarteten. Der Mars verlangte loyale Soldaten und hatte sie produziert, als hätte man Maschinenteile gestanzt. Sie wusste es, weil sie alt genug war, um eines davon zu sein. Sie hatte gesehen, wie ihr Jahrgang darin gewetteifert hatte, alles auszutreiben oder zu ersticken, was in der eigenen Seele nicht hinreichend marsianisch war, und manchmal war es sogar gelungen.

Die andere Überlebensstrategie bestand darin, sich an Geheimnissen zu erfreuen. Man genoss die heimliche Macht, wenn man wie etwas erschien, das man innerlich nicht war. Und wenn man darin sehr gut war. Auch wenn es nicht darauf hinauslief, untergebene Offiziere zu vögeln, es war eine Art sexueller Perversion. Der Kitzel, genau zu wissen, dass ihr ein falsches Wort oder eine unerwartete Blöße eine Kugel in den Hinterkopf einbrocken würde, war wichtiger, als tatsächlich Sex zu haben.

In einer toleranten, offenen Gesellschaft, in der sie all das ohne Angst vor Konsequenzen hätte tun können, wäre sie verrückt geworden. Sie war von Anfang an eine begeisterte Teilnehmerin des laconischen Experiments gewesen, weil Duartes Vision – zuerst als Kapitalverbrechen gegen den Mars und dann als dauerhafter Quell der Gefahr – ihre Spleens nährte. Dafür schämte sie sich nicht. Sie wusste, was sie war.

»Wach auf.« Sie stieß dem jungen Mann die Finger in den Rücken.

»Ich schlafe noch«, murmelte Tristan.

»Ich weiß. Und jetzt wach auf.« Wieder stupste sie ihn. Sie verbrachte zehn Stunden in der Woche mit Boxen und Ringen. Wenn sie die Finger steif machte, waren sie wie Eisenstangen.

»Verdammt noch mal.« Tristan drehte sich und grinste sie verschlafen an. Sein wirres, blondes Haar und das glatt rasierte Gesicht mit den tiefen Grübchen gaben ihm das Aussehen eines Engelchens auf einem klassischen Gemälde. Einer von Raphaels Putti.

Aliana nahm noch einen Zug aus dem Verdampfer und bot ihm das Gerät an. Er schüttelte den Kopf. »Warum hast du mich geweckt?«

Aliana streckte sich behaglich unter der weichen Decke aus. Mit ihren langen Gliedmaßen passte sie kaum in das übergroße Bett. »Ich bin high. Ich will vögeln.«

Tristan warf sich mit übertriebenem Seufzen auf den Rücken. »Allie, in mir ist kaum noch Körperflüssigkeit.«

»Dann hol dir ein Glas Wasser, nimm eine Salztablette und schwing deinen Arsch wieder in mein Bett.«

»Zu Befehl, Colonel«, antwortete Tristan lachend.

Das Lachen brach mit einem abrupften *uff* ab, als sie sich auf ihn legte, sich auf seinen Bauch fallen ließ und seine Oberschenkel mit den Füßen blockierte. Gleichzeitig packte sie seine Handgelenke. Überrascht sah er zu ihr hoch, hielt es für ein Sexspiel und begann, sich zu wehren. Seine Arme und der Oberkörper waren wohlgeformt, aber weich, eher wie bei einem gesunden Jugendlichen als bei einem Mann von Mitte zwanzig. Seine Arme waren dünn, er hatte die drahtige Muskulatur eines Langstreckenläufers, durch ständige starke Beanspruchung auf das Wesentliche geschrumpft und so hart wie Stahlfedern. Als er sich bewegen wollte, stieß sie ihn mühelos wieder hinunter und drückte mit den Händen zu, bis seine Gelenke knackten.

»Allie, du …«, setzte er an. Sie drückte wieder, und er hielt den Mund. Er sah jetzt, dass sie wütend war. Er mochte es, wenn sie wütend war. Sie mochte es, wenn er es sah.

»In diesem Raum bin ich Aliana. Du bist Tristan.« Sie sprach langsam und achtete darauf, dass die Drogen nicht ihre Worte verschliffen. »Draußen vor der Tür bist du Gefreiter Reeves, und ich bin Colonel Tanaka. Diese beiden Dinge dürfen wir nie verwechseln.«

»Ich weiß«, antwortete Tristan. »Ich habe doch nur einen Scherz gemacht.«

»Keine Scherze, keine Witze. Keine Ausrutscher. Wenn du einen Fehler machst, wenn du jemals die strenge Disziplin vergisst, die dies hier ermöglicht, werde ich mindestens unehrenhaft entlassen.«

»Ich wollte doch nicht …«

»Und«, fuhr Aliana fort, als hätte er gar nichts gesagt, »du wirst die Version von mir, die dann bei dir vorbeischaut, nicht mögen.«

Sie starrte ihn noch einen Augenblick böse an und wartete, bis seine Furcht dem Verstehen wich. Dann ließ sie seine Handgelenke los, kletterte von ihm herunter und legte sich auf ihre Bettseite.

»Könntest du mir auch etwas Wasser holen?«, sagte sie.

Tristan stand wortlos auf. Als er ging, sah Aliana ihm nach und erfreute sich an seinen strammen Oberschenkeln, an dem Arsch und an dem geschmeidigen V, das seine Schultern und der Rücken bildeten. Er war sehr, sehr hübsch. Wenn das, was sie hatten, eines Tages unweigerlich zu Ende ging, würde sie ihn vermissen. Aber das änderte nichts an der Tatsache, dass es enden würde. So war es schon immer gewesen. Das war ein Teil des Vergnügens.

Kurz danach kehrte Tristan mit zwei Gläsern Wasser zurück. Unschlüssig blieb er am Fußende des Betts stehen. Aliana klopfte neben sich auf das Bettlaken.

»Tut mir leid, wenn ich dich verletzt habe«, sagte sie.

»Schon gut.« Er reichte ihr ein Glas und setzte sich neben sie. »Es tut mir leid, dass mir das herausgerutscht ist. Willst du immer noch vögeln?«

»Gleich«, antwortete sie. Sie tranken etwas Wasser.

»Sehen wir uns wieder?«, fragte er schließlich. Aliana freute sich über die Hoffnung, die aus seinen Worten sprach.

»Dieses Mal werde ich eine Weile auf Laconia bleiben«, antwortete sie. »Und ich will dich wiedersehen. Wir müssen nur vorsichtig sein.«

»Das verstehe ich.« Sie wusste, dass er es begriffen hatte. Sie mochte es, wenn ihre Spielgefährten viel jünger waren und einen viel niedrigeren Rang bekleideten. Das machte die Dinge viel einfacher. Aber sie verschwendete ihre Zeit nicht mit dummen Männern.

Als ihr Durst gestillt war, strahlte die Wärme in der Lunge auf eine sehr angenehme Weise hinunter in den Bauch aus. Sie streckte sich und legte Tristan eine Hand auf den Oberschenkel. »Ich glaube, wir sollten …«

Das Handy auf ihrem Nachttisch zirpte. Sie hatte es auf »Nicht stören« gestellt, was bedeutete, dass das Gerät den eingehenden Anruf für wichtig genug hielt, um ihre Anweisung zu übergehen. Sie hatte das Gerät schon lange, und es war gut eingestellt, daher hatte es vermutlich recht. Sie nahm es und sah nach, wer eine Verbindung herstellen wollte. Der Anruf kam aus dem Staatshaus. Sie akzeptierte die Anfrage, ließ aber die Bildübertragung ausgeschaltet. »Colonel Tanaka.« Tristan glitt aus dem Bett und griff nach seinen Hosen.

»Guten Tag, Colonel. Hier ist Leutnant Sanchez von der Planungs- und Logistikabteilung. Sie haben in zwei Stunden ein Debriefing im Staatshaus.«

»Davon weiß ich ja noch gar nichts.« Sie tastete schon auf dem Beistelltisch nach den Ausnüchterungspillen. »Können Sie mir sagen, worum es geht?«

»Es tut mir leid, Colonel, auf diese Informationen habe ich keinen Zugriff. Admiral Milan hat Sie auf die Teilnehmerliste gesetzt.«

Damit war die Party vorbei.

Als sie im Staatshaus eintraf, fiel leichter Regen. Winzige Tröpfchen färbten das Pflaster dunkel und ließen es zugleich glänzen. Der Hügel am Rand des Geländes wirkte wie ein Detail aus einem alten Ukiyo-e-Druck. Yoshitoshi oder Hiroshige. Ein Attaché vom Wissenschaftsdirektorat erwartete sie mit einer Tasse Kaffee und einem Regenschirm. Mit einer unwirschen Geste lehnte sie beides ab.

Tanaka kannte sich im Staatshaus gut aus. Meist wurde sie mit Kampfeinsätzen betraut, doch sie hatte unter den höchsten Inhabern der Macht viele Freunde gefunden und Kontakte geknüpft, sodass sie hier ein und aus ging, wann immer sie in Laconia war. Seit der Belagerung von Laconia, der Zerstörung der Konstruktionsplattformen und der möglichen Entführung – oder der Selbstemanzipation – von Teresa Duarte war sie nicht mehr hier gewesen. Äußerlich hatte sich das Gebäude nicht verändert. Der gegossene Beton war stabil wie eh und je, die Schnittblumen in den Vasen waren frisch. Die Wächter mit den rasiermesserscharf gebügelten Uniformen waren stoisch und ruhig. Trotzdem fühlte sich alles sehr zerbrechlich an.

Der Attaché führte sie zu einem Büro, in dem sie schon einmal gewesen war. Zwei schlichte Sofas, die Wände mit einheimischem gelben Holz vertäfelt, in das man das blaue Wappen von Laconia eingearbeitet hatte. Admiral Milan, der befehlshabende Kommandant, während der Hochkonsul abwesend war und Admiral Trejo sich im Solsystem aufhielt, saß an einem breiten Schreibtisch. Er war ein vierschrötiger Mann mit breitem Gesicht und kurz geschnittenem graubraunem Haar. Ein mürrischer alter Raumfahrer aus der guten alten Zeit auf dem Mars, der für Unfug keinerlei Nachsicht zeigte und übellaunig war wie ein alter Dachs. Tanaka mochte ihn sehr.

Vor einem Sofa stand ein Leutnant mit den Wappen der Aufklärungseinheit auf der üblichen blauen Marineuniform der Laconier. Neben ihm saß Dr. Ochida vom Wissenschaftsdirektorat. Er hatte die gefalteten Hände auf die Knie gelegt. Das Schweigen war drückend, als wären sie bei etwas Wichtigem gestört worden.

Admiral Milan ergriff als Erster das Wort. »Colonel, wir haben hier etwas überzogen. Bitte setzen Sie sich doch. Wir kommen gleich zu Ihnen.«

»Ja, Sir.« Tanaka ließ sich auf dem anderen Sofa nieder. Admiral Milan wandte sich an den stehenden Leutnant, der laut Namensschild Rossif hieß, und malte mit den Fingern einen Kreis in die Luft. *Bitte fortfahren.*

»Das Gedara-System. Bevölkerung etwas weniger als zweihunderttausend. Hohe Konzentration von spaltbarem Material in der oberen Kruste. Seit mehreren Jahren versuchen sie, mit Tiefenbohrungen zu den Lagerstätten vorzustoßen. Landwirtschaft existiert, ist aber noch ein Jahrzehnt davon entfernt, die Einwohner ernähren zu können.«

»Und die Inkursion?«, fragte Admiral Milan.

»Dreiundzwanzig Minuten, elf Sekunden«, berichtete Rossif. »Völliger Ausfall des Bewusstseins. Einige Tote durch Unfälle, einige Schäden an der Infrastruktur. Überwiegend Personen, die mit Fahrzeugen gegen Objekte geprallt oder von erhöhten Positionen heruntergefallen sind. Die Logdateien zeigen, dass nur wenige Sekunden zuvor zwei ungeplante schwere Frachter durch den Ring geflogen und verschwunden sind.«

Dr. Ochida räusperte sich. »Dieses Mal ist etwas Eigenartiges geschehen.«

»Eigenartiger, als dass die Menschen mehr als zwanzig Minuten lang ohnmächtig werden?«, fragte Milan.

»Ja, Admiral«, bestätigte Ochida. »Eine Überprüfung der Instrumentendaten für die Zeitdauer des Ereignisses belegt noch eine andere Art von Zeitverlust.«

»Erklären Sie das.«

»Die kurze Version: Das Licht wurde schneller«, antwortete Ochida.

Milan kratzte sich im Nacken. »Hat das Wort *erklären* seine Bedeutung verändert, ohne dass man mir Bescheid gesagt hat?« Tanaka verkniff sich ein Lächeln.

»Einfach ausgedrückt, ist die Lichtgeschwindigkeit eine Funktion grundlegender Eigenschaften des Universums. Sagen wir, es ist … die schnellstmögliche Kausalität, die sich im Vakuum fortpflanzen kann«, sagte Ochida. »Für etwas mehr als vierundzwanzig Minuten hat sich im Gedara-System die Natur des Raum-Zeit-Kontinuums dergestalt verändert, dass auch die Lichtgeschwindigkeit verändert wurde. Das Licht bewegte sich schneller. Die Zeitverzögerung zwischen den Schiffen am Gedara-Ring und dem Planeten betrug zur fraglichen Zeit etwas weniger als vierzig Minuten. Die Logdateien des Ereignisses zeigen, dass sich diese Zeitspanne während der Inkursion um fast viertausend Nanosekunden verkürzt hat.«

»Viertausend Nanosekunden«, sagte Milan.

»Das Wesen des Raum-Zeit-Kontinuums hat sich in diesem System zwanzig Minuten lang verändert«, betonte Ochida. Dann wartete er auf die Reaktion, die nicht kam. Er schien sehr enttäuscht.

»Also«, sagte Milan. »Darüber muss ich auf jeden Fall nachdenken. Danke für das Briefing, Leutnant, Doktor. Sie können wegtreten. Colonel, Sie bleiben.«

»Ja, Sir«, antwortete Tanaka.

Sobald die anderen gegangen waren, lehnte Milan sich zurück. »Etwas zu trinken? Ich habe Wasser, Kaffee, Bourbon und einen Kräutertee-Dreck, den meine beiden Männer mögen. Er schmeckt wie frisch gemähtes Gras.«

»Bin ich im aktiven Dienst?«

»Sie sollen sich jetzt keine Sorgen darüber machen, Sie könnten irgendwelche Vorschriften verletzen, falls Sie das meinen.«

»Dann nehme ich gern einen Bourbon, Sir«, antwortete Tanaka. Der Admiral fummelte einen Augenblick an seinem Schreibtisch herum und füllte ein Glas, in dem zwei Fingerbreit hoch eine rauchige braune Flüssigkeit schwappte.

»Auf Ihre Gesundheit.« Tanaka trank einen Schluck.

»So.« Milan ruckelte mit dem unbewussten Grunzen eines alten Mannes mit vielen verschlissenen Gelenken auf dem Schreibtischstuhl hin und her. »Was halten Sie von diesem Mist mit der Lichtgeschwindigkeit?«

»Da habe ich keine Ahnung, Sir. Ich kann schießen, aber ich bin kein Eierkopf.«

»Deshalb konnte ich Sie schon immer gut leiden.« Er lehnte sich bequem an und legte die Fingerspitzen beider Hände zusammen. Dieses Schweigen war anders, auch wenn sie nicht genau wusste, was es zu bedeuten hatte. »Also, nur zwischen uns beiden, von einem alten Matrosen zum anderen – gibt es etwas, das Sie mir sagen wollen?«

Sie spürte förmlich, wie das Adrenalin in ihren Kreislauf schoss, ließ sich aber nichts anmerken. Dazu war sie, was Täuschung anging, viel zu geübt. »Ich weiß nicht, was Sie meinen.«

Er legte den Kopf schief und seufzte. »Ich auch nicht. Ich finde diese ganze Sache verdammt mysteriös. Und ich bin nicht mehr so gut darin, meine Neugierde herunterzuschlucken wie in unserer Jugend.«

»Mir ist immer noch nicht klar, worüber wir reden. Hätte mir jemand mitteilen sollen, warum Sie mich sprechen wollen?«

»Das ging nicht von mir aus. Trejo hat Sie angefordert und wies mich an, ein paar Dokumente vorzubereiten.« Er zog eine physische Mappe aus rotem Papier hervor, die mit einer silbernen Schnur verschlossen werden konnte, und reichte sie Tanaka. Das Ding schien so fehl am Platze, als hätte man ihr eine Steintafel zu lesen gegeben. Sie kippte den Rest Bourbon hinunter, ehe sie die Papiere annahm. Der Ordner war leichter als erwartet, und die Schnur ließ sich mühelos lösen. Darin lag ein einziges, mit drei Schichten gesichertes Blatt. Die schützenden Schaltungen traten wie ein Spitzenmuster hervor. Das Dokument enthielt ein Bild von ihr, dazu ihr biometrisches Profil, ihren Namen und den Rang und einige Ziffern zur Identifizierung. Ein kurzer Textabsatz gewährte ihr auf spezielle Anordnung aus dem Büro des Hochkonsuls den Omega-Status des laconischen Aufklärungsdirektorats.

Hätte sie einen abgetrennten Kopf gesehen, sie hätte kaum stärker überrascht sein können.

»Ist das …«, setzte sie an.

»Das ist kein Witz. Admiral Trejo hat die Anweisung erteilt, dass Sie die Schlüssel zum Königreich erhalten. Sie können bei jeder Mission die Befehlsgewalt übernehmen. Sie haben Zugang zu allen Informationen, unabhängig von der Geheimhaltungsstufe. Für die Dauer Ihrer Abordnung genießen Sie Immunität gegenüber Zensur und Strafverfolgung. Das ist wirklich reizend. Und Sie wollen mir jetzt sagen, Sie wüssten nicht, worum es geht?«

»Also nehme ich an, es gibt eine Mission?«

»Vermutlich. Aber ich habe nicht die nötige Freigabe, um die Einzelheiten zu erfahren. Bleiben Sie einfach sitzen, ich finde schon selbst hinaus.«

Sobald Admiral Milan hinter sich die Tür geschlossen hatte, projizierte das Bürosystem eine Nachricht auf den Wandbildschirm. Admiral Trejo erschien. Sie kannte ihn so lange, wie sie überhaupt ein lebendes Wesen kannte. Seine Augen hatten noch die gleiche lebhafte grüne Farbe wie früher, doch jetzt lagen dunkle Ringe darunter. Sein Haar wurden schütter, und seine Haut wirkte ungesund und wächsern. Er sah aus, als suchten ihn Gespenster heim.

»Colonel Tanaka«, begann er. »Ich beauftrage Sie mit einer Mission, die für das Reich von entscheidender Bedeutung ist. Im Augenblick unterbreche ich kurz den starken Schub, mit dem wir das Solsystem verlassen. Hätte dies warten können, bis ich in Laconia eintreffe, dann hätte ich Sie persönlich instruiert, aber es kann nicht warten. Deshalb musste ich diesen Weg wählen.«

Sie starrte in ihr Bourbonglas. Es war leer, und die Flasche war nur einen Meter entfernt, aber auf einmal mochte sie nicht mehr. Sie hörte genau zu.

»Ich bin sicher, dass Sie sich, genau wie jeder andere im Reich, fragen, was der Hochkonsul während seines Rückzugs tut. Wie er den Kampf gegen die Kräfte angeführt hat, die uns innerhalb der Tore bedrohen. Ich weiß, dass es Spekulationen gibt, er sei kampfunfähig oder irgendwie verletzt worden. Um ehrlich zu sein, muss ich Ihnen mitteilen, dass der Hochkonsul, als ich zum Solsystem aufbrach, ein sabbernder Idiot mit einem Gehirnschaden war, der nicht mehr selbst essen und sich nicht den Arsch abwischen konnte. So war es seit dem Angriff, der die *Typhoon* und die Medina-Station zerstörte.«

Tanaka holte tief Luft und atmete scharf durch die Zähne aus.

»Dr. Cortázar hatte die Biologie des Hochkonsuls mithilfe modifizierter Protomolekül-Technologien nachhaltig verändert. Dadurch gewann der Hochkonsul gewisse … Fähigkeiten, die vor Dr. Cortázars Tod nicht vollständig dokumentiert und erforscht wurden. Übrigens hat Duarte ihn getötet. Er hat mit einer Hand gewinkt und dieses verrückte Arschloch quer durch den halben Raum verspritzt. So etwas habe ich noch nie gesehen. Im Augenblick sind Sie, ich, Dr. Okoye vom Wissenschaftsdirektorat und Teresa Duarte die Einzigen, die es wissen. Teresa ist mit den Kräften des Untergrunds auf und davon, nachdem die uns den Arsch versohlt haben. Also wissen es wohl auch alle unsere verdammten Feinde.

Vor diesem Hintergrund werden Sie verstehen, wie verwirrt ich war, als der Hochkonsul mir vor achtzig … vor fünfundachtzig Stunden im Solsystem in meinem Büro erschien. Die Sensoren haben ihn nicht registriert. Er hat nicht mit physischen Objekten interagiert und keinerlei Spuren seiner Gegenwart hinterlassen, die ein außenstehender Beobachter verifizieren könnte. Doch er war da. Und ehe Sie jetzt vorschnell die Theorie entwickeln, Anton Trejo hätte einen psychotischen Zusammenbruch, es gibt äußere Beweise. Nur nicht hier in Sol.

Kurz nachdem ich das erlebt hatte, was ich gerade beschrieben habe, verschwand Duarte aus dem Staatshaus. Er ist nicht aus der Realität verschwunden. Vielmehr hat er sich die Hosen und ein sauberes Hemd angezogen, ließ sich eine Tasse Tee bringen, führte eine höfliche Unterhaltung mit seinem Kammerdiener und verließ das Gelände. Alle Sensoren, die wir auf den Planeten richten können, scannen seitdem die ganze Umgebung. Niemand hat ihn gesehen.

Mehr als tausend Koloniesysteme fragen sich, ob von der Regierung noch etwas übrig ist. Und wir haben extradimensionale Feinde, die mit Experimenten herausfinden wollen, wie sie uns auf einen Schlag auslöschen können. Und ich bin überzeugt, dass die Lösung beider Probleme Winston Duarte ist, oder was auch immer er jetzt sein mag. Ich kenne Sie schon lange, und ich vertraue Ihnen. Ihre Aufgabe ist es, ihn zu finden und zurückzuholen. Sie haben sicher schon einmal von einer Carte blanche gehört, aber ich möchte wetten, dass Sie noch nie eine so leere Blankovollmacht gesehen haben. Es ist mir egal, was Sie aufwenden müssen – ob Geld, Ausrüstung oder Leben –, solange Sie Winston Duarte von dem Ort zurückholen, an den er gegangen ist. Wenn er nicht mitkommen will, dann überzeugen Sie ihn freundlich, sofern Sie das können. Aber am Ende muss er sich in unserer Obhut befinden.

Colonel, ich wünsche Ihnen eine gute Jagd.«

Damit endete die Nachricht. Tanaka lehnte sich auf dem Sofa zurück und streckte die Arme seitlich aus wie ein Vogel, der die Flügel entfaltete. Ihre Gedanken kreisten hektisch. Dieser eigenartige Auftrag, die schockierenden Enthüllungen, die Bedrohung dahinter. All das tobte in ihr, und sie fühlte es. Aber da war auch die Ruhe eines Jobs, der erledigt werden musste, und die Freude – tiefer, als sie es für möglich gehalten hätte – über die Macht, die man ihr gerade verliehen hatte.

Die Tür ging leise auf, Admiral Milan kam wieder herein.

»Alles klar?«, fragte er.

Tanaka lachte. »Ganz und gar nicht.«

3 Naomi

Sie warteten, bis sich die *Black Kite* so weit vom Ringtor entfernt hatte, dass ein Abfangkurs schwierig, wenn nicht gar unmöglich war. Eine Weile hielten sie die Füße still, weil sie nicht den Eindruck erwecken wollten, sie hätten nur auf den richtigen Augenblick gewartet, um Schub für den Transit zu geben. Und dann hielt Naomi es einfach nicht mehr aus.

Drei Stunden später schickte ihnen die laconische Fregatte einen Richtstrahl und verlangte in höchst scharfen und höchst offiziellen Tönen zu wissen, wer sie seien und was sie vorhätten.

»Hier ist die *Vincent Soo*, unabhängiger Frachter unter Vertrag für die Atmosphere Shared Liability Corporation auf der Erde. Wir befördern Erzproben für die Qualitätskontrolle. Unsere öffentlichen Verträge und Genehmigungen sind beigefügt. Nachricht wird wiederholt.«

Die Stimme war aus Aufnahmen von zehn verschiedenen Männern zusammengesetzt und durch die Systeme der *Rosinante* abgemischt worden. Selbst wenn die Laconier erkannten, dass die Nachricht gefälscht war, konnten sie die Stimmmuster nicht zu konkreten Personen zurückverfolgen. Die *Vincent Soo* war ein reales Schiff mit einer Antriebssignatur und Silhouette, die ihrer derzeitigen Tarnung ähnlich war, auch wenn sie gewöhnlich nicht außerhalb des Solsystems eingesetzt wurde. Die Verträge, die an die Nachricht angehängt waren, wirkten bei oberflächlicher Betrachtung ebenfalls echt, solange nicht jemand ernsthaft nachforschte. Die Maskerade war so plausibel, wie Naomi es überhaupt hinbekommen konnte.

»Die sagen nichts mehr«, bemerkte Alex.

Sie befanden sich auf dem Operationsdeck. Die Beleuchtung war gedämpft, doch ihr entging nicht, dass Alex auch die niedrige Einstellung etwas höher regelte als früher. Sie hatten beide keine jungen Augen mehr.

»Das könnte gut oder schlecht sein«, meinte Naomi.

»Ich wünschte, ich könnte erkennen, was es ist.«

»Wenn sie uns aus allen Rohren feuernd verfolgen, war es schlecht.«

Alex nickte. »Ja, das leuchtet ein. Ich wünschte nur, sie würden sagen: ›He, wir haben beschlossen, euch nicht zu jagen und zu töten.‹ Einfach nur aus Höflichkeit.«

»Bei dieser Entfernung haben wir reichlich Zeit, den gewaltsamen Tod auf uns zurasen zu sehen. Du wirst nichts verpassen.«

»Ein Glück aber auch.«

Mit jeder Minute, die die *Black Kite* nicht antwortete und nicht kehrtmachte, um sie zu verfolgen, verflog Naomis Angst vor Gefangennahme und Zerstörung, während die Angst vor dem Transit zunahm. Es war schwer zu glauben, dass es einmal eine Zeit gegeben hatte, in der ihr Leben nicht wie auf Trittsteinen in einem Ziergarten von einem Trauma zum nächsten gesprungen war. Ganze Jahrzehnte waren vergangen, in denen der Flug durch die Ringtore kaum mehr als eine kleine Unannehmlichkeit gewesen war. Sicher, wenn der Verkehr überhandnahm, gingen Schiffe verloren – sie hörten still und leise zu existieren auf, als hätten sie nie existiert. Aber das Ausmaß dieser Gefahr entsprach dem, was man auch anderswo erlebte. Sie konnten von einem Mikrometeoriten getroffen werden, der ihren Antrieb zerstörte. Die magnetische Flasche konnte versagen und die schwebende Fusionsreaktion in den Schiffsrumpf ausspeien. Sie konnten einen Schlaganfall bekommen.

Früher hatte es Regeln gegeben, wie die Tore funktionierten. Menschliche Regeln, wer sie wann passieren durfte. Und nicht menschliche Regeln, wie viel Materie und Energie in einer gewissen Zeitspanne durchfliegen durfte, ohne die dunklen, Schiffe fressenden Götter zu verärgern.

All das war vorbei.

»Was glaubst du, wie viele Schiffe uns suchen?«, fragte Alex.

»Meinst du, wie viele Schiffe sie besitzen, oder wie viele in der Jagdgruppe sind, die uns aktiv sucht?«

Alex schwieg, dann schnalzte er leise mit der Zunge. »Vermutlich würden mir beide Antworten nicht gefallen, was?«

»Wie lange noch, bis wir das Tor erreichen?«

»Wenn wir vor dem Transit nicht bremsen, sind es etwa achtzehn Stunden.«

Naomi schnallte sich von der Druckliege ab und stand auf. Das Deck kam ihr entgegen, die Schubschwerkraft lag bei etwas mehr als einem halben G. »Ich ruhe mich eine Weile aus. Ruf mich, falls jemand beschließt, uns zu töten.«

»Wird gemacht«, antwortete Alex, als sie zum Aufzug unterwegs war. Dann fragte er: »Wie geht es Jim?«

Naomi drehte sich um. Das Licht des Displays färbte Alex' Gesicht blau. Die dünnen weißen Haarstoppeln an den Seiten und am Hinterkopf erinnerten sie an Schnee auf fruchtbarem Mutterboden, und der sanfte Ausdruck seiner Augen verriet ihr, dass die Frage eigentlich keine war.

»Ja, so ist das eben«, antwortete sie. »Was soll man da schon tun?«

Sie fuhr hinunter zum Crewdeck und lauschte dem beruhigenden Summen des Schiffs. Nach so vielen Jahren auf der *Rosinante* konnte sie ihren Zustand anhand der Geräusche bestimmen. Selbst wenn sie nicht schon gewusst hätte, dass der Antrieb nicht im idealen Gleichgewicht lief, hätte sie es an der Art und Weise erkannt, wie die Decks murmelten und knackten.

Als die Laconier Jim gefangen genommen hatten, hatte sie um ihn getrauert. Sie hatte um die Version ihrer selbst getrauert, die ihn an ihrer Seite gewusst hatte. Als er wider alle Wahrscheinlichkeit zurückkehrte, war sie nicht für ihn bereit. Sie hatte nicht gewagt, darauf zu hoffen, und sich deshalb gar nicht erst vorgestellt, wie es sein könnte.

Die Druckliege war so eingerichtet, dass sie beide darauf ruhen konnten. Bei längerem hohem Schub wechselte einer von ihnen in eine freie Kabine oder – was häufiger vorkam – auf eine Liege auf dem Operationsdeck. Die Doppelliege war weniger auf optimale Funktion, eher auf Lebensqualität ausgelegt. Die Freude, neben jemandem aufzuwachen. Die Nähe, den anderen im Schlaf zu beobachten und den Atem zu spüren. Tief im Inneren zu wissen, dass sie nicht allein war.

Jim schlief, als sie die Kabine betrat. Er war immer noch schmaler, als sie ihn aus der Zeit vor seiner Gefangenschaft in Erinnerung hatte. Vor ihrer Zeit im selbst gewählten Exil. Es lag nicht nur an den ergrauten Haaren, auch die Haut der Augenlider schien dunkler als früher, als hätte er Prellungen abbekommen, die nicht mehr heilen wollten. Sogar im Schlaf war sein Körper angespannt, als wappnete er sich gegen einen Angriff.

Sie sagte sich, er müsse sich erholen, und das entsprach sicherlich auch der Wahrheit. Die Tage und Wochen vergingen und veränderten auch sie selbst. Sie erweiterte ihr Sein ein wenig in eine Richtung, die während ihrer Trennung nicht zugänglich gewesen war. Es war anders als früher. Bobbie war fort, Clarissa ebenso. Amos hatte sich auf eine Art und Weise verändert, die ihr eine Gänsehaut einjagte, sobald sie länger darüber nachdachte. Und Teresa und ihr Hund waren zwar da, aber halb Dauergäste und halb Bedrohung. Trotzdem, dies war dem Leben, das sie früher geführt hatte, erheblich näher, als sie jemals zu hoffen gewagt hätte. Eine Version ihrer Familie, wieder vereint. Manchmal war das ein Trost. Manchmal nur ein Anlass, wehmütig dem nachzutrauern, was nicht mehr da war.

Hätten sie innehalten, sich erholen und sich entspannen können, wer weiß, was sie dann noch hätten retten können, aber das war nicht möglich.

Sie legte sich neben ihn und barg den Kopf auf einem abgewinkelten Arm. Jim regte sich, gähnte und öffnete ein Auge einen Spalt weit. Sein Lächeln war das gleiche wie früher – jungenhaft, strahlend. Er freute sich, sie zu sehen. *Diese Zeit ist ein Geschenk*, sagte sie sich und erwiderte sein Lächeln.

»Hallo, sexy Lady«, sagte Jim. »Habe ich was verpasst?«

Jahre, dachte sie. *Wir haben Jahre versäumt*. Doch statt die Wahrheit auszusprechen, lächelte sie nur.

»Nichts Wichtiges«, antwortete sie.

»Ich würde jetzt wirklich gern bremsen«, erklärte Alex.

In der Kombüse warf Naomi die Reste ihrer Mahlzeit in den Recycler. Sie hatten den Schub abgestellt, und das Surren des Vakuumsaugers, der die Essensreste ins System beförderte, war fast so laut wie Alex' Stimme im Com. Auf dem Wandbildschirm hing der Ring des Kronos-Systems riesig vor dem weiten Sternenfeld. Die eigenartige dunkle, wirbelnde Masse im Zentrum war nur sichtbar, weil die *Rosinante* die Bilder aufbereitete. Mit jeder Sekunde sank auch die Vergrößerung. Der Ring maß tausend Kilometer, der Countdown für ihren Transit stand bei zwölf Minuten. Trotzdem war er für das bloße Auge immer noch unsichtbar.

»Wenn du willst, kannst du bremsen«, antwortete Naomi. »Aber wenn es im Ringraum unfreundliche Gesellschaft gibt, werden wir damit auch leichter angreifbar.«

»Ich würde ja gern die Railgun hochfahren«, antwortete Alex. »Aber du lässt mich ja nicht, also sublimiere ich.«

»Du könntest auch die Torpedos und die Nahkampfkanonen überprüfen.«

»Das haben Amos und Teresa schon gemacht. Ich will nicht den Eindruck erwecken, ich traute ihnen nicht.«

»Oder du machst die Ladungen auf dem Rumpf scharf, damit sie bereit sind, die Tarnplatten abzusprengen.«

Alex schwieg eine Weile und atmete tief durch. Auf der anderen Seite des Raumes hielt Jim zustimmend einen Daumen hoch.

»Ja, das könnte ich machen«, erklärte Alex. »Aber ich würde wirklich gern meine Railgun hochfahren.«

»Wenn wir auf der anderen Seite sind, kannst du sie hochfahren, so oft es dein Herz begehrt«, entschied Naomi.

»Immer diese Versprechungen.« Ein Klicken verriet ihnen, dass Alex die Verbindung getrennt hatte. Die Vergrößerung des Ringtors wurde kontinuierlich niedriger. Naomi blendete ein kleines Fenster ein, das den Bereich hinter ihrem Heck zeigte. Der Rückstoß aus ihrem Antriebstrichter machte das Bild grobkörnig und verschwommen, es war höchstens ein Näherungswert, aber trotzdem erkannte sie, dass sich die *Black Kite* nicht in ihre Richtung bewegte.

»Ich sehe keinen Repeater«, sagte Jim. »Sie haben unseren in die Luft gejagt, aber anscheinend keinen eigenen abgesetzt.«

»Das ist mir auch aufgefallen. Sie legen keinen Wert darauf, sich mit jemandem auf der anderen Seite abzustimmen. Also besteht die Möglichkeit, dass wir nicht geradewegs in eine Falle laufen.«

»Jippie!«

Noch zehn Minuten.

»Bereit?«, fragte Naomi. Jim packte einen Handgriff und stieß sich in die Richtung des zentralen Aufzugs ab. Naomi öffnete eine Verbindung zu Amos. »Wir gehen auf dem Operationsdeck auf unsere Stationen. Nicht dass wir mit Ärger rechnen, aber falls doch …«

»Verstanden, Boss. Ich habe das Hundchen schon in die Hütte gesperrt, falls es uns ein bisschen durchschüttelt.«

Ein bisschen durchschütteln bedeutete: *Falls wir feindlichem Feuer ausweichen müssen.* »Und Teresa?«

Er machte eine seiner eigenartigen kleinen Pausen, ehe er antwortete. »Wir schnallen uns unten im Maschinenraum an. Sag Bescheid, wenn du was brauchst.«

Naomi trennte die Verbindung und folgte Jim. Die Aufzugkabine war ganz unten im Schacht und blieb gesperrt, bis jemand sie rief. Sie schwebten durch den freien Schacht zum Operationsdeck. Dort besetzten sie die gewohnten Stationen, legten die Gurte um und stellten die Displays auf die Anzeigen ein, die sie brauchten, falls sie beim Transit Ärger bekamen. Die Kombination aus Furcht und Vertrautheit war ein Ritual wie das Zähneputzen vor dem Schlafengehen. Vor ihnen war immer noch der Ring, doch die Objektive des Teleskops zeigten ringsherum weniger Sterne an.

»Operationsdeck ist bereit«, meldete Naomi.

»Flugdeck ebenfalls«, sagte Alex.

»Ja«, erklärte Amos. »Hier ist alles klar. Mach dein Ding.«

Der Countdown sprang auf null. Jim atmete tief durch. Das Tor wechselte zum körnigen Heckbild – dasselbe Gebilde, aber jetzt hinter ihnen, und es wurde kleiner. Zugleich verschwanden alle Sterne.

»Wir sind durch«, sagte Alex. »Ich erkenne keine Bedrohungen, soweit ich es beurteilen kann, aber heilige Scheiße, hier drin sind viel zu viele Leute. Ich wende und bremse, bis wir wissen, wohin wir fliegen wollen.«

Noch während er sprach, schlug die Warnung für die Schubschwerkraft an. Nach einem kurzen, schwindelerregenden Moment, als sie sich drehten, gab es wieder ein Oben und Unten. Das Gel der Liege drückte gegen Naomis Rücken. Sie hatte schon die taktische Karte aufgerufen.

Der Ringraum – sie nannte ihn bei sich immer noch die langsame Zone, obwohl es hier keine harte Geschwindigkeitsbegrenzung mehr gab, seit Jim und ein Protomolekül-Echo von Detective Miller vor Jahrzehnten die Begrenzer abgeschaltet hatten – war ein wenig kleiner als die Sonne des Solsystems. Eine Million Erden hätten hineingepasst, doch die einzigen Objekte, die es hier gab, waren die 1371 Ringtore, die einsame, rätselhafte Station im Zentrum und einschließlich der *Rosinante* zweiundfünfzig Schiffe, die alle auf eigenen Transitkursen unterwegs waren. Alex hatte recht, es waren viel zu viele. Es war gefährlich.

»Was glaubst du, wie viele wir verloren haben?«, fragte Jim. Als sie in seine Richtung blickte, wurde ihm bewusst, dass sie die gleiche Darstellung geöffnet hatten.

»Nur die Schiffe des Untergrunds?«

»Nein, ich meinte das große Wir. Alle. Laconier, Untergrund und die Zivilisten, die einfach nur Vorräte dorthin schaffen wollen, wo sie gebraucht werden. Was meinst du, wie viele haben wir verloren?«

»Das kann man nicht genau sagen«, antwortete sie. »Niemand zählt die Verluste. Hier ist Krieg.«

Sie wies die *Rosinante* an, die anderen Schiffe anhand der Transponder, der Triebwerkssignaturen, des Wärmebilds und der Silhouette zu identifizieren, jede Auffälligkeit zu melden und alle Schiffe zu markieren, die bekanntermaßen mit dem Untergrund oder dem laconischen Reich in Verbindung standen. Das Schiffssystem brauchte drei Sekunden, um eine Liste mit Querverweisen und eine navigierbare Schnittstelle zu produzieren. Naomi übernahm die menschliche Arbeit, die Liste durchzusehen. Die am engsten mit Laconia verbündeten Schiffe waren ein Frachter namens *Eight Tenets of Bushido*, der in Bara Gaon beheimatet war, und ein Langstreckenspäher namens *Flying Buffalo*, der in Sol stationiert war, aber einem Firmennetzwerk gehörte, das Duartes Herrschaft anerkannt hatte, kaum dass Erde und Mars sich ergeben hatten. Es waren keine Kriegsschiffe, und bei beiden hatte Naomi den Eindruck, sie seien mehr aus Bequemlichkeit als aus echter Überzeugung zu den Laconiern übergelaufen. Auf jeden Fall gehörten sie nicht zur offiziellen laconischen Hierarchie.

Das einzige Schiff, das ihres Wissens zum Untergrund gehörte, war ein unabhängiger Felsenhüpfer aus dem Solsystem, der unter dem Namen *Caustic Bitch* flog, tatsächlich aber als *PinkWink* registriert war. Vermutlich steckte hinter dem Wechsel von der zeigefreudigen Vagina zur bissigen Zicke eine interessante Geschichte, doch Naomi war nicht sicher, ob sie die Einzelheiten wissen wollte.

Außerdem schwebte eine Flaschenpost umher.

»Eine von deinen?«, fragte Jim.

»Das hoffe ich doch«, antwortete Naomi. »Wir werden sehen.«

Früher war das Com-Netzwerk der Menschen eine recht robuste Angelegenheit gewesen. Die in einem System ausgestrahlten Funksignale erreichten die Repeater an den Ringtoren, die entweder stark genug waren, um die Interferenzen in den Toren direkt zu überbrücken, oder die Störungen mit Sendern und Empfängern auf beiden Seiten überwanden. Die Medina-Station im Herzen des Ringraums hatte sie unterhalten und den Com-Datenverkehr überwacht. Über Jahrzehnte hinweg konnte eine Nachricht von der Erde nach Bara Gaon durchgeleitet und binnen eines Tages beantwortet werden, selbst wenn die Datenverbindungen überlastet waren. Doch seit der Zerstörung von Medina und der Entstehung des Untergrunds war das Geschichte.

Inzwischen kommunizierten die dreizehnhundert Welten über ein veränderliches Netzwerk von Relaisstationen, mithilfe von Schiffen, die Botschaften weiterleiteten, und mit den modifizierten Torpedos, die Naomi als »Flaschenpost« bezeichnete. Diejenige, die sie gerade erfasst hatte, war ein fortschrittliches Modell, das imstande war, zu warten und eingehende Nachrichten vom

Untergrund für Naomi zu sammeln und aufzubewahren, bis sie aktiviert wurde. Das System war nicht vollkommen, und Naomi war sicher, dass sie eine ganze Reihe von Nachrichten verpasst hatte, aber die Daten waren leicht zu verifizieren, schwer zu fälschen und so gut wie unmöglich zurückzuverfolgen.

Sie rief die Steuerung des Epstein-Antriebs auf und änderte minimal die Einspeisung. Für alle Sensoren außer jenen der Flasche wäre das nicht weiter bemerkenswert gewesen – eine alltägliche Abweichung innerhalb der normalen Bandbreite des Antriebs. Für die Sensoren auf der Außenhülle der Flasche ergab sich ein Bild, das sie erkannte.

Sie reagierte.

Die Flasche sendete einen kurzen Impuls mit stark komprimierten Daten, den jedes Schiff in der langsamen Zone empfangen konnte. Ein Richtstrahl wäre zu verräterisch gewesen, falls jemand den Energieausstoß wahrnahm. Diese Sendung konnte für eines von Dutzenden Schiffen bestimmt sein, die in Reichweite waren. Ab und zu setzte der Untergrund auch falsche Flaschen aus, die in der langsamen Zone oder an einem Tor trieben und gefälschte Daten und wirre Angaben ausspuckten.

Die Systeme der *Rosinante* erfassten den Impuls und machten sich sofort daran, ihn zu entschlüsseln. Gleichzeitig zündete die Flasche am Rand des Ringraums ihren Antrieb und verschwand durch ein Tor. Naomis Untergrund überwachte die Explosion und nahm sie als Zeichen, so bald wie möglich eine neue Flaschenpost zu platzieren. Falls es die Laconier sahen – selbst wenn sie wussten, was dort vor sich ging –, konnten sie nichts mehr tun.

Die ganze Operation funktionierte wie eine extrem vergrößerte Zelle der AAP, und Naomi hatte das alles entworfen. Nun fanden die Sünden ihrer Vergangenheit einen Nutzen.

»Tja, das hätte erheblich schlimmer ausgehen können«, meinte Jim. »Jetzt ist wohl die Frage, wohin wir fliegen.«

»Das hängt davon ab, was uns die Daten sagen«, antwortete Naomi. »Ich will im Ringraum nicht mehr Zeit verbringen als unbedingt nötig.«

»Mir würde es auch nicht gefallen, von Kräften außerhalb von Raum und Zeit gefressen zu werden, bevor ich an der Reihe bin zu sterben.« Die Leichtigkeit und der Humor, die sie kannte, waren noch da, aber dahinter spürte sie eine Leere. Es war kein Nihilismus, dachte sie. Eher Erschöpfung.

»Wenn nötig, können wir immer noch …«, setzte sie an.

Teresa unterbrach sie über den Schiffscom. »Ich brauche Hilfe. Im Maschinenraum. Sofort.«

Jim war abgeschnallt, noch ehe sie ganz ausgesprochen hatte. Schlagartig war alle Müdigkeit verflogen. Er verzichtete darauf, die Kabine zu rufen, sondern zog sich an den Handgriffen durch den Schacht, als kletterte er eine Leiter empor. Naomi war direkt hinter ihm. In gewisser Weise war sie erleichtert zu sehen, dass er sich wieder mit solcher Zielstrebigkeit bewegte. Es war, als hätte sie einen Blick auf den Jim erhascht, den sie früher gekannt hatte. Auch wenn vieles in ihm verborgen blieb, er war immer noch da.

»Was ist los?«, fragte Alex vom Flugdeck.

»Mit Amos ist etwas passiert«, antwortete Teresa. Sie klang extrem aufmerksam und doch ruhig, als arbeitete sie in einer Notrufzentrale.

»Wir sind unterwegs«, antwortete Naomi. Jim sagte überhaupt nichts. Als sie das Maschinendeck erreichten, hörte Naomi etwas. Eine Stimme, Amos' Stimme, aber wortlos. Es war ein leises, feuchtes Geräusch, halb Grollen und halb Gurgeln. Es erinnerte sie an einen Ertrinkenden. Sie und Jim kamen gleichzeitig in der Werkstatt an.

Teresa hockte im Schneidersitz auf dem Boden und barg Amos' großen, kahlen Kopf im Schoß. Er zuckte und schauderte, aus dem Mund rann weißer Schaum, und die tiefen, schwarzen

Augen waren weit aufgerissen und leer. Ein Übelkeit erregender Geruch – zugleich metallisch und organisch – breitete sich aus.

»Er hat einen Anfall«, sagte Jim.

Teresa fragte mit bebender Stimme: »Warum? Warum passiert das jetzt?«

4 Elvi

»Holt sie raus«, sagte Elvi. »Ich beende das jetzt.«

»Nein«, wandte Cara ein. Die Stimme des Mädchens zitterte, aber die folgenden Worte waren klar. »Ich schaffe das.«

Caras Hirnfunktionen wurden in sieben verschiedenen Datengruppen auf doppelt so vielen Displays angezeigt. Die Daten vom VGS – der Kurzname der Techniker für den jupitergroßen grünen Kristallbrocken, der das einzige Objekt im Adro-System war – wurden daneben dargestellt. Fortschrittliche Mustererkennungssysteme verglichen beide Datenströme in sechs Dimensionen. Die instabile Phase war in beiden Datensätzen schon wieder vorbei, und die Turbulenzen des Anfalls – falls man es so nennen konnte – wichen einem stabileren Zustand.

Im ganzen Labor richteten die Forscher und Techniker die weit aufgerissenen Augen auf Elvi. Bei allen Mitarbeitern spürte sie den Drang, möglichst schnelle Fortschritte zu erzielen. Sie selbst empfand nichts anderes. Diese Situation erinnerte sie daran, wie sie als Aufsichtsperson im Studentenwohnheim die Partys beenden musste.

»Ich bin die leitende Forscherin. Sie ist unser Versuchsobjekt. Wenn ich sage, dass wir das beenden, dann beenden wir es.« Während sich ihr Team in Bewegung setzte, um das Experiment abzubrechen, wandte sie sich an Cara, die über einer Schicht aus bildgebenden Sensoren schwebte. »Tut mir leid. Es ist nicht so, dass ich dir nicht traue. Der Grund ist, dass ich alldem hier nicht traue.«

Das Mädchen mit den pechschwarzen Augen nickte, obwohl ihre Aufmerksamkeit noch auf ein anderes Ziel gerichtet war. Caras Seh- und Hörzentrum strahlten wie Paris am Silvesterabend. Im Gyrus postcentralis des Mädchens pochte ein tiefer, langsamer Takt, der zu den Energieabstrahlungen in der südlichen Hemisphäre des VGS passten. Was Cara in diesem Augenblick auch fühlte, sie schenkte ihrem inneren Erleben mehr Aufmerksamkeit als Elvi. Die Wissenschaftlerin hatte den Eindruck, sie könne dem Mädchen etwas ins Ohr brüllen und würde dennoch nur einen winzigen Bruchteil der Informationen darstellen, die dessen Gehirn überfluteten.

Eigentlich sogar den ganzen Körper des Mädchens, und das war ein Teil des Problems. Elvi hatte Kognitionstheorie studiert, doch das Ausmaß, in dem das VGS anscheinend seine Informationen in Caras ganzem Nervensystem manifestieren wollte – eingeschlossen die Muskulatur und die inneren Organe –, machte die Angelegenheit erheblich komplizierter. Sie spulte in den Daten zurück, während ihr Team sich um die notwendigen Prozeduren kümmerte, um das Experiment zu beenden und Cara in die schnöde menschliche Realität zurückzuholen.

Die *Falcon*, Elvis staatlich finanziertes Forschungsschiff, war in dreizehnhundert Systemen das fortschrittlichste auf dieses Fachgebiet spezialisierte Labor. Das klang beeindruckend, solange man nicht berücksichtigte, dass die meisten dieser dreizehnhundert Welten auf dem Stand europäischer Bauern um 1880 waren, die versuchten, genügend Lebensmittel anzubauen, um nicht jedes Jahr bei Anbruch des Winters die Hälfte ihres Viehs schlachten zu müssen. Die *Falcon* hatte als einziges Schiff den Angriff überlebt, der die *Typhoon* und die Medina-Station zerstört hatte. Die Narben waren noch überall zu sehen. Die Oberflächen auf den Decks waren verfärbt, wo die Fäden der Finsternis, die irgendwie realer waren als die Realität, ein Drittel der Schiffsmasse herausgerissen hatten. Der Antrieb und die Lebenserhaltung waren ein Flickwerk und höchstens ungeschickte Nachbauten der Originale. Sie selbst hatte eine Narbe am Bein, wo die neue Haut und die Muskeln nachgewachsen waren und die tennisballgroße Wunde geschlossen hatten, die sie beim Angriff erlitten hatte. Die Arbeit auf der *Falcon* kam ihr vor, als würde sie immer wieder ein altes Trauma durchleben. Es half ihr, wenn sie sich auf die Daten und den VGS konzentrieren konnte. Und auf Cara und Xan.

Dr. Harshaan Lee, Elvis Stellvertreter, suchte ihren Blick und nickte. Er war ein energiegeladener junger Wissenschaftler, und sie mochte ihn. Mehr als das: Sie vertraute ihm. Er wusste, was sie wollte, und hatte mit einer Geste angeboten, dafür zu sorgen, dass Caras Rückholung aus dem Experiment den Vorschriften entsprechend verlief. Ebenfalls nickend nahm sie das Angebot an.

»Also los, Leute«, sagte Lee und klatschte in die Hände. »Alles genau nach Vorschrift.«

Elvi hangelte sich zum Aufzugsschacht und in Richtung Heck zur Isolierzelle, in der Caras jüngerer Bruder Xan wartete.

Fayez schwebte an einer Wand, die Beine in einen Wandhaken geklemmt, auf seinem Handterminal leuchtete ein Text. Neben ihm war das Ding, das sie als Katalysator bezeichneten – der Körper einer Frau, in dem sich eine kleine, genau kontrollierte aktive Menge des Protomoleküls befand –, auf der Liege festgeschnallt. Die blicklosen Augen des Katalysators richteten sich auf Elvi, und Fayez folgte dem leeren Blick.

»Wie macht er sich?« Elvi deutete in die Richtung der Isolierzelle, in der Xan steckte. Meistens wurde dort der Katalysator gelagert, doch wenn sie ihn benutzten, um die alten Alien-Technologien zu aktivieren, brachten sie dort Xan unter. Die einzigen Gelegenheiten, bei denen der kleine Junge und das Protomolekül interagieren konnten, waren die Wechsel der Belegung.

Fayez rief das Bild der Überwachungskamera auf sein Display. Xan schwebte in der Isolierzelle. Er hatte die Augen geschlossen, sein Mund war leicht geöffnet, als schliefe er oder als sei er ertrunken.

»Er hat Musik gehört, ein paar Folgen von *Naka and Corvalis* gelesen und ist eingeschlafen«, antwortete Fayez. »Ganz der präpubertäre Junge, der er zu sein scheint.«

Elvi hielt neben ihrem Ehemann an. Sein Handterminal zeigte neben den Daten aus dem Labor auch die Werte der Monitore, die Xan überwachten. Sie sah auf den ersten Blick, dass es keine Korrelation gab. Was Cara auch durchlebte, Xan spürte nichts davon. Oder wenigstens nicht offensichtlich. Trotzdem wollte sie vorsichtshalber alles durch die Mustererkennung laufen lassen.

Sie hatte gar nicht bemerkt, dass sie geseufzt hatte, bis Fayez sie am Arm berührte, als hätte sie es getan.

»Hast du gehört, was im Gedara-System passiert ist?«

Sie nickte. »Eine Veränderung der Lichtgeschwindigkeit. Dunkle Götter rumoren auf dem Dachboden. Es scheint, als würde das immer öfter passieren.«

»Wir benötigen mehr Daten, um die Häufigkeit genau zu analysieren«, meinte er. »Aber ja, es sieht ganz danach aus. Ich mag dieses Gefühl nicht, dass etwas Gewaltiges wütend an den Rändern der Realität kratzt und nach einem Weg sucht, mich umzubringen.«

»Es ist so beängstigend, weil es wahr ist.«

Er fuhr sich mit einer Hand durch die Haare. Sie waren ergraut, und in der Schwerelosigkeit sah er aus wie eine Figur aus einem Comic für Kinder. Elvis Haare waren fast weiß, doch sie schnitt sie kurz. Vor allem, weil sie die dämpfende Flüssigkeit in den Druckliegen nicht mochte. Es dauerte immer eine Ewigkeit, den Geruch aus langen Haaren herauszuwaschen.

»Hast du vorzeitig abgebrochen?«

»Es gab eine Instabilität, als sie sich mit dem VGS synchronisiert hat.«

Jetzt war es an Fayez zu seufzen. »Ich wünschte, sie würden das Ding nicht so nennen. Es ist ein Diamant, kein Smaragd.«

»Ich weiß, tut mir leid.«

»Und überhaupt, ›verdammt großer Diamant‹ klingt doch viel kostbarer«, fuhr er fort, legte aber nicht besonders viel Nachdruck in seine Antwort. Ihre Ehe war ein weitläufiges Geflecht von Insiderwitzen, entspannten komischen Momenten, geteilter Neugierde und gemeinsam erlittenem Trauma. Im Laufe der Jahrzehnte hatten sie einen internen Code entwickelt. Sie kannte die Betonungen, die ihr verrieten, was ihn interessierte, und die anderen Nuancen, wenn er wegen irgendetwas wütend war. Wenn er sie beschützen wollte oder wenn er mit etwas rang, das er sah, aber nicht begriff.

»Was denkst du?«, fragte sie.

»Ist dir die Synchronisation nicht aufgefallen?«

»Welche Synchronisation?«

Fayez holte noch einmal die Daten auf das Display. Auf einer Seite das Gehirn und der Körper einer Jugendlichen, fixiert auf den Moment, in dem sie gestorben und von der Alien-Technologie »repariert« worden war. Auf der anderen Seite die Partikelstrahlung und die magnetische Resonanz des riesigen Kristalls, in dem – wenn sie Glück hatten – die Geschichte einer in der ganzen Galaxis verbreiteten Spezies gespeichert war, der sie bis zu deren Auslöschung nachspüren wollten. Sie verfolgte die Ähnlichkeiten mit den Fingern. Fayez zog die Augenbrauen hoch und wartete darauf, dass sie es sah. Sie schüttelte den Kopf. Er zeigte auf einen winzigen Indikator an der Seite der Datenausgabe: INTERNER KORREKTUROFFSET FÜR LICHTGESCHWINDIGKEIT: –.985S.

Sie runzelte die Stirn.

»Wir sind null Komma neun acht fünf Lichtsekunden von dem Diamanten entfernt«, erklärte Fayez. »Wir umkreisen auf einer angeglichenen Umlaufbahn die Sonne, sodass wir uns weder annähern noch entfernen. Beim letzten Versuch haben Cara und der Diamant hin und her gesendet. Ruf und Antwort. Jetzt singen sie harmonisch. Keine Zeitverzögerung aufgrund der Entfernung.«

Als sie erkannte, was dies bedeutete, rasten ihre Gedanken wie Wildwasser in einem Bach. Es war schon lange bekannt, dass das Protomolekül seltsame Dinge mit der Lokalität anstellen konnte, doch man hatte die entsprechenden Phänomene auf eine Quantenverschränkung von Partikeln zurückgeführt. Cara und der VGS hatten, soweit man es überhaupt sagen konnte, keine Partikel ausgetauscht, daher war der pseudo-gleichzeitige Informationsaustausch etwas Neues. Eine grundlegende Hypothese über die Technologie des Protomoleküls hatte gerade einen empfindlichen Rückschlag erlitten.

Dies bedeutete auch, dass ihr Zugriff auf das Artefakt dazu geführt hatte, dass es ihrerseits auf sie zugriff. Ihr Experiment funktionierte.

Allerdings hatte sie gehofft, der Erfolg würde sich weniger wie Angst anfühlen.

Elvi hatte unter Zwang begonnen, für das Laconische Reich zu arbeiten. Mit der Geschwindigkeit und Effizienz einer Seuche hatte Winston Duarte die Herrschaft über die ganze Menschheit an sich gerissen. Als er Elvi eingeladen hatte, in seinem Wissenschaftsdirektorat eine leitende Position zu übernehmen, hatte sie zugesagt. Es wäre ein Traumjob gewesen, hätte sie nicht mit schlimmen Konsequenzen rechnen müssen, falls sie sich weigerte.

Dann schlug Duartes Plan fehl, die Kräfte anzugehen, die jene Zivilisation vernichtet hatten, die als Erbauerin der Ringtore galt. Duarte wurde dabei verkrüppelt. Und Elvis unmittelbarer Vorgesetzter Paolo Cortázar wurde zu einem dünnen, nach Häm stinkenden Dunstschleier reduziert. Elvi, die den Job, aber nicht den Arbeitgeber mochte, war auf der Stelle zur Leiterin des laconischen Wissenschaftsdirektorats befördert worden und hatte insbesondere die Aufgabe bekommen, einen Weg zu finden, um die Angriffe abzuwehren, die manchmal nur in einzelnen Systemen, manchmal auch im ganzen Reich das Bewusstsein der Menschen vorübergehend ausschalteten. Es sei denn, ihre Hauptaufgabe bestand darin, einen Weg zu finden, um Duartes zersplittertes Bewusstsein in Ordnung zu bringen. Oder vielleicht sollte sie auch dafür sorgen, dass beim Transit zwischen dem normalen Universum und der seltsamen Schaltstelle im Ringraum keine Schiffe mehr verschwanden.

Ihr standen die fast unbegrenzten Ressourcen des Reichs zur Verfügung, die Verantwortung für das Überleben der ganzen Menschheit lastete auf ihren Schultern, und sie hatte ein ehrgeiziges Forschungsvorhaben zu bewältigen, das schon aufgrund der Inhaltsangabe von jeder Ethikkommission verworfen worden wäre.

Es gab zwei Ebenen, auf denen sie forschen musste. Zunächst war da die Zivilisation, die das Protomolekül und die Ringtore geschaffen hatte, und dann waren die Kräfte von Bedeutung, die alles zerstört hatten. An ihren guten Tagen kam sie sich vor wie ein mittelalterlicher Mönch, der sich bemühte, die Heiligen zu verstehen, um das Antlitz Gottes besser zu erkennen. Öfter aber fühlte sie sich wie eine Termite, die ihren Insektenkollegen erklären wollte, was Hunde waren, damit sie anschließend besser über Fusion Jazz spekulieren konnten.

Sie verstand die Schöpfer des Protomoleküls und das, was sie getötet hatte, besser als jeder andere Mensch. Mit Ausnahme von Cara und Xan, falls die Experimente erfolgreich waren.

»Es war wie in einem Traum«, berichtete Cara. »Nur größer. Ich kann mich nicht erinnern, in einem Traum schon einmal etwas geschmeckt zu haben. Hier war es aber so, als hätte ich die Dinge geschmeckt und gehört, und die Form meines Körpers schien sich zu verändern. Es war … alles auf einmal.«

»Ich habe überhaupt nichts gespürt«, sagte Xan. Es klang enttäuscht.

Anfangs hatte Elvi die Nachbesprechungen mit den Geschwistern getrennt durchgeführt und zuerst mit Cara und anschließend mit Xan geredet. Sie wollte vermeiden, dass sie hörten, was der jeweils andere sagte, weil dies die Berichte hätte verfälschen können. Es setzte die beiden jedoch unter Stress, wenn sie voneinander getrennt waren.

Jetzt führte sie die beiden in ihr Privatlabor. Sie schwebten, während Elvi selbst sich am Schreibtisch festhielt und ihre Notizen schrieb. Die Einrichtung sah sehr nach einer psychiatrischen Praxis aus: pastellgrün verkleidete Wände, in den Nischen Grünlilien, die mit Kapillaren bewässert wurden, das leise Summen eines Luftrecyclers. Alles sollte demonstrieren, dass die Frau, die hier arbeitete, sehr wichtig war. Elvi mochte es überhaupt nicht, brachte aber nicht die nötige Energie auf, den genauen Grund herauszufinden.

»Was war anders als beim letzten Mal?«, fragte Elvi.

»Es gab ein … ein Stottern? Als wäre einen Moment lang alles auseinandergefallen, und als es sich wieder zusammengesetzt hat, war es heller und stärker. Nein, das ist nicht das richtige Wort. Vielleicht gibt es gar keine richtige Bezeichnung dafür.«

»Wie könnte man das mit deinen bisherigen Erfahrungen in der ›Bibliothek‹ vergleichen?«, wollte Elvi wissen.

Cara schwieg eine Weile und verharrte einen Moment geradezu gespenstisch still, wie sie und Xan es manchmal taten. Elvi wartete einen Augenblick, dann war Cara wieder da. »Die Bibliothek ist überhaupt nicht sinnlich. Da gibt es nur Dinge, die man wissen kann. Aber das hier? Das ist nicht die Bibliothek, sondern der Ursprung, aus dem alle Informationen stammen. Da bin ich ganz sicher.«

Xan gab ein leises Geräusch von sich. Cara legte ihm eine Hand auf den Arm und zog ihn an sich. Ein Primateninstinkt, durch Körperkontakt Trost zu spenden, der auch Lichtjahre von der Erde entfernt im Vakuum in einer Blase aus Keramik, Stahl und Kohlenstoffgeflechten unverändert war.

»Konntest du überhaupt mit irgendetwas interagieren?«

»Ich glaube schon«, antwortete Cara. »Ich meine, ich habe nicht verstanden, was ich getan habe, aber ich denke, ich kann es herausfinden. Es geht mir gut, und ich könnte jederzeit wieder reingehen.«

Elvi tippte: VERSUCHSPERSON ZEIGT STARKES INTERESSE, ZUGANG ZUR SCHNITTSTELLE ZU BEKOMMEN. KONSISTENT MIT ABGESENKTEN DOPAMIN- UND SEROTONINSPIEGELN NACH DEM EXPERIMENT. SUCHTERZEUGEND?

»Das ist gut«, sagte sie laut. »Wir müssen einige Dinge neu kalibrieren, aber in zwei Schichten könnten wir mit dem nächsten Versuch beginnen. Dann will ich verschiedene Scans laufen lassen, um deine Basalwerte zu überwachen.«

»Gut«, antwortete Cara, die ihre Ungeduld kaum verbergen konnte. »Wie du willst.«

Xan zappelte in der Umarmung seiner Schwester herum, sodass sie beide leicht rotierten. »Ich habe Hunger.«

»Nur zu«, antwortete Elvi. »Ich muss meine Notizen noch ins Reine schreiben, aber ihr zwei solltet etwas essen und euch ausruhen. Ich komme bald zu euch.«

Cara nickte knapp und zog Xan näher an sich heran. »Danke, Doktor.« Mit einem langen, anmutigen Bein stieß sie sich von Elvis Schreibtisch ab. Die Kinder – oder die Testpersonen, oder die Hybridwesen aus Mensch und Alien, oder wie Elvi sie auch im Augenblick sah – schlossen hinter sich die Tür. Elvi presste sich die Hände auf die Augen, bis bunte Farben explodierten, und seufzte schwer. Sie zitterte vor Erschöpfung, Aufregung und Angst. Es fühlte sich an, als hätte sie zu viel Kaffee getrunken, obwohl sie keinen Schluck zu sich genommen hatte.

Sie notierte, was sie bei Cara und Xan beobachtet hatte, und hängte die Rohdaten an den Bericht. Anschließend musste sie noch eine Zusammenfassung erstellen. Sie schaltete das Interface auf Diktatbetrieb um und schwebte vom Schreibtisch empor. Ihr Bein wollte sich strecken und sich gleichzeitig verkrampfen. Seit das Loch im Oberschenkel zugewachsen war, hatte sie ab und zu dieses Gefühl.

»Wir machen eindeutig Fortschritte«, sagte sie. Die Worte erschienen auf dem Display. »Die triadische Beziehung zwischen Protomolekül-Katalysator, bewusstem Versuchsobjekt und VGS …« Elvi machte eine finstere Miene und schnalzte mit der Zunge, um das letzte Wort zu löschen. »… und dem vermeintlichen Alien-Datenkern scheint einen Vorgang zu vervollkommnen, den wir als Handshake-Protokoll bezeichnen. Ich mache mir Sorgen, weil die primäre Versuchsperson und das Interface ursprünglich nicht füreinander geschaffen sind, sodass die Interaktion zwischen ihnen möglicherweise …«, wieder schnalzte sie, »… das Potenzial hat, sich auf einen von ihnen oder auf beide destruktiv auszuwirken.«

Ihre Bürotür ging auf, und Fayez schwebte herein. Mit erhobener Hand bat sie ihn zu warten, während er sich an einem Handgriff verankerte. Erst als die Tür geschlossen war, fuhr sie fort.

»Die nächste Phase wird darin bestehen, die Informationen zu bestätigen, die wir bereits gewonnen haben. Genauer gesagt, werde ich der Versuchsperson einige einfache Fragen zu Einzelheiten der Erforschung der Artefakte und zur Archäologie in mehreren anderen Systemen stellen, die sie eigentlich nicht beantworten kann. Falls sie bestätigt, was wir bereits wissen, können wir einen Schritt weitergehen und mit einiger Sicherheit unterstellen, dass alles, was wir in Zukunft von ihr erfahren, vertrauenswürdig ist. Aber da sie in Cortázars Labor zugegen war und wir nicht wissen, wie gut seine Informationshygiene hinsichtlich der Versuchspersonen war, muss ich bei der Auswahl der Testfragen sehr vorsichtig sein.

Die Ereignisse im Gedara-System hatten anscheinend auf beide Testpersonen keinerlei Auswirkungen. Die Mitarbeiter hier, was mich selbst einschließt, hatten seit dem Angriff auf alle Systeme vor einigen Monaten keine Blackouts mehr und wurden nicht mehr bewusstlos. Ohne genau zu wissen, unter welchen Einschränkungen der Feind arbeitet, kann ich das begrenzte Ausmaß des Angriffs auf Gedara nur als Hinweis darauf betrachten, dass er sich noch in einer experimentellen Phase befindet und nach Methoden sucht, die uns wirkungsvoll ausschalten können. Oder die neuen Angriffe erfordern größere Anstrengungen, sodass der Feind sie nicht intensivieren will. Oder wir haben einfach nicht genügend Informationen, um zu wissen, was wir suchen, und ich schüttle mir gerade etwas aus dem Ärmel.«

Sie schnalzte mehrmals, um die sarkastische Bemerkung zu löschen, und schloss den Bericht ab. Dann sah sie noch einmal den Text durch, um inhaltliche Mängel und Tippfehler zu beheben. Fayez schwebte zu ihr hinüber und blickte über ihre Schulter hinweg auf das Display.

»Was du nicht gesagt hast: ›Wenn wir das nicht bald in den Griff kriegen, finden die bösen Jungs einen Weg, unser Bewusstsein auszulöschen wie Milliarden Kerzenflammen, und dann müssen sich die Küchenschaben entwickeln und den Laden übernehmen, weil wir die Antwort nicht finden konnten.‹«

»Ameisen. Ich glaube, die schaffen es vor den Küchenschaben«, antwortete Elvi. »Das sind raubtierhafte Superorganismen. Küchenschaben sind für sie nur mobile Nahrungskapseln.«

»Du hast anscheinend gründlich darüber nachgedacht.«

Sie leitete Kopien des Berichts an Dr. Ochida und das Wissenschaftsdirektorat auf Laconia weiter und informierte auf getrenntem Wege außerdem Admiral Anton Trejo, der im Augenblick wohl als die kontrollierende Intelligenz in Laconias eigenem raubtierhaftem Superorganismus gelten konnte. Irgendwo auf der *Falcon* flackerte ein Richtstrahl und schickte die Daten zu den Repeatern, die sie auf dem Herweg abgesetzt hatten und die hoffentlich noch existierten und funktionstüchtig waren. Mit Lichtgeschwindigkeit würden die Informationen fast eine Stunde brauchen, um das Ringtor zu erreichen, dann liefen sie durch das zusammengeschusterte, vom Krieg verwüstete, unzuverlässige Kommunikationsnetzwerk, das im Ringraum verteilt war, um nach wer weiß wie langer Zeit Trejo zu erreichen.

Sie bereitete eine weitere Kopie des Berichts so auf, dass der Untergrund sie leicht abfangen konnte, und adressierte die Sendung an Naomi Nagata. Auch diese Kopie schickte sie ab.

»Eines Tages wird uns das eine Menge Ärger einbrocken«, meinte Fayez.

»Wir haben jetzt schon eine Menge.«

»Ja, aber das ist Ärger auf der Ebene von komischen Kräften jenseits von Raum und Zeit, die uns alle umbringen werden. Unsere Daten an den Untergrund zu leiten ist Ärger auf der Ebene, wo uns die Sicherheitskräfte wegen Hochverrat erschießen.«

Elvi lachte. Es klang angespannt und wütend. »Was wir hier tun, ist wichtiger als jede Politik.«

»Ich weiß«, stimmte er zu. »Ich hoffe nur, die Politiker sehen das genauso.«

Wie um ihm zu antworten, zirpte ihr System. Eine Nachricht mit hoher Priorität aus Laconia, nur für Elvis Augen bestimmt.

»Das ist mir nicht geheuer«, bemerkte Fayez. »Soll ich dich allein lassen?«

»Eigentlich nicht«, sagte sie. »Aber es wäre wohl besser.«

Als er die Tür hinter sich geschlossen hatte, startete sie die Wiedergabe. Es war Kelly, Winston Duartes Kammerdiener, der sich weit zur Kamera vorgebeugt hatte. Seine Lippen waren schmal und fast farblos. Worum es auch ging, es sah nach schlechten Neuigkeiten aus.

»Dr. Okoye, Admiral Trejo hat mich autorisiert, Sie über eine Sicherheitsfrage zu informieren, die sich möglicherweise auf Ihre Arbeit auswirkt. Hochkonsul Duartes Status hat sich soeben verändert …«

5 Tanaka

Der laconische Mech-Infanterieanzug für gefährliche Aufklärungseinsätze, liebevoll auch »Stalker« genannt, war ein Wunder der modernen Technik. Gebaut für längere Aufklärungsmissionen, leichter und schneller als der Standardanzug, und nicht mit Waffen vollgestopft, sondern mit zahlreichen Sensoren und Trackingsystemen ausgerüstet. Für den Kampfeinsatz in vorderster Front war er nicht gedacht. Er war die Ausrüstung für Spione, die irgendwo hineinhuschten, die Feinde fanden und die Ziele markierten, um wieder zu verschwinden, ehe die schwer bewaffneten Kampftruppen kamen und die Sache erledigten. Die Kleinkaliber-Gatling-Kanone am rechten Arm des Anzugs war aber durchaus geeignet, geringfügige Probleme eigenständig zu lösen, falls es notwendig werden sollte.

In ihren vielen Jahrzehnten im aktiven Dienst, zuerst im Marinecorps der Marsianer als Mitglied der Elite-Aufklärungseinheit auf dem Hekate-Stützpunkt, später bei einer kämpfenden Einheit der neu gegründeten laconischen Raummarine, hatte Tanaka so ziemlich alle Modelle motorverstärkter Anzüge getragen, die je konstruiert worden waren. Der Stalker-Anzug war ihr der liebste. Schmal und schlank, schnell wie ein Windhund und hart wie ein Panzer. Sie hatte sich immer vorgestellt, dass der Anzug aussah wie eine Roboterversion ihrer selbst.

Ihr aktuelles Modell war gerade in zartgrünen Tarnfarben gesprenkelt. Die Oberfläche passte sich automatisch dem laconischen Wald und den Büschen an, die der Anzug mit dreiundsechzig Kameras unablässig erfasste. Damit war sie nicht völlig unsichtbar, aber die Tarnung des Anzugs entsprach immer der jeweiligen Umgebung. Auf dem Rücken saßen zwei große Batterien, die ihr eine Reichweite von neunzig Stunden gaben. Die Waffe war mit einer Mischung aus panzerbrechender und explosiver Munition geladen. Mit einer leicht zu haltenden Dauergeschwindigkeit von zwanzig Stundenkilometern zog sie durch den laconischen Wald und verscheuchte die kleinen Tiere, die ihren Weg kreuzten. Es gab keinen Grund, sich vorsichtig zu bewegen. Solange sie hier draußen nicht den Hochkonsul selbst fand, konnte ihr in der Wildnis nichts gefährlich werden.

Als Erstes hatte sie einige Akten durchgesehen und sich Hintergrundinformationen verschafft, die ihr bisher nicht zugänglich gewesen waren.

Über das Privatleben des Hochkonsuls gab es nur spärliche Daten, obwohl sie dank ihres Omega-Status Zugriff auf alle Informationen hatte. Seine medizinischen Unterlagen waren lückenhaft und ungenau. Im Laufe der Jahre hatte er seine Privatsphäre vor allem dadurch gewahrt, dass vieles gar nicht erst aktenkundig gemacht wurde. Das Leben aller anderen auf Laconia wurde dagegen genauestens dokumentiert. Zur Vorbereitung ihres Einsatzes hatte sie die Wäsche des Hochkonsuls zusammen mit den Sensoren ihres Anzugs in einen Raum gesperrt. Als sie den Anzug wieder anlegte, hatte er die chemischen Marker aller Personen registriert, die je mit dem Stoff in Berührung gekommen waren. Alle Personen bis auf eine einzige konnten identifiziert werden. Dank der Elimination musste das letzte Signal somit das des Hochkonsuls sein. Ein ähnliches Verfahren wie bei jagenden Raubtieren.

Jetzt hatte sie eine Witterung.

Die Logdateien der Überwachung halfen ihr, Duarte bis zum Rand des Geländes vor dem Staatshaus und ein kleines Stück darüber hinaus zu verfolgen. Danach verlor sich die Fährte beinahe. Der Wind hatte den Geruch verweht, der Regen hatte alles weggewaschen.

Laconia war kein sehr großer Planet, aber eben doch ein Planet. Duarte war vor mehreren Tagen zu Fuß aufgebrochen. Im günstigsten Fall war er immer noch zu Fuß unterwegs; dann konnte sie ihn im Laufe eines ausgedehnten Nachmittags ausfindig machen. Doch auf den Koloniewelten gab es weitläufige alte Verkehrswege, eingerichtet von den Aliens, die das alles erschaffen hatten, um Material zu transportieren. Wenn er einen davon aktiviert hatte, dann konnte er überall auf Laconia oder kilometertief unter der Erdoberfläche sein. Wenn sie den Zugang fand, den er benutzt hatte, dann konnte sie den nächsten Schritt tun. Mehr war nicht nötig: Ein Schritt nach dem anderen, bis die Mission erledigt war.

Sie bewegte sich schnell genug, um eine Gruppe Knochenelche zu überraschen, die mit ihren beeindruckenden Geweihen in der Erde nach Nahrung wühlten. Die Tiere erschraken, als sie so plötzlich auftauchte, und schossen panisch in unterschiedliche Richtungen davon. Ihr Anzug verfolgte sie und markierte die Bedrohung als niedrig. Wenn sie die Bewertung überging und die Bedrohung als hoch definierte, würde die Waffe am Arm die ganze Herde binnen Sekunden zu Brei schießen.

Sie entschied sich dagegen.

Die ersten Hinweise waren vage. Eine Übereinstimmung von 15 Prozent, kaum besser als eine schlecht begründete Vermutung, führte zu einem Wildtierwechsel, der von Büschen mit silbrigen Blättern gesäumt war. Eine Übereinstimmung von 20 Prozent führte schnurgerade eine senkrecht abfallende Klippe hinauf. Sie tat es als falsch-positiv ab. Während sie kreuz und quer die Gegend absuchte, entspannte sie sich nach und nach und verlor das Zeitgefühl. Sie hatte gehört, dass Künstler in einen ähnlichen Flow kamen, wenn sie sich tief in ihre Arbeit versenkten. Es war ein schöner Zustand – ganz allein in ihrem Kopf, vor sich nur die Aufgabe.

Mit stetigem Tempo zog sie durch den schmalen Waldstreifen und erreichte die felsigen Ausläufer eines Berges. Dort hatte sie eine recht gute Vorstellung, wohin die Reise ging. Die topografischen Karten führten sie in einen gewundenen Canyon, der eine Sackgasse war. Am Ende befand sich der Eingang einer Höhle, vor zufälligen Blicken gut geschützt. Es war kein Wunder, dass man den Zugang erst nach intensiver Suche entdeckt hatte. Teresa hatte damals vermutlich gedacht, sie hätte das beste Versteck auf der Welt gefunden.

Zwei große nagetierähnliche Wesen – schwarzer Pelz und schwarze Knopfaugen, schwielige Mäuler und Ohren wie Muscheln – waren vor dem Eingang mit der Paarung oder mit Kämpfen beschäftigt, oder mit einer Kombination aus beidem. Die Tiere hielten fauchend inne, als sie sich näherte, und bleckten die bräunlich scharfen Krummzähne. Mit Tritten räumte sie sie aus dem Weg. Mit einem feuchten Klatschen prallten sie gegen die Felswand und blieben reglos liegen. Einen Moment lang betrachtete sie die kleinen Körper, dann betrat sie geduckt die Höhle.

In den Gängen in der Nähe des Eingangs hatte der feindliche Spion mehrere Jahre lang gelebt. Sein Gestank haftete überall. Der Anzug fand auch Spuren von Teresa und einem Dutzend weiterer Laconier. Das Rettungsteam hatte Timothy oder Amos Burton getötet, oder wer er auch gewesen war, und dann hatte ein zweiter Trupp seine Leiche und seine Ausrüstung gesucht. Dem Bericht nach hatte er die ganze Zeit auf einer Rucksack-Atombombe gesessen. Die vorherrschende Theorie besagte, dass er abgewartet hatte, weil er versuchen wollte, James Holden herauszuholen, ehe er den Sprengsatz zündete. Dafür empfand sie einen gewissen Respekt. Es hatte etwas sehr Erhabenes, wenn jemand den Tod in Händen hielt und nur noch auf den richtigen Augenblick wartete.

Der Anzug glaubte, er hätte Duartes Fährte entdeckt, doch falls der Hochkonsul hier vorbeigekommen war, dann war die Spur entweder zu schwach oder zu sehr überlagert, um es sicher bestimmen zu können. Sie wanderte in der Höhle hin und her und versuchte, den klaren Zustand wiederzufinden, den sie im Wald erlebt hatte, doch seit sie die kleinen Nichtratten getötet und die Spuren des Spions in diesem Versteck gefunden hatte, war sie in Grübeleien versunken. Der entrückte, schöne Augenblick war vorüber, auch wenn die Jagd noch im Gange war.

Die Steine in der Höhle waren hell, schuppig und porös. Sie hätte sich allein mit den motorverstärkten Handschuhen ihres Anzugs einen Gang graben können. Etwas besorgt dachte sie an die Einsturzgefahr, besonders nachdem sie den Eingangsbereich hinter sich gelassen hatte und das Tunnelsystem sich zu einem wahren Irrgarten verzweigte. Das Trägheitssystem ihres Anzugs konnte in Echtzeit eine dreidimensionale Karte jedes Ortes erstellen, an dem sie sich aufhielt, doch der Berg war riesig. Falls die Tunnel durch die ganze Erhebung verliefen, musste sie womöglich mehrere Tage hier verbringen. Wenn sie recht hatte und Duarte hierher gekommen war, dann konnte es schwierig werden, ihn herauszuholen.

Das Beste wäre es gewesen, einen Schwarm Mikrodrohnen zu rufen und in alle Tunnel zu schicken. Doch Trejo hatte ihr erklärt, wie wichtig die absolute Geheimhaltung war, und es schien ihr ein unnötiges Risiko zu sein, ein Technikerteam einzubeziehen, das die Drohnen steuerte. Trotzdem, wenn sie den Mann nicht bald erwischte, wäre dies ihr Plan B.

Allerdings war sie nicht bereit, schon jetzt aufzugeben. Noch lange nicht.

Je tiefer sie in das Höhlensystem eindrang, desto weniger natürlich kam es ihr vor. In der Nähe des Eingangs hatte alles nach einem geologischen Zufall ausgesehen, doch mit der Zeit entdeckte sie eigenartige Texturen und Vorsprünge an den Wänden und im Boden der größeren Höhlen. Schwarze und silberne Spiralen, die aus sich selbst heraus zu leuchten schienen. Tanaka hatte genug Zeit auf den laconischen Kriegsschiffen verbracht, die von den eigenartigen orbitalen Werften gebaut wurden, um die Technologie der Protomolekül-Erfinder zu erkennen, wenn sie sie sah.

Dieser Ort war eindeutig eine ihrer Schöpfungen, doch zu welchem Zweck, blieb unklar. Das Ermittlungsteam hatte in seinem Bericht empfohlen, dass dieses Gebiet weiter erforscht werden sollte, doch nach dem Angriff auf Laconia war dies anscheinend in Vergessenheit geraten. Niemand hielt dies für besonders wichtig. Abgesehen womöglich von Duarte.

Sie hatte gerade eine komplizierte Kreuzung erreicht – ein von Ost nach West verlaufender Tunnel schnitt einen anderen, der ein wenig tiefer von Nord nach Südosten verlief –, als ihr Anzug Alarm schlug. Sie sah auf das Display. Fünfundsiebzig Prozent Wahrscheinlichkeit im oberen Gang.

»Hab ich dich«, sagte sie.

Oder vielleicht auch nicht. Sie folgte den Angaben des Anzugs durch die Windungen und Biegungen der Tunnel, und die chemische Übereinstimmung blieb zwischen 75 und 60 Prozent, bis sie einen großen Raum mit zahlreichen komplexen Kristallauswüchsen erreichte. Wie fünf Meter hohe, zierliche gläserne Türme erhoben sie sich vom Boden und glühten in sanften Pastelltönen, wenn das Licht ihres Anzugs sie traf. In einem anderen Zusammenhang wären sie atemberaubend schön gewesen. Eine Art Neuinterpretation abstrakter Skulpturen. Sie fragte sich, ob sie ein Produkt der Alien-Intelligenz oder der blinden, bewusstlosen Kräfte der Natur waren. Die Tatsache, dass sie den Unterschied nicht erkannte, war entweder wunderschön oder ein Mangel an Wissen, aber in beiden Fällen nicht weiter von Belang.

Der Anzug war sicher, dass der Hochkonsul sich in diesem Raum aufgehalten hatte. Der erste Treffer mit 100 Prozent Wahrscheinlichkeit. Ob er noch hier war oder nicht, Duarte hatte jedenfalls genau dort gestanden, wo sie sich jetzt befand, oder mindestens ganz in der Nähe. Er hatte die Kristalle mit seinen eigentümlich veränderten Augen betrachtet. Ihr Herz schlug ein wenig schneller, als ihr bewusst wurde, dass sie ihn womöglich tatsächlich finden konnte. Die Erleichterung angesichts dieses nahen Erfolges zeigte ihr, wie sorgfältig sie jeden Gedanken an einen Fehlschlag verdrängt hatte.

Die Spur führte um einen der Kristalltürme herum. Zwei hundeähnliche Konstruktionen lauerten vor einer Kristallscherbe, die direkt daneben auf dem Boden lag. Tanaka entdeckte die Lücke in der Spitze des Turms, wo das Stück herausgebrochen und herabgefallen war. In den Akten der laconischen Aufklärung wurden diese Dinger als Reparaturdrohnen bezeichnet. Angeblich waren sie harmlos. Gelegentlich stießen sie bis zu den Randbereichen der Stadt vor und stahlen kaputte Dinge, um sie später repariert, aber verändert zurückzubringen. Die Erforschung, was sie zu reparieren versuchten und wie sie vorgingen, um die ursprüngliche Funktion zu erraten, war eines der Projekte, um die sich das Wissenschaftsdirektorat in der nächsten Zeit kümmern wollte.

Der Anzug sagte ihr, dass eine Drohne die Witterung des Hochkonsuls trug. Tanaka schnitt eine missmutige Grimasse. Wenn Duarte durch eine bloße Berührung seinen Geruch auf dem Ding hinterlassen hatte – und wenn das die Fährte war, der sie gefolgt war –, dann war sie erledigt. Die Begegnung konnte irgendwo draußen stattgefunden haben, ehe der Hund hier hereingekommen war, und sie hatte keine Ahnung, wo Duarte auf dieses Ding gestoßen war.

Als sie mit der Suche nach einer weiteren Fährte beginnen wollte, machte einer der Hunde *ki-ka-ko*, hob die zerbrochene Scherbe mit seinem Maul auf und trabte davon. Sie folgte ihm.

Nach einer verwirrenden Abfolge von Windungen und Biegungen erreichten sie eine weitere Kammer, die zehnmal größer war als alles, was sie bisher entdeckt hatte. Es war, als hätte sie eine Kathedrale betreten. Dort hörte sie ein Geräusch, dessen Ursprung sie nicht bestimmen konnte. Es klang, als striche der Wind über die Hälse leerer Flaschen. Aus dem Boden wuchsen eigenartige, fast organisch anmutende Mechanismen zehn oder gar fünfzehn Stockwerke hoch empor. Einen Augenblick lang blieb sie andächtig stehen.

Zwischen den Erhebungen befanden sich ein halbes Dutzend Gruben, in denen eine zähflüssige braune Flüssigkeit stand, ähnlich wie Abwasser, in das Schweröl geraten war. Der Hund ging hinüber, deponierte die Kristallscherbe in einem Teich und wartete reglos. Der Anzug warnte sie, dass sich in der Kuppel noch elf weitere bewegliche Objekte befanden. Keines von ihnen schien feindselig zu sein. Einige beobachtete sie dabei, wie sie ebenfalls Dinge herbeischafften und in die Teiche warfen. Einmal holte ein Hund etwas, das wie ein halber Meter Wasserleitung aussah, aus einem Teich und entfernte sich damit.

»Hundchen, ist das hier eure Werkstatt?«, fragte sie. »Was tut ihr hier?«

Sie hob einen Arm und feuerte ein halbes Dutzend Schüsse auf einen der reglosen Hunde ab, die ihn völlig zerlegten. Dann wartete sie ab. Nach wenigen Augenblicken kamen drei andere Hunde, sammelten behutsam die Teile ihres toten Kollegen ein und warfen sie in die Teiche.

»Aha«, sagte Tanaka. »Ihr repariert euren Freund, ja? Alles klar, ich warte.«

Sie sahen sie nur mit großen Augen an, als wäre ihnen der Ausbruch der Besucherin peinlich.

Einer sagte *ki-ka-ko*, bewegte sich aber nicht.

In dieser Kammer schwebten viele seltsame Chemikalien in der Luft. Der Anzug brauchte eine Weile, um sie alle zu analysieren, und schlug nach einer Weile Alarm. Duartes Fährte. Die Spur war sehr stark, sie mochte nicht glauben, dass dies lediglich der Kontakt mit einer Reparaturdrohne war. War er verletzt oder tot, und die Drohnen hatten ihn hierher geschleppt? Hatte er das Gleiche herausgefunden wie sie gerade, und die Abwasserteiche genutzt, um etwas zu reparieren zu bringen? Ihre Hände zuckten leicht. Sie musste grinsen. Das war die Ungeduld der Jagd, als wäre sie ein Hund, der an der Leine zerrte, weil er ein Kaninchen gewittert hatte. Jagdfieber.

Langsam und methodisch ging sie im Kreis und suchte nach der stärksten Fährte. Es wäre vermutlich sinnlos gewesen, Duartes Bewegungen in dem Raum nachzuvollziehen, aber zu wissen, woher er gekommen war und in welche Richtung er weitergegangen war, wäre sehr hilfreich. Der beste Treffer war ein Tunnel, der leicht aufwärts aus der riesigen Höhle führte.

Sie folgte dem Gang. Die chemische Fährte wurde stärker und stärker. Eine halbe Stunde später stand sie in einer weiten Kammer, die ein großes Fenster zur Außenwelt besaß.

Dieser Raum war wie ein Halbkreis geformt, die glatte Vorderfront war fast sechzig Meter breit. In der Mitte fehlten zwanzig Meter, sodass eine große Öffnung ins Freie entstand. Dort fiel Sonnenlicht herein, der Himmel strahlte hellblau zwischen den Ranken und Zweigen.

Er war hier gewesen. Ja, mehr als das, er hatte einige Zeit hier verbracht. Duartes Witterung war überall.

»Hochkonsul?« Sie ließ ihre Stimme vom Anzug verstärken. »Hier ist Colonel Tanaka. Sir, wenn Sie hier sind, würde ich gern mit Ihnen reden.«

Niemand antwortete ihr.

Zu beiden Seiten der Öffnung wuchsen filigrane Halterungen empor, auf denen fünfzehn Meter lange eiförmige Objekte ruhten. Die Eier hatten den gleichen Perlmuttglanz, den sie im Inneren der Kampfschiffe der *Gravitar*-Klasse gesehen hatte. Wie etwas, das in einer Alien-Konstruktionsplattform entstanden war. Und die frischeste Fährte des Hochkonsuls führte zu einer leeren Aufhängung im Zentrum. Sie ging langsam darum herum. Es gab keine Fährte, die von dort wieder wegführte.

»Also gut, mein kleiner Freund«, sagte sie zu dem Ei, das dort gewesen und verschwunden war. »Was, zum Teufel, bist du?«

»Ein Schiff«, sagte Dr. Ochida.

Tanaka lehnte sich auf dem Stuhl zurück. Sie hatte im Staatshaus ein Büro als Operationsbasis requiriert, einen Stab von zehn Mitarbeitern rekrutiert und sich vorrangigen Zugang zu allen Personen verschafft, die irgendwo im Reich irgendeine wichtige Rolle spielten. Die Einrichtung entsprach dem, was in der Verwaltung üblich war, doch sie hatte einen Druck von Ammon Fitzwallaces *Artemis die Jägerin* an die Wand gehängt, wo sie ihn ständig sehen konnte, strahlend grün mit grellen blutroten Einsprengseln.

»Sind Sie sicher?«

»Nicht hundertprozentig«, erklärte Ochida. »Ein Team ist zum Fundort unterwegs, wie Sie es angeordnet haben. Erst wenn sie fertig sind, werden wir mehr erfahren, aber wir haben ähnliche Gebilde auch anderswo gesehen. Im Persephone-System. In Bara Gaon, Svarga Loka und Seven Kings. Sie kommen nicht sehr häufig vor, aber sie sind auch nicht einzigartig. Ein gar nicht so kleiner Anteil des Artefakt-Stammbaums hat anscheinend mit Materialtransport zu tun, und besonders in den Daten aus Seven Kings sehen wir …«

»Also wahrscheinlich ein Schiff.«

»Das wäre zu stark vereinfacht. Wir glauben, dass es Kapseln für den Materialtransport sind«, erklärte Ochida. »Aber …«

»Konnte es fliegen?«

»Der Standort und die Form legen das nahe«, bestätigte Ochida mit einem Nicken.

»Wie können wir es verfolgen?«

Ochida beugte sich vor. Der Stuhl knarrte unter seinem Gewicht. Er blinzelte wie eine Eule. »Verfolgen?«

Tanaka ballte unter dem Tisch, wo es der Wissenschaftler nicht sehen konnte, eine Hand zur Faust und sprach äußerlich ruhig weiter. »Wenn ich herausfinden will, wohin das Schiff geflogen ist … gibt es eine Antriebssignatur, nach der ich suchen kann? Eine Art Energieprofil?«

Ochida schüttelte den Kopf, als sei Tanaka ein kleines Mädchen, das sich nach einem Einhorn erkundigen wollte. »Wir haben die einheimischen Antriebssysteme noch nicht entschlüsselt. Nicht dass wir es nicht versucht hätten. Aber seit Eros sich in Bewegung gesetzt hat, wissen wir, dass es damit zu tun hat, die lokale Trägheit von der umgebenden Trägheit zu trennen. Dies ist kein Ding, das einen herkömmlichen Antrieb hat. Es basiert wohl auf einer Art kontrollierter Schwerkraft, die einen nicht lokalen Bereich durch den normalen Raum fallen lässt …«

»Schon gut.« Tanaka konnte gerade noch den Impuls unterdrücken, dem grinsenden Wissenschaftler die Faust ins Gesicht zu rammen. »Keine Rückstoßwolke. Was können wir dann einsetzen, um es zu finden?«

»Wenn Sie sich erinnern wollen, Eros war auch für das Radar unsichtbar.«

»Sie erzählen mir viele Dinge, die wir nicht tun können. Jetzt sagen Sie mir bitte, was unter der Überschrift ›Wir können das‹ zu finden ist.«

Ochida zuckte mit den Achseln. »Eros war wenigstens die ganze Zeit optisch sichtbar. Wenn das Schiff sich durch den Erfassungsbereich optischer Teleskope bewegt hat, könnten Sie es damit vielleicht entdecken. Aber nachdem der Angriff die planetaren Abwehreinrichtungen getroffen hat, ist das …« Er presste die Lippen zusammen, um ihr zu zeigen, wie hilflos er sich fühlte.

»Also gut«, sagte Tanaka. »Danke.«

»Gern geschehen.«

»Nein, ich meinte damit, dass Sie wegtreten dürfen.«

Ochida blinzelte überrascht, dann ging er hinaus. Das war also erledigt.

Tanaka machte sich Sorgen. Sie hatte gerade erst begonnen, und schon musste sie das Suchgebiet von Laconia in der Nähe eines Transportnetzwerks auf buchstäblich alle 1300 Systeme ausdehnen, und es gab keinen eindeutigen Hinweis, wie sie dies begrenzen konnte. Die Frustration machte sich als Knoten zwischen den Schulterblättern bemerkbar. Sie öffnete einen Notizblock und überdachte ihre Möglichkeiten. Die ersten Schritte lagen auf der Hand. Die Bilder der verbliebenen eiförmigen Schiffe mussten an jeden übermittelt werden, der ein optisches Teleskop besaß. Stationen. Schiffe. Alles, was sich in der Nähe eines Ringtors aufhielt.

Die *Voice of the Whirlwind* – das einzige verbliebene Schiff der *Magnetar*-Klasse – wurde im Augenblick hilfsweise zur planetaren Verteidigung eingesetzt. Es hatte die höchste Priorität. Wenn es das Ei-Schiff entdeckt hatte, dann bekam sie zumindest eine grobe Vorstellung, in welche Richtung es flog. Immerhin war denkbar, dass Duarte einen Ort innerhalb des Systems ansteuerte. Sie war nicht sicher, ob er wirklich zu einem Tor wollte.

Und dann … was? Ein Objekt zu jagen, das man mit dem Radar nicht aufspüren konnte und das keine Rückstoßwolke hinterließ, war so gut wie aussichtslos. Wenn sie wüsste, worauf er es abgesehen hatte, konnte sie die Liste möglicher Zielorte verkleinern. Sie musste den Kammerdiener und Admiral Trejo fragen, ob Duarte irgendwelche Hinweise gegeben hatte, wohin er sich jetzt wenden wollte.

Oder … möglicherweise war es gar nicht sinnvoll, das Schiff zu verfolgen. Vielleicht sollte man Duarte lieber eine Falle stellen. Es war denkbar, dass er gar nicht zu einem ganz bestimmten Ort fliegen wollte. Wenn der Hochkonsul etwas suchte, konnte man dieses Etwas als Köder benutzen.

Die Aufzeichnungen der aktuellen Operationen unterlagen der Geheimhaltung. Trejo war vermutlich der Einzige, der auf alles zugreifen konnte, doch er hatte ihr die Schlüssel gegeben. Im Augenblick suchten fünf aktive Gruppen nach Teresa Duarte. Sie las die Einsatzberichte, entwarf aber im Hinterkopf bereits eine Strategie. Vor seiner Wiederauferstehung war das einzige Anzeichen dafür, dass Duarte noch bei Bewusstsein war, die Vernichtung von Paolo Cortázar gewesen. Das hatte er laut Dr. Okoye, die zugegen gewesen war, aus Sorge um seine Tochter getan. Lag die Annahme, dass er sich jetzt als Erstes an das Mädchen wenden würde, wirklich so fern? War sie nicht sogar der beste Köder, den es überhaupt gab?

Auf jeden Fall boten sich hier bessere Möglichkeiten als durch die Verfolgung des fehlenden Schiffs.

Der vielversprechendste Ansatz war eine geheime Gegenoperation. Eine entfernte Verwandte von Duartes verstorbener Frau leitete auf New Egypt ein Internat. Zwischen ihr und verschiedenen Untergrundleuten hatte es mehrfach Kontakte gegeben. Wenn Tanaka das Mädchen hätte, wäre das genau der Ort, wo sie es verstecken würde. Bald würde das neue Schuljahr beginnen. Eine Jugendliche an einem Ort zu verbergen, wo es viele andere Mädchen gab, lag sehr nahe.

Tanaka rief die Kommandostruktur auf. Die Suche wurde von einer Jagdfregatte namens *Sparrowhawk* geleitet. Das Kommando hatte Kapitän Noel Mugabo.

Oder er hatte es gehabt. Bis gerade eben.

Sie öffnete eine Verbindung zu ihrem Adjutanten und wartete nicht einmal darauf, dass er sich meldete. »Nehmen Sie Verbindung zur *Sparrowhawk* auf und sagen Sie Bescheid, dass ich die unmittelbare Leitung des Einsatzes in New Egypt übernehme. Und besorgen Sie mir ein schnelles Transportschiff. Etwas mit den Druckliegen, die atembare Flüssigkeit benutzen. Ich muss sofort nach New Egypt.«

6 Naomi

Amos – oder das Geschöpf, das einmal Amos gewesen war – wartete lächelnd, bis der Autodoc seine Prozedur beendet hatte. Naomi hielt sich an einem Handgriff fest und verfolgte die Werte und Scans, die auf dem Display abliefen. Rot und Gelb, gelegentlich auch Grün. Das medizinische Gegenstück eines Schulterzuckens. Die Maschine hielt ihn für eine Wundertüte voller eigenartiger Dinge. Ein Teil der Fremdartigkeit war das, was er bei seiner Rückkehr aus Laconia mitgebracht hatte. Ein anderer Teil war neu und hatte sich aus den bisherigen Eingriffen ergeben. Man konnte nur raten, ob irgendein angezeigter Wert wirklich wichtig war. Für ein Wesen wie ihn gab es keine Vergleichsdaten. Abgesehen von den beiden, die Elvi Okoye hatte, existierten keine weiteren Geschöpfe seiner Art. Es gab keinen Kontext.

Dieses Gefühl hatte Naomi in letzter Zeit immer öfter.

»Es geht mir gut«, erklärte er.

»Das ist erfreulich. Du solltest trotzdem noch eine Weile hierbleiben. Nur für den Fall, dass es noch einmal passiert.«

Die tiefschwarzen Augen regten sich. Es war schwer zu erkennen, ob er sich auf sie oder etwas anderes in dem Raum konzentrierte. Ohne Iris und Pupille schien es, als könne er alles sehen und sei zugleich blind.

»Ich glaube nicht, dass ich in absehbarer Zeit noch einmal zappeln muss«, behauptete er.

»Es hat dich heftig durchgeschüttelt. Nicht nur dies hier jetzt. Alles zusammen. Wir sollten uns lieber ein Bild machen, was mit dir los ist, damit du nicht gerade einen Anfall bekommst, wenn du etwas Gefährliches tust.«

»Hab ich verstanden. Aber es wird nicht noch einmal vorkommen.«

»Das kannst du nicht wissen, solange wir nicht geklärt haben, warum es passiert ist.«

»Ja.«

Sie schwiegen eine Weile, nur das Summen der Luftrecycler und das Brummen des Autodocs waren zu hören. »Weißt du es?«

»Was soll ich wissen, Boss?«

»Weißt du, warum du den Anfall hattest?«

Amos machte mit seiner breiten, gräulichen Hand eine Geste, die *vielleicht, vielleicht auch nicht* bedeuten konnte. Das kleine Lächeln, das ein wenig breiter wurde, war genau wie früher, kam aber eine halbe Sekunde später als damals. »Ich habe so ein Gefühl. Im Hintergrund laufen in dem neuen Kopf ein paar Dinge ab. Es war eine Art Schluckauf. Ich glaube nicht, dass es noch einmal passiert.«

Sie versuchte, ebenfalls zu lächeln, doch es wirkte gezwungen. »Das ist nicht ganz so beruhigend, wie du vielleicht glaubst.«

»Du glaubst, ich sei nicht er, oder?«

Sie bemerkte das Pronomen: *Er.* Nicht: *Du glaubst nicht, dass ich es bin.* »Ich weiß nicht einmal, was die Frage bedeutet.«

»Schon gut, ich verstehe das. Ich bin weggegangen, wie ich eben war, und ich bin mit diesen Augen und diesem Blut zurückgekehrt. Und mein Gehirn macht Sachen, die es früher nicht gemacht hat. Es wäre merkwürdig, wenn du dich nicht mindestens wundern würdest.«

»Und, bist du es?«

»Was denn?«

»Bist du immer noch ein Mensch?«

Sein Lächeln hätte alles und nichts bedeuten können. »Ich bin nicht sicher, ob ich das überhaupt schon mal war. Aber ich weiß, dass ich immer noch ich selbst bin.«

»Das soll mir reichen.« Sie überwand sich, beugte sich vor und küsste ihn auf den großen glatten Kopf, wie sie es getan hätte, wenn sie nicht zweifeln würde. Falls es zutraf und er immer noch Amos war, war dies das Beste. Falls er es nicht war, sollte das, was er jetzt war, lieber glauben, sie akzeptierte ihn. »Aber warte noch eine Stunde, bis du wieder an die Arbeit gehst.«

Er seufzte. »Wenn du meinst.«

Sie drückte seine Schulter, die sich fest anfühlte. Hatte sie sich auch früher so angefühlt? Amos war schon immer ein starker Mann gewesen. Er hatte im Trainingsraum des Schiffs mindestens so viel Zeit verbracht wie Bobbie, und die hatte beinahe dort gewohnt. Naomi konnte nicht sagen, ob sich etwas verändert hatte oder ob sie zwanghaft nach Unstimmigkeiten suchte. Ob sie, sei es nun begründet oder nicht, irgendetwas konstruierte.

»Ich sehe später wieder nach dir«, sagte sie. Ganz egal, was sie damit meinte, es war keine Lüge.

Der Ringraum war kein Ort, an dem man sich entspannen konnte. Es hatte eine Zeit gegeben, in der er das Zentrum für die Ausbreitung der Menschheit zu den Sternen gewesen war. Damals war er sicher oder zumindest relativ sicher gewesen. Alles, was zum Rand der Sphäre flog, die durch die Ringtore definiert wurde, verschwand und war unwiederbringlich verloren, aber nichts schlug von dort aus zurück.

Das hatte sich geändert, und die Angriffe waren vernichtend gewesen. Jetzt flogen die meisten Schiffe möglichst schnell hindurch und setzten schon vor dem Transit den richtigen Kurs, um so bald wie möglich durch das andere Tor wieder hinauszukommen. Das war genau die falsche Entscheidung, wenn man nicht verschwinden wollte, aber es minimierte die Zeit, die man in diesem unheimlichen Raum verbrachte.

Viele Schiffe flogen in die Ringe und wieder heraus, es war der Verkehr von mehr als tausend Systemen, und alle hingen mehr oder weniger vom Handel ab. Alles Schiffe, die mit ihren eigenen Angelegenheiten beschäftigt waren, sich nicht besonders für Naomi interessierten und nichts von ihrer Bürde wussten. Die *Rosinante* blieb und schwebte dahin. Mit jeder Stunde wuchs die Gefahr, dass die Realität selbst überkochte und alles im Ringraum zerstörte. Doch ehe sie irgendwohin fliegen konnten, mussten sie ihr Ziel bestimmen und sich auf einen Plan einigen, der etwas mehr enthielt als *Ich will nicht sterben*.

Sie arbeitete auf dem Operationsdeck, schwebte direkt über ihrer Druckliege und hatte die Beine im Lotussitz verschränkt. Die Riemen waberten um sie herum wie Tang in einem riesigen Recyclingtank, und vor ihr auf dem Display breitete sich das Netzwerk des Untergrunds aus. Es war leichter gewesen, als sie sich auf den Angriff auf Laconia konzentriert hatte. Dinge zu zerstören war immer einfacher, als etwas aufzubauen.

Nachdem Laconia im Heimatsystem eine Niederlage erlitten hatte – sogar auf dem Heimatplaneten –, bemühte sich das Reich, die Macht zu konsolidieren, die es noch besaß. Mit den Kräften, die er noch hatte, blockierte Trejo so gut er konnte die Werften und die Nachschublinien. Naomi versuchte, den Einfluss und das Organisationsniveau, die sie vor der Schlacht aufgebaut hatte, in eine Art selbstregelndes Netzwerk umzuwandeln. Die Newsfeeds von Sol, Bara Gaon, Auberon und Svarga Minor erzählten von verstärkter laconischer Präsenz. Allerdings war nicht einzusehen, warum sich irgendjemand für ein entlegenes System wie Svarga Minor interessieren sollte. Es fühlte sich an, als sei die Warteschlange mit Nachrichten so lang wie ihr Arm.

»Ihr Ziel ist genau das, was wir immer und immer wieder sehen«, sagte Jillian Houston, die Kapitänin des gestohlenen Untergrund-Flaggschiffs. Sie sah aus wie ein Kind. Sie war älter als

Naomi, als diese vor einem halben Leben auf der *Canterbury* angemustert hatte. »Das Báifàn-System ist an der Grenze der Selbstversorgung, aber wir können nicht sagen, auf welcher Seite der Grenze sie sind. Sie mögen es nicht, wenn ihnen jemand vorschreibt, wann sie Handel treiben dürfen und wann nicht, und werden keinesfalls irgendwelche Einschränkungen hinnehmen, an die sich andere Systeme nicht halten. Ich kann das gut verstehen. Wir sind hier, um die Freiheit der Menschen zu beschützen. Ich bin nicht sicher, was für eine Freiheit es ist, wenn man nicht entscheiden darf, welches Risiko man eingehen will.«

Naomi drehte den Kopf hin und her, um die Verspannungen an der Schädelbasis zu lösen. Sie hatte den Bericht schon dreimal angesehen und jedes Mal gehofft, es gäbe eine wohlklingende und diplomatische Antwort, auf die sie bisher nur noch nicht gekommen war. Jedes Mal vergebens.

Vielmehr fühlte sie sich gestresst und wütend. Die Spannung im Nacken und die Enge im Brustkorb zogen ihre Schultern nach vorne – und dann diese schmerzenden Gesichtsmuskeln. Das waren körperliche Ausdrucksformen einer Ungeduld, die nicht von Jillians Nachricht und ihrer eigenen, noch nicht verfassten Antwort herrührten.

Immer wieder kam ihr der unerfreuliche Gedanke, dass man das Problem hätte lösen können, wenn der Untergrund sich nur aus Gürtlern rekrutiert hätte. Und wenn nicht das, dann wäre sie zumindest sicher gewesen, dass eine Lösung existierte. Die Gürtler waren leidenschaftlich unabhängig, begriffen aber auch, was es bedeutete, von der Gemeinschaft ringsum abhängig zu sein. Wenn man den Austausch einer Dichtung verschleppte, riskierte man nicht nur das Leben des faulen Dreckskerls, der Geld sparen wollte. Ein Versagen bedeutete, dass die ganze Crew starb.

Die Koloniewelten verhielten sich jedoch, als existierte ihre Sicherheit völlig losgelöst vom Wohlbefinden der anderen Systeme und Schiffe. Es konnte doch nicht so schwer sein, geringfügige Restriktionen und Regeln hinzunehmen, die allen nützten. Doch die Kultur der inneren Welten ließ sich nicht nach diesen Maßstäben beurteilen. Besser sein bedeutete für sie, besser zu sein als der Nächste, und nicht, dass man beide am Zuwachs gerecht beteiligte.

Sie wusste, dass es nicht fair und nicht einmal zutreffend war. Ihre Frustration äußerte sich in Tribalismus und Trotz. Deshalb hatte sie noch nicht geantwortet, obwohl sie als informelle Anführerin des Untergrunds eine Antwort finden musste. Am liebsten hätte sie eine Kamera auf Jim gerichtet und ihn gebeten, eine seiner von Herzen kommenden kleinen Predigten zu halten, dass sie alle doch eine Menschheit seien, und dass sie sich zusammenraufen und die Schwierigkeiten überwinden müssten. Es war ein Teil seiner Genialität, dass er dies immer noch glauben konnte. Nach allem, was sie gesehen und erlebt hatten.

Doch sie hatte ihn gerade erst zurückbekommen. Wenn sie es sich zur Gewohnheit machte, ihn als nützliches Werkzeug für ihre Arbeit einzuspannen, würde sie die Chance verspielen, die sie bekommen hatten. Sie musste ihre Beziehung als etwas völlig Eigenes betrachten, etwas Heiliges, zu dem der Rest des Universums keinerlei Zugang hatte.

Vielleicht gab es auch bei Gürtlern eine gewisse Selbstsucht.

Sie startete die Aufzeichnung.

»Jillian, danke für den Bericht. Bitte sagen Sie unseren Freunden im Báifàn-System, dass ich ihre Bedenken höre und verstehe. Mir ist klar, wie wichtig ihr Bedürfnis nach Sicherheit und Gleichzeit in Bezug auf den Handel durch die Ringe ist. Es muss unser Ziel sein, die Transite durch den Ringraum zu minimieren, indem wir alle Kolonien so schnell wie möglich autark machen, und in dieser Hinsicht verfolgen wir alle genau das gleiche Ziel. Ich schicke Ihnen eine Präsentation mit, die zeigt, warum die Verkehrsregeln der beste und sicherste Weg für uns alle sind.

Sie können das gern weitergeben. Ich hoffe, dass sie es möglicherweise sogar schon gesehen haben.«

Aber vielleicht hören sie mir dieses Mal tatsächlich zu.

Oder die alten Feinde der Erbauer fanden heraus, wie man dem menschlichen Leben ein Ende setzte, und das alles spielte keine Rolle mehr. Der Fatalismus hatte eine dunkle, durchaus attraktive Seite. Hoffnungslosigkeit und Verzweiflung konnten beinahe wie eine Erholungsphase anmuten.

Sie spielte die Nachricht noch einmal ab und entschied, dass sie zu banal und eingeübt wirkte. Viermal wiederholte sie die Aufnahme, bis sie es aufgab und sie abschickte. Die Warteschlange der eingehenden Nachrichten war immer noch unendlich lang.

Sie massierte sich die Hände und drückte auf die schmerzenden Muskeln am Grundgelenk der Daumen, während auf dem Bildschirm die nächste Nachricht ablief. Gouverneur Tuan hatte schmale Wangen und ein Gesicht wie ein Terrier, froschfeuchte Augen, grauschwarze Haare und eine angespannte, amtliche Miene. Sie fragte sich, ob sie ihn auch für hässlich halten würde, wenn er einen anderen Charakter gehabt hätte. Wahrscheinlich wäre sie dann nachsichtiger gewesen.

»Im Auftrag des Regierungsrates von Firdaws möchte ich Ihnen für Ihren Vorschlag danken. Ich bin sehr daran interessiert, wieder planmäßige, zuverlässige und beiderseits einträgliche Handelsbeziehungen aufzunehmen.«

»Aber«, sagte Naomi zu sich selbst, als Tuan theatralisch die Stirn runzelte.

»Es gibt jedoch einige bedeutsame Probleme mit dem Dokument in der derzeitigen Form, die eine gründliche Unterhaltung erfordern. In diesem Sinne möchte ich ein Gipfeltreffen vorschlagen. Firdaws ist noch nicht völlig autark, doch wir haben gewisse Güter, die wir gern anbieten würden. Wir können Ihnen und Ihren Mitarbeitern eine hochmoderne Luxusvilla zur Verfügung stellen, solange die Verhandlungen andauern.«

Sie schob die Nachricht in die zweite Warteschlange mit den weniger dringenden Angelegenheiten. Sie ertrug es in jeder Sitzung nur bis zu einem gewissen Punkt, den Leuten immer wieder erklären zu müssen, dass die Menschen zusammenarbeiten mussten, wenn sie nicht alle sterben wollten.

Die nächste Mitteilung ließ sie innehalten. Sie kam von Sol. Von Kit.

Inzwischen war das einzige Kind, das aus Alex' zweiter Ehe hervorgegangen war, ein erwachsener Mann, doch sie hatte ihn schon als Neugeborenen gesehen und auch seine Mutter Giselle, genau wie alle anderen Besatzungsmitglieder der *Rosinante*, kennengelernt. Jetzt hatte er ihr also etwas zu sagen und blickte in die Kamera. Er sah seiner Mutter sehr ähnlich – die hohen, markanten Wangenknochen, die hoheitsvolle Stirn. Wenn er sich bewegte, erkannte sie Alex in ihm wieder.

»Hallo«, sagte er. »Ist ja schon lange her. Und es gibt einiges … ich weiß ja, wir könnten durchaus öfter miteinander reden. Aber jetzt muss ich dir etwas sagen.«

Naomis Bauch verkrampfte sich, sie machte sich auf unangenehme Neuigkeiten gefasst. Wenn Kit eine Nachricht über sie leitete, ging es wahrscheinlich um Alex oder um etwas, das Alex wehtun würde. Offenbar wollte Kit sich vorher vergewissern, ob Leute da waren, die ihn trösten konnten, auch wenn der Pilot seinen Kummer lieber in sich hineinfraß.

»Also«, erklärte Kit, »es gibt im Solsystem nicht viele Aufträge für Terraforming-Experten, und um diejenigen, die es gibt, bewerben sich blitzschnell mindestens fünfzehn Leute. Ich weiß, wir haben darüber geredet, dass ich im Hintergrund bleiben soll …«

Naomi runzelte die Stirn und überlegte, wann sie etwas in dieser Art gesagt hatte.

»… aber uns wurde ein Vertrag für geologische Erkundungen auf Nieuwestad angeboten. Es ist eine seriöse Firma, die Jacobin-

Black Combined Capital. Sie übernehmen Bauaufträge für die Industrie und arbeiten an der Mikroklima-Verbesserung. Ich glaube, das wäre eine großartige Gelegenheit für uns. Aber dann wird es schwieriger für dich, uns zu besuchen, und da Rohi schwanger ist, willst du ja sicher bald deinen Enkelsohn sehen.«

Kit grinste, als hätte er gerade eine vorzügliche Pointe angebracht. Naomi hielt die Wiedergabe an. Die Erleichterung rauschte wie eine Droge durch ihre Adern. Sie lehnte sich auf der Druckliege zurück, das kardanische Lager zischte unter ihr, und rief das Flugdeck.

»Alex! Ich glaube, ich habe hier eine Mail für dich. Ich schicke sie dir hoch.«

Er kam jedoch schon die Leiter im Aufzugschacht herunter. »Was gibt es denn?«

»Eine Mail für dich, sie war im Spionagepaket, aber sie ist für dich. Von Kit.«

Sofort lächelte er. »Dann spiel sie doch ab.«

Naomi spulte zum Anfang zurück und ließ die Nachricht laufen. Sie wusste bereits, was kommen würde, und beobachtete sein Gesicht, den Schock, die Freude und die Tränen, als er es hörte. Kit fuhr noch eine Weile fort und nannte Alex das Datum, an dem sie nach Nieuwestad aufbrechen würden, und das voraussichtliche Geburtsdatum des Kindes. Außerdem gab es einige weniger wichtige Neuigkeiten über Giselle und das Leben auf dem Mars. Dann beendete Kit die Mitteilung mit den Worten *Ich liebe dich, Dad.* Alex ließ sich neben Naomi auf eine Druckliege sinken.

»Mann, das ist ein Hammer«, erklärte Alex breit grinsend. »Ich werde Opa.«

»Ja, das wirst du.«

Er überlegte einen Augenblick, dann schüttelte er den Kopf. »Ich wollte eigentlich sagen, dass ich zu jung bin, um ein Großvater zu sein, aber das stimmt wohl nicht, oder?«

»Nein«, bestätigte Naomi. »Das bist du nicht. Wenn überhaupt, dann bist du sogar etwas spät dran.«

»Es hat eine Weile gedauert, um es hinzubekommen. O Mann, Kit ist ein guter Junge. Ich hoffe, er versteht es besser als ich, eine Ehe zu führen.«

»Er ist nicht wie du. Ich sage ja nicht, dass er es nicht vermasseln kann, aber selbst wenn, dann vermasselt er es auf *seine* Weise. Nicht so, wie du es gemacht hast.« Sie dachte an ihren eigenen Sohn, der genau wie sein Vater und der Rest der Freien Raummarine gestorben war. Die Erinnerung tat fast nicht mehr weh. Nein, das war nicht wahr. Es würde immer wehtun, aber es war inzwischen ein leiser Schmerz im Hintergrund und nicht mehr wie ein Messerstich in den Bauch. Die Zeit hatte die Wunden geheilt oder wenigstens geholfen, damit die Narben taub wurden.

Das Subsystem für die Schiffssteuerung zirpte. Alex richtete sich auf. »Dann wird Giselle also Großmutter.« Wieder grinste er. »Das wird ihr aber überhaupt nicht gefallen, was?«

»Dieser Titel passt nicht gut zu ihrem Selbstbild«, bestätigte Naomi.

»Du wärst eine gute Diplomatin«, sagte Alex. Er kehrte zum Aufzug zurück. Als sie wieder allein war, trennte sie Kits Nachricht von den anderen und kopierte sie in Alex' Warteschlange. Sie überlegte, ob sie selbst eine Kopie behalten sollte, aber da die Nachricht nicht für sie bestimmt war, verzichtete sie darauf.

Auf einmal tickte ein leiser Alarm, und in ihrer Warteschlange erschien eine neue Nachricht. Sie hatte ein komplexes System von abgestuften Hinweisen eingerichtet, um ihren verschiedenen Verantwortlichkeiten gerecht zu werden. Das Symbol war dunkelgolden, und diese Farbe hatte sie für den Bereich »Zu Hause« reserviert. Also für Dinge, die unmittelbar mit der *Rosinante* und ihrer kleinen Familie zu tun hatten. Mit dem, was von ihrer Familie noch übrig war.

Es war eine Mitteilung, auf die Naomi schon lange wartete. Die Header wiesen die kleinen Zeichen und Prüfdaten auf, die der Untergrund benutzte, um Nachrichten zu verifizieren. Die Repeater zeigten, dass die Nachricht wie gehofft aus New Egypt kam. Es schien alles in Ordnung zu sein. Alles, was mit der Tochter des Hochkonsuls Winston Duarte zu tun hatte, behandelte Naomi, als wäre es voller Schlangen und Plutonium.

Sobald sie sicher war, dass die Nachricht und die Herkunft verifiziert und echt waren, isolierte sie ihr Com-System, schickte ein stummes Stoßgebet ans Universum und entschlüsselte die Nachricht. Sie bestand nur aus einer einzigen Zeile:

BEWERBUNG FÜR HERBSTSEMESTER AKZEPTIERT.

7 Jim

»Warum erfahre ich das erst jetzt?«, fragte Teresa.

Jim konnte nicht erkennen, ob es Wut, Furcht oder etwas anderes war, doch es hatte sich um die Schultern des Mädchens gelegt wie ein Schal. Mit funkelnden Augen fixierte sie irgendetwas, das sich rechts knapp hinter Jim befand, auf eine Art und Weise, die Jim seit seiner Zeit auf Laconia als aufmerksames Zuhören zu deuten wusste.

Seltsam, dass ausgerechnet Jim derjenige unter ihnen war, der am meisten Zeit mit Teresa verbracht hatte. Sie hatten mehrere Jahre im Staatshaus gelebt, sie als Kind des Hochkonsuls, er als Gefangener. Oder vielleicht waren sie auch beide seine Gefangenen gewesen, jeder auf seine Weise.

»Ich habe es zurückgehalten«, erklärte er. »Ich wollte nichts sagen, solange es nicht wirklich greifbar war.«

Nun sah sie ihn fragend an.

»Ich wollte dich nicht enttäuschen«, ergänzte er.

»Aber jetzt ist die Zusage gekommen. Sie ist hier. Die Möglichkeit ist da.«

»Es ist ein Internat im New-Egypt-System. Die Sohag Presbyterian Academy …«

»Ich will keine religiöse Ausbildung«, widersprach sie.

»Die Schule ist nicht besonders religiös. Ich meine, es gibt entsprechende Kurse und Gottesdienste, aber das sind keine Pflichtveranstaltungen.«

Teresa nahm sich einen Augenblick Zeit, um das Gehörte zu verarbeiten, als hätte sie von etwas abgebissen und müsste überlegen, ob sie es wieder ausspucken wollte.

»Eine Cousine«, sagte sie.

»Elizabeth Finley. Sie war die Cousine deiner Mutter und hält anscheinend nicht viel von deinem Vater. Es ist perfekt. Sie weiß, wer du bist, und kann dafür sorgen, dass dir nichts passiert, und sie hat aus persönlichen Gründen kein großes Interesse daran, sich Laconia unterzuordnen. Deshalb müssen wir uns keine Sorgen machen, sie könnte dich gegen ein Lösegeld ausliefern.«

»Habt ihr sie überprüft?«

»Der Untergrund hat nachgeforscht, so gut es möglich war. Anscheinend passt alles. In New Egypt sind weder Laconia noch der Untergrund besonders stark vertreten. Auch deshalb ist das System so gut geeignet.«

Wieder blickte Teresa nachdenklich über seine Schulter hinweg.

Genau wie alle anderen war auch Teresas Kabine auf der *Rosinante* für marsianische Militärangehörige konstruiert worden, als das noch etwas bedeutet hatte. Jim war an die spartanische Einrichtung gewöhnt, die ihnen zur Verfügung stand, doch wenn man hier ein heranwachsendes Mädchen unterbrachte, wirkte die Kabine eher wie ein Gefängnis. Mit fünfzehn hatte Jim die zweite Klasse auf der North Frenchtown High besucht. Seine Probleme dort hatten sich darum gedreht, wie er am Morgen zwanzig Minuten länger schlafen konnte, wie er sein grundlegendes Desinteresse an Mr. Laurents Chemieunterricht überspielen konnte, und ob Deliverance Benavides mit ihm ausgehen würde. Damals war ihm ganz Montana viel zu klein vorgekommen. Teresa hatte nur ein paar Quadratmeter.

»Was ist mit Bisam?«

»Finley sagt, das sei kein Problem. Es gibt noch andere Schüler, die ebenfalls Haustiere haben. Die meisten sind Begleittiere, aber dein Hund dürfte dort nicht weiter auffallen.«

»Ich weiß nicht«, überlegte sie. »Es gefällt mir hier. Amos bringt mir viele Sachen bei. Und es gibt hier weniger Variablen. Dort kenne ich niemanden. Ich weiß nicht, wem ich da trauen kann.«

»Das verstehe ich«, antwortete Jim. »Aber dies hier ist ein Kriegsschiff, und wir sind im Krieg. Du hast uns zwar die Haut gerettet, aber mir ist nicht wohl dabei, dich als Schutzschild zu benutzen.«

»Ich bin ein guter Schutzschild.«

»Ja, aber von diesem Spiel habe ich genug.«

»Warum denn?«, fragte sie. »Ich weiß, dass du es nicht wolltest, aber es hat geklappt. Und es wird weiter funktionieren, mindestens noch einige Male. Warum willst du etwas, das deiner Sicherheit dient, nicht behalten?«

»Schilde fangen Angriffe ab«, erklärte Jim. »Schilde werden beschossen. Dazu sind sie da. Und eines Tages wird irgendjemand glauben, er könnte die *Rosinante* lahmlegen, indem er uns eine Ladung in den Antriebskegel verpasst. Oder dass er es riskieren kann, ein paar Railgun-Geschosse durch den Rumpf zu jagen. Damit müssen wir immer rechnen, und es trifft zwar zu, dass sie nicht ganz so leichtfertig dazu neigen, uns einfach abzuschießen, solange du hier bist. Aber ich will nicht derjenige sein, für den du gestorben bist. Das möchte ich nicht.«

Sie legte den Kopf schief, als hätte sie etwas ganz Neues gehört. »Das ist dir wirklich wichtig.«

»Ja, das könnte man so sagen.«

Falls er mit einem Gefühlsausbruch von ihr gerechnet hatte – Dankbarkeit, Bewunderung oder auch nur Respekt für seine moralisch einwandfreie Haltung –, so hatte er auf das falsche Mädchen gesetzt. Sie betrachtete ihn wie eine seltene Schmetterlingsart. Es war nicht ganz Verachtung, aber es war auch nicht völlig frei davon. Dann fiel ihr offenbar etwas ein. Er wartete, bis sie bereit war, es auszusprechen.

»Kann ich zurückkommen, wenn ich hingehe, und es mir dort nicht gefällt?«

»Wahrscheinlich nicht«, antwortete er. Und kurz danach: »Nein.«

Der Kummer hielt sich nicht lange in ihrer Miene, aber er war tief empfunden. Er verstand ein wenig besser, welchen Verlust er ihr zumuten wollte.

»Ich muss darüber nachdenken«, sagte sie. »Wann brauchst du meine Antwort?«

Naomi hatte ihm die Neuigkeit übermittelt und ihn gebeten, es Teresa zu sagen. Nicht um Erlaubnis bitten, nicht verhandeln. Er sollte es ihr *sagen.* Und jetzt stand er da und kratzte sich am Hals.

»Es dauert noch einige Wochen, bis das neue Schuljahr beginnt. Ich möchte dich früh genug hinbringen, damit du dich dort einrichten kannst, aber wenn wir relativ stark beschleunigen …«

»Verstehe«, sagte sie. »Also nicht mehr lange.«

Er zog sich aus dem Raum hinaus und schwebte durch den Gang. Hinter ihm schloss sich die Tür. Es war still im Schiff. Naomi erwartete ihn auf dem Operationsdeck. Er musste ihr beichten, dass ihn ein fünfzehnjähriges Mädchen ausmanövriert hatte, sodass er ihr die Wahl gelassen hatte, ob sie ins Internat ging oder … auf dem Schiff blieb. Darauf lief es wohl hinaus. Sie wollte etwas tun, das nicht Naomis Plänen entsprach. Es lag eigentlich nicht in seiner Verantwortung, und trotzdem hatte er das Gefühl, es verpatzt zu haben.

Als er an Alex' Kabine vorbeikam, hörte er die vertraute Stimme hinter der Tür. *Aber dann wird es schwieriger für dich, uns zu besuchen, und da Rohi schwanger ist, willst du ja sicher bald deinen Enkelsohn sehen.* Alex hatte oft gelächelt, seit er die Nachricht bekommen hatte, doch er wusste, dass dies nicht der einzige Grund war. Jim wollte zufrieden sein, damit die anderen zufrieden waren, und er fand, dass er sich ganz gut verstellen konnte.

Er hatte Alex auf die Schulter geklopft und Opawitze gerissen, bei denen sein alter Freund gegrinst hatte.

In Wirklichkeit war Jim über Kits Optimismus erstaunt. Und mit *erstaunt* meinte er eigentlich *entsetzt*. Wenn Alex über seinen Enkelsohn sprach und über die Namen spekulierte, die Kit und seine Frau aussuchen könnten, sah Jim nur eine weitere Leiche auf dem Scheiterhaufen, wenn das Ende kam. Ein weiteres Baby, das zu atmen aufhören würde, sobald der Feind in der Tiefe sein Rätsel löste. Ein weiterer Toter.

Vielleicht war das unfair. Es hatte schon eine ganze Reihe von Endzeitsituationen gegeben: der Schwarze Tod, der Atomkrieg, der Zusammenbruch der Lebensmittelversorgung und der Moment, in dem Eros sich in Bewegung gesetzt hatte. Hätten solche Ereignisse dazu geführt, dass die Menschen sich nicht mehr verliebten und keine Kinder mehr bekamen, nicht mehr feierten und träumten und ihr Leben lebten, dann würde die Menschheit schon lange nicht mehr existieren.

Nur dass es dieses Mal anders war. Dieses Mal würden sie es nicht schaffen. Der Einzige außer ihm, der es wusste und es verstand, war Amos. Und deshalb war Amos der Einzige, mit dem er reden konnte.

Er ging zum Reaktor und zum Antrieb hinunter. Der süßliche Geruch von silikonhaltigem Schmiermittel hing in der Luft. Bisams leises Bellen begrüßte ihn auf dem Maschinendeck. Die Hündin schwebte in der Luft, ihre Rute wedelte im Kreis, sodass in der Gegenbewegung auch ihr Kopf leicht kreiste. Sie hatte die Lefzen zu einem breiten Hundegrinsen zurückgezogen.

»Immer noch keine Wurst«, sagte Jim. Der Hund bellte leise.

»Eigentlich ist ihr das sogar egal«, erklärte Amos. »Sie mag es einfach, wenn du da bist.«

Jim hielt das Tier mit einer Hand in der Luft an und tätschelte es mit der anderen. »Eigentlich hätte ich gedacht, dass ein Hund auf einem Raumschiff eine ausgesprochen schlechte Idee ist, aber irgendwie gefällt es mir, dass sie da ist. Ich meine, noch besser ist es sicherlich, wenn wir mit Schub fliegen.«

Amos stand von seiner Werkbank auf. In einer Hand hatte er einen kleinen Schweißbrenner. Die dunkle Brille, die seine Augen schützte, war bis zur Stirn hochgeschoben. Auf der Werkbank war ein hydraulisches Ventil festgeklemmt. Auf der Keramik neben der abkühlenden Metalldichtung waren Brandspuren zu sehen. »Es ist ihr peinlich, wenn ich sie zum Vakuum-Hydranten bringen muss.«

»Wohin bringst du sie?«

»Das ist das Wort für die Stelle, wo der Hund pinkelt«, sagte Amos. »Ich erfinde das nicht. Ich verfolge die Gruppen im Netzwerk.«

»Weil es so viele schwebende Hundchen gibt«, sagte Jim zu Bisam. »Du bist nicht das einzige.«

»Die kommen auch mit der Atrophie besser zurecht als wir«, sagte Amos, während er die Brille abnahm und in den Werkzeugkasten steckte. »Es hat wohl damit zu tun, dass sie mehr Beine auf den Boden stellen können oder so.«

»Wahrscheinlich. Ich werde sie vermissen.« Dann nickte er in Richtung des Ventils. »Gibt es ein Problem mit der Wasserversorgung?«

»Nö. Wird es auch nicht. Die Mineralstoffe haben die Dichtung angegriffen, und wenn man wartet, bis sich ein wenig Erosion zeigt, kann man auch gleich eine neue drucken, verstehst du?«

»Ich glaube einfach mal den Fachleuten, das soll mir reichen.«

Amos verstaute den Schweißbrenner und zog ein Poliertuch aus der Tasche. »Wir müssen möglichst schnell aus der langsamen Zone heraus. Wenn wir hier herumhängen, kriege ich eine Gänsehaut auf der Glatze.«

»Ja. Sobald Naomi die Daten gesichtet und entschieden hat, wohin wir fliegen«, sagte Jim. »Ich mache mir Sorgen wegen des Mädchens.«

»Ja, ich auch.«

»Ich vergesse schnell, wie viel sie verloren hat. Bevor sie zu uns gekommen ist, war ihr ganzes Leben bis auf die letzte Sekunde verplant. Nach ein paar Monaten hier – gerade genug, um richtig anzukommen und sich einzurichten – droht schon die nächste große Veränderung. Das ist eine Menge. Sie ist fünfzehn. Kannst du dir vorstellen, mit fünfzehn so etwas bewältigen zu müssen?«

Amos sah ihn an, als hätte er etwas Witziges gesagt. »Machst du dir wirklich Stress wegen der Kleinen? Die kommt schon zurecht.«

»Wirklich? Ich meine … was wissen wir schon über diese Schule, zu der wir sie bringen?«

»Wir wissen, dass dort seltener auf sie geschossen wird als hier.«

»Davon abgesehen, meine ich.«

Amos legte das Tuch über den Daumen, packte das Ventil und rieb die Brandspuren ab, während er weitersprach. »Die Kleine findet gerade heraus, wer sie ist. Verdammt, *was* sie ist. Was sie auf Laconia gemacht hat, was sie hier macht. Wenn sie auf die Schule geht, ist das nicht wie ein neuer Job. Die Frage ist, wo sie mehr lernen kann, auf einem Internat am Arsch der Welt, oder wenn sie zusammen mit ein paar furzenden alten Revolutionären mit Raketen eingedeckt wird.«

»Ich glaube nicht, dass wir Revolutionäre sind.«

Mit erhobener Stimme hinderte Amos Jim daran, das Thema zu wechseln. »Außerdem ist dies nicht das, was dich wirklich beschäftigt. Das wissen wir beide.«

Ehe Jim antworten konnte, meldete sich Alex über den Schiffscom. »Hey, Leute, ich hatte gehofft … könnten wir uns zu einer Art Sitzung treffen? In der Kombüse? Ginge das? Äh, danke.«

Amos betrachtete blinzelnd das Ventil, drehte es hin und her und wischte es ein letztes Mal mit dem Tuch ab. Dann steckte er es wieder in die Klammer.

»Musst du das Ding wieder einbauen?«

»Nicht sofort«, antwortete Amos. »Im Augenblick ist ein Reserveteil installiert.«

»Dann sollten wir mal sehen, was Alex will.«

»Er will was, aber ehe er es sagt, muss er sich ein paar Minuten lang entschuldigen.«

»Ja, sicher«, stimmte Jim zu. »Ich meine, ich wüsste schon gern, was er von uns will.«

Hätte es eine Schwerkraft gegeben, dann wäre Alex unruhig hin und her geschritten, als sie zur Tür hereinkamen. Teresa war schon dort, sie schwebte neben der Wand, ohne sie zu berühren. Sie hatte die Arme verschränkt und die Lippen zusammengepresst. Hin und wieder bewegte sich ihr Unterkiefer, und ihr Gesichtsausdruck veränderte sich. Hätte Jim raten müssen, dann hätte er vermutet, dass sie in einen inneren Dialog vertieft war und kaum auf die Umgebung achtete. Amos ließ sich am Tisch nieder und verankerte sich mit den Magnetstiefeln, damit er Bisam stabilisieren konnte. Die Hündin fühlte sich anscheinend pudelwohl, weil sich ihr ganzes Rudel versammelt hatte.

Naomi kam als Letzte, winkte Alex, dass er anfangen könne, und holte sich einen Beutel Tee.

»Also, ihr habt das mit Kit und Rohi ja schon gehört, oder?«, begann er.

»Es ist möglich, dass du das erwähnt hast«, neckte Jim ihn. Alex grinste.

»Ich habe ein bisschen überlegt und bin ziemlich sicher, dass das Kind inzwischen geboren ist. Ich weiß, wir haben hier eine Menge zu tun, und wir haben wirklich wichtige Sachen zu erledigen. Gefährliche Sachen. Ich habe mich nicht auf das hier eingelassen, weil ich dachte, es würde ein ganz normaler Arbeitsvertrag. Das war es noch nic.«

Amos seufzte fast unhörbar. Alex bemerkte es trotzdem, und Jim sah, wie der alte Pilot sich dazu durchrang, endlich zur Sache zu kommen.

»Kommunikation ist immer gefährlich, für ihn wie für uns, aber ich würde wirklich gern … ich würde meinem Jungen gern eine Nachricht schicken, versteht ihr? Vielleicht kann ich sogar ein Foto von meinem Enkelsohn bekommen. Ich weiß nicht, was wir nutzen können oder was der Untergrund von uns erwartet. Wenn es nicht möglich ist … aber ich wollte trotzdem fragen. Ihr wisst schon, für den Fall, dass es irgendwie möglich ist, und ich wollte doch nicht …«

Jim wandte sich an Naomi und hob fragend das Kinn. Sie trank einen Schluck aus dem Beutel.

»Es könnte sein, dass wir dafür die Nase durch das Sol-Tor stecken müssen«, überlegte sie. »Von da aus könnten wir einen Richtstrahl über vertrauenswürdige Repeater leiten.«

»Im Augenblick sind alle Tore gleich weit entfernt«, stellte Jim fest. »Ich meine, wir müssen einfach nur so tun, als wären wir weiterhin mit dem gefälschten Auftrag unterwegs. Selbst wenn Laconia Kräfte im System hat, gibt es keine bessere Methode, als in starkem Verkehr unterzutauchen. Sol hat seit ein paar Jahrhunderten Raumschiffe und eine Menge Infrastruktur, und zwischen alldem können wir uns unsichtbar machen. Es ist ja nicht so, als tauchten wir unangekündigt in Arcadia oder Farhome auf.«

»Es wäre trotzdem ein Risiko«, wandte Alex ein. Er wollte ihnen damit vor allem sagen, dass er nicht wütend wäre, wenn sie ablehnten. Jim, Naomi und Amos flogen lange genug mit ihm, um zu wissen, dass es so war. Er würde nicht wütend werden, aber er würde traurig sein. Und wenn sie sowieso alle sterben mussten, dann gab es keinen Grund, diese Gelegenheit zu versäumen.

»Ich glaube, wir sollten es tun«, sagte er.

»Ich hatte gehofft, wir könnten Teresa in der Schule absetzen und dann nach Firdaws fliegen«, erklärte Naomi.

»Das Sol-Tor ist nicht weit«, wandte Jim ein. »Eine schnelle Schubphase. Wenn am Ringtor keine Wachschiffe sind, können wir gleich wieder umkehren, nachdem wir durch das Tor geflogen sind.«

Amos kratzte sich am Hals. »Wir haben in Kronos genügend Wasser bekommen. Reaktionsmasse ist also reichlich vorhanden. Den Zeitverlust können wir wahrscheinlich ausgleichen, indem wir auf dem Weg nach und von New Egypt länger Schub geben. Uns fehlen allerdings immer noch Treibstoffpellets und Recycler, aber ein kleiner Umweg schadet in der Hinsicht nicht.«

»Schön«, erklärte Naomi. »Also passieren wir das Sol-Tor, melden uns bei Kit und fliegen dann nach New Egypt. Nachschub können wir anschließend in Firdaws aufnehmen.«

»Ist das für dich in Ordnung, Kleine?«, fragte Amos.

Teresas Aufmerksamkeit kehrte von dem Ort, an dem sie verweilt hatte, schlagartig in den Raum zurück. In ihren Augen glänzten Tränen. Nicht viele, aber deutlich zu erkennen. »Ja, schon gut, ja.«

Alex war überglücklich, und seine Stimme klang zaghaft und belegt. »Danke. Wirklich. Wenn es nicht geklappt hätte, dann hätte ich damit leben können, aber … danke.«

»Die Familie ist wichtig«, sagte Naomi. Jim konnte nicht erkennen, an welche der tausend Facetten sie in diesem Augenblick dachte.

Es dauerte weniger als eine Stunde, die *Rosinante* vorzubereiten, und Amos fand sogar noch die Zeit, das reparierte Ventil auszutauschen und zu testen. Alex sang über ihnen auf dem Flugdeck wie ein Fink in der Morgendämmerung. Es gab keine Melodie, nur ein musikalisches Summen voller Vorfreude. Amos, Teresa und Bisam waren auf dem Maschinendeck. Jim überlegte, was das Mädchen empfinden mochte. Verlust. Wut. Zurückweisung. Hoffentlich war dem nicht so. Oder hoffentlich gab es auch noch andere Dinge, die es ihr leichter machten – Vorfreude, Neugierde und Hoffnung. Er hoffte, ohne einen

Grund dafür zu haben, dass Teresa wie durch ein Wunder lange genug lebte, um zu verarbeiten, was ihr jetzt das Herz so schwer machte.

Als sie mit einem halben und nicht wie üblich mit einem Drittel G in die Richtung des Sol-Tores Schub gaben, seufzte Naomi. Zuerst dachte er, sie sei mit den gleichen Gedanken beschäftigt wie er.

»Da fliegen viel zu viele verdammte Schiffe durch die Ringe«, sagte sie. »Und wir sind mitten drin und nicht gerade ein leuchtendes Vorbild.«

Er betrachtete die taktische Karte. Sie hatte natürlich recht. Allein in der Zeit, in der sie relativ reglos verharrt hatten, um die Daten durchzugehen, waren zehn weitere Schiffe durch die Tore geflogen und erledigten irgendwelche Aufträge, die irgendjemand für wichtig genug hielt, um das Risiko einzugehen. Oder die Leute begriffen gar nicht, wie gefährlich es war. Oder es war ihnen egal.

»Hast du gesehen, dass es noch ein anderes Ereignis gab?«, fragte Naomi. »Wir haben eine Nachricht von Okoye bekommen. Es ist im Gedara-System passiert.«

»Wie viele sind das jetzt?«

»Zwanzig? Ungefähr in dieser Größenordnung.«

Über ihnen summte Alex eine neue Melodie. Etwas Munteres, Jazzartiges, lebhaft wie der Frühling. Es war wie eine Botschaft aus einem anderen Universum.

»Sie kommt damit zurecht«, antwortete Naomi auf Jims Schweigen. »Wenn es überhaupt jemand kann, dann sie.«

Als sie sich der wabernden Störung auf der Oberfläche des Ringtors nach Sol näherten, raste hinter ihnen ein schnelles Schiff durch das Laconia-Tor, wendete und legte einen mörderisch harten Bremsschub hin. Jim beobachtete das Schiff und rechnete schon damit, dass ein Richtstrahl sie aufforderte, sich zu ergeben. Er kam nicht.

»Anscheinend sind wir gerade rechtzeitig herausgekommen«, sagte Naomi.

»Wieder einmal knapp entwischt«, stimmte Jim zu. »Ich frage mich, wie oft wir noch Glück haben können.«

Sie flogen durch das Sol-Tor, ehe sie erkennen konnten, wohin der Transporter wollte.

ZWISCHENSPIEL Die Träumerin

Die Träumerin träumt, und ihr Traum trägt sie und die Ihren rückwärts in eine Zeit vor dem Bewusstsein. Wie Großmütter, die Geschichten erzählen, die ihre Großmütter ihnen über deren eigene Großmütter erzählt haben, versinkt sie sanft und für ewig in den schwarzen Ozeanen, die alles umfassen. Die anderen beiden sind und sind nicht und sind wieder, sind bei ihr und in ihr wie das Summen, wenn man sich an ein Lied erinnert, das man nicht vergessen kann. Sie weitet sich wie ein Honigsauger, der die Flügel spreizt, um das wärmende Licht einzufangen, doch es gibt keine Sonne und kein Licht – noch nicht –, und die kalte Dunkelheit ist weit und behaglich wie ein Bett.

Und sie weiß Dinge.

Einmal, so weit entfernt, dass niemand da war, der es denken konnte, war das *Es* so: Unten war die Härte der Hitze, oben war die Härte der Kälte, und zwischen den beiden unerbittlichen Orten war das Universum. Die Träumerin träumt die Strömungen und das Hin und Her der Kraft, und ihr Blut ist das Blut des Ozeans. Ihr Salz ist das Salz des Meeres. Mit einer Hand, die so groß ist wie ein Kontinent und weicher als ihre Haut, streichelt sie die brennende Hitze unter sich und die beruhigende Kühle über sich. Äonen vergehen, und nichts ist lebendig, bis das Leben entsteht. Vielleicht gibt es viele Dinge, doch dies ist ein Traum von der Mitte, und sie träumt die Mitte, weil der gewundene Weg, der sie schwimmend fortführt, hier beginnt, aber nur langsam, ganz langsam.

Die Träumerin treibt, und die anderen treiben mit ihr. Es sind jetzt mehr: Kleine Knoten der Vergangenheit sind um sie und in ihr und treiben in dem gleichen Strom, in dem sie ist und der sie ist. Zwei berühren einander und werden eins; eines verjüngt sich und wird zu zweien, zu wieder zweien, zu zweien und noch einmal zu zweien. Sie beobachtet das fließende, lichtlose Rucken in der gesegneten Kälte, während die Großmütter flüstern, dass hier die Lust geboren wird. Welpenhaftes Umhertollen angesichts der Freude am Erschaffen, nur um des Erschaffens willen, und es gibt nichts zu erschaffen außer dem weiteren Selbst aus dem Selbst.

Die Träumerin vergisst, sie ist die Langsamkeit. Sie greift über die Zeitlosigkeit und das Unsichtbare hinweg, sie dürstet nach etwas, das mehr Gehalt hat als Wasser. Flüchtiger Nährstoff steigt empor und sättigt sie über Jahrzehnte, und sie träumt, dass sie träumt, wohlbehalten im ewigen Strom. Sie greift nach oben zu ihrer Ferse und streckt die Fingerspitzen, um die Zehen zu erreichen. Sie ist ein Kind aus Blasen voller Salzwasser, deren eine zur anderen sagt: *Wie Zellen?* Doch die Worte fallen an einem anderen Ort, und sie ist jetzt wollüstig und außerhalb jeder Sprache.

Es gibt kein Licht – noch nicht –, nur weit, weit unten die Hitze, die flackert und summt und tost. Sie kocht mit dem eigenartigen Geschmack von Steinen herauf, lockt sie an und treibt sie fort und wird zu ihr. Droben ist die Kälte, wo nichts fließt, die unendliche gekrümmte Barriere, die das ganze Universum umgibt. Aber das Rinnen, das jetzt allgegenwärtige Rinnen einer Strömung im Strom, das nur manche fühlen können. Ein Halt im Wasser, ein Etwas, entstanden aus dem Nichts, an dem sie geschmeidig entlanggleitet. Lustvoll presst sie sich dagegen und improvisiert. Die kleinen Blasen des Vergangenen werden komplizierter und greifen nacheinander. Zum ersten Mal seit Anbeginn der Zeit wird sie müde.

Schau, schau, schau, flüstern die Großmütter. *Spüre das, was fällt, was viel zu tief in die brodelnde Hitze hinabsinkt; dieses un-*

bewusste Genie. Dies ist wichtig, sagen sie, und die Träumerin zieht sich ebenfalls nach unten, und andere, viele andere, sinken mit ihr. Die Blase steigt pulsierend empor, sie fiebert und ist voller Leiden, und als sie abkühlt, ist sie Karamell auf der Zunge und eine Milliarde Insekten, die freudig in der Sommernacht singen. Tausend neue Spielzeuge, in Gaze gehüllt und mit Bändern umwickelt. Es ist Kaffee und Zuckerzeug und der erste ungeschickte Kuss, der Beinahe-Beinahe-Beinahe-Schauder von Haut auf Haut. Und sie weiß, sie wird wieder gehen, denn sie ist ein Kind der Blasen und wird sich abermals selbst fortschicken, um verbrannt zu werden und über ihre Blasen zu jubeln. Sie sehnt sich danach, von der Hitze und den Schmerzen verfremdet zu werden.

So war es, als wir Mädchen waren, sagen die Großmütter, und die Träumerin träumt, sie würde verstehen.

Das reicht, sagt jemand. *Also gut, Leute. Alles genau nach Vorschrift.*

8 Elvi

Fayez schwebte an ihrem privaten Schreibtisch und ging die Notizen durch. Wie immer, wenn er etwas nicht verstand oder skeptisch war, bildete sich zwischen den Augenbrauen eine kleine Falte. »Kannst du das verstehen? Ich bin absolut ratlos.«

Die Notizen enthielten die Scans von Caras Gehirn und ihrem Körper und die Daten des VGS, aber der für Elvi wichtigste Teil war das Gespräch mit Cara und deren Aussagen. Sie hatten Stunden gebraucht, um es zum Abschluss zu bringen. Elvi hatte Fragen gestellt, und Cara hatte geantwortet oder ihre Antworten aufgeschrieben. Dies war der am wenigsten objektive Teil des Berichts, für sie aber trotzdem der aufregendste.

»Ja doch, ich glaube schon.« Elvi hielt inne. »Ich habe da so einige Ideen.«

Er schloss das Fenster auf dem Display und schenkte ihr seine Aufmerksamkeit. »Vielleicht solltest du es mir erklären. Ich weiß nicht, was das zu bedeuten hat.«

Sie ordnete ihre Gedanken. Die Exobiologie war nicht Elvis erstes Fachgebiet. Damals, in den düsteren, alten Zeiten, die eigentlich erst ein paar wilde Jahrzehnte voller tief greifender Veränderungen zurücklagen, hatte sie das Sejong World College besucht, weil es dort die beste Ausbildung in medizinischer Gentechnik gab, die sie sich leisten konnte. Wenn sie ehrlich war, dann war der Hauptgrund nicht einmal der gewesen, dass sie sich besonders für dieses Fachgebiet interessiert hätte. Vielmehr hatte sie mit fünfzehn Amalie du-Daula in der Rolle einer medizinischen Genetikerin in *Handful of Rain* gesehen und ein ganzes Jahr lang versucht, sich die gleiche Frisur zuzulegen. Sie hatte es nie richtig hinbekommen. Die eigenartige Alchemie einer jugendlichen Prägung hatte ihre unreflektierte Identifikation mit einer Schauspielerin in einem Unterhaltungsfeed in ein Interesse daran verwandelt, wie DNA-Stränge sich pathologisch manifestierten.

Die Vorstellung, dass ein so winziger Fehler wie ein kaputtes Basenpaar zu einem etwas anders gekrümmten Protein führte, was sich wiederum in Form einer undichten Herzklappe oder eines nicht funktionstüchtigen Auges äußerte, war für sie faszinierend und mindestens im gleichen Maße unheimlich. Sie dachte, dies sei ihre Leidenschaft, und sie ging ihr mit der Hingabe einer Frau nach, die glaubte, sie befinde sich auf dem Weg, den ihr das Universum vorgezeichnet hatte.

Schließlich hatte sie einen Kurs in nichtterrestrischer Feldarbeit belegt, weil ihr Studienberater angedeutet hatte, es gebe für frischgebackene Medizingenetiker auf dem Mars und den Stationen auf den Jupiter- und Saturnmonden erheblich mehr Einsatzmöglichkeiten als auf der Erde. Elvi hatte den Rat beherzigt.

Die Vorlesungen hatten in einem kleinen Raum mit einem gelben, wasserfleckigen Teppich stattgefunden. Im Wandbildschirm waren Pixel durchgebrannt, was den Eindruck erweckte, dort säßen Fliegen. Professor Li war schon drei Jahre im Ruhestand und nur als Lehrer zurückgekehrt, weil er gern unterrichtete. Vielleicht war seine Begeisterung ansteckend, oder es war die Art und Weise des Universums, ihr zur richtigen Zeit den richtigen Ort zuzuweisen. Was auch immer der Grund war – sofern es überhaupt einen gab –, Professor Li hatte einiges über die ersten Erkundungen des extraterrestrischen Lebens in den Ozeanen auf Europa zu sagen, und Elvis Gehirn war aufgeflammt, als hätte ihr jemand Euphorika ins Müsli gekippt.

Zum Entsetzen ihrer Mutter und ihres Studienberaters hatte sie daraufhin das Hauptfach gewechselt und sich auf das damals rein hypothetische Feld der Exobiologie konzentriert. Ihr Studienberater hatte es folgendermaßen ausgedrückt: *Wenn Sie Aussichten auf eine berufliche Karriere haben möchten, wäre es sogar besser, Sie würden das Klavierstimmen lernen.*

Das hatte durchaus der Wahrheit entsprochen, bis Eros sich in Bewegung gesetzt hatte. Von da an hatte jeder, der das Gleiche tat wie sie, lebenslänglich ausgesorgt.

Sie war jetzt älter als Professor Li damals, als er ihr von Europa und den ersten zögernden Versuchen erzählt hatte, den Beweis zu erbringen, dass der irdische Baum des Lebens nicht der einzige war, den es im Universum gab. Sie hatte viele Dinge gesehen, von denen sie nie zu träumen gewagt hätte, sie hatte Orte besucht, von deren Existenz sie als Mädchen nichts gewusst hatte, und sie war jetzt – dem Zufall und dem verdammten James Holden sei Dank – die Leiterin eines der wichtigsten Forschungsprojekte in der ganzen Menschheitsgeschichte.

Seltsam nur, wie sich alles auf Professor Lis Vorlesung über Europa zurückführen ließ. Der kalte und tote Mond Europa, der allem Anschein nach niemals Leben getragen und ihr dennoch den Weg ins Universum eröffnet hatte.

Elvi hielt sich an einem Handgriff fest. Sie kannte die Schwerelosigkeit schon so lange, dass sie sich mit großer Selbstverständlichkeit zu bewegen wusste. Allerdings vermisste sie die Möglichkeit, hin und her zu schreiten. »Na gut, wie viel weißt du über das Langlebigkeitsmodell?«

»Ich höre jetzt zum ersten Mal, dass es so etwas überhaupt gibt.«

»Also gut, erst die Grundlagen. Schön. Es gibt eine Bandbreite für die Geschwindigkeit des Stoffwechsels. Man kann es bei Tieren beobachten. Manche sind schnell und pflanzen sich auch schnell fort, wie etwa Ratten oder Hühner. Schildkröten haben eine viel höhere Lebenserwartung, aber einen viel langsameren

Stoffwechsel. Der Baum des Lebens umfasst das ganze Spektrum. Er sagt voraus, dass Wesen, die sich in einer Umgebung mit wenig Energie entwickeln, auch wenig Energie verbrauchen. Langsamer Metabolismus, langsame Reproduktion. Lange Lebensspanne. Langsames Leben.«

»Weltraumschildkröten.«

»Eisschildkröten. Nein, genauer gesagt, Schnecken in sehr kaltem Salzwasser. Oder Quallen. Wahrscheinlich sind sie einem neutralen Auftrieb extrem nahe. Darum geht es aber jetzt nicht. Theoretisch könnte sich in einer Umgebung mit sehr wenig verfügbarer Energie etwas entwickeln, das … sagen wir mal, es hätte ein sehr entspanntes Verhältnis zur Zeit. Danach haben die Tereshkova-Missionen gesucht.«

»Das ist hochinteressant«, meinte Fayez mit unbewegter Miene.

»Tereshkova Eins und Zwei waren die ersten Langzeiterkundungen auf Europa. Sie haben dort nach extraterrestrischem Leben gesucht.«

»Aber nichts gefunden.«

»Ein paar Vorläufer von Aminosäuren, aber kein Leben.«

»Also stammen die Weltraumschildkröten nicht von Europa.«

Sie war einen Moment gereizt, doch das Gefühl verflog wieder. Sie waren beide müde. Und sie befanden sich zusammen auf dem einzigen Schiff in einem unbesiedelten Sonnensystem, wo jede Hilfe bestenfalls Wochen entfernt war. Und sie erklärte es nicht besonders gut. Sie schluckte, ließ die Schultern kreisen und fuhr fort.

»Sie waren nicht von dort. Aber vielleicht waren sie trotzdem das, was wir gesucht haben. Und da ist noch etwas anderes. Die andere Lebensform, nach der die Tereshkova-Missionen gesucht haben, waren Organismen in der Tiefe von Vulkanschloten.«

»Davon habe ich gehört. Manche Würmer und andere Organismen können in der Nähe von Schloten überleben. Sie benutzen die Energie des Vulkans anstelle des Sonnenlichts.«

»Und sie kommen an eine Menge biologisch interessanter Mineralien heran, ja.«

»Wenn du jetzt über Vulkanismus reden willst, bin ich wieder an Bord«, erklärte Fayez.

»Genau das hat Cara beschrieben. Dieses Biom. Schau mal, sie redet über das Kalte oben und die Hitze unten. Wie der Eispanzer eines Wassermondes mit einem heißen Kern. Und mit freiem Wasser dazwischen. Der Teil, wo sie sagt, es fühlte sich an, als machte etwas mehr von sich selbst, das ist … ich weiß nicht. Eine Art Reproduktion. Mitose oder Knospung.«

»Und die Stelle, wo sie die Steine schmeckt«, ergänzte Fayez. »Mineralien und Nährstoffe strömen von unten herauf. Du glaubst, sie sind beide dort. Diese langsam lebenden Schildkröten …«

»Quallen.«

»… und die Schlot-Organismen auch, nur weiter unten.«

»Genau das, was wir auf Europa gesucht haben.«

Die Furche auf seiner Stirn glättete sich. Sie wollte weitersprechen, doch sie kannte den Rhythmus ihres Ehemannes. Er verarbeitete etwas, und wenn sie jetzt erklärte, hörte er sowieso nicht zu. Das Summen des Schiffs und das Klicken des Luftrecyclers waren die einzigen Geräusche, bis er einmal kurz auflachte, als müsste er husten.

»Na gut, ich weiß, was mich nachdenklich gemacht hat«, sagte er schließlich. »Dieser Teil über das Ding im Wasser.«

»Der Halt?«

»Ja, genau. Das ist nach dem … verdammt auch … nach dem Steineschmecken passiert? Ehrlich, ich habe das Gefühl, wir hätten einen Dichter mitbringen sollen. Als Daten betrachtet, ist das dummes Zeug.«

»Hast du an etwas Bestimmtes gedacht?«

»Ja, entschuldige. Wenn das eine Art impressionistische, auf Erlebnissen beruhende Beschreibung über die Aufnahme von

Eisen war, was zur magnetischen Navigation geführt hat, dann war dies vielleicht der Halt im Wasser?«

»Und dieses Ding am Ende«, ergänzte Elvi. »Als etwas in die Hitze ging und versengt hervorkam, aber mit dieser … Offenbarung, oder was es auch war. Es könnte das langsame Leben sein, das gezielt zu einer nährstoffreichen Umgebung strebte. Ich glaube, Cara erlebt die Evolutionsgeschichte dieses Organismus. Der Diamant …«

»Danke, dass du ihn nicht als Smaragd bezeichnest.«

»… zeigt ihr, wie sie zu existieren begannen. Als wollten wir einem Wesen, das noch nie etwas wie uns gesehen hat, das Leben erklären, indem wir auf organische Chemie zurückgreifen und von da aus aufbauen, damit wir einen gemeinsamen Kontext haben.«

Fayez verstummte. Die Falte auf der Stirn war wieder da. Elvi stieß sich von der Wand ab und drehte sich, um sich mit den Fingern an der Schreibtischkante einzuhaken und anzuhalten. Als er ihre Miene sah, schüttelte er den Kopf.

»Nein, es leuchtet mir ein. In gewisser Weise. Ich verstehe, warum das die beste Strategie ist, um beispielsweise Informationen zu teilen. Ich denke nur … na gut, sagen wir mal, die Protomolekül-Ingenieure haben uns bis zu dem Teil ihrer Geschichte gebracht, wo sie wie Hamster waren, die den Dinosauriern ausweichen wollten. Ich will kein Idiot sein, aber … na und?«

Elvi wusste nicht genau, welche Antwort sie von ihm erwartet hatte, aber es war nicht diese. »Immerhin wissen wir ein wenig mehr darüber, was sie sind. Dies könnte der Ursprung der Spezies sein, die sich in der ganzen Galaxis ausgebreitet hat und viele Hürden überwinden konnte, die wir für unveränderliche physikalische Gesetze halten. Das ist eine ganze Menge.«

»Ja, das verstehe ich schon. Aber das ist so lange her, Süße. Wenn Cara den Diamanten vielleicht nach den besten fünf Möglichkeiten fragen könnte, wie man riesige Monster, die außerhalb von Zeit und Raum leben, davon abhalten kann, alle umzubringen, dann wäre das ein besserer Ansatz.«

»Nur wenn sie die Antwort verstehen kann.«

»Und wenn die sie kennen. Vieles weist darauf hin, dass sie es nicht wissen. Ich meine, die komplizierte Gammastrahlenfalle im Tecoma-System war ungefähr so, als hätten sie eine Schrotflinte an einen Türknauf gebunden. Auch wenn wir alles über die Raumquallen wissen, wird es vermutlich nicht reichen, oder?«

Sie schwiegen. Elvi kannte diesen Klumpen im Bauch. Er war in der letzten Zeit immer da. Das Einzige, was sich änderte, war ihr Bewusstsein dafür. Sie ahnte, was er als Nächstes sagen würde – *Was tun wir überhaupt hier?* –, und was sie antworten würde – *Wir bemühen uns, so gut wir können.* Doch er überraschte sie.

»Es wird schon gut werden.«

Sie lachte. Nicht weil sie es glaubte, sondern weil es offensichtlich nicht wahr war. Und weil er sie trösten wollte, und sie wollte getröstet werden. Er fasste sie am Arm und zog sie über den Schreibtisch an sich, bis sie neben ihm schwebte. Dann umfing er sie mit den Armen, und sie schmiegte sich an ihn. Gemeinsam trieben sie, er legte den Kopf auf ihre Schulter und schob seine Schenkel unter ihre. Wie Zwillinge in der Fruchtblase. Sie glaubte nicht, dass andere Menschen dieses Bild besonders herzerwärmend fanden, aber bei ihr wirkte es. Und wenn sie mit Fayez allein war, dann waren andere Menschen nicht wichtig. Sein Atem roch wie Rauchtee.

»Es tut mir leid«, murmelte sie. »Junge, es tut mir so leid.«

»Was denn?«

»Alles.«

»Es ist doch nicht deine Schuld.«

Sie rieb die Wange an seinem Kopf und spürte das Kratzen seiner Haare. Tränen benetzten ihre Augen, und das Büro verschwamm, als sei sie unter Wasser. »Ich weiß. Aber ich weiß nicht, wie ich es in Ordnung bringen soll, obwohl das meine Aufgabe ist.«

Sie spürte, wie sich sein Oberkörper erweiterte und wieder in sich zusammenfiel, als er seufzte. »Das ist eine Zeit für Stoßgebete, was?«

»Wir machen durchaus Fortschritte, wir wissen schon viel mehr als früher.«

»Da hast du recht. Ich bin frustriert. Ich wollte nicht das Projekt schlechtmachen«, antwortete Fayez. »Wenn es irgendwo eine Antwort gibt, dann ist sie hier.«

Sie nickte und hoffte, es sei wahr, und das zunehmende Gefühl, sie habe in ihren Notizen etwas Wichtiges – etwas Entscheidendes – übersehen, sei zutreffend. Und dass sie es beizeiten finden konnte, was es auch war.

Später, als Fayez in tiefem Schlaf lag, ging sie noch einmal eine Sammlung mit Berichten von Ochida durch. Die Forschergruppe, die sich mit Hochenergiephysik beschäftigte, hatte die neuesten Daten zur Überprüfung geschickt. Die letzten komplexen Modelle wiesen auf mögliche Verbindungen zwischen dem Angriff auf die *Typhoon*, der Zunahme der virtuellen Partikel im Tecoma-System und dem Bewusstseinsverlust hin, nachdem die *Tempest* die Pallas-Station zerstört hatte. Eine Bergbaufirma, die normalerweise in der Gegend von Jupiter arbeitete, versuchte, das eigenartige magische Geschoss zu finden, das wie festgenagelt auf der *Tempest* mitgeflogen war, bis sie zerstört wurde. Ihre eigene Biologiegruppe führte eine verteilte Studie durch, überwachte mittels NIRS Versuchspersonen in allen bewohnten Systemen und hoffte, brauchbare Daten zu erhalten, wenn das Bewusstsein das nächste Mal ausgeschaltet wurde. Zusätzlich wurden Berichte auf der Erde, auf dem Mars, auf Laconia und in Bara Gaon in Großrechnern durch Mustererkennungssoftware gejagt, weil man hoffte, die künstliche Intelligenz könne etwas entdecken, das den Menschen entgangen war.

Es war das am weitesten angelegte, am besten finanzierte Forschungsvorhaben in der Geschichte der Menschheit. Eine Million Menschen wühlten in einem Heuhaufen in der Größe von 1300 Planeten und hofften, es gäbe dort eine Nadel.

Manchmal fragte sie sich, ob dies von Anfang an Duartes Plan gewesen war. Immer weiter drängen und stoßen, bis die Lösung des Problems der Ringwesen gezwungenermaßen für die ganze Menschheit zum wichtigsten Problem überhaupt wurde. Er hatte immer gesagt, sie müssten dieses Problem früher oder später lösen, und die Menschen arbeiteten immer am besten, wenn ihr Überleben auf dem Spiel stand. Ob es nun die Absicht des Hochkonsuls gewesen war oder nicht, die Menschheit hatte nun ein Problem, das sie dringend lösen musste. Und der verdammte James Holden hatte es irgendwie geschafft, dass sie die Leitung bekam.

Sie wusste nicht, ob es sie beruhigte oder aufregte, wenn sie diese gewaltige Anstrengung betrachtete. Vielleicht beides zugleich.

Als sie das Ende des Datenpakets erreichte, schaltete sie den Bildschirm aus. Es gab ein Dutzend Dinge, die sie als Leiterin des laconischen Wissenschaftsdirektorats autorisieren oder kommentieren musste, und das würde sie auch tun. Aber erst wenn sie etwas gegessen und ein wenig geschlafen hatte. Sofern sie schlafen konnte.

Sie zog sich durch das Schiff und schwebte die Korridore hinunter. Cara und Xan waren mit Harshaan Lee und Quinn de Bodard in der Kombüse. Elvi beobachtete sie, während sie sich einen Beutel Linsensuppe zapfte.

»Major«, sagte Harshaan Lee und nickte ihr zu, als sie vorbeischwebte.

»Doktor«, antwortete Elvi und schlürfte einen Mundvoll Suppe. Die *Falcon* produzierte gutes Essen. Die Linsen schmeckten beinahe frisch – nach Ernährung und Erde und Trost –, obwohl sie vermutlich aus den Proteinfasern von Pilzen gebildet worden waren.

»Wir haben gerade über *Koenji Wizard* gesprochen«, erklärte Quinn. »Das ist ein Unterhaltungsfeed aus dem Samavasarana-System.«

»Den kenne ich nicht«, gestand Elvi. Xan, der sich langsam um die Z-Achse drehte, begann mit einer ausführlichen Schilderung der Geschichte. Es ging um eine verborgene Raumstation, erbaut von Engeln, die menschliche Begierden in physischer Form darstellten. Anscheinend gab es in den Filmen eine Menge Lieder, von denen Xan eines vortrug. Cara stimmte in den Refrain ein. Elvi hörte zu und entspannte sich zu ihrer eigenen Überraschung sogar ein wenig. Xans Begeisterung und der sanfte kindliche Narzissmus, der ihn immer wieder zum Zentrum jeder Unterhaltung machte, waren wirklich reizend. Ein paar Minuten lang vergaß Elvi alles andere. Man übersah leicht, dass er seit inzwischen vierzig Jahren ein Siebenjähriger war.

Beinahe bedauerte sie es, als ihre eigenen Angelegenheiten wieder in den Vordergrund traten.

»Cara?« Sie nickte in die andere Richtung des Gemeinschaftsraumes. »Könnte ich dich mal einen Moment sprechen?«

Das Mädchen, das keines war, hielt abrupt inne und verharrte reglos wie eine Steinfigur, wie Xan und sie es manchmal taten. Es dauerte immer nur einen kleinen Moment, doch es war jedes Mal gespenstisch. Dann nickte sie und stieß sich sanft in die Richtung ab, die Elvi ihr gewiesen hatte. Elvi warf ihren leeren Beutel in den Recycler und schwebte ebenfalls hinüber. Xan blieb bei Quinn und Harshaan, blinzelte aber und blickte ein wenig besorgt in ihre Richtung. Elvi winkte und hoffte, dass es beruhigend wirkte.

»Was gibt's, Doc?«, fragte Cara. Die beiläufige Lockerheit des Mädchens wärmte Elvi jedes Mal das Herz, wenn sie es hörte.

Für jemanden, der über Jahrzehnte gefangen gewesen und von einem Soziopathen Experimenten unterworfen worden war, hatte Cara rasch Vertrauen zu Elvi gefasst.

»Zweierlei. Ich möchte wissen, wie es dir geht. Die letzte Sitzung war … es gab einige interessante Daten. Es sah aus, als hättest du mit unserem großen grünen Freund eine andere Art der Synchronisation erreicht. Eher wie eine nicht lokale Reaktion, als wäre die Verzögerung durch die Entfernung weggefallen.«

»Ja«, antwortete Cara so schnell, dass sie Elvi beinahe unterbrach. »So hat sich das auch für mich angefühlt.«

»Und da wir nicht genau wissen, was passiert ist, musst du mir exakt beschreiben, wie du dich fühlst. Geht es dir gut?«

»Mir geht es gut«, bestätigte Cara. »Da hineinzugehen ist … ich weiß nicht. Es fühlt sich gut an. Irgendwie richtig.«

Das wusste Elvi schon. Sie hatte die Scans gesehen und erkannt, welche Auswirkungen die Verbindung auf Caras Endorphinpegel hatte. Es wäre eine Vermenschlichung gewesen zu sagen, dass der VGS Caras Rückkehr wünschte. Es gab keinen Grund zu der Annahme, dass dieses Objekt einen eigenen Willen oder Absichten hatte. Doch es wollte anscheinend, dass das Mädchen immer wieder zu ihm kam.

Irgendwo im Hinterkopf wusste Elvi, dass sie drauf und dran war, einen Fehler zu machen. Sie hatte sich bewusst dazu entschieden.

»Unter dieser Voraussetzung würde ich den Zeitplan der Sitzungen gerne straffen. Wenn wir uns zwischen den Sitzungen ein oder zwei Tage weniger Zeit lassen …«

»Das wäre wundervoll«, antwortete Cara. »Ich glaube nicht, dass es einen Grund gibt, es nicht zu tun. Ich komme damit zurecht.«

Ihr Grinsen war so aufrichtig, so menschlich, dass Elvi gar nicht anders konnte, als es zu erwidern. »Also gut, dann rede ich mit dem Team, und wir machen einen neuen Zeitplan. Vielleicht können wir den nächsten Versuch schon für morgen ansetzen?«

Cara schauderte beinahe vor Aufregung. Auf der anderen Seite des Gemeinschaftsraumes runzelte Xan die Stirn. Er schien besorgt. Mehr als besorgt. Melancholie. Elvi nahm Caras Hand und drückte, und Cara erwiderte den Druck. Eine menschliche Geste der Verbundenheit, so alt wie die Spezies selbst.

»Es wird alles gut«, sagte Elvi. Erst als sie es ausgesprochen hatte, wurde ihr bewusst, dass sie Fayez zitiert hatte. Und dass sie es ihm nicht hatte glauben wollen, als er es gesagt hatte.

»Ich weiß«, antwortete Cara.

9 Kit

Sein Vater sah ihn aus dem Display an, die Augen waren von den Freudentränen gerötet. Wahrscheinlich hatte Alex Kamal damals bei Kits Geburt genauso geweint, aber das hatte Kit natürlich nicht mitbekommen. Er konnte sich nicht daran erinnern, und deshalb war es ihm neu, als er es jetzt beobachtete.

»Ich bin so stolz auf dich und Rohi. Das Leben, das ihr euch aufgebaut habt, es ist … es ist schwer zu verstehen, was es bedeutet, eine Familie zu gründen. Einen neuen Menschen in die Welt zu setzen. Aber jetzt habt ihr es getan, und ich hoffe, ihr seht, dass dies genau die Liebe ist, die wir für dich empfunden haben. Ich und deine Mutter. Ich kann es kaum fassen. Ich hatte so gehofft, dass du so etwas für dich finden könntest. Und ich weiß, ich bin absolut sicher, dass du ein guter Vater bist. Viel besser als ich.«

»Ach verdammt, Dad«, schnaufte Kit. »Müssen wir immer wieder damit anfangen?«

»Die schlimmen Dinge, die geschehen sind, hatten nie mit dir zu tun. Nicht damit, wie sehr ich dich geliebt habe. Wie sehr ich dich liebe. Es erfüllt mich so. Was du getan hast, erfüllt mich wirklich. Ich bin überglücklich. Ich freue mich so sehr für dich.«

Damit endete die Nachricht. Sie war ganze fünf Minuten lang, und Kit war nicht sicher, ob er es ertragen konnte, sie noch einmal anzusehen. Es war leicht für seinen Vater, Kits Leben romantisch zu verklären. Die Entfernung und die politischen Gefahren, die mit dem Kontakt verbunden waren, führten dazu, dass Alex immer nur einen kleinen Teil des viel größeren Gesamtbildes sah.

Er sah auf die Uhr. Es gab nicht viel zu sagen, und mit den meisten Dingen wollte er Alex sowieso nicht belasten. Hätte Tante Bobbie noch gelebt, dann hätte er sich vielleicht an sie wenden können. Sie hatte so eine Art gehabt, bis auf den Grund der Dinge zu schauen. Mitgefühl ohne Gefühlsduselei. Sein Vater trug schon eine viel zu große Bürde, und Kit konnte gar nicht anders, als ihn zu schützen.

Er startete die Aufzeichnung.

»Hallo«, sagte er in die Kamera. »Ich freue mich wirklich sehr darüber, dass du nahe genug herangekommen bist, um die Nachrichten fast in Echtzeit auszutauschen. Wie oft habe ich dir schon etwas geschickt und gehofft, du würdest es überhaupt empfangen können … Mist.«

Er hielt die Aufnahme an und löschte sie wieder. Er wollte Alex keinen Anlass bieten, sich schon wieder Vorwürfe zu machen, weil er in Kits Jugend nicht häufiger für sein Kind da gewesen war. Das Thema war eher durch die Schuldgefühle des Vaters denn durch Vorhaltungen des Sohnes geprägt. Es war nur so, dass er sowieso schon genug Sorgen hatte und sich nicht noch mit den wunden Punkten seines Vaters befassen wollte.

Irgendetwas musste er allerdings antworten.

Die Türklingel erlöste ihn vorübergehend. Er schaltete den Com aus und befahl der Tür, die Sperre aufzuheben. Sogleich stürmte seine Mutter herein, wie sie es immer tat. Sie war eine stattliche Frau mit starkem Kinn, die ihr vornehmes Aussehen einzusetzen wusste wie eine Keule. Kit liebte sie, er würde sie immer lieben, aber er liebte sie am meisten, wenn er sie nur auf dem Bildschirm sah.

»Wo ist mein Baby?«, fragte sie grinsend. Sie meinte nicht ihn.

»Rohi wechselt gerade die Windeln«, erklärte Kit und nickte in die Richtung des hinteren Raumes. »Sie kommt gleich.«

»Rokia!«, rief Giselle. »Hier kommt die Oma und hilft dir.«

Rohi mochte es überhaupt nicht, wenn irgendjemand, der nicht zu ihrer leiblichen Familie gehörte, ihren richtigen Namen benutzte. Seit seine Mutter dies erfahren hatte, benutzte sie nur noch diesen Namen. Kit wusste zwar, dass sie es als Ausdruck ihrer Liebe und Hingabe meinte. Er wusste aber auch, dass es ein Machtspiel war. Der scheinbare Widerspruch, dass beides zugleich gelten sollte, war ihm auf eine Weise verständlich, die Rohi entging, doch er war damit aufgewachsen. Die Dysfunktionalitäten und Idiosynkrasien der Kindheit wurden zu den selbstverständlichen Normen des Erwachsenen.

Er hörte ihre Stimmen – Giselle, Rohi und das Gebrabbel von Bakari. Die Worte konnte er nicht verstehen, aber den Tonfall kannte er. Mutters herrische Kompensation ihrer Unsicherheit. Rohis höfliche Freundlichkeit, hinter der sich ihre Gereiztheit verbarg. Und die Laute des Kindes, die, von Freude und Müdigkeit abgesehen, noch keine Bedeutung hatten.

Gleich darauf kamen die drei wieder herüber: seine Mutter, seine Frau und sein Sohn. Giselle hatte sich Bakari auf die Hüfte gepflanzt. Rohi lächelte verkrampft, aber nachsichtig.

»Oma ist da«, sagte seine Mutter. »Ich habe alles im Griff. Ihr zwei Hübschen könnt jetzt verschwinden und den romantischen Abend zu zweit genießen, während ich mit meinem wundervollen kleinen Jungen spiele.«

»Wir kommen gleich nach dem Essen zurück«, kündigte Kit an.

»Es hat keine Eile.« Giselle wedelte mit einer Hand. Rohi verdrehte fast unmerklich die Augen. Kit verneigte sich vor seiner Mutter, küsste seinen verwirrten Sohn auf den Kopf, wo die Knochen noch nicht zusammengewachsen waren, und dann ging er mit Rohi auf den öffentlichen Korridor hinaus und schloss hinter ihnen die Tür. Das Letzte, was er hörte, war Bakaris Jammern, als er bemerkte, dass sie weggingen.

»Ein romantischer Abend zu zweit?«, fragte Rohi, als sie zum lokalen Verkehrsknotenpunkt gingen.

»Das war einfacher als: ›Rohi und ich müssen uns mal ungestört unterhalten‹«, entgegnete Kit. »Das hätte nur dazu geführt, dass sie mir eine halbe Stunde lang erklärt, warum eine Scheidung keine gute Idee sei. Auf diese Weise habe ich mir den Vortrag erspart.«

Er hatte gehofft, dass sie lachte, doch sie nickte knapp und ernst, fast geschäftsmäßig. Sie hakte sich nicht bei ihm ein und blickte die ganze Zeit geradeaus. Der öffentliche Korridor war hell erleuchtet, und die Pflanzen im Mittelstreifen winkten in der Brise der Recycler leise mit den Blättern. Sie arbeiteten beide in Aterpol auf dem Mars, weil es ein Forschungszentrum war, das im Solsystem nur noch von der Erde übertroffen wurde. Und es war, abgesehen höchstens von Ganymed, ein besserer Ort für eine Schwangerschaft als jede Station draußen im Weltraum. Giselle war entzückt gewesen, und auch Rohi hatte sich anfangs gefreut.

Sie erreichten die Nudelbar, in der sie oft nach der Arbeit aßen. Ein junger Mann mit einem unbehandelten Akneproblem saß mit einer Dombra auf einer kleinen Bühne und zupfte eine sanfte, leise Melodie, weitgehend ignoriert von den Gästen, die an den Tischen speisten. Kit setzte sich, Rohi ließ sich ihm gegenüber nieder. Sie achteten ebenfalls nicht auf die Musik.

»Willst du zuerst bestellen?«, fragte Kit. Er gab sich große Mühe, möglichst neutral zu sprechen.

»Ja«, antwortete Rohi. Es dauerte nicht lange, bis sie ihre Bestellungen am Tisch eingetippt und die Bestätigung des Systems empfangen hatten. Dann saßen sie drei Minuten lang schweigend da, bis der alte Jandol ihnen ihre Schalen brachte – Zitronengras und Eierrolle für ihn, Cơm chiên cá für sie. Es hatte eine

Bedeutung, dass sie sich ein Wohlfühlgericht bestellt hatte. Jandol nickte ihnen zu, übersah die Anspannung oder ignorierte sie, und kehrte in die Küche zurück. Rohi beugte sich über die Schale.

»Also«, begann Kit, »was bewegt dich?«

»Hör mir gut zu, ja?«

Er nickte.

»Ich glaube, wir sollten darüber nachdenken, den Vertrag noch einmal zu verschieben.«

»Rohi …«

»Nein, hör zu.« Sie wartete, bis sie sicher war, dass er den Mund hielt. »Ich weiß, auf dem Mars haben wir nur ein Drittel G, aber dafür ist es konsistent. Ständige Schwerkraft ist wichtig für die Entwicklung. Sein Innenohr bildet sich noch aus. Sein Knochenwachstum beginnt gerade erst. Im nächsten Jahr wird er eine Menge grundlegender Veränderungen erleben, und selbst wenn wir auf einem schnellen Schiff sind, werden wir monatelang schweben. Ich will nicht, dass er mit den Niedrigschwerkraftsyndromen aufwächst. Ich will nicht, dass er so früh im Leben seinen Körper so verändert, dass er später weniger Möglichkeiten hat. Nicht, wenn es nicht unbedingt sein muss.«

»Ich verstehe.«

»Ich habe mir die Vormerkungen angesehen. Es gibt drei andere Gruppen des Teams, die unsere Plätze auf der *Preiss* belegen könnten. Wir sind immer noch gut im Plan, wenn wir erst mit der *Nag Hammadi* fliegen.«

»Vorausgesetzt, wir fliegen dann auch«, wandte Kit ein.

»Ich sage nicht, dass wir es nie tun sollen«, erklärte Rohi. »Ich sage nicht, dass wir den Vertrag kündigen sollen. Das meinte ich nicht.«

Ihr lief ganz langsam eine dicke Träne über die Wange. Sie wischte sie mit einer Bewegung weg, als fühlte sie sich von ihr verraten.

Kit holte tief Luft und atmete langsam aus. Er wählte seine Worte mit Bedacht. »Du weinst.«

»Ja. Also, ich habe Angst.«

»Wovor?«

Ungläubig sah sie ihn an, als läge die Antwort auf der Hand. Das traf auch zu, aber er hielt es für wichtig, dass sie es offen aussprach.

»Ich schlage dir gerade vor, dass du deine Karriere aufs Spiel setzt«, sagte sie. *Deine* Karriere, nicht *unsere*, das war der springende Punkt. Kit glaubte die Dynamik zwischen ihnen zu verstehen, und jetzt wusste er, dass er richtiglag. Sie zog die Mundwinkel nach unten, und er sah einen Augenblick, wie sie als Kind ausgesehen hatte, lange bevor sie sich begegnet waren.

»Gut«, antwortete er. »Bin ich dran?«

Sie nickte.

»Zuerst mal dies: Ich bin nicht mein Vater«, begann er. »Und ich bin nicht deine Mütter. Ich werde nicht die gleichen Entscheidungen treffen wie sie. Du und Bakari, ihr seid mir das Wichtigste überhaupt. Immer. Ich gehe nicht weg, auch wenn das bedeutet, dass mir ein Karriereschritt nicht mehr offensteht.«

»Ich wollte …«

Er nahm ihre Hand. »Hörst du mir zu?«

Sie nickte. Die nächste Träne ignorierte sie.

»Ich weiß, es ist nicht der perfekte Augenblick«, fuhr er fort. »Aber es wird nie der perfekte Augenblick sein. Es wird immer irgendetwas geben. Bakaris Entwicklung, die Gesundheit meiner Mutter, eine Konferenz, an der wir sonst nicht teilnehmen könnten, oder sonst etwas. Es gibt immer einen Grund.«

»Bis Laconia einen neuen Krieg beginnt, um irgendetwas zu beweisen. Oder bis uns die Aliens alle umbringen.«

»All das unterliegt nicht meiner Kontrolle«, antwortete Kit. »Ich kann nur so handeln, als würde das Universum weiterexistieren, und meine Zukunft darin planen. Nieuwestad hat eins

Komma zwei G. Das wird schwer für ihn, genau wie für uns. Die Jacobin-Black Combined Capital ist eine solide Firma, die genau das tut, was wir tun wollen, aber das heißt nicht, dass wir es tun müssen. Wir können den Vertrag auflösen und etwas anderes suchen. Oder wir fliegen hin und kommen so gut wie möglich dort zurecht. Wenn wir fliegen, gibt es viele gute Programme, um den Kindern und Babys beim Wechsel der Schwerkraft zu helfen. Und wenn du willst, stehe ich jeden Tag mit dir auf und gehe zum Training. Wenn wir bleiben, finden sich andere Jobs. Wir können tun, was immer wir wollen. Aber wir werden es zusammen tun.«

Rohis Augen waren gerötet. Sie wischte die Tränen mit der Serviette ab. »Das ist so dumm.«

Kit nahm ihre Hand. »Du fürchtest dich, wenn wir darüber reden, zwischen Familie und Arbeit ein Gleichgewicht zu finden, und das ist ganz in Ordnung so. Ich verstehe das, und ich liebe dich, und ordentlich zu weinen ist die Art und Weise, wie wir solche Sachen klären. Und du darfst nicht schlecht über mich denken, wenn ich an der Reihe bin zu heulen.«

»Ich will einfach nichts kaputt machen«, sagte sie. »Was ist, wenn wir sein Leben zerstören?«

Kit strich ihr mit dem Daumen über die Knöchel, wie er es manchmal tat, wenn sie nicht schlafen konnte. »Irgendetwas wird auf jeden Fall geschehen. Niemand ist vollkommen. Jeder trägt irgendetwas in sich, das die Eltern anders gemacht hätten, wenn sie es nur gewusst hätten. Oder wenn sie bessere Menschen gewesen wären. Oder wenn die Dinge anders verlaufen wären. Das ist ganz in Ordnung, das ist völlig normal. Ich bin, was ich bin, weil meine Mom und mein Dad schlechte Entscheidungen getroffen haben, aber wenn sie sich anders verhalten hätten, dann hätten sie irgendwann trotzdem ganz andere Fehler gemacht, und dann wären die jetzt ein Teil von mir. Sie waren nicht vollkommen, und das sind wir auch nicht.«

»Aber er ist es«, sagte Rohi. »Bakari ist es.«

»Ja, das ist er.«

Sie schwiegen eine kleine Weile. Jandol kam herüber und bot an, die Reste abzuräumen. Als Kit den Kopf schüttelte, zuckte der alte Mann mit den Achseln und taperte in die Küche zurück.

Schließlich holte Rohi tief Luft, und als sie seufzte, beugte sie sich vor. Ihre Stimme klang nicht mehr so angespannt, als sie sagte: »In Ordnung. Danke.«

»Sag bloß nicht, dass es dir leidtut.«

»Mach ich nicht.«

»Aber du warst kurz davor.«

Sie lächelte. Er sah, dass der Sturm abgezogen war. »Ich war kurz davor.«

Er schlürfte einen Happen Nudeln und kaute. Das Zitronengras schmeckte echt, und die Nudeln waren weich und salzig. Vielleicht etwas kalt, aber das war ihm egal. Rohi seufzte noch einmal und entspannte sich sichtlich.

Nach dem Essen gingen sie langsam nach Hause. Sie nahm seine Hand, und er lehnte sich bei ihr an. Eine Weile war es fast wie früher, bevor sie geheiratet hatten, nur tiefer. Vielschichtiger und erfüllter. Dies war das Leben, auf das ihre jeweiligen Eltern verzichtet hatten, und Kit hatte nicht das geringste Verständnis dafür.

Als sie daheim ankamen, saß Giselle auf dem Sofa und zappte auf dem Handgerät durch Unterhaltungsfeeds. Sobald sie hereinkamen, legte sie einen Finger an die Lippen und zeigte auf das Kinderzimmer.

»Vor zehn Minuten ist er eingeschlafen«, berichtete sie. »Er hat gut gegessen und sein ganzes Körpergewicht wieder ausgeschissen. Hat gekichert, gespielt, fünfzehn Sekunden geweint, und das war's.«

»Danke, Mama«, sagte Kit. Giselle stand auf und nahm ihn in die Arme.

»Ich mach das nicht für dich«, sagte sie so leise, dass nur er es hören konnte. »Ich sauge so viel Enkelkind auf, wie ich nur kann, solange ich ihn habe. Das speichere ich für die kalte Zeit.«

Nachdem sie sich verabschiedet hatte, ging Rohi in ihr Arbeitszimmer. Sie bewegte sich leise, um das Baby nicht zu wecken. Er setzte sich an seinen Schreibtisch und rief die neuesten Nachrichten auf.

Er startete die Kamera.

»Hallo, Dad, ich liebe dich auch. Danke, dass du nahe genug herangekommen bist, um die Nachricht zu schicken. Ich weiß, wie schwierig das manchmal ist. Und ich freue mich sehr, dass du es getan hast. Ein Kind zu bekommen ist das Beängstigendste, was ich je gemacht habe, und ich liebe es. Ich liebe es, ein Kind zu haben und ein Dad zu sein.

Ich weiß, für dich und Mom ist es nicht immer so gelaufen, wie ihr es euch vorgestellt habt. Aber ganz egal, was passiert ist, ich wusste immer, dass ich dir wichtig war. Das habe ich von dir gelernt. Und wenn es das Einzige ist, was ich weitergeben kann, dann wiegt das alles andere auf. Es ist ein großes Vermächtnis. Das Beste, was man sich wünschen kann.«

Er überlegte, ob er noch etwas hinzufügen wollte, doch er war müde, und ihm fiel sowieso nichts mehr ein. Dann spielte er die Aufnahme noch einmal ab, sendete sie und säuberte sein System, wie er es immer tat, wenn er etwas aus dem Untergrundnetzwerk empfangen hatte. Anschließend duschte er und ging ins Bett.

Rohi war nicht da. Sie stand an der Wiege und betrachtete das kleine neue Leben, das sie zusammen geschaffen hatten. Bakaris weicher runder Bauch hob und senkte sich im Schlaf. Kit stellte sich zu den beiden.

»Er ist ein starker kleiner Kerl, was?«, sagte Rohi.

»Ja, das ist er. Und seine Eltern lieben ihn.«

»Also gut, dann lass uns fliegen.«

10 Fayez

Die Astrogeologie war nicht unbedingt das Fachgebiet, das die Leute wählten, die sich als Königsmacher betätigen wollten. Zwischen dem Erstsemester, das Sedimentschichten analysierte, und denjenigen, die in Fragen von Leben und Tod um Einfluss buhlten, gab es nicht viele Berührungspunkte. Wenn man noch die politische Macht über ein galaxienweites Reich hinzufügte, war die Schnittmenge sogar äußerst gering.

Doch ohne es zu beabsichtigen, war Fayez in genau diese Rolle hineingestolpert.

Mit einem Beutel knochenfarbenem Whisky in der Hand schwebte er in Lees privater Kabine. Es war ein öliges, zähes Gebräu, das er zu scharf fand, wenn sie unter Schub flogen. Nach zwei Wochen freiem Fall waren seine Geschmacksknospen nahezu abgestorben, und deshalb hatte er zugegriffen. Lee, Elvis Stellvertreter, rief eine Nachricht von zu Hause auf. Genauer gesagt, aus Laconia. Obwohl sie schon seit Jahren dort lebten, betrachtete Fayez es nicht als seine Heimat.

»Hier«, sagte Lee und stieß sich von seinem Pult ab.

»Gut, was sehe ich da?«, fragte Fayez.

»Er heißt Galwan ud-Din«, sagte Lee. »Leitender Forscher auf dem Feld der Extrapolierenden Physik.«

»Na ja, das heißt dann wohl, dass ich kein Wort verstehen werde.«

»Ich habe ihn gebeten, Ihnen eine Version für Laien zu präsentieren.«

Das Display zeigte einen schmalgesichtigen Mann mit einem riesigen, aber gut getrimmten Bart, der ein kragenloses Anzughemd trug. Er nickte in die Kamera und deutete eine fast unmerkliche Verbeugung an. »Danke, dass Sie mir Ihre Zeit schenken, Dr. Sarkis. Ich weiß das wirklich sehr zu schätzen.«

Da es eine Aufzeichnung war, gestattete Fayez sich ein Seufzen.

»Ich möchte Ihnen einige Gedanken unterbreiten, die meine Arbeitsgruppe entwickelt hat. Ich glaube, Sie werden dies sehr vielversprechend finden«, fuhr der Mann mit dem hageren Gesicht fort und richtete sich etwas auf. Seine Miene nahm einen Ausdruck an, den Fayez bei einem Oberstufenlehrer erwartet hätte, der sich leutselig geben wollte. »Wie Sie sicherlich wissen, ist das Licht ein Membranphänomen an der Oberfläche der Zeit.«

Fayez trank den Whisky aus und streckte die Hand aus, weil er Nachschub brauchte. Lee war darauf vorbereitet.

Eine halbe Stunde lang lieferte ud-Din eine überraschend verständliche Erklärung dafür ab, dass Elvis langsam lebende Qualle ihre Evolutionsgeschichte als komplexes, weit verteiltes gehirnähnliches Gebilde abgeschlossen hatte, dessen Funktion auf der wenig einleuchtenden Wahrheit beruhte, dass die Zeitdilatation die Protonen in einen verzögerungsfreien Zustand versetzte, in dem sie von einem fernen Stern emittiert und unmittelbar das Auge eines Beobachters erreichen konnten, auch wenn sie aus der Sicht eines externen Beobachters wie Fayez Jahre unterwegs sein mochten. Der begrenzende Faktor in einem solchen System war immer die Masse, und deshalb bekamen Technologien, um Masse zu bewegen – also die Manipulation der Trägheit und die Ringtore als »Abkürzungen« – die höchste Priorität, wie es ja allem Anschein nach auch geschehen war.

Nach der Präsentation war Fayez fast so aufgeregt, wie es ud-Din zu sein schien, und er hatte noch nicht einmal seinen zweiten Whisky ausgetrunken.

»Nun verstehen Sie sicher, warum ich in diesen Forschungsansatz so große Hoffnungen setze«, erklärte ud-Din. »Und deshalb möchte ich Sie um Hilfe bitten. Die neuen Befehle aus dem Wissenschaftsdirektorat unterwerfen uns ganz und gar Colonel Tanaka … ich bestreite ja nicht, dass der Hochkonsul grundsätzlich das Recht hat, unsere Bemühungen zu steuern, wie er es für richtig hält, aber er hört ja auf Sie. Wenn Sie ihn vielleicht bewegen könnten, unsere Forschungen nicht zu stören, solange es nicht wirklich wichtig für das Reich ist … ich will damit sagen, dass wir meiner Ansicht nach kurz vor einem Durchbruch stehen, und es wäre sehr bedauerlich, wenn der Hochkonsul über unsere Arbeitsgruppe entscheidet, ohne unsere Situation genau zu verstehen. Vielen Dank. Ich danke Ihnen für Ihre Aufmerksamkeit.«

Ud-Din leckte sich nervös über die Lippen, dann war die Aufzeichnung vorbei. *Wie reizend, dass er immer noch glaubt, es gebe einen Hochkonsul, der über diesen Haufen Chaos regiert,* dachte Fayez. Natürlich behielt er es für sich. Manche Dinge waren zu gefährlich, selbst für einen Königsmacher.

»Davon habe ich noch ein halbes Dutzend«, erklärte Lee. »Leiter von Arbeits- und Forschungsgruppen, denen man gesagt hat, sie sollen tun, was immer Tanaka verlangt. Einigen von ihnen hat sie bereits neue Aufgaben zugewiesen.«

»Wissen die nicht, dass wir überhaupt nichts ausrichten können? Wir können absolut nichts ändern. Wurden Sie darüber informiert, was Tanaka da treibt?«

»Ja, in der Tat«, antwortete Lee und verzichtete demonstrativ auf weitere Erklärungen. »Wir haben so viele Dinge, die höchste Priorität genießen. Wir können gar nicht alles schaffen.«

»Das verstehe ich«, stimmte Fayez zu. »Aber es ist nicht Elvi, die darüber zu bestimmen hat. Sie ist sehr offen dafür, dass die Fachleute die Leitlinien bestimmen.«

»Aber sie ist die gesalbte Heilige von Duartes Heiligem Geist«, wandte Lee ein. »Die Leute wollen, dass sie sich für sie einsetzt.«

»Und deshalb bitten die Leute Sie, mich zu bitten, es ihr zu sagen«, ergänzte Fayed. »Nein, es geht ja noch weiter. Sie soll ihn fragen. Oder Trejo an seiner statt.«

»Ja.«

»Wenn ich mir ansehe, wie wir arbeiten, wundert es mich, dass wir Menschen überhaupt das Schuhwerk erfunden haben. Ich rede mit ihr, aber Sie wissen ja, wie sie in letzter Zeit reagiert.«

»Das weiß ich. Danke, Dr. Sarkis.«

»Versorgen Sie mich weiter mit Drinks, und ich erweise mich womöglich als bestechlich, Dr. Lee.«

Lees schmales Lächeln war so vertraulich, wie der Mann überhaupt sein konnte. Fayez mochte ihn.

Die Korridore der *Falcon* summten und strahlten. Er hangelte sich von einem laconiablauen Handgriff zum nächsten. Einige jüngere Crewmitglieder tanzten wie Gürtler umher und sausten von Kreuzung zu Kreuzung, ohne unterwegs eine Wand berühren zu müssen. Das war nicht ganz sein Fall. In den letzten zwei Jahrzehnten war es immer wichtiger geworden, sein Ziel mit intakten Gelenken zu erreichen.

Das Problem mit der Fachkompetenz war, dass man sie nicht wirklich übertragen konnte. Anscheinend hatte Winston Duarte sich in der Logistik des Imperiums als verkanntes Genie bewährt. Man konnte verstehen, wie ihm seine Brillanz geholfen hatte, sein abtrünniges Reich aufzubauen. Er hatte es geschafft, er hatte sich Proben des Protomoleküls und die Wissenschaftler geschnappt, die damit etwas anfangen konnten, und die Alien-Technologie so weit gezähmt, dass er die ganze Menschheit unterwerfen konnte. Eine Zeit lang jedenfalls.

Wenn er bei einer Sache gut war – sogar der Beste, den die Milliarden Menschen hervorbringen konnten –, dann hieß das noch lange nicht, dass er in allen Bereichen gut war. Er war einfach nur zu mächtig, um ihm etwas zu verweigern. Als er beschloss, sich in einen unsterblichen Gottkönig zu verwandeln, natürlich nicht zu seinem eigenen Vorteil, sondern um selbstlos der Menschheit eine ewige stabile Herrschaftsform zu schenken, die nötig sei, um den Himmel zu erstürmen und Gott zu töten, hatte er bereits sich selbst und alle anderen in seiner Nähe überzeugt, er sei wirklich so beeindruckend, wie es die Legenden über ihn behaupteten.

Nur wenige Menschen wussten, wie unschön sich dieses Vorhaben entwickelt hatte. Elvi war einer davon, Fayez ein anderer.

Er hörte Elvi und Cara reden, sobald er in den Korridor vor ihrem Labor einbog. Elvis Bürotür stand offen, Cara schwebte im freien Raum zwischen der Werkbank und den medizinischen Scannern. Das Gesicht der jungen Frau – des Mädchens – strahlte vor Begeisterung. Sie gestikulierte beim Sprechen, wie um noch mehr Bedeutung in die Worte zu stopfen, als die Silben sowieso schon übermittelten. Elvi hatte sich auf die Druckliege geschnallt und machte Notizen, während sie sich unterhielten. Abgesehen von der Tatsache, dass sie sich nicht einmal entfernt ähnlich sahen, erinnerten sie Fayez an eine Großmutter und ihre Enkeltochter, die sich verbündet hatten, um ein großes Rätsel zu lösen. Der Tonfall verriet ihm, worüber sie redeten, noch ehe er die Worte erfasste. Albern und begeistert, so klang es. Und fieberhaft und manisch, auch das schien passend.

»Dann war da ein Gefühl von … Licht?«, erklärte Cara. »Als hätten wir Augen gegessen, und ich wäre fähig geworden zu sehen.«

»Das passt sogar ganz gut«, meinte Elvi.

»Wirklich?«, fragte Fayez. »Wo passt es denn? Ich habe gerade eine Menge über das Licht gelernt, und es war wirklich seltsam.«

Elvis Lächeln war überhaupt nicht gereizt, Caras Reaktion dagegen schon ein wenig. »Ich glaube, unsere Meeresschnecken haben einen Meilenstein erreicht«, erklärte Elvi. »Sie kannten bereits eine Möglichkeit, durch direkten physischen Transfer Informationen auszutauschen. Ungefähr so, wie Bakterien Plasmide austauschen. Wenn wir das richtig durchschauen, dann haben sie wechselseitige Beziehungen oder erfolgreichen Parasitismus mit einem kleinen Klecks Brei entwickelt, der in die Vulkanschlote eindringen und wieder herauskommen konnte.«

»Oh, wie schmutzig.« Fayez zog sich ganz in den Raum hinein. Zu dritt wurde es beinahe ungemütlich eng, doch Cara griff nach der Wand und machte ihm Platz. »Wo kommen da die Augäpfel ins Spiel?«

»Sie haben sich evolutionäre Neuerungen aus dem schnelleren Ökosystem angeeignet. Irgendwo unten im Vulkanschlot entwickelte irgendetwas ein rudimentäres Infrarotauge, damit es sich im Schlot orientieren konnte. Die Schnecken bekamen das zu fassen und setzten es auf den Mechanismus der signalgebenden Proteine, und auf einmal mussten sie sich nicht mehr gegenseitig Plasmide ankleben, um Informationen auszutauschen. Sie konnten Infrarotlicht als Träger benutzen.«

»Nein, es war sichtbares Licht«, widersprach Cara.

»Vielleicht Biolumineszenz«, stimmte Elvi zu. »Von diesem Moment an konnten die sehr langsamen Wesen sehr, sehr schnell miteinander reden. Und sie sahen weniger wie Quallen aus und eher wie frei schwebende Neuronen. Außerdem erkennen wir hier bereits die Strategie, halb biologische Kundschafter in unwirtliche Biome zu schicken und dem Leben, das sie dort vorfinden, Anweisungen einzupflanzen. Das klingt – ich spekuliere hier allerdings – schon sehr nach dem, was das Protomolekül auf Phoebe getan hat …« Sie brach ab und lächelte reumütig. »Aber du bist nicht deshalb hergekommen, oder?«

»Es gibt ein Briefing, das du dir unbedingt anhören musst«, berichtete Fayez. »Und außerdem muss ich mit dir noch über etwas anderes reden.«

»Cara? Können wir eine kurze Pause machen?«

Die schwarzen Augen verharrten einen Moment reglos, dann richteten sie sich kurz auf Fayez und wandten sich wieder ab. »Klar, kein Problem.«

Cara stieß sich zum Ausgang und auf den Korridor hinaus und schloss hinter sich die Tür. Fayez schwebte zu den medizinischen Scannern. Caras Werte waren dort noch zu sehen. Er betrachtete die Kurve ihrer Stressanzeiger. Vor einer Weile hätte er nicht erkennen können, was er dort sah, aber Elvi hatte es ihm erklärt.

»Nicht so hoch, wie es aussieht«, sagte sie ein wenig pikiert. »Wir wissen nicht einmal, wo für jemanden, der so verändert ist wie sie, die obere Grenze liegt.«

»Ich wusste gar nicht, dass du für heute noch eine Sitzung geplant hattest«, sagte Fayez.

»Sie hatte das Gefühl, sie sei bereit. Aber deshalb bist du nicht gekommen, oder?«

Er schaltete die Displays ab, drehte sich zu Elvi herum und verankerte sich an einem Fußhaken. »Diese Tanaka-Sache ist ein Problem.«

Sie hatte schon vorher müde ausgesehen. Jetzt wurde es noch schlimmer. »Was passiert denn da?«

»Sie hat vier Arbeitsgruppen neue Aufgaben zugewiesen. Statt tiefere Hintergrundscans durchzuführen, suchen sie jetzt nach einem Artefakt, das von Laconia stammen könnte, oder eben auch nicht, und führen eingehende Gehirnscans bei Trejo durch, um etwas zu finden, das … ich habe keine Ahnung, was sie suchen.«

»Spuren von Manipulationen«, antwortete Elvi. »Etwas, das darauf hinweist, dass er eine direkte neuronale Verbindung hatte wie James Holden und die Überreste von Miller auf Ilus.«

»Also weißt du davon?«

Elvi machte eine unbestimmte, beinahe hilflose Geste. »Sie steht im Rang über mir.«

»Aber du bist die Leiterin des Wissenschaftsdirektorats.«

»Früher hatte das etwas zu bedeuten«, erwiderte Elvi. »Das gilt jetzt nicht mehr. Man könnte sagen, im Augenblick sind ihre Befehle so, als kämen sie vom Schreibtisch Gottes.«

»Die Wissenschaftler wollen, dass du sie vor der Bürokratie beschützt.«

»Sie wollen, dass ich mit Duarte rede, damit er Trejo übergeht und ihr die Befugnisse entzieht«, sagte Elvi. »Dieser Plan hat eine Schwachstelle.«

»Dass Duarte nicht existiert?«

»Dass Tanaka ihn erst finden muss, ehe ich ihn um etwas bitten kann, in der Tat.«

Fayez schwieg. Den nächsten Schritt wollte er nicht tun, aber er musste. »Glaubst du, das ist der wahre Hintergrund?«

Elvis Seufzen verriet ihm, dass sie ganz ähnliche Gedanken hegte. »Ob ich glaube, dass Tanaka wirklich nach einer Version von Duarte sucht, die aus dem Koma erwacht und verschwunden ist?«

»Oder Trejo erzählt uns irgendeine Geschichte und will beobachten, ob sie beim Untergrund ankommt. Das könnte auch ein Test sein. Duarte könnte längst wieder im Staatshaus sitzen und seinen Haferschleim anstarren. Das erfahren wir erst, wenn Dr. Lee insgeheim den Befehl bekommt, uns eine Kugel durch den Kopf zu jagen. Wir stehen ziemlich hoch in der Nahrungskette, aber Trejo ist nach wie vor ein autoritärer Despot, und für eine Eskalation wie diese gibt es viele Vorbilder.«

»Darum kann ich mich nicht auch noch kümmern«, gestand Elvi. »Ich kann da nicht mitspielen. Ich habe weder die Konzentration noch die Energie dafür.«

»Du könntest aufhören, Jim und Nagata unsere Erkenntnisse zu übermitteln.«

Elvi nickte, aber nicht auf die Art, die ihm Zustimmung versprach.

Fayez presste die Fingerspitzen auf die geschlossenen Augenlider. »Liebes«, sagte er, doch sie unterbrach ihn.

»Es geschieht öfter, als wir angenommen haben.«

»Was denn? Was meinst du?«

»Die Vorfälle. Wie in Gedara. Wir haben nur die Schüsse gesehen, die uns knapp verfehlt haben. Wir sehen nur die Fälle, in denen das Bewusstsein abgeschaltet wird, aber ich habe Ochida gebeten, eine Mustererkennung für die anderen Anomalien wie die Sache mit der Lichtgeschwindigkeit in Gedara durchzuführen. Es passiert die ganze Zeit.«

»Was meinst du damit, dass es die ganze Zeit passiert?« Schon als er fragte, spürte Fayez eine böse Kälte im Bauch.

»Veränderungen bei der Vernichtung virtueller Partikel in den Systemen Pátria, Felicité und Kunlun. Abweichungen von der Lichtgeschwindigkeit in Sumner und Farhome. Veränderungen der Elektronenmasse im Hazua-System, die fast zwei Minuten anhielten. *Elektronenmasse.* Im ganzen Sanctuary-System nahm die Schwerkraft für sechs Sekunden um ein Zehntelprozent zu.«

»Also gut, jede einzelne dieser Veränderungen macht mir wirklich Angst.«

»Das war lediglich eine Periode von vierundzwanzig Stunden. Die Wesen, die dies tun, rütteln an allen Fenstern und suchen nach einem Weg, uns umzubringen. Ich weiß nicht, wie wir unsere physischen Konstanten vor solchen Angriffen schützen sollen. Es ist nur eine Frage der Zeit, bis sie herausfinden, wie sie den Vakuumzerfall auslösen oder sonst etwas tun. Deshalb werde ich alles unternehmen, was ich nur kann, und ja, das bedeutet auch, dass ich die Daten weitergebe. Denn wenn wir auf diese Weise eine Atempause bekommen, dann war es das wert. Und wenn der arme Dr. Lee mich deshalb umbringen muss, dann ist es wenigstens nicht mehr mein Problem.«

»Gut, das habe ich jetzt verstanden.«

»Trejo kämpft darum, sein Reich zusammenzuhalten. Ich kämpfe, um etwas zu behalten, das noch als ein von lebenden Wesen bevölkertes Universum zu erkennen ist.«

»Verstanden«, sagte er noch einmal. Aber da sie einmal angefangen hatte, konnte sie nicht mehr aufhören. Nicht, solange sie nicht ordentlich Dampf abgelassen hatte.

»Wenn es die Möglichkeit gibt – und sei es nur mit einer Wahrscheinlichkeit von eins zu einer Milliarde –, dies aufzuklären, dann will ich sie wahrnehmen. Wenn ich dafür einen Preis bezahlen muss, dann soll es eben so sein. Ich denke nicht einmal darüber nach. Ich öffne einfach meine Börse, und was mir das Universum nehmen will, das soll es haben. Darum spielen wir jetzt. Ja, ich hoffe wirklich sehr, dass Duarte aus seinem Dämmerzustand erwacht und weggelaufen ist, um zu tun, was ein verdammter, halb aus Protomolekül bestehender Ex-Diktator im Ruhestand eben tut, denn das bedeutet, dass Trejo mit mir keine Intrigen spielt, während ich zu arbeiten versuche. Aber wer weiß das schon? Ich habe keine Ahnung.«

Sie verstummte, schüttelte aber weiter aufgebracht den Kopf. Fayez hielt sich an einem Handgriff fest.

»Wie kann ich dir helfen?«

»Mach einfach mit dem weiter, was du sowieso schon tust. Hilf mir, das zu tun, was ich tun muss. Hoffentlich finden wir rechtzeitig eine Lösung.«

»Alles klar«, sagte er. »Wird gemacht.«

»Es tut mir leid, ich wollte nicht …«

»Deine Entschuldigung nehme ich nicht an. Du hast ja recht. Ich habe es verstanden.«

Sie nahm seine Hand. Sie fühlte sich kalt an. Ihre Haut war trocken. Sie war so dünn geworden, dass er spürte, wie sich die Sehnen auf den Knochen bewegten. »Es tut mir so leid, dass ich dich da hineingezogen habe.«

»Es ist die Hölle, das ist wahr, aber die Begleitung ist sehr angenehm.«

»Mit niemandem würde ich lieber als mit dir dem Ende von allem entgegengehen.«

»Das liegt daran, dass ich so einen süßen Arsch habe, oder? Das ist meine geheime Kraft.«

Sie rang sich ein Lächeln ab. »Erwischt.«

»Mit diesen Arschbacken kann ich eine Walnuss knacken«, behauptete Fayed. »Ich meine, du wirst sie danach nicht mehr essen wollen, aber …«

»Ich liebe dich«, sagte sie. »Hör auf, mich aufzumuntern. Schicke Cara wieder rein. Ich muss noch arbeiten.«

Er fand Cara und Xan in ihrem Quartier. Sie schwebten in dem Raum zwischen ihren Kojen, Xan plapperte aufgeregt über irgendetwas aus den Unterhaltungsfeeds. Caras Miene zeigte die höfliche Langeweile, die alle älteren Geschwister im Laufe der Menschheitsgeschichte aufgesetzt hatten. Wenn man den Kontext berücksichtigte, war es seltsam beruhigend, sie bei etwas so Alltäglichem zu sehen. Als Fayez sich räusperte, war dem Mädchen die Freude ebenso deutlich anzusehen wie dem Bruder die Enttäuschung.

»Ist Elvi so weit?«, fragte Cara. Aus ihrer Frage sprach eine Gier, die Fayez ein wenig unbehaglich fand. Er schluckte es hinunter.

»Ja, sie ist bereit. Tut mir leid, dass ich gestört habe. Ich musste einfach verschiedene Dinge mit ihr besprechen.«

»Schon gut«, antwortete Cara. »Aber dann sollte ich jetzt gehen.«

Fayez zog sich zur Seite und ließ das Mädchen vorbeischweben. Als sie den Korridor hinuntersegelte, erlebte er einen dieser Augenblicke, in denen sein Gleichgewichtsgefühl aufzuwachen versuchte. Einen kleinen Moment lang schwebte Cara nicht seitlich von ihm fort, sondern stürzte mit dem Kopf voran in einen Schacht. Er packte den Handgriff und hielt sich fest. Nach ein paar Atemzügen verflog das Gefühl wieder.

»Stimmt etwas nicht?«, fragte Xan.

»Nein, es ist nur … ich kann mich einfach nicht daran gewöhnen, in der Schwerelosigkeit zu leben. Meine Entwicklungsjahre habe ich in einer Schwerkraftsenke verbracht, und manche Dinge sitzen einfach tief.«

»Das habe ich schon gehört.« Xan drehte sich und berührte die Decke, um sich zum Boden hin abzustoßen. Es war schwer, seine Miene zu deuten. Er war jetzt seit mehreren Jahrzehnten ein kleiner Junge, doch mit dem in der Kindheit stecken gebliebenen Gehirn und den tiefen Erfahrungen war er weder Kind noch Erwachsener. Seine Schwester war genauso. Man konnte sie unmöglich als Kinder betrachten, und doch war es unmöglich, dies nicht zu tun. Xans Magnetstiefel verankerten sich auf dem Deck. Er drehte sich beinahe so mühelos, als bewegte er sich unter Schwerkraft.

»Was ist mit dir?«, fragte Fayez. »Alles gut in deiner Welt?«

»Ich mache mir Sorgen um Cara«, antwortete er ohne Zögern. »Sie kehrt immer verändert zurück.«

»Oh? Inwiefern?«

»Verändert«, bekräftigte Xan. »Dieses Ding, von dem sie lernt, es erschafft sie auch.«

Der kalte Schauder, der Fayez durchlief, hatte nichts mit der Temperatur zu tun. So gelassen und heiter wie möglich antwortete er: »Was glaubst du, in was es sie verwandelt?«

Xan schüttelte den Kopf, was so viel hieß wie: *Das weiß ich nicht.* »Das werden wir sehen«, sagte er.

11 Teresa

New Egypt war fünfzehn Jahre nach den ersten Siedlungen entstanden und deshalb eine vergleichsweise junge Kolonie. Das System besaß zwei Planeten mit großen bewohnbaren Gebieten. Die Schule, in der sie leben sollte, befand sich wie die meisten anderen dauerhaften Habitate auf dem kleineren Planeten, der von der Sonne aus gezählt der vierte war. Er hieß Abbassia, die Schwerkraft betrug knapp drei Viertel G, und der Tag dauerte dreißig Stunden. Aus Gründen, die noch nicht erschöpfend erforscht waren, besaß der Planet eine sehr starke Magnetosphäre, was wegen der heftigen und häufigen Sonneneruptionen besonders wichtig war. Sogar in der Nähe des Äquators sollten die Auroren prachtvoll sein.

Die Gesamtbevölkerung des Planeten war geringer als die der laconischen Hauptstadt und auf ein halbes Dutzend kleine Orte und ein Dutzend Erzabbaustätten verteilt. Nur ein Drittel Abbassias war von Meeren bedeckt, und der größte Teil des Landes war trocken, wenngleich es in der nördlichen und südlichen Hemisphäre in den Höhenlagen ausgedehnte Regenwälder gab.

Die Sohag Presbyterian Academy lag im Süden in einem Flusstal, ein paar Hundert Kilometer von der Nouvelle École entfernt, mit der eine akademische Kooperation bestand. Das Schulgelände war etwas weniger als tausend Hektar groß und bestand aus Ackerland und Anbauflächen, die mittels Terraforming nutzbar gemacht worden waren. Alvaro Pió hatte die Gebäude kurz vor seinem Tod entworfen. Sie zählten zu den tausend wichtigsten architektonischen Errungenschaften der neuen Welten.

Teresa hatte sich die Bilder vom Campus mit den lächelnden jungen Menschen angesehen, die in ihrem Alter oder etwas jünger waren. Sie versuchte, sich selbst in ihren Reihen vorzustellen. Sie versuchte sich auszumalen, wer sie wäre, wenn sie auf diesen Bildern zu sehen wäre. *Das soll jetzt meine Heimat werden. Es sei denn, es geht etwas schief.*

Anscheinend ging immer irgendetwas schief.

Die ganze Crew hatte sich auf dem Operationsdeck vor einem Bildschirm versammelt und betrachtete die taktische Darstellung des New-Egypt-Systems. Sie alle – auch Teresa selbst – konzentrierten sich auf das Schiff, das sechs astronomische Einheiten hinter ihnen gerade durch das Ringtor geplatzt war und mit hohem Schub nach Abbassia flog.

»Es erscheint nicht auf den Transitplänen des Untergrunds«, sagte Naomi. »Aber genau das ist das Problem. Es gibt keinen einheitlichen, koordinierten Flugplan, und selbst wenn es ihn gäbe, die Leute schmuggeln ja die ganze Zeit.«

»Gibt die Antriebssignatur nichts her?«, fragte Jim.

»Sie passt zu keinem Schiff, das ich in der Datenbank habe«, antwortete Alex. »Aber das heißt nicht viel. Es könnte sein, dass es auf einer Werft in Bara Gaon oder Auberon gebaut wurde oder dass man dort den Antrieb ausgetauscht hat. In vielen Systemen sind leistungsfähige Werften entstanden. Es ist nicht mehr so wie damals, als es nur das Solsystem gab.«

»Ich weiß«, stimmte Jim zu.

Alex vergrößerte das Bild, doch das Schiff war noch zu klein, um etwas zu erkennen – ein schwarzer Punkt neben der hellen Rückstoßwolke. Ein paar Dutzend Meter Keramik und Kohlenstoffsilikatgeflecht, betrachtet aus einer Entfernung von fast neunhundert Millionen Kilometern. Es war ein Wunder, dass sie überhaupt so viel sehen konnten. »Gut möglich, dass es nur zufällig genau in diesem Augenblick durchgeflogen ist.«

»Ja«, sagte Jim in einem Tonfall, der deutlich machte, dass er anderer Ansicht war. Amos verschränkte die muskulösen Arme vor der Brust und lächelte. Es gab keinen bestimmten Grund. Teresa nannte ihn bei sich immer noch manchmal Timothy. Timothy lächelte immer, selbst wenn er sich in einer Höhle verstecken musste. Jim stieß ein gedehntes Seufzen aus. »Aber wenn es ein laconisches Schiff ist …«

»Ich glaube nicht, dass es uns verfolgt«, meinte Naomi. »Wir haben Funkstille gehalten. Wir haben nicht mal mit dem lokalen Repeater-Netzwerk Daten ausgetauscht. Sie hätten schon vorher wissen müssen, dass wir hierherkommen.«

»Wahrscheinlich ist es das, wonach es aussieht«, überlegte Amos. »Ein Frachter, der etwas transportiert. Oder ein Pirat. Das wäre auch eine gute Erklärung.«

»Es ist nicht die Wahrscheinlichkeit, die mir Sorgen macht«, wandte Jim ein. »Es ist das Risiko. Ich will nicht, dass sie uns bis zur Landung im Auge behalten.«

»Ich kann runtergehen, wenn der Landeplatz auf der anderen Seite des Planeten ist«, schlug Alex vor. »Wir sausen runter, setzen Teresa ab und verschwinden wieder. Wir können bereits oberhalb der Atmosphäre sein, ehe sie überhaupt bemerken, dass wir gelandet und gestartet sind. Selbst wenn sie es beobachten, können sie nicht erkennen, wohin wir geflogen sind. Vielleicht merken sie nicht mal, dass wir überhaupt gelandet sind.«

Teresa hörte mit einem unguten Gefühl im Bauch zu. Es war eine Art Beklemmung. Oder etwas wie ein Stein. Es hatte auch einen Geschmack. Sie schnallte sich von der Druckliege ab und zog sich zum Aufzug. Sie war selbst nicht sicher, wohin sie wollte, doch wenn die Crew der *Rosinante* die Einzelheiten besprach, wie sie abgesetzt werden sollte, dann war es unerträglich, dort zu bleiben und zuzuhören.

Sie kam an der Kombüse vorbei und erreichte die Quartiere der Crew, wo sich auch ihre eigene Kabine befand. Bisam bellte neugierig, als sie vorbeikam, doch sie reagierte nicht, sondern fuhr weiter nach unten. Die Werkstatt war für sie der sicherste und behaglichste Ort geworden. Amos hatte ihr eine Liste mit Aufgaben gegeben, die sie aufrief. Es wurde Zeit, die chemischen Sensoren des Wasservorrats zu überprüfen. Das hatte sie noch nie getan, doch die Anweisungen für die Vorgehensweise waren mit der Eintragung verlinkt. Sie las sie, holte sich das Werkzeug und machte sich auf den Weg zu den Leitungen des Tanks. Ihr tat der Unterkiefer weh. Sie musste aufhören, die Zähne zusammenzubeißen.

Reisen zwischen den Systemen dauerten lange. Die *Rosinante* hatte keine Druckliegen mit atembarer Flüssigkeit, mit denen ein Körper sehr hohen Schub lange aushalten konnte. Die Aufgaben, die Amos ihr gab, um sie zu beschäftigen, füllten die Lücke, die Ilich und andere Lehrer hinterlassen hatten. Jetzt klammerte sie sich nicht etwa daran, weil sie es besonders gerne tat, sondern weil sie etwas Vertrautes waren. Und weil es sich anfühlte, als könne sie damit irgendeine Art von Anspruch erheben.

Sie war fast mit dem entwichenen Wasser fertig, das als faustgroße Blase an ihrem Arm klebte, als Amos zu ihr schwebte. Er sagte nichts, sondern nahm nur einen kleinen Handsauger und entfernte das verschüttete Wasser von ihrem Handgelenk. Er reichte ihr das Werkzeug, wenn sie es brauchte, und verstaute es, sobald sie fertig war. Es ging schneller, wenn er dabei war. Schließlich stellte sie fest, dass zwei von sechzig Sensoren immer wieder versagten. Kurzschlüsse im Niedrigvoltbereich. Harmlos. Selbst wenn die Sensoren auf die Hälfte ihrer Kapazität reduziert waren, mussten sie sich wegen der Wasserqualität keine Sorgen machen. Trotzdem markierte sie beide, damit sie ersetzt wurden. Amos' Philosophie ging dahin, schadhafte Teile auszutauschen, ehe es höchste Zeit wurde, und nicht zu warten, bis es zu spät war. Sie fand das vernünftig.

»Also«, sagte er. »Damals auf der Erde, als ich noch jünger war als du jetzt, kannte ich mal einen Kerl. Seine Eltern starben in derselben Nacht. Der Vorteil war, dass es eine registrierte Geburt war, also kümmerte sich jemand um ihn. Der Nachteil war, dass sie ihn in ein Pflegeheim steckten. Das hat ihn ziemlich fertiggemacht.«

»Misshandlungen in Pflegeeinrichtungen kommen in aggressiv individualistischen Gesellschaftsordnungen häufig vor. Ich hatte vor zwei Jahren einen Kurs in Zivilverwaltung. Da haben wir das gelernt.«

»Das ist wahr, aber es war nicht das Einzige, was ihm zugesetzt hat. Er war einer dieser Leute, die gern Wurzeln schlagen wollten, verstehst du? Wo er auch war, er hat sich etwas gesucht, an dem er sich festhalten konnte. Wenn er eine Woche in einer neuen Stadt war, hatte er schon einen Lieblingspark. Solche Sachen. Nur dass er in Pflege war und alle paar Monate alles wieder verloren hat.«

»Wird das jetzt eine erbauliche Geschichte darüber, dass er seine wahre Heimat in sich selbst gefunden hat?«

Amos blieb einige Augenblicke völlig still, wie er es manchmal tat, dann schnitt er eine wehmütige Grimasse. »Nein. Er wurde von selbst gebrauten Drogen abhängig und ruinierte nach und nach sein Nervensystem. Nein, es nahm kein gutes Ende mit ihm. Ich wollte damit sagen, dass du nicht die Einzige bist, der es schwerfällt, etwas loszulassen und den nächsten Schritt zu tun. Ich weiß auch nicht. Ich dachte, es hilft dir vielleicht, wenn du es hörst.«

»Was ist mit dir?«

»Ich komme überall klar, wo ich gerade bin«, antwortete er. »Aber es war nicht schön, bis an diesen Punkt zu kommen. Du willst nicht so sein wie ich.«

Sie schwiegen eine Weile. Ihr Ärmel war immer noch feucht und klebte auf der Haut.

»Ich bin wütend«, sagte sie.

»Ich weiß.«

»Ich fühle mich, als wollte er mich wegwerfen. Er schiebt mich weg, weil ich unbequem bin.«

»Das verstehe ich.«

»Es geht um das, was ich bin, aber was ich will, spielt für ihn keine Rolle. Ich weiß, das klingt verrückt. Oder jedenfalls weiß ich, dass es übertrieben ist, aber es ist wie ein Splitter, den ich nicht herausholen kann. Er sitzt direkt auf dem Nervenende und tut jedes Mal weh, wenn ich ihn berühre.«

»Ja.«

Sie saß da, spürte den Puls in der Schläfe pochen und regte sich auf. »Ich bin doch gar nicht auf den Kapitän wütend, oder? Es geht doch um meinen Vater.«

»Kleine, die Schule könnte wirklich gut für dich sein. Viel gesünder, als auf einem Kriegsschiff herumzuhängen, wo es niemanden in deinem Alter gibt.«

»Aber es gefällt mir hier. Und du magst es doch, wenn ich hier bin, oder?«

»Nein«, antwortete Amos. »Ich will nicht, dass du bleibst.«

Es fühlte sich an wie ein Schlag in die Magengrube. »Aber …«

»Hör mal, Kleine, ich habe viele Leute sterben sehen. Manche waren meine Freunde. Inzwischen bin ich damit einigermaßen im Reinen. Aber dich will ich nicht sterben sehen. Und wenn du auf diesem Schiff bleibst, wirst du sterben. So eine Art Schiff ist das.«

»Das hat Jim auch gesagt«, antwortete Teresa.

»Wirklich? Wir sind oft einer Meinung.«

»Du bist jedenfalls ganz anders als ich.«

»Das auf jeden Fall.«

»Du wirst um das Schicksal der Menschheit kämpfen. Ich mache mir dann Sorgen um Matheaufgaben.«

»Vielleicht hast du auch Glück, und wir gewinnen, und dann wird die Mathematik wieder wichtig. In zwanzig oder dreißig

Jahren taucht vielleicht wieder etwas Neues auf, das uns alle umbringen will, und dann kannst du dich darum kümmern.«

Sie wollte nicht weinen. Sie wollte nicht traurig sein. Amos beugte sich vor und legte einen schweren, starken Arm um sie. Seine Haut fühlte sich eigenartig heiß an, als hätte er ständig Fieber. Sie lehnte sich an ihn und weinte.

Kurz nach der Landung verabschiedete sie sich von Alex und Naomi. Sie waren weit genug von der Schule entfernt gelandet, um das Gelände nicht in Mitleidenschaft zu ziehen. Zwischen ihrem alten und dem neuen Leben lag ein kleiner Fußmarsch. Darüber wollte sie nicht nachdenken. Es war leichter, wenn sie so tat, als sei dies nicht das letzte Mal, dass sie sich auf dem Schiff befand. Als müsste sie kein ganz neues Leben beginnen. Sie würde einfach nur einen Fuß vor den anderen setzen, als hätte dieser Weg keine besondere Bedeutung.

Jim und Amos begleiteten sie, um sich zu vergewissern, dass alles seine Richtigkeit hatte, doch ihr entging nicht, dass sie mindestens die halbe Zeit an das sich nähernde Schiff dachten. Wie die Wächter im Staatshaus trugen sie leichte Rüstungen und Handfeuerwaffen. Sie selbst hatte nur einen Seesack mit zwei zusammengefalteten Bordanzügen und ein paar Tagesrationen Hundefutter. Bisam trottete neben ihnen her und sah mit besorgten braunen Augen abwechselnd Teresa und Amos an.

Der Himmel war weit und blau, am Horizont bildeten sich einige Kumuluswolken. Vor ihnen öffnete sich das Tal, eine sanft gewellte Landschaft, die nach Erosion, nach Wind und sprießenden Pflanzen aussah. Die einheimischen Gewächse waren hoch und schmal und erhoben sich wie drei Meter große Klingen aus bläulich schimmerndem Gras in die Luft. Wenn der Wind durch sie fuhr, klang es wie statisches Rauschen im Funk. Das Schulgelände hob sich von der Umgebung deutlich ab – überall gerade Linien und rechte Winkel. Es roch nach überhitztem Metall.

Nirgends waren Menschen zu sehen.

»Das Schuljahr beginnt erst in zwei Wochen«, erklärte Jim. »Du bist vermutlich die Erste, die hier eintrifft.«

»Ich dachte, es ist ein Internat«, sagte Teresa.

»Zwischen den Schuljahren sind Ferien. So ist das doch, oder?«

Amos zuckte mit den Achseln. »In meinen Kreisen verkehren nicht viele Leute, die auf eine Privatschule gegangen sind. Wissen sie, dass wir kommen?«

»Finley erwartet uns, aber Naomi hat sich strikt an die Funkstille gehalten. Nur für alle Fälle.«

»Ist klar«, antwortete Amos.

Der Hauptweg war mit Kies bestreut, zwischen den hellbraunen Steinchen blitzte es rosa, blau und golden, wenn das Sonnenlicht sie im richtigen Winkel traf. Neben dem Weg war ein Bagger abgestellt. Die Spuren der Ketten waren einen halben Meter breit, der aufgeworfene Boden war dunkel und feucht. Die Sonne hatte ihn noch nicht getrocknet. Amos lächelte aus keinem besonderen Grund und wirkte wie ein Tourist, der sich müßig umsah. Jim schien angespannter zu sein.

Der Weg führte zu einem zentralen Platz, der von dreistöckigen verglasten Gebäuden umgeben war. Zwischen den Trakten war ein Baldachin gespannt. Es gab eine steinerne Fontäne mit Spuren von abgelagerten Mineralien, die zeigten, wo das Wasser floss, wenn man es anstellte.

Teresa kannte das alles aus den Beschreibungen der Schule – das helle Holz war zusammen mit dem Glas anscheinend von architektonischem Interesse. Sie selbst fand es seltsam. Die lächelnden Kinder und die ernsten Lehrer, die man sonst auf dem Campus sah, waren allerdings nicht da. Bisam winselte und schmiegte sich an Teresas Bein.

»Ja, Hund«, sagte Amos. »Mir stehen auch die Haare zu Berge.«

Zehn Meter vor ihnen schwang die breite Doppeltür des Hauptgebäudes auf, und eine Frau kam heraus. Ihre Arme hingen locker herab, die Hände waren offen und leer. Sie war groß, langgliedrig und sehr schlank und hatte hohe Wangenknochen und dunkle Augen. Ihre Haut war straff und glatt, als wäre sie aus Holz modelliert. Das Alter der Frau konnte Teresa nicht schätzen. Doch sie trug eine Uniform der laconischen Raummarine.

Verdammt, murmelte Jim.

»Ich bin unbewaffnet«, sagte die Frau. Teresa erkannte den Tonfall. Eine Offizierin. Brüsk und Gehorsam erwartend. Im Palast ihres Vaters hatte es viele solche Stimmen gegeben. »Ich bin keine Bedrohung für Sie. Jede Eskalation ist unnötig.«

»Was tun Sie hier?«, sagte Teresa so laut, dass es über den ganzen Hof hallte. »Wissen Sie, wer ich bin?«

Amos legte ihr eine Hand auf die Schulter und zog sie sanft einen halben Schritt zurück. Jim hatte die Augen weit aufgerissen und war kreidebleich. Wäre er äußerlich nicht so ruhig gewesen, man hätte meinen können, dass er eine Panikattacke hatte.

»Ja, ich weiß, wer du bist«, antwortete die Frau. »Du bist Teresa Duarte. Ich bin Colonel Aliana Tanaka von der laconischen Raummarine. Und Sie sind Kapitän Holden, wenn ich mich nicht irre. Ich muss schon sagen, das überrascht mich. Ich hätte erwartet, dass Sie sie auf ein anderes Schiff setzen. Ein Ei versteckt man am besten in einem Korb mit anderen Eiern, Sie wissen schon.«

Jim stand schweigend da. Wie angewurzelt. *Oh,* dachte Teresa. *Er hat wirklich eine Panikattacke.*

»Ich will niemandem wehtun«, fuhr Tanaka fort. »Aber ich brauche die Hilfe des Mädchens.«

»Ich bin aus freiem Willen hier«, erklärte Teresa. »Wenn mein Vater …«

»In diesem Augenblick bin ich erheblich besser über den Zustand deines Vaters informiert als du«, fiel Tanaka ihr ins Wort.

Amos steckte die Hand in die Hosentasche, als wollte er sich gemächlich am Bein kratzen, und blickte zum Baldachin hoch.

Teresa hörte eine winzige, ferne Stimme. Es war Alex. *Was ist los, großer Mann?*

»Wenn wir alle Freunde sind und nur reden«, sagte Amos laut genug, um überall gehört zu werden, »warum haben Sie dann Scharfschützen auf dem Dach postiert?«

Teresa blickte nach oben. Sie war nicht ganz sicher, aber möglicherweise sah sie Schatten auf dem Dach. Ihr Herz hämmerte hinter den Rippen, als wollte es herausspringen. Bisam winselte. Sie legte dem alten Hund eine Hand auf den Rücken.

»Er hat recht«, sagte Jim. Seine Stimme klang ruhiger, als Teresa es erwartet hätte. »Das sieht nicht sehr freundlich aus.«

Die Frau antwortete, ohne zu zögern. »Das ist richtig. Wenn ich die Angelegenheit mit Gewalt beilegen wollte, dann wäre das schon erledigt. Aber ich glaube, wir haben alle genug Gefechte erlebt und wissen, dass man kaum noch einschätzen kann, wo die Kugeln landen, wenn sie erst einmal durch die Gegend fliegen. Und ich will natürlich vermeiden, dass dem Mädchen etwas passiert.«

»Wo ist die Schulleiterin?«, fragte Jim. »Sie sollte uns empfangen.«

»Ihr ist nichts passiert. Ehrlich gesagt, hatte ich gehofft, Teresa bereits hier vorzufinden.«

»Wir wussten ja nicht, dass wir Ihnen Unannehmlichkeiten bereiten, sonst hätten wir anders geplant«, erwiderte Jim. Obwohl er scheinbar gelassen antwortete, brach seine Stimme beinahe unter der Anspannung.

»Ich an Ihrer Stelle hätte erheblich mehr Wert darauf gelegt, sie an einen sicheren Ort zu bringen. Sie können sich kaum vorstellen, wie erleichtert ich bin, wenn ich jetzt sehe, dass ich meine Zeit nicht verschwendet habe.«

»Sind Sie da sicher?«, fragte Jim.

»Mit der würde ich nicht spielen, Käpt'n«, warnte Amos leise. In seiner Stimme schwang ein gefährlicher Unterton mit, den

Teresa bislang nur ein einziges Mal gehört hatte. *Mach die Augen zu, Kleines. Du willst das nicht sehen.* Das Letzte, was er gesagt hatte, bevor sie ihn getötet hatten.

»Das ist kein Kampf, den einer von uns kämpfen müsste«, erklärte Tanaka und kam langsam einige Schritte auf sie zu. Ihre Arme hingen immer noch locker an den Seiten, sie hielt die Finger gespreizt, um ihnen zu zeigen, dass sie keine Waffe hatte. »Kapitän Holden, ich habe nicht die Absicht, Sie zu verhaften. Ihre Crew auch nicht. Oder Ihr Schiff zu konfiszieren. Sie können jederzeit gehen. Mein derzeitiger Auftrag ist sehr begrenzt.«

Teresa suchte Jims Blick, und er erwiderte ihn. Während sie sich ansahen, rief er: »Woher weiß ich, dass Sie nicht das Feuer eröffnen, sobald wir sie nicht mehr haben?«

Es gab keinen Grund zu der Annahme, dass Jim bluffte. In dem Augenblick, als Teresa sicher war, dass er sie bei Tanaka lassen würde, überlagerte die Erleichterung ihre Furcht. Sie wollten nicht, dass sie starb. Das begriff sie jetzt viel besser. Und sie selbst wollte nicht, dass die anderen starben.

»Ich gebe Ihnen mein Wort«, sagte Tanaka.

»Ich hätte mir etwas Belastbares gewünscht.«

»Es gehört nicht zu meinen Angewohnheiten, mein Wort zu brechen. Das muss Ihnen reichen.«

Jim sah wieder die Frau an. Amos summte leise, es war keine bestimmte Melodie. Die Schatten auf dem Baldachin waren größer geworden und sahen laconischen Motorrüstungen sehr ähnlich.

»Ich bin nicht sicher, ob das reicht«, erwiderte Jim. »Aber wir können gern über die Übergabe reden. Sie lassen uns ins Schiff zurückkehren, und sobald wir in der Luftschleuse stehen, lassen wir das Mädchen gehen.«

Tanaka lächelte humorlos. »Ich mache Ihnen ein Gegenangebot. Sie tun, was ich sage, und niemand stirbt.«

Jim spannte sich an. Er stand kurz davor, aus Angst etwas Dummes zu tun, und Tanaka war drauf und dran, die Situation zu eskalieren. Teresa war in Verhandlungsstrategien ausgebildet, was auch Geiselnahmen einschloss. Jim würde es vermasseln. Sie musste die Regie übernehmen. »Ich bin es leid, behandelt zu werden wie ein Gepäckstück. Das hier ist keine Unterhaltung zwischen Kapitän Holden und Ihnen. Es ist eine Unterhaltung mit mir. Ich entscheide, auf welchem Schiff ich wegfliege. Nicht er.«

Bisam spürte die Anspannung, hörte zu winseln auf und hüpfte nervös hin und her. Tanaka lächelte kalt.

»Meinetwegen«, sagte sie. »Bitte komm mit. Wenn du es tust, werde ich als Gegenleistung deine Freunde nicht töten.«

»Du musst das nicht tun«, sagte Jim so leise, dass nur sie es hören konnte.

Was auch geschah, sie wusste, dass er auch jetzt noch, nachdem er auf diesem Planeten gelandet war, um sie loszuwerden, bereit war, zu sterben, um sie zu schützen. Der Knoten in ihrem Bauch wich etwas anderem, das warm und tröstlich war. Das musste reichen.

»Ich gehe«, sagte Teresa, aber niemand hörte ihr zu. Ihre Worte wurden von dem baumhohen Gras übertönt, das nicht mehr rauschte, sondern ohrenbetäubend grollte. Eine Sekunde lang dachte sie an Erdbeben oder eine durchgehende Viehherde. Tanakas Hals arbeitete. Sie subvokalisierte und sprach mit jemandem.

»Ich zähle bis drei«, rief sie. »Eins …«

Amos sagte: *Leck mich doch,* stellte sich vor Teresa und zog die Waffe.

12 Tanaka

Das Mädchen starrte sie an, die Arme trotzig vor der Brust verschränkt und sich ihres Platzes in der natürlichen Ordnung absolut sicher. Völlig im Einklang mit der unumstößlichen Notwendigkeit ihrer Existenz. Tanaka hatte diese Haltung schon oft und bei vielen anderen Menschen gesehen. Sie hatte auch die Überraschung und den Schmerz gesehen, wenn sie sterben mussten.

Tanaka machte sich keine derartigen Illusionen.

Jeder Mensch konnte jederzeit sterben, und es war dem Universum völlig egal. Also stand das Mädchen vor ihr, durch nichts geschützt als die Tatsache, dass sie zufällig einen mächtigen Papa hatte, während Tanaka unter der Oberbekleidung einen gepanzerten Anzug aus Kohlenstoffsilikatgeflecht trug, der sie, abgesehen von einem Raketenwerfer, vor so ziemlich allem schützte.

»Ich bin es leid, behandelt zu werden wie ein Gepäckstück. Das hier ist keine Unterhaltung zwischen Kapitän Holden und Ihnen. Es ist eine Unterhaltung mit mir. Ich entscheide, auf welchem Schiff ich wegfliege. Nicht er.«

Oh, kleines Mädchen, dachte Tanaka. *Du hast ja keine Ahnung.* Ihre Hände zuckten und wollten Duartes Tochter, die so dicht vor ihr stand, einfach packen. Ein Dutzend schnelle Schritte, und sie hätte das Mädchen, den entflohenen Gefangenen und den Terroristen, der anscheinend nicht tot war, obwohl er auf Laconia einen Schuss in den Kopf bekommen hatte, erledigt.

Doch es brachte viele Nachteile mit sich, das Kind zu töten, und das Risiko war nicht unerheblich. Also lächelte sie, breitete die Arme ein wenig weiter aus und versuchte, so wenig bedrohlich wie möglich zu wirken. James Holden war an der Grenze zwischen mittleren Jahren und dem Lebensabend, doch er war immer noch gefährlich. Und der Haufen Knorpel neben ihm, der sich Amos Burton nannte, war für sie eine unbekannte Größe. Jedenfalls unterschätzte Tanaka keinen der beiden. Der Hund bellte und sprang aufgeregt umher. Es war kein ausgebildeter Kampfhund, einfach nur ein altes Haustier. Sie wusste aus den Akten, dass das Mädchen leichter zu kontrollieren war, wenn sie ihn nicht tötete.

Wir sind doch alle Freunde. Sie lächelte die anderen an und wünschte sich, es wäre wahr. Im Rücken drückte die großkalibrige Pistole mit hochexplosiven Geschossen, die sie für den Fall mitgenommen hatte, dass dem doch nicht so war.

»Venom Eins«, sagte eine Stimme in ihrem Ohr. »Test, Test.«

»Venom Zwei an der Südwestecke, ich habe Holden«, meldete jemand anders.

»Venom Vier im Nordosten, ich habe Bluto«, sagte der Dritte.

»Venom Drei ist im Süden.«

Tanaka lächelte. Was von jetzt an auch geschah, die Feinde waren gründlich im Arsch.

»Meinetwegen«, sagte Tanaka zu Teresa und spielte ein wenig auf Zeit. »Bitte komm mit. Wenn du es tust, werde ich als Gegenleistung deine Freunde nicht töten.«

Das Mädchen schien zu schwanken. Sie würde es nie glauben, dass man ihr ernsthaft drohte. Nicht wirklich. Aber Drohungen gegen ihre Freunde, das war glaubhaft. Aus den Akten ging hervor, dass sie sich ernstlich vernachlässigt fühlte. Wenn einen so etwas nicht stark machte, dann machte es einen schwach.

»Hören Sie das?«, fragte Venom Eins. Sein Mikrofon übertrug Hintergrundgeräusche.

Ein Grollen in der Ferne, das lauter wurde. Die hohen, schwertförmigen Blätter peitschten, während etwas herandonnerte. Das Mädchen redete, aber was es auch sagte, ging im Lärm unter.

»*Sparrowhawk.*« Tanaka aktivierte das in den Unterkieferknochen eingearbeitete Mikrofon.

»Mugabo hier.«

»Die *Rosinante* rückt an«, sagte sie.

»Schon unterwegs«, antwortete Mugabo. Er hatte ihr Schiff auf der anderen Seite des Planeten verborgen, um nicht entdeckt zu werden. Sie war das Risiko bewusst eingegangen und bereute es nicht. Noch nicht zumindest. »Bin in zwanzig Minuten da.«

Tanakas Blick wanderte über den Bereich, der möglicherweise bald ein Schlachtfeld war. Vermutlich konnte sie die anderen keine zwanzig Minuten mehr hinhalten.

»Kümmert euch nicht um mich«, sagte sie zu Mugabo. »Konzentriert euch auf die *Rosinante.* Sie darf den Planeten nicht mit dem Mädchen an Bord verlassen.«

»Autorisieren Sie … Gewaltanwendung? Selbst wenn das Mädchen an Bord ist?«

Tanaka antwortete nicht. Sie musste die Zielperson in die Hände bekommen, ehe die *Rosinante* auftauchte. Sie durfte das Mädchen nicht verlieren, falls es zu Gewalttätigkeiten kam. Und wenn ihr Team gegen die beiden Erwachsenen vorging und die *Sparrowhead* über ihnen erschien, würde es wahrscheinlich sehr gewalttätig.

Sie hatte keine Zeit und keine Optionen mehr. Etwas wie Freude durchflutete sie. Es war Zeit, dass jemand eine Entscheidung traf. »Ich zähle bis drei«, rief Tanaka und winkte dem Mädchen. *Komm her.* »Eins …«

Burton schob das Mädchen hinter sich und zog die Waffe. Die *Rosinante* tauchte auf, flog knapp über die Spitzen der Gräser hinweg und fegte mit den starken Steuerdüsen unter dem Bauch alles weg, was im Weg war. Tanaka fand das selbstmörderische Manöver sogar beeindruckend. Da hatte sie sich so bemüht, das Mädchen nicht in Gefahr zu bringen, und nun war die Crew der *Rosinante* bereit, das Raumschiff in ihrer Nähe einzusetzen.

»Venom, übernehmen Sie das Mädchen«, rief sie, um den ohrenbetäubenden Lärm des Schiffs zu übertönen. Mit einer fließenden, oft geübten Bewegung zog sie die hinter dem Rücken versteckte Waffe. Burton sah es und zielte auf sie, während er das Mädchen hinter sich und in die Richtung des sich nähernden Schiffs schob. Tanaka ging hinter einer niedrigen Pflanzkiste in Deckung, sobald er schoss. Die Kugel ließ eine Dreckfontäne hochspritzen.

»Schüsse«, sagte einer aus ihrem Team.

»Fünf Millimeter, nicht panzerbrechend. Niedrige Bedrohung«, sagte jemand anders so emotionslos, als hätte er das Essen bestellt.

»Sie schießen auf *mich*«, rief Tanaka. »Holt das Mädchen!«

»Feuer frei?«, fragte Venom Eins, der Truppführer.

»Nein, nicht schießen. Wenn nötig, nehmt ihr die anderen beiden mit bloßen Händen auseinander, aber riskiert keine Schüsse in die Richtung des Mädchens«, schrie Tanaka. Dann spähte sie über die Pflanzkiste. Holden, Burton und das Mädchen waren etwa dreißig Meter voraus und wichen weiter zurück. Die *Rosinante* hatte zweihundertfünfzig Meter entfernt Position bezogen und schwebte nach wie vor auf den Landedüsen. Sie musste aufsetzen, um die Leute an Bord zu nehmen, doch der Pilot ging kein Risiko ein.

Zwischen Tanaka und Holden sank ein metallisch blauer Schemen auf den Boden und flog blitzschnell der fliehenden Gruppe hinterher. Vom Baldachin kamen drei weitere Gestalten herab und umzingelten Holden und das Mädchen. Burton zielte auf eine und schoss.

»Unter Beschuss«, meldete Venom Zwei.

Ihr Team näherte sich den dreien, erwiderte das Feuer zwar nicht, aber bewegte sich sehr schnell. Aggressiv. Die altmodischen Handfeuerwaffen der marsianischen Raummarine, mit denen Holden und Burton bewaffnet waren, konnten auf keinen Fall eine moderne laconische Motorrüstung durchschlagen. Sie sollten ihre Waffen leer feuern, und dann konnte ihr Team einfach zu ihnen marschieren und ihnen das Genick brechen. Schnell, sauber und praktisch gefahrlos für das Mädchen, solange Burton sie nicht erschoss. Doch der alte Mechaniker feuerte sorgfältig und methodisch. Jeder Schuss traf eines von Tanakas Teammitgliedern, und er hielt ständig das Mädchen hinter sich.

Venom Drei war am nächsten, nur noch ein paar Meter von Holden entfernt, als die Welt explodierte. Ein greller Blitz und ein Einschlag, als hätte jemand ihre Brust getroffen. Tanaka ging wieder hinter der Pflanzkiste in Deckung und überlegte, ob ihr Team die Befehle missachtet und das Feuer eröffnet hatte und für die Explosion verantwortlich war. Doch so laut waren die Waffen der laconischen Rüstungen nicht. Nichts war so laut.

Ein rascher Blick über die Pflanzkiste zeigte ihr, dass alle vier Teammitglieder ausgeschaltet waren. Nein, nicht ausgeschaltet. Buchstäblich zerfetzt. Sie entdeckte die Überreste von Venom Zwei, einen unkenntlichen Haufen Körpergewebe und Technologie, über ein paar Quadratmeter auf dem Boden verstreut. In der Ferne sah sie, dass die *Rosinante* die Nahkampfkanonen voll ausgefahren hatte. Kreisend suchten die Geschütze nach neuen Zielen.

Nahkampfkanonen in der Atmosphäre, die eigenen Leute zwischen dem Schiff und dem Ziel. Hätte sie Zeit gehabt, darüber nachzudenken, dann wäre sie angesichts der Kühnheit überrascht gewesen.

Tanaka sprang auf und rannte so schnell sie konnte zu einem der Schulgebäude, die den Platz umringten, um eine bessere

Deckung zu finden. Sie stellte sich vor, wie die Läufe der Nahkampfkanonen mit der gnadenlosen Geschwindigkeit einer Maschine herumfuhren und sie aufs Korn nahmen. Wenn die Geschütze feuerten, wäre es so schnell um sie geschehen, dass sie nicht einmal mehr den Knall hören würde. Gegen die Geschosse einer Nahkampfkanone war ihre hübsche Panzerung unter der Kleidung so nützlich wie ein Seidenschlafanzug.

Sie schaffte es bis zur Wand des Schulgebäudes. Die *Rosinante*, die immer noch auf den Steuerdüsen schwebte, war nicht mehr zu sehen. Sie nahm nicht an, dass ein Pilot, der für James Holden flog, mitten durch ein Schulhaus schießen würde, um sie zu erwischen, verzog sich aber trotzdem in ein benachbartes Gebäude. Wenn die Schießerei einmal losgegangen war, gerieten manche Leute in Panik und taten Dinge, die sie sich selbst nie zugetraut hätten. Es war besser, kein Risiko einzugehen.

Das Dröhnen der Schiffsdüsen wurde schriller, dann klang es ab. Das Schiff war gelandet. Sie hatten ihre Ziele zerlegt und die Anführerin in die Flucht geschlagen und beschlossen, dass die Luft rein sei.

Die Luft ist ganz sicher nicht rein, ihr Wichser.

Tanaka sprintete hinter dem Gebäude hervor in das hohe einheimische Gras. Sie lief parallel zu dem Weg, den Holden und die Crew zu ihrem Schiff eingeschlagen hatten, blieb aber weit genug entfernt, um nicht gehört zu werden. Falls nach dem ohrenbetäubenden Geschützdonner der *Rosinante* überhaupt noch jemand etwas hören konnte. Selbst wenn ihre Wärmestrahlung auffiel, würden sie zögern, ehe sie womöglich einen unschuldigen Zuschauer erschossen. Möglicherweise. Sie waren ein ziemlich tollkühner Haufen. Es würde ihr Spaß machen, diese Gegner zu erledigen.

Nach dreißig Metern wurde sie langsamer und hielt schräg auf die drei fliehenden Personen zu. Als sie noch ein Dutzend Meter entfernt war, sah sie Holden mit seiner dunklen marsianischen Rüstung auf das Schiff zulaufen. Er blickte nicht in ihre Richtung. Sie war fast sicher, trotz des Klingelns in den Ohren den Hund bellen zu hören, also musste auch das Mädchen in der Nähe sein.

Tanaka entfernte sich wieder ein wenig, lief schneller und überholte sie geduckt. Das einheimische Gras war mit winzigen Haken bewehrt, die an ihrer Kleidung rissen, sobald sie einen Halm berührte. Wenn sie versehentlich mit einer Hand dagegenprallte, zog sie sich eine schmerzhafte Schürfwunde zu, die sich anfühlte wie eine Verbrennung durch Reibungshitze. Sie achtete nicht darauf. Sie hatte Blut gewittert, und ihre Beute war nur noch wenige Meter entfernt.

Als Tanaka das Gefühl hatte, weit genug vor ihnen zu sein, bewegte sie sich bis zum Rand des Grases und wartete. Das Schiff war stumm. Ringsherum rauschte und summte das Gras. Ein Stück entfernt bellte der Hund. Sie hörte Holdens Stimme. *Beeilt euch, die haben Verstärkung gerufen.* Sie waren noch ein Dutzend Meter entfernt und liefen in ihre Richtung. Sie rannten im Dauerlauf, aber sie selbst war schneller gewesen. Einen Schritt voraus.

Tanaka trat aus dem Gras heraus und zielte auf Holden. Sein überraschtes Gesicht wäre in jedem anderen Zusammenhang komisch gewesen. Das Mädchen kreischte erschrocken und hielt den wütend bellenden Hund am Halsband fest.

»Ich kann Sie nicht mit dem Mädchen wegfliegen lassen.«

Holden hatte die Waffe in der Hand, doch er ließ sie sinken. Er trampelte hin und her, als wollte er angreifen, doch Tanaka schüttelte nur den Kopf und zielte auf sein Gesicht.

»Wenn ich Ihr Gehirn über das Mädchen verspritze, gerät es in Panik. Wenn sie wegläuft, wird es sogar noch unberechenbarer. Das will niemand.«

Holden nickte und ließ die Waffe fallen, dann wanderte sein Blick zu Tanakas linker Schulter.

»Moment, wo ist …«

»Genau hier«, sagte eine tiefe Stimme hinter ihr.

Verdammt. Sie war ins Hintertreffen geraten.

Schon bevor sie das zweite Wort ausgesprochen hatte, wirbelte sie herum und wollte die Waffe heben. Etwas Schweres prallte gegen ihren Kopf, und sie ging zu Boden. Die Hände zu Fäusten geballt, trat Amos Burton aus dem Gras heraus.

»Hi«, sagte er und schlug zu.

Der Hieb war fest und erschütterte den Unterkiefer bis ins Innenohr. Die Welt verschwamm vor ihren Augen. Tanaka rollte sich ab und fand ihre Waffe auf dem Boden. Bevor sie die Pistole heben konnte, traf Burtons Stiefel ihren Unterarm. Die Pistole flog in hohem Bogen ins Gras.

»Was soll das?«, fragte Holden.

Ich werde verprügelt, dachte Tanaka und war benommen genug, um sich zu fragen, warum er mit ihr sprach.

»Ich glaube, wir wollen vielleicht mit der hier reden«, sagte Burton. »Wir nehmen sie mit.«

»Nein«, widersprach Tanaka und wollte aufstehen, dann brach sie wieder zusammen. *Seht doch, wie angeschlagen ich bin.* Es war nur zur Hälfte dummes Zeug.

»Beeil dich«, sagte Holden und führte das Mädchen an ihr vorbei.

Burton packte Tanaka am Arm und riss sie hoch. Er war sehr stark. Das war gut, so war sein Selbstvertrauen zu groß. Sie ließ sich hochziehen, stieß sich mit den Beinen fest ab und zog den anderen Arm hoch, um dem großen Mann die Handfläche unter das Kinn zu schlagen. Er fuhr zurück, ließ aber ihren Oberarm nicht los.

Dann hob er den anderen Arm und versetzte ihr einen mächtigen Hieb ins Gesicht. Da er sie mit einer Hand festhielt, konnte sie nicht ausweichen, zog aber wenigstens den Kopf weg, sodass der Schlag sie nur auf der linken Seite streifte. Die Faust schürfte über ihre Wange, und der Aufprall war immer noch fest genug, um ihr die Hälfte des Gesichts zu betäuben.

Die Bewegung brachte ihn näher an sie heran. Tanaka warf sich zurück und schaffte es dank des Schwungs, der von dem Fausthieb ausging, und ihres eigenen Körpergewichts, Burton von den Füßen zu reißen. Er stürzte auf sie.

Reflexartig ließ er ihren Arm los, um den Fall abzubremsen. Sie prallten schwer auf den Boden, sie war vorübergehend außer Atem. Doch sie war bereit und zog einen Ellenbogen hoch, der Burtons Kehle traf, als er fiel. Er gab einen Laut wie eine verletzte Ente von sich, rollte sich ab und fasste sich an den Hals. Tanaka sprang auf und sah sich nach dem Mädchen um. Alles drehte sich um sie. Sie knirschte mit den Zähnen und unterdrückte das Schwindelgefühl.

Das Mädchen stand hinter Holden, hielt den Hund fest und verfolgte, den Mund zu einem großen *O* geöffnet, das Handgemenge. Holden suchte vor seinen Füßen nach der Waffe, die er fallen gelassen hatte.

Tanaka konnte ihre eigene Waffe sehen, sie lag nicht weit entfernt im Gras. Da das Mädchen so nahe war, wäre es gefährlich, dorthin zu springen und überstürzt auf Holden zu schießen. Stattdessen hob sie eine Hand. »Holden, warten Sie.«

»Halte ihn da raus«, sagte Burton hinter ihr. »Wir sind noch nicht fertig.«

Tanaka fuhr auf dem Absatz herum und trat nach der Stelle, von der die Stimme gekommen war. Der große Mechaniker wehrte den Tritt lässig ab. Nach einem Schlag auf den Hals, der die meisten Menschen getötet hätte, wirkte er kaum lädiert. Mit seinen Augen stimmte etwas nicht. Sie waren rein schwarz. Sie erinnerte sich, einmal etwas über jemanden mit solchen Augen gelesen zu haben, konnte sich aber nicht erinnern, wer es war.

»Ich habe Ihre Akte gelesen«, sagte Tanaka, während sie zu Holden und dem Mädchen zurückwich. Sie hatte keine Zeit für einen Boxkampf gegen den seltsamen Mann mit den gespenstischen schwarzen Augen. Nicht, wenn ihre besten Schläge ihn kaum zu beeindrucken schienen.

»Ach?« Er kam ihr einen Schritt entgegen.

»Es hieß dort, wir hätten Sie getötet«, sagte sie. »Unter anderen Begleitumständen würde ich gern bleiben, um die Einzelheiten zu erfahren.« Das Mädchen war so nahe. Wenn sie nur ihr Gleichgewicht wiederfände, könnte sie zwei Schritte machen, sie packen und weglaufen, ehe die anderen begriffen, was geschah. Tanaka war bereit, jede Wette einzugehen, dass man nicht auf sie schießen würde, solange sie das Mädchen auf den Armen trug.

»Wir haben genug Zeit«, behauptete Burton.

Tanaka drehte sich zu dem Mädchen um und blieb wie angewurzelt stehen. Holden stand mit der Waffe in der Hand direkt vor ihr. Die Augen, die gerade noch erschrocken geblickt hatten, waren jetzt undurchdringlich und ohne Emotionen. Kalt. *Das ist schlecht.*

»Nein«, antwortete er. »Hat sie nicht.«

Ehe Tanaka sich rühren konnte, schoss Holden dreimal. Sie spürte die Schüsse wie Hammerschläge auf dem Brustbein. Alle drei im Massezentrum. Schüsse, die töten sollten. Bis zu diesem Augenblick hätte sie nicht geglaubt, dass er dazu fähig war.

Tanaka taumelte zwei Schritte rückwärts bis zum Rand des Weges und brach zusammen. Die Unterwäsche aus Nanofasern hatte die drei Geschosse aus Holdens Waffe abgefangen, doch die tiefen Prellungen schmerzten wie Stichverletzungen. Sie unterdrückte die Schmerzen, blieb ganz still liegen und hielt die Luft an.

»Verdammt, Käpt'n«, sagte Burton. »Ich glaube, wir sollten sie mitnehmen.«

»Wir müssen hier weg. Wir müssen verschwinden. Auf der Stelle«, antwortete Holden. Es klang wütend. Laut seiner Akte musste Tanaka davon ausgehen, dass er nicht auf den Mechaniker wütend war. Er war wütend, weil er sich gezwungen gesehen hatte, einen Menschen zu erschießen. Trotz all der schlimmen Dinge, die Holden erlebt hatte, ging aus der psychologischen Einschätzung der laconischen Verhörspezialisten hervor, dass Holden nie wirklich wohl dabei war, wenn er Gewalt anwenden musste.

Komm ja nicht her und überprüfe meine Leiche, dachte Tanaka.

»Dann lass uns verschwinden, ehe noch mehr auftauchen«, sagte Holden. Sie entfernten sich.

Tanaka kroch millimeterweise in die Richtung ihrer Waffe. Erst als sie die rechte Hand darauf legen konnte, riskierte sie es, den Kopf zu den anderen umzudrehen. Holden und Burton gingen nebeneinander und hatten das Mädchen in die Mitte genommen. Sie waren etwa vierzig Meter entfernt. Kein sehr weiter Schuss. Nicht für sie. Die beiden trugen alte und leichte marsianische Rüstungen. Es bestand eine gewisse Gefahr, dass die Splitter das Mädchen verletzten, aber sicher nicht tödlich. Und zum Teufel damit. Ein paar Blessuren taten dem Miststück bestimmt gut.

Tanaka drehte sich auf den Rücken und richtete sich auf. Sie zielte auf Burtons Rücken. Er war der Gefährlichere der beiden. Ihn musste sie zuerst töten. Sie zielte genau zwischen die Schulterblätter des großen Mannes. Atmete tief ein, ließ die Luft zur Hälfte entweichen und drückte ab.

Die Kugel traf seinen Rücken und platzte vorne heraus, als hätte jemand sein Herz gegen eine Handgranate vertauscht. Tanaka wechselte das Ziel und visierte Holden an, der sich schon mit der Waffe in der Hand herumdrehte. Der große Mann stolperte noch zwei Schritte weiter und stürzte. Sie zielte auf Holdens Oberkörper, doch dann ruckte ihr Kopf, als ihr etwas über den Kopf kratzte. Einen Sekundenbruchteil später hörte sie den Schuss.

Er hat das mit dem Körperpanzer herausgefunden, dachte Tanaka. *Er zielt auf den Kopf.*

Sie setzte sich in Bewegung, kroch ins Gras, um Deckung und eine gute Position für den nächsten Schuss zu finden. Holden stand reglos einfach da, drehte sich in der Hüfte und zielte auf sie. Jetzt war es ein Wettlauf, und sie zielte ihrerseits auf seinen Kopf, war bereit, abzudrücken und es zu beenden, doch da drosch ihr jemand einen Vorschlaghammer auf die Wange. Die andere Seite ihres Mundes platzte auf. Die Schmerzen hielten nicht einmal so lange an, dass sie sie wirklich spürte, und dann war alles vorbei.

ZWISCHENSPIEL Die Träumerin

Die Träumerin träumt, und die Träume tragen sie tiefer in die Nähe der Weite. In der Weite und im Fluss funkelt sie, und die Funken werden Gedanken, wo es vorher keine Gedanken gab. Die große Langsamkeit bleibt, weich und weit wie die eisige Kälte und das alles umfassende Meer, und die Langsamkeit (träge und treibend) mischt sich und mischt sich neu. Das Klebrige und das Schlüpfrige, das Hell und das Dunkel, das Bewegen und die Bewegung dorthin, es gibt keinen wahren Stillstand in dem mit Funken gefüllten Substrat, und die Funken werden ein Bewusstsein. Die Träumerin träumt, und andere träumen mit ihr, nicht nur die an ihrer Seite, nicht nur die Blasen aus Salz, sondern es wird ein Tanz, den sie erschaffen. Sie träumt den Tanz, und der Tanz erträumt wieder sie. Hallo, hallo, hallo.

Einmal, so lange her, dass es nur die allerersten Gedanken gab, die es denken konnte, war das *Es* so: Die Kugel im Zentrum des Unten und die Hülle am Rand des Oben, und dazwischen die langsamen Tänzer und der schnellere Tanz. *Schau, schau, schau,* flüstern die Großmütter. Ihre Stimmen schwellen an zu einem Chor, und der Chor singt etwas anderes. Der Tanz hat einen Willen und drängt bis an die Grenzen von allem, bis zur Haut des Universums. Die Träumerin träumt den Tanz, und der Tanz träumt, dessen Träume werden Dinge, und die Dinge verändern die Träume. Begehren und die Sehnsucht nach dem Begehren taumeln begierig vorwärts und erschaffen neue Dinge, mit denen sie tanzen können. Ein Gehirn entwickelt die Verbindungen, aus denen es sich selbst formt, die Gedanken strömen von einem Substrat in ein anderes, und die große Neugierde kreist und erschafft und kreist und lernt. Sie drängt hinab in das Herz am Grunde von allem. Sie steigt hinauf in die Kälte und zerbricht das Himmelsgewölbe. Die Kälte und das Harte im Oben weichen vor dem Tanz zurück, und die Lichter, die sie sind, begegnen den Lichtern, die nicht sie sind.

Etwas Neues ist geschehen. Licht von *anderswo.* Die Helligkeit singende Stimme Gottes, einladend, einladend, einladend …

Der Schlag von hinten dringt durch und reißt Blut und Knochen und Atem mit sich. Die Träumerin tut einen Schritt, dann einen weiteren, und dann stürzt sie kreischend, und die Großmütter sagen: *Nein, nicht das, hierher, hierher, schau dir an, was als Nächstes kam.* Der Tod, der leerer ist als die Dunkelheit, ereilt sie, und die Träumerin vergisst, greift nach dem Bruder, der immer an ihrer Seite ist, nur ist er nicht hier, nicht hier, aber der andere ist da und spricht mit spröder Grabesstimme: *Es ist gut, es hat nicht dich getroffen, ich habe dich.*

Sie schwebt schneller aufwärts als Blasen, die Hitze unter und hinter sich. Die Kälte ist zu den Sternen hin aufgebrochen, und sie schwingt sich kreischend hinauf aus dem Traum und hinein in den Körper, der nur ihr gehört, in einem Durcheinander aus Erbrochenem und Weinen und einem Verblassen, das tiefer reicht, als Träume es je sein könnten.

Verdammt, was war das denn jetzt?

13 Jim

Amos lag leblos da, die dunklen Augen waren geschlossen. Sein Mund stand offen, die Lippen waren bleich. Das Loch im Rücken war so groß wie ein Daumen. Die Austrittsöffnung in der Brust war größer als zwei Fäuste. Neben dem schwarzen Gewebe wirkten die hellen Wirbelknochen wie ein Wurm, den jemand zerrissen hatte.

»Wir müssen gehen«, sagte Teresa weit entfernt. Sie zerrte an seinem Ärmel. »Jim! Wir müssen weg.«

Er drehte sich zu ihr um – ihre ungeduldige finstere Miene, die hinter die Ohren zurückgestrichenen Haare. Neben ihr wuselte Bisam fiepend und winselnd umher. Oder vielleicht war er auch selbst außer sich. Er wollte sagen: *Alles klar*, doch als er spürte, dass er sich übergeben musste, drehte er sich im letzten Augenblick weg.

Wir müssen gehen, dachte er. *Komm schon, reiß dich zusammen.*

Er ging zu Amos und schob dem großen Mann die Arme unter die Knie und die breiten Schultern. Auf der Erde hätte er ihn nicht einmal aufheben können. Bei einem Dreiviertel G auf Abbassia war Amos immer noch schwer, aber er konnte ihn tragen. Mann, Mädchen, Hund und Leiche liefen zur *Rosinante*. Jim wollte *Beeil dich!* schreien, doch das Ding, das sich in seiner Brust verkrampft hatte, als er Amos explodieren gesehen hatte, ließ ihn nicht. Er schaute nicht zurück. Sein Gesichtsfeld verengte sich, als liefe er durch einen Tunnel, der sich langsam zuzog.

Er musste das Schiff erreichen. Etwas Kaltes und Feuchtes klebte seine Kleidung an den Bauch und die Oberschenkel. Amos' schwarzes Blut lief an ihm herunter.

Vor ihnen ging die Luftschleuse auf. Alex stand bereit, ein Gewehr in einer Hand, und winkte sie weiter. Der Hund kam als Erster an, schätzte die Schwerkraft falsch ein und prallte gegen die Hülle. Teresa packte Bisam um den Bauch und stieg mit ihr zusammen die Leiter hoch. Unter Amos' Gewicht war Jim langsamer, doch Alex kam ihm bei den letzten paar Schritten zu Hilfe. Jim kniete nieder und ließ den Toten auf das Deck sinken. Durch die Erschütterungen hatten sich die Lider ein wenig geöffnet, und die Augen darunter blickten ins Leere. Jim drückte sie zu.

»Verdammt auch«, fluchte Alex. »Verdammt.«

»Starte sofort.«

»Gut«, antwortete Alex. »Wir verstauen alles, und dann …«

Jim schüttelte den Kopf und öffnete eine Verbindung zu Naomi. »Wir sind drin. Bring uns hoch.«

»Seid ihr angeschnallt?«

»Nein, also mach es nicht zu holprig, aber bring uns möglichst schnell hier raus.« Sie widersprach nicht. Das Brüllen der Steuerdüsen ließ seine Zähne klappern. Er fasste Teresa an der Schulter, zog sie an sich und schrie: »Pack den Hund auf die Liege und schnall dich selbst an. Ich weiß nicht, wie übel es jetzt wird.«

Sie sah ihn mit einer Gelassenheit an, die er nicht teilen konnte. Sie war verletzt, hatte Angst und war traumatisiert. Sie war ein Kind. Wie konnte sie so ruhig dastehen, nachdem sie das erlebt hatte, was er selbst gesehen hatte? Wie schaffte er selbst es überhaupt?

»Amos ist nicht gesichert«, wandte sie ein.

»Das ist ihm jetzt egal. Geh!«

Unter ihnen ruckte das Deck und verlagerte sich langsam, während das Schiff, das auf dem Bauch gelegen hatte, die Orientierung wechselte, damit der Antrieb nach hinten wies. Bisam heulte, bis Teresa sie am Kragen packte und wegführte. Amos' Leichnam rutschte und rollte. Alex sah entsetzt zu, und auf einmal wurde Jim wütend. Diese Verzweiflung in den Augen seines alten Freundes ertrug er nicht. Er schaffte es nicht, Alex zu trösten, es war zu viel für ihn. Er zitterte selbst und wusste nicht, ob es die Vibrationen des Schiffs waren, das sich durch die Atmosphäre kämpfte, oder sein eigener Körper, der ihn im Stich ließ. Vielleicht beides.

»Wir müssen ins Operationsdeck«, rief Jim. Alex machte einen Schritt zu dem toten Lehm, der Amos gewesen war, dann fing er sich, und sie steuerten wacklig den zentralen Aufzug an. Das Deck bebte und ruckte unter ihnen, als sie von Handgriff zu Handgriff kletterten. In der Schubschwerkraft und unter dem Zug des Planeten schmerzten seine Knie und der Rücken. Ihm wurde schwarz vor Augen. Er war verwirrt und wusste im Augenblick nicht mehr, ob sie von New Egypt oder aus Laconia flohen. Als sie den Aufzug erreichten, musste er sich setzen, um nicht das Bewusstsein zu verlieren. Während das Schiff emporstieg, fügte sich sein Bewusstsein wieder zusammen.

Alex hockte sich neben ihn. »Geht es dir nicht gut?«

»Sie haben auf uns gewartet. Sie wussten, dass wir kommen würden.«

»Tut mir leid«, sagte Alex. »Ich hätte bei dir sein sollen.«

»Sie hat Amos in den Rücken geschossen. Sie hat ihn in den Rücken geschossen, als wir weggelaufen sind.«

Alex schwieg, weil es nichts zu sagen gab. Jim betrachtete seinen Raumanzug, schwarz verschmiert vom Bauch bis zu den Knien. Auch auf den Händen waren schwarze Flecken, die immer noch rochen wie Blut.

Deck um Deck fuhr der Aufzug nach oben. Als sie das Operationsdeck erreichten, hatte Jim sich wieder gefangen, oder er war endgültig dissoziiert. Es war schwer zu erkennen, was zutraf.

Sobald sie die oberen Atmosphärenschichten erreichten, verlief der Flug ruhiger. Kreischend fuhr der Wind an ihnen vorbei, doch die Luft hatte nur noch so wenig Masse, dass eine Strömung von fünfhundert Stundenkilometern kaum mehr Wirkung zeitigte als eine leichte Brise. Das Deck schien sich unter seinen Füßen zu stabilisieren. Naomi lag auf einer Druckliege und hatte die Flugkontrolle auf dem Display. Sie sah kurz herüber, als er sich neben ihr anschnallte. Augenblicklich bemerkte sie das Blut und begriff, wem es gehörte.

»Amos?«, fragte sie.

Er schüttelte den Kopf, was nicht bedeutete, dass es nicht zutraf, sondern nur, dass er nicht darüber sprechen wollte. Er wusste, dass sie es verstand.

Alex ging zum Flugdeck, an der Schulter pendelte immer noch das Gewehr. »Ich übernehme«, rief er hinunter.

»Verstanden«, antwortete Naomi. »Ich nehme die Waffenkontrolle.« Der Bildschirm vor ihr wechselte die Anzeige und lieferte jetzt die Statusmeldungen der Schiffsgeschütze – Nahkampfkanonen, Torpedowerfer und die am Kiel montierte Railgun. Jim rief die taktische Anzeige auf. Eine Seite seines Displays wurde von einer nachbearbeiteten Karte von Abbassia unter ihnen eingenommen, daneben war eine schematische Darstellung des Weltraums im New-Egypt-System zu sehen. Ein roter Strich deutete an, dass die Gefahrenerkennung der *Rosinante* etwas entdeckt hatte, über das er sich Sorgen machen sollte. Mit einem Gefühl, als hätte er einen Stein in der Brust, rief er das Symbol auf und fragte die Schiffsidentifikation ab.

»Wir haben Gesellschaft«, rief Alex von oben herunter.

»Schon gesehen«, antwortete Jim.

Naomi meldete sich knapp und sachlich wie immer, wenn es gefährlich wurde. »Ist es eine *Storm*?«

Jim betrachtete die Analyse. Da es nur noch ein Schiff der *Magnetar*-Klasse gab, das durch die Bewachung von Laconias Heimatwelt gebunden war, bildeten die Zerstörer der *Storm*-Klasse das Rückgrat der laconischen Macht. Selbst ein einziges dieser Schiffe wäre der *Rosinante* mehr als ebenbürtig. Doch dieses hier war kleiner, es war gedrungen und breit gebaut und hatte einen Antriebskegel, der verriet, dass es für hohe Geschwindigkeiten ausgelegt war.

»Nein«, antwortete er. »Kleiner. Vielleicht ein Späher. Ich weiß es nicht.«

»Auf jeden Fall kommt er uns entgegen«, meinte Alex. »Und er sieht wütend aus.«

»Können wir den Planeten zwischen uns und ihm halten?«

»Wenn ich einen niedrigen, schnellen Orbit fliege, geht das möglicherweise eine Weile. Langfristig nicht.«

»Dann lass mir einen Moment Zeit.«

Naomi sagte nichts, sondern ging den Status der Nahkampfkanonen durch. Wenn sie schon schießen mussten, wollten sie wenigstens so gut vorbereitet sein, wie es ein einsames Schiff überhaupt sein konnte. Jims erster Impuls war es, der Sonne den Rücken zu kehren und so schnell, wie sie es aushielten, zum Ringtor zu fliegen und das System zu verlassen.

Das konnte nicht klappen. Das laconische Schiff war konstruktionsbedingt schneller als sie. Und wenn die Gegner Teresa in ihre Gewalt bringen wollten, dann war es das Beste, ein Loch in den Antriebskegel der *Rosinante* zu schießen und sie zu zwingen, alles herunterzufahren. Anschließend konnten die Laconier entern und in aller Ruhe Teresa einsammeln. Wenn die *Rosinante* kehrtmachte und floh, war es für den Feind umso leichter, auf sie zu schießen. Die Alternative bestand darin, es ihnen möglichst schwer zu machen.

Er schloss die Augen. Es gab nur eine Möglichkeit, dies zu bewerkstelligen, und die gefiel ihm überhaupt nicht. Seine Gedanken sprangen hin und her und suchten eine bessere Lösung.

»Äh, Jim?«, sagte Alex. »Der Moment ist vorbei. Was sollen wir tun?«

Verdammt auch, dachte er. »Halte weiter auf sie zu. Sorge dafür, dass sie durch jedes Deck im Schiff ein Loch schießen müssen, um den Antrieb zu treffen.«

Naomi und Alex schwiegen einen Moment, dann sagte Alex: »Bin schon dabei.«

Das ferne Röhren der Düsen unterschied sich stark vom vorherigen Getöse. Beinahe sanft stellten sich die Druckliegen um.

Naomi nickte und überprüfte den Ladezustand der Railgun. »Komisch. Du sagtest vorhin, die Sache mit dem menschlichen Schutzschild sei dir unbehaglich.«

»Inzwischen bin ich von unbehaglich zu zornig übergegangen.«

Sie nickte zustimmend. Vor ihr signalisierte ein Display eine eingehende Richtstrahlverbindung. Auf dem Bildschirm erschien ein Männergesicht: klobig, mit runden Wangen und dunkler Haut, ein breiter, sauber getrimmter Schnurrbart. Er trug die blaue laconische Uniform und bekleidete den Rang eines Kapitäns. So ruhig, als stünden sie in der Kantine in der Schlange, nickte er in die Kamera.

»Kapitän Holden, ich bin Kapitän Noel Mugabo auf der *Sparrowhawk.* Bitte kehren Sie zur Oberfläche des Planeten zurück. Ich will Ihnen und Ihrer Crew nichts antun.«

»Ihre Leute haben gerade eine Kugel durch meinen Mechaniker gejagt«, antwortete Jim. Naomi fuhr auf.

»Und Sie haben vier laconische Marinesoldaten getötet«, erwiderte der Kapitän. »Ich spreche Sie jetzt an, damit wir beide deeskalieren können. Meine Befehle lauten, Sie hier festzuhalten. Wir brauchen Teresa Duartes Hilfe, und dazu muss sie mit uns kommen. Wir werden ihr nichts tun, und wir werden Sie nicht festnehmen.«

»Ich glaube Ihnen nicht.«

»Ihre Zweifel ändern nichts an unserer Situation.« Jim entging nicht, dass er von *unserer Situation* sprach. Er baute eine Beziehung auf, damit es schwerer wurde, auf den Abzug zu drücken. Gleichzeitig gab er keinen Millimeter nach. Solche Unterhaltungen hatte Jim oft als Gefangener auf Laconia geführt. »Bitte kehren Sie auf den Planeten zurück, und dann können wir all dies ohne weitere Gewaltanwendung regeln.«

Jims Druckliege meldete sich mit einem niedrigschwelligen medizinischen Alarm. Sein Blutdruck und der Herzschlag waren beunruhigend. Nicht gefährlich, aber auch nicht völlig ungefährlich. Er stellte die Meldungen ab.

»Nein«, antwortete Jim. »Ich glaube, wir wissen beide, dass dies nicht geschehen wird.«

Alex rief vom Flugdeck herab: »Sie kommen näher. Soll ich den Orbit verlassen?«

Jim stellte sein Mikrofon stumm. »Noch nicht.«

»Welche Alternative schlagen Sie vor?«, fragte Kapitän Mugabo. »Ich bin gern bereit, mit Ihnen darüber zu reden.«

»Ich schlage vor, dass Sie landen, damit wir wissen, dass Sie keine Bedrohung darstellen. Dann fliegen wir weg. Mit dem Mädchen.«

»Darf ich mich kurz mit meinen Vorgesetzten beraten?«

Jim nickte. Mugabo senkte den Blick, als schickte er eine Textnachricht. Jim rief ein taktisches Display auf. Die beiden Schiffe umkreisten auf einem niedrigen Orbit den Planeten und hielten aufeinander zu wie zwei Revolverhelden in einem billigen Unterhaltungsfeed. Er wusste nicht, wie die *Sparrowhead* bewaffnet war, aber er war sicher, dass alle Waffen auf ihn zielten.

Ein weiteres Fenster ploppte auf. Die Geschützkontrolle. Die Railgun war geladen und bereit, und das laconische Schiff war mit der passiven Zielerfassung markiert, damit es nicht nach einer Eskalation aussah. Er blickte zu Naomi. Sie hauchte: *Falls du es brauchst.* Er nickte.

»Also gut«, sagte Mugabo. »Ich akzeptiere Ihre Bedingungen.«

»Was?«

»Uns beiden ist das Leben des Mädchens wichtig. Wir müssen die Verhandlungen zu einem anderen Zeitpunkt fortsetzen, so soll es wohl sein. Sie können wegfliegen.«

Jim atmete zweimal tief durch. »Sie haben noch nicht mit dem Bremsschub begonnen.«

»Haben Sie das von mir erwartet?«

»Ich glaube, Sie sagen mir nicht die Wahrheit«, erklärte Jim. »In dem Augenblick, in dem ich die Steuerdüsen aktiviere und mich ein wenig drehe, schießen Sie auf den Antriebskegel. Ich glaube, Sie haben es nur deshalb noch nicht getan, weil Sie im Augenblick durch das ganze Schiff schießen müssten, und das Risiko ist für Teresa Duarte zu hoch.«

»Ich versichere Ihnen, dass dem nicht so ist«, widersprach Mugabo.

»Dann machen Sie den Anfang. Wenn wir wegfliegen dürfen, beginnen Sie mit dem Sinkflug. Sobald ich sehe, dass Sie gelandet sind, weiß ich, dass Sie die Wahrheit sagen.«

»Ja«, stimmte Mugabo zu. »Natürlich. Ich verstehe Ihren Standpunkt sehr gut.«

»Sie spielen auf Zeit.«

»Ich kann verstehen, warum Sie diesen Eindruck haben, Kapitän Holden. Bitte glauben Sie mir, dass wir Ihnen und Ihrer Crew keinen Schaden zufügen wollen und dass mein Angebot aufrichtig gemeint ist.«

Der taktische Bildschirm blühte auf, gleichzeitig hörte er Naomis gelassene Warnung. »Schnelle Objekte. Sie haben Torpedos abgefeuert.«

Das Radar verfolgte die beiden Raketen, die in einem weiten Bogen von der *Sparrowhawk* wegflogen. Mugabo hatte auf Zeit gespielt, während seine Leute eine Flugbahn für die Torpedos gesucht hatten, die nun einen Bogen um die *Rosinante* schlugen und sie von hinten treffen sollten. Den Antrieb deaktivieren und den Rest des Schiffs intakt lassen.

Jim tippte auf die Geschützkontrolle, und die *Rosinante* sackte einen Sekundenbruchteil lang unter ihm weg, als ein zwei Kilogramm schwerer Wolframbrocken ohne Kompensation durch den Hauptantrieb zum Feind geschleudert wurde. Mugabo verschwand, die Richtstrahlverbindung war unterbrochen. Das dumpfe Grollen und Knattern der Nahkampfkanonen hallte durch das Schiff. Ein Torpedo verschwand von seiner Anzeige.

»Ich richte uns für einen weiteren Schuss aus«, sagte Alex. Die Railgun war bereit. Die zweite Rakete verschwand. Die *Rosinante* warnte mit einem Heulen, als sie von zwei weiteren Torpedos erfasst wurden.

»Sie schießen gleich noch einmal«, sagte Jim.

»Ich habe den Reaktor vorbereitet, damit wir den Kern abwerfen können, falls die *Rosinante* meint, wir seien erledigt«, meldete Naomi.

»Alex?«

Zum zweiten Mal nahm die Railgun die *Sparrowhawk* aufs Korn und schoss ohne Jims Freigabe. »Ich glaube, du hast sie erwischt«, sagte Alex.

Jim schaltete auf die Außenteleskope um. Die *Sparrowhawk* flog scheinbar unbeirrt auf derselben Umlaufbahn weiter, umkreiste den Planeten und kam ihnen entgegen. Doch jetzt sprühte an einer Seite des Schiffs eine Wolke aus Gas und Wasserdampf heraus. Der Warnton, dass sie erfasst worden seien, brach ab, weil die Torpedos der *Sparrowhawk* nicht mehr abgefeuert werden konnten.

»Vielleicht stellen sie sich tot«, überlegte Naomi.

»Alex, ziele weiter mit der Railgun auf sie.«

»Verstanden.«

Wieder veränderten sich Oben und Unten um eine Winzigkeit, und die kardanischen Aufhängungen der Druckliegen stellten sich auf die kleine Kursveränderung ein, die Alex vorgenommen hatte, damit die *Sparrowhawk* im Schussfeld blieb. Es gab keine neuen Torpedowarnungen mehr. Kein aktives Radar erfasste ihren Rumpf. Jim holte den Com aufs Display und versuchte, die Richtstrahlverbindung wieder aufzubauen, ohne genau zu wissen, was er sagen wollte, falls Mugabo sich meldete. Der Kapitän schwieg. Das laconische Schiff flog weiter auf der niedrigen, schnellen Umlaufbahn. Entweder konnte es sich selbst reparieren, oder es stürzte in einigen Wochen in die Schwerkraftsenke des Planeten und verbrannte wie ein Meteor. Oder sie stellten sich nur tot und warteten darauf, dass Jim sich als Sieger fühlte und das Schiff wendete, nur um sich einen Railgun-Schuss in den Antrieb einzufangen.

»Alex«, sagte er. »Zieh uns mit den Steuerdüsen raus. Wenn sie nicht wenden und uns nicht folgen … dann dreh uns ganz herum und verlass den Orbit. Nichts wie weg hier.«

»Verstanden.« Unter Jim ruckte die *Rosinante*. Sie bewegten sich langsam, ganz langsam. Sie warteten auf die Alarmmeldungen, die ihnen verrieten, dass die *Sparrowhawk* sich nur tot gestellt hatte.

Es gab keinen Alarm.

»Was jetzt?«, fragte Alex.

»Wir berechnen den schnellsten Kurs zum Ringtor und verschwinden.«

»Hat jemand Vorschläge, wohin wir fliegen wollen?«, fragte Alex. »Firdaws steht auf dem Plan, aber …«

»Freehold«, sagte Naomi ruhig und bestimmt. »Wir müssen ohnehin Nachschub fassen, und mit den Steuerdüsen haben wir eine Menge Reaktionsmasse verbraucht. Ich fände es gut, wenn wir von unseren eigenen Leuten beschützt werden, während wir uns überlegen, warum das so in die Hose gegangen ist.«

»Ja«, antwortete Alex grimmig. »Diese Sache mit der Freundlichkeit von Fremden läuft für uns nicht so gut.«

Jim hörte, wie Naomi die Gurte löste und zu ihm kam. Sie streichelte ihm über die Haare, er nahm ihre Hand und küsste sie sanft.

»Das war richtig übel«, sagte sie.

»Ja.«

Sie zögerte einen Augenblick, ehe sie weitersprach. »Was ist mit Amos passiert?«

Jim schüttelte den Kopf. *Wir haben ihn verloren,* wollte er sagen. *Ich habe ihn verloren.*

»Tja«, sagte Amos. »Die haben mich ganz schön zerbröselt.«

Er kam aus dem Aufzug. Der zerfetzte Bordanzug war feucht und schwarz, als hätte er Tinte darauf gekippt. Die Austrittswunde auf der Brust war wie helle Haut rings um einen ebenen Kreis aus Onyx. Sein Lächeln war ein wenig zögernd.

Naomi sah ihn entgeistert an.

»Hallo, Käpt'n. Wir haben die Kleine doch in Sicherheit gebracht, oder?«

Jim brauchte einen Augenblick, um es zu begreifen. Dann sagte er: »Ja, haben wir.«

»Und die Hündin?«

»Auch sie.«

Amos kam ganz herein und ließ sich auf einer freien Druckliege nieder. Er grunzte, als hätte er Muskelkater. »Gut. Die Kleine hat den Hund wirklich gern. Unten in der Luftschleuse liegt eine Menge Dreck. Ich räume den später auf, aber vorher muss ich was essen. Ich habe wirklich großen Hunger.«

Als er Amos' Stimme hörte, kam Alex vom Flugdeck herunter. Er war kreidebleich. »Amos?«

»Hey«, sagte der große Mann und hob eine Hand zum Gruß. »Ich glaube, ich habe da unten was abgekriegt. Mir fehlt ein Stück Erinnerung.«

Jim wollte sich freuen, und er freute sich. Aber damit ging noch etwas anderes einher. Ein Gefühl, dass etwas nicht stimmte, weil ein Trauma auf das nächste folgte und weil irgendetwas sein Gefühl, wie das Universum funktionierte, verletzt hatte. Sein Gefühl für das, was möglich war.

»Du bist gestorben«, sagte er. »Du hast eine Kugel in den Rücken bekommen, die den größten Teil deines Brustkorbs herausgerissen hat. Ich konnte deine Wirbelsäule sehen. Sie war zertrümmert.«

Amos schwieg auf die unheimliche Weise, wie er es manchmal tat. Dann runzelte er die Stirn und nickte. »Ja, klar. Ich glaube, an den Teil kann ich mich erinnern.«

Jim lachte voller Unglauben. Vielleicht auch vor Erleichterung. Und aus einem anderen Grund, den er nicht recht benennen konnte. »Gibt es überhaupt noch etwas, das dich umbringen kann?«

»Ich bin ziemlich sicher, dass ich verhungern könnte«, meinte Amos.

»Also«, sagte Alex. »Verdammt auch.«

Naomi hatte noch kein Wort gesagt. Amos berührte den schwarzen Kreis der Wunde und erkundete ihn. Es sah nicht mehr wie Haut aus. Was es auch war, es war das, was Amos' wiederauferstandener Körper tat, wenn er verletzte Haut ersetzen musste. Jim fragte sich, wie es in der Wunde aussah. Erst jetzt wurde ihm klar, dass die Veränderungen, die die Drohnen auf Laconia vorgenommen hatten, nicht aufgehört hatten, nachdem sie von dem Planeten geflohen waren. Amos war nicht etwas anderes geworden. Er war mitten in einem Prozess, etwas zu werden. Irgendwie schauderte er bei dem Gedanken.

Als hätte Amos Jims Gedanken gelesen, runzelte er die Stirn. »Ich weiß auch nicht, wie das alles funktioniert. Aber wir wären besser dran, wenn wir es nicht zu oft machen.«

14 Elvi

Elvi vermisste die Schwerkraft. Sie wollte an Caras Krankenbett sitzen und spüren, wie die Erschöpfung sie niederdrückte. Das lange, leichte Dehnen im Nacken, wenn der Kopf nach vorne hing. Die Schwere in den Armen und Beinen. Rein verstandesmäßig ahnte sie, dass sie dem Zusammenbruch nahe war, doch die vertrauten körperlichen Signale blieben in der Schwerelosigkeit aus. Das Einzige, was sie noch wahrnahm, war anscheinend das Zittern der großen Muskeln, das für sich genommen wie ein Ausdruck von Angst wirkte.

Cara war mit breiten weißen Riemen auf dem Bett fixiert, damit sie nicht wegschwebte. Sie hatte die Augen geschlossen, die Lippen waren entspannt und leicht geöffnet. Ihre Lippen waren bleich und blutleer wie ein Modell aus Wachs, dahinter waren die Spitzen der weißen Zähne und die dunkelrote Zunge zu erkennen. Sie atmete tief, gleichmäßig und langsam. Die Beruhigungsmittel wirkten bei ihr und Xan immer noch, obwohl die Reparaturdrohnen die Körper verändert hatten. Die Medikamente wurden schneller abgebaut, aber das war kein Problem. Sie hatten reichlich Vorräte.

Der Autodoc war eine Sonderanfertigung, er beruhte auf Cortázars Erfahrungen, nachdem dieser jahrzehntelang Cara und Xans Vitalfunktionen überwacht hatte. Auf den Displays waren die Echtzeitanalysen der Blutwerte und die neuronale Aktivität zu sehen, während das System die Cara von jetzt mit der Cara von früher verglich und nach Wegen suchte, die beiden Datengruppen in Übereinstimmung zu bringen. Ein normales Krankenbett wäre damit überfordert gewesen, doch dieses hier zeigte, wie Cara langsam wieder in den normalen Funktionsbereich zurückkehrte, während Elvi am Bett saß und zitternd Tee aus einem Beutel trank.

Es war mitten in einer Sitzung geschehen. Sie hatten die halluzinatorischen Eindrücke und die nichtmenschlichen Erinnerungen nach Puzzleteilen abgesucht, um die Frage zu beantworten, wie die Tore erbaut worden waren und wie man sie besser absichern konnte. Elvi war überzeugt, dass sie den Abschnitt in der Entwicklung der Alien-Spezies erreicht hatten, in dem sie sich der Existenz eines weiten Universums jenseits des Eismantels ihrer Welt bewusst geworden war. Sie hatte damit gerechnet, dass Cara dorthin gelangte und dass sich in diesem Augenblick eine Tür öffnen würde, hinter der sie einige praktische Antworten fanden. Doch dann hatte Cara zu kreischen begonnen, man hätte auf sie geschossen, oder wenn nicht auf sie, dann auf jemand anders. Die Monitore hatten extrem hohe Werte angezeigt, und ihr Gehirn wurde aktiv, als hätte jemand einen Molotowcocktail hineingeworfen.

Sie hatten die Panik unter Kontrolle bekommen, Harshaan Lee war brüllend die Checkliste durchgegangen, während Cara schrie und sich übergab. Als sie die Sitzung beendeten, war Cara schon bewusstlos. Bis jetzt war sie nicht wieder zu sich gekommen.

Caras Lippen bewegten sich, sie schluckte. Unter den geschlossenen Lidern bewegten sich die Augäpfel, dann schlug sie die Augen auf. Der tiefschwarze Blick fand Elvi. Das Mädchen rang sich ein schwaches Lächeln ab.

»Hallo, Doc.«

»Willkommen zurück«, sagte Elvi. »Wie fühlst du dich?«

Cara hielt inne, doch es war keine gespenstische Alien-Starre. Es war wohl nur so, als suchte sie nach der richtigen Antwort auf eine schwierige Frage. »Erledigt. Ich war noch nie betrunken, aber vielleicht bin ich verkatert? Ich glaube, so fühlt sich ein Kater an.«

»Weißt du das aus der Literatur?« Elvi nahm Caras Hand. Sie war fiebrig heiß.

»Kann gut sein.«

»Erinnerst du dich an das, was geschehen ist? Was ist schiefgegangen?«

»Es waren nicht die Großmütter. Nein, ich glaube nicht«, antwortete Cara. »Sie haben sich so angefühlt wie immer. Vielleicht tiefer, aber genau wie sonst. Es war … einer der anderen.«

»Gut, erzähl mir davon.«

Cara runzelte die Stirn und schüttelte den Kopf, wie sie es immer tat, wenn sie nach einem bestimmten Wort suchte. »Ich bin nicht ich selbst, wenn ich da drin bin. Ich meine, ich bin da, aber ich bin nicht nur Cara. Da ist noch mehr von mir.«

»Etwa die Aliens.«

»Nein, etwas wie ich, das die Aliens beobachtet. Ich spüre auch die Aliens, aber das ist, als verfolgte ich einen Feed. Dabei sehe ich etwas, das vorher aufgezeichnet wurde. Die anderen sind jedoch wie andere Leute in dem Raum, die ebenfalls zusehen.«

»Wie die Verbindung, die du mit Xan hast.«

»Ja, aber mehr. Es sind mehr. Nur dass ich glaube, dass etwas passiert ist. Etwas Schlimmes. Ich weiß nicht, ob sie gestorben sind. Und dann hat ein anderer versucht, mich zu beruhigen.« Cara riss die Augen weit auf und drückte Elvis Hand so fest, dass es wehtat. »Xan? Geht es ihm gut?«

»Aber ja«, sagte Elvi und verzog keine Miene. »Er macht sich deinetwegen Sorgen, aber das ist auch schon alles. Als es passiert ist, war er in der Isolierzelle, und anscheinend hatte es keinerlei Auswirkung auf ihn.«

Cara entspannte sich. »Gut. Das ist gut. Ich bin froh.« Sie holte tief Luft und beruhigte sich etwas. »Ich habe beobachtet, wie sie zum ersten Mal die Sterne gesehen haben.«

»Wir müssen das Debriefing nicht sofort durchführen. Du kannst dich erst noch ausruhen.«

»Lass uns etwas reden. Bitte. Solange ich es noch ganz frisch im Kopf habe.«

Elvi freute sich, dann mischten sich Schuldgefühle in die Freude. »Nur ein bisschen. Dann musst du dich ausruhen.«

Cara legte sich bequem hin und erinnerte sich an die Erinnerungen der anderen. Es war immer angenehm, wenn sie es tat. Nein, das war nicht richtig. Nicht direkt angenehm, sondern eher eine Art Erleichterung. Als ließe Elvi kaltes Wasser über eine Brandwunde fließen.

»Sie haben sich verändert. Die Meeresschnecken oder die Quallen oder was auch immer. Sie haben Teile von anderem Leben, Tiere oder Pflanzen oder was auch sonst, mit hinunter in den heißen Kern der Eiswelt genommen. Sie haben sie in die Schlote geschickt, damit sie sich veränderten. Oder damit es sich verändern konnte.«

»Dieser Punkt taucht immer wieder auf. Nach der Funktionsweise des Protomoleküls zu urteilen, behielten sie diese Strategie eine sehr, sehr lange Zeit bei«, erklärte Elvi.

Cara hörte gar nicht zu. Sie sprach, als wäre sie innerlich weit entfernt, fast wie im Traum. »Das Wichtigste war das Licht.«

»Das hast du schon einmal gesagt. Ich dachte, es sei die Schöpfung des Bewusstseins.«

»Es war ein Schwarmbewusstsein.«

Elvi zuckte mit den Achseln. »Diesen Begriff habe ich noch nie richtig verstanden. Ich meine, es gab eine elektrochemische Struktur mit vielen halb unabhängigen Körpern. Wenn man es so beschreibt, sind wir auch ein Schwarmbewusstsein aus Neuronen. Aber hat es einen Weg gefunden, ein sich entwickelndes analoges kognitives System aufzubauen? Ich glaube schon.«

»Und als sie die Sterne sahen, war es, als hörten sie Gott in einer Sprache sprechen, die sie beinahe verstehen konnten. Aber eben nicht ganz. Der VGS wollte mir noch mehr zeigen. Er wollte nicht, dass ich weggehe. Oder wir, oder wer auch immer. Er versuchte mich festzuhalten. Aber dann ist etwas passiert, und … wenn die anderen nicht Xan waren, dann weiß ich nicht, wer sie waren, aber sie fühlen sich echt an, wenn ich da drin bin.«

Cara ließ Elvis Hand los und konzentrierte sich auf etwas, das Elvi nicht sehen konnte. Als hörte sie Musik, die nur für sie spielte.

»Mach dir deshalb keine Sorgen«, antwortete Elvi. »Darum können wir uns später kümmern. Wir haben genug Zeit für ein ausführliches Debriefing, wenn du dich ausgeruht hast. Ich sage dem Team, dass es dir gut geht, und dann will Dr. Sanders vorbeikommen und nachsehen, ob alles in Ordnung ist. Sobald wir gehört haben, was er zu sagen hat, überlegen wir, wie es weitergeht.«

»Ich will nicht warten. Ich will wieder da rein.«

Elvi trank einen Schluck Tee. »Das will ich auch. Aber jetzt musst du dich erst einmal ausruhen.«

Cara nickte und schloss die Augen. Elvi wartete, bis sie sicher war, dass Cara eingeschlafen war, ehe sie sich aus dem Fußhaken löste und sich zur Tür abstieß.

Auf einmal sprach Cara wieder. Es klang absolut wach und klar. Überhaupt nicht mehr nuschelnd. »Kann Xan mich besuchen?«

»Aber natürlich, wenn du das willst.«

»Er will es.« Dann schwieg Cara. Elvi verließ die Krankenstation.

Es war still auf der *Falcon*. Die Crew, die das Schiff steuerte, und die wissenschaftlichen Mitarbeiter, sie alle wussten, was geschehen war, und unterhielten sich auf den Korridoren nur im Flüsterton mit angespannter Miene und hochgezogenen Schultern. Elvi ging zum Operationsdeck, überwand sich, lächelte freundlich und grüßte die Leute. Sie hoffte, sie sei eine gute Anführerin und verbreitete Optimismus. Sie fürchtete aber, man sähe ihr an, wie unecht es war.

Harshaan Lee war auf dem Operationsdeck und ging die jüngsten Daten von Caras abgebrochener Sitzung durch. Sie schwebte neben ihn und sah ihm über die Schulter. Er machte ihr Platz, damit sie besser sehen konnte.

»Sie sagte, dort sei noch jemand mit ihr drin gewesen«, erklärte Elvi.

»Halluzinierte Begegnungen kommen sehr häufig vor. Sie können schon durch ein paar magnetische Impulse im Temporoparietalbereich der rechten Hirnhälfte ausgelöst werden.«

»Aber wir haben das nicht ausgelöst«, wandte Elvi ein.

»Das schließt nicht aus, dass etwas andres das getan hat.«

»Oder ihre rechte Temporoparietalregion wurde aktiviert, weil jemand bei ihr war. Manchmal sieht man die Großmutter, weil man von ihr träumt. Manchmal sieht man sie, weil man sie besucht.«

»Es ist ein Rätsel«, bemerkte Lee trocken. »Darf ich auf ein weniger angenehmes Thema zu sprechen kommen?«

Elvi lehnte nicht ab. Lee nahm es als Einverständnis.

»Ich will nicht meine Kompetenzen überschreiten, aber ich glaube, die Moral der Crew könnte ein Problem werden. Ich hatte gehofft, dass Sie zu den Leuten sprechen könnten.«

»Inwiefern gibt es da Probleme?«

Er schüttelte den Kopf, als wollte er sich schon vorher für seine Worte entschuldigen, und sprach leise weiter. »Wir sind das einzige Schiff im ganzen Sonnensystem. Ein halbes Dutzend Richtstrahlverstärker, zwei Repeater am Ringtor und ein Alien-Artefakt, das so groß ist, dass uns die Schwerkraft zerquetschen würde, wenn wir auf ihm stünden. Mehr ist hier nicht. Nicht einmal eine Staubwolke, in der wir Eis abbauen könnten.«

»Gehen uns die Vorräte aus?«

»Nein. Aber wenn … wenn bei den Forschungen etwas Ungewöhnliches passiert, wirkt das wie ein Multiplikator. Es erinnert uns daran, wie heikel unsere Position hier ist. Wenn der Wasserrecycler kaputtgeht, und wir können ihn nicht reparieren … es wäre ein langer, belastender Flug bis zu einem Ort, wo wir Hilfe bekommen, ehe wir verdursten, und vielleicht schaffen wir es nicht einmal. Wenn der Luftrecycler ausfällt, sterben wir sehr schnell. Hier ist niemand, der einen Umweg einschlagen und uns helfen kann. Wir wussten das alle, als die Mission begann. Aber an manchen Tagen wird es uns deutlicher als an anderen, wenn Sie verstehen, was ich meine.«

Da fiel ihr ein, dass die Vibrationen in ihrem Körper gar keine Angst waren. Sie war einfach nur müde, und es gab eine entscheidende Sache, die sie unbedingt tun musste. »Selbstverständlich. Ich spreche zur Mannschaft. Lassen Sie mich nur in Ruhe überlegen, was ich sagen will. Und vielen Dank, dass Sie mich darauf aufmerksam gemacht haben.«

»Selbstverständlich, Doktor.«

Sie hatte nicht mit Physik begonnen. Es war möglich, sich ein ganzes Leben lang mit Biologie zu beschäftigen und mit der reinen Physik nur flüchtige Bekanntschaft zu machen. Es war jedoch nicht möglich, die Leiterin des laconischen Wissenschaftsdirektorats zu sein, ohne sich die Füße nass zu machen, falls *Nässe* bedeutete, sich mit abstrakter Hochenergiephysik und deren Dynamik zu befassen. Eines der Dinge, die sie gewusst hatte, ohne sie wirklich zu durchschauen, war die Tatsache, dass der Zweite Hauptsatz der Thermodynamik der Einzige war, für den die Richtung der Zeit eine Rolle spielte. Der Wärmetod des Universums war damals vor allem ein Witz gewesen, weil sie so lange für ihre Doktorarbeit gebraucht hatte. Die Vorstellung, dass die Wärme in einem unmittelbaren Zusammenhang mit der Zeit stand, war ihr überhaupt nicht eigenartig vorgekommen, und einige höchst eigenartige Aspekte der Alien-Ringe waren ihr völlig entgangen.

Der Mann auf dem Wandbildschirm war David Trujillo. Vor vier Stunden hatte seine Präsentation begonnen. Dreieinhalb Stunden lang hatte er umsichtig und detailliert unzählige Erklärungen und Rechtfertigungen dafür geliefert, dass sein Team bei der Auswertung ganz bestimmte mathematische Techniken eingesetzt hatte, bis er zu dem Teil kam, den sie bei sich so nannte: *Machen wir es für die Biologin besonders einfach.*

»Der Schlüssel ist der Unterschied zwischen den Reaktionen, die von einem Magnetfeldgenerator im Solsystem provoziert werden, und dem *Fehlen* provozierter Reaktionen im Ringraum selbst. Wir kennen den Energie verstärkenden Effekt der Ringtortechnologie. Wenn man beispielsweise Energie in die Ringstation hineinschickt, werden hochenergetische Partikel durch die Tore geschleudert, und die Energie dieser Freisetzung ist um Größenordnungen intensiver als der auslösende Effekt. Diese Asymmetrie haben wir bei der Entwicklung des Feldgenerators genutzt. Die Annahme war, dass wir uns auf diese Weise Energie von einem anderen Ort in einem komplexen lokalen Raum-Zeit-Kontinuum geborgt haben. Wenn das aber, wie die Resultate jetzt nahelegen, nicht zutrifft, und der Ringraum ist eine begrenzte Membran in einem lokalen, nicht zusammenhängenden Raum-Zeit …«

»Sagt er irgendetwas?«, fragte Fayez, der von der anderen Seite der Kabine aus zusah. »Es klingt, als bellte er nur.«

Fayez trainierte, er hatte sich mit Elastikbändern an die Wand geschnallt und stemmte sich dagegen, wie sie selbst es hätte tun sollen. Wenn dies vorbei war, bekam sie sicher ein Problem mit ihrer Knochendichte. Aber das konnte warten.

»Tut mir leid, ich schalte den Lautsprecher ab, damit du es nicht mehr hören musst.«

»Nein, nein, ich will ja ein Gespräch anfangen. Aufmerksamkeit von meiner Liebsten bekommen. Den Kerl verspotten, dem sie ihre Aufmerksamkeit schenkt, indem ich sage, er bellt.«

»Er bellt über irgendetwas.«

»Bist du sicher?«

Sie hielt die Wiedergabe an und streckte sich.

»Als die *Tempest* die Verteidigungsanlagen auf der Alien-Station im Ringraum zerstört hat, kam keine feindliche Reaktion«, sagte Elvi. »Als sie die Pallas-Station zerstört haben, verloren alle Menschen im Solsystem das Bewusstsein, und eines der Geschosse tauchte auf der *Tempest* auf. Trujillo glaubt, dies zeigt, dass der Ringraum kein Teil unseres Universums ist.«

Fayez entspannte sich, die Bänder zogen ihn wieder gegen die Wand. Grunzend drückte er dagegen. »Ich wusste gar nicht, dass es da überhaupt eine Option gibt.«

»Der Feldgenerator nutzt Antimaterie zum Zünden, aber in ein paar Handvoll Antimaterie ist nicht genug Energie, um eine ganze Station zu zerlegen. Das Design beruht auf dem halb gebauten Schiff oder was sich da auch in den Konstruktionsplattformen befand, als sie aktiviert wurden.«

»Dasjenige, das sie *Proteus* nannten?«

»Im Grunde erzeugt es ein winziges, flüchtiges Ringtor, das eine Menge kostenlose Energie abgibt. Anscheinend verletzt es die Entropie. Also auch die Zeit.«

»Die Entropie verläuft nur in eine Richtung. Muss man für Grundschulphysik drei Stunden bellen?«

»Er sagt, woher diese Energie auch stammt, jener Ort spielt nicht nach unseren Regeln.«

»Das wussten wir doch schon.«

»Wir haben es vermutet.«

»Wissen wir es jetzt?«

»Die Vermutung wird bestärkt«, erklärte Elvi. »Wir sind Wissenschaftler. Wir wissen nur etwas, solange uns niemand beweist, dass wir falschliegen.«

Fayez kicherte, legte sich ins Zeug und entspannte sich wieder. Er wartete darauf, dass sie in sein Lachen einstimmte, doch ihr war nicht nach Lachen zumute. Dann trat auf seiner Stirn und in den Mundwinkeln die Sorge zutage. »Geht es dir nicht gut?«

»Es gab noch zwei weitere.«

Er hielt inne, sah sie an und befreite sich achselzuckend aus den Bändern. »Zwei weitere? Was denn?«

»Ereignisse. Im Galbraith-System gab es eine vorübergehende Veränderung der Lichtgeschwindigkeit.«

»Wie lange hat das gedauert?«

»Diese Frage kann man wirklich nicht genau beantworten, aber es war etwa eine Stunde. In Bara Gaon haben die Einwohner achtzehn Minuten lang das Bewusstsein verloren. Die Leute, die es erlebt haben, sagten, es gebe keinen Halo-Effekt, keine visuellen Störungen, aber …«, sie schnippte mit den Fingern, »… auf einmal war es achtzehn Minuten später.«

»Das ist neu.«

»Es ist alles neu. Es sind Experimente, und keines davon führe ich durch. Und das sind nur die Ereignisse, von denen wir wissen. Wenn das Herumstochern und Wühlen auch dort stattfindet, wo wir nicht aufpassen und darauf gefasst sind, könnte es noch viel öfter geschehen, als wir glauben. Sogar hier und jetzt in diesem Augenblick.«

Er stieß sich ab und schwebte durch die Kabine. Sie wollte sich gegen seine Berührung sträuben, sie war zu angespannt, um sich auf körperlichen Kontakt einzulassen. Doch er bremste neben ihr ab und betrachtete Trujillos Gesicht, bei dem die Wiedergabe pausierte.

»Wie geht es Cara?«, fragte Fayez.

»Ihr geht es anscheinend gut. Wegen dieser anderen, über die sie redet, bin ich allerdings etwas besorgt. Ich weiß ja, dass sie und Xan irgendwie im Hintergrund in Verbindung stehen, und dass es da drüben noch andere Dinge gibt. Amos Burton hat das Gleiche durchgemacht wie sie, und wenn sie mit ihm über dieselbe Brücke verbunden ist, dann … der Kopf dieses Mannes ist kein Ort, wo ich gern leben würde. Aber …«

Er drängte sie nicht. Er wartete schweigend, bis sie so weit war. Elvi seufzte.

»Allmählich schält sich ein Bild heraus«, sagte sie. »Ich begreife nach und nach, wer die Ringe gebaut hat und wie deren Bewusstsein beschaffen war. Auch wenn ich nicht weiß, wie ihre Technologie funktioniert, erkenne ich allmählich die Hindernisse, die sie zu überwinden versuchten, und das ist eigentlich sogar eine sehr gute Ausgangsposition. Aber …«

»Aber du fragst dich, wie das gut genug sein kann, wenn das Ding, gegen das sie gekämpft haben, sie dann doch getötet hat und jetzt auf uns losgeht.«

»Es gibt noch so viel, was ich nicht verstehe. Zum Beispiel, was die Geschosse sind.«

»Narben, wo ihre Versuche, uns dauerhaft zu zerstören, einen Teil der Realität kaputt gemacht haben?«

»Klar. Vielleicht. Aber wie? Wie geschieht das? Wie funktionieren sie? Können wir sie benutzen, um dorthin zu gelangen, wo diese Wesen sind? Und wie kommt es, dass sie manchmal ein System abschalten, aber manchmal überall zuschlagen? Warum heben sie die Lokalität auf und lassen dann eine Narbe oder ein Geschoss zurück, das an einen lokalen Bezugsrahmen eingebunden ist?«

»Und wie willst du sie aufhalten?«

Elvi wischte sich eine Träne der Müdigkeit aus dem Auge. »Wie ich sie aufhalten will? Alles hängt davon ab. Erde, Mars, Laconia, Bara Gaon, Auberon … alle sterben, wenn ich das Problem nicht löse.«

»Wenn irgendjemand das Problem nicht löst«, wandte Fayez ein. »Wir sind nur ein Schiff, und wir folgen einer vielversprechenden Spur. Aber wir sind nicht die Einzigen, die es sich ansehen.«

Sie schwiegen eine Weile, nur das Summen des Schiffs war zu hören. Sie drehte sich und legte ihm eine Hand auf den Arm. Er schmiegte sich an sie und küsste sie aufs Ohr. »Wann hast du das letzte Mal geschlafen?«

»Hast du gerade was von Schlafen gesagt? Das klang schön.«

Er legte ihr einen Arm um die Schultern und zog sie sanft durch die Kabine zu der Klappliege, die sie benutzte, wenn ein Sack an der Wand nicht reichte. Sie zog sich nicht aus, sondern rutschte nur zwischen die Geldecken, die sie sanft umfingen und sie festhielten wie eine riesige Hand. Es kam dem Gefühl recht nahe, in einem richtigen Bett unter die Decke zu kriechen, und sobald er das Licht zu einem rotgoldenen Sonnenuntergang gedämpft hatte, kam der Schlaf herbeigestürmt, als sei sie hineingestürzt. Als könnte sie sich tatsächlich wieder in der Schwerkraft fallen lassen.

»Brauchst du etwas?« Seine Stimme war sanft wie eine Sanddüne, die der Wind verwehte. Trotz allem musste Elvi lächeln.

»Bleibst du bei mir, bis ich eingeschlafen bin?«

»Die wichtigste Aufgabe meines Lebens«, erklärte Fayez.

Sie ließ zu, dass ihre Augen zufielen und ihre Gedanken wanderten. Sie fragte sich, wie es wäre, Fayez im Bewusstsein zu spüren, wie es bei Xan und Cara und vielleicht auch Burton geschah. Es musste ein physisches Element geben, eine Art Zentrum, einen Ort der Kontrolle, der die gleichen nicht lokalen Effekte nutzte, mit denen die Erbauer der Tore in Verbindung geblieben waren. Ein Neuron verhielt sich analog zum anderen, ganz egal, welche eigenartigen Dimensionen zwischen ihnen lagen. Vielleicht konnte sie die Morphologie der Gehirne vergleichen. Echtzeitkommunikation zwischen den Systemen würde alles verändern. Vorausgesetzt, es lebte noch jemand, der reden konnte.

Sie schwebte am Rande eines Traums, halb überzeugt, dass die *Falcon* einen Universitätscampus in sich trug und sie sich darauf vorbereiten musste, einen Vortrag zu halten. Auf einmal wurde sie wieder wach und musste kichern.

»Ja?«, sagte Fayez, der noch da war.

»Lee meint, ich soll die Crew mit einer Ansprache aufmuntern. Die Moral heben. Ich sagte ihm, ich würde das machen.«

»Hast du schon eine Ahnung, was du sagen willst?«

»Absolut nicht.« Sie seufzte.

15 Teresa

Die Zeit war ein Problem. Die Zeit war immer ein Problem.

Es begann, das hatte sie gelernt, mit der Tatsache, dass Simultaneität eine Illusion war, weil »die gleiche Zeit« auf verschiedenen Planeten in unterschiedlichen Systemen im Grunde lediglich eine Bequemlichkeit beim Rechnen und nur hilfreich war, solange sich die meisten Menschen im Vergleich zur Lichtgeschwindigkeit relativ langsam bewegten. Aber davon abgesehen, war die Messung der Zeit historisch begründet. Eine Stunde hatte sechzig Minuten, weil die Mathematiker im alten Babylon mit einem Sexagesimalsystem gerechnet hatten. Ein Jahr war die Zeit, die die Erde für einen vollen Umlauf um die Sonne brauchte, und das war bedeutsam, auch wenn Teresa noch nie auf der Erde gewesen war und vermutlich auch nie dort sein würde. Wie die Zahl der Minuten in einer Stunde, die Länge eines Zentimeters und das Volumen eines Liters war auch die Länge eines Jahres ein Maß, mit dem die Menschheit ihre eigene Geschichte erzählte.

Und weil ein alter Planet in einem anderen System relativ zu seinem Stern im Augenblick an mehr oder weniger der gleichen Position stand wie während der Belagerung von Laconia, war Teresa Duarte auf einmal sechzehn statt fünfzehn Jahre alt. Und aufgrund der Geschwindigkeit, mit der sich dieser Planet um die eigene Achse drehte, war es noch früh am Morgen, und sie befand sich in ihrem Quartier auf der *Rosinante* und schwankte zwischen Wachzustand und Traum.

Eines der Dinge, die sie auf der *Rosinante* schätzen gelernt hatte, war die Art und Weise, wie das Schiff willkürlich die Zyklen von Tageslicht und Dunkelheit festlegte. Hätte die Crew beschlossen, dass jeder Tag dreißig Stunden dauerte, dann hätte das Schiff es so eingerichtet. Hätten Nacht und Tag jeweils nur sechs Stunden gedauert, dann wäre dies die Wahrheit gewesen. Es war eine bewusste Entscheidung, es nicht zu tun, und die Tatsache, dass dies auf einer Entscheidung beruhte, war auf eine eigenartige Weise wundervoll. Es wäre leicht gewesen, sich von allem zu lösen, und sie stellte fest, dass sie es mochte, ungebunden zu sein. Die Fähigkeit, frei dahinzutreiben, war großartig. Jetzt war sie unter Schubschwerkraft, die nur einen Bruchteil von jener betrug, in der sie aufgewachsen war, auf einer Druckliege angeschnallt. Sie sah die nüchternen grauen Wände, fast schwarz und nur vom Licht ihres Handgeräts beleuchtet. Zugleich war sie auf Laconia in einer kleinen Werkstatt, die direkt von ihrem alten Schlafzimmer abging und in der Realität nie existiert hatte, und baute etwas, das sich jedes Mal veränderte, wenn sie ein wenig wacher wurde und wieder wegdämmerte. In den letzten Monaten waren die Träume von anderen Räumen – Geheimzimmer, versteckte Durchgänge, vergessene Zugangsluken – häufiger geworden. Vermutlich sollte das irgendetwas symbolisieren. Sie führte gerade einen Draht in einen Vakuumkanaladapter ein, als sich der Traum veränderte und abrupt verschwand, als hätte sie auf einen anderen Feed umgeschaltet.

Sie war immer noch in ihrer realen Kabine und sah die realen Wände und das Licht, doch sie wurden von schwarzen Spiralen überdeckt, deren feine Details sie viel deutlicher wahrnahm, als das schwache Licht es eigentlich erlaubt hätte. Dort sprossen dünne, schwarze Fäden, die einander fanden und zusammen eine neue Form bildeten, die zugleich ein Teil der alten war. In den ständig neu erschaffenen Spiralen blinkten winzige blaue Lichter wie Leuchtkäfer und erloschen wieder. Was hypnagogische Halluzinationen betraf, war dies vermutlich das Schönste, was ihr Gehirn je erfunden hatte. Sie hatte das Gefühl, sie könne den schwarzen Spiralen ewig zuschauen, ohne dass es jemals langweilig würde.

Daneben stand ihr Vater und blickte auf sie hinab. Seine Augen strahlten hellblau, wie sie es in der Realität nie gewesen waren. Er lächelte. Teresa schloss die Augen und entschied sich, sofort aufzuwachen. Dies war kein Traum, den sie träumen wollte. Als sie die Augen öffnete, waren die Spiralen verschwunden, doch ihr Vater war noch da. Er sah seltsam aus. Seine Haare waren länger, als er sie früher getragen hatte, und er hatte zwar noch das Hemd und die Hosen an, die Kelly ihm damals auf Laconia angezogen hatte, aber keine Schuhe.

Vorsichtig richtete sie sich in der niedrigen Schwerkraft auf. Der Traum schwand nicht dahin.

»Teresa«, sagte er. Seine Stimme war wie Wasser für einen Verdurstenden. Tränen benetzten ihre Augen.

»Vater«, antwortete sie. Obwohl sie die Vibrationen in der Kehle spürte – obwohl sie fast sicher war, dass sie laut gesprochen hatte –, verschwand er nicht. Das Gefühl, wach zu sein, wurde stärker. Die Trägheit der Träume fiel von ihr ab, aber das Bild verblasste nicht. Noch nicht.

»Herzlichen Glückwunsch zum Geburtstag«, sagte er. »Es wird alles gut.«

Sie wischte sich die Tränen mit dem Handrücken ab. »Nein, es ist nicht alles gut«, flüsterte sie.

»Aber es wird gut werden. Ich brauche nur noch ein wenig Zeit, und dann sind wir wieder zusammen. Meine früheren Träume waren zu klein. Jetzt sehe ich mehr. Du wirst es auch bald sehen.«

Teresa schüttelte den Kopf. Auf einmal klopfte jemand energisch an die Tür.

»Bist du angezogen?«, hörte sie Alex' gedämpfte Stimme.

»Ja«, antwortete sie. Die Tür ging einen Spalt auf. Einen Moment lang schien es ihr, als fügten sich ihr Traum und die Realität nahtlos ineinander, doch als das Licht in die Kabine fiel, verschwand ihr Vater. Sie wischte sich noch einmal die Augen trocken und versuchte zu verbergen, dass sie geweint hatte.

»Hallo«, sagte Alex. »Wir haben was zu futtern. Hast du Hunger?«

»Klar«, antwortete sie. »Ich komme gleich.«

Alex nickte und zog sich zurück, doch Bisam schob mit der Schnauze die Tür auf und hüpfte herein. Sie spürte kaum ihr eigenes Gewicht. Aufgeregt wanderten die braunen Augen hin und her, als suchte die Hündin etwas, dann winselte sie leise.

»Schon gut, alte Dame«, sagte Teresa. »Alles in Ordnung.«

Beinahe entsprach es sogar der Wahrheit. Nun ja, es war weniger unwahr als noch vor einer Weile. Die *Rosinante* hatte fast den Ring von New Egypt erreicht, und die *Sparrowhawk* – weit hinten in der Schwerkraftsenke der lokalen Sonne – war zwar nicht zerstört, aber inzwischen so weit entfernt, dass sie auch mit einem mörderischen Schub nicht mehr aufschließen konnte. Sie planten einen Transit, ohne genau zu wissen, wie der Verkehr im Ringraum aussah, und obwohl das laconische Militär sie jagte, auch wenn es derzeit außer Schussweite war. Das war so sehr in Ordnung, wie Teresa es in diesen Tagen überhaupt erwarten konnte. Timothy – Amos – hatte abermals dem Tod getrotzt. Bisam war noch bei ihr, und sie war nicht irgendwo in der Pampa auf einem religiösen Internat.

Sie staunte selbst, wie erleichtert sie darüber war, dass das Vorhaben fehlgeschlagen war. Die unmittelbaren Folgen waren Angst und Schock gewesen. Das Entsetzen, als sie Amos' zerstörten Körper sah, die Gewalt des Feuergefechts, die Ängste, als sie sich fragte, ob es die *Sparrowhawk* riskieren würde, auf sie zu schießen, um sie zurückzuholen. Doch sobald das überwunden war, hatte sie wieder gelächelt. Sie war immer noch hier, und es war nicht einmal ihre Schuld.

Als sie die Kombüse betrat, stand die Crew der *Rosinante* an einem kleinen Tisch, auf dem sie ein trauriger gelbweißer Kuchen erwartete. Aus medizinischem Harz hatte jemand zwei Kerzen gedruckt, die aussahen wie eine Eins und eine Sechs. Die Flammen waren fast kugelförmig. Es war so armselig.

»Das ist so ziemlich dieselbe Hefe und Pilzpampe wie alles andere«, erklärte Naomi. »Aber da ist Zucker drin, und es sieht nett aus.«

»Das ist … ihr seid so lieb«, sagte Teresa. Sie hatte einen Kloß im Hals, dessen Ursache sie nicht verstand. Vielleicht Dankbarkeit, vielleicht Kummer, vielleicht die chaotischen Nachwehen des eindringlichen Traums von ihrem Vater. Amos und Jim begannen zu singen, Naomi und Alex stimmten ein und klatschten dazu. Es fühlte sich billig und klein und fantasielos an, aber sie hatten sich für Teresa bemüht und etwas getan, das sie nicht hätten tun müssen. Als Alex ihr sagte, sie solle sich etwas wünschen und die Kerzen auspusten, blies sie sofort. Ihr fiel nichts ein, was sie sich wünschen könnte.

Amos zog die Harzkerzen heraus und warf sie in den Recycler, während Naomi den Kuchen anschnitt und Jim die Beutel mit Tee und Kaffee verteilte.

»Das ist kein normales Frühstück«, sagte Naomi, indem sie Teresa ein Stück Kuchen gab. »Aber wir wollten uns vor dem Transit nach Freehold wenigstens einen Augenblick Zeit nehmen. Sobald wir in der Werft ankommen, haben wir viel zu tun.«

»Alles, was das Schiff braucht, sollten wir lieber sofort beschaffen«, stimmte Jim zu.

Ihren letzten Geburtstag hatte sie in einem Ballsaal des Staatshauses verbracht. Die wichtigsten Vertreter der weit verstreuten Menschheit waren gekommen, und Teresa war eine von ihnen gewesen. Ihr Vater war da schon von der Katastrophe verkrüppelt gewesen, die die *Typhoon* und die Medina-Station zerstört hatte, und sie hatte die Last des Reichs auf den Schultern gespürt.

Damals hatte sie gewusst, was sie sich wünschen wollte. Einen Ausweg. Und jetzt war sie hier, ihr Wunsch war in Erfüllung gegangen. Nur dass es nicht so aussah, wie sie es sich vorgestellt hatte.

Sie biss in den Kuchen und fand ihn … gut. Unaufdringlich. Ein wenig zu kompakt, ein wenig zu trocken, aber gut. Er war nicht von den besten Bäckern auf tausend Welten hergestellt, die darin wetteiferten, ihren Gottkaiser zu beeindrucken. Er ging nicht mit einer formellen Ansprache einher, die wohlabgewogen die richtigen politischen Signale senden sollte, und darauf folgte keine protzige Präsentation der Geschenke, die ihr gleichgültig waren und die sie eine Woche später schon wieder vergessen hätte. Sie konnte sich keinen größeren Gegensatz vorstellen. Selbst wenn sie ihren Geburtstag vergessen hätten, wäre dies hier mehr als alles andere ihr Zuhause gewesen. Sie hatte oft genug im Rampenlicht gestanden und sich ignoriert gefühlt.

Bisam stupste sie mit der feuchten Nase am Arm und wuffte leise und fordernd. Teresa brach eine Ecke von ihrem Kuchen ab und gab sie dem Hund, der laut und begeistert schmatzte.

»Was ist los?«, sagte Jim. Sie brauchte einen Augenblick, um zu erkennen, dass er sie meinte.

»Nichts«, antwortete sie. »Warum?«

»Du hast geseufzt.«

»Wirklich?«

Alex nickte. »Ja, wirklich.«

»Es ist nichts weiter«, erklärte sie. »Ich habe daran gedacht, wie anders es jetzt ist als im letzten Jahr. Das ist alles.«

»Das ist nicht gerade der schönste sechzehnte Geburtstag, den man sich wünschen kann.« Alex schnitt eine Grimasse. »Eigentlich sollte es eine große Feier geben.«

»Was redest du da?«, widersprach Jim. »Der große Sprung war im letzten Jahr. Quinceañera. Der Sechzehnte ist nicht so wichtig.«

»Vielleicht nicht da, wo du herkommst«, erklärte Alex. »Auf dem Mars war es der Sechzehnte.«

Naomi sah Jim ebenso liebenswürdig wie verwirrt an. »Meinst du *quinsé*? Woher weißt du davon?«

Amos lächelte abwesend und freundlich, was bedeutete, dass ihm ziemlich egal war, worüber die anderen redeten, dass er aber vorläufig keinerlei Einwände hatte, wenn sie so weitermachten. Manchmal erinnerte er sie an einen riesigen, geduldigen Hund mitten in einem Rudel Welpen.

»Der fünfzehnte Geburtstag. Quinceañera«, erklärte Jim. »Das ist für viele Menschen auf der Erde eine entscheidende Schwelle. Vater Caesar hat aus meinem eine große Sache gemacht. Wir hatten ein Zelt und eine echte Band, und ich musste einen maßgeschneiderten Anzug tragen und tanzen lernen. Viele Leute, die ich kaum kannte, spendeten Geld für mein Ausbildungskonto. Auf eine leicht demütigende Art war es sogar ganz lustig.«

»Äh«, machte Naomi. »Ich dachte, *quinsé* hat im Gürtel angefangen.«

»Gab es bei euch auch einen Tanz?«

»Ja, wir haben getanzt … und getrunken.«

»Mit fünfzehn?«, fragte Alex.

»Fünfzehn war das Alter, in dem die Eltern die Zollvergünstigungen verloren haben und wieder volle Steuern und Gebühren zahlen mussten. Daher war dies das Alter, in dem wir normalerweise voll zu arbeiten begannen. Wenigstens bis zur Transportgewerkschaft. Pa hat die Altersgrenze auf siebzehn angehoben. Aber die Party fand trotzdem statt.«

»Dann hast du mit fünfzehn deine Eltern verlassen?«, fragte Teresa.

»Schon vorher«, antwortete Naomi. »Meinen Vater kannte ich nicht, und meine Mutter hatte einen langfristigen Vertrag auf einem Frachter, auf dem keine Kinder erlaubt waren. Deshalb war ich überwiegend bei meinen *tías*. Mit einigen war ich tatsächlich verwandt, mit den meisten nicht.«

»Ich kannte meine Mutter auch nicht richtig«, sagte Teresa. »Sie starb, als ich noch ganz klein war.«

»Das ist hart.« Naomi betonte es, als sei sie ganz ihrer Meinung. Teresa wartete auf die nächste Frage. *Wie ist sie gestorben?* Es tat ihr leid, dass sie es überhaupt zur Sprache gebracht hatte. Aber niemand hakte nach.

»Das kenne ich alles nicht«, warf Alex ein. »Im Mariner Valley war es der Sechzehnte. Es sei denn, es war der Dreizehnte. Das gab es stellenweise auch.«

»Warst du deshalb so sauer, dass wir Kits Geburtstag verpasst haben?«, fragte Amos.

Alex senkte den Blick, verzog schmerzlich das Gesicht und zeigte gleich darauf eine Art abgeklärter Wehmut. »Damals hatten Giselle und ich einen Tiefpunkt erreicht. Mich rar zu machen war das Beste, was ich tun konnte. Aber es stimmt, es hat mir sehr leidgetan, den Geburtstag zu verpassen.«

Zu Bisams großer Enttäuschung aß Teresa den Rest ihres Kuchenstücks auf. Mit diesen vier Menschen hatte sie beinahe ein Jahr verbracht. Nachdem der Versuch, sie bei ihrer Cousine auf New Egypt abzusetzen, so dramatisch gescheitert war, würde es vermutlich auch im kommenden Jahr so bleiben. Andere waren gekommen und gegangen, aber diese zentrale Crew war eine Konstante. Wenn sie ihnen jetzt zuhörte, war es, als lauschte sie dem alltäglichen Geplauder einer Familie. Doch es war eine, zu der sie nicht gehörte. Teilweise lag es daran, dass keiner auch nur annähernd in ihrem Alter war. Wenn die anderen über die Zeit vor den Ringtoren sprachen, kam es ihr so vor, als verfolgte sie einen alten Unterhaltungsfeed. Die Vorstellung, dass die ganze Menschheit in einem einzigen System festsaß, weckte beinahe klaustrophobische Gefühle. Für die älteren Crewmitglieder bedeutete es etwas anderes, und sie konnte einigen Andeutungen entnehmen, was sie empfanden. Das Verständnis, das sie teilten, würde sie jedoch nie besitzen.

Sie beobachtete Amos. Er redete nie über Geburtstage oder Eltern. Unter den vieren war er ihr am ähnlichsten – immer am Rand der Unterhaltungen. Doch er fühlte sich dort wohl. Er fühlte sich überall wohl.

Was die anderen teilten, blieb ihr vorenthalten. Ihre Erfahrungen gehörten nur ihr selbst. Niemand sonst hatte so gelebt wie sie, und die Menschen, die ihr am nächsten gestanden hatten, waren auf Laconia oder tot. Andere Menschen konnten durch Analogien und Ähnlichkeiten Bezüge zu ihren eigenen Geschichten herstellen und erkennen, dass ein Geburtstag in einer Kindheit fast so verlaufen war wie der eines anderen Menschen, doch ihr Leben war völlig anders gewesen. Nirgends im Universum würde sie einen Tisch mit Gästen finden, deren Väter sie darauf vorbereitet hatten, eines Tages die Herrschaft über die Menschheit zu übernehmen, denen die Unsterblichkeit angeboten worden war und die abgelehnt hatten, oder deren Privatleben gleichbedeutend mit dem Funktionieren eines galaxienweiten Staates gewesen war.

Die einzige Hoffnung, die sie hatte, war die, einen guten Ort zu finden und etwas aufzubauen. Kein normales Leben, aber eines, mit dem sie zufrieden war. Und dann musste sie nur noch abwarten, bis alles in der Vergangenheit lag. Dann konnte sie warme, allseits verständliche Geschichten darüber erzählen.

Schon die Vorstellung war ermüdend.

Der Alarm war ein höfliches Klingeln. Das Schiff teilte ihnen mit, dass der Augenblick vergangen war und etwas Neues geschah. Sie räumten die Reste des Kuchens weg, Alex schenkte ihr eine kurze, linkische Umarmung und verschwand mit Jim und Naomi im Aufzug. Sie und Bisam folgten Amos hinunter in den Maschinenraum.

»Sie meinen es gut«, sagte Teresa.

»Jo.«

Auf dem Maschinendeck gab Amos Bisam ein Leckerchen und führte sie zu dem Hundesofa, während Teresa sich anschnallte. Es roch nach Silikonschmiermittel und ein wenig stechend nach dem Ozon, das die Keramikdrucker abgaben. Es erinnerte sie an den Geruch von Regen, aber ohne die Minze-Nuancen. Sie fand es tröstlich. Wie seltsam, sich so lange an einem Ort aufgehalten zu haben, dass man mit dem Geruch heimatliche Gefühle verband. Vielleicht empfand sie es auch nur so, weil sie dies hier beinahe verloren hätte und bei einem Haufen Presbyterianer gelandet wäre.

Der Transit aus New Egypt heraus und weiter nach Freehold sollte schnell vonstattengehen. Theoretisch waren die beiden Tore mit einer geraden Linie verbunden, sodass man von vornherein im richtigen Winkel anfliegen konnte und nicht einmal abbremsen musste. In der Praxis kamen die Schiffe langsam herein und führten im Ringraum Kurskorrekturen durch, sobald sie das Ziel sehen konnten. Die meisten Piloten wurden ausgesprochen nervös, wenn man ihnen vorschlug, sie sollten blind durch ein Tor fliegen, das sie nicht einmal sehen konnten, denn ein falscher Kurs führte zur augenblicklichen Vernichtung. Dieser Transit war in einem komfortablen Bereich – nicht zu weit entfernt und kein allzu spitzer Winkel. Wenn etwas schiefging, hatte die *Rosinante* genug Zeit, um die Flugbahn zu ändern und durch einen anderen Ring zu fliegen.

Mit der gegenwärtigen Geschwindigkeit wäre die Spanne zwischen den Toren klein, und die Transite selbst wären nicht zu spüren – in einem Augenblick wären sie im gespenstischen Nichtraum der Ringtore, und im nächsten stürzten sie auf einen Stern zu, und das gewohnte Universum umgab sie wieder. Amos schnallte sich ihr gegenüber an und kratzte sich gemächlich an der Brust, wo ihm der Schuss den Körper aufgerissen hatte.

»Stört es dich?«, fragte sie.

Er sah sie an, die dunklen Augen waren weit geöffnet und blickten unschuldig. Wie bei einem Stofftier. Sie zeigte auf seinen Oberkörper, als der Countdown für den Transit begann. Alex' Stimme klang absolut professionell. Die Anspannung war ihm kaum anzumerken.

»Ich weiß nicht«, antwortete Amos. »Ich mag es nicht, tot zu sein, also …« Er zuckte mit den Achseln. »Aber es ist anders.«

Alex war bei null, und Teresa glaubte, einen Moment lang ein Schwindelgefühl zu empfinden, aber das war mit ziemlicher Sicherheit psychosomatisch. Als Amos wieder sprach, klang seine Stimme ruhig und liebenswürdig. Was sie besonders an ihm mochte, war die Tatsache, dass er niemals ein falsches, herablassendes Mitgefühl zeigte. »Denkst du an deinen Dad?«

»Du hast dich nicht für das entschieden, was mit dir geschehen ist. Wie du dich verändert hast. Er dagegen schon. Und ich weiß nicht, welchen von euch ich lieber mag, verstehst du? Ich habe mich entschlossen, wegzugehen und hier zu sein. Aber es gibt so viele Dinge, die ich nicht …«

»Wir haben ein Problem«, verkündete Naomi über den Schiffscom. »Wartet und bleibt angeschnallt.«

»Verstanden«, sagte Amos. Sofort holte er eine Kopie der taktischen Kontrollen auf den Wandbildschirm. Das Freehold-System erschien, von der Software allerdings so vereinfacht, dass Menschen die Darstellung verstehen konnten. Die Sonne. Freehold selbst und der einsame andere innere Planet. Die drei Gasriesen. Ein Dutzend Prospektorenschiffe, die meisten im Asteroidengürtel oder auf den Monden der Gasriesen. Teresa suchte nach dem Grund, weshalb Naomis Stimme so hart geklungen hatte, und fand ihn nach einem Moment.

Die *Gathering Storm* war ein laconischer Zerstörer, den Roberta Draper gestohlen hatte. Es war das Flaggschiff der Geheimflotte des Untergrunds, die Speerspitze während der Belagerung Laconias, die Teresa die Flucht ermöglicht hatte. Für Admiral

Trejo und die übrige laconische Raummarine war es eine Demütigung und ein Stachel im Fleisch. Eine Erinnerung an eine ganze Reihe von Niederlagen. Für den Untergrund war es ein Symbol für die Verletzlichkeit des Reichs. Es war das Schiff, das jederzeit durch irgendein Tor fliegen und die Macht des Untergrunds gegen ein schwächeres Schiff einsetzen konnte. Die Vorstellung war fast so machtvoll wie das kämpfende Schiff selbst.

Doch der laconische Zerstörer auf dem taktischen Display, der in niedrigem Orbit Freehold umkreiste, war nicht die *Gathering Storm*.

16 Tanaka

Die Stimme des Schularztes klang seit einer halben Stunde gebrochen. Hätte Tanaka es nicht besser gewusst, sie hätte ihn für einen Studenten und nicht für einen regulären Mitarbeiter gehalten. Er hatte dunkle Haut, volle Lippen und millimeterkurz geschnittene Haare. Unter anderen Bedingungen hätte sie ihn attraktiv gefunden. Im Augenblick hasste sie ihn. Einmal, weil er in ihrer Gegenwart so nervös war. Am Ende jedes Satzes, den er an sie gewandt von sich gab, hob er die Stimme. Ganz egal, wie einfach oder offensichtlich die Aussage auch war, er formulierte sie als Frage. Außerdem hatte sie halb bewusst registriert, dass jedes Mal, wenn er in der Nähe war, etwas geschah, das ihr wehtat oder sie ärgerte. Den Verband auf ihrer zerstörten Wange wechseln, Nadelstiche, um Blut abzunehmen oder Medikamente zu spritzen, Scans im uralten Autodoc der Schule. Was auch immer.

Das Schlimmste war, dass er ihr vermutlich das Leben gerettet hatte.

Ihre Leute – Mugabos Einsatzteam, das sie unterstützt hatte – waren bereits ihrer Ausrüstung entledigt und beerdigt worden. Winston Duarte persönlich hatte die Gepflogenheit beendet, die Toten nach Laconia zu überführen und dort zu bestatten. *Jeder Boden ist laconischer Boden,* das war die Botschaft gewesen. Selbst mit der starken Blutung am Kopf und der Wunde im Gesicht wäre es für sie schwierig gewesen, in der Erde von Abbassia zu verbluten. Doch wäre jemand gekommen und hätte auf sie geschossen, dann hätten die Täter recht gute Aussichten gehabt, Holden und dem, was sein verdammter Schiffsmechaniker inzwischen geworden war, die Schuld in die Schuhe zu schieben. Sie erinnerte sich nicht, wie man sie gefunden und in die Krankenstation gebracht hatte. Sie wusste nicht, ob der Arzt gezögert oder sich strikt an seinen hippokratischen Eid gehalten hatte. Inzwischen wusste sie aber ohne jeden Zweifel, dass sie verletzlich vor ihm gelegen hatte, und er hatte ihr Leben in seinen jungen, unversehrten Händen gehalten. Dafür hasste sie ihn.

»Ich würde Ihnen sehr empfehlen, in den nächsten drei Wochen keine Manöver mit hohen G-Belastungen zu fliegen?«, sagte er, während er ihre paar Habseligkeiten in einem Beutel verstaute. »Das Wachstumsgel hat es bei einem Körperteil, der sich bewegt, wie bei einer Wange, besonders schwer?«

»Ich bekomme die beste Versorgung, die man sich nur wünschen kann«, erwiderte sie. Sie formte jedes Wort einzeln und behutsam in den tauben Trümmern ihres Mundes. Holdens Kugel hatte drei obere Schneidezähne auf der linken Seite und den größten Teil der rechten Wange zerstört. Der Gaumen hatte bis zur Augenhöhle hinauf Haarrisse, und sie litt an starken Kopfschmerzen, die ein Schwindelgefühl auslösten. Dies ging aber möglicherweise auf den Kampf mit dem schwarzäugigen Mechaniker zurück. Sobald im Schädel genug kaputt war, wurde es sinnlos, jedem Schaden eine bestimmte Ursache zuzuordnen.

»Ich glaube, es wäre klüger, noch zu warten? Noch eine Woche, damit das Gel wirkt und das Gewebe richtig regenerieren kann?«

Tanaka würdigte ihn keiner Antwort. Ihre Rüstung wartete draußen im Hof und war zusammen mit dem, was das verblichene Einsatzteam an nützlichen Dingen hinterlassen hatte, zum Abtransport ordentlich verpackt worden. Sie verließ die Krankenstation und ging hinaus, der Arzt folgte ihr auf den Fersen, als klebte ihr ein Papiertaschentuch an der Hacke. Der Transportkarren der *Sparrowhawk* näherte sich in einer Staubwolke, er war noch einen halben Kilometer vom Campus entfernt. Aus den Fenstern und Türen sahen ihr die Lehrkräfte und Mitarbeiter der Schule mit einer Mischung aus Furcht und Missbilligung zu. Sie war die Frau, die aus dem Himmel herabgestoßen war und sie alle eingesperrt hatte, damit ihr Schulgelände als Gefechtsfeld dienen konnte. Tanaka konnte kaum erwarten, dass man ihr die Ehrendoktorwürde verlieh.

Sie lächelte, als ihr dieser Gedanke kam, dann zuckte sie zusammen.

Als der Wagen eintraf, sah sie, dass Mugabo persönlich mitgekommen war. Seine eingeübte förmliche Begrüßung war so knackig wie ein frisch gestärktes Hemd. Er nahm Haltung an und salutierte. Sie fühlte sich tatsächlich etwas besser. Ein wenig mehr wie sie selbst. Während seine kleine Crew die Waffen und die Rüstungen der Toten einlud, stand Mugabo neben ihr und ließ den Kopf hängen.

»Sie haben sich Zeit gelassen«, bemerkte sie.

»Ich bitte um Verzeihung. Die Schäden, die wir erlitten haben, ließen den Eintritt in die Atmosphäre nicht zu, und Ihr Transportschiff war … leider mussten wir dort gewisse Teile entnehmen. Die Verzögerung tut mir sehr leid.«

»Wie weit sind Sie mit den Reparaturen?«

Mugabo nickte, was nichts weiter bedeutete, als dass er ihre Frage gehört hatte. »Die Schäden sind zwar groß, aber ich bin zuversichtlich, dass wir sicher weiterfliegen können. Mein Chefmechaniker empfiehlt, nach Laconia zurückzukehren, um Nachschub zu fassen.«

»Mangelt es uns an irgendetwas?«

»Die Materialien, die die Selbstreparatur der Hülle speisen, gehen verständlicherweise zur Neige.«

»Was bedeutet, dass die Selbstreparatur nicht mehr funktioniert.«

»Die Integrität der Hülle bewegt sich innerhalb der zulässigen Toleranzen«, antwortete Mugabo. Sie mochte die Art und Weise, wie er auswich. Er wollte nicht nach Laconia fliegen, nur sein Chefmechaniker wollte es. Sein Schiff war nicht kaputt, solange Tanaka nicht einräumte, dass dem so war. Dies hatte die laconische Kultur schon immer ausgezeichnet: die Bereitschaft, sich die Realität zu eigen zu machen, die der befehlshabende Offizier als gegeben betrachtete. Sie fragte sich, wie Mugabos Innenleben aussah. Besaß er in sich noch einen Rest von Freiheit und Perversität wie sie selbst, oder war er drinnen genauso farblos wie äußerlich?

Sie schwang sich neben dem Fahrer auf den Vordersitz und blickte zur Schule. Zum Schlachtfeld. Hier hatte sie eine Niederlage eingesteckt – sie hatte das Einsatzteam, die Zielperson, ihr Blut und ihre Haut verloren. Und einen Teil ihrer Reputation. Sie hatte verloren, weil sie zu spät auf Gewalt gesetzt hatte. Teresa Duarte war kostbar – eine einmalige Ressource. Unersetzlich. Holden war bereit gewesen, sie der Gefahr auszusetzen, während Tanaka sich gescheut hatte, es zu tun. Lektion gelernt.

Am liebsten hätte sie aus dem Orbit eine Rakete in die Schule gejagt und das ganze Gelände zerstört. Sie konnte es tun. Ein paar Leben ausgelöscht – eingeschlossen den verdammten Arzt –, und niemand würde sie deshalb anklagen. Die einzige Konsequenz wäre die gewesen, dass die Leute erfuhren, dass sie es getan hatte. Sie würden ahnen, wie viel Verlegenheit und Scham dahintersteckten.

Also, verdammt auch, sollten sie weiterleben.

Mugabos Leute hatten alles eingeladen und die Plätze im Fahrzeug eingenommen. Dank einer Eigenart der Atmosphäre brach das Licht in sechs Bänder, als hätte ein Kind einen Stern gemalt. Sie erinnerte sich, dass sie einmal die Bemerkung gehört hatte: *Ich würde selbst die Sonne schlagen, wenn sie mich beleidigt.* Sie wusste nicht, von wem das Zitat stammte. Es spielte keine Rolle. Sie musste die Jagd zu einem erfolgreichen Abschluss bringen.

»Wir können aufbrechen«, sagte sie.

»Jawohl, Madam«, antwortete Mugabo. Der Karren fuhr an, wendete und strebte zum Landeplatz. Der Fahrtwind schmeckte nach Staub. Sie tröstete sich mit dem Wissen, dass sie ein erfülltes, interessantes Leben führen konnte, ohne jemals zu diesem Drecksloch von Planeten zurückkehren zu müssen. Der Gedanke half ihr, wenngleich nicht sehr viel.

Sobald sie wieder auf der *Sparrowhawk* waren und zum Ringtor flogen, konsultierte sie das Ärzteteam. Als sie aus eigenem Willen in die Krankenstation ging und während der Untersuchung nicht zusammenzuckte, verblasste die schmerzhafte Erinnerung an die Erstversorgung der Wunden. Nachdem sie die Wunde im Schädel untersucht und das lokale Wachstumsgel aus der Wange gekratzt hatten, um stattdessen eine Trägersubstanz einzunähen und das eigene Gel aufzutragen, fühlte sie sich besser. Es tat schrecklich weh, aber sie fand es beinahe beruhigend, ihnen und sich selbst zu zeigen, dass die Schmerzen unbeabsichtigt waren. Die Kasteiung des Fleisches hatte unter Performancekünstlern und religiösen Eiferern eine lange, glorreiche Tradition. Sie hielt sich für keines von beidem, aber vielleicht gab es eine Schnittmenge.

Die neuen Nervenenden juckten, und der Kopf wummerte, sobald sie zu schnell aufstand oder wenn sie Schub gaben. Ansonsten war sie bereit, sich wieder an die Arbeit zu machen. Sie begann mit ihrem Einsatzbericht. Als sie an dem kleinen Schreibtisch in ihrem Büro saß, während der Luftrecycler summte und die Schwingungen des Antriebs leise durch das Schiff dröhnten, schilderte sie gewissenhaft die gescheiterte Mission. Es war das moralische Gegenstück zum Abkratzen des Gels. Der Beweis, dass sie auch diese Schmerzen ertragen konnte. Sie schickte den Bericht an Trejo wie eine Atheistin, die ihre Sünden beichten wollte. Ein Reinigungsritual, das nur sehr wenig von echter Reinigung an sich hatte. Sobald dies erledigt war, wartete die Arbeit.

In der Zeit, die es gedauert hatte, sie selbst und das Schiff zusammenzuflicken, hatte die *Rosinante* einen unmöglich aufzuholenden Vorsprung aufgebaut, flog an dem einzigen hereinkommenden Handelsschiff und den Gasriesen vorbei und strebte dem Tor so schnell entgegen, dass es sinnlos gewesen wäre, zu beschleunigen und ihr zu folgen. In welches System sie auch wollte, sie wäre dort längst angelangt, wenn Tanaka den Ringraum erreichte. Der Lichtgeschwindigkeit konnte sie allerdings nicht entkommen. Sie sandte die Antriebssignatur und den Umriss des getarnten Schiffs voraus und gab die Informationen an alle Systeme weiter, in denen die laconischen Repeater nicht sabotiert worden waren. Wohin Holden das Mädchen auch brachte, Tanakas Kräfte würden wissen, wo man ihn finden konnte. Vielleicht hatte sie doch noch Glück.

Oder vielleicht auch nicht.

Mehrere lange Tage verbrachte sie damit, die Berichte über die anderen Aktionen durchzugehen, die sie veranlasst hatte. Die Analyse des Wissenschaftsdirektorats in Laconia über das eiförmige Objekt entsprach den Vorstellungen von trägheitslosem Transport, und sie suchten nun nach Strategien, um seinen Flug zu verfolgen. Eine Theorie besagte, das eiförmige Schiff habe eine Spur freier Neutronen hinterlassen. Sie hatte das Vermessungs- und Erkundungsdirektorat von allen anderen Aufgaben entbunden und beauftragt, einen Bericht über alle bekannten Alien-Gebäude in sämtlichen Systemen zu erstellen. Wenn Duarte irgendein Ziel ansteuerte, dann doch mit großer Sicherheit eine dieser Anlagen. Neue Aktivitäten an einem dieser Orte würden ihr einen Hinweis geben, wo sie suchen musste. Bisher war dies aber nicht von Erfolg gekrönt. Ihre Befehle an das Aufklärungsdirektorat – es sollte enge Mitarbeiter oder ehemalige Geliebte des Hochkonsuls überprüfen, ob es dort zu ähnlichen Erscheinungen wie bei Trejo gekommen war – resultierten in einem Bericht, der bürokratisch-vernebelnd war und sich als Sackgasse erwies.

Die ganze Angelegenheit machte sie wütend. Das war völlig in Ordnung. Wut war angenehm. Sie war nützlich. Das verstand sie.

Sie erinnerte sich noch ganz genau an die letzte Gelegenheit, als sie Selbstmitleid empfunden hatte. Damals war sie elf Jahre alt gewesen und hatte in Innis Deep gelebt. Ihre Eltern waren im gleichen Jahr gestorben. Ihre Mutter hatte etwas an ihrem Ehemann entdeckt, mit dem sie nicht leben konnte, und eines Nachts die Luftversorgung in ihrem Quartier sabotiert, sodass sie beide im Schlaf erstickt waren. Tanaka hatten sie an diesem Abend zu ihrer Tante Akari geschickt, um dort zu übernachten. Dort verbrachte sie den Rest ihrer Kindheit. Falls ihre Tante wusste, was ihre Mutter in den Selbstmord getrieben hatte, so erwähnte sie es nie.

Ein Umzug bedeutete, die Schule zu wechseln, und die Veränderung zusammen mit dem unerklärlichen Tod ihrer Eltern war schwierig gewesen. Eines Tages nach der Schule hatte ihre Tante sie gefunden, wie sie auf dem Bett saß und weinte. Sie hatte nach dem Grund gefragt. Tanaka hatte zugegeben, dass ein Mädchen in der Schule sie geohrfeigt und gedemütigt hatte.

Tante Akari hatte sich vor sie gekniet. Sie diente im Rang eines Captains bei der RMMR und war groß wie alle Tanaka-Frauen. Mit der makellosen Uniform sah die Tante für Aliana immer wie eine Kriegsgöttin aus. Sie hatte darauf gewartet, dass die Tante sie fest in die Arme nahm und ihr sagte, sie werde sich um alles kümmern, wie ihre Mutter es getan hätte.

Stattdessen hatte Tante Akari sie gefragt, auf welche Wange man sie geschlagen hätte. Als Aliana darauf zeigte, schlug die Tante noch einmal auf dieselbe Stelle. So fest, dass Aliana wieder in Tränen ausbrach.

»Bist du traurig oder bist du wütend?«, hatte Tante Akari sanft, aber eindringlich gefragt.

»Ich verstehe nicht …«, hatte sie angesetzt. Da hatte ihre Tante sie noch einmal geohrfeigt.

»Bist du traurig oder bist du wütend?«, hatte sie wiederholt.

»Warum …« Akari schlug sie, ehe sie weitersprechen konnte.

»Bist du traurig oder bist du wütend?«

Sie hatte sich die Tränen abgewischt und aus Furcht vor einer weiteren Ohrfeige nichts mehr gesagt. Dann hatte sie das Gesicht der schönen, aber strengen Tante betrachtet, die sie mitleidslos angestarrt hatte.

»Gut«, sagte ihre Tante. Sie stand auf und streckte die Hand aus, um Aliana vom Bett zu ziehen. »Mit der Wut kann ich etwas anfangen. Aber Trauer, Angst, Selbstmitleid und Selbstzweifel? Die richten sich nach innen. Die sorgen nur dafür, dass du dich in dir verschließt. Sie sind nutzlos. Wut richtet sich nach außen. Wut will etwas unternehmen. Wut ist nützlich. Bist du bereit, sie zu nutzen?«

Alina hatte genickt. Das fand sie sicherer, als etwas zu sagen.

»Dann zeige ich dir, wie es geht.«

Und sie hatte es ihr gezeigt.

Mugabo stand vor ihr, die Arme hinter dem Rücken verschränkt, mit dem gewohnten banalen, freundlichen Beinahe-Lächeln wie immer. »Wir sind dem Ringtor so nahe, dass die Navigation erfahren sollte, welchen Kurs wir einschlagen werden.«

Tanaka lehnte sich auf ihrem Sitz zurück. Ihr tat der Kopf weh, aber etwas weniger als sonst, und sie hatte noch kein Schmerzmittel genommen. Das würde sie erst tun, wenn sie es brauchte, um weiter zu funktionieren. Der nachwachsende Knochen tat weh, und die Haut auf den Wangen nahm allmählich wieder die alte Form an. Die Zähne würden noch eine Weile dauern. Sie brauchten einen stabilen Untergrund, um sich zu verankern. Das war in Ordnung.

Mit Sicherheit wäre es das Beste gewesen, nach Laconia zurückzukehren, doch das wäre ihr vorgekommen, als hätte sie eine Niederlage eingestanden. Sie hatte die Entscheidung vor sich hergeschoben, und auch jetzt scheute sie vor dieser Idee noch zurück. Mit den Fingerspitzen drückte sie auf das gebrochene Jochbein und überprüfte, wie fest sie drücken konnte, ehe die Schmerzen einsetzten.

»Wir wollen vorläufig annehmen, dass ein Schiff uns den Nachschub …«

Ihr Com zirpte. Soeben war eine Nachricht mit hoher Priorität aus Laconia eingegangen. Von Admiral Trejo. Sie ließ den Satz unvollendet und richtete den Blick auf Mugabo. Er zog die Augenbrauen hoch wie ein Kellner in einem teuren Restaurant, der darauf wartete, dass der Gast den Wein billigte.

»Wir kommen später darauf zurück, Kapitän«, sagte sie.

»Selbstverständlich.« Er nickte knapp und professionell. Falls er gereizt war, weil sie ihn schon wieder abgewiesen hatte, so ließ er sich nichts anmerken. Sie hatte den Eindruck, dass sie bis in alle Ewigkeit Ausflüchte machen und ihre Entscheidung hinauszögern konnte, und er würde nichts weiter als höfliche Hinnahme zeigen und eine Stunde später die Frage wiederholen. Soweit sie es sagen konnte, war Mugabo ein Mann ohne Leidenschaften. Er würde sie ermüden, wie Wasser einen Stein auswusch.

Sobald er hinter sich die Tür geschlossen hatte, stellte Tanaka das System auf »Nicht stören« um, damit sie niemand mehr von außen belästigen konnte. Trejos Nachricht war nicht lang, hatte aber einen Dateianhang. Eine Nachricht innerhalb der Nachricht.

Als er ihr aus dem Display entgegenblickte, wirkte er älter als noch vor wenigen Wochen. Es lag vor allem an der Tönung seiner Haut und den bleichen Lippen. Seine Augen blickten so scharf und klar wie immer, und die Stimme hätte zu einem dreißig Jahre jüngeren Mann gepasst. Sie fragte sich, ob er Aufputschmittel nahm.

»Colonel«, begann er und blickte direkt in die Kamera. »Ich habe Ihren Bericht erhalten, und … ich glaube, wir sind einer

Meinung, dass es besser hätte verlaufen können. Wir haben mehrere gute Leute verloren, und Sie haben die Zielperson nicht gesichert. Ich glaube aber nicht, dass es völlig ergebnislos war.

Auch ich hätte übrigens erwartet, dass Nagata das Mädchen an einen anderen Ort bringt und nicht auf dem Kampfschiff belässt, in dem die Anführerin des Untergrunds fliegt. Doch da sie sich entschieden hat, so viele ihrer Eier in einem einzigen Korb zu lassen, eröffnen sich uns möglicherweise gewisse Möglichkeiten, die wir sonst nicht gehabt hätten.«

Tanaka kratzte sich auf den Verbänden. Alles, was sie spürte, war ein kleiner Druck. Das Jucken hörte nicht auf. Trejo rutschte auf seinem Stuhl herum und verschwand. Stattdessen zeigte das Display eine körnige Aufnahme eines optischen Teleskops von einem Schiff. Es war kaum mehr als ein dunkler Umriss vor der eigenen Rückstoßwolke.

»Ich möchte Ihnen das hier übermitteln.« Trejos Stimme klang ruhiger, als sie selbst sich fühlte. »Es kam von der *Derecho*. Botton befehligt das Schiff auf einer Mission im Freehold-System. Die Verkehrsanalyse glaubt, sie hielten die *Storm* immer noch dort versteckt, und er will sie aufscheuchen. In der Phase, auf die sich Ihr Alarm bezog, erschien ein unangekündigtes Schiff in dem System. Die Masse entspricht jener der *Rosinante*, und die Antriebssignatur … sie passt nicht genau, ist aber recht nahe daran und könnte daher manipuliert sein, um uns zu täuschen. Die thermische Erfassung zeigt ein ähnliches Bild. Nahe genug, um gefälscht zu sein. Und die Silhouette ist ebenfalls sehr ähnlich. Es behauptet …«

Tanaka hielt die Wiedergabe an. Ihr Herz raste, und sie gab sich große Mühe, nicht zu grinsen. Es hätte höllisch wehgetan, und vielleicht hätte sie sogar einen Teil der Wachstumsmatrix herausgerissen. Aber, oh, sie wollte unbedingt grinsen.

Mugabo nahm ihre Verbindungsanfrage sofort an. »Colonel?«

»Der Nachschub muss warten«, erklärte sie. »Wir fliegen zu einem Rendezvous mit der *Derecho* im Freehold-System. So schnell wie möglich.«

»Ja, Colonel«, antwortete Mugabo. »Ich unterrichte den Navigator.«

Sie trennte die Verbindung. Und erlaubte sich ein Lächeln, bis es ein wenig wehtat. Sie kostete den Augenblick aus. Dann spulte sie zurück und ließ Trejos Nachricht weiterlaufen.

»… die Silhouette ist ebenfalls sehr ähnlich. Es behauptet, es sei ein Erkundungsschiff, das in Auberon unter Vertrag steht. Die Dokumente scheinen das zu bestätigen. Doch das Auberon-System ist stark vom Untergrund unterwandert, und deshalb müssen wir in dieser Hinsicht äußerst misstrauisch sein. Ich weiß nicht, ob Sie diese Spur verfolgen wollen, aber mir erscheint sie vielversprechend. Und falls es Teresa Duartes Schiff ist und ihr Schiff dasjenige, das James Holden und Naomi Nagata gehört … nun ja, dann gibt es vielleicht eine Strategie, der wir folgen könnten.«

Tanaka beugte sich vor. Etwas an Trejos Tonfall kam ihr seltsam vor. Sie wusste nicht, ob es Bedauern, Vorfreude oder ein wenig von beidem war.

»Was wir bisher mit diesen Leuten getan haben, war weniger wirkungsvoll, als ich gehofft hatte. Sie sind klug, und noch schlimmer, sie haben Glück. Ich weiß, es klingt nach Aberglauben, doch mir scheint, manche Leute werden einfach als Glückspilze geboren. Daran glaube ich. Trotzdem denke ich auch, dass es sinnvoll sein könnte, unsere Taktik zu verändern. Ich schicke Ihnen eine Datei mit, die Sie sich ansehen können.«

Sie öffnete die Datei in einem Unterfenster im Display. Ein weiteres Bild von Trejo, wie er an seinem Schreibtisch saß und genau die gleichen Worte sprach. Die Stimmen überlappten sich und blendeten sich sogar gegenseitig aus, bis sie das kleine Fenster schloss und die Hauptnachricht zurückspulte.

»… Datei mit, die Sie sich ansehen können. Das ist Ihre Mission, und ich will Sie nicht von hier aus dirigieren, aber ich glaube, dies ist der richtige Weg. Wenn Sie einverstanden sind, dann sollten Sie dies benutzen. Wir spielen hier mit hohem Risiko. Wenn wir nicht vollenden, was Duarte begonnen hat … ich will nicht untergehen und dabei an all die Dinge denken müssen, die ich unterlassen habe, weil ich nicht mutig genug war.«

17 Naomi

Der Kapitän des laconischen Zerstörers *Rising Derecho* hatte ein angenehmes Gesicht. Schmal, mit hohen Wangen und einem bleistiftdünnen Schnurrbart, der Naomi an alte Unterhaltungsfeeds über den Kampf um die marsianische Unabhängigkeit erinnerte. Seine Augen waren dunkelbraun, die Haut nur geringfügig heller. Er beherrschte den Trick, Drohungen auszusprechen und zugleich angesichts dieser Notwendigkeit eine schmerzliche Miene zu machen. *Das tut mir genauso weh wie Ihnen.* Viele Laconier bevorzugten diese Methode. Naomi nahm an, das sagte etwas über Winston Duarte und seinen Führungsstil aus.

»Die ersten hundert Stunden sind abgelaufen. Ich wiederhole es noch einmal: Wir wissen, dass sich die *Gathering Storm* in diesem System befindet. Innerhalb der nächsten hundert Stunden muss sie uns übergeben werden, sonst sehen wir uns gezwungen, gegen die Zivilbevölkerung vorzugehen. Ich bitte die Anführer des Untergrunds in diesem System zu bedenken, wie wenig sie zu gewinnen haben, wenn sie sich weigern, und wie viel sie zu verlieren haben.«

»Das würden sie doch nicht tun, oder?«, fragte Alex. Sie, Alex und Jim waren auf dem Operationsdeck. Amos und Teresa waren im Maschinenraum und überwachten die automatischen Sonden, die auf der Oberfläche eines kleinen, vulkanisch aktiven Mondes, der einen von Freeholds drei Gasriesen umkreiste, sinnlose Erkundungen vornahmen.

»Das würden sie«, antwortete Jim. »Mehr als das. Sie *werden* es tun.«

»Das sind Zivilisten«, wandte Alex ein.

»Ja, aber es sind unsere Zivilisten, also können sie zur Hölle fahren.«

Auf dem Kriegsschiff, das eine Welt umkreiste, deren Bevölkerung im Laufe der Jahre auf fast hunderttausend Menschen angewachsen war, blickte Botton betrübt in eine Kamera. »Wir lassen jetzt die Bürger der Stadt Freehold in der Hoffnung sprechen, dass sie Ihnen ins Gewissen reden können.«

Der Feed zeigte einen jungen Mann von vielleicht sechzehn Jahren, der vor einem kleinen Haus auf dem Planeten stand. Er sagte mit bebender Stimme: »Ich heiße Charlie Parker …«

Naomi schaltete den Feed ab.

Freehold war eines der wichtigsten Systeme im Netzwerk des Untergrunds. Nicht besonders stark besiedelt oder reich. Die auf einem anderen Mond desselben Gasriesen versteckte Draper-Station war für einen Militärstützpunkt winzig klein. Doch sie war das Versteck der *Gathering Storm*, und deshalb war sie für die Schlagkraft des Untergrunds ungeheuer wichtig. Schon als Naomi unter ihm als Leutnant gedient und den Widerstand gegen das Laconische Reich noch nicht selbst angeführt hatte, war Saba dies klar gewesen. Es gab Pläne, wie man die Draper-Station verbergen konnte, wenn sich die Laconier in dem System blicken ließen. Deshalb hatte sich die *Rosinante* als die *Sidpai* ausgegeben, die von Auberon aus operierte. Im Auberon-System gab es sogar einen Vertrag, der diese Geschichte bestätigte, und einen zurückdatierten Arbeitsplan, der den Eindruck erweckte, er sei drei Monate vorher erstellt worden, um den Einsatz der *Sidpai* in Freehold zu beschreiben, die dort an vier Orten nach Erzen suchen sollte. Der zweite der vier Orte war die Draper-Station. Dorthin würden sie fliegen, wenn sie sich nicht in direkter Sichtlinie der *Derecho* befanden.

Sie taten jetzt genau das, was sie zu tun vorgaben. Sie landeten an den vorbestimmten Orten, sandten Sonden aus und holten Daten ein. Sie achteten auf Anzeichen, dass man sie enttarnt hatte, und waren bereit, jederzeit wie von Furien gehetzt zum Tor zu rasen, falls sie aufflogen. Dann käme der nächste Transit in ein weiteres System, wo es hoffentlich keine wachsamen laconischen Augen gab.

Noch mehr Verkehr. Noch mehr Gewalt. Keine Lösungen. Es gab Augenblicke, in denen es leicht war, den Fortschritt aus den Augen zu verlieren, den der Untergrund gemacht hatte, als es ihm gelungen war, die schlimmsten der schlimmen laconischen Ideen und die Macht des Reichs zurückzudrängen. Sie hoffte nur, dass irgendwo tief in Laconia Admiral Trejo genauso frustriert war wie sie selbst.

Als sie sich bei ihm melden wollte, war Amos' Kanal bereits geöffnet. »Wie läuft es da draußen?«

Sie konnte beinahe sehen, wie der große Mann mit den Achseln zuckte. »Wenn wir wirklich dafür bezahlt würden, wären wir kein Ruhmesblatt für die Gewerkschaft. Aber für Teilzeitprospektoren, die normalerweise etwas ganz anderes machen, sieht es recht gut aus.«

»Wie lange würde es dauern, die Ausrüstung wieder in den Stall zu holen?«

»Zwei Stunden.«

Jim sah sie an. »Wir sollten doch noch zwei volle Tage hierbleiben.«

»Wir haben wirklich sehr gut gearbeitet und vorzeitig alle Daten gewonnen, die wir brauchen«, behauptete Naomi. »Unsere Firma auf Auberon wird uns vermutlich sogar eine Prämie zahlen. Amos, hol alles rein. Wir müssen weiter.«

»Alles klar«, antwortete er. Sie hörte seine Stimme über den Com, als er sich an Teresa wandte. *Das Spiel ist vorbei, wir müssen das Spielzeug reinholen.* Er klang fast wie der Mann, den sie vor seiner Veränderung gekannt hatte. Bevor sie sich auf die eine oder andere Weise alle verändert hatten.

»Ich berechne ein paar mögliche Kurse«, sagte Alex, während er sich abschnallte und zum Flugdeck schwebte.

»Danke«, antwortete Naomi. Sie rief den Com auf und bereitete alles vor, damit der gefälschte Kapitän der *Sidpai* einen Bericht für die Laconier verfassen konnte. Sie stellte sich vor, wie eine Vermessungscrew den Kopf einzog und im Schatten der Kriegsverbrechen, die bald geschehen würden, versuchte, einfach nur ihren Vertrag zu erfüllen. So war es immer. Die Leute bemühten sich, ihre Aufgaben zu erledigen, während ringsherum die Gräueltaten blühten. Blickkontakt vermeiden und hoffen, dass das Feuer nicht auf einen selbst und die Nächsten übergriff.

Jim seufzte. »Wir müssen etwas tun. Ich weiß nicht, was es sein könnte, aber … etwas.«

Er schien überrascht, als sie lächelte. »Deshalb beschleunige ich die Sache jetzt. Wir denken uns etwas aus.«

Zwei Stunden später kam die Bestätigung von der *Derecho*. Kein lebender Mensch hatte sich darum gekümmert. Zwei Schiffe, die miteinander redeten, so reibungslos und absichtslos wie ineinander passende Zahnräder in einem Getriebe. Die *Derecho* suchte die *Storm*. Die *Rosinante* war nicht die *Storm*. Und selbst wenn man sie misstrauisch beäugte, die laconische Strategie ändert sich nicht. Sie hielten Charles Parker und hunderttausend anderen Leuten wie ihm eine Pistole an den Kopf, und der Timer tickte, bis er die Null erreichte. Wenn die *Sidpai* schlecht getarnt war, dann änderte dies überhaupt nichts.

Der Flug zur Draper-Station war ein kleines Meisterstück, das zeigte, wie gut Alex inzwischen als Pilot geworden war. Die Flugbahn nutzte die Schwerkraft der Monde des Gasriesen in ihren relativen Umlaufbahnen und zeigte nichts, was irgendwie ungewöhnlich oder nicht schlüssig aussah. Trotzdem landete die *Rosinante* genau in dem Augenblick, in dem der Mond die *Derecho* verdeckte und der Gasriese jedes Schiff, das durch das Tor hereinkam, daran hinderte, ihren genauen Landeplatz zu erkennen.

Da hier strikte Funkstille galt, wusste Naomi nicht genau, was sie dort erwarten würde. Als die ersten, fast unhörbaren Navigationssignale eingingen, war sie sehr erleichtert. Alex bugsierte sie elegant in den versteckten Stützpunkt. In den Jahren, die er für Bobbie als Pilot gearbeitet hatte, war dies seine Heimat gewesen, und seine Vertrautheit mit dieser Umgebung zeigte sich, während sie hineinflogen. Die *Storm* befand sich zusammen mit zwei kleinen Felsenhüpfern, die nie das System verließen, in einem geheimen Dock. Die *Rosinante* glitt in einen freien Liegeplatz, die Andockklammern schlossen sich mit einem dumpfen, sanften Knall, der durch das ganze Schiff hallte. Für die *Derecho* sah es aus, als sei das kleine Prospektorenschiff in einem Vulkanschlot gelandet.

Jillian Houston erwartete sie schon, als sich die Tür der Luftschleuse öffnete. Sie war kleiner, als Naomi sie in Erinnerung hatte, die langen, hellen Haare waren zurückgebunden. Sie trug eine uniformähnliche Jacke ohne Rangabzeichen. Diese Frau hatte, abgesehen von derjenigen, die sie beide aufgebaut hatten, nie in einer militärischen Einheit gedient.

Die *Derecho* würde in etwas weniger als dreiundsechzig Stunden mit der Bombardierung des Planeten beginnen. Der Frau war die Angst anzusehen.

»Madam, Sie kommen in einem schwierigen Augenblick«, sagte Jillian.

»Es tut mir leid, dass es so viele davon gibt«, erwiderte Naomi.

»Mein Vater sagt immer, wenn man etwas haben will, dann muss man auch bereit sein, dafür zu kämpfen.«

Naomi war nicht sicher, ob der bissige Unterton wirklich da war, oder ob es nur das war, was sie zu hören erwartet hatte. Bobbie hatte Jillian immer vorsichtig, aber im Prinzip positiv bewertet, sie zu ihrer Stellvertreterin ernannt und die *Storm* für den Fall, dass sie starb, Jillians Obhut überlassen. Doch Naomi war nicht Bobbie. Als die *Rosinante* das erste Mal nach Freehold gekommen war, hatte sie Jillians Vater als Gefangenen mitgenommen. Das Bündnis zwischen Freehold und dem Untergrund war einer der ersten Schritte gewesen, um Laconia zurückzudrängen, doch Naomi hatte den Eindruck, die erste Begegnung habe einen Stachel hinterlassen.

»Wie geht es Ihrem Vater?«, fragte Naomi.

»Er ist auf dem Planeten, Madam.« Es war eine sehr nüchterne Art zu sagen: *Er wird bald sterben.*

Die anderen kamen hinter Naomi heraus. Zuerst Jim, dann Alex, danach Amos und Teresa. Jillians Blick ruhte lange genug auf Amos, um beinahe aufdringlich zu werden, ehe sie sich an Alex wandte.

»Schön, Sie wiederzusehen, Kapitän«, leierte Alex.

»Willkommen zurück, Mister Kamal«, antwortete sie. Alex grinste.

»Halten Sie das Schiff gut in Schuss?«

»Sie werden kein Staubkörnchen finden«, sagte Jillian. Dann richtete sie die Aufmerksamkeit wieder auf Naomi. »Ich wusste nicht, was Sie an Nachschub brauchen, aber Sie können nicht lange hierbleiben. Ich habe alles bereitgestellt, was ich konnte. Außerdem haben wir Quartiere vorbereitet, in denen Sie sich ausruhen können. Auf Ihrem Schiff könnte es etwas laut werden.«

»Ich erkläre Ihren Technikern, was bei uns knapp ist«, schaltete sich Amos ein. »Es ist besser, wenn wir schnell laden und unverzüglich verschwinden. Besonders, da wir jetzt ein so hervorragendes Vermessungsteam sind.«

Jillian ließ sich nicht anmerken, ob sie sein Äußeres beunruhigend fand. »Kommen Sie mit, ich weise Sie ein.«

Die Schwerkraft des Mondes war im Grunde kaum mehr als eine Andeutung. Der Fels der Korridore war mit Dichtungsmitteln besprüht und wurde von Streben gestützt. Hier hatte keine Schwerkraftsenke die Steine stark genug komprimiert, um sie wirklich hart zu machen. Naomi hatte das Gefühl, sie könnte sich mit bloßen Händen durchgraben, als sei es nur Verpackungsschaum. Erst die menschlichen Installationen gaben dem Fels etwas Festigkeit.

Die Dockarbeiter und Nachschubtechniker waren ein bunter Haufen. Naomi erkannte altgediente AAP-Mitglieder an den Tätowierungen und den schnellen, routinierten Bewegungen, die man sich angewöhnte, wenn man das ganze Leben so nahe am Vakuum verbrachte, doch es gab auch jüngere Männer und Frauen. Menschen in Jillians Alter, die aus den Schwerkraftsenken in den Untergrund gekommen waren und sich hier bewährt hatten. Seit der Belagerung von Laconia waren es mehr geworden. Die Niederlage des Reichs hatte vielen Menschen neue Hoffnung gespendet. Sie war nicht sicher, ob sie selbst in diese Gruppe gehörte.

Die *Rosinante* konnte noch drei oder vier Tage auf ihrer vorgetäuschten Vermessungsmission bleiben. Das war lange genug, um alle Tanks zu füllen, die Luftreiniger und die Recyclingmatrix auszutauschen und ein paar kleinere Reparaturen an der Hülle vorzunehmen. Lange genug, um zuzusehen, wie die Zivilbevölkerung von Freehold starb.

Als man sich auf die zu bunkernden Güter und die Reparaturen geeinigt hatte und die Arbeiten begannen, blieben noch neunundfünfzig Stunden. Naomi ging in das Quartier, das Jillian ihnen angeboten hatte: schmale Zimmer mit Pritschen und Decken, die rings um eine kleine private Kombüse und einen Lokus angeordnet waren. Die *Rosinante* bot sogar mehr Raum. Jim hatte sich zusammengerollt und machte ein Nickerchen. Naomi wollte nichts lieber, als sich neben ihn zu kuscheln. Stattdessen schickte sie eine Com-Anfrage an Jillian. Als Antwort kam die Wegbeschreibung zu ihrem Büro auf dem Stützpunkt.

Sie überlegte, ob sie Jim wecken und mitnehmen sollte. Er hatte eine Art, Unterhaltungen geschmeidiger zu machen, einfach nur, indem er daran teilnahm. Doch dies war eine Bürde, die sie selbst tragen musste. Er würde später für sie da sein, wenn sie ihn brauchte.

Das Büro war klein, an zwei Wänden und auf dem Schreibtisch waren Bildschirme angebracht. Die Wandflächen, die nicht von Darstellungen der *Derecho* und von Freehold, der Sicherheitsanlagen der Station und des Zustands der Lebenserhaltung eingenommen wurden, waren gräulich-orange gestrichen. Etwas Blau daneben hätte sich sehr gut gemacht. Jillian saß am Schreibtisch und winkte sie herein. Naomi zog hinter sich die Tür zu.

»Ich wusste nicht, dass Freehold angegriffen wird«, sagte sie.

Jillian mied ihren Blick. »Die Ärsche haben unseren Repeater am Ring zerstört und einen eigenen abgesetzt, sobald sie durch waren. Wir konnten niemanden warnen. Es tut mir leid.«

»Das war keine Kritik. Ich fürchte, wir haben die Situation noch verschlimmert.«

»Ich wüsste nicht, wie das möglich sein sollte. Aber wir müssen über unsere Perspektiven reden, da Sie schon einmal hier sind.«

Jillian ballte die rechte Hand zur Faust, öffnete sie und schloss sie wieder. Es war nicht das einzige Anzeichen ihrer Verzweiflung, aber das deutlichste. Naomi konzentrierte sich auf die Version von ihr selbst, die kalt, analytisch und rücksichtslos war. Sie hatte nie eine Anführerin im Krieg sein wollen. Das Universum hatte darauf bestanden.

»Haben Sie Pläne?«

»Einen Plan«, antwortete Jillian. »Die *Storm* ist bereit, das System zu verlassen. Sie ist mit allen Vorräten beladen, die sie nur tragen kann, und mit den Teilen der Station, die wir abbauen und verstauen konnten. Wir brechen aus der Deckung hervor und bringen den Feind dazu, uns zu verfolgen. Wir fliehen durch den Ring, wechseln in ein anderes System und errichten einen neuen Stützpunkt.«

»Wollen Sie Draper völlig aufgeben?«

»Für alles andere außer für die *Storm* ist er sowieso nicht brauchbar«, erklärte Jillian. »Und auch dafür ist er weniger nützlich, als er es sein könnte.«

Naomi runzelte die Stirn und forderte Jillian mit einer Geste auf fortzufahren.

»Freeholds strategische Bedeutung lag darin, dass niemand von unserer Gegenwart wusste. Das ist jetzt vorbei. Ich weiß nicht, ob ihre Verkehrsanalysen besser sind als unsere, oder ob jemand uns verraten hat. Ach, vielleicht war es auch einfach nur eine begründete Vermutung. Jedenfalls sind sie hier. Wenn wir unter diesen Bedingungen den Stützpunkt halten, wäre das im Grunde reiner Trotz.«

»Und die *Derecho* soll euch jagen«, ergänzte Naomi. »Die Zivilisten vergessen und auf euch losgehen. Das ist doch die Idee, oder?«

»Das hoffen wir. Wir haben … wir haben in allen größeren Orten Aufzeichnungsstationen eingerichtet. Wenn es zu einem Blutbad kommt, dann wird es nicht in aller Stille geschehen. Wir berichten in jedem System, in dem es Funk gibt, von ihren Verbrechen. Das wissen sie auch. Es könnte helfen, sie davon abzubringen.«

»Und eine direkte Konfrontation? Die *Derecho* ist ein starkes Schiff, aber von der gleichen Klasse wie die *Storm*. Jetzt haben wir noch ein zweites Kampfschiff. Und wenn ihr noch andere Einheiten oder planetarische Verteidigungsanlagen habt, die ihr einsetzen könnt …«

»Wir sehen es uns an«, antwortete Jillian. »Leider ist es nicht ganz so einfach. Das andere Schiff ist neu und gut ausgerüstet. Die *Storm* dagegen … sie ist nicht kampftauglich. Nicht so, wie sie es sein sollte.«

»Warum nicht?«

»Wir verfügen nicht über die laconischen Ressourcen, nicht über deren Werften und Fachkenntnisse. Und wir haben sie in den letzten Jahren wirklich geschunden. Sie ist ein gutes Schiff, aber man sieht ihr an, dass sie alt wird.«

Naomi begriff, worauf Jillian hinauswollte. Sie deutete es an, vielleicht sogar ohne es selbst zu wissen. Die jüngere Frau bewegte sich auf eine Geschichte zu, in der es nicht mehr ganz so schlimm wäre, wenn sie das Schiff und den Stützpunkt verloren. Sie suchte nach einem Weg, das Massaker zu vermeiden, auch wenn es bedeutete, dass sie sich ergeben musste.

Naomi fiel ein, dass Verzweiflung wie ein Fraktal sein konnte: immer in Veränderung begriffen, aber auf jeder Ebene immer wieder genau das Gleiche. Die Einwohner von Freehold fürchteten, ihre letzten Tage seien gekommen. Jillian suchte verzweifelt nach einem Weg, ihre Leute zu retten. Naomis mühsamer Kampf, damit nicht noch mehr Schiffe verloren gingen, und der Versuch, etwas aufzubauen, das sich mit dem autoritären, bösartigen Reich messen konnte. Elvi Okoye, die ihr Leben riskierte, um die Wesen jenseits der Ringtore aufzuhalten und deren eigenartige, feindselige Attacken zu unterbinden. Ganz egal, wie ungewöhnlich der eigene Standpunkt war, die Furcht und Verzweiflung blieben auf jeder Ebene gleich.

Der Alarm überraschte sie beide. Jillian wechselte die Anzeige von der *Derecho* zum fernen Ringtor und der kometenhellen Antriebswolke des Schiffs, das gerade durchgekommen war.

»Erwarten Sie jemanden?«, fragte Jillian, während sie die passiven Sensoren der Station auf das neue Ziel richtete. Naomi antwortete nicht. Langsam klärte sich das Bild, bis die Silhouette beinahe scharf abgebildet war. Es handelte sich um ein laconisches Schiff, das sie kannte. Sie hätte die *Rosinante* nach der Antriebssignatur fragen müssen, aber sie war sicher, dass die Daten der *Sparrowhawk* entsprechen würden.

»Es kommt aus New Egypt«, erklärte sie. »Es jagt uns.«

Jillians leises Schnaufen war so gut wie ein Fluch. Sie hatten schon vorher nur wenige Möglichkeiten gehabt. Jetzt hatten sie gar keine mehr. Wenn sie flohen, mussten sie an dem anrückenden neuen Feind vorbei, und selbst wenn sie vorbeihuschen konnten, würde die *Sparrowhawk* die Ringtore gleichzeitig mit ihnen erreichen und berichten, wohin sie sich abgesetzt hatten. Wenn sie zu kämpfen versuchten, waren sie von vornherein unterlegen.

Es tut mir so leid, wollte Naomi sagen, doch auf einmal stieß Jillian ein leises, überraschtes Grunzen aus. »Was ist los?«, fragte sie stattdessen.

»Das neue Schiff sendet etwas.«

»An die *Derecho*?«

»Kein Richtstrahl«, erklärte Jillian. »Eine ungerichtete Sendung im normalen Funkspektrum.«

Naomi runzelte die Stirn. Genau gezielte Richtstrahlen waren auf jeden Fall sicherer, ganz egal, wie gut die Verschlüsselung war. Vielleicht war der Laser der *Sparrowhawk* nicht stark genug, um die *Derecho* zu erreichen, oder sie konnten sich aufgrund der Schäden, die die *Rosinante* angerichtet hatte, nicht mehr genau genug ausrichten. Oder …

»Sind noch weitere Schiffe im System?«, fragte Naomi. »Sprechen sie außer der *Derecho* noch jemand anders an?«

Jillian holte sich die Com-Steuerung des Stützpunkts auf den Bildschirm, ihre Finger tanzten auf dem Display. Dann runzelte sie die Stirn und zog die Mundwinkel herab. »Ja, das tun sie. Und es ist Klartext. Sie kaschieren es nicht einmal.«

»Gibt es einen Adressaten? Mit wem reden sie?«

»Mit Ihnen«, antwortete Jillian. »Die reden mit Ihnen.« Sie verschob die Com-Darstellung auf den großen Wandbildschirm.

Der De-facto-Herrscher des Laconischen Reichs sah sie mit seinen strahlenden grünen Augen an und hatte ein Lächeln aufgesetzt, das Naomi nur als reumütig bezeichnen konnte. Als er sprach, klang es wie ein leise gespieltes Holzblasinstrument.

»Diese Nachricht ist für Naomi Nagata. Ich bin Anton Trejo. Ich glaube, Sie wissen, wer ich bin, und Sie kennen die Situation, in der wir uns befinden. Es wird höchste Zeit, dass wir uns unterhalten. Ich möchte Ihnen ein Bündnis vorschlagen …«

18 Jim

Die Panik saß tief und war irrational. Es fühlte sich sehr danach an, als vibrierte die ganze Station, bis Jim sich davon überzeugen musste, dass es doch nur sein eigener Körper war. Die Aufzeichnung war abgelaufen, und er wusste nicht, welche Information sie enthalten hatte. Er spulte sie zum Anfang zurück, atmete tief durch und bemühte sich, nicht wieder abzuirren.

»Diese Nachricht ist für Naomi Nagata. Ich bin Anton Trejo. Ich glaube, Sie wissen, wer ich bin, und Sie kennen die Situation, in der wir uns befinden. Es wird höchste Zeit, dass wir uns unterhalten. Ich möchte Ihnen ein Bündnis vorschlagen. Wir haben gewisse Differenzen, und das will ich nicht herunterspielen oder verleugnen. Wir haben auch Zugang zu gewissen Informationen über die Schwachstellen, die wir jeweils auf unsere eigene Art anzusprechen versuchen. Sie und ich, wir haben ein gemeinsames Problem. Der Ringraum und die unbekannten Wesen darin stellen eine existenzielle Bedrohung für die Menschheit dar. Wir müssen den Zugang zu den Ringen regulieren, um diese Gefahr zu minimieren. Außerdem wissen wir beide, dass es fast nie hilft, einfach nur freundlich zu bitten, wenn man die Menschen bewegen will, ihre eigenen unmittelbaren Bedürfnisse zum Wohl eines größeren Ganzen hintanzustellen.«

Trejo spreizte die Finger, es war eine Geste der Ohnmacht. *Was bleibt uns schon anderes übrig?* Jim taten die Hände weh. Er überwand sich und öffnete die fest geballten Fäuste.

»Ich habe hier die Kopie eines Dokuments, das Sie verfasst haben. Vorschriften, mit denen man die Sicherheit bei der Benutzung der Tore erhöhen kann. Ich habe eigene Verkehrsanalysen, die mir sagen, wie gut Ihre Vorschläge funktionieren würden. Meine besten Leute haben Ihre Ideen analysiert, und ich muss zugeben, dass es ein verdammt gutes Stück Arbeit ist. Solide. Wenn wir das umsetzen, haben wir einen großen Schritt getan, um die Bedrohung durch diese Vorfälle zu minimieren. Das Einzige, was noch fehlt, ist eine Methode, es durchzusetzen. Aufgrund unserer gemeinsamen Sorge um die ganze Menschheit und vor dem Hintergrund unserer gemeinsamen Geschichte und unserer moralischen Verpflichtungen möchte ich Ihnen meine Kräfte zur Verfügung stellen. Im Namen von Laconia und Hochkonsul Duarte biete ich dem Untergrund nicht nur einen Waffenstillstand, sondern auch eine Zusammenarbeit an.

Wir müssen diese kleinlichen Plänkeleien beenden. Ich glaube, das wissen Sie. Und ich bin bereit, es zu tun. Außerdem verpflichte ich mich, trotz des Risikos, das wir beide kennen, zwei laconische Zerstörer im Ringraum zu stationieren, die einzig und allein den Auftrag haben, Ihre Transitprozeduren durchzusetzen. Wir werden keine aggressiven Maßnahmen ergreifen. Wir werden den Handelsverkehr nicht beschränken oder kontrollieren. Ich garantiere die Sicherheit jedes Schiffs, das die Tore benutzt, und gewähre dem Untergrund eine allgemeine Amnestie.

Ich will den Anfang machen, indem ich die Kräfte, die gegenwärtig in Freehold sind, für diese neue Mission abordne«, schloss Trejo. »Das ist mein Angebot. Eine vereinigte Front gegen die wahren Feinde der Menschheit. Alles, worum ich Sie als Geste des Vertrauens und Ihres guten Willens bitte, ist die Übergabe Ihres derzeitigen Passagiers. Sie wissen so gut wie ich, dass ihr von uns keine Gefahr droht. Wir wollen sie nur nach Hause bringen. Und angesichts dieser Annäherung zwischen uns besteht kein Grund mehr dafür, dass sie im Exil leben sollte.«

Damit endete die Nachricht. Einen Moment lang war Jim nicht ganz da. Die Kabine in der Draper-Station, die Pritsche, die geringe Schwerkraft, all das war noch vorhanden, aber es sah nicht mehr so aus wie seine unmittelbare Umgebung und schien weniger real zu sein als die Gefängniszelle in den Tiefen des laconischen Staatshauses. Die Furcht war real, aber noch drängender war das Gefühl von Verzweiflung und Verantwortlichkeit. Die Überzeugung, dass alles von ihm abhing und dass er machtlos war. Als beobachtete er in dem Bewusstsein, dass er nicht rechtzeitig dorthin gelangen konnte, wie etwas Kostbares und Zartes entzweiging. Alles würde zerbrechen, und obwohl es nichts gab, was er tun konnte, bedrückte ihn der Kummer, als sei er der Einzige, der ihn schultern musste.

Er hatte so viel getan und sich so große Mühe gegeben und trotzdem so wenig erreicht. Und jetzt würden sie kommen und Fragen stellen und ihm die Antworten mit Schmerzen abpressen, bis er ihnen alles verriet. Oder sie würden gar nichts fragen, sondern ihn einfach nur verprügeln, bis er begriff, dass er ihrer Gnade ausgeliefert war, und sie waren gnadenlos.

Ein kleiner, stiller Anteil von ihm beobachtete den Rest seines Bewusstseins und bemerkte, wie seltsam das war. Als Gefangener auf Laconia war er nicht zerbrochen. Er hatte Gelegenheiten ergriffen, geplant, Ränke geschmiedet und sogar im Leiden eine Entschlossenheit bewahrt, die er jetzt nicht mehr in sich fand. Nach seiner Flucht hatte er sich euphorisch gefühlt. Ruhig und heil und in das Leben zurückgekehrt, auf das zu hoffen er nicht mehr gewagt hatte.

Doch die Flitterwochen waren vorbei, und die Version von ihm, die danach weiterlebte, war vernarbt und gebrochen. Er fühlte sich nicht schwach. Er fühlte sich ausgelöscht.

Jahre waren vergangen. Jahre in der Gefangenschaft unter Folter. Das war schlimm gewesen. Man hatte so getan, als sei er ein Ehrengast, und die Drohung des Todes hatte jederzeit einen

Schritt hinter ihm gelauert. Seine Jahre als Tanzbär. Das waren die schlimmsten Jahre gewesen, weil sie sein Gefühl für sich selbst zerstört hatten. Für das, was er war. Für das, was die Wahrheit war. Der Jim Holden, der auf der Medina-Station Alarm ausgelöst hatte, war verschwunden. Der Jim Holden, der Pläne gegen Cortázar und für Elvi Okoye geschmiedet hatte, war von Anfang an nur die halbe Wahrheit gewesen. Dies hier war alles, was jetzt noch da war. Die Reste seiner selbst. Die Überbleibsel.

Jim. Jim, komm zurück zu mir.

Sein Bewusstsein verlagerte sich. Die kleine Kabine tauchte auf, als hätte jemand einen Bildschirm justiert. Naomi war da. Er konnte sich nicht erinnern, dass sie hereingekommen war. Sie hielt seine Hand.

»Hey«, sagte er und bemühte sich, munter und fröhlich zu klingen. »Wer hätte gedacht, dass ich dich hier treffe.«

»Also hast du die Nachricht gesehen?«

»Ja, o ja, ich habe sie gesehen.«

»Ich hatte gehofft, dass du noch schläfst. Ich hätte gleich zu dir kommen sollen.«

»Nein«, antwortete er, »mir geht es gut. Ich kämpfe nur mit einem kleinen alten Trauma. Und ich überlege, was wir zu Abend essen werden. Das Übliche. Was habe ich verpasst?«

»Wir müssen nicht sofort darüber reden.«

»Das ändert nichts.« Er drückte ihre Finger. »Nicht darüber reden, hilft nicht. Wenn du da bist, ist alles gut. Es hilft mir sogar, wenn es auf den Tisch kommt. Ehrlich.« Er wusste nicht, ob es der Wahrheit entsprach, aber er wusste auch nicht, ob es nicht so war.

Er bemerkte den Augenblick, in dem sie beschloss, ihm zu glauben.

»Er ergibt sich«, sagte Naomi.

»Nur wenn er deine Polizei sein darf«, antwortete Jim. »Das ist nicht das, was sich ergeben eigentlich bedeutet.«

»Ich habe die Abmachung gelesen, die er geschickt hat«, erklärte sie. »Er hat meine Ideen zur Verkehrskontrolle wirklich gesehen. An manchen Stellen sind es sogar wörtliche Übernahmen. Und er unterstellt die Schiffe meinem Kommando.«

»Na gut.«

»Er will den Untergrund in eine neue Transportgewerkschaft verwandeln. Wir sollen die Regeln selbst festlegen und sind von der laconischen Hierarchie unabhängig. Wir hätten sogar die Macht, laconischen Schiffen den Durchflug zu verweigern.«

»Und, was hältst du davon?«

»Es riecht nach einem Haufen Mist. Zu schön, um wahr zu sein«, antwortete sie. »Allerdings … wie sonst werden Friedensverträge geschlossen? So etwas kommt doch vor, oder? Die Geschichte kennt viele Kriege, die zu Ende gingen, weil die Menschen sich dazu entschlossen haben. Wir haben Laconia schwer getroffen. Wir haben die Konstruktionsplattformen zerstört, und sie nehmen den Betrieb nicht wieder auf. Oder jedenfalls nicht so bald. Duarte war der Architekt hinter alledem, und er ist aus dem Rennen. Die Ereignisse, wenn die Menschen ausgelöscht werden oder die Regeln der Physik verändert sind, stellen die wahre Bedrohung dar.«

»Das ist richtig«, stimmte Jim zu.

Naomi schüttelte einmal den Kopf. »Alles in mir sagt, dass das Angebot eine Falle ist, aber wenn es nun keine ist, und ich lehne ab? Wenn das nicht der Ausweg ist, nach dem ich suche, dann bin ich nicht sicher, wo unsere Ziele überhaupt liegen.«

Die Tür des kleinen Gemeinschaftsraums ging auf, und Alex kam angeregt mit Teresa plaudernd herein. Bisam schlug an, es war ein leises, begrüßendes »Wuff«. Naomi beugte sich vor und drückte ihre Stirn auf seine, als trügen sie beide Helme und als wollte sie etwas sagen, das nur er hören sollte.

»Es geht schon«, sagte er. »Es geht mir viel besser. Es geht mir gut.«

»Hallo, ihr da«, sagte Amos. »Redet ihr über diese Sache?«

»Wir sind gleich bei euch«, sagte Jim so laut, dass alle es hörten.

Sie legte ihm eine Hand auf den Kopf, als wollte sie ihn sanft an sich ziehen, dann standen sie zusammen auf. Alex und Teresa lehnten sich an die Wand, Amos hockte sich auf den Boden und kraulte Bisam gemächlich den Nacken. Die Hündin grinste und blickte zwischen Amos und Teresa hin und her.

»Wie läuft es mit dem Nachschub?«, fragte Naomi.

»Gut«, antwortete Alex. »Wir haben hier eine gute Bodencrew. War schon immer so.«

»Ich vergesse immer, wie lange du hier zu Hause warst«, erklärte Jim. »Diesen Teil habe ich völlig verpasst.«

»Es sind gute Leute«, bekräftigte Alex. Jim fiel ein, wie viele Familien Alex im Laufe seines Lebens gehabt hatte. Seine Zeit bei der Navy, seine erste Ehefrau, die Crew der *Canterbury*. Er war vielleicht kein guter Ehemann, aber er war begabt darin, ein Nest zu bauen. Oder eines zu finden.

»Die Reparaturen sind ein anderes Kapitel«, ergänzte Amos. »Sie dauern länger, und einige davon verlangen, dass wir hierbleiben, bis sie abgeschlossen sind. Das könnte länger dauern, als die Leute auf Freehold noch Zeit haben. Ich denke, wir sollten diese Arbeiten verschieben, bis wir in Sicherheit sind.«

Naomi nickte und legte den Daumen an die Unterlippe, wie sie es manchmal tat, wenn sie nachdenken musste. Sie sah alt aus, was aber auch kein Wunder war. Sie waren beide alt. Mehr als das, sie wirkte hart, und Jim war nicht sicher, ob sie wirklich hart waren. Nur dass sie sich so oft in so vielen Situationen gezwungen gesehen hatten, so aufzutreten, als wären sie es. Er und sie, sie waren beide recht gut darin geworden.

»Und damit kommen wir wieder auf diese Sache zurück, oder?«, sagte Jim.

»Allerdings«, bestätigte Amos.

»Was denkst du?«, fragte Naomi, als sei Amos noch der Mann, der er früher einmal gewesen war.

»Ich denke, er hat nicht gesagt, was passiert, wenn du ablehnst. Ich vermute, das würde ziemlich genau dem entsprechen, was wir jetzt gerade sehen.«

»In diesem Fall bleiben uns noch etwas mehr als zwei Tage, bis die *Derecho* mit dem Bombardement beginnt. »Wir haben ein wenig länger Zeit, bis wir hier aufbrechen müssen, sofern unsere Deckung nicht vorzeitig auffliegt.«

»Oh, wir sind längst aufgeflogen«, sagte Amos. »Ich denke, das kann man einfach unterstellen.«

»So ist es«, bestätigte Naomi. »Wir haben nicht mehr viele Möglichkeiten, und diejenigen, die wir haben, sind schlecht.«

»Was meinst du damit? Du lieferst mich aus«, sagte Teresa. »Ist es das, was wir besprechen? Es ist doch klar, dass ihr mich ausliefert.«

»Es ist ein bisschen komplizierter, Kleine«, wandte Amos ein.

Das Mädchen runzelte die Stirn. »Ich bin nicht hunderttausend Menschen wert.«

Jim hob die Hand wie ein Schüler im Unterricht. »Willst du damit sagen, dass du zurückgehen möchtest?«

»Nein, das will ich nicht. Es hat mich umgebracht, dort zu leben, aber ich bin ein einziger Mensch, und dort ist ein ganzer Planet. Ihr werdet mich ausliefern. Ihr müsst es einfach tun.«

»Ich muss gar nichts«, sagte Amos mit täuschender Sanftheit. Jim hörte heraus, dass er an Gewalt dachte, auch wenn es Teresa entging.

»Wollen wir unterstellen, dass Trejo es ehrlich meint?«, fragte Alex. »Geht es wirklich nur um die Logistik? Die ganze Sache gefällt mir nicht. Wenn wir Teresa zurückkehren lassen, dann müssen wir uns zeigen. Vielleicht sogar bei einem ihrer Schiffe andocken. Ich habe ihre Motorrüstungen gesehen. Wenn sie beschließen, uns zu entern, dann gehen sie durch uns durch, als wären wir ein Papiertaschentuch.«

Teresas Stirnrunzeln veränderte sich. Da sie Laconia so gut kannte, da sie einen viel besseren Blick ins Innere des Reichs gehabt hatte als jeder andere, neigte sie spontan dazu, den Versprechungen zu glauben. Wenn Trejo so ein Angebot machte, musste es ernst gemeint sein. Er musste einfach aufrichtig sein. Jim fragte sich, ob das nicht sogar eine bessere Richtschnur wäre als das Misstrauen, das er und Naomi empfanden. Die ungetrübten Augen eines jungen Menschen sahen vieles deutlicher, aber auf der anderen Seite half die Erfahrung, es zu erkennen, wenn einem jemand eine Falle stellte.

»Trejo war Marsianer, ehe er Laconier wurde«, fuhr Alex fort. »Er hat seine Nation verraten. Ich glaube, das spricht nicht unbedingt dafür, dass er jetzt Wort halten wird.«

»Mein Vater war ebenfalls Marsianer«, erwiderte Teresa. Es klang nicht wirklich aufgebracht. Eher so, als müsste sie sich etwas überlegen.

»Die Frage ist, ob wir darauf vertrauen wollen, dass er sein Wort hält«, sagte Jim. »Die Antwort darauf liegt in Trejos Kopf, und da wir dort nicht hineinschauen können, müssen wir uns überlegen, auf welche Seite wir setzen wollen.«

»Das ist nicht die einzige Frage«, fügte Amos hinzu. »Sind wir noch die Guten, wenn wir die Kleine ausliefern? Das ist auch eine Frage.«

»Allerdings«, stimmte Jim zu.

»Wenn man zwischen einem Menschen und hunderttausend Menschen wählen muss, ist die Entscheidung nicht schwer«, sagte Teresa. »Ich sterbe ja nicht mal dabei.«

Doch Naomi richtete den Blick schon nach innen. Teresas Bemerkung hatte irgendetwas ausgelöst. Jim sah, dass sie etwas begriff, noch bevor er wusste, worum es eigentlich ging. Naomi zog die Augenbrauen hoch und schüttelte den Kopf, nur einen Millimeter hin und her.

»Wisst ihr, was das ist?«, fragte sie. »Er macht mich für das verantwortlich, was er tut. Teresa hat recht. Sie hat den Bezugsrahmen, in dem ich mich bewegen soll, genau beschrieben. Eine

Person gegen eine Vielzahl von Menschen. So denkt er. Wenn ich mache, was er sagt, rette ich all die Menschen, die er töten würde, um mich zu bestrafen, falls ich mich weigere.«

Amos' Lachen hatte beinahe den Klang von Bisams leisem Bellen. Als er sprach, ahmte er den weichen, drohenden Singsang eines gewalttätigen Geliebten nach. »Schau nur, wozu du mich jetzt zwingst, Baby. Warum musst du mich auch so wütend machen?«

»Genau das ist es«, bestätigte Naomi. »Ich konnte es zuerst nicht richtig fassen, aber genau aus diesem Grund kann ich es nicht tun. Er hält ihnen eine Waffe an den Kopf und tut so, als sei ich diejenige, die entscheiden könne, ob er abdrückt. Das ist kein Weg, Vertrauen aufzubauen. Das ist einfach nur eine von vielen Drohungen.«

»Vergiss nicht die Kapitulation und die Amnestie«, sagte Jim. »An dem Stock hängt auch eine Möhre.«

»Die Möhre spielt keine Rolle, solange er derjenige ist, der den Stock hält«, wandte Naomi ein. »Ich habe die Nase voll von Stöcken. Stöcke disqualifizieren. Hätte er damit begonnen, dass er die *Derecho* von Freehold abzieht, dann wäre es etwas anderes. Aber das hat er nicht getan. Er hat sich für diesen Weg entschieden, und deshalb traue ich ihm nicht.«

Jim lächelte sie an. »Außerdem fordert er uns auf, ihm ein junges Mädchen auszuliefern, das nicht gehen will, also kann er uns mal. Wir gehen nicht darauf ein.«

»Er kann uns mal«, stimmte Amos zu.

Es war still in dem Raum. Naomi schürzte die Lippen und schüttelte fast unmerklich den Kopf, weil die stumme Unterhaltung in ihr selbst noch nicht abgeschlossen war. Er fragte sich, was sie zu wem sagte, und hatte den Eindruck, dass er selbst, wer ihre inneren Gesprächspartner auch waren, vermutlich froh sein konnte, nicht anwesend zu sein.

»Wir haben zwei gute Schiffe«, sagte er.

»Wir haben zwei Schiffe«, schränkte Amos ein. »Ich mag sie beide, aber die *Rosinante* wird alt, und die *Storm* hat schon lange kein Update mehr bekommen.«

»Wir haben zwei Schiffe, die weitgehend einsatzbereit sind«, erklärte Jim. »Schlecht sind sie jedenfalls nicht. Wir laden alle Leute von der Draper-Station ein, fliegen mit hohem Schub zum Ringtor und schalten die *Sparrowhawk* aus, falls sie uns aufhalten will. Wenn die *Storm* sich offen zeigt, gibt es keinen Grund mehr, Freehold zu bombardieren. Damit wäre wenigstens der Planet gerettet.«

»Der beste Plan, den wir haben«, meinte Naomi.

Jim ging zur Tür. Beinahe war er wieder der Alte. Die Panik und die Angst waren nicht verschwunden, aber sie waren kleiner geworden. Beherrschbar. »Als Erstes sorgen wir dafür, dass wir genügend Railgun-Ladungen haben«, entschied er und zog am Griff. Die Tür rührte sich nicht, auf der Sperre erschien eine Warnung. Die Fehlermeldung war so fehl am Platze, dass er noch zweimal am Griff zog, ehe er begriff, was er sah. NOTSPERRE. VAKUUMGEFAHR.

»Äh, das ist komisch«, sagte er.

Naomi hatte schon das Handterminal gezückt. »Jillian, was ist da los?«

Die Stimme, die ihr antwortete, war hart und spröde. »Madam, ich kann verstehen, dass Sie wütend sind.«

»Was haben Sie gemacht?«

»Ich respektiere zwar den zivilen Teil des Untergrunds, den Sie repräsentieren, aber dies hier ist eine militärische Angelegenheit. Der Feind hat hunderttausend unserer Leute als Geiseln genommen und ist bereit, sie im Austausch für ein Mädchen zu verschonen, das dabei nicht einmal verletzt wird. Ein Gefangenenaustausch ist nicht unehrenhaft.«

»Glauben Sie wirklich, Trejo zieht einfach ab, sobald er sie hat?« Naomi war sichtlich wütend, hob aber nicht die Stimme.

»Nach allem, was unsere besten Quellen über den Mann sagen, wird er Wort halten«, antwortete Jillian.

»Diese Entscheidung haben nicht Sie zu treffen«, erwiderte Naomi. »Das ist meine Aufgabe.«

»Bei allem Respekt, als Kapitänin der *Gathering Storm*, die das Flaggschiff unserer militärischen Einheiten ist, habe ich die Befehlsgewalt in militärischen Fragen. Dies ist eine militärische Entscheidung.«

»Jillian«, sagte Alex so laut, dass Naomis Handterminal es übertragen konnte, »Sie müssen das nicht tun. Bobbie hätte es auch nicht getan.«

»Kapitän Draper hat verstanden, dass ein Individuum nicht dem größeren Wohl im Wege stehen darf, Mister Kamal. Wäre sie hier, dann würde sie das Gleiche tun wie ich.«

Amos kicherte. »Sonnenschein, das können Sie sich ja einreden, aber dadurch wird es noch nicht wahr.«

»Die *Sparrowhawk* ist mit einem Vertreter Laconias unterwegs. Die *Derecho* fliegt zur Begleitung hierher, und es ist abgemacht, dass beide Schiffe das System verlassen, sobald die Übergabe stattgefunden hat. Bis das geschehen ist, sperre ich Sie in Ihre Quartiere«, sagte Jillian. »Sobald es vorüber ist und Sie sich weit genug beruhigt haben, um zu erkennen, dass diese Entscheidung richtig war, können wir darüber reden, ob Sie die Führung des Untergrunds zersplittern wollen oder sich meiner Autorität beugen.«

»Jillian«, sagte Naomi, doch die Verbindung war schon getrennt.

Die Wände des Gemeinschaftsraums waren so eng wie eine Gefängniszelle, und die Angst rauschte in Jims Rückgrat empor, so frisch und wütend, als hätte er sie nie zu zügeln versucht. Die anderen redeten durcheinander und fielen sich gegenseitig ins Wort. Alex sagte: *Ich kann sie zur Vernunft bringen, wenn wir sie nur bewegen könnten, die Verbindung zu akzeptieren.* Amos dachte laut darüber nach, wie lange man im Vakuum brauchen würde, um den Korridor zu überwinden, und ob die anderen überleben würden, wenn er es schaffte. Naomi rief immer wieder Jillians Namen und versuchte, die Verbindung wiederherzustellen. Er war der Einzige, der ruhig blieb. Nein, auch Teresa sagte kein Wort.

Sie sah ihn an, als wären sie allein. Er nickte ihr zu. Sie nickte zurück.

19 Kit

Ihre Kabine auf der *Preiss* war so klein, dass er nicht auf die andere Seite des Raumes gelangen konnte, wenn Rohi aufrecht stand. Der dicke Stoff, der die metallenen Wände verkleidete, war unappetitlich olivgrün gefärbt. Mit orangenem Faden waren Orts- und Wartungsdaten eingeflochten. Der Wandbildschirm war kaum größer als zwei Handgeräte nebeneinander und hatte einen Schutzfilm, der einfach nicht sauber wurde, ganz egal, wie oft Kit ihn abwischte. Die Druckliegen waren alte Modelle mit Gel und von schlechtem Design. Sie waren in Nischen in die Wand gebaut, an deren Kanten man sich Finger und Zehen einklemmen konnte, wenn man nicht aufpasste. Bakaris Liege war auf dem Deck verschweißt, die Schweißnähte glänzten noch hell. Dieses Design war erheblich besser.

Dies war ihr einziger privater Raum, während die *Preiss* zum Ringtor flog, um nach Nieuwestad zu gelangen und in Fortuna Sittard zu landen, der Hauptstadt auf dem bewohnbaren Hauptplaneten.

Sie teilten sich eine Kombüse, einen Mikro-Trainingsraum und die Duschen mit sechs anderen Kabinen. Irgendjemand hatte das Stadtwappen ihrer neuen Heimat aufgehängt: grün und rot mit einem schwarz-weiß gemusterten Kreis im Zentrum, der verdächtig nach einem Fußball aussah. Die Tür ihnen gegenüber gehörte zu der Kabine zweier Brüder aus Breach Candy, die der alten Bergungsfirma ihrer Mutter den Rücken gekehrt hatten, um in Nieuwestad einen neuen Auftrag anzunehmen. Sie gaben das Familiengeschäft auf und zerlegten keine alten Terraforming-Gerätschaften mehr, sondern bauten in der unvertrauten Biologie einer neuen Welt eine kontrollierte Umgebung auf. Kit machte sich Sorgen, Bakaris Schluchzen könne die Brüder vom Schlafen abhalten, doch falls dem so war, so beschwerten sie sich jedenfalls nicht.

In einer etwas weiter entfernten Kabine wohnte eine Frau mit ihrer jungen Tochter. Rohi bemühte sich, die beiden besser kennenzulernen, um sich während des Transits die Zeit zu vertreiben. Kit hatte den Eindruck, dass die Frau aus einer schlimmen Ehe geflohen war und die Tochter einen Therapeuten aufsuchte, der vier Decks weiter unten ebenfalls mitreiste.

Schon mit diesem Wissen fühlte Kit sich etwas unwohl, doch ihm war bewusst, dass seine Abneigung, allzu viel über die Familiengeschichte anderer Menschen zu erfahren, größtenteils eine Projektion war. Einen großen Teil seines Lebens hatte er damit verbracht, möglichst wenig darüber zu reden, wer sein Vater war, sodass es ihm immer ein wenig gefährlich vorkam, etwas über die Väter anderer Menschen zu erfahren.

Kit baute sich direkt vor der Kamera auf, dann rückte er zur Seite, damit auch Bakari zu sehen war. Das Kind schlief in der Druckhülle, die mit Riemen über der Brust verschlossen war. Er startete die Aufnahme.

»Hallo, Dad. Ich weiß nicht, wo du bist und wann du diese Nachricht erhalten wirst, aber ich wollte mich mal melden. Der kleine Bär ist auch hier.«

Kit machte Platz, damit Bakaris Gesicht noch deutlicher zu erkennen war – die feinen, schwarzen Locken, die weichen, vollen Lippen, die er im Traum schürzte und wieder entspannte, die Augenlider so dunkel, als trüge er Lidschatten. Kit gewährte seinem Vater, wo er auch war und wann er es auch sah, einen ausgiebigen Blick auf den Enkelsohn, dann schob er sich wieder vor die Kamera.

»Wir schweben jetzt seit fünf Tagen. Er verträgt es besser als ich. Die Krankenstation im Schiff hat eine Gelkammer mit Druckausgleich, die er benutzen könnte, aber wir sind nicht die einzige Familie an Bord, die sie braucht, und müssen den Belegungsplan beachten. Rohi hält es aber für wichtig. Wahrscheinlich hat sie recht damit. Wie auch immer, er mag es nicht, aber er schläft danach immer wie ein Toter, also ist das eine gute Sache. Mir geht es gut, Rohi auch. Wenn wir uns nach der Ankunft in Nieuwestad immer noch vertragen, dann heißt das wohl, dass wir dafür bestimmt sind, ewig verheiratet zu bleiben. Ich bin nicht daran gewöhnt, auf so engem Raum mit jemandem zusammenzuleben.«

Er unterbrach sich einen Augenblick und überlegte, ob er noch einmal von vorne anfangen sollte. Seinem Vater Scherze über Scheidungen und das Leben auf einem Schiff zuzumuten war vielleicht etwas übertrieben, und er wollte ihn nicht kritisieren. Dann regte Bakari sich ein wenig. Das Schläfchen würde nicht mehr lange dauern, und es war schwerer, eine Nachricht aufzunehmen, wenn das Kind wach war.

Wieder spürte er den Widerspruch – einerseits seinen Vater und andererseits seinen Sohn zu schützen. Zwischen seiner Mutter und seinem Vater, seiner Mutter und Rohi und den Vertragspartnern und seiner Familie nahm Kit immer die mittlere Position ein. Seine Mutter sagte, er habe diesen Frieden stiftenden Instinkt von seinem Vater geerbt. Vielleicht entsprach das der Wahrheit, aber es entsprach nicht dem, was er über Alex Kamal wusste.

Auf einmal bemerkte er, wie lange er schon schwieg, und er lächelte verlegen in die Kamera.

»Wie auch immer«, sagte er. »Der Arzt meint, dem Jungen gehe es gut. Wir geben ihm keinen Anpassungscocktail. Sie sagen, er sei noch so jung, und da könne es eher schaden als nützen. Solange er seine Übungen macht und wir dafür sorgen, dass er genug Ruhe bekommt, sobald wir auf dem Planeten sind, wird er sich schneller anpassen als wir.

Hier sieht alles gut aus. Alles läuft nach Plan. Wir werden bald durch den Ring fliegen. Das ist an der ganzen Reise der einzige wirklich beängstigende Teil. Aber Bakari wird seine ersten Schritte auf Nieuwestad tun. An den Mars wird er sich nicht einmal erinnern. Ich hoffe, du bekommst bald eine Gelegenheit, ihn zu sehen. Du wirst Rohi bestimmt mögen, und den kleinen Bären hier wirst du lieben. Ich hoffe, wo immer du auch bist, dass es dir gut geht und dass es da nicht verrückter ist als unbedingt nötig.

Pass gut auf dich auf, Opa.«

Er beendete die Aufzeichnung und spielte sie noch einmal ab. Die Lücke, als er seinen Gedanken nachgehangen hatte, war nicht so groß wie befürchtet, daher speicherte er die Nachricht ab, verschlüsselte sie und stellte sie für die Adresse im Untergrund, die Alex ihm genannt hatte, in die Warteschlange. Er wusste nicht, wohin sie geleitet würde. Mit politischen Fragen beschäftigte er sich nicht, solange es das Wesen seiner Familie nicht gebot.

Es war ein Risiko, aber kein sehr großes. Alex wusste, dass Kit kooperieren würde, um sich und seine Familie zu schützen, falls die laconischen Sicherheitskräfte bei ihm anklopften. Das war noch nicht geschehen, wenn man von einer Befragung absah, die seine Mutter vor einem Jahr erlebt hatte. Anscheinend entging Kit weitgehend ihrer Aufmerksamkeit, und wenn sie erst draußen in den Kolonien waren, würde er hoffentlich endgültig von ihrem Radar verschwinden. Dies war der zweite Grund dafür, dass er den Vertrag unterschreiben wollte. Der Grund, über den er mit Rohi nicht sprach.

Bakari gähnte mit geschlossenen Augen und regte sich an Kits Brust. Er würde bald aufwachen, und wenn sich die Tradition hielt, brauchte er dann Milch und eine neue Windel. Rasch schickte Kit eine Nachricht an Rohi: NOCH NICHT WACH, ABER BALD.

Sie hatten für alle Fälle die Ersatzmilch gemischt und vorbereitet, doch Rohi war von den Vorzügen des Stillens überzeugt. Kit konnte sich um viele Bedürfnisse seines Sohnes kümmern, aber das war eine Sache zwischen Mutter und Baby, über die er erst einmal nicht weiter nachdenken musste. Außerdem konnte er die Zeit nutzen, den kleinen Trainingsraum aufsuchen und seine tägliche Schwitzkur nehmen.

Bakari rümpfte die Nase, wie sie es schon im Sonogramm beobachtet hatten, und schlug die glänzenden dunklen Augen auf. Er konnte noch nicht richtig fixieren, es dauerte etwas, bis er Kits Augen fand, die seinen Blick erwiderten. Bakari machte leise *bap*. Er brabbelte eigentlich kaum, sondern murmelte hauptsächlich mit sich selbst. Wenn er beim Anblick seines Vaters keine besondere Freude zeigte, so lag dies wohl vor allem daran, dass Kit so gut wie immer da war. Es erfüllte ihn insgeheim mit Stolz, dass sein Kind ihn für so selbstverständlich nahm.

Er rang noch mit sich, ob er Rohi eine weitere Nachricht schicken oder doch die Ersatzmilch holen sollte, als die Kabinentür aufglitt. Sobald er ihr Gesicht sah, begriff er, dass etwas nicht stimmte.

»Baby?«, fragte er.

»Ich bin da.« Sie zeigte auf Bakari, worauf Kit das Kind aus der Druckdecke wickelte. Bakari strampelte leicht mit den Armen und Beinen, doch er schien überhaupt nicht gestresst. Als wäre es etwas völlig Natürliches für ihn, schwerelos durch die Kabine zu segeln. Rohi legte eine Hand um ihn und zog ihn an sich. Das Kind wusste, was jetzt kommen würde, und zupfte schon mit den Lippen an dem Bordanzug über ihrer Brust. Wie eine Schlafwandlerin zog Rohi den Anzug auf und führte ihren Sohn zur Brustwarze.

»Baby«, sagte Kit noch einmal. »Was ist denn passiert?«

Rohi holte Luft wie eine Taucherin, die das tiefe Wasser unter sich betrachtete. »Es gab wieder einen Ausfall. Im San-Esteban-System.«

Kits Bauch verkrampfte sich, aber nur ein wenig. Er hatte es ein halbes Dutzend Mal erlebt, dass die Aliens in den Ringen sein Bewusstsein ausgeschaltet hatten. Jeder im Solsystem hatte es erlebt.

»Wie schlimm war es?«, fragte er.

»Sie sind tot«, sagte Rohi. »Alle in dem System. Sie sind alle tot.«

20 Elvi

Das San-Esteban-System war während der ersten Kolonisierungswelle von ihrem früheren Arbeitgeber Royal Charter Energy vermessen und erkundet worden. Es gab dort einen bewohnbaren Planeten und einen Mond mit atembarer Atmosphäre, der einen Gasriesen umkreiste. Dort befand sich auch die erste der Parallaxen-Station, mit denen man die relativen Standorte der Ringsysteme in der Galaxis bestimmt hatte. In zehn Städten, auf einer Aquafarmingplattform in der Größe Grönlands und auf einer Forschungsstation am Rand der Heliosphäre, 110 Astronomische Einheiten weit draußen, lebten achtzehn Millionen Menschen. Vor drei Jahren hatte das System die nötigen technischen Werte erreicht, um als autark zu gelten, doch es importierte nach wie vor Güter aus Sol, Auberon und Bara Gaon.

Deshalb hatte die *Amaterasu*, ein Frachter aus dem Solsystem mit einer Ladung hochreiner Industriereagenzien und Raffineriezubehör, den Transit riskiert und war durch das San-Esteban-Tor geflogen.

Elvi ging die Bilder durch, die der traumatisierte Schiffsarzt geschickt hatte. Sie hatte sich alle Aufnahmen schon ein Dutzend Mal angesehen, sich seine Berichte angehört und die Ergebnisse der Feldautopsien gelesen.

Der tote Mann auf ihrem Display lag jetzt irgendwo in einem Sack und flog nach Laconia, wo ihn das Wissenschaftsdirektorat noch einmal gründlicher untersuchen wollte. Elvi legte den Kopf schief und betrachtete die feuchten Stellen auf dem Rücken des Overalls, den der Tote trug, und die Spannung, wo die Verwesung den Körper aufgebläht und den Stoff geglättet hatte. Die Augen waren eingesunken, weil ihre Feuchtigkeit in der Luft verdunstet war. Laut seiner ID und der genetischen Probe hatte er ein Ingenieurspraktikum auf einer Nachschubstation absolviert und war eine der ersten Leichen gewesen, die sie geborgen hatten. Früher hieß er Alejandro Lowry. Jetzt war er SanEstebanLeiche-001.

Die Stimmen, die im Hintergrund murmelten, während sie die Toten betrachtete, kamen nicht aus San Esteban. Sie hatte dem Kapitän und dem Arzt der *Amaterasu* lange genug zugehört, um zu wissen, dass die beiden ihr nicht viel verraten konnten. Daraufhin hatte sie die Suche nach Erkenntnissen ausgeweitet. Jetzt hörte sie James Holden und einer Frau mit gedehntem, leierndem Akzent zu, die nach Elvis Ansicht aus dem Mariner Valley stammen konnte, aber inzwischen eine Art Laconierin war.

Erzählen Sie mir von den erloschenen Systemen, fragte ihn die Frau, die ihn verhört hatte.

Zuerst war es nur eines, antwortete Jim. *Und das … Gruppenbewusstsein? Der Gruppengeist? Ich kenne kein passendes Wort dafür. Der Chor. Sie waren nicht einmal besonders besorgt. Jedenfalls nicht am Anfang.*

Elvi schaltete auf eine Außenaufnahme um. Eine ältere Frau mit grauem, fließendem Haar lag in der Sonne. Neben der Leiche ein totes Tier, das Elvi nicht erkannte. Es erinnerte Elvi an ein Schwein, das jedoch dem Insektenreich angehörte. Facettenaugen auf beiden Seiten eines langen, schädelähnlichen Gebildes. Anscheinend ein Beutegreifer, der zur selben Zeit gestorben war wie die Frau. Elvi rief einen Artikel über die Spezies auf und informierte sich über das, was man über die Anatomie und Physiologie im Baum des Lebens auf San Esteban wusste.

Dann wurden es mehr. Nur ein paar. Vielleicht drei oder vier, glaube ich. Auch da war es nicht mehr als eine Kuriosität, sagte Jim.

Was blieb im System übrig? Wo waren die Leichen? Sind die Aliens irgendwie verschwunden?, fragte die Verhörleiterin.

So war das nicht, antwortete Jim. *Die Systeme wurden einfach abgeschaltet. Wie ein toter Com-Kanal.*

Woher wussten sie dann, dass die Systeme tot waren?

Sie standen alle miteinander in Verbindung. Wenn jemand Ihnen die Hand abschneidet, ist sie doch tot, oder? Also, ja, die Systeme waren tot.

Denn, dachte Elvi, die Erbauer oder die Römer oder die Weltraumquallen – die Wesen aus Licht – hatten nicht gewusst, wie es war, allein zu sein, seit sie gelernt hatten, in diesem alten eiskalten Ozean zu leuchten. Sie waren Individuen, und sie waren eine Ganzheit. Ein Superorganismus, so innig verbunden wie sie selbst mit ihren Gliedmaßen und Organen. Sie entdeckte einen Aufsatz, der über den internen Signaltransfer in dem Insektenschwein spekulierte, und überflog ihn, um das Wesentliche zu erfassen, ohne sich in die Details zu vertiefen.

Doch sie beschlossen einfach nur aufgrund dieser Annahme, ganze Systeme zu zerstören?, fragte die Verhörleiterin.

Es war, als hätten sie Schimmel von einem Stück Käse abgeschnitten. Oder eine Wucherung von Krebszellen auf der Haut. Es gab eine befallene Stelle, die sie ausgebrannt haben. Sie brauchten sie nicht mehr. Sie dachten, es würde dann aufhören.

Was genau würde aufhören?

Die Dunkelheit. Der Tod.

»Hey«, sagte Fayez. Elvi stoppte die Wiedergabe, bevor die Verhörleiterin die nächste Frage stellen konnte.

»Hey«, antwortete sie. Es klang wie ein Seufzen.

Er schwebte in ihrer Bürotür. Er sah müde aus. Zerbrechlich. So wie alle anderen jetzt. So fühlten sie sich alle.

»Soeben ist die Nachschubdrohne aus Laconia durch das Tor gekommen«, sagte er. »Noch zwei Wochen, bis sie die Umlaufbahn angepasst hat, und dann werden wir so ziemlich das Gleiche essen wie jetzt, nur mit anderen Atomen darin.«

»Gut. Hoffentlich sind wir überhaupt noch da, wenn sie eintrifft.«

Es sollte wie ein Scherz klingen – wie ein morbider Scherz. Die Worte lagen ihr wie Kreide im Mund. Ihr Ehemann war einen Augenblick irritiert, dann entschloss er sich zu lächeln.

»Was hörst du dir da an?«

Elvi betrachtete die Lautsprecher, die in der Stoffbespannung der Wand verankert waren, als könne ihr das helfen, sich zu erinnern. »Äh, James Holden. Einige seiner Verhöre aus seiner Zeit auf Laconia. Ich versuche, auch spätere Aussagen von ihm zu bekommen. Die Alighar Muslim University hat alles archiviert, aber bisher haben sie meine Anfrage noch nicht beantwortet.«

»Suchen wir etwas Bestimmtes?«

»Erinnerungen verändern sich im Laufe von Jahrzehnten«, erklärte sie. »Ich will nur vergleichen, ob das, was er heute sagt, zu dem passt, was er damals gesagt hat.«

»Willst du herausfinden, warum wir nicht schon längst alle tot sind?«

»Dazu habe ich ein paar Theorien.«

Er stieß sich ab, schwebte durch ihr Büro und hielt sich an einem Handgriff fest, um sich neben ihr niederzulassen. Helle Bartstoppeln besprenkelten seine Wange wie Pulverschnee. Sie nahm seine Hand mit ihrer Linken und rief mit der Rechten die Daten der Wasseraufbereitung aus San Esteban auf. Die Kurven, die deren Effizienz beschrieben, sprachen eine deutliche Sprache.

»Was sehe ich da?«, fragte er.

»Es gab eine Zunahme der Salzausfällung genau in dem Augenblick, als sie alle starben«, sagte Elvi. »Anscheinend haben die dunklen Götter einen Weg gefunden, die Ionenbindungen ein wenig stabiler zu gestalten. Es hat gerade lange genug angehalten, um die Neuronen auszuschalten. Die einheimische Fauna nutzt ebenfalls Ionenkanäle zur Signalübermittlung, auch wenn es eher Vakuumkanäle als Nerven sind. Trotzdem, es fügt ihnen erhebliche Schäden zu. Man kann allerdings davon ausgehen, dass Mikroorganismen nicht betroffen sind.«

»Wie erkennst du das?«

»Die Aufblähung«, antwortete sie. »Die in den Leichen gefangenen Gase sind Mikrobenfürze.«

»Ich finde diese Geschichte schrecklich, aber da sie mit einem Witz über Fürze endet, weiß ich jetzt nicht genau, wie ich darauf reagieren soll.«

»Es ist kein Witz, aber sobald es geschehen war, setzte das Wasserrecycling wieder ein. Und die *Amaterasu* sprang nur wenige Stunden nach dem Ereignis in das System. Die Verwesung auf den Bildern ging vor sich, während sie ihren Landeplatz angesteuert haben.«

»Was bedeutet das?«

»Ich glaube nicht, dass der Feind weiß, ob es überhaupt funktioniert hat. Hör zu.« Sie fand die Markierung in der Audiodatei und spielte die Aufnahme ab.

So war das nicht. Die Systeme wurden einfach abgeschaltet. Wie ein toter Com-Kanal.

Woher wussten sie dann, dass die Systeme tot waren?

Sie standen alle miteinander in Verbindung.

Sie stoppte die Wiedergabe. »Die Erbauer sind nicht hingeflogen, um nachzuschauen. Das war auch nicht nötig. Sie waren ja alle miteinander verbunden. Wenn sie ein System verloren, wussten sie, dass dort niemand mehr war. Sie haben die Tore benutzt, um Materie zu befördern, wenn es nötig war, aber das entspricht dem menschlichen Körper, der die Nahrung durch den Darm transportiert. Es war ihnen im Grunde gar nicht richtig bewusst. Sie hatten keine Fahrpläne oder Handelsrouten. Wenn es nicht mehr nötig war, ein System zu versorgen, gab es auch keinen Verkehr zur Versorgung mehr.«

»Verkehr?«

»Wie die *Amaterasu*. Die Feinde haben etwas getan, und der Verkehr hörte auf. Wenn das nun der Weg ist, auf dem der Feind erfahren hat, dass es funktioniert hat? Aber bei uns – der Verkehr hat nicht aufgehört. Ich glaube, wir sind für sie womöglich genauso schwer zu erkennen und zu verstehen wie sie für uns. Also könnten wir versuchen, ihre Daten zu verunreinigen. Sie fühlen unsere willkürlichen, unkoordinierten Transite. Es ist, als könnten sie die Ratten in der Wand hören, und legten verschiedene Giftköder aus, bis der Lärm aufhört. Wenn es still wird, hat es gewirkt. Aber da wir immer noch Transite durch dieses Tor vornehmen, hat das Gift aus ihrer Sicht eben nicht gewirkt.«

»Das ist aber eine gewagte Theorie.«

»Ja. Oder …«

»Oder?«

Sie sprang eine andere Markierung in der Aufzeichnung an. *Zuerst war es nur eines.*

»Oder dies bewegt sich im Rahmen ihrer Vorgehensweise noch innerhalb der Fehlertoleranz, und sie werden uns bald alle auslöschen.« Sie konnte nicht verhindern, dass er hörte, wie verzweifelt sie war. Und selbst wenn, es wäre ihm nicht entgangen. Sie kannten einander schon viel zu lange, um Geheimnisse voreinander zu haben. »Wir müssen uns mehr anstrengen und Antworten finden.«

»Noch mehr als sowieso schon?«

Elvi zog die Hand weg, presste sich die Finger auf die Augen und rieb von innen nach außen. In den Wimpern hingen Schlafkrümel. Tränen, die dort getrocknet waren.

»Ich rede mit Cara«, erklärte Elvi. »Mal sehen, ob sie dazu bereit ist.«

»Sprich auch mit Xan. Er ist ja so viele Stunden lang mit dem Katalysator in der Isolierzelle eingesperrt. Er behält es zwar für sich, aber er rastet beinahe aus.«

Wir rasten alle beinahe aus, hätte Elvi beinahe gefaucht. Sie verkniff es sich.

Als Fayez weitersprach, war die behutsame Munterkeit verflogen. Es klang müde und gebrochen. Eher so, wie sie selbst sich fühlte. Es klang real. »Ich sage dir nicht, was du tun sollst. Ich meine nur ...«

»Sag es schon.«

»Cortázar hat sie jahrzehntelang im Käfig gefangen gehalten. Er hat Tests durchgeführt und sich nicht weiter um sie gekümmert.«

»Ich habe Caras Einverständnis ...«

»Die Sitzungen verändern sie, und wir haben keine genaue Vorstellung, wie die Veränderungen aussehen. Die Tatsache, dass sie es mag, beruhigt mich überhaupt nicht.«

Elvi stellte die Stacheln auf, aber es war Fayez, und sie hatte zu wenig geschlafen und zu viele Abbauprodukte des Adrenalins im Körper. Irgendeine Art Mandelsäure, dachte sie. Ganz sicher war sie nicht. Als er fortfuhr, versuchte sie ihm zuzuhören und nicht blindlings zu reagieren.

»Ich weiß, dass ich selbst nicht ganz auf dem Damm bin. Wir sitzen schon viel zu lange auf diesem Schiff fest, es geht allen auf die Nerven, und es ist fürchterlich beängstigend. Das verstehe ich. Wirklich. Aber genau dafür gibt es ethische Richtlinien. Damit wir eine Anleitung haben, die uns hilft, wenn es undurchsichtig wird.«

»Und du meinst, ich verstoße gegen ethische Richtlinien?«

»Ja. Ich liebe dich, aber ja. Das tust du.« Er schnitt eine verlegene Grimasse.

Elvi holte tief Luft und atmete langsam durch die Nase wieder aus. Rings um sie summte die *Falcon*, als wartete das ganze Schiff auf ihre Antwort.

»Ich weiß«, gab sie zu. Es war sogar eine Erleichterung, es auszusprechen. »Das ist mir bewusst.«

»Und was können wir in dieser Hinsicht tun?«

Sie verschränkte die Arme vor der Brust. »Erinnerst du dich an Dr. Negila?«

»Den Namen habe ich schon lange nicht mehr gehört. Hat sie nicht an der Universität von Calabar gelehrt?«

»Ich habe als Postdoktorandin bei ihr ein Ethikseminar belegt. Dort haben wir eine Geschichte über ein wunderschönes utopisches Land gelesen, in dem alles wunderbar und erleuchtet, angenehm und gut und gerecht war. Bis auf das eine Kind, das in Not und Elend leben musste. Ein einziges Kind im Austausch dafür, dass alle anderen im Paradies leben durften.«

»Ja, die Geschichte kenne ich. Omelas.«

»So ist es jetzt aber nicht«, fuhr Elvi fort. »Ich arbeite für einen Diktator in einem System, wo die Menschen leiden und sich gegenseitig hintergehen und sich umbringen. Ich setze meine Sicherheit und die Sicherheit der Menschen, die für mich arbeiten, aufs Spiel, indem ich meine Forschungsergebnisse zu den politischen Feinden meines Vorgesetzten schmuggle. Wir tun hier nichts, um ein schönes, reizendes, angenehmes Utopia zu schaffen. Wenn wir siegen, wird das Leben derer, die wir retten, immer noch die gleiche Mischung aus Dreck, Frustration und Absurdität sein, die sie schon immer war.«

»Das ist wahr.«

»Das Kind in der Geschichte wurde für die *Qualität* des Lebens geopfert. Wenn ich Cara opfere, und ich gebe zu, dass man dies vielleicht sogar so ausdrücken kann, dann geht es nicht um die Qualität. Es geht um *Quantität.* Wenn ich sie verlieren muss, um zu verhindern, dass die Quantität des menschlichen Lebens gegen null strebt, ist das ein geringer Preis. Wenn es alles kostet, ist es immer noch ein guter Tausch.«

Ihre Worte trafen ihn. Fayez senkte den Kopf. Es war keine Unterwerfung unter die Schwerkraft, aber eine Unterwerfung war es. »Ja. Gut.«

»Wenn du das nicht schaffst, ist es in Ordnung«, fuhr Elvi fort. »Ich kann dafür sorgen, dass du zum Wissenschaftsdirektorat zurückfliegen kannst. Dort kannst du deine Arbeit ebenso gut verrichten wie hier.«

»Süße, du weißt, dass ich das nicht tun werde.«

»Ich würde es verstehen, wenn du dich dafür entscheiden würdest.«

»Ja, aber ich will es nicht. Ich wollte nur sicher sein, dass wir tun, was wir tun sollen. Wenn es richtig ist, etwas Falsches zu tun, dann will ich immer noch neben dir aufwachen, während wir es tun. Das ist ja gewissermaßen meine Lebensaufgabe.«

Sie schwebten eine Weile schweigend nebeneinander, ohne sich zu berühren.

»Du solltest jetzt zu Bett gehen«, sagte Fayez. »Es ist schon spät, und wir sind beide sehr müde.«

»Bald«, antwortete Elvi. »Ich muss mich noch wegen San Esteban bei Trejo zurückmelden, und Ochida wartet auf die Neuverteilung von Ressourcen, weil der Plan fortgeschrieben wird.«

»Oh, und Dr. Lee will dich sprechen. Falls du Zeit hast. Personalfragen.«

Elvi nickte auffordernd.

»Anscheinend gibt es in der Physikergruppe eine Dreiecksgeschichte, die nicht funktioniert. Möglicherweise brauchen sie da ein paar klare Worte vom Boss.«

»Machst du Witze?«

Fayez spreizte die Finger beider Hände. »Alle Wunder, die wir bewerkstelligt haben, beruhen doch auf den Taten von Primaten. Nur weil wir fähig sind, Wunder zu wirken, die uns fast den Verstand rauben, heißt das noch lange nicht, dass wir Maschinen geworden sind, die nicht mehr wissen, was Sex und Mord sind. Der Organismus verändert sich nicht.«

»Also gut, ich schaue auf der Brücke vorbei. Kannst du mir einen Gefallen tun?«

»Was immer du willst.«

»Die Versorgungskapsel müsste einen aktualisierten Speiseplan mitbringen. Kannst du nachsehen, ob der Download der Kombüse beigebracht hat, wie man Saag Paneer nachahmt?«

»Wenn das geht, dann erwartet er dich in der Kabine.«

Er zog sie an sich und küsste sie, ehe er auf den Korridor hinausschwebte. Sie wandte sich wieder den Bildern aus San Esteban zu. Jetzt erinnerte sie jede Leiche, die sie sah, an Fayez. Oder an sie selbst. Oder an James Holden. Oder an Anton Trejo. Oder an Winston Duarte.

Sie startete die Aufnahme. »Admiral Trejo, mir ist klar, dass San Esteban ein weiterer Punkt ist, der höchste Priorität erfordert. Im Augenblick kann ich Ihnen nur einige Gedanken, einige Spekulationen und meinen Plan für die nächsten Schritte anbieten …«

Es dauerte eine halbe Stunde, bis sie eine Version hatte, die ihr gefiel. Sie erstellte eine Kopie mit anderen Headern, die auf einem getrennten Laufweg Naomi und den Untergrund erreichen sollte. In dieser Sache waren sie alle Verbündete, ob sie es wussten oder nicht.

Als sie Ochida ihren Plan für die Neuverteilung zugeschickt und mit Harshaan Lee darüber gesprochen hatte, wie man das soziale Drama auf der *Falcon* eindämmen konnte, ehe es weiter um sich griff, waren zwei Stunden vergangen. Fayez war schon in ihrer Kabine und schlief. Ein Schlauch mit Saag Paneer erwartete sie, daneben ein Beutel mit entkoffeiniertem Tee. Sie aß und trank und verkroch sich in das Schlafgeschirr.

Sie träumte, sie sei in einem Meer, in dem es von Haien wimmelte, die sie töten würden, wenn sie sich zu schnell bewegte.

Cara schwebte im Labor, während die Techniker die Sensoren justierten, die wie eine Kappe ihren Schädel bedeckten. Ringsherum herrschte intensive Geschäftigkeit, doch Elvi hatte das

Gefühl, sie beide – sie selbst und die Testperson – stünden völlig still. Das Auge des Sturms. Die Bildschirme stellten zuckend und ruckend Caras Hirnfunktionen dar, während sich die Expertensysteme überlegten, inwieweit das, was sie jetzt sahen, dem entsprach, was sie schon kannten. »Normierung«, hieß das. Als ob es hier überhaupt noch Normen gab.

»Wie fühlst du dich?«, fragte Elvi.

Caras vollkommen schwarze Augen richteten sich mit einem Ruck auf sie und verharrten einen Moment, dann grinste sie. Elvi hätte es gern als echte Regung betrachtet, und vielleicht war es das sogar. Vielleicht empfand sie die kleine Pause zwischen Reiz und Reaktion nur deshalb als einstudiert und nicht authentisch, weil sie versuchte, das Mädchen so zu deuten, als sei es genau wie andere Menschen. Als sei es ein Primat. *Der Organismus verändert sich nicht,* hörte sie Fayez in ihrer Erinnerung sagen. Jetzt kam es ihr vor wie eine Warnung.

Der Organismus *hatte* sich verändert.

Als könnte sie ihre Gedanken lesen, veränderte sich Caras Miene. »Machst du dir wegen irgendetwas Sorgen?«

»Ich dachte … an die kognitiven Veränderungen, die sich bei dir und Xan ergeben haben. Erinnerst du dich noch, wie es vorher war?«

»Vorher?«

Ein Techniker berührte die Leitungen der Sensoren, worauf die Displays auf der Anzeige auf Grün umschalteten. Sie konnten beginnen.

»Vor der Veränderung. Vor all dem hier«, sagte Elvi. *Bevor du gestorben bist.* Das sagte sie nicht.

»Das weiß ich nicht. Ich glaube, es war so wie bei allen anderen, aber das ist lange her.«

Elvi rang sich ein Lächeln ab und fragte sich, wo sie gewesen war, als Cara das letzte Mal in die Wildnis von Laconia gerannt war. Wer war sie selbst gewesen, als Cara noch ein Mensch war?

»Es ist auch für mich lange her«, antwortete sie. Dann konzentrierte sie sich. »Gut, wir probieren heute mal etwas anderes. Wir müssen die Suche verfeinern. Du sollst versuchen, möglichst konkrete Antworten auf die Frage zu finden, wie die Ringtore entstanden sind. Wir wollen den VGS aus dem Vortragsmodus holen, damit wir Fragen stellen und Antworten bekommen können. Falls das möglich ist.«

»Wegen San Esteban?«

Elvi überlegte, ob es eine möglichst schonende Art und Weise gab, es zu bestätigen. Ihr fiel nichts ein. »Ja.«

»Ich kann es versuchen«, versprach Cara. »Ich weiß aber nicht, ob ihm das gefällt.«

»Wenn du dich nicht wohlfühlst, oder wenn etwas schiefgeht, meldest du dich sofort, und wir holen dich wieder raus. Ich beobachte deine Stressbelastung. Falls es zu schlimm wird, beende ich die Sitzung, auch wenn du vielleicht nichts sagen kannst. Einverstanden?«

»Ich schaffe das schon«, versicherte Cara ihr. »Ich will das machen.«

Elvi nahm die Hand des Mädchens. Sie war so schmal und zerbrechlich. »Ich auch.«

ZWISCHENSPIEL Die Träumerin

Die Träumerin fällt absichtlich in einen Traum hinein und träumt und träumt, sie schwimmt und treibt Schicht um Schicht um Schicht über dem Abgrund. Sie ist dreifaltig, und ein Teil fehlt noch. Der Traum erzählt ihr von der Entfaltung in der Leere, von dem Licht der Sterne, von den Zellen und vom Bewusstsein, von dem Flackern, das sie anlockt wie Lieder und Küsse, weil ihre Küsse aus Licht waren. Diejenigen, die die Sterne nicht fühlen, fallen aus dem Traum heraus, und die anderen werden weise und weiter und erfüllter als der alte Ozean, sie fühlen sich wohl im Vakuum, wo sie nur ihre eigene zögernde Hitze haben, um sich zu wärmen.

Ja, die Träumerin träumt, sie schwämme mit der Flut, aber die Tore … Wie sind die Tore entstanden?

Die Großmütter flüstern mit Stimmen, die niemals aus Mündern drangen. *Schau her, ich erzähle dir alles. Schau her, dort wird das Licht zu allem, und schau, wie das Licht zu denken lernt.*

Ja und ja und ja, aber die Tore. Die Dunkelheit. Wie ist das *Ende* gekommen?

Das Licht bricht, als hielte eine alte Frau eine Kette mit Glasperlen, um staunende Kinderaugen zu erfreuen. *Schau, was das Licht tun kann! Schau, wie vielfältig es sein kann! Ist es nicht schön und wundervoll? Und willst du es nicht ganz aufessen, damit es dich ganz aufessen kann und du die erweiternde-zusammenziehende Erfüllung der Blüte erlebst?*

Aber die Tore. Die Tore. Und die Dinge dahinter.

Die Großmütter lächeln und nicken lächelnd und lächeln nickend, und der Traum verändert sich wie ein Tritt ins Gesicht. Das erfüllte Licht wird gebrochen, und es gibt Lücken im Spektrum. Unendliche Löcher von mehr als nur Dunkelheit zwischen dem Licht, das mehr ist als Licht. Die Träumerin würgt. Die Realität reißt sie auf wie ein Erbrechen, wie ein Orgasmus, wie ein Anfall, und die Großmütter halten die Glasperlenkette, in der ihr Kopf geborgen war, der jetzt explodieren will.

Geht es ihr gut? Holen wir sie heraus?

Noch nicht.

Im ganzen Traum siedelt sich eine neue Physik an. Ja, ja, ja, die Affen begannen mit dem parabolischen Steinwurf durch die Luft, und sie lernten alles in einer Reihenfolge, die nicht dem Traum oder der Träumerin entspricht, sondern dem Einen in Blau. Das Licht begann schwimmend in der Zärtlichkeit von Wasser und Salz, und sein erstes Kapitel war anders, das zweite war abermals anders, und die Erfüllung war eine andere Erfüllung, mit Fingernägeln in den Rissen zwischen dem Hier und dem dauerhaften Außen.

Die Großmütter sagen: *Schau, schau, schau, wie alles einmal geschehen ist und wie es wieder geschieht.* Das kalte Dach der Welt brach auf und ließ die Sterne herein. Das Vakuum zersplittert auf die gleiche Weise und offenbart das Außen, das Reale, das älter und weiter ist.

Den Leib Gottes. Den Himmel, wo uns die Engel alle hassen.

Die Träumerin zittert, sie verliert die Kontrolle über Blase und Darm. *Weckt mich nicht auf, weckt mich nicht auf, weckt mich nicht auf.*

Du wolltest es wissen, ich zeige es dir.

Eine neue Physik bringt neue Probleme mit sich, und die Probleme kitzeln neue Träume heraus. Ein zweiter Sturz nach außen, ein zweites Kristallisieren, ein größeres Selbst. Und die Werkzeugkiste war dieselbe: Anpassung an das schnellere Leben, um hereinzuholen, was bereichert, und hinauszuschicken, was eines Tages zurückkehren wird oder zurückkehren könnte mit Geschenken für die Großmütter, die es freigesetzt haben. Die unendliche Geduld derjenigen, die zu kalt und zu langsam und zu weit sind, um zu sterben, und zu fern, um von der Zeit berührt zu werden. Eine Blase, hineingeweht in die Löcher im Spektrum, und tausend, tausend, tausend Samen ausgesandt wie Küsse zu den singenden Poetensternen. Und dann …

Die Träumerin flackert. Irgendwo beginnt der Körper zu versagen, und sie spürt, wie sich unter ihr etwas öffnet, das tiefer ist als der Traum. Alles, was beginnt, wird enden, und das Ende räuspert sich auf dem Flur. Holt mich raus, holt mich raus, holt mich *raus*.

Was ist das?, fragt der Blaue, und die Träumerin flieht, aber es ist nicht mehr ihr Traum. Die Großmütter gackern und rennen, greifen mit tausend Fingern nach ihr. Und das Echo sagt: *Tut mir leid. Ich wollte dich hier nicht hineinziehen. Versuch dich zu entspannen.* Aber es spricht nicht mit ihr.

Ein Kern in einem riesigen Atom und das brennende Uhrwerk in seinem Herzen. Die Kraft von einer Million Sonnen, geerntet aus dem älteren Universum. *Ja, ja, ja*, sagt der Blaue. *Jetzt sehe ich es. Zeig mir, wie es funktioniert*, und die Großmütter tun es.

Sie hat einen Anfall.

Holt sie heraus.

Und der Blaue legt ihr sanft eine Hand auf den Kopf und hält sie liebevoll unter Wasser. Ein System wird dunkel, ein paar Stimmen aus Billiarden verstummen. Hundert Systeme. Sie führen Krieg und verlieren ihn, aber zeig mir, wo du die Waffen vergraben hast. Und die Großmütter zeigen es ihm kichernd.

Ja, sagt der Blaue. *Ja. Dies ist das, was ich brauchte.*

Danke.

21 Tanaka

Das Mädchen auf dem Display trug etwas, das wie eine Uniform aussehen sollte, hielt sich auf eine Art aufrecht, die militärisch streng wirken sollte, und sprach so förmlich, als besäße sie irgendeine Autorität.

»Ich akzeptiere Admiral Trejos Angebot und bin bereit, einen Gesandten von Ihrem Schiff auf der Draper-Station zu empfangen, um Teresa Duarte zu übernehmen«, erklärte Jillian Houston. »Sobald die Übergabe erfolgt ist, sollten sich die *Sparrowhawk* und die *Derecho* aus dem Freehold-System zurückziehen, bis die veränderte Situation im Detail definiert ist.«

»Oh, du meine Güte«, sagte Tanaka. »Wir sollen uns zurückziehen.«

»Ja, Madam«, sagte Mugabo. Gleich danach fügte er hinzu: »Sie kommt mir ein wenig unerfahren vor.«

»Sie leckt noch die Glückshaube ab. Ich kann gar nicht fassen, dass wir so große Schwierigkeiten hatten, eine Frau zu finden, die noch mit ihrem Teddybären schläft.«

»Ich glaube, bis kurz vor dem Angriff auf die Heimatwelt hatte eine Marsianerin das Kommando über die *Storm*.«

»Und dann hatte Nagata den Befehl«, ergänzte Tanaka. Sie legte den Kopf schief. »Warum ist sie nicht diejenige, die uns antwortet?«

»Ich kann hier leider keine Theorie anbieten«, erklärte Mugabo. Allerdings hatte sie sowieso nicht mit ihm gesprochen.

Trejos Plan war kühn, das musste sie ihm lassen. Und wie alle guten Pläne war er geschmeidig. Wenn Nagata die Bedingungen akzeptierte, konnte er sie so agieren lassen, als hätte sie das Sagen, bis er die verlorene Stärke wieder ausgeglichen hatte. Und falls Duarte sich als unbrauchbar erwies, konnte er sie womöglich sogar für längere Zeit als Aushängeschild nutzen. Es war ein eleganter Weg, die Kämpfe zu beenden: Man gab der Feindin den Anschein von Macht, behielt die wirkliche Macht aber bei sich und baute darauf, dass sie es nicht bemerkte.

Falls sie nicht zustimmte, aber sich meldete und ablehnte, stand die Tür offen für Verhandlungen. Diplomatie bot immer die Möglichkeit, neue Informationen über den Feind zu gewinnen. Oder der Feind bekam Informationen. Es war keine Form des Konflikts, die Tanaka angenehm fand, aber sie verstand es.

Diese Situation war jedoch ein eigenartiges Zwischending. Es war ein Einverständnis, angeblich auch vom Untergrund, aber nicht von Nagata. Es war eine Verhandlung über die Bedingungen, aber nicht über die größeren Fragen. Tanaka hatte bereits einige wichtige Informationen gewonnen: Sie kannte jetzt den genauen Standort des geheimen Untergrundstützpunkts, und sie wusste, dass die *Gathering Storm* oder zumindest die Kommandantin dort waren. Vermutlich befand sich auch Teresa Duarte dort. Die kleine Rebellenkapitänin verhielt sich jedenfalls so, als sei dies der Fall. Vermutlich entsprach es der Wahrheit. Das Schiff, das durch das Tor gekommen war, passte recht genau zu den Daten der *Rosinante* in dem Zustand, wie sie New Egypt verlassen hatte. Sie war zu dem Mond geflogen, auf dem sich der feindliche Stützpunkt befand. Und wenn die *Rosinante* dort war, dann waren James Holden und Naomi Nagata mit ziemlicher Sicherheit ebenfalls dort.

Hätte Nagata geantwortet, dann hätte es lange nicht so faul gerochen.

So aber stank es förmlich.

»Ich übernehme das«, sagte sie. »Ich hole das Mädchen.«

Falls sie erwartet hatte, dass Mugabo Einwände erhob oder sie davon abhalten wollte, sich selbst in Gefahr zu begeben – *Beim letzten Mal hatten Sie Scharfschützen der Marine dabei, und trotzdem sind Sie nur knapp dem Tode entronnen* –, so enttäuschte er sie. Allerdings empfand sie keine Enttäuschung. Eher schon Belustigung.

»Sagen Sie Botton, er soll mit der *Derecho* in unsere Richtung fliegen«, befahl sie. »Wenn wir verschwinden, sieht es aus, als hätten wir unseren guten Willen unter Beweis gestellt. Falls es zum Kampf kommt, will ich ihn in der Nähe wissen.«

»Selbstverständlich, Madam«, bestätigte Mugabo. »Ich will nicht das Thema wechseln, aber haben Sie das Briefing über San Esteban gesehen?«

»Was soll damit sein?«

Mugabo lächelte ein wenig melancholisch. Er wäre ein guter Kellner gewesen. Er zeigte die leicht verlegene Miene, mit der man den Gästen erklärte, das Tagesgericht sei leider ausverkauft. Sie suchte seinen Blick.

»Für jene Mission sind andere Leute eingeteilt. Wir sind hier auf meiner. Wenn der Messias kommt, findet er uns bei der Arbeit. Verstanden?«

»Absolut, Madam.«

»Wenn Sie mich brauchen: Ich bin in der Waffenkammer.«

Zu ihrem Bedauern hatte sie den schnellen Späheranzug nicht eingepackt. Die *Sparrowhawk* hatte einen Kampfanzug der neuesten Generation an Bord, und als der Anzug auf dem Deck lag und auf die letzten Modifikationen wartete, sah er dem eleganten, an einen Greyhound erinnernden Stalker überhaupt nicht ähnlich. Der Kampfanzug hatte das einfache, brutale und effiziente Design eines mörderischen Roboters, in den ein Mensch schlüpfen konnte. An beiden Unterarmen waren Gatling-Kanonen befestigt, die mit hoher Geschwindigkeit einen Strom kleinkalibriger Explosivgeschosse ausspeien konnten. Auf der linken Schulter saß ein integrierter Raketenwerfer für den Fall, dass die beiden Maschinengewehre nicht ausreichten. Der Anzug selbst war bereits eine Waffe. Wenn sie ihn trug, konnte Tanaka im Liegestütz ein Bodenfahrzeug anheben. Es wäre eine Kleinigkeit, einem Menschen die Gliedmaßen der Reihe nach auszureißen. Er war für Kämpfe von Tür zu Tür und von Korridor zu Korridor gebaut. Er war das Beste, was die laconischen Designer zu bieten hatten, und wenn sie ihn anlegte, konnte sie einen Stützpunkt wie die Draper-Station im Alleingang ausräuchern. Solange sie nicht gerade ins Schussfeld einer Nahkampfkanone geriet.

Langsam und methodisch ging sie die Checkliste durch, die sie sich nach Tausenden Stunden Einsatzzeit eingeprägt hatte. Als sie mit dem Anzug fertig war, dachte sie über den bevorstehenden Kampf nach. Sofern es ein Kampf werden sollte.

Sie war jedenfalls dafür bereit.

Tanakas Zunge spielte in der Lücke, wo ihre Zähne gewesen waren, und über die hässliche Narbe auf der Innenseite der Wange. Die Wunde tat nicht mehr weh, aber sie spürte die unnatürliche Glattheit der schlecht verheilten Risse, wo James Holdens Schuss ihr Gesicht zerstört hatte. Es juckte, aber es war kein physisches Empfinden.

Die körperlichen Wunden waren übel. Ihr tat immer noch der Kopf weh, wenn sie im Schlaf falsch lag. Selbst wenn sie sich die Mühe machte und alles perfekt regenerieren ließ, würden ihre Wangen nie wieder genau wie früher sein. Es würde Monate dauern, bis die fehlenden Knochen nachgewachsen waren, und sogar noch länger, um aus den Knochen neue Zähne sprießen zu lassen. Es gab Leute – sogar Angehörige des laconischen Militärs –, die weniger vorzuweisen hatten, um dauerhafte Dienstunfähigkeit mit erhöhten Ruhestandsbezügen beanspruchen zu können. Doch das war nicht einmal das Schlimmste.

Das Schlimmste war die Peinlichkeit.

Sie gehörte zur Führung des Imperiums. Das einsame Atom ganz vorne an der Speerspitze. Erfahren, ausgebildet und trotz ihres Alters immer noch in Topform. Sie hatte sich mit ihrem Team im Rücken in einen Einsatz begeben, der ein Spaziergang hätte sein sollen, und James Holden hatte ihren Arsch zum Frühstück verspeist. Sie begriff auch, warum. Sie war daran gebunden, das Mädchen zu beschützen, er jedoch nicht. Sie hatte Hemmungen gehabt, ein Kriegsschiff in der Nähe von Zivilisten einzusetzen, er jedoch nicht. Sie hätte warten können, bis sie das Mädchen abgesetzt hatten, aber selbst das wäre ein kalkuliertes Risiko gewesen, das zu ihren Ungunsten hätte ausschlagen können. Nichts, was sie getan hatte, würde ihr vor einem Militärgericht auch nur eine kritische Frage einbringen. Doch sie hatte verloren und er eben nicht.

Sie lud den Munitionsgürtel auf der rechten Seite mit einer Mischung aus hochexplosiven und panzerbrechenden Geschossen. Es klickte angenehm, als sie die Munition einrasten ließ und scharf schaltete. Niemanden umbringen oder alle umbringen.

Sie wusste, wofür sie sich entscheiden würde, wenn bei der Übergabe etwas schiefging.

Tanaka hatte Mugabo die *Sparrowhawk* so weit vor dem Mond anhalten lassen, dass noch genug Zeit blieb, einem etwaigen Beschuss aus der Railgun auszuweichen. Dann war sie mit den EVA-Düsen ihres Kampfanzugs an den übermittelten Koordinaten auf der Oberfläche gelandet. Ein niedriger Überhang im Fels und Eis tarnte eine Luftschleuse vor Blicken aus dem All, doch sobald man auf der Oberfläche stand, war sie gut zu erkennen. Die Außentür stand offen. Man erwartete sie.

Die Draper-Station war kaum mehr als eine mit Isolierschaum ausgekleidete Höhle auf einem winzigen Mond mit einer Schwerkraft, die einen nur ahnen ließ, wo unten war. Mit einem Marinestützpunkt hatte sie so wenig gemein wie mit einer Piratenstation der Gürtler. Die Vorstellung, dass ein großer Krieger und Anführer wie Admiral Trejo sich gezwungen sah, mit diesen erbärmlichen Revolutionären zu verhandeln, fand Tanaka stellvertretend für ihn geradezu beleidigend.

»Ich gehe rein«, teilte sie Mugabo über Funk mit.

»Verstanden, Madam«, antwortete er. »Wir bleiben in der Nähe.«

Tanaka kicherte und schaltete ab. Wenige Augenblicke später hatte sie die Luftschleuse hinter sich gelassen und stand in einem großen Lagerraum für Ausrüstungsteile. Die Wände wurden von Spinden und Regalen mit Raumanzügen eingenommen. Die Decke war mit der gleichen miesen Sprühisolation verkleidet wie die Wände, nur der Boden bestand aus Metallgittern. Sie schaltete die Magnetstiefel ein.

Fünf Menschen erwarteten sie. Alle waren bewaffnet.

»Ich bin Jillian Houston«, sagte die Frau in der Mitte. Sie trug einen einfachen Overall ohne Rangabzeichen. Die vier, die sie flankierten, hatten Gewehre, als seien sie eine Art Ehrenwache.

»Colonel Aliana Tanaka vom laconischen Marinecorps.« Bei einem Gefangenenaustausch musste man die Form wahren, und solange Tanaka das Mädchen nicht hatte, wollte sie sich daran halten.

Jillian Houston schien verdutzt, als Tanaka nichts weiter sagte. Ein unbehagliches Schweigen breitete sich aus. Jillian räusperte sich. Tanaka beobachtete ihr Helmdisplay, während die verschiedenen Wärme- und Radarsensoren ein Abbild von der Station erzeugten. Der elektromagnetische Sensor, der sogar die Herzschläge eines Menschen orten konnte, zeigte ihr, wer sich sonst noch in Reichweite befand.

»Trejo sagte …«

»Flottenadmiral Trejo«, fiel Tanaka ihr ins Wort. Die Außenlautsprecher des Anzugs ließen ihre Stimme zwischen den Wänden widerhallen.

Jillians Miene verhärtete sich. Sie mochte unerfahren sein, aber sie mochte es nicht, wenn man ihr über den Mund fuhr. Obwohl sie vor Tanakas Kampfanzug stand, wich sie nicht zurück. Nur der beschleunigte Herzschlag verriet, wie nervös sie war. Rauflustig.

Tanaka wartete und beobachtete, wie die Wächter sich unruhig regten. Jillian schien entschlossen abzuwarten, bis Tanaka das Wort ergriff. Ein Machtspiel. Na schön. Der Anzug meldete, dass die Darstellung der Station fast vollständig war, alle Menschen im Umkreis von siebzig Metern waren erfasst. Tanaka schaltete den Außenlautsprecher ab und sagte: »Freigabe für Automatikfeuer, Tanaka.«

Die Waffen des Anzugs entsicherten sich klickend. Auch dieses Geräusch hallte durch den Raum. Die Wächter wechselten nervöse Blicke.

»Flottenadmiral Trejo«, sagte Jillian Houston, die nun doch als Erste nachgab. »Er versicherte uns, dass sich alle laconischen Kräfte ohne weitere Angriffe aus dem Freehold-System zurückziehen, sobald Sie das Mädchen haben. Er hat uns sein Wort gegeben.«

Mit dem Kinn schaltete Tanaka die Außenlautsprecher wieder an. »Ich kann Teresa Duarte nicht sehen. Wo ist sie?«

»Ehe wir sie übergeben, brauche ich mehr als allgemeine Zusicherungen, dass Sie aufrichtig sind.«

»Legen wir jetzt die Latte höher?«, fragte Tanaka.

»Ich brauche mehr als Zusicherungen«, wiederholte das Houston-Mädchen. Anscheinend hatte sie damit das Ende ihres Skripts erreicht.

»Wo ist Nagata?«

»Verzeihung?«

»Der Admiral hat sein Angebot an Naomi Nagata geschickt. Sie sind nicht Nagata. Teresa Duarte ist nicht hier. Was ist hier los?«

Houston reckte das Kinn, als hätte Tanaka ihr einen Vorwurf gemacht. »Naomi Nagata leitet die zivilen Operationen des Untergrunds. Als Kommandantin der *Gathering Storm* stehen die militärischen Entscheidungen allein mir ...«

»Blödsinn.«

»Ihr Tonfall gefällt mir nicht.«

Jetzt war der Augenblick gekommen. In New Egypt hatte es nichts genützt, auf Nummer sicher zu gehen. Das Leben war ein Risiko, und die Tatsache, dass es für sie persönlich keine Konsequenzen geben würde, falls es unschön endete, war ein wenig berauschend.

Sie würde das Duarte-Mädchen nicht erschießen. Auch die anderen würden es wahrscheinlich nicht tun. Die einzige Gefahr wäre ein Unfall, doch selbst wenn das Mädchen sich einen Schuss einfing, gab es eine gewisse Anzahl von Verletzungen, von denen sie sich wieder erholen konnte.

Sobald die Schießerei begann, versuchten sie möglicherweise, die Gefangene zu evakuieren, und in diesem Fall standen ihr selbst zwei Schiffe zur Verfügung, um den Feind auszuschalten. Wahrscheinlich wäre es sogar das Sicherste, Teresa unverzüglich aus dem Stützpunkt herauszubringen.

Ihr wurde bewusst, dass sie sich mit der Antwort viel Zeit gelassen hatte. Jillian Houstons Herzschlag zeigte, wie besorgt sie war.

Das war es dann wohl. Freundlich zum Feind sein oder das Offensichtliche tun.

»Sie müssen wissen, dass wir auch ein paar dieser Anzüge haben.« Jillian zeigte auf Tanakas Rüstung. »Wir tragen sie nicht als Zeichen des guten Willens.«

»Es würde nichts ändern, wenn Sie sie angelegt hätten.«

Leck mich doch.

»Na schön.« Tanaka fasste der Reihe nach die vier Wächter ins Auge und erfasste sie mit dem Touchpad der Handschuhe als Ziele. »Dann hole ich sie mir selbst.«

»Nein …«, setzte Gillian an.

Tanaka sagte: »Macht Krach.«

Die Arme ihres Anzugs brachten sich schneller und genauer in Feuerposition, als sie es selbst gekonnt hätte. Sobald die Waffen auf die äußeren zwei Wächter gerichtet waren, feuerten sie eine kurze Salve von fünf Geschossen ab, die ihnen die Köpfe absprengten. Dann fuhren die Arme auf die zweite Position und schossen abermals. Die beiden Wächter neben Jillian Houston waren vom Kinn aufwärts nicht mehr vorhanden. Der ganze Vorgang dauerte weniger als anderthalb Sekunden.

Rauch trieb durch den Raum, und das Röhren der Kanonen hallte noch durch die Gänge, als Jillian Houston auf dem Absatz kehrtmachte und in den nächsten Korridor floh. Tanaka sah ihr nach. In der Zwischenzeit hätte sie die Frau hundertmal in eine tanzende blutige Lumpenpuppe verwandeln können.

»Verfolgen«, wies sie den Anzug an. Jillian Houstons schneller Herzschlag bekam auf dem Helmdisplay eine besondere Markierung. Wenn Houston den Stützpunkt befehligte, dann wusste sie genau, wo das Mädchen war. Teresa Duartes Wert als Geisel war das Einzige, was die anderen am Leben halten konnte. Unterdessen hatte Tanaka etwas anderes zu tun.

Sie benutzte die Magnetstiefel, um sich sicher auf dem Boden zu verankern, während sie gemächlich durch den Korridor schritt und Houston folgte. Ringsherum bewegten sich die schlagenden Herzen der Stationsbewohner, die beschleunigten, während die Panik um sich griff. Das war gut so. Es war ja nicht so, dass ihr Plan auf Geheimhaltung baute. Sollten sich die Revolutionäre ruhig vorbereiten. Sollten sie sich bewaffnen und sich verschanzen. Das spielte alles keine Rolle. Sie konnten todesmutig in das letzte Gefecht ziehen, nach dem sich diese Romantiker sehnten. Es wäre trotzdem ihr letztes Gefecht.

Sie erreichte eine Kreuzung im Korridor. Einige Mikrosekunden, bevor sie von links unter Beschuss kam, schlug ihr Anzug

Alarm und markierte drei Ziele, die sich mit leichten Automatikwaffen hinter einer improvisierten Deckung versteckten. Tanaka tippte auf einen Kontakt im Handschuh, worauf der linke Arm herumfuhr und dreimal schoss. Drei zerfetzte Körper schwebten hinter der Deckung hervor und versprühten Kugeln von arteriellem Blut.

Der Munitionszähler auf der linken Seite sank um fünfzehn weitere Geschosse. Tanaka registrierte es ohne Sorge. Beide Magazine waren voll. Es war genug für alle da. Und wenn nicht … nun ja, die Alternative war hässlicher, hatte aber durchaus ihren Reiz.

»In New Egypt hätten wir es einfacher haben können«, sagte sie und stellte sich Nagata, Holden und ihre Crew vor. »Dies hier habt *ihr* euch ausgesucht.« Sie lächelte, als sie es sagte, und dank der Spannung in der verletzten Wange war ihr Grinsen etwas schief. Es tat kaum noch weh.

Korridor um Korridor und Meter um Meter zog Tanaka durch die Station. Zuerst hielt sie auf die größten Ansammlungen von Herzschlägen zu und hoffte, das Zentrum des erbittertsten Widerstandes seien die Helden von der *Rosinante*, doch dem war nicht so. Die Widerstandskämpfer waren zäh und tapfer, das musste Tanaka ihnen lassen. Ohne Rücksicht auf die eigene Sicherheit gingen sie auf Tanaka los, und einige Gegenangriffe waren sogar raffiniert ausgeheckt. Da sie aber mit ihrem Amoklauf den Gegnern gezeigt hatte, dass die Kapitulation keineswegs ein sicherer Ausweg war, hätte Tanaka an ihrer Stelle genau das Gleiche getan. Wohin sie auch ging, der Herzschlagdetektor mit seiner Reichweite von siebzig Metern zeigte ihr immer neue Ansammlungen von Menschen, die sich versteckten oder kampfbereit waren. Nacheinander nahm sie sich die Gegner vor und bot ihnen die Amnestie an, falls sie die Waffen streckten und das Mädchen auslieferten. Nicht dass sie erwartete, irgendjemand würde das Angebot annehmen. Nicht dass sie unbedingt zu schießen aufhören würde, wenn sie es taten.

Tanaka wurde bewusst, dass sie Houstons Herzschlag aus den Augen verloren hatte. Sie hielt kurz inne, zögerte aber nicht lange. Sie konzentrierte sich auf die im Helmdisplay dargestellte Karte und suchte nach möglichen Andockstellen für Schiffe, bis sie um eine Ecke kam und der größte unter Druck stehende Raum des Stützpunkts vor ihr lag. Ein riesiger Lagerraum, mehr als hundert Meter weit und ein Dutzend Meter hoch. Er war voller Vorräte und Schiffsteile. Die geheime Schatzkiste des revolutionären Untergrunds. Und alles von Laconia gestohlen.

Der Anzug warnte sie, dass sich drei Personen von hinten näherten. Als sie die Warnung betrachtete, wurde das rückwärtige Bild eingeblendet. Drei Gürtler manövrierten etwas, das aussah wie ein Werkstattwagen, auf dem sich ein großer Behälter mit komprimiertem Gas befand. Als sie sich umdrehen wollte, schlug ein Gürtler auf den Behälter, der auf sie zuflog wie ein Rammbock.

Oh, dachte sie, als sie das Geschoss vom Boden fegte, *eine improvisierte Rakete.*

Sie verlor nur einen Moment lang das Bewusstsein, doch als sie zu sich kam, schrillten ein halbes Dutzend Warnmeldungen im Anzug. Sie steckte einen halben Meter tief in der mit Schaum bedeckten Wand des Lagerraums. Der Sauerstofftank, der als improvisiertes Geschoss gedient hatte, drückte gegen ihren Oberkörper und hielt sie aufrecht.

Der Anzug warnte sie, dass die sekundäre Antriebssteuerung für den Oberkörper ausgefallen sei, und etwa 30 Prozent der Reservebatterieleistung seien verloren gegangen, ehe das System sich neu konfiguriert hatte, um das Leck zu schließen. Außerdem waren vier Rippen gebrochen, und die linke Schulter war verrenkt. Sie aktivierte mit dem Kinn die medizinische Vorrangprozedur und ließ sich Schmerzmittel und Amphetamin geben. Sie empfand etwas, das sich beinahe wie Stolz auf ihre Gegner anfühlte. *Gut gemacht, meine kleinen Häschen. Netter Versuch.*

Die drei Gürtler näherten sich vorsichtig. Sie hatte sich nicht mehr gerührt, seit das Geschoss sie getroffen hatte, und die Gegner hofften zweifellos, sie wäre endgültig ausgeschaltet. Einer der drei hatte einen tragbaren Plasmabrenner in der Hand. Vermutlich, um sie aus dem Anzug zu schneiden und sich zu vergewissern.

»Raketenwerfer«, sagte sie und fixierte den Mann in der Mitte. Der Anzug richtete die Waffe auf der Schulter aus und zielte. Die drei Gürtler hatten nur noch einen Sekundenbruchteil Zeit, erstaunt dreinzuschauen, bevor eine Zwanzigmillimetergranate den Mann in der Mitte traf und eine Schrapnellwolke ausspie, die alles im Umkreis von zehn Metern tötete.

Einige Splitter prasselten auch auf ihren Brustpanzer und das Visier. Im Anzug klang es, als prallten Hagelkörper auf ein Blechdach. Eine halbe Sekunde später folgte auf die Splitter eine Wolke aus Blut und Eingeweiden.

»Diese Ärsche«, sagte Tanaka. Mit dem rechten Arm des Anzugs schob sie den Sauerstoffbehälter weg. Er hatte eine beträchtliche Masse, doch der Anzug wurde damit fertig, und ein paar Augenblicke später stand sie wieder auf den eigenen Beinen, hatte keine Schmerzen mehr und war ein wenig zappelig von dem Medikamentencocktail, den sie sich verpasst hatte.

»Ich mache euch ein Angebot«, schrie sie. Die Außenlautsprecher waren so hoch gedreht, dass etwaige Überlebende im Lagerraum einen dauerhaften Gehörschaden erleiden würden. »Die Person, die mir Teresa Duarte als Erste bringt, wird überleben. Sie wird die Einzige sein, die in einem Stück und heil hier herauskommt. Wenn ihr sie habt, solltet ihr sie mir schleunigst bringen.

Alle anderen hier werden sterben.«

22 Jillian

Sobald die Laconierin den Stützpunkt betrat, hatte Jillian begriffen, dass sie es vermasselt hatte. Sie hatte sich einzureden versucht, es seien nur die Nerven, und der Austausch würde wie versprochen durchgeführt, doch tief in ihrem Bauch hatte sie es sofort erkannt.

Sie kauerte mit eingezogenem Kopf in einem Wartungstunnel. Das Blut quoll durch ihr Hemd, was die Schnittwunde über den Rippen größer erscheinen ließ, als sie war. In der Ferne hallte die verstärkte Stimme der Laconierin, doch Jillian verstand nur ein paar Worte. *Duarte. Als erste. Sterben.* Sie zog mit der Linken das Handterminal aus der Tasche und ging mit der krisenfesten Gelassenheit, auf die sie immer stolz gewesen war, die Optionen durch. Ihr erster Impuls war es gewesen, sich selbst um die Gefangenen zu kümmern. Stattdessen öffnete sie den Com.

»Jillian?«, fragte Kamal. Obwohl es nur eine Audioverbindung war, konnte sie sich seine besorgte Miene lebhaft vorstellen.

»Ich habe einen Fehler gemacht«, sagte sie, als sie auf den Knopf drückte, um die Atmosphäre wieder in den Gang zu lassen. Das Zischen im Korridor vor den Räumen war so laut, dass der Com es übertrug. »Die Laconierin trägt einen Kampfanzug. Es kann sein, dass sie mich verfolgt.«

»Geht es Ihnen gut?«

Jesus, das war typisch Kamal. Jillian hatte ihn in eine Zelle gesteckt, ihre eigene Autorität über die der zivilen Kommandantin gestellt und den Feind in den Stützpunkt gelassen, und Kamal erkundigte sich nach ihrem Befinden.

»Ich bin genau da, wo ich sein sollte«, antwortete sie. »Dummheit muss bestraft werden. Bringen Sie Ihre Leute zum Schiff und hauen Sie ab.«

»Wo können wir uns bewaffnen? Können Sie uns …«

»Kamal, sammeln Sie Ihre Leute ein und verschwinden Sie. Sie brauchen keine Waffen, um wie der Teufel wegzulaufen, und Sie müssen wie der Teufel weglaufen. Ich gebe Ihnen Deckung.«

Sie hörte andere Stimmen in seiner Nähe – Nagata, Holden, das schwarzäugige Monster, das Mädchen. Kamals atemlose Stimme verriet ihr, dass sie sich bereits in Bewegung gesetzt hatten. »Sind da immer noch zwei laconische Schiffe zu uns unterwegs, wenn wir starten?«

»Allerdings. Eines ist schon da, das andere nähert sich.«

Es gab eine Pause. Vielleicht dachte er nach. Vielleicht rannte er. »Alles klar.«

»Sagen Sie Bescheid, wenn Sie gestartet sind. Ich mache es Ihnen so leicht wie möglich.« Sie trennte die Verbindung. In diesem Augenblick flog hinter ihr ein Abschnitt der Wand auseinander. Sie war entdeckt.

Jillian senkte den Kopf und stürmte los, halb rennend und halb in der Mikroschwerkraft des Stützpunktes dahinsegelnd. Ringsherum schlug eine Salve in den Tunnelwänden ein. Hätte die Laconierin sie töten wollen, dann wäre sie längst tot. Die Gegnerin wollte nur, dass sie Angst hatte und sich bewegte. Es funktionierte.

Die Hitze in ihrem Gesicht war eine Mischung aus Scham und Hass. Scham über sich selbst, Hass auf die Gegnerin. Und auch Angst, aber das wollte sie jetzt nicht fühlen. Dazu war später noch Zeit, falls es ein Später gab.

Jillian erreichte eine T-Kreuzung, packte die Handgriffe und schwang sich um die Ecke in eine Richtung, die die Feindin von dem Weg ablenkte, den Kamal gerade einschlug. *Fang mich doch,* dachte Jillian. *Komm schon, du Miststück. Komm und krieg mich doch.*

Die Draper-Station war klein, aber sie war die Heimat. Jillian konnte sich in der ganzen Station mit geschlossenen Augen zurechtfinden, als wäre es die Ranch, auf der sie ihre Kindheit verbracht hatte. Ihr Handgerät zeigte eine Menge Alarm- und Fehlermeldungen an, einige kamen von der Crew der Station, andere von den automatischen Systemen. Der Alarm breitete sich im Stützpunkt aus wie Adrenalin im Kreislauf. Vor weniger als einer Stunde wäre Jillian jeder einzelnen Meldung sofort nachgegangen. Irgendwie fürchtete sie, dass sie das alles später erledigen musste. Irgendwie wusste sie, dass es dazu gar nicht mehr kommen würde, aber auch das schob sie jetzt weg.

Während sie floh, rief sie die vorbereiteten Com-Gruppen auf und schickte eine Echtzeitnachricht an die *Storm.* »Die Draper-Station wird von innen angegriffen. Bereiten Sie die *Storm* für einen Notstart in … in fünf Minuten vor.«

Sie wartete nicht auf die Antwort.

Hinter ihr rief die Laconierin etwas über Teresa Duarte, doch Jillian hörte nur Freude aus der elektronisch verstärkten Stimme heraus. In Gedanken war sie selbst bereits vorausgeeilt. Zwei Ebenen aufwärts gab es einen Tunnel, der in einem Bogen zu den Hangars führte. Wenn ihr Vorsprung groß genug blieb, gab ihr die Krümmung des Tunnels ein wenig Schutz vor den feindlichen Kugeln. Sie erreichte die aufwärts führende Leiter, zog sich auf die nächste Ebene hoch und warf hinter sich die Luke zu. Das war angesichts dieser Gegnerin ungefähr so wirkungsvoll wie Reispapier, aber es kam nicht darauf an, sie völlig aufzuhalten. Wichtig war, sie ein wenig auszubremsen. Damit Kamal und sie selbst ein paar zusätzliche Sekunden gewannen.

Irgendetwas schien die Laconierin abzulenken, denn sie fiel vorübergehend sogar zurück. Jillian hatte schon fast das andere

Ende des Tunnels erreicht, als sie hörte, wie die Luke gesprengt wurde und die Motorrüstung ihr mit schnellem, gleichmäßigem Knattern folgte. Jillian bewegte sich nach unten und nach rechts. Der Durchgang zur Luftschleuse der *Storm* lag zwei Ebenen unter ihr, doch sie konnte nicht auf den Aufzug warten. Mitten in der Bewegung schlug sie auf die Vorrangschaltung der Aufzugstür, die sich sofort öffnete. Langsam sank sie hinunter. Hinter sich hörte sie Schüsse. Ein Rest der Sicherheitskräfte der Draper-Station leistete Gegenwehr. Leute, die Jillian kannte und für die sie verantwortlich gewesen war, mussten jetzt sterben, weil sie sich eingeredet hatte, sie könnte das Duarte-Mädchen austauschen, damit ihr Planet nicht verbrannte. Die Fehler, die man an dem Tisch mit den hohen Einsätzen machte, waren immer diejenigen, die am meisten kosteten, und Jillian hatte eine Menge Chips im Spiel.

Zwei Ebenen weiter unten entfernte sie sich mit einem Tritt von der Rückwand und stolperte in den Korridor, der zur Luftschleuse führte. Die äußere Schleusentür der *Storm* stand bereits offen und erwartete sie. Jillian flog in ihr Schiff und drückte auf die Verriegelung. Weiter unten im Korridor tauchte die Motorrüstung auf. Die äußere Schleusentür der *Storm* glitt zu, und die Gegnerin stieß einen Schrei aus, den der Anzug so sehr verstärkte, dass es beinahe ein körperlicher Angriff war.

Eine Rakete flog auf sie zu, die Zeit schien stillzustehen. Der dunkle Umriss der Granate mit dem hellen Schweif dahinter war wie ein Raumschiff mit der Rückstoßwolke. Jillian wollte ausweichen, als könnte das helfen. Zischend schlossen sich die Türen, dann knallte es wie ein Gong. Die Außenhülle der *Gathering Storm* war vermutlich das Einzige auf der Station, was die Laconierin nicht durchlöchern konnte. Eine Viertelsekunde später, und die Granate wäre direkt vor Jillians Nase explodiert. Auch das konnte warten.

»Brücke, hier ist Kapitänin Houston. Bericht.«

Als die innere Schleusentür aufging, hörte sie Caspars Stimme im Handterminal. »Der Antrieb ist hochgefahren, aber uns fehlen einige Crewmitglieder.«

»Sie kommen zu spät, wir können sie nicht mehr aufnehmen. Ist die *Rosinante* schon gestartet?«

»Nein, sie liegt noch im Dock.«

Verdammt, Kamal, wo steckst du?, dachte sie. Ins Handgerät sagte sie: »Start vorbereiten.«

»Aye, Kapitän.« Sie hörte die Angst in Caspars Stimme.

Als sie den Aufzug erreicht hatte, überprüfte sie den Sicherheitsbericht. Achtzehn Alarmmeldungen mit hoher Priorität verrieten ihr, welchen Weg die Laconierin nach den ersten Schüssen durch den Stützpunkt genommen hatte. Die zerstörten Türen und die Schusswechsel zeigten, wie sie sich gleich einem Bohrer in weichem Holz durch die Station gefressen hatte. Jillian überlegte, welchen Weg Kamal und seine Leute nehmen würden. Ein weiterer Alarm ging ein, der jedoch nicht automatisch ausgelöst worden war. Die Sicherheitskräfte der Station wollten wissen, welche Pläne sie hatte. Es schnürte ihr die Kehle zu, sie wusste nicht, was sie darauf antworten sollte. Der Stützpunkt war erledigt, und das war ihre Schuld. Eine Gefangene für das Leben Tausender Zivilisten, das war ihr wie ein Tausch vorgekommen, den sie nicht ablehnen konnte. Jetzt war sie hier. Sie hatte später noch Zeit, ihren Fehler zu bereuen.

»Kamal, melden Sie sich«, funkte sie. Eine schreckliche halbe Sekunde lang fürchtete sie, er werde nicht antworten. Dann knackte der Lautsprecher, es zischte, und sie hörte seine atemlose Stimme. »An den Wassertanks. Wir nähern uns dem Dock.«

»Beeilen Sie sich, und dann verschwinden Sie«, sagte sie. »Ich räume den Weg frei.«

Als sie die Brücke betrat, lag Caspar schon auf der Druckliege. Amanda Feil schnallte sich am Com an. Natasha Li hatte die Waffenkontrolle übernommen, saß aber an ihrem gewohnten Pult.

Alle anderen Liegen waren leer. Jillian legte sich auf ihre eigene. Auf diejenige, die sie benutzte, seit Draper nicht mehr da war. Zum ersten Mal seit jener Zeit fühlte es sich falsch an, diesen Platz zu besetzen. Als wäre die Liege zu groß für sie.

»Starten Sie, wenn Sie bereit sind«, befahl sie. »Li, erfassen Sie die *Sparrowhawk*, sobald wir das Dock verlassen haben.«

»Lahmlegen oder zerstören?«

»Vollständig zersieben.«

Hinter ihr brannte die Draper-Station.

Das Seltsame war, dass sie Kamal eigentlich nicht leiden konnte. Sie hatte ihn noch nie gemocht. Sie hatte immer das Gefühl gehabt, seine falsche leutselige und großväterliche Art verberge eine geheime Verachtung für sie und ihre Leute. Sie erinnerte sich noch gut, wie die *Rosinante* als Bedrohung nach Freehold gekommen war und ihren Vater mitgenommen hatte. Vielleicht hatte sie ihm das nie verziehen. Oder sie griff nach beschissenen psychologischen Rechtfertigungen, weil sie sich dafür schämte, wie sich die Dinge entwickelt hatten. Vielleicht musste sie eine Münze werfen, um das zu entscheiden.

Es donnerte zweimal, als die *Storm* von zwei weiteren Torpedos getroffen wurde. Auf Lis Display sah sie die winzigen Punkte, die zu einem Ziel rasten, das als Raute dargestellt wurde und mit *Sparrowhawk* beschriftet war. Die *Derecho* gehörte zwar der gleichen Klasse an wie die *Storm*, war aber im Vorteil, weil sie unlängst repariert und mit Vorräten ausgestattet war, und außerdem flogen auf ihr Menschen, die sie in- und auswendig kannten, weil sie sie gebaut hatten. Die *Sparrowhawk* war kleiner und hatte in New Egypt einige Schäden erlitten.

Jillian betrachtete die taktische Karte des Freehold-Systems. Die kleine Scheibe der Sonne auf dem Display machte die Weite des Raumes fassbar. Das war natürlich nur eine Illusion, aber es war eine sehr nützliche. Hier war das Ringtor. Dort waren die Schiffe, die der Untergrund in diesem System hatte – ein halbes

Dutzend Felsenhüpfer und ein uralter Eisfrachter. Keines von ihnen war für eine Raumschlacht gerüstet. Und natürlich die *Storm*.

Die Feinde konzentrierten sich auf die Draper-Station und auf sie selbst. Die Symbole ihrer Heimat – ihr Stützpunkt und ihr Schiff – standen immer noch so dicht beisammen, dass sie einander überlagerten. Sie presste die Fingerspitzen auf die Lippen, bis es schmerzte. Dort war der Planet, auf dem neben ihren Angehörigen auch alle anderen lebten, mit denen sie aufgewachsen war. Diese Ärsche hatten gedroht, das alles zu Glas zu zerschmelzen. Dort waren die anderen Planeten von Freehold, die kein Leben tragen konnten.

Hier war das Problem, das sie lösen musste, wenn sie überleben wollte, und wenn es ihr nicht gelang, würde sie sterben.

»Wie ist der Status der *Sparrowhawk*?«, fragte sie.

»Sie gleichen sich unserem Tempo an. Unsere ersten beiden Torpedos haben sie abgeschossen, und jetzt bleiben sie knapp außerhalb der Schussweite.«

»Könnten Sie mir bitte einen Ausweichplan für die *Derecho* entwerfen?« Caspar und Feil wechselten einen Blick. Sie wussten, wenn Jillian höflich wurde, dann standen die Dinge schlecht.

Caspar antwortete scheinbar ruhig: »Wenn wir sofort ausbrechen und mit höchstmöglichem Schub fliegen, sind ihre Langstreckengeschosse in achtzehn Stunden und fünfzehn Minuten einsatzklar. Von da an werden die Aussichten stetig schlechter.«

»Wie ist der Status der Draper-Station?«

»Sie sind dunkel, Kapitän«, antwortete Feil.

Sie hatte das Gefühl, Bobbie Draper stünde neben ihr. Nicht als Geist oder als Gespenst, sondern als Erinnerung. Das schiefe Grinsen der älteren Frau, das Jillians dummen Fehler oder Gottes Sinn für Humor oder beides verurteilte.

Wenn die *Rosinante* nicht herauskam – wenn Kamal und Nagata und die anderen starben, wo sie jetzt waren –, dann gab es andere Möglichkeiten. Vorausgesetzt, Trejos hinterhältige Gesandte bliebe am Leben, dann musste eines der Schiffe anhalten und sie aufnehmen. Wenn es die *Sparrowhawk* war, dann musste sie ausscheren und gab damit der *Storm* einen schönen Vorsprung. Wenn die *Derecho* Tanaka abholte, bedeutete dies, dass sie den Kampf der *Sparrowhawk* überlassen würde. Aber das war ein Kampf, den Jillian ihrer Ansicht nach gewinnen konnte. Sie konnte entkommen.

Freehold dagegen konnte sich nicht entziehen. Wenn sie das Schwesterschiff erledigte, würde die *Derecho* sie dann jagen, oder würde sie umkehren und den Untergrund bestrafen, indem sie die Kolonie vernichtete? Konnten die anderen Schiffe des Untergrunds irgendwie intervenieren? Wenn sie den Zerstörer dazu verlocken konnte, gleichzeitig gegen sie selbst und ihre verstreuten Milizen vorzugehen … nun ja, der Eisfrachter konnte das nicht überleben, aber er konnte ihr einen kleinen Vorteil verschaffen, damit sie den Kampf gewann. Und dann stand nur noch die *Storm* mit den Schäden, die sie eben erlitten hatte, gegen ein einziges laconisches Schiff …

»Schon gut, Kapitän«, sagte Caspar. Jillian sah ihn an. Ihre Lippe war taub, weil sie eine Weile daraufgedrückt hatte, ohne es zu bemerken. Die Miene des Piloten sollte tröstlich wirken. »Wir verstehen das. Es ist in Ordnung.«

Jillian kämpfte den Drang nieder, sich loszuschnallen, zu ihm zu gehen und ihn zu ohrfeigen. Oder ihn wenigstens herunterzuputzen. Irgendwie zuzuschlagen. Wenn sie dies hier überlebten, würde sie mit ihm ein sehr langes und sehr unangenehmes Gespräch über Moral und den Glauben an ihr Kommando führen, aber das konnte warten. Jetzt überstürzten sich die Ereignisse.

»Die *Rosinante* hat die Draper-Station verlassen«, meldete Feil. »Sie haben es geschafft.«

Auf dem Display erschien ein drittes Symbol an der gleichen Position wie die Draper-Station und die *Storm*, als steckten sie alle in demselben Hemd.

»Geben Sie mir einen Richtstrahl«, verlangte Jillian.

Wenige Sekunden später hatte sie Kamal auf dem Bildschirm. So gut sie ihn auch kannte, jetzt bemerkte sie neue kleine Details in seinem Gesicht: die etwas dunklere Haut der Augenlider, die weißen Stoppeln auf dem Kinn und am Hals, die Lachfältchen um seinen Mund. Wenn er Angst hatte, dann ließ er es sich nicht anmerken.

»Wie ist Ihr Status?«, fragte Jillian.

»Wir sind alle auf dem Schiff, auch das Mädchen und der Hund. Es war knapper, als ich es mir gewünscht hätte, aber wir haben es geschafft.«

»Verletzungen?«

»Nichts passiert.«

Die Darstellung auf ihrem Display, die das System zeigte, baute sich neu auf, auch wenn sich die Symbole noch nicht bewegt hatten. Die *Rosinante* war lediglich ein neues Element, das angezeigt werden musste, doch sie veränderte die Logik hinter allem anderen. Sie sah die Mängel ihrer Pläne und die Risiken, die sie einging. Die Verzweiflung fühlte sich beinahe an wie Erleichterung.

»Also gut«, sagte Jillian seufzend. »Setzen Sie Kurs auf das Ringtor. Ich erkaufe Ihnen so viel Zeit wie möglich. Sagen Sie Nagata, dass es mir leidtut.«

»Sie ist hier, falls Sie …«

»Nein«, antwortete Jillian. »Tun Sie das für mich.«

Sie trennte die Verbindung, atmete einmal langsam und tief durch und überprüfte den Status. Die *Derecho* gab jetzt mehr Schub und sprang förmlich hinter ihnen her, da nun auch Teresa Duarte mit im Spiel war. Die *Sparrowhawk* änderte den Kurs, um die *Rosinante* aufs Korn zu nehmen. Die Revanche. Das machte es ihr leicht, das Ziel zu wählen.

»Halten Sie uns zwischen der *Sparrowhawk* und der *Rosinante*, mit so vielen G, wie Sie brauchen.« Auch ihre Stimme klang ruhig und fest. Caspars knappes *Verstanden* hörte sich ähnlich entschlossen an. Ihre Gliedmaßen wurden schwer, als der Schub einsetzte. Sie fuhr fort: »Wie wirkt sich das auf die Ankunft der *Derecho* aus?«

»Wirkreichweite der Raketen für die *Derecho* in zwei Stunden, sofern sie den gegenwärtigen Kurs beibehält. Sie werden vorbeiziehen und fünfzehn Minuten später außer Reichweite sein, solange sie oder wir nicht scharf bremsen.«

»Vorbeiziehen ist keine Option«, entschied sie. »Wir suchen den direkten Kampf.«

Sie sah sich auf dem Deck um. Die Besatzung wirkte nicht schockiert. Sie hatten alle gewusst, dass die Aussichten, das Schiff lebend wieder zu verlassen, nachdem sie es einmal betreten hatten, nicht sehr gut waren.

»Bitte um Erlaubnis, mit Nahkampfkanonen ihre Flugbahn zu beschießen.«

»Wir sparen uns die Feuerkraft, Li«, erwiderte Jillian. »Wir wollen nicht, dass uns am Ende die Munition ausgeht. Es ist sinnlos, damit zu beginnen, ehe es wirklich Zeit ist.«

»Die *Rosinante* hat den Kurs geändert und fliegt zum Ring«, berichtete Caspar.

Jillian stählte sich und drückte sich hoch, bis sie stand. Das zusätzliche halbe G erzeugte einen Moment lang ein Schwindelgefühl. Sie stellte sich schnell darauf ein. »Ich bin in meinem Bereitschaftsraum. Falls irgendjemand von Ihnen noch eine persönliche Nachricht schicken will, ist dies der richtige Augenblick.«

Sie salutierten ihr, als sie die Brücke verließ. Ihr Bereitschaftsraum machte nicht viel her, aber er gehörte ihr allein. Es war bedauerlich, dass sie nicht mehr Zeit hier verbringen konnte. Sie rief die Echtzeitdarstellung der taktischen Übersicht auf – die Draper-Station, die *Storm* und die *Rosinante*, die sich langsam voneinander lösten, während sie beschleunigten. Das feindliche

Schiff und ihres näherten sich einander. Sie erinnerte sich an etwas, das ihr Vater in ihrer Jugend einmal gesagt hatte. Es ging darum, dass man seine Fehler selbst machen musste, auch wenn es Fehler waren, die man nicht mehr wiedergutmachen konnte. Man musste es tun, weil es das war, was Erwachsene taten.

Sie schickte eine Nachricht an die anderen Kräfte im System und gab ihnen die Erlaubnis, die gegenwärtigen Umlaufbahnen zu verlassen und nach eigenem Gutdünken weiter vorzugehen – wie ein Mann, der für seine Hunde die Tore offen lässt, bevor er in den Krieg zieht. Sie erlaubte sich einen letzten Schluck Bourbon, aber die Idee, es zu tun, war besser als der Geschmack selbst.

Ihr Schiff summte vor Anstrengung, während die riesigen Distanzen in Freehold schrumpften. Ihr Pult zirpte, Feil meldete sich.

»Richtstrahlsendung von der *Sparrowhawk*«, sagte Feil. »Annehmen oder ablehnen?«

»Stellen Sie durch«, entschied Jillian.

Der Mann, der auf ihrem Bildschirm erschien, hatte ein schmales Gesicht und einen beinahe komischen Schnurrbart. Er schien verlegen.

»Hier ist Kapitän Mugabo von der *Sparrowhawk*.«

»Houston auf der *Gathering Storm*«, antwortete Jillian.

»Kapitän, Sie haben hier keinen gangbaren Weg zum Sieg. Ich bin ermächtigt, Ihnen und Ihrer Crew eine ehrenhafte Kapitulation anzubieten. Sie werden Gefangene sein, aber man wird Sie gut behandeln. Schicken Sie uns Ihre Fernsteuercodes und lassen Sie uns die Kontrolle über das Schiff übernehmen. Wir werden dafür sorgen, dass Ihnen und Ihren Leuten nichts passiert.«

Jillian legte den Kopf schief. Trotz allem, was sie wusste und erlebt hatte, tat irgendein Teil in ihr einen kleinen Freudensprung. Genau wie in dem Moment, als Trejo sein Angebot gemacht hatte. Sich zu den eigenen Fehlern zu bekennen bedeutete, sie nicht wiederholen zu müssen.

»Danke für das Angebot«, erwiderte sie. »Aber Ihre Kollegin Tanaka hat deutlich gemacht, was ein laconisches Ehrenwort wert ist.«

»Ich kann ihre Aktionen nicht kommentieren, Kapitän, aber ich kann für meine eigenen sprechen. Selbst wenn es Ihnen gelingt, mein Schiff zu zerstören, wird die *Derecho* Sie einholen, und die ist Ihnen deutlich überlegen. Ich will Sie nicht beleidigen, wir kennen beide die Lage. Menschen wie wir haben keinen Spielraum für Illusionen.«

Jillians Lächeln fühlte sich an wie ein Messer. Wenn sie schon sterben musste, dann würde sie diesen widerlichen Kriecher mit Freuden mit ins Grab nehmen. »Wir haben noch ein paar Minuten Zeit. Sie können noch eine Nachricht abschicken. Ich möchte Ihren Vorgesetzten mitteilen, dass Colonel Tanaka, als sie ohne Provokation auf der Draper-Station das Feuer auf uns eröffnete, nicht nur uns getötet hat. Sie hat auch Sie getötet. Ich hoffe, das war es Ihnen wert.«

»Kapitän …«

Sie schaltete ab, goss die letzten Tropfen des enttäuschenden Bourbons auf den Boden, den niemand mehr reinigen würde, und kehrte auf die Brücke zurück.

Sie war fertig mit dem Später.

23 Jim

Die *Rosinante* beschleunigte stark, die Liege drückte im Rücken, und der Schub ließ die Augen schmerzen. Der Saft brannte zugleich kalt und heiß in seinen Adern und erzeugte als Nebenwirkung die Illusion eines beißenden Geruchs, der nicht existierte. Unter dem ungewohnten Druck, als presste ihm jemand eine Hand auf das Brustbein, um ihn am Einatmen zu hindern, ging sein Atem schwer. So blieb es mehrere Stunden lang.

Es konnte noch Tage so bleiben.

Hin und wieder gab es Pausen, damit sich die Menschen an Bord etwas zu essen holen oder den Lokus aufsuchen konnten. Als junger Mann in der Raummarine hatte er es in der kurzen Pause zwischen den starken Schubphasen geschafft, ein Essen hinunterzuschlingen, sich einen Beutel Kaffee zu schnappen und in der Kombüse eine Partie Poker zu spielen. Jetzt versuchte er es gar nicht erst. Sein Magen war nicht mehr so nachsichtig wie früher.

Während sie flohen, fiel Jim immer wieder in den Schlaf, der jedoch nie sehr tief war. Irgendwie wartete er die ganze Zeit darauf, einen Annäherungsalarm zu hören und die dumpfen Erschütterungen der Nahkampfkanonen zu spüren, die versuchten, die feindlichen Raketen auszuschalten, ehe er und die meisten der Menschen, die er liebte, von ihnen getötet wurden. Die körperliche Belastung und die Angst waren so vertraut wie ein altes, oft gesungenes Lied. Eine Hymne an den Preis der Gewalt.

Er und Naomi waren auf dem Operationsdeck auf benachbarten Liegen geschnallt. Alex war über ihnen auf dem Flugdeck. Amos, Teresa und Bisam waren unten auf dem Maschinendeck. Theoretisch waren sie bereit, sofort in Aktion zu treten, falls irgendetwas auf dem Schiff versagte. Vielleicht war das sogar wahr. Amos war immer noch ein ausgezeichneter Mechaniker. Teresa war jung und klug und hatte sich fast von Anfang an, seit sie von Laconia aufgebrochen waren, von Amos ausbilden lassen.

Trotzdem, er hoffte wirklich, es werde nichts ausfallen.

Er hatte vergessen, wie viele Stunden sie schon zum Tor von Freehold gerast waren und wie viele Mahlzeiten er in den kurzen Pausen zwischen den Schubphasen ausgelassen hatte. Irgendwann poppte auf seinem Bildschirm ein Fenster auf. Er hatte Mühe, sich darauf zu konzentrieren. Die Nachricht kam von Alex: KÖNNEN WIR JETZT AUFHÖREN ABZUHAUEN?

Jims Hände wanderten über die alten, vertrauten Kontrollen, bis er das taktische Display der *Rosinante* sah. Das Freehold-System war riesig und leer. Wäre das Display maßstabgerecht gewesen, dann wären die Schiffe nicht einmal als einzelne Pixel dargestellt worden, doch er war seit Jahrzehnten daran gewöhnt, die halb abstrakten Darstellungen der Schnittstellen auf der *Rosinante* richtig zu interpretieren. Er brauchte keine weiteren Erklärungen. Das rote Dreieck war ein laconischer Zerstörer, der hinter ihnen zurückfiel. Er verfolgte sie nicht. Vielmehr bremste er, um die Draper-Station anzusteuern. Das weiße Dreieck war der Leichnam der *Sparrowhawk*, der sich von ihnen entfernte, jedoch nur in dem Tempo, in dem die *Rosinante* floh. Und das blinkende grüne Symbol markierte das Trümmerfeld, das die *Gathering Storm* gewesen war – das Flaggschiff des Untergrunds.

Die Darstellung war sehr einfach gehalten. In Freehold gab es nicht genügend Schiffe und Stützpunkte, um irgendeinen Raum für Missverständnisse zu lassen. Er überschlug die Flugzeiten – wie weit sie dem Feind voraus sein konnten, wenn sie mit dem gegenwärtigen starken Schub das Ringtor erreichten, wie weit sie voraus wären, wenn sie langsamer flogen, wie viel Vorsprung sie brauchten, um durch den Ringraum zu fliegen und unbehelligt ein anderes System anzusteuern. Sicherheitshalber tastete er mit Lidar den Bereich ab, der einige Lichtminuten vor ihnen lag, ehe er sich die Schlussfolgerung erlaubte, zu der er hatte kommen wollen, kaum dass er die Frage gelesen hatte.

SIEHT SAUBER AUS. WENN NÖTIG KÖNNEN WIR JEDERZEIT WIEDER AUFDREHEN.

Sofort fiel die Schubschwerkraft auf ein halbes G, und Jims Wirbelsäule knackte dicht über dem Kreuzbein, als irgendetwas wieder an die Stelle rutschte, an die es gehörte. Vorsichtig, als erwachte er aus einem langen, unruhigen Schlaf, verlagerte er sein Gewicht auf der Pritsche und drehte sich auf die Seite.

Naomi hatte ihre Liege bereits arretiert und sich in eine sitzende Position aufgerichtet. Ihre Lippen waren eine schmale, grimmige Linie. Auf ihrem Bildschirm war ein Bericht über die wichtigsten Systeme der *Rosinante* zu sehen – Reaktor, Recycler, Wassertanks, Raketen, Nahkampfmunition und Energie. Sie ging die Werte methodisch durch und vergewisserte sich, dass alles so war, wie es sein sollte, denn ihr Leben hing davon ab, dass das Schiff sie nicht im Stich ließ. Er wollte sie berühren und ihre Hand nehmen, aber das hätte vor allem seinem eigenen Trost gedient. Sie tat schon alles, was nötig war, damit sie sich besser fühlte.

Er öffnete einen Kanal zum Maschinenraum.

»Wie sieht es da unten aus? Alles in Ordnung?«

Das gespenstische Zögern war inzwischen so vertraut, dass er es nicht mehr als gespenstisch empfand. »Sieht gut aus, nur der Hund humpelt ein wenig auf einer Hinterpfote. Wir lassen Bisam ein paar Minuten Zeit, damit sie sich bewegen kann. Wenn das nicht hilft, bringen wir sie in die Krankenstation und geben ihr ein paar Steroide in die Hüfte.«

»Gut.« Er trennte die Verbindung.

Naomi hatte den Bildschirm umgestellt und sah sich eine Aufnahme der Schlacht an. Der Untergang der *Storm*. Die Zerstörung der *Sparrowhawk*. Der verhängnisvolle Flug in die Fänge der sich nähernden *Derecho*. Er musste daran denken, dass auch Alex es sich ansah und dabei etwas ganz anderes wahrnahm. Mehrere Jahre hatte er auf der *Storm* gedient. Er kannte die Menschen, die auf dem Schiff gestorben waren. Jim beobachtete Naomis Bildschirm und fragte sich, wie unterschiedlich die Menschen so etwas empfanden. Und was er selbst darin sah.

Die beiden laconischen Zerstörer eilten aufeinander zu und spien Torpedos und Nahkampfgeschosse aus, bis die Explosionen alles andere überdeckten. Zuerst erschien die *Derecho*, immer noch unter Schub, aber mit vielen glühenden Narben in der Hülle, nachdem Jillian sie wütend attackiert hatte. Als dann endlich die zerfetzte Hülle der *Storm* auf der anderen Seite aus der grellen Wolke der Zerstörung hervorkam, stieß Jim ein schweres Seufzen aus. Es war der Tod des Untergrunds, eingefangen in einem niedrig aufgelösten Video. Ein ruhmreicher, wutentbrannter Tod. Aber trotzdem der Tod.

»Lebe wohl, Jillian«, sagte Naomi. Sie flüsterte, als spräche sie ein Gebet.

»Wir sammeln erstaunliche und tapfere Menschen um uns«, meinte Jim. »Und dann sehen wir zu, wie sie sterben.«

Naomi strich sich die Haare zurück und sah ihn an. »Ich dachte, Trejo sei ein Mann, der Wort hält.«

»Das ist er«, antwortete Jim. »Ich meine, er ist jederzeit bereit, Gräueltaten zu begehen, er ist sicher keiner von den Guten. Aber was da passiert ist, das geschah nicht auf seinen Befehl.«

»Trotzdem ist es passiert.« Sie fauchte beinahe.

»Ich war ziemlich sicher, dass ich Tanaka auf New Egypt getötet hatte. Das hier kommt mir vor wie eine Vendetta.«

»Dann hat er vielleicht ebenso große Schwierigkeiten, seine Leute zu kontrollieren, wie ich.« Ehe er antworten konnte, fuhr

Naomi fort: »Jillians großer Heldentod hat uns in die Klemme gebracht. Wir sind im Arsch.«

Jim zuckte ein wenig zusammen und überlegte, wie diese Bemerkung bei Alex ankam. »Sie hat eine falsche Entscheidung getroffen. Ich meine, ich kann den Fehler verstehen. Ich habe ja auch ab und zu so gehandelt, wie ich es mir selbst ausgedacht hatte.«

Er wartete ein paar Sekunden, ehe er weitersprach.

»Und als sie sah, wie die Situation wirklich war, hat sie uns gerettet. Sie ist gestorben, indem sie uns gerettet hat.«

»Sie hat dafür gesorgt, dass wir die Draper-Station verloren haben«, antwortete Naomi. »In dem Augenblick, als sie mit Laconia gesprochen hat, haben wir den Stützpunkt verloren. Selbst wenn der Austausch vonstattengegangen wäre, sie hätten niemals höflich vergessen, dass wir auf dem Mond Ressourcen hatten. Sie hätten nicht so getan, als hätten sie nicht gewusst, dass die *Storm* im Freehold-System ist.«

»Sie wollten die Städte bombardieren. Menschen, die sie kannte und liebte. Ihre Familie.«

»Die Laconier sind eine feindliche Armee«, erklärte Naomi. »Tun wir immer, was sie verlangen, sobald sie uns sagen, dass sie tun werden, was eine Armee tut? Wenn das der Plan ist, dann haben wir schon sehr oft sehr viel falsch gemacht.«

»Das wollte ich damit nicht sagen.«

»Hätten wir Teresa ausliefern sollen? Meinst du, wir haben uns geirrt?«

»Es ist nicht Jillians Schuld, dass es keine gute Antwort gab.« Als Naomi fast unmerklich zusammenzuckte, während er sprach, verstand er es endlich und sagte sanfter: »Es ist auch nicht deine Schuld.«

Das Flackern in ihren Augen war wie eine ganze Unterhaltung: Kummer, Erschöpfung und Verzweiflung, aber auch Entschlossenheit. Das Wissen, dass sie schon seit Jahrzehnten in einer

Welt leben mussten, in der es keine richtigen Antworten gab, und dass es so bleiben würde, weil die Geschichte immer die Menschen überlebte.

Dass dies hier immer noch die beste aller Möglichkeiten war.

Sie hörten Alex' langsame Schritte, dann kam er die Leiter herunter. Jim kannte den Piloten schon eine halbe Ewigkeit, und er hatte Alex von Jubel bis zur Wut in allen nur denkbaren Stimmungen gesehen. So still und niedergeschlagen hatte er ihn noch nie erlebt. Auf den Wangen waren weiße Stoppeln gewachsen, seit die Flucht aus Freehold begonnen hatte. Sie erinnerten Jim an Schnee.

Alex ließ sich auf einer freien Druckliege nieder und drehte sie, damit er sie beide ansehen konnte. Sie fragten nicht, wie er sich fühlte, doch er sagte es ihnen ungefragt. Einfach nur ein Achselzucken und ein Seufzen, und dann kam das nächste Thema auf den Tisch.

»Technisch gesehen, sind wir nicht auf einer idealen Fluchtroute. Wenn der Zerstörer so stark wie irgend möglich beschleunigt, könnte es knapp werden, wenn wir versuchen, durch das Freehold-Tor zu entkommen und ein anderes System zu erreichen, ohne ihn sehen zu lassen, wohin wir fliegen.«

»Sie haben Verwundete«, gab Naomi zu bedenken. »Wahrscheinlich auch Schäden am Rumpf. Und sie müssen Tanaka von der Draper-Station abholen.«

»Ich glaube, das werden sie nicht tun. Und wenn doch, könnte es immer noch reichen. Jillian hat unsere Tanks aufgefüllt. Aber ich würde den Treibstoff gern etwas sparsamer einsetzen und Reaktionsmasse für später zurückhalten.«

Er sagte nicht: *Ich weiß nicht, wann wir wieder Nachschub aufnehmen können.* Das war nicht nötig. Er musste auch nicht fragen, wohin sie fliegen würden und welche Pläne sie als Nächstes verfolgten. Die drei saßen beisammen, die *Rosinante* summte wie ein Gong, über den eine Feder strich, das melodische Flüstern eines guten Schiffs. Jim wusste nicht genau, worauf sie warteten, aber die Stille schien passend. Als Alex endlich wieder sprach, klang seine Stimme belegt.

»Bobbie hat immer gesagt, man müsse Jillian im Auge behalten. Sie war manchmal ein wenig zu eigensinnig. Das war nicht nur der Unabhängigkeitssinn, den sie besaß. Sie konnte auch ein bisschen gemein sein, wisst ihr das?«

»Wie ihr Vater«, stimmte Naomi zu.

»Sie war klüger als ihr Vater«, fuhr Alex fort. »Sie hätte eine gute Kapitänin werden können, wenn sie noch ein paar Jahre Zeit bekommen hätte. Und die *Storm* war ein gutes Schiff. Das zweitbeste, auf dem ich je geflogen bin.«

»Wirklich?«, fragte Jim.

Alex schüttelte den Kopf. »Nein, es war unheimlich. Alle laconischen Schiffe sind unheimlich. Aber ich habe gerade ein paar Freunde sterben sehen und bin wehmütig.«

Der Com-Kanal blinkte, ehe Jim antworten konnte. Teresa unterbrach sie, im Hintergrund war scharfes, erschrockenes Hundegebell zu hören. »Ich bin in der Krankenstation. Ich brauche Hilfe. Er hat wieder einen Anfall.«

Die medizinischen Systeme taten mit Amos, was sie konnten, was darauf hinauslief, dass das Expertensystem mit den Achseln zuckte und sagte: *Sieht komisch aus, aber genauso komisch wie vorher.* Amos lag im Autodoc, sein Kopf ruhte auf einem kleinen hellen Kissen. Es war schwer zu erkennen, worauf er die tiefschwarzen Augen richtete, aber Jim war ziemlich sicher, dass der Mechaniker ihn ansah.

»Wie lange war ich weg?«

»Etwa eine halbe Stunde«, antwortete Jim. »Wie fühlst du dich?«

»Vielleicht lasse ich heute das Training aus. Dieser Mist macht müde.«

»Es passiert öfter, oder?«

»Nö.«

»Weil es so scheint, als passierte es öfter.«

»Na ja, irgendwie schon. Aber nicht, weil etwas Schlimmes mit mir passiert. Der Doc legt einen Zahn zu.«

Jim blickte fragend zum Autodoc. Amos schüttelte den Kopf.

»Okoye. Sie versucht im Adro-System mit allen Mitteln, die Zusammenhänge zu verstehen, und da wir alle …« Er zeigte auf seine Augen. »Im Hintergrund sind wir alle miteinander verbunden, und manchmal schwappt etwas herüber.«

»Wirklich?«

»Ich bin ziemlich sicher. Jedes Mal, wenn ich das Zappeln kriege, werde ich danach wach und weiß etwas mehr.«

»Was denn so?«

»Nichts Nützliches«, antwortete Amos. »Es gibt Löcher im Spektrum, wo die Vorstellung, sich an einem bestimmten Ort zu befinden, nicht mehr gilt. Und es gibt eine Art Licht, das denken kann. Ich meine, das ist sicher interessant, aber damit kriegt man nicht das Werkzeug verstaut.«

»Kannst du erkennen, ob sie Fortschritte macht?«

»Es ist nicht gerade wie ein Richtstrahl. Wir reden nicht miteinander.« Amos runzelte die Stirn. »Nicht wirklich. Es ist eher, als hörte ich jemanden, der in der Nachbarkabine irgendetwas tut. Und … du weißt doch, wie das ist, wenn Leute in demselben Raum sind wie du? Selbst wenn du sie nicht ansiehst, weißt du, dass sie da sind. So ähnlich ist das. Wir sind immer zu dritt.«

»Das Mädchen und der Bruder«, antwortete Jim.

»Da bin ich nicht ganz sicher, aber wir sind zu dritt. Ich weiß, es ist nervig, wenn ich so im Eimer bin, aber ich glaube, ich kann da nicht viel machen. Ich meine, davon abgesehen, die Kleine so auszubilden, dass sie für mich einspringen kann.«

Jim wollte sagten: *Ich bin nicht sicher, ob ich davon abhängig sein will, dass uns eine sechzehnjährige Mechanikerin am Leben hält,* wurde aber von einem fröhlichen Bellen auf dem Flur unterbrochen. Gleich danach kamen Bisam und Teresa herein. Das Mädchen hatte in einer Hand einen Schlauch aus der Kombüse und in der anderen einen Trinkbeutel. Sie hatte sich die Haare straff zurückgekämmt und zu einem Knoten gebunden, damit sie ihr nicht vor die Augen flogen, wenn sie schwebte. Die Magnetstiefel hatte sie ausgeschaltet. Der Hund grinste und wedelte in großen Kreisen mit dem Schwanz.

»Geht es dir besser?«, fragte Teresa.

Jim staunte über den nüchternen Tonfall. Auch wenn sie fast ein Jahr zusammen auf dem Schiff verbracht hatten, dachte er manchmal noch daran, wie er sie auf Laconia kennengelernt hatte: ein viel zu ernstes Kind, das die Bürde eines ganzen Imperiums auf den Schultern trug, aber immer noch ein Kind. Sie war jetzt alt genug, um einen Ausbildungsvertrag zu unterschreiben, alt genug, um sich zu emanzipieren und die Stütze in Anspruch zu nehmen, falls sie auf der Erde gelebt hätte, alt genug, um zu sehen, dass ihr einziger Freund auf der Welt an einem schrecklichen Anfall litt, und es gelassen hinzunehmen.

»Ich arbeite mich langsam wieder hoch«, erklärte Amos.

»Ich habe dir weiße Grütze und Limonade mitgebracht. Salz, Zucker und Wasser. Ich dachte mir, na ja, wegen der Elektrolyte.«

Jims Magen regte sich, als er an Essen dachte. Er war nicht sicher, ob es Hunger, Übelkeit oder ein wenig von beidem war.

»Danke.« Amos streckte die Hand aus. Sie klatschte ihm den Schlauch energisch in die Hand, als hätte sie ihm ein Werkzeug gereicht. »Hast du den Verschleiß aufgelistet?«

»Das mache ich gleich.« Erst jetzt wandte sie sich an Jim, suchte seinen Blick, nickte und ging hinaus. Bisam schoss herbei und verlangte, von Jim und Amos hinter den Ohren gekrault zu werden, ehe sie Teresa folgte. Falls die alte Hündin durch die starken Schubphasen Schäden an den Hüftgelenken erlitten hatte, so konnte Jim es nicht erkennen.

»Was denkst du, Käpt'n?«

»Ich frage mich, wie es wäre, sechzehn Jahre alt und so wichtig zu sein, dass sich die Leute meinetwegen umbringen.«

»Ja, das wird sie verderben«, stimmte Amos freundlich zu. »Wir haben aber das einzig Richtige getan.«

»Sie bei uns behalten?«

»Jo.«

»Ich weiß«, seufzte Jim. »Das wird aber ein Problem. Ich glaube nicht, dass Tanaka einfach aufgibt.«

»Sie erinnert mich an Bobbie«, sagte Amos, als wollte er ihm damit zustimmen.

»Naomi fragt sich, ob Trejo von Anfang an geplant hat, uns zu hintergehen.«

»Bist du anderer Meinung?« Amos saugte an dem Schlauch mit der Grütze und nickte Jim zu, er solle fortfahren.

»Ich kann mich nicht erinnern, dass Trejo schon einmal gelogen hat. Auch Duarte hat es nie getan, und er hat mit seiner Autorität für alle anderen den Rahmen festgelegt. Er war von sich selbst eingenommen und rücksichtslos, bei manchen Dingen war er ein Genie, und er litt unter dem Irrtum, sich einzubilden, dass er auch von allem anderen viel verstand. Doch er hat getan, was er für richtig hielt.«

»So ein Typ würde dich in den Häcksler werfen, aber er würde dich nicht um seine Hälfte der Zeche prellen«, stimmte Amos zu. »Solche Leute sind mir öfter begegnet.«

»Aber diese Tanaka? Ich glaube, sie ist sauer, weil sie uns in New Egypt nicht erwischt hat und weil ich ihr das Gesicht zerschossen habe.«

»Ja«, bestätigte Amos. »Das erklärt einiges.«

»Glaubst du, sie beruhigt sich, wenn ich sie wissen lasse, dass ich sie eigentlich töten wollte?«

»Anscheinend weiß der rechte Tentakel nicht, was der linke tut«, antwortete Amos. »Das Oberkommando will mehr als eine

Sache gleichzeitig erreichen, und es ist harte Arbeit, ein galaktisches Reich zu regieren. Mag sein, du hast in Bezug auf Trejo recht. Vielleicht hat Tanaka es persönlich genommen und es vermasselt.«

Sie schwiegen eine Weile, dann seufzte Jim noch einmal. »Das Problem bei Jagdhunden ist, dass sie von der Leine sind, wenn du sie einmal von der Leine gelassen hast. Sie hören erst auf, wenn sie das gefangen haben, worauf du sie angesetzt hast.«

Amos antwortete nicht sofort, und Jim konnte nicht erkennen, ob er nachdachte oder ob es eine seiner unheimlichen Pausen war. Als er sich dann regte, war es, als wäre er eingeschaltet worden.

»Damals auf der Erde bin ich nicht mit Leuten herumgelaufen, die Jagdhunde hatten«, erklärte Amos schließlich. »Aber ich kannte in meiner Jugend mal jemanden, der Polizeihunde ausgebildet hat. Das ist doch mehr oder weniger das Gleiche, oder?«

»Keine Ahnung«, antwortete Jim. »Gut möglich.«

»Also, dieser Typ war schon ziemlich schräg, als ich ihn kannte. Er war von mehreren Sachen abhängig und ließ sich eine Menge Zeit, um an dem Zeug zu sterben, aber er mochte eben seine Hunde. Und er meinte, es käme darauf an, die Hunde herauszusuchen, die nicht einfach Leute schredderten, weil sie selbst das richtig fänden. Also musste er alle Welpen aussortieren, die sich in der Ausbildung nicht richtig benahmen, und dann verbrachte er viel Zeit damit, die anderen auszubilden, die sich bewährt hatten. Das waren verdammt gut trainierte, schlaue Tiere, aber das war auch das Problem dabei. Wenn ein Hund klug genug wird, dann weiß er, wann es eine Übung im Training ist und wann es ernst wird. Der Typ sagte, man könnte eigentlich erst im Einsatz wirklich erkennen, was für eine Art Hund man hatte.«

»Also glaubst du, Tanaka wird uns verfolgen, bis sie bekommt, was sie will.«

»Oder bis wir sie getötet haben«, bestätigte Amos. »Ich bin nicht sicher, ob das im größeren Gesamtbild irgendeinen Unterschied macht.«

»Mir ist nicht klar, worauf das jetzt hinausläuft.«

»Doch, das weißt du. Jeder muss sterben. Das war schon immer so. Die einzige Frage ist jetzt, ob wir einen Weg finden, nicht alle gleichzeitig abzutreten.«

»Wenn das geschieht, stirbt unsere Zivilisation aus. Alles, was die Menschheit jemals geschaffen hat, verschwindet.«

»Tja, aber dann ist wenigstens keiner mehr da, der irgendetwas vermisst.« Amos seufzte. »Käpt'n, du machst dir zu viele Gedanken. Du hast das Jetzt, und du hast den Augenblick, in dem das Licht ausgeht. Das, was dazwischen passiert, ist die einzige Zeit, die existiert. Wichtig ist nur, was wir damit anfangen.«

»Ich will, wenn ich gehen muss, einfach nur wissen, dass es auch ohne mich gut läuft. Dass es irgendwie weitergeht.«

»Dass du nicht derjenige bist, der den Ball fallen gelassen hat.«

»Ja.«

»Oder vielleicht auch«, ergänzte Amos, »dass du nicht ganz so wichtig bist und dass es nicht deine Aufgabe ist, das ganze Universum in Ordnung zu bringen?«

»Du weißt immer, wie du mich aufheitern kannst.«

24 Das Leuchtfeuer und die Hüterin

Fast wäre Tanaka gar nicht in den aktiven Dienst gekommen. Als sie sechzehn und im Kursprogramm des Imahara-Instituts die beste Schülerin ihres Jahrgangs war, hatte sie ernsthaft darüber nachgedacht, als Kunsthistorikerin Karriere zu machen. Sie hatte drei Seminare und Kurse besucht und hervorragend abgeschlossen. Die Geschichte eines Bildes zu kennen machte die Kunst und die Geschichte viel interessanter.

Einer ihrer letzten Aufsätze hatte ein Bild von Fernanda Daté mit dem Titel *Die Erziehung der dritten Miko* behandelt. Es zeigte eine dünne Frau, die den Betrachter direkt anstarrte. Die Ölfarbe, die Daté benutzt hatte, erzeugte einen gespenstischen Eindruck, als bestünde ein direkter Blickkontakt. Die Frau saß auf einem Thron aus Schädeln, auf der linken Wange rollte eine einsame Träne herab. Tanaka hatte über den Kontext in Datés Leben geschrieben, in dem das Bild entstanden war – der nicht behandelbare Krebs, mit dem die Künstlerin zu jener Zeit rang, der drohende Krieg zwischen Erde und Mars, in dessen Schatten sie aufgewachsen war, und ihre Bewunderung für die schintofaschistische Philosophie von Umoja Gui. Die Verzweiflung der dritten Miko spiegelte ihre Gefühlswelt, nachdem sie ihr dem Tod geweihtes Leben öffentlich gemacht und akzeptiert hatte.

Tanaka hatte jahrzehntelang nicht mehr an das Gemälde und das völlig andere Leben gedacht, das sie geführt hätte, wenn sie sich früher an einigen Punkten anders entschieden hätte.

Der Kapitän der *Derecho* war ein hagerer Mann namens Botton. Das Schiff bebte unter ihnen, und der starke Schub erzeugte ein leichtes Schwindelgefühl. Doch sie wollte so wenig wie er jetzt schon in die Druckliege steigen.

»Wenn wir nicht ernstlich versuchen, den Feind einzuholen …«, setzte Botton an und ließ den Satz unvollendet. Nicht genügend Blut im Gehirn.

Sie wartete, bis er wieder zu sich kam. »Wir werden sie nicht vor dem Ring einholen. Wir werden sie auch nicht einholen, bevor sie den Ringraum durch einen anderen Ring wieder verlassen haben. Wir zeigen ihnen die Geschwindigkeit, mit der wir sie verfolgen, und legen damit ihre Erwartungen fest, wie viel Zeit sie gefahrlos im Ringraum verbringen können. Sobald sie durch das Tor von Freehold geflogen sind, beschleunigen wir erheblich stärker. Nahe am Maximum dessen, was das Schiff aushalten kann. Es ist unser Ziel, den Ringraum zu erreichen, ehe sich ihre Rückstoßwolke völlig aufgelöst hat. So erkennen wir, durch welches Tor sie geflohen sind.«

»Wenn wir … unseren gegenwärtigen Flug … etwas verlangsamen könnten …«

»Das würde dazu führen, dass wir später umso stärker beschleunigen müssen.«

Botton wollte nicken, überlegte es sich aber anders. Wenn man unter hohem Schub aufrecht stehen wollte, musste man die Wirbelknochen sehr gewissenhaft übereinander stapeln. Tanaka verkniff sich ein Lächeln.

»Colonel, meine Sorge ist nur, dass der Vorrat an Medikamenten für … für den hohen Schub nicht ausreicht«, sagte Botton.

Sie rief den Lagerbestand an Saft für die Crew auf. Während Botton zusah, senkte sie die eigene Zufuhr auf null. Der Zug der

Schwerkraft gab seinem Gesicht den Ausdruck eines bekümmerten Hundes.

»Ich will von niemandem verlangen, ein Risiko einzugehen, das ich nicht auch selbst zu tragen bereit bin«, erklärte sie. Das entsprach zwar nicht der Wahrheit, doch er begriff es. Sie war stärker und besser als er und hatte keine Lust mehr, sich sein Gejammer anzuhören.

»Jawohl, Colonel«, antwortete er. Er nahm Haltung an, drehte sich um und verließ das Büro, das seines gewesen war. Vorsichtig, um die Knie nicht auszurenken, verlagerte er sein Gewicht. Tanaka wartete, bis er draußen war, ehe sie sich auf ihre Druckliege fallen ließ. Auf ihren Schädelthron.

Die *Forgiveness* war in Pallas-Tycho gebaut worden und hatte ihr Leben als Kolonieschiff begonnen, als die Transportgewerkschaft noch die Ringtore beherrschte. Mit fast zwei Milliarden Quadratmetern Frachtraum und Wohnquartieren, die so groß waren wie ein systeminternes Shuttle, stellte das Schiff unter Beweis, dass es hier um Fracht und nicht um Passagiere ging. Ekko hatte mit fünfzehn angemustert, und abgesehen von dem einen Jahr auf Firdaws, um sein Kapitänspatent zu erwerben, hatte er praktisch sein ganzes Leben auf dem Schiff verbracht. Als Kapitän hatte er die Gewerkschaft überlebt, die sein Patent ausgefertigt hatte. Er hatte die Verkehrskontrolle der Medina-Station überlebt. Er hatte die eiserne Faust des laconischen Reichs überlebt. Mehr oder weniger.

Die wichtigste Miteigentümerin der *Forgiveness* erweckte dagegen den Eindruck, sie wolle Ekko bis ans Ende seiner Tage heimsuchen. Malia Currán hatte mit einem privaten Darlehen, für das der regierende Rat gebürgt hatte, das Schiff überholen lassen. Zwar war ihr Anteil nicht größer als fünfzig Prozent, doch sie konnte mit zwei Anrufen und einer Einladung zum Kaffee jederzeit eine Koalition schmieden, die die Mehrheit besaß. Und sie war Komi Tuans Nichte, was bedeutete, dass die Magistrate beide Augen zudrückten, wenn sie etwas tat, das nicht völlig legal war. Wie die alten Götter auf der Erde ignorierte sie Ekko und die *Forgiveness* die meiste Zeit, und wenn sie es einmal nicht tat, war es mit ziemlicher Sicherheit ein schlechter Tag. Sie hatte vor fünf Stunden einen Statusbericht angefordert, und seitdem dachte er über die Antwort nach.

Er setzte sich in seinem Büro zurecht, überprüfte sein Erscheinungsbild im Display und startete die Aufzeichnung.

»Wie immer freut es mich, von Ihnen zu hören, Magistra Currán. Hier im Schiff ist alles in bester Ordnung. Wir haben Erz und Proben für Bara Gaon geladen, und man versicherte mir, dass die Rückfracht schon bereit ist, wenn wir dort eintreffen. Wir warten nur noch auf die Transiterlaubnis, ehe wir weiterfliegen.« Er setzte ein unbekümmertes Lächeln auf, das jedoch gezwungen wirkte. »Sie wissen ja, wie es ist, wenn man große Frachtmengen durchschleusen will. Man will sicher sein, dass alles nach Vorschrift läuft. Ich melde mich wieder, sobald wir die Bestätigung haben.«

Er speicherte die Nachricht und schickte sie ab, ehe er es sich noch einmal anders überlegen konnte. Vier Stunden bis Firdaws, und vielleicht schlief sie sogar, wenn die Nachricht dort ankam. So bekäme er noch einmal ein paar Stunden, bis sie sich in eine schäumende Wut hineingesteigert hätte. Was unweigerlich geschehen würde.

Er wusste schon, welche Argumente sie vorbringen würde: Die Verkehrsregeln des Untergrunds waren bloße Leitlinien und keine Gesetze. Die Infrastruktur, die sie unterstützten, war erst teilweise installiert, und was wollte er, verdammt noch mal, denn tun, wenn die Genehmigung nicht bald kam? Ewig umherschweben und auf die Flugerlaubnis warten, während jemand anders die Nachschuboffiziere in Bara Gaon bestach und den Mutterboden, die Treibstoffpellets und die Produktionsdrucker mitnahm, die Firdaws benötigte?

Ganz falsch lag sie damit nicht. Ein Frachtschiff, das keine Fracht bewegte, war nichts wert.

»Verdammt auch«, sagte er zu niemand im Besonderen und zu allem und jedem. Er öffnete einen Kanal zum Pult der Pilotin zwei Decks unter ihm. »Annamarie? Sind Sie da?«

»Bin da«, antwortete sie.

»Fliegen Sie mit einem Viertel G zum Tor, ja? Wir müssen das tun, ob wir die Freigabe haben oder nicht.«

»Verstanden, bin schon dabei.« Sie trennte die Verbindung, und ein paar Sekunden später hatte sie die Schubkorrektur bereits vorgenommen. Wenn ihm niemand antwortete, dann musste er eben selbst entscheiden, ob er Bremsschub gab oder ohne Freigabe durch das Tor flog, während eine ganze Armada unabhängiger Frachter da draußen die gleichen Überlegungen anstellte wie er selbst.

Aber, zum Teufel noch mal, das Leben war gefährlich.

»Sie kommt uns ziemlich nahe«, meinte Jim. »Sind wir sicher, dass wir richtig liegen?«

»Wir können den Vorsprung halten«, sagte Alex von oben und über den Com. »Das weiß sie auch. Wenn sie zu nahe kommt, beschleunigen wir, und dann muss auch sie beschleunigen. Oder wir beschließen, plötzlich auszubrechen, und dann weiß sie, wie nahe wir sie kommen lassen. Im Augenblick verschleudert sie Reaktionsmasse, ich aber nicht. Wenn sich das verändert, dann verändert es sich.«

»Das klingt sehr philosophisch.«

»Dieser Teil hat mir immer besonders gefallen.« Er hörte Alex' Lächeln heraus. »Das gegenseitige Töten am Ende mag ich nicht, aber diese Art von Vorgeplänkel hat eine gewisse Poesie. Und es gibt einige Entscheidungen, die wir treffen müssen.«

Jim drehte den Kopf herum. Naomi sah ihn an. Teresa und Amos waren über den Com aus dem Maschinenraum zugeschaltet.

»Das Nuriel-System ist nur zehn Bogengrad von unserem gegenwärtigen Kurs entfernt«, erklärte Naomi. »Wir brauchen nicht einmal einen Bremsschub. Der Untergrund hat dort Ressourcen.«

»Aber Tanaka bemerkt es doch, wenn wir keinen Bremsschub brauchen«, wandte Alex ein. »Wir könnten in wenigen Minuten von einem Ende zum anderen durch den Ringraum fliegen, wenn ich den Winkel richtig berechne, aber das wäre, als würden wir mit einem Pfeil auf die Stelle zeigen, wo wir verschwunden sind. Wenn wir langsamer hineinfliegen, haben wir eine größere Auswahl an Systemen, die wir ansteuern können.«

Das Schiff summte und dröhnte, die Resonanzen des Antriebs spielten ihre eintönige vertraute Musik. Auf seinem Bildschirm rückte der laconische Zerstörer weiter vor und verringerte die Distanz zwischen ihnen. Das Abfangmanöver konnte erst beginnen, nachdem sie durch das Ringtor geflogen und in einem anderen System eingetroffen waren. Die Panik, die sich gerade in Jims Hinterkopf regte, nährte sich selbst.

»Wir wollen auch nicht so schnell durchfliegen, dass wir uns einfach auflösen«, sagte er. Es war eher ein lautes Nachdenken als ein Hinweis auf etwas, das die anderen nicht bedacht hatten. »Außerdem könnten in der langsamen Zone noch andere laconische Schiffe sein. Oder wir wissen nicht mit Sicherheit, dass dort keine sind.«

»Ich wüsste nicht, wie ich diesen Faktor beeinflussen könnte«, sagte Naomi. »Aber wir sollten auf Systeme zielen, in denen höchstwahrscheinlich weniger Augen auf uns gerichtet sind. Mehr können wir nicht tun.«

Es gab so viele Risiken. Wenn Laconia einen Späher stationiert hatte, würde man sie entdecken. Wenn die Feinde sie aus der Nähe der Sonne anpeilten, sobald sie durch das Tor kamen, wie sie es in Freehold getan hatten, würde man sie erwischen. Wenn Tanaka ihnen auf den Fersen war und einen Trick probierte, mit dem sie nicht rechneten, würde man sie erwischen. Wenn sie den Transit zu schnell oder zusammen mit zu vielen anderen Schiffen vornahmen, dann würden sie sterben. Wenn sie zu lange in der langsamen Zone blieben, und die Wesen im Tor krochen wieder von der Region jenseits des Ringraums heran, dann wären sie tot. Und wenn alles gut verlief … was dann? Tot oder gefangen, das waren die Aussichten, wenn sie scheiterten. Er war nicht sicher, wie der Erfolg überhaupt aussah.

Der nächste Schritt. Es spielte keine Rolle, wenn er wusste, wie alles enden würde, solange er immer wusste, was als Nächstes kam. *Du kannst tausend Kilometer fahren, solange du noch einen guten Scheinwerfer hast.* Das hatte Mutter Elise immer gesagt, als er noch ein Kind war. Es war wie ein Omen, als er auf einmal ihre Stimme so deutlich hörte. Er wusste nur nicht, was es zu bedeuten hatte.

»Käpt'n?«, fragte Amos.

»Ja?«

»Wir müssen zum Doc.«

Er überlegte einen Augenblick. »Ins Adro-System?«

»Dort sind ausschließlich laconische Schiffe«, wandte Naomi ein.

»Aber sie unterstehen Dr. Okoye«, erklärte Teresa. »Und sonst ist dort nichts. Colonel Tanaka rechnet nicht mit so etwas.«

»Wir haben vor Kurzem aufgetankt«, überlegte Alex. »Wenn wir einen Ort suchen, wo wir lange und ruhig treiben können, dann wäre das eine gute Wahl.«

»Käpt'n«, sagte Amos noch einmal. Der drängende Unterton war nicht zu überhören. »Wir müssen zum Doc.«

Jim wollte nicht, war aber nicht sicher, warum es ihm widerstrebte. Nein. Das war nicht wahr. Elvi war ihre letzte Hoffnung im Kampf gegen die Finsternis, und wenn er zusehen musste, wie sie scheiterte, dann hatte er nicht einmal mehr diese

Hoffnung. Das war allerdings kein guter Grund, nicht hinzufliegen.

»Alex, berechne den schnellstmöglichen Kurs ins Adro-System.«

Kit wachte auf. Das Geschirr neben ihm war leer. Zuerst dachte er, Rohi fütterte Bakari, doch das war nicht der Fall. Das Baby schlief in seinem eigenen Geschirr, die Augen waren geschlossen, und die Arme schwebten, als hätte es nie die Fruchtblase verlassen. Sein Sohn wirkte so friedlich. Wie gut für ihn, denn außer ihm fühlte sich niemand so.

So leise er konnte, befreite Kit sich aus seinen Gurten und synchronisierte sein Handterminal mit dem System der Kabine. Es würde Bakari mit seinen elektronischen Augen überwachen und ihn alarmieren, wenn das Baby auch nur rülpste. Dann huschte er beinahe lautlos aus der Kabine in die Gemeinschaftskombüse.

Das Licht war zur Nachtzeit gedämpft, sodass Rohis Handterminal ihr Gesicht von unten beleuchtete. Hinter ihrer rechten Schulter war die Flagge ihrer zukünftigen Heimat als Schatten zu erkennen. Sie richtete die Augen wie gebannt auf das kleine Display, ihre Miene war leer. Er musste nicht fragen, er wusste, was sie sich ansah. Bilder aus dem San-Esteban-System.

Er zog sich hinüber, hielt neben ihr an und schwebte mit deaktivierten Magnetstiefeln in der Luft. Sie schenkte ihm einen kurzen Blick und lächelte bedrückt. Bedrückt und vielleicht ein wenig empört.

»Wir sind fast am Tor«, sagte Kit. »Nur noch ein paar Stunden.«

Rohi nickte. Der Feed auf ihrem Handgerät wechselte zu anderen Bildern und hielt ihren Blick im Bann. Die Schrecken eines ganzen Systems voller toter Menschen, immer und immer wieder abgespielt, mit Kommentaren in zehn Sprachen, gefärbt durch hundert politische Glaubensbekenntnisse. Die wissenschaftlichen

Feeds über die Todesart. Die religiösen Feeds über die spirituelle Bedeutung und was dies über den Willen Gottes sagte. Die politischen Feeds über die Frage, warum eine andere Ideologie die Schuld trage. Sie sah alles an, als suchte sie etwas in den Bildern der Leichen. Eine Bedeutung vielleicht. Oder Hoffnung.

»Du musst jetzt schlafen«, sagte Kit. »Bakari wird bald wach, und er ist von mir lange nicht so begeistert wie von dir.«

»Er findet ja gar nicht, dass mit dir irgendetwas nicht stimmt«, erklärte Rohi. »Er ist noch ein Baby und spürt trotzdem schon, dass ich unter Stress stehe.«

»Wir zwei sind sein ganzes Universum.«

»Und wenn wir das hier nun gar nicht tun sollen?«

»Was denn, Baby?«

»Das alles hier? Zu anderen Planeten fliegen. Zu anderen Sternen reisen. Wenn Gott das alles nicht gewollt hat?«

»Ich glaube, dann hätte er uns etwas früher Bescheid sagen sollen. Es ist ein wenig spät, um jetzt noch umzukehren.«

Sie kicherte und schaltete das Handterminal aus. Er war erleichtert. Er wusste nicht, was er getan hätte, wenn sie sich geweigert hätte, den Blick von den Feeds zu wenden. Wahrscheinlich wäre er allein in die Kabine zurückgekehrt.

»Wie können wir das nur tun?«, murmelte sie. »Gerade eben sind so viele Menschen gestorben, und nun machen alle weiter, als wäre nichts geschehen.«

»Es gibt keine andere Möglichkeit. Wir machen weiter, weil wir nicht anders können.« Er wischte ihr die Tränen ab, die sich um die Augen gesammelt hatten. »Alles wird gut«, sagte er und hörte selbst, wie wenig Gewicht seine Worte hatten. Wie wenig Glauben er ihnen selbst schenkte. »Komm jetzt ins Bett.«

In gewisser Weise war die Verfolgungsjagd eine einfache Sache. Die *Rosinante* bremste, während sie auf das Tor von Freehold zuraste, und wurde allmählich langsamer. Wenn sie durch das Tor flog, wäre sie so langsam, dass sie die Flugbahn um die vierunddreißig Grad verändern konnte, die nötig waren, um durch das Tor nach Adro oder durch Hunderte anderer Tore zu entkommen. Der laconische Zerstörer *Derecho* flog erheblich schneller und begann erst jetzt zu bremsen. Er würde viel schneller durch das Tor von Freehold fliegen, er musste schärfer bremsen und seinen starken laconischen Antrieb so sehr belasten, dass man befürchten musste, ein gewisser Prozentsatz der Crew werde es nicht überleben. Vielleicht konnten sie das Tor finden, durch das die *Rosinante* geflohen war. Vielleicht irrten sie sich auch. Vielleicht bremsten sie ihr Tempo mit einem mörderischen Gegenschub ab, um im Ringraum anzuhalten und die Spuren vom Durchgang der *Rosinante* zu erfassen. Oder es gab eine Fehlfunktion, und sie rasten zwischen den Toren in die Nichtoberfläche der Blase und wurden vernichtet. Jim hatte schon öfter Glück gehabt.

Auf einer anderen Ebene war die Jagd unglaublich komplex. Mit einer Bewegung der Augen konnte er das Display umschalten, damit es in drei Dimensionen alle möglichen Flugbahnen der *Rosinante* darstellte und die Kipppunkte zeigte, wo eine Gleichung, in welche die Zeit, der Flugvektor, die Geschwindigkeit, die Belastbarkeit menschlicher Blutgefäße und die Position des Schiffs im Weltraum einflossen, nicht mehr gültig war. Jim schaltete zwischen den beiden Ansichten hin und her – einerseits die gekrümmte Flugbahn der *Rosinante*, andererseits der herabstoßende auffächernde Kegel, der die möglichen Bahnen der *Derecho* zeigte. Dann hinüber zu dem komplizierten Geflecht der Dinge, die geschehen konnten, aber noch nicht geschehen waren. Sekunde um Sekunde wurde die Bandbreite schmaler, und am Ende stand nur noch der dünne Faden, den man Geschichte nannte. Vom starken Bremsschub tat ihm der Unterkiefer weh. Seit Stunden hatte niemand mehr gesprochen, und seine Kopfschmerzen waren vermutlich einfach nur Kopfschmerzen. Ein Schlaganfall dauerte nicht so lange.

BEREIT FÜR TRANSIT, sendete Alex an die gesamte Crew. Auf den externen Teleskopen war der tausend Kilometer durchmessende Ring beinahe noch zu klein, um ihn zu erkennen. Jim sah zu, wie er langsam heranwuchs, bis er beinahe so groß war wie der Nagel seines ausgestreckten Daumens, und dann verschwanden alle Sterne des Universums, als sie hindurchglitten und den Ringraum erreichten.

Die Blase mit den Toren war ein wenig kleiner als die Sonne des Solsystems. Eine Million Erdkugeln hätten sie nicht ausfüllen können. Bei ihrer Geschwindigkeit würden sie nicht lange in diesem Raum bleiben.

Unter ihm verlagerte sich die *Rosinante* und schwang in einem perfekten Bogen herum, der das Tor von Freehold und jenes nach Adro in einer logischen Beziehung verknüpfte, die eine komplexe Mathematik definiert hatte und die der mächtige Schiffsantrieb in physische Realität zu verwandeln suchte. Wenn der Zustrom der Reaktionsmasse ins Stocken geriet, würden sie vom Kurs abkommen. Wenn sie das Tor nach Adro verfehlten, wäre alles, was danach noch kam, das Problem von jemand anders. Jim konnte nicht sagen, ob sein Herz vor Angst raste, oder ob es nur die Anstrengung war, das Gehirn mit genügend Blut zu versorgen.

Links neben ihm grunzte Naomi. Es klang entsetzt. Schlagartig erinnerte er sich an die medizinischen Alarmsignale, als Fred Johnson auf genau der Druckliege, auf der sie jetzt lag, gestorben war. Sein Herz fand tatsächlich die Kraft, noch ein wenig schneller zu rasen. Kein Alarm ertönte, aber auf seinem Bildschirm erschien eine private Nachricht von ihr.

ZU VIELE SCHIFFE.

Wieder veränderte er die Darstellung seines Displays und ließ sich den Verkehr im Ringraum anzeigen. Ein Dutzend Transpondercodes wurden eingeblendet – die *Tyrant's Folly* aus Sol, die *Taif* aus Hongdae, die *Forgiveness* aus Firdaws – und doppelt so viele Symbole, die nicht identifizierbare Rückstoßwolken markierten. Er versuchte, die Analyse zu starten, um sie alle zu erfassen, aber ehe er dazu kam, ging eine weitere Nachricht von Naomi ein.

DAS IST WAHNSINN. SIE WERDEN DEN TRANSIT NICHT SCHAFFEN. WAS DENKEN SIE SICH NUR DABEI?

Natürlich wusste sie, was sie sich dachten. Sie dachten das Gleiche wie sie selbst. Sie erkannten das Risiko, und jeder beschloss für sich, dass es sinnvoll schien, das Risiko einzugehen. Einige waren gescheitert. Niemand führte Buch, wie viele Schiffe in ein Ringtor flogen und auf der anderen Seite nicht mehr herauskamen. Er wusste nicht einmal, wie lange es dauern würde, bis es jemand bemerkte, wenn die *Rosinante* verloren ging. Vielleicht würde es gar nicht auffallen.

Er schaltete auf die Bedrohungslage um und bekam sofort eine Antwort. Zwei Schiffe würden den Ringraum verlassen, ehe die *Rosinante* nach Adro sprang: Ein Kolonieschiff, das beinahe das Tor nach Behrenhold erreicht hatte, flog ohne Transponder, und dann die *Forgiveness*, ein riesiger Frachter aus Firdaws, der nur wenige Minuten, bevor die *Rosinante* das Tor nach Adro erreichen würde, nach Bara Gaon springen würde. Unter der Voraussetzung, dass die Ringe im Normalzustand waren, konnte die *Rosinante* den Transit überleben. Und vorausgesetzt, in der Zwischenzeit kamen keine weiteren Schiffe durch die Ringtore.

Das setzte allerdings eine Menge Dinge voraus, die er eigentlich nicht voraussetzen durfte.

Die Sterne waren wieder da. Die gleichen Sterne wie zu Hause, nur in etwas anderen Konfigurationen. Ekko ließ den Kopf auf das Gel der Druckliege sinken. Einen Moment lang sagte er gar nichts und fühlte fast nichts. Dann durchflutete ihn eine tiefe Erleichterung, machte ihm das Herz leicht und ließ ihn sogar lachen.

Ihm wurde bewusst, dass sein Com offen war. Er hörte Annamarie leise und melodisch auf Französisch fluchen. Sie redete nicht mit ihm oder einem anderen Menschen. Vielleicht sprach sie mit Gott.

»Ist heute ein wenig voll hier, was?«, fragte Ekko.

Annamarie wechselte die Sprache. »Verdammt auch, das war zu viel, alter Mann.«

Wieder musste Ekko lachen. Die Erleichterung fühlte sich beinahe postkoital an. Er war mit seinem Schiff in Bara Gaon eingetroffen, statt in dem kreischenden Nichts zu landen, das die Schiffe fraß, die den Kürzeren gezogen hatten.

»Ich kündige«, erklärte Annamarie. »Ich suche mir in Bara Gaon eine Wohnung und einen anständigen Job und setze mich zur Ruhe, ich bekomme Kinder und fliege nie wieder durch dieses beschissene Tor. *Verdammt auch.*« Er konnte hören, dass sie grinste, und begriff erst, als sie ernst wurde, dass sie nicht gescherzt hatte. »Ehrlich, *capitán*. Da drin wird bald jemand sterben, wenn weiter so viel Verkehr herrscht.«

»Das ist wahr, aber das gilt nicht für uns. Nicht heute. Gib mir eine Richtstrahlverbindung zur Verkehrsüberwachung und zum Kunden. Wir wollen ihnen sagen, dass wir da sind.«

»Dass wir überlebt haben und dass uns an einem anderen Tag das Fell über die Ohren gezogen wird«, ergänzte Annamarie. »Bin dabei. Ich sage Bescheid, wenn die Verbindung steht.«

Die *Rosinante* kreischte. Die Kompressionsfugen erreichten die Grenze ihrer Toleranzen. Die großen Kohlenstoffsilikatplatten der Rumpfverkleidung schoben sich tief in die Aufhängungen hinein. Der Antrieb arbeitete heulend gegen die Masse der dahinrasenden Blase aus Keramik, Metall und Luft an. Jenseits des Adro-Tors waren schon die ersten tanzenden Sterne zu sehen, fast verdeckt durch ihre Rückstoßwolke.

Was für eine absurde Weise zu sterben, dachte Jim.

Sein Unterkiefer tat weh, und er hatte immer wieder kurze Aussetzer. Alex hatte den Antriebskegel der *Rosinante* auf das Adro-Tor gerichtet und bremste so stark ab, wie es nur möglich war, um den Transit in der kaum begründeten Hoffnung, dass es etwas ändern würde, ein paar Sekunden später zu vollziehen. Vor dem Ringraum näherte sich inzwischen die *Derecho*. Es gab so viele Gründe, aus denen dies hier schiefgehen konnte, und was dann?

Mutter Elises kleiner Junge war von Montana aus durch Kriege und fremde Sonnensysteme, durch Liebe und Verzweiflung seinen Weg gegangen und würde durch eine der Gefahren sterben, von deren Existenz er seit Jahrzehnten wusste. Das war viel zu dumm und zählte nicht einmal als ironische Wendung.

Auf seinem Display erschien eine Nachricht von Naomi: ALLES KLAR BEI DIR? Er musste sich beherrschen, um sie nicht anzusehen. Er war nicht sicher, ob er bei diesem Schub den Kopf wieder zurückdrehen konnte. Das Blut sammelte sich im Hinterkopf, und das unbehagliche elektrische Summen des Safts war, das glaubte er sicher zu wissen, das Einzige, was ihn davor behütete, gleichzeitig mehrere Schlaganfälle zu bekommen. Er setzte zu einer Antwort an, vergaß aber gleich wieder, was er eigentlich hatte sagen wollen. Sie näherten sich dem Tor, es wuchs langsam und dann immer schneller heran, und dann waren sie durch.

Der Schub ließ nach, er wurde nur langsam heruntergefahren, um Reperfusionsverletzungen zu vermeiden, die entstehen konnten, wenn das Blut allzu schnell in das Gewebe zurückschoss, aus dem es herausgequetscht worden war. Seine Hände und das Gesicht kribbelten. Wieder sah er Naomis Nachricht, und ihm fiel ein, dass er noch nicht geantwortet hatte.

Er wollte sagen: *Mir geht es gut,* bekam aber nur ein Krächzen heraus. Ein paar Sekunden lang massierte er sich den Hals, schob Knorpel und Muskeln hin und her, bis sie wieder an den richtigen Stellen saßen, und versuchte es noch einmal.

»Es geht mir gut«, quetschte er heraus. »Alles klar. Und du?«

»Ich bin sehr stolz darauf, dass ich nicht in einer Pfütze von etwas Unschönem sitze«, sagte sie, doch der Scherz klang wütend. Der Schub der *Rosinante* sank unter ein G, dann unter ein halbes G. Er sah hinüber. Sie war sichtlich aufgebracht.

»Sie halten sich nicht an die Vorgaben«, sagte er.

»Ich hätte Trejos Angebot annehmen sollen. Das hier funktioniert nicht, solange es niemanden gibt, der es durchsetzt. Es gibt nicht genügend Kooperation.«

»So ist es jetzt, aber das heißt nicht, dass es nicht irgendwann anders sein kann.«

»Sie sind Menschen«, meinte Naomi erschöpft. »Wir versuchen, all das mit Menschen zu tun. Die Kurzsichtigkeit ist in unserer DNA fest codiert.«

Darauf wusste er keine Antwort. In der nächsten Sekunde erwachten die Coms zum Leben. Amos und Teresa berichteten über die Wartungsarbeiten, die nach der Schubphase anstanden, Alex baute eine Richtstrahlverbindung zur *Falcon* auf, und Naomi überprüfte, ob das Schiff während des Fluges durch den Ringraum abgelegte Kommunikationspakete vom Untergrund aufgefischt hatte.

Jim kümmerte sich um verschiedene andere Dinge und half, wo er helfen konnte. Dabei dachte er die ganze Zeit an Naomis Worte, die er wie eine eingängige Melodie im Hinterkopf hörte: *Wir versuchen, all das mit Menschen zu tun.*

Die *Derecho* flog durch das Tor von Freehold und drang in den Ringraum ein. Der Antrieb bremste mit einem Schub, der sich dicht an den Toleranzgrenzen des Schiffs bewegte, was bedeutete, dass es auf die Belastbarkeit der Crew Rücksicht nahm. Rein technisch gesehen konnte die *Derecho* mit G-Werten manövrieren, die auf der Stelle die von Haut begrenzten Beutel mit Salzwasser in ihrem Inneren zerquetscht hätten. Tanaka war bereit, ein paar Leben zu opfern, wenn es ihr dafür gelang, die Beute zu fassen. Wenn sie damit blutdürstig erschien, dann sollte es eben so sein. Sie hatte schon immer nach irgendetwas gedürstet, und wenn es nach ihr ging, konnte es auch Blut sein.

Sobald die Verzerrungen durch das Tor überwunden waren und als sie selbst noch um Atem rang, wies sie das Schiff an, das Vakuum unmittelbar vor den mehr als tausenddreihundert Toren zu scannen. Die Rückstoßfackel der *Rosinante* mochte verschwunden sein, doch die Wolke der abklingenden Reaktionsmasse war noch da und löste sich langsam in dem zarten Dunst von Wasserstoff, Sauerstoff, Ozon und Wasserdampf auf, der den größten Teil der Materie im Ringraum ausmachte. Mit der Zeit trieben die Partikel zur Grenze des Ringraums und wurden vernichtet, aber bis dahin waren die Informationen noch vorhanden. Ein Finger, der unaufdringlich in die Richtung wies, in die der Feind geflohen war.

Wenn sie es nur schaffte, ehe sich die Wolke zu weit aufgelöst hatte …

Die *Derecho* schaltete den Antrieb ab, das Schiff ging in den freien Fall über, und ihr wurde übel. Sie unterdrückte das Gefühl und rief das taktische Display auf. Der Ringraum war geradezu lächerlich überfüllt. Es waren immer noch weniger Schiffe, als sie damals an einem durchschnittlichen Tag im Anflug auf den Marinestützpunkt Callisto gesehen hatte, aber Callisto hatte sich auch nie Sorgen machen müssen, irgendwelche extradimensionalen Schrecken könnten die Schiffe fressen, ehe sie gelandet waren. Der Kontext änderte alles.

Im Handumdrehen hatte die *Derecho* alle Einheiten gescannt und verworfen. Keines der Schiffe war die *Rosinante*. Trotzdem rief sie die visuellen Profile und Antriebssignaturen auf. Die Erkennungsalgorithmen waren erstklassig, doch sie waren keine menschlichen Augen. Was das eine zum Narren halten konnte, wurde oft vom anderen entdeckt.

»Colonel Tanaka?« Bottons Stimme drang aus dem Com-Display.

»Was gibt es?«

Die *Derecho* markierte einen Schwall von Licht und hochenergetischen Partikeln, die durch das Sol-Tor hereinkamen. Die ersten sprühenden Vorboten eines Schiffs, das von dort durch den Ring fliegen wollte.

»Wir haben medizinische Notfälle bei …« Botton hielt inne und holte Luft. »Bei mehreren Crewmitgliedern. Wenn wir lange genug anhalten könnten, um sie in die Krankenstation zu bringen …«

»Tun Sie das«, antwortete Tanaka.

»Danke, Colonel«, sagte er.

»Wo seid ihr nur, ihr kleinen Ärsche?«, murmelte Tanaka.

Im Sol-Tor flackerte das Licht.

Bakari quengelte, weil er frustriert war. Die Kinderärztin hatte Kit vor der Reise gewarnt, dass dies geschehen würde. Die Zeit in der niedrigen Schwerkraft würde Bakaris Muskeln und Knochen schwächen. Nicht so sehr, dass er sich nicht mehr erholen konnte, wenn er wieder unter stetiger Schwerkraft lebte, aber doch so sehr, dass das Kind bei stärkeren Schubphasen während der Reise manche Dinge nicht mehr tun konnte, die es vorher getan hatte. Der Bremsschub vor dem Ringraum galt als die erste Gelegenheit, bei der Kinder in Bakaris Alter Schwierigkeiten bekamen. Damals hatten sie das nicht für ein großes Problem gehalten.

Das hatte sich gerade geändert.

»Komm schon, kleiner Bär«, sagte Kit und lächelte das kleine Gesicht an, das wütend zu ihm emporblickte. »Es ist gut. Hör zu, während wir singen ja? Hör uns singen.«

Vor drei Stunden war Bakari aus seinem Nickerchen erwacht. Rohi hatte die ersten beiden Stunden übernommen. Jetzt war sie in der Kantine und kaufte scharfes Curry für die Brüder aus Breach Candy, um sich für das Kreischen und Weinen zu entschuldigen. Die anderen Passagiere waren so freundlich, sich nicht zu beklagen, und nahmen außerdem alle Friedensangebote liebenswürdig entgegen. Rohi hatte sich vorgenommen, anschließend eine Stunde im Fitnessraum zu verbringen. Keiner von ihnen hatte sich wirklich gewissenhaft an das Trainingsprogramm gehalten. Dafür würden sie büßen, wenn die *Preiss* in Nieuwestad eintraf.

»Hör zu«, sang Kit. »Kleiner Junge, hör mir zu. Hör mir zu, wie dein müder Daddy singt.«

Er produzierte hinten in der Kehle einen Triller. Sein Vater hatte es ihm beigebracht, damals in den alten Tagen vor der Scheidung. Bakari schreckte auf und konzentrierte sich auf ihn, als hätte Kit sich einen zweiten Kopf wachsen lassen.

»Oh, hat dir das gefallen?«, neckte Kit und trillerte noch einmal.

Der kleine Mund entspannte sich, und wie ein frommer Mensch, dem ein Wunder zuteilgeworden war, lachte das Baby. Kit grinste den Kleinen an, und Bakari grinste zurück.

»Der Schub ist fast vorbei«, sang Kit zu einer improvisierten Melodie. »Bald fliegen wir durchs Tor.«

Bakari drehte den Kopf hin und her und hob einen Arm, wie er es schon in Rohis Bauch getan hatte. Bald würde er wieder einschlafen. Kit freute sich schon darauf. Wenn sein Sohn schlief, konnte auch er die Augen zumachen. Bei Gott, er brauchte den Schlaf.

»Schließ die Augen und ruh dich aus, mein Sohn«, sang er und wiegte die kleine Druckliege sachte hin und her. Er dehnte die Vokale, damit sie weich und beruhigend klangen. »Du hast alles, was du brauchst …«

Bakaris Augenlider klappten zu, dann riss er sie wieder auf. Es war seltsam, wie das Licht auf die runde Wange fiel. Kit kam aus dem Takt, als er fasziniert die Haut seines Sohnes betrachtete. Das Licht zeigte ihm so viele Einzelheiten, die Fältchen in der glatten Babyhaut, der Glanz des Öls. Irgendwie stürzte Kit hinein und verlor sich in den komplizierten Fraktalen. Als er bemerkte, dass etwas nicht stimmte, war es schon zu spät.

Bakari war da, so nahe wie zuvor, doch was sein Junge gewesen war, verwandelte sich nun in ein kompliziertes Geflecht von Schwingungen – Moleküle und Atome tanzten in Gruppen und Strukturen, die zu vielfältig waren, um zu erkennen, wo ein Ding endete und wo ein anderes begann. Eine Ewigkeit lang sank Kit auf das, was einmal seine Knie gewesen waren. Die Schmerzen empfand er, als kippten Dominosteine um, winzige elektrochemische Funken, die von Nerv zu Nerv sprangen. Das Flimmern in der Luft war Bakaris Kreischen. Auch Kit kreischte jetzt. Es fühlte sich an, als schürfte ihm die Luft mit einer Kaskade aus rasiermesserscharfen Atomen die Kehle auf.

Etwas, das massiver und realer war als sie selbst, glitt durch das Gewirr der Atome, die die Wand bildeten. Ein Faden einer bewussten Finsternis, die nie das Licht gekannt hatte und sogar dessen Antithese war. Kit versuchte, die Wolken zu verschieben, die seine Arme waren, um die Wolke, die sein Sohn gewesen war, zu umarmen, und wusste doch, dass es nichts ändern würde. Er hatte wie die Wand die Festigkeit verloren.

Die Dunkelheit umfing ihn und verstreute ihn. Verstreute seinen Sohn.

Eine Stimme, so gewaltig wie ein Berg, *flüsterte* …

Der Alarm verlangte Tanakas Aufmerksamkeit. Im Sol-Tor lief etwas schief. Es dauerte einige Sekunden, bis sie begriff, was sie sah. Der Zustrom der schnellen Partikel war soeben auf null gefallen. Das hätte bedeuten können, dass das anfliegende Schiff den Antrieb abgeschaltet hatte, doch es kamen immer noch Photonen durch. Welches Schiff da auch von Sol herüberkam, es würde es nicht mehr schaffen. Sie lösten sich bereits auf und hatten es selbst noch nicht einmal bemerkt.

Das war nicht ihr Problem, und selbst wenn, sie hätte nichts tun können. Sie wandte sich wieder der Analyse der Reststrahlung und der Suche nach der *Rosinante* zu. Für den Zeitraum, der infrage kam, bestand eine Wahrscheinlichkeit von mehr als vierzig Prozent, dass ein Schiff nach Bara Gaon geflogen war …

»Verdammt«, sagte sie zu niemand im Besonderen.

Sie ließ die *Derecho* die Zahlen verarbeiten, richtete das Display wieder auf das Sol-Tor und beobachtete die Katastrophe. Das Licht wurde abwechselnd heller und dunkler. Der Antrieb hatte fast das Tor erreicht. Unwillkürlich seufzte sie schwer. Viele Menschen würden gleich sterben, und zwar nur, weil sie in Bezug auf die Verkehrsströme Pech gehabt hatten. In ihr regte sich sogar Mitgefühl. Sie fand es irgendwie kleinlich, dass der Feind immer noch einzelne Schiffe fraß, während das ganze Universum kurz vor dem Zusammenbruch stand.

»Ruht in Frieden, ihr armen Hunde«, sagte Tanaka, als die Rückstoßwolke abbrach und sich dort auflöste, wo die verlorenen Schiffe landeten.

Ein Alarm zirpte. Eine halbe Sekunde lang dachte sie, es ginge um das vernichtete Schiff aus dem Sol-System. Doch die *Derecho* war nicht deshalb beunruhigt. Sie machte sich über etwas anderes Sorgen. Als Tanaka die Daten betrachtete, verkrampfte sich ihr Magen. Sie öffnete einen Feed der externen Teleskope. Die Oberfläche des Raums zwischen den Toren glühte perlmuttgrau, dunkle Wellen zogen in einer Weise darüber, dass sie unwillkürlich an kreisende Haie in trübem Wasser dachte. Das Adrenalin schoss in ihren Kreislauf, und ihr wurde so übel, dass sie fürchtete, eine Schubdüse hätte eine Fehlfunktion.

»Botton«, sagte sie und vertraute darauf, dass die *Derecho* es begriff und einen Com-Kanal öffnete. »Wir haben ein Problem.«

Die Oberfläche des Ringraums wallte. Sie *brodelte*.

Die Alien-Station im Zentrum des Ringraums flammte auf wie eine kleine Sonne.

Mit Tanaka geschah etwas, das sich anfühlte, als wachte sie auf, ohne vorher eingeschlafen zu sein. Ihr Bewusstsein verlagerte sich, öffnete sich und wurde zu etwas, das es einen Moment vorher noch nicht gewesen war. Sie lag auf der Druckliege, war aber auch in der Krankenstation und hatte grässliche Kopfschmerzen, und sie war mit einem Beutel Whisky in seiner Hand und dem Brennen in seiner Kehle in Bottons Kabine. Sie sah durch tausend Augen und fühlte tausend verschiedene Körper und kannte sich selbst unter tausend verschiedenen Namen.

Aliana Tanaka schrie.

Eine Stimme, so gewaltig wie ein Berg, flüsterte etwas.

Sie flüsterte *Nein*.

Die verstreute Welt hörte zu wirbeln auf, das Chaos ließ nach. Die dunklen Fäden hielten inne, vibrierten und zuckten, konnten aber nicht mehr durch die Wolken und Punkte peitschen, die die Materie bildeten. Das Bewusstsein, das Kit ausgemacht hatte, weggetrieben und zerbrochen und zersplittert, wie es war, sah seinen eigenen Schmerz und seine Verzweiflung, die immer noch aufblitzenden Impulse, die die aktiven Neuronen seines Kindes gewesen waren. Etwas, das mit Geräuschen vergleichbar war, rumpelte und grollte, und die dunklen Fäden wurden dünner. Sie wurden schwarzes Garn, feucht wie Blutgerinnsel. Dann zu filigranen Fasern. Dann zu Rauchwölkchen.

Dann war da nichts mehr.

Die Bahnen, wo die Finsternis die verstreuten Partikel auseinandergepeitscht hatte, verlagerten sich wie eine Videobotschaft, die man langsam rückwärts abspielte. Etwas dachte: *die Sahne aus dem Kaffee herausrühren*, womöglich war es sogar Kit. Das Flirren der Vibrationen, aus denen die Atome und Moleküle bestanden, unverständlich in seiner Vielschichtigkeit, ebbte ab. Die langsam kreisende Strömung, ähnlich einem Fluss an einer Sandbank, wurde zum Luftstrom aus der Lüftung. Oder zu Blut, das durch eine Arterie floss. Dichte war wieder real.

Oberflächen bildeten sich heraus. Dann Objekte, dann Kit, der Bakari in die weit aufgerissenen, verängstigten Augen blickte. Kits Herz raste, er war verwirrt wie ein Mann, der mitten im Satz vergessen hatte, was er sagen wollte, und dann hämmerte es weiter, jeder Schlag war so fest, dass er den Puls in den Augen sehen konnte. Er nahm seinen Sohn fest in die Arme und drückte ihn an sich, als Bakari zu weinen begann, schirmte ihn vor einer Bedrohung ab, die er nicht verstand und die er im Raum nicht ausfindig machen konnte.

Der andere Mann, derjenige, der nicht in dem Raum war, sank vor Erschöpfung in sich zusammen und schloss die Augen. Abrupt ging die Kabinentür auf, und Rohi war da, mit funkelnden, panisch geweiteten Augen.

»Du tust ihm weh«, rief sie. »Kit, du tust ihm weh!«

Nein, wollte Kit sagen. *Ich halte ihn nur fest. Er weint nur aus Angst.* Er fand nicht die richtigen Worte, und als er hinsah, wurde ihm bewusst, dass er tatsächlich zu fest drückte. Er entspannte seine Arme, worauf Bakaris Weinen nur noch lauter wurde. Er überließ Rohi ihren Sohn. Er zitterte am ganzen Körper, es war ein tiefes, pulsierendes Schaudern.

»Was war das?«, fragte Rohi, die Stimme schrill vor Angst. »Was ist da gerade passiert?«

Die *Falcon* stand in der Nähe des Adro-Diamanten, zwar nicht auf der entgegengesetzten Seite des lokalen Sterns, aber auch nicht in dem Bereich der Umlaufbahn, die dem Tor am nächsten war. Die Zeitverzögerung betrug zweiundsechzig Minuten, was bedeutete, dass hundertvierundzwanzig Minuten vergehen würden, bis der Richtstrahl vollständig justiert war. Natürlich konnte

Jim gleich mit dem Strahl aus superkohärentem Licht die Nachricht schicken, ehe die Coms den Handshake abgeschlossen hatten, aber das wäre ihm grob unhöflich vorgekommen. Allein schon durch ihre Anwesenheit in diesem System bürdeten sie Elvi eine Menge unangenehme Entscheidungen auf. Höflich sein und ihr die Gelegenheit geben, sich zu weigern, mit ihm zu sprechen war das Mindeste, was er tun konnte.

Die Wartezeit nutzte er, um sich vom Autodoc in der Krankenstation untersuchen zu lassen. Das medizinische Expertensystem hatte in den Jahrzehnten, seit die *Rosinante* ein hochmodernes Kampfschiff der RMMR gewesen war, drei Updates bekommen. Inzwischen gab es bessere Geräte, aber was sie hatten, war immer noch ziemlich gut. Auf jeden Fall besser als das, mit dem er aufgewachsen war.

Er ließ das System nach winzigen Blutungen und Rissen suchen, die durch den langen Schub entstanden waren, und eine Mischung aus genau berechneten Koagulanzien und maßgeschneiderten Regenerationshormonen zusammenstellen. Das Schlimmste daran war immer der an Formaldehyd erinnernde Nachgeschmack, der sich zwei Tage nach der Behandlung beharrlich hielt. Ein geringer Preis für eine um acht Prozent verringerte Wahrscheinlichkeit, an einem Schlaganfall zu sterben.

Naomi schwebte herein und bewegte sich mit der Anmut, die man erst nach Jahrzehnten der Übung gewann, von Handgriff zu Handgriff. James lächelte und winkte sie zum Autodoc neben seinem, als wollte er ihr in der Kombüse einen Stuhl anbieten. Sie schüttelte leicht den Kopf.

Fast hätte er gefragt, was sie beschäftigte, doch er wusste es längst. Der starke Verkehr in der langsamen Zone. Beinahe hätte er gesagt, es sei nicht ihre Schuld, was natürlich der Wahrheit entsprach, aber auch das wusste sie. Das hielt sie nicht davon ab, die Bürde auf ihren Schultern zu spüren.

»Vielleicht ist Tanakas Schiff verschwunden«, sagte er.

Wie er gehofft hatte, kicherte sie. »Wenn wir mal so viel Glück hätten. Es trifft nie diejenigen, die es treffen soll.«

»Auch wieder wahr.«

»Das Schlimmste ist ja, dass es eine Lösung gibt. Wir haben einen Ausweg. Es gibt wahrscheinlich ein Dutzend Lösungen. Die Menschen müssten sich nur auf eine einigen und sich daran halten. Kooperation. Und ich könnte …«

Alex meldete sich über den Schiffscom. »Seht ihr das?«

Naomi runzelte die Stirn.

»Was sollen wir sehen?«, fragte Jim.

»Das Ringtor.«

Jim ruckte mit dem Arm, worauf sich der Autodoc klingelnd beklagte. Naomi schaltete den Wandbildschirm ein und rief die externen Teleskope auf. Hinter ihnen war das Adro-Tor, das so gewesen war wie alle anderen Tore – eine dunkle, wirbelnde Masse, die vor unermesslich langer Zeit von den eigenartigen Künsten des Protomoleküls erschaffen worden war. Doch jetzt war es nicht mehr dunkel. Es strahlte. Der ganze Ring strahlte bläulichweiß, und hochenergetische Partikel schossen wie eine Aurora daraus hervor.

Naomi stieß einen leisen Pfiff aus.

»Das hat vor zwei Minuten begonnen«, berichtete Alex. »Ich messe auch eine Menge Strahlung. Nichts Gefährliches – vor allem Ultraviolett und im Funkbereich.«

»Amos?«, fragte Jim. »Siehst du das auch?«

»Und ob.«

»Also, du weißt doch Dinge, die du eigentlich nicht wissen kannst. Fällt dir dazu etwas ein?«

Er hörte förmlich, wie der große Mechaniker mit den Achseln zuckte. »Sieht aus, als hätte es jemand eingeschaltet.«

25 Tanaka

Der Kapitän der *Preiss* war ein Mann mit flachem Gesicht und heller Haut und einem Stoppelbart, unter dem sich das Doppelkinn nicht verbergen konnte. Zwei Jahrzehnte lang hatte er Kolonisten zu den neuen Welten transportiert, und jetzt schwebte er in Tanakas Kabine und machte ein möglichst unverfängliches Gesicht. Er hätte Angst haben sollen, wirkte aber eher benommen.

Mit einer großen Willensanstrengung verkniff Tanaka es sich, mit den Fingern auf den Oberschenkel zu trommeln. Sie wollte keinerlei Unruhe zeigen, nicht einmal vor jemandem, der fest entschlossen schien, so etwas zu übersehen. Schließlich wurde diese Befragung wie alle anderen aufgezeichnet.

»Ich habe Psychedelika genommen«, erklärte er, hielt inne und leckte sich abwesend über die Lippen. »Ich war an vielen Orten, verstehen Sie? Aber so, so war es nirgends. Einfach nirgends.«

Die *Preiss* hatte bei der *Derecho* angedockt. Sie war das erste Schiff in der Warteschlange der Einheiten, die von den Laconiern überprüft wurden. Sie hatte die Daten ihrer Sensoren und Com-Systeme abgeliefert und wurde mit dem feinsten Sieb untersucht, das es überhaupt gab. Die *Preiss* war eindeutig das wichtigste Schiff. Es war das einzige, das beinahe verloren gegangen wäre und trotzdem durchgekommen war.

Falls Tanaka irgendeine Hoffnung gehegt hatte, dass der Kapitän den Grund dafür kannte, so musste sie sie in diesem Augenblick aufgeben. »Befördert Ihr Schiff irgendetwas, das man als ungewöhnlich bezeichnen könnte?«

Sein Blick irrte umher und fand sie schließlich. Das Achselzucken und die gerunzelte Stirn waren perfekt synchronisiert. Ein lebenslang geübter Ausdruck für: *Verdammt will ich sein, wenn ich das wüsste.*

»Wir sind einfach durchgeflogen wie immer. Die Rückstoßwolke trifft zuerst auf. Aber wir konnten nicht erkennen, dass dort etwas Seltsames passiert ist. Die Rückstoßwolke war im Weg, verstehen Sie?«

»Ich verstehe.« Tanaka tat das Kinn weh. »Es muss aber etwas geben. War dieses Mal irgendetwas anders? Haben Sie in der letzten Zeit auf dem Schiff etwas verändert?«

»Wir haben auf Ganymed ein paar neue Luftreiniger bekommen. Aufgeladenes Graphen mit Kreuzschraffur. Soll doppelt so lange halten wie die alten Versionen, und man kann es mit destilliertem Wasser abwaschen. Man kann sie fünf- oder sechsmal wiederverwenden.«

»Sind das die einzigen neuen Ausrüstungsteile?«

»Seit dem letzten Flug, ja.«

»Was ist mit den Passagieren? Haben sie etwas Ungewöhnliches mitgenommen?«

Das Achselzucken, das Stirnrunzeln. »Lauter Sachen für Neubauten und Klimaregulierung. Keine Ahnung.«

»Gibt es da Technologie, die auf dem Protomolekül beruht?«

Jetzt schien der dicke Mann ein wenig gereizt. »Jede Technologie beruht auf dem Protomolekül. Die verstärkenden Gitter in der Hülle beruhen auf Protomolekültechnologie. Ebenso der Biofilm, der den Reaktor umgibt. Die Hälfte des Proviants kommt aus Sachen, die wir mit diesem Zeug hergestellt haben.«

Tanaka holte tief Luft und atmete zwischen den Zähnen scharf aus. Die Tatsache, dass er recht hatte, besänftigte sie keineswegs. Doch es musste einen Grund dafür geben, dass der Mann hier war und vor ihrem Arbeitsplatz schwebte, statt in der gierigen Leere verschwunden zu sein, die mit einem gescheiterten Transit einherging.

Sie ließ es auf sich beruhen.

»Haben Sie … irgendwelche Erlebnisse, die mit dem Ereignis in Verbindung stehen?« Sie bemühte sich, ruhig zu sprechen, als wäre jede Antwort so gut wie irgendeine andere. Als ob sich nicht ihr Bauch schon bei der Frage verkrampft hätte.

»O ja, Mann, ja.«

Tanaka schaltete die Aufzeichnung ab. »Erzählen Sie mir, woran Sie sich erinnern. Sie müssen es nicht selbst verstehen. Sagen Sie mir einfach nur, woran Sie sich erinnern.«

Der Mann schüttelte den Kopf. Es war keine Ablehnung, sondern eine Geste des Staunens oder gar des Unglaubens. »Es war so ähnlich, wie … ich weiß nicht. Es war, als wäre ich im Meer, aber das Wasser bestünde aus anderen Leuten. Sie wissen doch, wie man manchmal träumt, man wäre jemand anders? Wie man als Kind träumt, alt zu sein? Oder ein Kind zu sein, wenn man alt ist. Es war, als hätte ich tausend solcher Träume in ein und demselben Augenblick.«

Tanaka nickte. Das war sogar eine sehr gute Beschreibung. Sie befahl ihrem Unterkiefer, sich zu entspannen.

»Können Sie sich noch an einzelne Eindrücke erinnern? Ist das Erlebnis verblasst wie ein normaler Traum?«

Wieder zuckte er zaghaft mit den Achseln. Als hätte er Angst, oder als fürchtete er sich. Dann sprach er beinahe wehmütig weiter. »Es gibt … Bruchstücke? Eine Erinnerung, als wäre ich vor etwa zehn Jahren eine Frau auf L-4 gewesen. Ich war gerade befördert worden oder so, und habe mit einigen Freunden getrunken.«

»Waren Sie jemals auf L-4?«

»Nein, aber auf einmal sah ich mich dort. Da, wo sie war. Wo sie war, als ich sie war. Ich weiß nicht, es war so ein Durcheinander.«

»Haben Sie noch andere Erinnerungen an diese Frau?«

»Meine Haut war sehr dunkel. Ich meine, wirklich sehr dunkel. Und mit meinem rechten Bein stimmte etwas nicht.«

»Gut, in Ordnung.« Tanaka schaltete die Aufzeichnung wieder ein. »Wir verschieben Ihren Weiterflug, bis wir mit allen an Bord gesprochen und einen vollständigen forensischen Scan durchgeführt haben.«

Sie rechnete damit, dass er Einwände erhob, doch er schwieg. Die *Preiss* würde mit Verspätung auf Nieuwestad eintreffen, und der Kapitän würde mindestens seinen Bonus verlieren. Möglicherweise musste er wegen der Verspätung sogar eine Strafe bezahlen. Falls ihn der finanzielle Verlust traf, so ließ er sich nichts anmerken. Tanaka nahm an, dass er eine Erfahrung gemacht hatte, neben der die rein ökonomische Realität seiner Position beinahe bedeutungslos wurde. So etwas sah sie oft bei ihren Befragungen.

Er zog sich Hand über Hand aus dem Büro zu den Wächtern, die auf dem Korridor warteten. Sie drückte mit dem Daumen auf die Steuerung, damit sich hinter ihm die Tür schloss. Die Datenbanken mit allen Crewmitgliedern und Passagieren der festgehaltenen Schiffe waren bereits an die *Derecho* überspielt worden. Die Daten waren nicht vollkommen. Einige Schiffe behaupteten, sie hätten während des Vorfalls Datenverluste erlitten, ihre Systeme seien beschädigt und fielen oft aus. Das bedeutete nur, dass sie Beweise vertuschen wollten. Vielleicht schmuggelten sie, vielleicht unterhielten sie Kontakte zum Untergrund, vielleicht hatten sie sogar die *Rosinante* durch die langsame Zone fliegen sehen. Sie war nicht so dumm zu glauben, diese Leute seien brave Bürger des Imperiums.

Darum konnte sie sich später noch kümmern.

Ihre eigene Erfahrung war wie ein übersteuerter Sensor gewesen. Sie hatte die *Preiss* beim gescheiterten Transit untergehen sehen, und im nächsten Augenblick hatte sie sich in einem Hurrikan voller unvertrauter Bewusstseinsinhalte befunden, die unerbittlich auf sie einstürmten. Als sie wieder zu sich kam, hatte die *Derecho* bereits einen automatischen Lockdown veranlasst. Die Crew war benommen und verwirrt. Sie erinnerte sich an eine Frau auf dem Korridor, die wie ein Fötus zusammengerollt in der Luft schwebte. Die Tränen standen ihr vor den Augen wie eine Schutzbrille aus Salzwasser.

Die Ausfälle und das Ausschalten des Bewusstseins gingen oft mit optischen und akustischen Halluzinationen einher. Dies hier war eine neue Variante, aber das war auch schon alles. Das wollte sie jedenfalls glauben, und wie bei allem, das sie gern für wahr gehalten hätte, überwand sie sich und überprüfte es besonders gründlich.

Die Suchkriterien waren recht übersichtlich. Alle Frauen, die vor acht bis dreizehn Jahren auf L-4 gewesen waren. Querverlinkt zu medizinischen Aufzeichnungen, in denen das rechte Bein erwähnt wurde.

Es gab nur einen Treffer. Anet Dimitriadis, Mechanikerin und Vorarbeiterin auf der *Pleasant Life*, einem Frachter, der zwischen den Systemen Corazon Sagrado, Magpie und Pankaja pendelte. Tanaka mochte es nicht, wie eng ihr die Kehle wurde, als sie die Akte der Frau aufrief.

Anet Dimitriadis hatte eine so dunkle Haut, dass das System den Bildkontrast nachjustierte, um ihr Gesicht klar darstellen zu können. Die Angst durchflutete Tanaka, als wäre ihr ein Guss kaltes Wasser durch den Bauch geschossen.

»Verdammt«, sagte sie.

Im Ringraum drang ein weiches Licht, das keine Schatten warf, aus den Toren. Daneben gab es elektromagnetische Strahlung auf einer ganzen Reihe von Frequenzen, die in der Leere wie Störsender wirkten. Die *Derecho* erfasste das alles und füllte den verfügbaren Speicher mit den Rohdaten aus sämtlichen Sensoren, die sie besaß. Die Schiffe, die sich im Ringraum befunden hatten, als die *Preiss* das getan hatte, was sie überleben ließ, schwebten umher und warteten darauf, dass sie an die Reihe kämen, befragt und freigegeben zu werden. Eine Handvoll andere Schiffe kamen durch die Tore und beschleunigten behutsam wie eine Maus, die irgendwo ein Miauen gehört hatte.

Was Tanaka wollte und was sie tun konnte, waren zwei Variablen, die beinahe unabhängig voneinander waren. Es hätte Jahre gedauert, alle Personen auf allen Schiffen in ihr Büro zu bringen, wo sie sie durchleuchten, einschüchtern und ihnen drohen konnte, um herauszufinden, was sie noch wussten oder was sie zu wissen glaubten. Sie hatte nicht jahrelang Zeit.

Noch wichtiger war, das dies hier überhaupt nicht ihrem Auftrag entsprach. Sie jagte Winston Duarte oder das, was er geworden war, und sollte ihn – oder es – nach Laconia zurückbringen. Was hier vor sich ging, mochte faszinierend sein. Vielleicht sogar das wichtigste Ereignis im Universum. Das spielte aber keine Rolle, weil dies nicht ihr Job war.

Nur dass sie etwas entdeckt hatte, das noch wichtiger war als ihr Job.

Zweimal am Tag aß sie in der Kombüse der *Derecho*, aber nur, weil ein tiefer Primatenteil ihres Gehirns ihr sagte, sie sei sicherer, wenn sie sich in der Nähe anderer Primaten aufhielt. Die Abgeschiedenheit ihres Büros fühlte sich zu sehr nach Verletzlichkeit an. Doch die Nähe der anderen Crewmitglieder war auf ihre ganz eigene Weise äußerst unbehaglich. Sie aß Reis mit Rührei, trank Tee und kehrte in ihr Büro zurück. Dort war sie erleichtert, wieder allein zu sein, aber auch ängstlich. Sie hasste sich selbst für diese Gefühle.

Sie hatte Botton aufgetragen, Crewmitglieder auf alle Schiffe zu schicken, um die Befragungen durchzuführen. Nur die Aussagen der Kapitäne, der Wissenschaftler und der Nachrichtenoffiziere wurden ihr direkt zugeleitet. Wenn sie keine eigenen

Befragungen durchführte, gab es noch Dutzende Aufnahmen, die sie sich anhören musste, um sie miteinander zu vergleichen. Sie verbiss sich in die Aufgabe wie ein Hund, der den Knochen knacken wollte, um an das Mark zu gelangen. Sie schaltete zwischen den Feeds hin und her, schnappte ein oder zwei Fragen auf, hörte ein oder zwei Antworten, und sprang weiter. *Sabes que du ausschließlich darauf achten kannst, wie sich dein Fuß anfühlt? So ist das, aber con un cuerpo von jemand ganz anders.* Tanaka schaltete um. *Ich hatte ein starkes Gefühl von Panik, aber es war nicht meine eigene. Es war die von jemand anderem, die ich auf einmal fühlte.* Sie schaltete weiter. *Da war etwas in mir, nur dass er nicht in dem Raum war. Er war enger bei mir, als wäre er nur bei mir in dem Raum gewesen.* Sie sagte sich selbst, sie habe Langeweile, aber das war gelogen. Sie war rastlos, und das war nicht das Gleiche. Sie musste sich betrinken, sich prügeln und ficken. Egal was. Etwas tun, das es ihr erlaubte, sich ganz und gar auf den eigenen Körper zu konzentrieren, damit sie vergessen konnte, irgendetwas anderes außer sie selbst zu sein.

Die Nachricht von Trejo kam nicht unerwartet, auch wenn sie gehofft hatte, sie würde nicht kommen. Sie öffnete einen Beutel Rotwein, der ihrem Geschmack entsprach – trocken und mit Eichennote –, und trank ihn halb aus, ehe sie die Aufzeichnung abspielte.

Die Nachricht lärmte – statisches Knistern, Bildstörungen und viele schlecht oder recht geratene Füller vom Com-System, das gegen das neue Getöse in den Ringtoren ankämpfte. Trotzdem konnte sie erkennen, dass Trejo beschissen aussah. Die unnatürlichen grünen Augen waren fast milchig und weich. Das Haar war stärker ausgebleicht als beim letzten Mal, und es war schütter geworden. Die dunklen Ringe unter den Augen zeugten von Schlaflosigkeit. Anton Trejo war jetzt Laconia, und er lernte, dass es zu groß für ihn war. Kein Wunder, dass er Duarte zurückholen wollte. Sie erkannte sein Büro im Staatshaus. Sie war erst vor einigen Monaten von Laconia aufgebrochen, doch es kam ihr vor wie eine Kindheitserinnerung.

»Colonel Tanaka.« Er nickte in die Kamera, als stünde sie vor ihm. »Danke für Ihren Bericht. Ich will Ihnen nichts vormachen, der Verlauf in Freehold ist nicht das, was ich gehofft hatte. Aber Sie waren dort vor Ort. Ich will Ihre Entscheidungen nicht hinterfragen. Diese andere Sache … nun ja, das ist beunruhigend.«

»Das ist leicht untertrieben, Sir«, sagte sie zu der Aufnahme und quetschte sich noch etwas Wein in die Kehle. In der Schwerelosigkeit schmeckte nichts wirklich gut, und sie musste den Dunst vom Mund in die Nase steigen lassen, damit der Wein überhaupt irgendein Aroma bekam.

»Ich habe drei Schiffe vom Wissenschaftsdirektorat abgestellt, die so schnell wie möglich zum Ringraum fliegen und eine vollständige Untersuchung durchführen sollen. Ihre Daten wurden den Schiffen und an Dr. Ochida und Dr. Okoye übermittelt. Ich bin sicher, wenn es möglich ist, der Sache auf den Grund zu gehen, dann wird es ihnen gelingen.«

Seine Stimme klang ein wenig gereizt, vielleicht bezog es sich auf sie. Vielleicht auch auf das Universum allgemein oder auf die Ungerechtigkeit des blinden Zufalls. Oder er hatte zu lange nicht mehr gevögelt. Sie wusste nicht, wie er dieses Leben ertragen konnte. Auf jeden Fall stählte sie sich, um auf sich zu nehmen, was noch kommen mochte.

»Mir ist klar, dass dies erschreckend und äußerst interessant ist, aber ich glaube, es lenkt Sie von Ihrem Hauptziel ab.«

Hauptziel. Er sprach Duartes Namen nicht aus. Nicht einmal jetzt. Es war eine unangebrachte Diskretion. Teresa Duarte brach seit fast einem Jahr ihr Brot mit den Feinden. Naomi Nagata und der ganze Untergrund waren längst informiert, dass Duarte zerstört war. Vielleicht wussten sie nicht, dass er sich die Mühe gemacht hatte, sich selbst wiederzuerwecken, aber vermutlich war ihnen auch das bekannt.

Trejo versuchte, seine Geheimnisse zu wahren, auch wenn es allen Grund zu der Annahme gab, dass die Informationen längst die Runde gemacht hatten. Ihr tat der Magen weh. Dann fiel ihr auf, dass Trejo weitergesprochen hatte, während ihre Gedanken abgeirrt waren. Sie spulte etwas zurück.

»… von Ihrem Hauptziel ab. Colonel, darauf müssen Sie sich konzentrieren. Ich jongliere gleichzeitig mit vielen Bällen, und während ich Ihre Begeisterung zu schätzen weiß, möchte ich Sie daran erinnern, dass Sie ein Teil von etwas viel, viel Größerem sind. Überlassen Sie es mir, mich um den Mist zu kümmern, der dort passiert ist. Sie erledigen Ihre Aufgabe. Wir werden diese Riesenscheiße gemeinsam bewältigen, genau wie wir es immer getan haben. Je weiter Sie von Ihrer Mission abirren, desto weniger nützlich wird Ihre Mission für Laconia.«

Damit endete die Nachricht. Es war keine offene Drohung, was sie angenehm fand. Die Nachricht war aber auch nicht völlig frei von Druck. *Erledigen Sie die Arbeit, um die ich Sie gebeten habe, oder ich widerrufe Ihren Omega-Status.* Er hatte es nicht ausgesprochen. Das war auch nicht nötig.

Tanaka sprach das Wort *Scheiße* in der stillen Luft ihres Büros sehr sorgfältig aus, ehe sie den letzten Wein aus dem Beutel quetschte und sich aus dem Büro schwang, um die Brücke aufzusuchen. Im Geiste verfasste sie bereits die Antwort. *Ich nehme die Verfolgung des wichtigen Elements wieder auf, über das wir gesprochen haben. Ich bin nach wie vor überzeugt, dass sie der beste Weg ist, um die Mission erfolgreich abzuschließen.* Doch ehe sie die Nachricht abschickte, musste sie dafür sorgen, dass sie der Wahrheit entsprach.

Erst als sie auf der Brücke anhielt, wurde ihr bewusst, dass sie seit dem Ereignis nicht mehr hier gewesen war. Alle Anwesenden, ein halbes Dutzend Crewmitglieder in makellosem laconischem Blau an den Konsolen, starrten scheinbar wie gebannt ihre Bildschirme an. Sie hatte eine grässliche Erinnerung, wie sie kurz nach Studienbeginn in eine Lerngruppe geplatzt war, die schlagartig verstummte. Sie wusste nicht, ob die Leute über sie lachten oder Angst vor ihr hatten. Die vernarbte Wange juckte auf einmal schrecklich, und sie war stolz darauf, dass sie den Reiz anschwellen ließ, bis es schmerzte, ohne sich zu kratzen.

Sie ließ den Blick über die Brücke wandern, als zielte sie mit einer Waffe. Sie nahm all die kleinen Mängel zur Kenntnis – die Stellen, wo die Liegen abgescheuert waren, wo man den Bezug durch einen neuen ersetzt hatte, dessen Farbe nicht ganz passte. Irgendwie fand sie diese Unvollkommenheit beruhigend.

Botton war am Pult des Kapitäns, auf die Druckliege geschnallt, obwohl momentan kein Schub herrschte. Als er sie sah, löste er die Gurte, drückte sich hoch, bis er mithilfe der Magnetstiefel halbwegs stand, und salutierte. Sie nickte, worauf er sich wieder entspannte.

»Ich habe eine Nachricht von Admiral Trejo bekommen«, erklärte sie.

Botton nickte. Lächelte er etwa in sich hinein? Ungewollt erinnerte sie sich an den Geschmack von Whisky auf seiner Zunge, reicher und harziger als in ihrem eigenen Mund. Sie war auf eine Weise mit Botton verschmolzen, die intimer war als der leidenschaftlichste Sex. Hatte er umgekehrt das Gleiche erlebt? Erinnerte er sich jetzt an eines ihrer Schäferstündchen mit unpassenden Männern? Schlagartig fühlte sie sich verletzt und bloßgestellt, obwohl er kein Wort gesagt hatte.

Wenn sie in Botton hineingeschaut und gesehen hatte, was in ihm vorging, dann war daran nichts auszusetzen. Doch wenn er oder jemand anders Zugang zu ihren privaten Erinnerungen bekommen hatte – und sei es nur für einen kleinen Moment – und sie nun so gut kannte wie niemand sonst? Das war, als würde man aufwachen und feststellen, dass man gerade mit einem Fremden vögelt. Sie hatte ihr ganzes Leben zwischen ihrem öffentlichen Erscheinungsbild und ihrem Privatleben eine scharfe Grenze gezogen. Die Vorstellung, diese Grenze könne durchbrochen werden, weckte eine beinahe animalische Panik.

Ihr wurde bewusst, dass sie ein wenig zu lange geschwiegen hatte. »Das Wissenschaftsdirektorat schickt Forschungsschiffe, die das Ereignis und die damit einhergehenden Halluzinationen untersuchen werden.« Das Wort *Halluzinationen* betonte sie ein wenig stärker, als es nötig gewesen wäre. Sie wollte damit sagen: *Du hast etwas gespürt und dich an etwas erinnert und etwas erlebt. Nimm nur nicht an, es sei real.*

»Verstanden, Colonel«, antwortete Botton. »Ich rufe sofort unsere Leute von den anderen Schiffen zurück.«

Sie blickte auf den Bildschirm, an dem er gearbeitet hatte. Es war der Scan des Ringraums, den die *Derecho* in dem Moment durchgeführt hatte, als es geschehen war. Sie nickte in die entsprechende Richtung und zog fragend die Augenbrauen hoch.

Botton errötete. Das kam unerwartet.

»Ich habe … das Ereignis noch einmal angesehen«, erklärte er. »Es war ein außergewöhnlicher Moment.«

»Haben Sie eine Meinung dazu? Irgendetwas, das Sie mit Ihrem vorgesetzten Offizier besprechen sollten?« Sie sagte es kühl. Es war keine Drohung, es sei denn, er hielt es für eine. Und dann war es eine.

Botton hörte die Warnung nicht. Er entspannte sich ein wenig und blickte in sich hinein. Sie fragte sich, was sie hinter seinen Augen finden mochte, falls sich das Ereignis in diesem Moment wiederholte.

»Die … Halluzinationen. Ich fand sie sehr unangenehm.«

»Genau wie ich«, antwortete Tanaka.

»Ja, Colonel. Ich habe den Eindruck, als könnte ich das Erlebnis umso schneller hinter mir lassen, je besser ich es verstehe. Und ich möchte es sehr gern hinter mir lassen.«

Tanaka neigte den Kopf. In seiner Stimme schwang ein Echo ihrer eigenen Ängste mit. Erst jetzt fiel ihr ein, dass sie möglicherweise nicht die Einzige war, die diese Eindrücke verletzend fand. Botton hatte sicher seine eigenen Geheimnisse, die er hüten und schützen wollte. Sie konnte den Mann eine Spur besser leiden.

»Ich bin sicher, das Wissenschaftsdirektorat ist besser ausgerüstet als wir, um die Angelegenheit zu erforschen«, erklärte sie. »Wie lange brauchen wir, bis wir weiterfliegen können?«

»Es kann mehrere Stunden dauern, unsere Crew von den Schiffen zurückzuholen.« Es klang beinahe verlegen. Auch das gefiel ihr.

»Sobald sie an Bord sind, informieren Sie die verbliebenen Schiffe, dass sie hier warten sollen, bis die Forschungsschiffe eintreffen und die Besatzungen vernehmen.«

»Das wird ihnen nicht gefallen. Mehrere Kapitäne haben erklärt, sie wollten den Ringraum so schnell wie möglich verlassen.«

»Jedes Schiff, das abfliegt, ehe es die Erlaubnis dazu hat, wird als kriminelle Einheit markiert und auf der Stelle von laconischen Kräften zerstört, sobald es irgendwo auftaucht«, entschied Tanaka.

»Ich sorge dafür, dass sie es verstehen.«

Sie holte tief Luft. Die Crewmitglieder an den anderen Pulten ließen sich absolut nichts anmerken, als lebten sie in einer anderen Dimension. Auf Bottons Bildschirm flammten die Ringtore weiß auf, genau wie die Alien-Station im Zentrum des Ringraums. Die Sensoren der *Derecho* senkten die Empfindlichkeit, um durch die Überlastung keinen Schaden zu nehmen. Als die Bilder eine Sekunde später wieder einsetzten, waren die Ringe nur noch glühende Punkte auf der Innenfläche der langsamen Zone.

Ich übersehe etwas. Es war, als flüsterte ihr jemand warnend ins Ohr. Irgendetwas, das der Kapitän der *Preiss* gesagt hatte. Oder etwas über die seit Kurzem strahlenden Tore. Oder hatte Botton unbeabsichtigt etwas gesagt, das das Geheimnis lüften konnte, oder, noch besser, das ihr die Kontrolle darüber schenken würde?

»Wir haben Beweise dafür, dass einige Schiffe im entsprechenden Zeitraum nach Bara Gaon geflogen sind«, berichtete Botton. »Sollen wir dort weitermachen?«

»Ja«, stimmte Tanaka zu. »Benachrichtigen Sie mich, wenn die Crew wieder vollzählig an Bord ist.«

Sie deaktivierte die Magnetstiefel, benutzte die Ferse, um sich zu drehen und die Drehung zu stoppen, und stieß sich zum Aufzug ab. Hinter ihr schnaufte jemand, als hätte der Betreffende die ganze Zeit, während sie auf der Brücke gewesen war, die Luft angehalten.

Bara Gaon war ein aktives System. Wenn die *Rosinante* dorthin geflogen war, dann hofften sie, dort Kontakte im Untergrund nutzen zu können, um ihren Transit zu verschleiern. Alle Daten, die sie aus offiziellen Quellen bekam, mussten gründlich überprüft werden, weil sie möglicherweise manipuliert waren. In Gedanken setzte sie die Verfolgung bereits fort. Es war eine Erleichterung.

Sie musste den Trainingsraum des Schiffs aufsuchen und gegen einen schweren Sack schlagen. *Früher war ich mal eine Boxerin.* Der Gedanke wehte durch ihr Bewusstsein, als hätte es jemand anders gesagt. Es war nicht einmal ihre eigene Stimme. Sie ignorierte es. Sie musste etwas essen. Sie musste Trejo Bericht erstatten. Sie musste die *Rosinante* aufspüren. Sie musste Winston Duarte oder das finden, was er jetzt war. Wie Scheuklappen legten sich ihre Pflichten um sie und blendeten alle Ablenkungen aus.

Sie hatte eine Aufgabe zu erledigen. Ohne es selbst zu bemerken, kratzte sie sich an der verletzten Wange.

Sie übersah etwas.

26 Jim

Jim konnte nicht schlafen. Die sanfte Beschleunigung von einem Drittel G drückte ihn ins Gel der Liege, während er versuchte, einen Frieden und eine innere Ruhe zu finden, die sich nicht einstellen wollten. Naomi hatte sich auf der Seite zusammengerollt und kehrte ihm den Rücken. Es hatte eine Zeit gegeben, in der er zum Schlafen das Licht völlig gelöscht hatte, doch das war vor Laconia gewesen. Jetzt ließ er es gedämpft brennen – weniger Licht, als eine einzelne Kerze abgegeben hätte, aber es reichte aus, um sich dank der vertrauten Umrisse in der Kabine sofort zurechtzufinden, wenn er aus einem Albtraum erwachte. Er hatte keinen Albtraum gehabt. Er hatte überhaupt nicht geschlafen.

Naomi murmelte etwas im Schlaf, rührte sich und lag wieder ruhig da. Die jahrelange Erfahrung sagte ihm, dass sie gerade auf die tiefsten Tiefen eines Traums zusteuerte. Noch ein paar Minuten und sie würde einmal zucken, als wollte sie einen Sturz vermeiden, und danach würde sie schnarchen.

Dies war das Leben, von dem er während seiner Gefangenschaft geträumt hatte. Dies war das Leben, das er für immer verloren geglaubt hatte. Er litt ein wenig unter Schlaflosigkeit, während die Frau, die seit Jahrzehnten seine Geliebte war, neben ihm schnarchte. Wenn er sich nicht gerade fürchtete, erfüllte ihn der Gedanke mit einer tiefen Dankbarkeit, weil ihm das Universum dies zurückgegeben hatte, nachdem er jede Hoffnung verloren hatte. Dies hier war so klein, so kostbar und so zerbrechlich.

Sie waren beide sterblich. Das Einzige, was er sicher wusste, war, dass es nicht ewig dauern konnte. Eines Tages würde es eine letzte Mahlzeit mit Naomi geben. Eines Tages würde es eine letzte schlaflose Nacht für ihn geben. Einen letzten Moment, in dem er den Antrieb der *Rosinante* summen hörte. Vielleicht würde er es kommen sehen, vielleicht wäre es erst im Rückblick klar, oder es würde mit ihm so schnell zu Ende gehen, dass er es überhaupt nicht bemerkte, wenn er all die schönen kleinen Momente verlor.

Naomi zuckte, lag wieder ruhig da, und dann setzte das leise, zarte Grollen ihres Schnarchens ein. Jim grinste trotz seiner Müdigkeit, zählte ihre Atemzüge bis zweihundert mit, damit er sicher sein konnte, dass sie im Tiefschlaf war, richtete sich auf und zog sich im Halbdunkel an. Als er die Tür zum Korridor öffnete, drehte sich Naomi zu ihm um. Sie war nicht wach, obwohl sie die Augen geöffnet hatte.

»Alles in Ordnung«, sagte er. »Schlaf weiter.«

Sie lächelte. Sie war schön, wenn sie lächelte. Sie war immer schön. Er schloss die Tür.

Sie hatten schon fast drei Viertel des Flugs zur *Falcon* hinter sich gebracht und begannen mit dem Bremsschub. Elvis Antworten – sie könnten andocken, sie würde dafür sorgen, dass es keine Sicherheitsprobleme gab, und sie seien willkommen – hatten ein Gefühl von Normalität übermittelt, das keineswegs zu der Situation passte. Als Naomi ihre Flugbahn und die Daten für das geplante Rendezvous gesendet hatte, war Jim aufgefallen, wie absurd es doch war, dass sie sich in dieser Situation verhielten, als besuchten sie jemanden zum Abendessen, obwohl es in Wirklichkeit eher eine Verschwörung war, um Hochverrat zu begehen. Die *Derecho* war ihnen nicht durch das Tor gefolgt, und es gab buchstäblich keinen Ort, wo sich hier ein Schiff verstecken konnte. Irgendwann war Adro einmal ein Sonnensystem gewesen, das Leben tragen konnte. Jetzt waren hier nur noch ein Stern, ein grüner Diamant in der Größe eines Gasriesen, die *Falcon* und die *Rosinante*.

Jim erreichte den Aufzug und fuhr im stillen Schiff langsam nach oben, bis er das Operationsdeck erreichte. Alex stand mit einem Trinkbeutel in der Hand neben einer Druckliege. Der Bildschirm vor ihm zeigte das hell erleuchtete Tor. Sie waren inzwischen so weit entfernt, dass man es außerhalb des Schiffs mit bloßem Auge nicht hätte von den Milliarden Sternen unterscheiden können. Im Teleskop strahlte es wirbelnde Energieströme ab wie eine Aurora.

»Hey«, sagte er.

Alex sah sich über die Schulter um. »Was machst du denn hier?«

»Ich konnte nicht schlafen. Ich dachte, ich sehe mal, ob ich für dich die Wache übernehmen kann.«

»Mir geht es gut«, antwortete Alex. »Ich habe meinen Rhythmus gewechselt, und für mich fühlt es sich jetzt an wie Nachmittag. Willst du ein Bier?«

»Ein Nachmittagsbier?«

»Niemand behauptet, dass es früh am Morgen ist.« Alex klaubte einen weiteren Beutel von der Druckliege. Jim fing ihn, brach den Verschluss auf und trank einen großen Schluck.

»Die Leute, die Bier in der Schwerelosigkeit mögen, kann ich einfach nicht verstehen«, erklärte Alex. »Es ist dann kein Getränk, sondern eine Art mit Alkohol versetzter Schaum.«

»Da kann ich nicht widersprechen.« Jim nickte in die Richtung des Bildschirms. »Gibt es etwas Neues?«

»Nichts, außer …« Alex zeigte auf den hellen Ring. »Ich weiß nicht. Ich muss ihn immer anschauen und frage mich, was er macht.«

»Jedenfalls hat er uns nicht umgebracht. Das ist schon mal ein guter Anfang.«

»Wir hätten es schlimmer treffen können. Aber … du glaubst, du kennst etwas, ja? Es macht etwas und macht etwas, und nach einer Weile denkst du, es ist eben so. Und dann stellt sich heraus, dass es die ganze Zeit etwas anderes war.«

»Ein Mikrowellengerät als Lampe benutzen, weil es innen beleuchtet ist«, sagte Jim. Er fragte sich, wo er diesen Vergleich gehört hatte.

»Ja, genau«, bestätigte Alex. »Du denkst, du kennst es, aber du warst nur oberflächlich damit vertraut.«

Jim trank noch einen Schluck Bier. Der Hopfen schmeckte nach Pilzen, und dafür gab es einen guten Grund. »Ich hoffe, Elvi hat inzwischen einiges herausgefunden. Ich meine, sie weiß sicher besser Bescheid als wir.«

»Das können wir nur hoffen.« Alex quetschte den Rest Bier aus seinem Beutel und warf ihn in den Recycler. Sein Rülpsen klang tief und zufrieden.

»Wie viele hast du getrunken?«, erkundigte sich Jim.

»Ein paar.«

»Bist du betrunken?«

Alex dachte über die Frage nach. »Ein bisschen vielleicht.« Er ließ sich auf einer Druckliege nieder. »Als kleiner Junge hatte ich mal eine wirklich beschissene Babysitterin. Ich war so etwa neun, und sie war sechzehn. Wir haben einen Film mit Monstern gesehen. Ein riesiges Katzenmonster, das im Untergrund lebte und wütend war, weil jemand seismische Untersuchungen durchgeführt hat. Es kam nach oben und hat Städte zerstört und Tunnel zum Einsturz gebracht. Ich hatte eine Heidenangst.«

»Seltsam, was einem unter die Haut geht, wenn man ein Kind ist«, antwortete Jim.

»Ich wusste ja, dass es nicht echt war. Ich war jung, aber ich war nicht dumm. Trotzdem hatte ich Angst, und weißt du, was mein Dad mir gesagt hat, um mir die Angst zu nehmen? Er sagte mir, dass der Maßstab nicht stimmt.«

»Der Maßstab?«

»Das Volumen nimmt im Quadrat zu. Eine Katze, die groß genug ist, um eine Stadt zu zerschmettern, wäre nicht stark genug, um aufzustehen. Nicht einmal in der Schwerkraft des Mars. Die Knochen würden unter ihrem eigenen Gewicht zerbrechen. Damit war das für mich klar. Ich war beruhigt, weil ich wusste, dass es nicht funktionieren konnte. Das hier ist wie die Katze. Der Maßstab stimmt nicht.«

Jim ließ das Gesagte einen Augenblick auf sich wirken. »Entweder, du bist zu betrunken, oder ich bin nicht betrunken genug. Ich verstehe es nicht.«

»Die Tore. Die Systeme. Das ist größer, als wir es sind. Größer, als wir je sein können. Ich meine, hast du dir mal überlegt, wie es wäre, wenn du alle Systeme sehen könntest, die es jetzt gibt? Nur die Orte zu sehen, wo Menschen leben? Es gibt tausenddreihundertdreiundsiebzig Tore …«

»Einundsiebzig. Thanjavur und Tecoma sind weg.«

»Tausenddreihunderteinundsiebzig«, stimmte Alex zu. »Sagen wir mal, du wählst den Kurs so, dass du nicht mal abbremsen musst, wenn du durch den Ringraum fliegst. Du beschleunigst bis zum Tor, bremst auf dem ganzen Weg bis zur habitablen Zone in dem betreffenden System. Dazu brauchst du vielleicht einen Monat.«

»Dir geht irgendwann die Reaktionsmasse aus.«

Alex winkte ab. »Nehmen wir an, du könntest unterwegs im Flug nachladen. Du hast immer genug Reaktionsmasse und Treibstoff und Proviant und alles andere. Und flüssiges Helium, um die überschüssige Wärme zu verstreuen.«

»Also ignorieren wir alle realen Schwierigkeiten, die es unmöglich machen?«

»Genau. Fünf Milliarden Kilometer im Monat. Keine Zeit im freien Fall. Keine Aufenthalte auf den Planeten. Einfach nur …« Er stieß die Hand nach vorn, um das hohe Tempo zu demonstrieren.

»In Ordnung.«

»Das wären hundertfünfzehn Jahre. Wenn du am Tag deiner Geburt beginnst und als alter Mann aufhörst und nie etwas anderes siehst als das Innere deines Schiffs. Wenn du dir für jeden Planeten eine Woche Zeit nimmst – nicht für jede Stadt, nicht für jede Station, nur für den *Planeten* –, dann kommen noch einmal achtundzwanzig Jahre dazu. Dann bist du über hundertvierzig Jahre alt. Das ist ein langes Leben, nur um alles einmal kurz gesehen zu haben. Um dich umzusehen. Und du bist nie zweimal an demselben Ort.«

Darüber musste Jim nachdenken. Dank seiner Arbeit für die Transportgewerkschaft und die Flucht im Untergrund hatte er mehr Systeme als die meisten anderen Menschen besucht, und doch waren es kaum mehr als drei Dutzend. Er wusste, wie viele weitere Systeme es gab und wie viele er nie sehen würde, wie viele Naomi zu koordinieren versuchte. Alex hatte recht, es war einschüchternd. Vielleicht sogar mehr als nur einschüchternd.

»Und das ist noch nicht mal das Schlimmste«, fuhr Alex fort. »Wenn du fertig bist, haben sich an dem Ort, wo du begonnen hast, die Dinge ein Jahrhundert lang verändert. Sie sind nicht mehr so wie früher. Alle Orte, die du besuchst, verändern sich zu etwas anderem, sobald du sie verlässt.«

Auf dem Bildschirm waberte und flackerte das helle Tor. Die Falschfarbendarstellung zeigte die Funkwellen und Röntgenstrahlen, die daraus hervorbrachen. Unwillkürlich bekam Jim das Gefühl, ein riesiges Auge starrte sie an.

»Das ist zu groß für uns Menschen«, erklärte Alex. »Die Wesen, die das alles gebaut haben, konnten vielleicht damit umgehen, aber wir sind für solche Maßstäbe nicht gemacht. Wir versuchen zu wachsen, damit wir damit umgehen können, aber wir brechen uns schon die Beine, wenn wir nur aufstehen wollen.«

»Äh«, machte Jim. Kurz danach sagte er: »Hast du vielleicht noch ein Bier?«

»Nö.«

»Willst du noch was?«

»Und ob.«

Mit abgeschaltetem Triebwerk war die *Falcon* auf den ersten Blick nicht mehr als ein kleiner, seltsam geformter Asteroid. Sie war etwas weniger als dreihunderttausend Kilometer vom Adro-Diamanten entfernt und umkreiste ihn wie ein kleiner künstlicher Mond. Das Artefakt selbst war gespenstisch: riesig, grün und hin und wieder von einem Flackern erhellt, wenn die rätselhaften inneren Energieströme in Form von Blitzen tief in das Objekt eindrangen. Der Planet. Die Bibliothek. Jim wusste genug über Elvis bisherige Arbeiten, um die außerordentlich unnatürlichen Eigenschaften des Objekts zu würdigen: Die Tatsache, dass es unter der eigenen Masse nicht in sich zusammenbrach, dass es mit den gleichen, die Lokalität durchbrechenden Kräften gehalten wurde wie die Ringtore, dass es die Kapazität hatte, viel mehr Informationen aufzunehmen, als die Menschheit in Jahrtausenden des Fortschritts erzeugt hatte. Die *Falcon* – mit heller Außenhülle und halb organisch wie alle laconischen Schiffe – wäre in jedem anderen Zusammenhang ein beunruhigender Anblick gewesen. Hier aber empfand Jim sie beinahe wie etwas Vertrautes. Die Technologie mochte Aliens gehören, aber die Designsprache war überwiegend menschlich.

Alex steuerte sie in eine angepasste Umlaufbahn und manövrierte die *Rosinante* sanft an die richtige Stelle, bis die beiden Schiffe dahintrieben, als seien sie bereits miteinander verbunden. Gekoppelt durch die gemeinsam erfahrenen Kräfte von Geschwindigkeit und Schwerkraft. Die Crew der *Rosinante* versammelte sich an der Luftschleuse, während Amos die Andockbrücke ausfuhr.

»Wisst ihr, was komisch ist?«, sagte Jim. »Ich bin sicher, dass gleich diese Tür aufgeht, und dann steht dort Tanaka mit einem

Trupp laconischer Marinesoldaten in Motoranzügen, die sofort angreifen.«

Teresa verdrehte die Augen, Naomi musste lachen. »Das wird nicht passieren.«

»Natürlich nicht. Trotzdem bin ich sicher, dass es so kommt. Ist doch seltsam, oder?«

Sie nahm seine Hand, drückte einmal und suchte seinen Blick. »Schon gut. Elvi ist auf unserer Seite, und sie befehligt das Schiff.«

»Außerdem«, ergänzte Alex, »selbst wenn nicht, sie hatten reichlich Zeit, Verstärkung zu rufen. Bisher ist außer uns beiden aber niemand hier.«

Jim nickte. Er wusste, dass seine Ängste irrational waren. Das Wissen hinderte ihn nicht daran, sie zu empfinden, machte es ihm aber etwas einfacher, sie auf die leichte Schulter zu nehmen. Alex hatte recht. In dem Augenblick, in dem sie in das System geflogen waren, hatten sie Elvis Crew zu verstehen gegeben, dass die Kommandantin mit ihnen unter einer Decke steckte, und soweit sie es sagen konnten, hatte noch niemand Alarm geschlagen. Die Verbindung zwischen den Schiffen, der Übergang von der *Rosinante* in die *Falcon*, war beinahe ein Symbol für das, was sie bereits getan hatten.

Amos ließ die letzten Verankerungen einrasten und aktivierte das Protokoll für die Synchronisierung. Ein leises Zischen und leichte Vibrationen verrieten, dass die Andockbrücke ausfuhr und zwischen den Schiffen einen Korridor öffnete.

»Trotzdem, ich glaube nicht, dass wir alle hinübergehen sollten«, sagte Naomi. »Oder jedenfalls nicht gleichzeitig.«

»Nicht, solange wir nicht wissen, wie die Situation drüben ist«, stimmte Alex zu.

»Überhaupt nicht«, beharrte Naomi. »Einer von uns bleibt immer auf der *Rosinante*. Das ist eine Regel. Ich vertraue Elvi, und ich vertraue darauf, dass sie ihre Crew gut kennt. Aber uns selbst vertraue ich noch mehr.«

Alex hob die Hand wie ein Schuljunge, der eine Frage beantworten wollte. »Ich passe gern auf den Laden auf, wenn ihr alle rüber wollt.«

»Ich glaube, auch Amos sollte bleiben«, sagte Naomi.

»Ich gehe lieber mit. Hier passiert nichts, was die Kleine nicht allein in den Griff kriegen könnte.«

Naomi zögerte, und Jim fragte sich, was passieren würde, wenn sie Amos sagte, er solle bleiben. Vielleicht hatte Naomi ähnliche Bedenken. »Na gut«, sagte sie. »Alex und Teresa bleiben erst einmal hier. Wir anderen gehen rüber und stellen uns vor.«

Naomi sah ihn an und zog eine Augenbraue hoch. Sie wollte ihm sagen, dass er nicht mitkommen musste. Er zuckte mit den Achseln, was bedeutete, er würde es tun.

»Alles klar.« Amos schwang sich in die Luftschleuse. »Die Schleuse ist dicht, der Druck ist stabil, und wir haben eine Einladung.«

Jim folgte Naomi in die Luftschleuse. Er spürte es tief in den Knochen, als hinter ihm der Verschluss verriegelt wurde. Seine Furcht vor Tanaka hatte sich verlagert. Jetzt rechnete er damit, dass sich die äußere Luftschleuse ins Vakuum öffnen würde, sodass die Luft hinausströmte und der Tod ihn ereilte. Stattdessen war ein Klirren zu hören, dann folgte ein leises Zischen, als atmete jemand aus, und der Weg war frei. Die äußere Luftschleuse der *Falcon* war bereits geöffnet, und sie stießen sich ab und schwebten hinüber. Drüben roch die Luft anders. Ein wenig beißend und scharf.

Als die äußere Schleusentür der *Falcon* geschlossen war, ging die innere Tür auf, und vor ihnen stand Elvi Okoye. Fayez schwebte mit einem schwarzäugigen Mädchen neben ihr. Elvi lächelte, aber sie sah schrecklich aus. Ihre Haut war aschfahl, und ihre Arme und Beine litten sichtlich unter Muskelschwund.

»Naomi, Jim«, sagte sie und schwebte ihnen entgegen wie eine obszöne Parodie eines Engels. »Wie schön, euch zu sehen. Und

Amos.« Als sie an einem Griff stoppte, fiel ihr Blick auf Amos, und einen Moment lang lag etwas wie Gier in ihren Augen. Der Blick einer Taxonomin beim Anblick einer wichtigen neuen Spezies. »Ich habe schon gehört, dass Sie sich genauso verändert haben wie Cara und Xan. Ich würde gern ein paar medizinische Scans durchführen, während Sie hier sind. Falls Sie einverstanden sind.«

»Wenn es hilft, mach ich das gern, Doc«, antwortete Amos. Dann wandte er sich an das schwarzäugige Mädchen. Im Gesicht sah sie ganz anders aus als Amos, aber die Schwärze der Augen und der graue Ton der Haut ließen Jim an eine verwandtschaftliche Beziehung denken. »Hallo, Fünkchen.«

Das Mädchen runzelte die Stirn und wollte etwas sagen, dann hielt sie inne.

»Also«, meinte Fayez. »Das ist jetzt wirklich etwas schräg, oder?«

Elvi schüttelte sich und winkte sie herein. »Bitte kommt rein. Ich habe eine kleine Willkommensparty ausgerichtet, und wir haben eine *Menge* zu besprechen.«

27 Elvi

Die *Rosinante* war durch das Adro-Tor geflogen, nachdem es im Funk- und Röntgenbereich aufgeflammt war wie ein Leuchtfeuer, und Elvi wusste, dass sich nun alles verändern würde. Ihr war nicht klar, in welche Richtung es gehen oder welche Konsequenzen die Veränderung haben würde, doch zweifellos würde sich die Art und Weise ändern, wie sie arbeitete.

Die unmittelbare Reaktion auf der *Falcon* war eine kaum unterdrückte Panik gewesen. Ein feindliches Kampfschiff war im System. Die *Falcon* war nicht völlig wehrlos, doch wollten sie wirklich einen Kampf riskieren? War der Untergrund gekommen, um Atombomben auf den VGS zu werfen, wie sie es bei den Konstruktionsplattformen getan hatten? Was hatten sie getan, damit sich das Ringtor so veränderte? Elvi führte durch ihr Beispiel. Sie geriet nicht in Panik und gab allen anderen die Erlaubnis, ebenfalls nicht in Panik zu geraten. Dann kam die erste Richtstrahlsendung von der *Rosinante*, Naomi informierte sie über die jüngsten Entwicklungen, und Elvi musste einige Entscheidungen treffen.

Die erste Aufgabe, von der abhing, was später kommen würde, war ein Gespräch mit Harshaan Lee.

Der jüngere Mann schwebte in ihrem Büro und hatte die Füße übereinandergeschlagen und die Arme hinter dem Rücken verschränkt, was seinen Oberkörper angreifbar machte. Er hörte mit der Ruhe eines Forschers zu, der neue Informationen zur Kenntnis nahm. Nur dass dies Informationen waren, die sein eigenes Leben und seine Überlebensaussichten erheblich beeinflussen würden.

»Ich werde mich nicht entschuldigen«, erklärte Elvi. »Admiral Trejo weiß genau, was ich angesichts dieser existenziellen Bedrohung durch die Aliens von politischen und militärischen Rangeleien halte. Falls er es herausfindet … *wenn* er herausfindet, was hier geschieht, wird er nicht überrascht sein. Aber er wird sicherlich auch nicht erfreut darüber sein.«

Dr. Lee atmete gedehnt aus, es war halb ein Seufzen und halb eine innere Kapitulation. »Nein, freuen wird er sich bestimmt nicht.«

»Wenn Sie möchten, kann ich Sie in Haft nehmen«, fuhr Elvi fort. »Wenn das alles hier irgendwann ans Licht kommt, werden Sie guten Gewissens sagen können, dass Sie nichts tun konnten.«

Lee schwieg eine Weile, sein Blick irrte hin und her. Elvi bewunderte die Intelligenz und Professionalität des Mannes. Sie wusste nicht, was er sagen oder tun würde, aber wenn sie sich in der Befehlskette nach unten arbeiten musste, bis sie jemanden fand, der mitzog, würde es ein langer, schwieriger Tag.

Als er sprach, hörte man ihm die Mischung aus Resignation und Belustigung deutlich an. »Ich bin ein Offizier aus Laconia und ein Patriot. Sie sind meine Kommandantin und die Leiterin des Direktorats, dem ich diene. Ihre Arbeitsweise ist unorthodox. Nach San Esteban mag es notwendig sein, unorthodox vorzugehen. Ich verstehe Ihre Überlegungen. Sie können sich auf mich verlassen.«

»Danke«, antwortete Elvi. »Und noch etwas, Harshaan. Ich habe Zugang zu den Coms, und ich habe Überwachungsmittel, von denen nicht einmal die Com-Offiziere wissen. Verarschen Sie mich nicht. Ich bin hier, weil ich gewinnen will.«

»Das verstehe ich«, sagte er.

Dank seiner Unterstützung wechselte die Stimmung der Crew von Furcht zu Verwirrung. Sie hätte es nicht vermutet, aber es hatte doch einige Vorteile, in einem System zu arbeiten, in dem die Befehlshierarchie mit beinahe religiösem Eifer beachtet wurde. Zumindest wenn sie selbst diejenige war, die die Autorität besaß.

Die Kommunikation durch die Tore war schon immer von Unterbrechungen gekennzeichnet gewesen. Im Solsystem oder in Laconia – und zunehmend in entwickelten Kolonien wie Auberon oder Bara Gaon – gab es genügend Repeater, um jederzeit eine robuste Übertragung zu gewährleisten. Wenn ein Repeater ausfiel, bemerkten es die anderen und leiteten die Signale um. In Adro gab es nur eine einzige Kette von Repeatern, die die *Falcon* selbst auf dem Hinweg ausgesetzt hatte, und dazu einen am Ringtor, den der Untergrund, Piraten oder Vandalen gelegentlich zerstörten. Der Ausbruch von Funkwellen im ganzen Ringsystem erzeugte zusätzliche Ausfälle und machte das System noch unzuverlässiger. Aber nach und nach, in Phasen geringer Aktivität und auf Frequenzen, die von der jüngsten Aktivität des Rings nicht betroffen waren, hatte sich ein umfassendes Bild von dem ergeben, was da draußen geschehen war. Als die *Rosinante* eintraf, war Elvi über den neuen Status quo, mit Ausnahme von Ochida und Trejo, besser informiert als alle anderen. Noch mehr als das, sie hatte einen Plan. Und Dr. Lee einzubeziehen, war im Vergleich zu den Risiken, die sie der *Rosinante* zumuten musste, am Ende doch recht einfach gewesen.

Sie wartete mit Fayez und Cara in der Luftschleuse. Sie hätte auch Dr. Lee und Xan eingeladen, doch sie würden nicht am Briefing teilnehmen. In ihrem Labor war nicht genug Platz für so viele Personen. Die Angst spannte sich in ihrer Brust wie ein Federwerk, das man eine Umdrehung zu fest aufgezogen hatte. Neben ihr zappelte Cara in der Schwerelosigkeit, sie öffnete und verschränkte immer wieder die Hände. Sie rang mit den Händen. Elvi hatte immer gedacht, das sei nur eine Sprachfigur.

»Es ist immer noch Zeit, es abzublasen«, sagte Fayez.

»Nein, ist es nicht«, widersprach Elvi.

»Nein, du hast recht.«

Die Außentür der Luftschleuse schloss sich. Es klickte leise, als sich die innere Verriegelung löste. Die Tür glitt auf, und da war sie.

Naomi sah ganz anders aus als bei ihrer letzten direkten Begegnung. Damals waren sie beide viel jünger gewesen, und sie erinnerte sich an Naomi als eine leise, in sich gekehrte Frau, die gern hinter schwarzen Haarlocken ihr Gesicht verbarg. Die Frau in der Luftschleuse hatte ein hartes Gesicht, Haare so weiß wie Schnee und überhaupt nichts Zurückhaltendes. Die Kameras verbargen den Ernst, der von ihr ausstrahlte. Irgendwie war Naomi im Laufe der Jahrzehnte die Person geworden, die Elvi sich gut an einem Verhandlungstisch gegenüber von Anton Trejo vorstellen konnte. Sie fragte sich, ob Trejo dies bewusst war.

James Holden dagegen schien der Gleiche zu sein wie früher, nur eben gealtert. Natürlich hatte sie ihn vor nicht ganz so langer Zeit das letzte Mal auf Laconia gesehen. Sie hatte Zeit gehabt, sich daran zu gewöhnen, wie die Jahre in seinem Gesicht Spuren hinterließen, und an den abwesenden, leicht verwirrten Blick seiner Augen.

»Naomi, Jim. Wie schön, Sie zu sehen.« Der Mann, der sie begleitete, lächelte freundlich. Vielleicht bildete sie sich nur ein, dass Cara leise keuchte. »Und Amos. Ich habe schon gehört, dass Sie sich genauso verändert haben wie Cara und Xan. Ich würde gern ein paar medizinische Scans durchführen, während Sie hier sind. Falls Sie einverstanden sind.«

»Wenn es hilft, mach ich das gern, Doc. Hallo, Fünkchen.«

»Also«, meinte Fayez. »Das ist jetzt wirklich etwas schräg, oder?«

»Bitte kommt rein. Ich habe eine kleine Willkommensparty ausgerichtet, und wir haben eine *Menge* zu besprechen.«

Als sie durch das Schiff schwebten, gab sich die Crew große Mühe, sie zu übersehen. Elvi versuchte, sich vorzustellen, was sie an deren Stelle empfunden hätte. Der Feind wurde in ihrem Heim willkommen geheißen. Sie fragte sich, wie viele von ihnen ahnten, dass Teresa Duarte sich auf dem Schiff befand, mit dem sie jetzt gekoppelt waren. Wenn sie sich hätte einen Belastungstest ausdenken sollen, um zu erkennen, wie viele Leute sie an Trejo verraten würden, dann hätte es nichts Besseres als diese Situation geben können. Sie hoffte, keiner von ihnen verfügte über einen heimlichen Kanal, von dem sie nichts wusste. Und wenn doch … nun ja, das wäre ein interessantes Problem.

Sie trafen im Labor ein, in das sie alle hineinbugsierte, als wäre sie wieder auf dem College und wollte in ihrem Zimmer im Wohnheim eine Party geben. Sie schwebte als Letzte hinein und schloss hinter sich die Tür.

»Willkommen in meiner kleinen Welt«, sagte Elvi mit einer Geste, die das Labor einschloss.

Naomi packte einen Griff, hielt an und ließ anerkennend den Blick durch den Raum wandern. Elvi hatte sich so sehr an das halbe Dutzend multifunktionaler Arbeitsplätze gewöhnt, an den schweren Luftreiniger, der gefährliche Chemikalien einfangen und etwaige Brände löschen sollte, dass sie dies alles erst wieder wirklich zur Kenntnis nahm, als die Gäste es betrachteten. Das Labor war so vertraut geworden wie ihr eigener Körper, genauso selbstverständlich. Im Adro-System war die *Falcon* vor allem mit medizinischen Scans von Cara und geologischen Scans des Diamanten beschäftigt, doch von der Elektronenmikroskopie bis zu Vivisektionen stellte das Schiff den Forschern alles zur Verfügung, was das Herz begehrte.

»Das ist schön«, sagte Jim. Es klang beinahe aufrichtig, aber eben nur beinahe.

»Es ist ein verdammtes Gefängnis«, antwortete Elvi lächelnd. »Aber es ist meins.«

Sie schnitt eine Grimasse, als ihr bewusst wurde, dass sie gerade behauptet hatte, im Gefängnis zu stecken, während vor ihr ein Mann stand, der die letzten Jahre in einem echten Gefängnis gefoltert worden war, doch seine Miene veränderte sich nicht. Wenn er den Lapsus überhaupt bemerkt hatte, so besaß er die Größe, ihn zu ignorieren.

»Es tut mir leid, dass wir Sie so in Verlegenheit bringen«, sagte Naomi. »Ich weiß, Sie gehen ein Risiko ein, wenn Sie unsere Anwesenheit dulden.«

Elvi wedelte abwehrend mit der linken Hand und aktivierte mit der Rechten einen Wandbildschirm. »Es war einfach richtig. Wenn das Universum brennt, dann tut man eben, was nötig ist.«

»Tut es das?«, fragte Naomi.

»Ob es brennt?«, gab Elvi zurück. »Das ist eine sehr interessante Frage. Sind Sie über das letzte Ereignis im Bilde?«

»Wir haben uns bedeckt gehalten«, erklärte Naomi. »Was wir wissen, das wissen wir von Ihnen.«

»Also, was es auch war, Sie waren mitten drin.« Sie holte das Ringtor in der neuen, strahlenden Gestalt auf das Display. Daneben spulte eine Kaskade von Analysedaten in Tabellen ab. »Oder Sie waren ein Teil des Auslösers. Die meisten direkten Daten, die ich habe, stammen von Colonel Tanaka.«

»Ist das die Frau, die uns umbringen will?«

»Genau die«, bestätigte Fayez. »Sie hat vor Ort ermittelt und uns Rohdaten geschickt, während Sie hierher geflogen sind. Sie hat mit Scannern die ganze langsame Zone erfasst, um festzustellen, wohin Sie entwischt sind, als es passiert ist. Sie hat sogar beobachtet, wen es getroffen hat.«

Elvi winkte, worauf der Bildschirm den Ringraum mit seinen Hunderten Toren zeigte, die gleichmäßig auf der Oberfläche verteilt waren. Sie zoomte eines heran, das in einem schrägen Winkel zu dem Teleskop stand, das die Aufnahme machte. Aufgrund der Perspektive war das Tor zu einem Oval verformt. Im Zentrum glühte etwas wie ein Leuchtkäfer. Die Rückstoßwolke eines Schiffs, das vor dem Durchgang abbremste.

»Das Sol-Tor«, erklärte Elvi. »Nach wie vor läuft fast die Hälfte des ganzen Verkehrs im Ringraum durch dieses Tor.«

»Aber es gab noch eine Menge anderen Verkehr«, ergänzte Naomi grimmig. »Was auch uns einschließt.«

Elvi machte eine Geste, worauf das Flimmern im Tor langsamer wurde. Die Beschriftung verriet, dass die Wiedergabe einige Tausend Mal langsamer war als in Echtzeit, doch der Feed war nicht ruckelig. Jim verschränkte mit finsterer Miene die Arme vor der Brust. Amos und Cara sahen interessiert und völlig reglos zu. Das Schimmern wurde heller, bis nur noch reines Weiß zu sehen war.

»Es war ein Kolonieschiff«, berichtete Elvi schnell, mit abgehackten Worten und sichtlich erregt. »Es wollte ein paar Sekunden nach Tanakas Ankunft den Transit vornehmen. Wir wissen nicht, wie viele weitere Transite vorher geschehen sind, aber das spielt keine Rolle. Es reichte jedenfalls aus, um die kritische Schwelle zu überschreiten.«

Das Glühen wurde heller … und erlosch. Elvi war aufgeregt, obwohl sie bereits wusste, dass die Menschenleben, deren vermeintliches Ende sie beobachtete, doch nicht beendet waren. Aus irgendeinem Grund waren sie gerettet worden. Die Rückstoßwolke erschien wieder und blähte sich im Ringraum auf, als wäre das Schiff störungsfrei durchgeflogen, obwohl es ein paar Augenblicke vorher offensichtlich verschwunden war.

»Verdammt, was war das?«, murmelte Naomi.

»Das Schiff ist verschwunden und dann wieder aufgetaucht. Aber das ist nur der Vorspann der Show«, sagte Elvi. »Sehen Sie sich mal an, wie das den Wesen im Ring gefallen hat.«

Die Grenze der langsamen Zone wellte sich, wurde heller und brodelte. Elvi hatte es schon einmal gesehen. Die *Falcon* war das einzige Schiff, das beim letzten Mal überlebt hatte. Als sie weitersprach, klang ihre Stimme angespannt und heller. »Das haben wir auch beobachtet, als wir die Medina-Station verloren haben. Es ist ein direktes Eindringen durch die Barriere des Ringraums. Das hat Medina vernichtet. Und die *Typhoon* zerstört.«

»Nur schade, dass es nicht auch Tanaka erwischt hat«, warf Amos ein.

Auf der Grenze des Ringraums spielten Strukturen wie bösartige Auroren, und eine Dunkelheit schob sich vor das Licht. Elvi zog den Kopf ein, als wollte sie den Bauch vor einem Fausthieb schützen. Dann überwand sie sich und richtete sich wieder auf.

»Anschließend kam das hier«, sagte sie.

Im gleichen Augenblick flammten die Ringtore und die Station weiß auf. Drei schreckliche Sekunden lang überlastete das Licht die Teleskope. Als es verblasste, als hätte jemand langsam und gedehnt ausgeatmet, erschien wieder der Ringraum mit allen Antriebsfackeln und Transpondern und dem Verkehr, der vorher dort gewesen war. Einschließlich des Kolonieschiffs, das verschwunden und neu entstanden war.

»Nicht nur das Adro-Tor flammt auf«, sagte Naomi.

»Nein, es betrifft sie alle. Und wenn das so ist, dann handelt es sich um einen kognitiven Effekt. Die meisten Daten, die Colonel Tanaka geliefert hat, drehen sich darum.«

»Ein kognitiver Effekt wie die verlorenen Erinnerungen?«, fragte Naomi.

»Nein«, widersprach Fayez. »Völlig anders.«

»Anscheinend ist zwischen den Bewusstseinsinhalten der Menschen im Ringraum eine Art Netzwerkverbindung entstanden«, erklärte Elvi. »Zwischen allen Crews aller Schiffe. Es war wohl recht überwältigend, und es gibt Hinweise darauf, dass sie alle gegenseitig ihre Erinnerungen und Erlebnisse sehen konnten.«

Amos kratzte sich am Kinn. »Das klingt wie das, was zwischen mir und Fünkchen passiert.«

»Cara, es scheint auch dem sehr ähnlich zu sein, was du von deinen Sitzungen im VGS berichtet hast.«

»VGS?«, fragte Amos.

»Der Diamant. Die Bibliothek.«

»Warum VGS?«, fragte Jim.

Elvi schnitt nur eine Grimasse und schüttelte den Kopf. »Als wir es bei euch beiden sahen«, sie zeigte auf Cara und Amos, »dachten wir, es liege daran, dass ihr von den Reparaturdrohnen modifiziert worden seid. Im Ringraum waren aber nicht veränderte Menschen betroffen. Der Effekt hielt nicht lange an, eigentlich war es nur ein kleiner Moment. Aber die Erinnerungen waren lebhaft und von Dauer. Auch die Strahlung der Tore ist interessant. Sehen Sie sich mal das hier an.«

Das Display zeigte jetzt etwas, das an ein unglaublich kompliziertes Spinnennetz erinnerte. Mit einer Geste ließ Elvi es rotieren und wandte sich an Jim.

Er nickte und sagte: »Ich habe keine Ahnung, was das ist.«

»Kommunikation zwischen den Toren«, sagte Elvi. »Wir glauben, die Strahlungsschwankungen richten zwischen den Toren einen Handshake ein, der dem entspricht, was wir hier zwischen Cara und dem … Diamanten beobachtet haben.«

»Also reden die Tore miteinander?«, fragte Naomi.

»Wir haben sie als Transportsystem für Materie benutzt, und das sind sie ja auch. Es leuchtet ein, dass sie außerdem ein Kommunikationsnetzwerk sind.«

Ein Kribbeln lief in Jims Rücken empor. Er schauderte. »Amos sagte, es gebe dort eine Art Licht, das denken kann.«

»Ja«, bestätigte Elvi. »Ein Modell, das sich recht gut mit dieser Architektur deckt, ist ein neuronales Netzwerk. Es ist sehr klein, aber die Signalverarbeitung zwischen den Knoten weist einige Ähnlichkeiten auf. Wenn es ein voll vernetztes Netzwerk ist, in dem jeder Knotenpunkt wie eine Synapse wirkt, kommen wir auf knapp eine Million Verbindungen. Also etwa ein Zehntel so intelligent wie eine Fruchtfliege. Wenn sie die Kommunikation zwischen den Toren mit unterschiedlichen Frequenzen herstellen, die jeweils als eigene Verbindungen gelten, würden sie ungefähr zehn Millionen verschiedene Frequenzen brauchen, um die Intelligenz einer Hauskatze zu erreichen …«

»Wollen Sie damit sagen, dass die Tore lebendig sind und selbstständig *denken*?«, fragte Naomi. Das Zittern in ihrer Stimme konnte durchaus Angst sein.

»Nein. Ich sage auch nicht, dass sie es nicht sind, aber wenn es um biologische Systeme geht, ist dieses hier wirklich einfach gestrickt.« Sie hielt inne. »Ich wollte Sie eigentlich beruhigen.«

»Ich bin nicht sicher, ob das geklappt hat«, antwortete Jim.

»Hat es nicht«, ergänzte Naomi. »Wirklich nicht.«

Elvi schaltete den Wandbildschirm ab und drehte sich mithilfe eines Handgriffs zu ihnen um. »Das tut mir leid. Ich beschäftige mich schon so lange damit, dass ich froh bin, wenn ich etwas finde, das nicht unglaublich kompliziert ist. Während meiner Postdoc-Zeit verbrachte eine Freundin fünf Jahre damit, die Proteinkaskaden von Forellenlebern im Modell darzustellen. Ich soll ähnlich gründliche Analysen fünfmal am Tag in einer halben Stunde liefern. Das ist unmenschlich.«

»Ich führe eine Guerilla-Regierung mit beschissener Kommunikation in dreizehnhundert isolierten Systemen und Milliarden von Menschen, die alle glauben, das, was sie gerade vor sich sehen, sei das Wichtigste auf der Welt«, antwortete Naomi. »Ich weiß, wie Sie sich fühlen.«

»Ich will es noch einmal versuchen«, fuhr Elvi fort. »Es gibt auch gute Neuigkeiten. Seit die Ringe begonnen haben, auf diese Weise zu strahlen, gab es in keinem einzigen System mehr ein Ereignis. Kein Verlust des Bewusstseins. Keine Veränderung der physikalischen Konstanten oder der physikalischen Gesetze. Keine neuen San Estebans mit Abertausenden von Menschen, die ohne Vorwarnung und wehrlos sterben.«

»Doc, ich weiß nicht, ob ich das nachvollziehen kann«, wandte Amos ein. »Die konnten es nicht verhindern.«

»Die?«, fragte Naomi.

Amos zeigte auf den toten Wandbildschirm, als könnte man dort sehen, was er meinte. »Diejenigen, die all das hier geschaffen haben. Sie wurden getötet. Sie hatten keine Möglichkeit, es aufzuhalten, sobald es begonnen hatte. Sie haben die Tore abgeschaltet, um sich selbst in Quarantäne zu begeben. Nichts konnte die Angriffe verhindern.«

»Nicht auf sie, nein«, bestätigte Elvi. »Deshalb ist dies hier ja so interessant. Und es gibt noch einen weiteren Faktor. Dieses geteilte Bewusstsein … eine Auswirkung war, dass die Betroffenen Eindrücke aus dem Leben anderer Menschen bekamen. Episodische Erinnerungen, einige auch prozedural. Ich bin sicher, dass die Daten, die Colonel Tanaka sammelt, eine Milliarde Doktorarbeiten über Paradigmen der holografischen Gedächtnisspeicherung nach sich ziehen werden, aber eine Sache, die immer wieder auftauchte, war das Bewusstsein eines Mannes, der zugegen, aber nicht anwesend war. Mehr als zwei Prozent der Menschen, die dieses Erlebnis hatten, erwähnen ihn. Und er taucht auch in meinen Daten auf. Cara hat ihn gesehen. Den anderen.«

Alle wandten sich dem Mädchen zu. Einen Moment lang schien sie zu schrumpfen und wirkte sehr verletzlich. Wie das Mädchen, das sie einmal gewesen war. Elvi wartete auf ihre Antwort, doch nun schaltete sich Amos ein.

»Duarte. Sie glauben, es sei Duarte.«

Fayez zuckte mit den Achseln. »Er wurde mittels Protomolekül-Technologie stark verändert. Er holte sich selbst aus dem Koma und verschwand. Und jetzt das hier? Ja, das liegt wohl nahe.«

»Hat er sich in Luft aufgelöst, als er verschwand? Ist er jetzt ein Protomolekül-Geist?«, fragte Amos. »Geht er im Netzwerk um?«

Jim sah aus, als sei ihm schlecht. Naomi fasste ihn am Ellenbogen und drückte leicht. Cara sah Amos an, doch Elvi konnte nicht erkennen, ob das Mädchen sich nicht wohlfühlte, weil er da war, oder ob sie Schutz bei ihm suchte.

»Ich habe keine Ahnung, was auf der physischen Ebene mit ihm passiert ist«, antwortete Elvi. »Aber es ist denkbar, dass er die Arbeit, die wir hier tun, benutzt, um … wie ein Trittbrettfahrer mitzuschwimmen. Dass er Dinge spürt, die auch Cara und Amos spüren. Und dass er eine andere Anwendungsmöglichkeit dafür findet.«

»Er hat sich selbst aus einem Koma geholt, das extrem tief war«, wiederholte Jim.

»Das ist eine Theorie«, antwortete Elvi.

»Was tun wir, wenn Sie recht haben?«, fragte Jim.

Elvi richtete sich entschlossen auf. »Ich glaube, wir sollten zwei Versuchspersonen gleichzeitig einsetzen. Wir schließen Amos und Cara mit jeweils eigenen Sensoren an, holen den Katalysator hervor und schicken sie beide in die Bibliothek. Bis jetzt hat Amos die Erfahrungen nur indirekt über ihre Verbindung mitbekommen. Wenn Cara und Amos zusammen sind, gewinnen sie möglicherweise eine bessere Kontrolle, als wenn Cara allein ist.«

»Kontrolle ist gut«, sagte Amos. »Und was tun wir, sobald wir die Kontrolle haben?«

»Wir versuchen, mit ihm zu reden.«

28 Tanaka

Sobald sie den Transit hinter sich hatten, wusste Tanaka, dass die Spur erkaltet war. Es dauerte jedoch eine Weile, die Annahme zu bestätigen.

Der Stützpunkt Gewitter war Laconias größte militärische Einrichtung im Bara-Gaon-System. Er bestand aus drei rotierenden Ringen, die sich um ein zentrales Dock drehten, in dem Schwerelosigkeit herrschte. Dort lebten dauerhaft fast siebentausend Offiziere und Mannschaften. Zwei Zerstörer der *Storm*-Klasse schützten, jederzeit kampfbereit, die Station und überwachten den gesamten Verkehr durch den Ring von Bara Gaon sowie die kommerziellen Flüge innerhalb des Systems.

Bara Gaon war außerdem einer der wichtigsten Industriestandorte des Laconischen Reichs. Bara Gaon 5 war eine Kugel aus Erde und Wasser, die exakt im Zentrum der habitablen Zone kreiste. Die Achsenneigung war so gering, dass die jahreszeitlichen Veränderungen kaum mehr als eine leise Andeutung waren. Starke vulkanische Aktivitäten während der Entstehung des Planeten hatten dazu geführt, dass die Kruste voller nützlicher Metalle war, und der Boden war hervorragend für eine Anpassung an irdische Organismen geeignet. In der Umlaufbahn schwebte der Bara-Gaon-Komplex, ein gewaltiges Bauwerk mit Werften und Niedrigschwerkraft-Produktionsstätten.

Die Überwachungssysteme der Gewitter-Station, die der *Derecho* ihre Daten überspielten, zeigten, dass sich, abgesehen von den beiden Zerstörern, vier Tiefraum-Teleskopsatelliten, drei Dutzend laconische Funküberwachungsstationen und dreiundsiebzig Schiffe unter Schub im System befanden.

Niemand hatte die *Rosinante* durch den Ring fliegen sehen.

Die *Rosinante* konnte zwar in das System eindringen und versuchen, mithilfe des Untergrunds ein Versteck zu finden, aber man konnte auf keinen Fall davon ausgehen, dass sie den Transit unbemerkt vornehmen konnte.

Tanaka ließ die Gouverneurin des Systems gründlich von der SigInt-Abteilung überprüfen, um sicherzugehen, dass sie nicht insgeheim für den Widerstand arbeitete, aber das war eine reine Formalität. Tanaka erwartete nicht, dass sie irgendetwas finden würden. Sie war einfach einer falschen Spur gefolgt.

»Anscheinend war es die *Forgiveness*, ein Versorgungsschiff aus Firdaws«, sagte Botton, der im vornehmen Offizierscasino von Gewitter neben ihr an der Theke stand. Er legte sein Handterminal auf die Fläche und rief ein holografisches 3-D-Modell auf. »Ein ehemaliges Kolonieschiff, das einer Solidargemeinschaft gehört und dem Kommando von Kapitän Ekko Levy untersteht.«

Die Einrichtung der Bar war kitschig und entsprach dem Stil, den man als »klassisch marsianisch« bezeichnete. Jede Menge Holzimitat, polierte Metallspiegel und Tischplatten aus behauenem Stein. Einige Gäste saßen an den Tischen, plauderten, tranken und verzehrten das mittelmäßige Casinoessen. Doch die Beleuchtung war gut, und die Musik war so dezent, dass man sich auch mit gedämpften Stimmen unterhalten konnte. Nachdem sie ein paar Wochen lang auf der *Derecho* Tag für Tag dieselben, mit Stoff bespannten Schiffswände angestarrt hatte, kam ihr sogar das Holzimitat im Club wie der reine Luxus vor.

»Und es war ganz sicher kein Ablenkungsmanöver, das uns auf eine falsche Fährte locken sollte?«, fragte Tanaka. Sie wusste die Antwort schon, ehe Botton überhaupt etwas sagte.

»Sie werden in keiner Datenbank der Nachrichtendienste erwähnt. Auch wenn uns das Timing verwirrt hat, weil das Schiff genau in diesem Augenblick durch den Ringraum geflogen ist, scheint es doch eher so, als hätten sie dies gar nicht beabsichtigt.«

Auch wenn es uns verwirrt hat. Botton war sehr diplomatisch. Dies war ihre Mission. Sie traf die Entscheidungen.

»Wir sind der falschen Spur gefolgt«, sagte sie.

»So sieht es aus«, bestätigte Botton. Tanaka warf ihm einen gereizten Blick zu. Sie hatte ihn nicht um Zustimmung gebeten. Bottons Miene veränderte sich nicht. Er winkte den Barkeeper herbei und bestellte ein zweites Bier, als hätte er es nicht bemerkt.

Während Tanaka über ihre nächsten Schritte brütete, brachte der Barkeeper Bottons Bier und eine Schale mit gesalzenen Chips. Der Mann sah sie an, als versuchte er einzuschätzen, ob es zu gefährlich sei, sie zu fragen, ob sie noch einen Drink wollte, oder ob es besser sei, sie einfach zu ignorieren. Er traf die richtige Entscheidung und entfernte sich ohne ein weiteres Wort.

Nachdem sie das Schweigen lange genug gehalten hatte, um deutlich zu machen, was sie nicht laut ausgesprochen hatte, sagte Tanaka: »Ich überprüfe die anderen Spuren. Wenden Sie sich inzwischen an die elektronische Aufklärung. Geben Sie jedem Schiff und jeder Relaisstation im Netzwerk Bescheid. Vermutlich fliegen sie ohne Transponder, aber wir haben die Antriebscharakteristik und das Rumpfprofil der *Rosinante.*«

»Verstanden.« Botton wollte gehen, das zweite Bier stand fast unberührt auf der Theke.

»Gehen Sie außerdem noch einmal die Sensordaten durch, die wir beim Flug durch das Ringtor aufgefangen haben. Wiederholen Sie die Analyse, aber nehmen Sie Bara Gaon heraus. Vielleicht haben wir etwas übersehen.«

»Aye, aye, Colonel.«

»Und sorgen Sie dafür, dass alle eines begreifen«, fuhr Tanaka fort. »Dies ist eine äußerst wichtige Sicherheitsfrage. Wer bedeutsame Informationen zurückhält, macht sich des Hochverrats schuldig und wird in den Pferch geschickt.«

»Ich dachte, Major Okoye hat angeordnet, den Pferch abzubauen?«

»Ich baue einen neuen.«

»Verstanden.« Botton verließ das Casino äußerlich lässig, aber viel zu hastig.

Sie rief die Warteschlange ihrer persönlichen Nachrichten auf und begann mit dem langwierigen Prozess, von verschiedenen Stellen Berichte einzufordern. Die Befragung von Duartes Vertrauten hatte keine Hinweise auf weitere Heimsuchungen ergeben, doch die Verhöre der Kontakte auf der zweiten Ebene waren noch nicht abgeschlossen. Auch das kam ihr wie eine Sackgasse vor, aber auf Laconia gab es Leute, deren Aufgabe es war, ihr dies zu gegebener Zeit mitzuteilen, und daher sollten sie das gefälligst auch tun. Ochida hatte bisher keine neuen Informationen über das eiförmige Schiff geschickt. Sie sendete eine Anforderung, die in die Warteschlange kam. Im Repeater-Netzwerk gab es wegen der Interferenzen durch die Ringtore einen Rückstau. Drei Nachrichten mit Geheimdienstinformationen über San Esteban und die Zahl der Toten warteten auf sie. Nicht dass sie irgendeine Vorstellung hatte, was sie in dieser Hinsicht tun sollte. Sich mies fühlen, weil sie Duarte nicht rechtzeitig gefunden hatte, um … was denn eigentlich? Um ihn zu bewegen, die Ereignisse zu verhindern? Die ganze Situation ging ihr gehörig auf die Nerven.

Der Barkeeper wagte es, sie anzusprechen. »Colonel, kann ich sonst noch etwas für Sie tun?« Er schenkte der Theke das freundlichste Lächeln, das er sich abringen konnte.

»Mineralwasser«, sagte sie. Dann fiel ihr etwas ein. »Ihr Rang?«

»Unterleutnant«, antwortete er und wagte es, einen Moment lang den Blick zu heben und ihr in die Augen zu sehen. Dann senkte er den Blick wieder. »Der Kommandant will nicht, dass Freiwillige hier arbeiten. Er sagt, das sei nicht gut für die Moral.«

»Für deren Moral oder für unsere?« Tanaka trank einen Schluck von dem Mineralwasser, das er ihr rasch eingeschenkt hatte. Es schmeckte ganz leicht nach künstlichem Zitronenaroma. Der Duft erinnerte an teure Seife.

»Der Kommandant hat mir nicht mitgeteilt, wie seine Überlegungen hierzu aussehen«, antwortete der Barkeeper und wollte sich entfernen.

»Trotzdem«, sagte Tanaka. Das bremste ihn. Zog ihn zurück. »Drinks einzuschenken ist ein beschissener Job für einen Leutnant. Selbst für einen Unterleutnant. Wahrscheinlich entspricht das nicht unbedingt dem, was Sie sich vorgestellt haben, als Sie sich durch die Akademie quälten.«

Jetzt suchte der Barkeeper ihren Blick. Er sah gar nicht so schlecht aus. Dunkle Haare und Augen. Die Andeutung eines Grübchens auf dem Kinn. Er musste wissen, wer sie war. Was ihr Rang und ihr Status bedeuteten. Doch er starrte sie einen Moment an und gab sich große Mühe, sich seine Angst nicht anmerken zu lassen. »Nein, Colonel, wirklich nicht. Aber ich bin Offizier der Laconischen Raummarine, und es ist mir eine Freude, dem Hochkonsul zu dienen.« Er schaffte es sogar, es beinahe amüsiert klingen zu lassen, auch wenn es etwas gezwungen wirkte.

Tanaka spürte eine vertraute Wärme und ein Ziehen im Bauch. Sie traute dem Gefühl nicht. Sie war wütend und frustriert, und das Ding im Ringraum, was es auch war, hatte sie weiter vom Kurs abgebracht, als sie es sich selbst eingestehen wollte. Während ihrer ganzen beruflichen Karriere hatte sie streng darauf geachtet, ihr geheimes Leben zu kultivieren und zu schützen. Ein Risiko einzugehen, wenn sie sich nicht völlig im Griff hatte, stand keinesfalls auf der Liste der guten Ideen.

Und doch.

»Haben Sie von San Esteban gehört?«, fragte sie, ehe er sich verdrücken konnte. »Eine schlimme Sache. Ein ganzes System, einfach so ausgelöscht.«

»Ja«, antwortete er.

»Das hat mit meiner Arbeit zu tun. Mit meiner Mission. Natürlich kann ich Ihnen keine Einzelheiten verraten. Aber … ich weiß nicht. Wir sind hier, und dann sind wir weg. Keine Vorwarnung, keine zweite Chance. Es könnte auch hier passieren, und dann wären Sie und ich und alle auf der Station …« Sie zuckte mit den Achseln.

»Glauben Sie, es wird dazu kommen?«

»Das weiß ich nicht«, erklärte sie. »Aber wenn ich Sie wäre, würde ich das Trinkgeld nicht in langfristige Anlagen investieren. Man kann ja nie wissen, wenn Sie verstehen.«

Er lächelte, und sie sah seine Angst. Eine andere Art von Angst. Junge Männer ließen sich nicht gern an ihre Sterblichkeit erinnern. Das provozierte sie dazu, allen zu beweisen, wie lebendig sie waren.

»Haben Sie auch einen Namen, Leutnant?«

»Randall«, antwortete er. »Leutnant Kim Randall, Madam.«

Er war gut vierzig Jahre jünger als sie. Und der Rangunterschied war ein gähnender Abgrund, den er mit viel Glück irgendwann im Laufe seines Lebens überwinden konnte. Eine Affäre mit jemandem, der einen niedrigeren Rang bekleidete, war nach wie vor eine Verletzung der laconischen Dienstvorschriften, und da sie nun den Omega-Status hatte, war ihr buchstäblich jeder Militärangehörige mit Ausnahme von Admiral Trejo untergeordnet. Doch ihr Status stellte sie andererseits außerhalb der gesetzlichen Ordnung. Was einen Teil des Reizes zerstörte, der es erstrebenswert machte, es zu tun.

Aber sie war gierig. Nicht auf Sex, auch wenn sie den Drang damit stillen würde. Sie wollte Kontrolle. Sie suchte das Gefühl, nicht mehr verletzlich zu sein. Sie wollte dem feindlichen Universum in Gestalt dieses jungen Kerls ihren Willen aufzwingen.

»Also, Leutnant Randall«, sagte sie. »Mein Schiff hat zwar angedockt, aber man hat mir hier auf der Station einen Raum zugewiesen.«

»Hat man das getan?« Kim entfernte sich und wischte unterwegs die Theke ab.

»Hat man«, bestätigte Tanaka. »Möchten Sie ihn sich einmal ansehen?«

Kim blieb wie angewurzelt stehen, dann drehte er sich zu ihr herum. Er betrachtete sie einmal von oben bis unten, als hätte er sie erst jetzt bemerkt. Er vergewisserte sich, ob er ihr Angebot richtig verstanden hatte, und überlegte, ob er interessiert war. Dann fiel Kims Blick einen Moment lang auf ihre zerstörte Wange, und er zuckte fast unmerklich zusammen. Es fühlte sich an wie eine Ohrfeige. Sie hatte sogar das Gefühl, die verletzte Wange würde heiß.

Ein Durcheinander von Emotionen und Reaktionen wallte in ihr empor, so unvertraut wie ein Bus voller fremder Menschen. Unsicherheit, Scham, Kummer, Verlegenheit. Sie konnte die Regungen benennen, und die Namen bezeichneten Dinge, unter denen sie schon einmal gelitten hatte. Dieses Mal war es jedoch anders. Die Verlegenheit stach, als empfände sie so etwas zum ersten Mal. Die Verletztheit hatte eine Färbung, die sie noch nie wahrgenommen hatte. Die Scham bekam eine neue Nuance. Sie kannte die Gefühle, jeweils für sich und insgesamt, aber sie gehörten jemand anderem. Vielen anderen Menschen, die unsichtbare Drähte in ihrem Herzen verankert hatten.

Kim sah ihr den inneren Aufruhr an, und nun bekam auch seine furchtlose Fassade Risse. »Ich glaube, das ist keine gute Idee, Colonel«, antwortete er, indem er ihren Rang betonte. Als bezöge sich seine Ablehnung nur darauf. Als ginge es nur darum, ein guter, gesetzestreuer Laconier zu sein, und nicht um ihr verunstaltetes Gesicht.

Tanakas Wangen wurden wärmer, und in den Augenwinkeln juckte es. *Leck mich doch, werde ich jetzt heulen, weil mich ein verdammter junger Barkeeper nicht für hübsch genug hält, um mit mir zu vögeln? Was ist denn mit mir los?*

»Selbstverständlich«, antwortete sie und war entsetzt, wie belegt ihre Stimme klang.

Sie stand auf, achtete darauf, ihren Barhocker nicht umzuwerfen, und wandte sich ab, ehe der hübsche kleine Leutnant Randall mit seiner furchtlosen Fassade und dem Grübchen im Kinn das feuchte Schimmern ihrer Augen bemerkte. »Colonel«, sagte Kim. Es klang ein wenig überrascht oder besorgt. *Gut so, soll er sich nur Sorgen machen.* Tanaka ging ohne ein weiteres Wort.

Auf dem Weg zur Tür sah sie sich selbst in einem Wandspiegel. Die zornige rote Landkarte ihrer Wange. Die Haut, die an einem Auge zurückzogen war, sodass das Unterlid leicht zu hängen schien. Die weißen Narben, wo der Schularzt ihr Gesicht zusammengeflickt hatte, nachdem James Holden es zerschossen hatte.

Bin ich hässlich?, fragte eine Stimme in ihrem Kopf.

Das war nicht sie. Es war eine kleine Stimme. Eine *Kinderstimme.* Beinahe konnte Tanaka sich das Gesicht vorstellen, zu dem diese Stimme gehörte. Rote Locken und grüne Augen, eine mit Sommersprossen gesprenkelte Nase. Das Gesicht blickte zu ihr hoch, den Tränen nahe, und es brach Tanaka das Herz, als sie diese Worte aus diesem Mund hörte. Die Erinnerung war so klar, als erlebte sie es noch einmal. Sie hörte die Schmerzen in der Frage ihrer Tochter und wollte den Gedanken wegfegen und den kleinen Jungen töten, der dies verursacht hatte. Und sie wusste, dass sie nichts dergleichen tun konnte. Liebe, Schmerzen und Ohnmacht.

Tanaka hatte nie eine Tochter gehabt, und sie kannte das verdammte Kind überhaupt nicht.

Sie biss die Zähne zusammen, bis sie das eigene Blut in den Ohren rauschen hörte und die Erinnerung verblasste. Sie tippte auf das Handterminal, das sie am Arm trug, und sagte: »Machen Sie für mich einen Termin in der Krankenstation.«

»Was darf ich für Sie planen, Madam?«, fragte das Mädchen. Vermutlich war sie nicht einmal dreißig. Dunkle Haare, ein rundes Gesicht, mittelbraune Haut und ein professionelles, angenehmes Verhalten.

Mit meinem Kopf stimmt was nicht, dachte Tanaka. *Ein Schiff war drauf und dran zu verschwinden, und dann ist es wieder aufgetaucht, und was das Schiff gerettet hat, hat meinen Kopf kaputt gemacht. Mit meinem Kopf stimmt etwas nicht.*

»Ich wurde verletzt«, sagte sie und zeigte energisch auf ihre verletzte Wange. »Im Einsatz. Seitdem war ich in keiner wirklich guten medizinischen Einrichtung. Ich möchte … die Regeneration überprüfen lassen.«

»Ich sage Captain Gagnon Bescheid, dass Sie seine nächste Patientin sind«, antwortete das dunkelhaarige Mädchen. Als Laconia eine eigenständige Nation geworden war, hatte sie noch nicht einmal gelebt. Sie hatte nie ein Universum ohne Tore gekannt. Beinahe gehörte sie einer anderen Spezies an. »Wenn Sie möchten, können Sie in der Offizierslounge warten.«

»Danke«, sagte Tanaka.

Zwanzig Minuten später wurde ihr Gesicht sanft betastet und gedrückt. Doktor Gagnon war ein kleiner, dünner Mann mit einem Schopf weißer Haare, die fast senkrecht emporstanden. Er erinnerte Tanaka an eine Figur aus einem Kinderfilm. Nur seine Stimme war sonor und ernst wie bei einem Priester oder Bestatter. Immer wenn er sprach, hatte sie das Gefühl, eine Puppe schimpfte mit ihr.

Auf dem Wandbildschirm erschien eine Reihe von Bildern. Mehrere Aufnahmen ihrer Wange von innen und außen. Ein Scan ihres Unterkiefers und der Zähne. Ein weiterer Scan der Blutgefäße im Gesicht. Auf den Scans erkannte sie deutlicher als im Spiegel die gezackte Naht, wo die alte Haut endete und das neue Wachstum begann. Das Gefühl, dass in ihr etwas Neues wuchs und ihr altes Fleisch durch etwas anderes ersetzte, bereitete ihr Unbehagen.

»Ja«, sagte Gagnon mit seinem grollenden Bass. Es klang traurig. Vielleicht war er von ihr enttäuscht. »Die Schäden sind beträchtlich, aber es ist reparabel.« Er zeigte auf das Abbild ihres Kiefers. Die abgebrochenen Zähne und die geheilten Brüche erschienen als gezackte Linien vor dem glatten Weiß.

»Und die Wange«, sagte Tanaka. Sie hob nicht die Stimme, sie stellte ihm keine Frage.

Gagnon tat es mit einer ungeduldigen Bewegung seiner winzigen Hand ab. »Die Arbeit vor Ort war nicht schlecht. Das will ich wirklich nicht sagen. Aber die Textur und die Farbe passen nicht. Wenn wir das nicht angehen, werden Sie letzten Endes mit einem Gesicht herumlaufen, in dem eine Hälfte so aussieht wie der Arsch eines Neugeborenen. Aber mit den Blutgefäßen hat der Arzt auf der *Sparrowhawk* hervorragende Arbeit geleistet. Ich war wegen der möglichen Schäden im Unterkiefer besorgt. Wenn die Knochen Gefahr liefen abzusterben, dann müssten wir alles ersetzen. Aber so …«

Er zeigte auf ihre Bilder, auf ihr Inneres, als könnte sie es auch selbst beurteilen.

Tanaka versuchte sich ihr Gesicht vorzustellen, wenn der Unterkiefer entfernt war und sie darauf wartete, dass der Ersatz nachwuchs, während ihr Mund lose und formlos herabhing. Ihre Kopfhaut spannte sich bei der Vorstellung. Wenigstens diesen unwürdigen Zustand musste sie nicht erleben.

»Wie lange?«

Gagnons buschige weiße Augenbrauen fuhren empor wie erschrockene Raupen. »Ist das denn so wichtig?«

»Möglicherweise.«

Er faltete die Hände im Schoß, als wollte er die Madonna imitieren.

»Es könnte sinnvoll sein, mit dem Eingriff zu warten, bis Ihre gegenwärtige Mission abgeschlossen ist«, riet Gagnon ihr mit einem Tonfall, als machte er sich über die Entscheidungen, die sie in ihrem Leben traf, große Sorgen.

Die Erinnerung an einen kleinen Rotschopf fragte, ob sie hässlich sei. Die Kraft und Verletzlichkeit und die überwältigenden Schmerzen ihrer Liebe für das Kind. Die Demütigung, die wie ein Weinglas in ihr sang.

»Verdammt auch«, flüsterte sie und schüttelte den Kopf.

»Verzeihung?«

»Ich habe Nein gesagt. Beginnen Sie sofort.«

»Warum sind Sie denn hier?«, fragte jemand aus sehr großer Entfernung. Tanaka wollte die Augen aufschlagen, doch die Welt litt unter einem Schub von zwanzig G, und die Augenlider wogen tausend Pfund.

»Mmbbuh«, machte sie.

»Oh, verdammt, tut mir leid«, sagte die Stimme, jetzt nicht mehr ganz so weit entfernt. Männlich. Knirschend. Irgendwo links von ihr. »Habe nicht gesehen, dass Sie schlafen. Ich habe nur gehört, wie man Sie hereingerollt hat.«

»Mmmmm«, stimmte Tanaka zu. Irgendjemand hob die Beschleunigung auf, sodass sie die Augen öffnen konnte. Helles, weißes Licht brach über sie herein und verschmorte ihren Sehnerv. Sie schloss die Augen wieder und versuchte, ihren Körper abzutasten. Etwas Schlaffes flappte wie ein toter Fisch auf ihrer Brust.

»Ja, lassen Sie sich nur Zeit«, sagte der Mann. »Sie sind frisch operiert. Wenn die Ihnen eine Betäubung verpassen, dann machen die das gründlich. Es dauert eine Weile, da wieder rauszukommen.«

Tanaka wollte zustimmend nicken. Ihr Kopf rollte zur Seite. Die Welt hob die Beschleunigung weiter auf, sodass sie den Kopf geradeaus drehen und es riskieren konnte, noch einmal die Augen zu öffnen. Das Licht in dem Raum war immer noch zu hell, aber es war nicht mehr so, als schössen ihr Laserstrahlen direkt ins Gehirn. Sie hatte einen Fehler gemacht, konnte sich aber nicht genau erinnern, worin er bestand.

Sie betrachtete sich selbst. Sie trug einen Krankenhauskittel, der nur bis zu den Knien reichte. Ihre Waden, dünn wie bei einer Marathonläuferin und voller Knoten und Narben, schauten darunter hervor. Die Hände lagen schlaff auf dem Brustkorb. Links war in einer Ader eine Infusionsnadel befestigt.

Einen Moment lang geriet sie in Panik, bis eine Stimme sagte: *Ich bin in einem Krankenhaus. Ich hatte gerade eine Gesichtsrekonstruktion. Es geht mir gut.* Die Stimme, die zugleich ihre eigene war und einer Fremden gehörte, beruhigte sie.

»Alles klar?«, fragte der Knirscher. »Soll ich jemanden rufen?«

»Nein«, quetschte Tanaka hervor. »Es geht mir gut. Ich hatte vor Kurzem eine Gesichtsrekonstruktion.« Sie konnte sich gerade noch beherrschen, ehe sie ihm mitteilte, dass sie in einem Krankenhaus waren. Vermutlich wusste er das bereits.

Da sich die Schwerkraft in dem Raum jetzt wieder wie das Drittel G anfühlte, das der Rotation der Gewitter-Station entsprach, riskierte Tanaka es, den Kopf zur Seite zu drehen und ihn anzusehen.

Wie sich herausstellte, war er überwiegend gar nicht sichtbar. Der größte Teil blieb hinter den vielen medizinischen Apparaten verborgen, die sein Bett umgaben. Kein Wunder, dass er sie nicht richtig gesehen hatte, als sie ihr Bett ins Zimmer geschoben hatten. Immerhin konnte Tanaka seinen Kopf erkennen, ergrautes blondes Haar, militärisch kurz geschnitten. Unten im Bett, jenseits der Apparate, die ihn verdeckten, ragte ein schwieliger Fuß heraus.

»Das war bestimmt unangenehm, was?«, sagte der Knirscher.

»Ich wurde angeschossen«, erwiderte Tanaka, ohne richtig darüber nachzudenken. *Ich bin noch etwas bedröhnt,* warnte die Stimme in ihr. *Sei vorsichtig, was du sagst. Achte darauf, dass deine Geheimnisse Geheimnisse bleiben.*

»Ins Gesicht?«, fragte der Knirscher, dann lachte er pfeifend. »Bei den meisten Leuten, die Schüsse ins Gesicht bekommen, ist die Operation gar nicht mehr nötig, wussten Sie das? Es ist etwas Gutes, dass es nötig ist, Sie zusammenzuflicken. Meinen Glückwunsch, dass Sie noch nicht in den Recycler kommen.«

»Hat aber wehgetan.«

»Oh, das kann ich mir lebhaft vorstellen. Ja, wirklich.« Wieder stieß der Knirscher das pfeifende Lachen aus.

»Und Sie?«, fragte Tanaka.

»Mein Gesicht ist so ziemlich die einzige Stelle, die nicht im Arsch ist. Mein Streifenboot hat Schmuggler gejagt. Wir sind ihnen zu der Stelle gefolgt, die wir für den Übergabepunkt hielten. Ein beschissener kleiner Asteroid, nicht viel größer als unser Schiff. Wir haben uns angenähert, um es uns anzusehen …«

Er brach ab. Tanaka wartete und fragte sich, ob er eingeschlafen sei oder ob die Erinnerungen zu schmerzlich waren, um darüber zu sprechen.

»Dann gab es einen Knall«, pfiff der Knirscher. »Der ganze Brocken ist in die Luft geflogen. Waren gar keine Schmuggler. War ein Untergrund-Arsch, der einfach nur ein paar Laconier in die Pfanne hauen wollte. Das Schiff ist zerknittert wie Alufolie. Ricky und Jello haben es nicht mal kommen sehen. Aber das Schiff hat sich um mich gefaltet, als wollte es alles abschneiden, was ich nicht unbedingt zum Leben brauchte, und mich gleichzeitig davor bewahren zu verbluten.«

Der grobe Humor – meine Freunde sind tot, ich habe Verletzungen erlitten, von denen ich mich nie mehr richtig erholen werde, ist das nicht zum Lachen? – überspielte eine Sinfonie von Trauer und Kummer, aber sie hörte es dennoch heraus. Das war nichts Neues. Sie fühlte mit ihm, und das war durchaus neu.

»Tut mir leid, dass Sie so einen Verlust erlitten haben«, antwortete Tanaka. In den Armen und Beinen spürte sie Nadelstiche. Sie versuchte, die Hände zu Fäuste zu ballen. Sie war schwach wie ein Baby, doch die Finger gehorchten ihr und taten, was sie wollte. Das war ein guter Anfang.

»Ja«, sagte der Knirscher.

Tut mir leid, dass Sie so einen Verlust erlitten haben, das war der Unfug, den man zu jemandem sagte, den man gerade erst kennengelernt hatte, wenn er einem eine traurige Geschichte erzählte. Der Knirscher wusste es. Tanaka wusste es selbst.

»Ich habe meinen Bruder verloren«, sagte sie. Ihre Stimme war schwer vor Kummer. Sie hatte keinen Bruder.

»Eine Bombe?«

»Ein Unfall beim Klettern«, antwortete sie. Sie sah sein Gesicht, das Bild, wie er verdreht am Fuß der Klippe lag. Das Seil hatte sich um ihn gewickelt wie eine Schlange. Der große Kummer, der mit dem Bild einherging, drohte sie mitzureißen.

Was ist denn nur mit mir los?, fragte sie die Stimme in ihrem Kopf. *Hör auf, diesen Mann anzulügen.* Aber sie log nicht. Die einzige Antwort war ein Schluchzen, das ihre Brust erschütterte.

»Hey«, sagte der Knirscher. »Ist schon gut. Die werden mich schon wieder zusammenflicken. Ich meine, na ja, es ist beschissen, dass Rick und Jelena es nicht geschafft haben, aber so ist nun mal der Job, oder?«

Ich weine nicht um dich, wollte Tanaka ihm sagen, doch ein Teil in ihr weinte um ihn. Ein Teil in ihr erinnerte sich an den Bruder, der von der Steilwand gestürzt war, an seine Gliedmaßen, die sich unten um die Steine geschmiegt hatten, an die starren, leeren Augen. Und dieser Teil schluchzte für Jello und Ricky und die Leute, die sie hinterließen, nachdem eine Bombe sie aus dieser Welt gerissen hatte. Aber vor allem hatte sie einfach nur Angst. *Was ist nur mit mir los?*

»Hey, ich bin Chief Byrd«, sagte der Knirscher. »Lias Byrd. Und Sie?«

Das weiß ich nicht.

Ehe Tanaka antworten konnte, ging die Tür auf, und Gagnon kam herein. Er tippte wie besessen auf einem Handterminal herum.

Als er sah, dass sie wach war, klatschte er sich das Terminal auf den Arm. Es wickelte sich darum.

»Freut mich, Sie wach zu sehen, Colonel«, sagte Gagnon.

»Scheiße, tut mir leid, dass ich Ihnen ein Ohr abgekaut habe, Colonel«, sagte Byrd. Tanaka hörte, wie die Erwähnung ihres Rangs schlagartig die Natur ihrer Beziehung veränderte, und verspürte einen ganz ungewohnten Anflug von Bedauern.

Gagnon ignorierte Byrd ganz und gar und überprüfte Tanakas Vitalfunktionen auf dem Wandbildschirm über ihrem Bett.

»Hallo, Chief«, sagte Tanaka.

»Aye, Colonel?«

»Alles in Ordnung, Matrose. Wir kommen beide auf beiden Beinen hier heraus. Ich gehe einfach nur vor Ihnen.«

»Verstanden, Madam.«

Gagnon betrachtete das um sein Handgelenk gewickelte Terminal, dann tätschelte er Tanakas Hand. »Es sieht alles gut aus. Sie ruhen sich jetzt etwas aus, und morgen können wir Sie entlassen. Wir würden gern eine Nachsorgeuntersuchung für die nächste …«

»Was ist mit Chief Byrd?«, fragte Tanaka.

»Mit wem?« Gagnon schien verblüfft.

»Mit Chief Byrd. Er liegt in dem Bett da drüben. Wie geht es ihm?«

Gagnon warf einen kurzen Blick hinüber, sah aber kaum hin. »Oh, verstehe. Ich fürchte, er ist gar nicht mein Patient.« Er tippte weiter auf sein Handterminal.

Als es geschah, passierte es ohne bewusstes Zutun. Als wäre in einer Motorrüstung eine vorprogrammierte Sequenz abgelaufen. Auf einmal wurden ihre Gliedmaßen aktiv, und sie war nicht mehr als eine Beifahrerin. In einem Augenblick blickte sie zu Gagnon hoch, der auf seinem Handgelenk tippte.

Ein Blinzeln.

Und sie war über Gagnon auf ihrem Bett, die Knie auf seine Schultern gestemmt, und sein blutiges und verängstigtes Gesicht schaute zu ihr empor, als sie ihm noch einmal die Faust hineinschlug.

»Habe ich gefragt, ob er Ihr verdammter Patient ist?«, hörte sie sich brüllen, als sie ihm die linke Faust aufs Auge drosch. Dabei riss der Infusionsschlauch ab, das Blut spritzte durch die Luft, als sie ausholte. »Habe ich verdammt noch mal gefragt, ob er Ihr Patient ist?«

Ihr Blut sang in den Adern. Sie fühlte sich weit und groß und auf eine Weise lebendig, wie es oft geschah, wenn sie gewalttätig wurde. Und dann, als hätte man ihr einen Eimer kaltes Wasser ins Gesicht geschüttet, war sie hellwach und hatte große Angst. Sie kletterte vom Bett herunter und zog sich zurück. Gagnon rutschte vom Bett auf den Boden und gab leise, gequälte, animalische Laute von sich.

»Colonel?«

Ihr Blick wanderte zu Byrd. Da sie jetzt stand, konnte sie sein Gesicht erkennen. Er hatte die hellblauen Augen weit aufgerissen. Sie zeigte auf ihn.

»Ich sorge dafür, dass man sich um Sie kümmert«, sagte sie. Doch insgeheim dachte der kleine, stille Teil von ihr, der alles andere beobachtete: *Ich bin im Arsch.*

»D-danke«, antwortete Byrd. »Ich komme schon klar, Colonel. Ich komme klar.«

»Dafür will ich sorgen«, bekräftigte sie.

Damit drehte sie sich um und marschierte hinaus. Zwei bewaffnete Wächter näherten sich ihr, wichen wieder zurück. Ihr Krankenhauskittel rutschte von den Schultern. Sie hielt ihn eilig fest, ehe sie allen auf dem Flur ihre Titten zeigte. Vermutlich hatte sie sowieso schon der Hälfte des medizinischen Personals auf der Gewitter-Station ihren Arsch gezeigt. Das alles schien jedoch irgendwie sehr weit weg zu sein.

Es schien Stunden oder auch nur Sekunden zu dauern, bis sie den Empfang entdeckte. Dort saß das dunkelhaarige Mädchen, das sie schon kannte. Die weichen, jungen Augen weiteten sich, als Tanaka zu ihr stolzierte.

»Wissen Sie, wer ich bin?«

»Ja, Colonel.«

»Gut.« Tanaka holte tief Luft, richtete sich auf und sprach so präzise und betont, wie sie angesichts der Verbände und Verletzungen nur konnte: »Ich möchte eine psychologische Untersuchung ansetzen.«

29 Jim

Bisam ruderte mit den Beinen, als schwämme sie vor der Kombüse durch den Flur. Ihr Bellen klang tief und freundlich, und sie hatte ein breites Hundegrinsen aufgesetzt. Am anderen Ende des Korridors hielt Xan einen Sekundenbruchteil inne, ehe er schallend lachte und die Arme ausbreitete, um den schwebenden Hund aufzufangen.

»Du schaffst das!«, sagte Teresa Duarte und klatschte in die Hände.

»Wird sie mich auch nicht beißen?«, rief Xan zurück.

»Sie ist ein braver Hund. Sie beißt nicht.«

Dem Jungen mit den schwarzen Augen war die Erregung deutlich anzusehen. Er streckte die Arme aus, spreizte die Finger und gluckste entzückt. Jim schwebte an ihm vorbei, tauchte unter dem fliegenden Hund durch und zog sich in die Kombüse hinein. Alex und Fayez waren schon dort. Alex klebte mit den Magnetstiefeln am Boden, während Fayez schwebte, aber an einem Handgriff verankert war.

»Anscheinend haben sie Spaß«, meinte Jim, während die *Rosinante* frischen Kaffee in einen Beutel füllte. »Was treiben sie eigentlich da?«

»Sie spielen Fangen«, meinte Alex. »Mit dem Hund.«

Jim schlürfte den bitteren, wundervollen Kaffee und genoss die vertraute Wärme im Gaumen und in der Kehle. »Ja, sicher tun sie das. Ich weiß gar nicht, warum ich überhaupt gefragt habe.«

Es war keine leichte Aufgabe, das Labor der *Falcon* für eine Doppelsitzung umzubauen, und die Arbeiten gingen nur langsam voran. Elvi hatte genügend Vorräte mitgenommen, um alles austauschen zu können, was möglicherweise entzweigehen konnte. Die Beschaffung eines zweiten Sensorensatzes, einer zweiten Krankenliege und weiterer Überwachungsmonitore drehte sich daher hauptsächlich darum herauszufinden, welche Fracht in welcher Kiste steckte. Allerdings konnten sie die Wände des Labors nicht verschieben, und es dauerte seine Zeit und erforderte eine anscheinend endlose Reihe von Besprechungen, um den nötigen Platz für die Gerätschaften und die technischen Mitarbeiter zu finden. Hinzu kamen die Scans der Vitalfunktionen für Amos, die Übernahme der vorliegenden Daten aus der Krankenstation der *Rosinante* und eine Reihe ausführlicher, tiefschürfender Gespräche mit Elvi, um die bisherigen Erkundungen in der Bibliothek zu den Veränderungen in Bewusstsein und Wissen, die der Mechaniker erlebt hatte, in Bezug zu setzen.

Während die Tage vergingen, tauchten neue Gesichter auf der *Rosinante* auf. Zuerst kamen Fayez und Elvi, doch als sie zeitlich mehr und mehr in Anspruch genommen wurde, kam Fayez öfter allein. Dann brachte er Cara und Xan mit oder noch öfter nur Xan. Vor der Kombüse wuffte Bisam glücklich, während sie an der Tür vorbei und zu Teresa zurückschwebte.

»Die Kinder verstehen sich gut«, sagte Fayez.

»Haben Sie Teresa als Babysitter eingesetzt?«, fragte Alex. »Ich meine, sie ist ja alt genug.«

»Xan ist mindestens doppelt so alt wie sie«, wandte Fayez ein.

»Aber er ist noch ein Kind«, widersprach Alex. »Er ist einfach nur schon sehr lange ein Kind.«

»Was tut man, wenn die Modelle versagen?«, erkundigte sich Fayez. Er breitete die Arme aus. »Xan und Cara existieren nicht im normalen Kind-Erwachsenen-Spektrum. Sie sind einfach nur Cara und Xan.«

Vom Korridor drang Teresas Lachen herein. Obwohl sie schon so viele Monate auf der *Rosinante* lebte, war es ein ungewöhnliches Geräusch, laut und freudig. Jim hatte Teresa Duarte nicht als Mädchen kennengelernt, das oft und gern lachte.

Vielleicht lag es auch einfach daran, dass sie nicht oft die Gelegenheit dazu bekommen hatte. Es gab nicht viele Menschen, die ihre Herkunft ausblenden und das Mädchen erkennen konnten, das sie war. Jim war nicht einmal sicher, ob er es konnte. Sie war die Tochter des Gottkaisers, ein menschlicher Schutzschild, die Erbin Laconias und die hochrangigste Abtrünnige. All das entsprach der Wahrheit, war aber nicht vollständig. Es gab auch ein Kind. Ein Kind, das Mutter und Vater verloren hatte, das von zu Hause weggelaufen war, das emotionale Bedürfnisse hatte, die Jim nur ahnen konnte. Sicher wissen konnte er es nicht. Vermutlich war er für sie ebenso rätselhaft wie umgekehrt.

Ihr Lachen hatte etwas Universelles, ebenso wie Xans Gelächter. Die Laute junger Menschen beim Spiel. Auf einmal wurde Jim bewusst, dass sie alle drei still waren. Er lauschte den Kindern, als seien sie ein Musikstück.

Bisam jaulte einmal – ein hohes, nervöses Geräusch –, worauf Teresa Xan aufforderte aufzuhören. Gleich darauf erschien ihr gerötetes, schwitzendes Gesicht in der Tür. »Hey, Bisam muss mal den Raum für kleine Hunde benutzen. Darf ich Xan zum Maschinenraum mitnehmen, damit er sieht, wie es funktioniert?«

Jims reflexartige Antwort *Aber klar, mach nur* wurde von der Vorstellung überlagert, dass Xan und Teresa sich allein im Schiff bewegten. Natürlich befürchtete er nicht, sie würden mutwillig etwas beschädigen – wie sich herausstellte, hatte er durchaus Vertrauen zu Teresa gefasst –, aber in ihrer gegenwärtigen Stimmung konnten sie auch aus Versehen etwas anstellen. Der Maschinenraum eines alternden marsianischen Kriegsschiffs war kein Ort, wo man sich dumme Fehler erlauben durfte.

»Ich komme mit«, sagte Alex und warf den Rest seines Essens in den Recycler.

Jim wandte sich an Teresa und zeigte mit dem Daumen auf Alex. »Lass ihn aber nicht mit dem Werkzeug spielen.«

Das Mädchen verdrehte die Augen, erkannte hinter Jims lahmem Scherz die Besorgnis und tat sie spontan ab. Alex klopfte Jim auf die Schulter, als er ging, und Jim trank Kaffee, während Mädchen, Junge, Hund und Mann murmelnd und kichernd zum Aufzug gingen, um nach unten zu fahren.

»Danke«, sagte Fayez.

»Gern geschehen. Aber wofür eigentlich?«

»Dass Sie Xan ein wenig Freiraum geben, damit er aus dem Dampfkochtopf entkommt. Er macht zu allem, was wir tun, eine gute Miene, aber es fällt ihm schwer. Jedes Mal, wenn Cara da reingeht, macht er sich Sorgen, wie viel von ihr wieder zurückkehrt.«

»Ist das ein Problem?«

»Das weiß ich nicht. Vielleicht. Wir sind auf völlig unvertrautem Gelände. Wenn eine massive Veränderung eintritt, erfahren wir es eigentlich erst, wenn es schon geschehen ist.«

»Das Gefühl kenne ich.« Jim trank den Kaffee aus und warf den Beutel weg.

»Und danke, dass Sie mich rüberkommen lassen. Die *Falcon* ist ein schönes Schiff, und die Gesellschaft ist im Grunde gar nicht so übel, aber nach ein paar Monaten in der Schwerelosigkeit fantasiere ich über lange Spaziergänge am Fluss und Kaffeehäuser im Umkreis der Universität.«

Jim lachte höflich, obwohl es ihm eng um die Brust wurde. Er wählte ein einfaches Frühstück mit Eiern und Bohnen. »Das tut mir leid.«

»Was?«, fragte Fayez.

»Dass Sie hier festhängen. Sie und Elvi, meine ich. Im Grunde habe ich Sie ja beide verurteilt, diesen Job zu übernehmen.«

Fayez legte den Kopf schief. Jim kannte ihn seit Ilus, und die Jahre waren freundlich mit dem Mann verfahren. Seine Haare waren dicht und dunkler, als sie es eigentlich sein konnten. Die Falten im Gesicht rührten vor allem vom Lachen her. Jetzt schien er allerdings nachdenklich.

»Ich weiß, warum wir hier sind. Wenn überhaupt, sollten wir uns bei Ihnen für diese Gelegenheit bedanken.«

»Also, jetzt nehmen Sie mich auf den Arm.«

Fayez schwieg eine Weile, ehe er fortfuhr. »Haben Sie einen Augenblick Zeit? Ich würde Ihnen gern etwas zeigen.«

Jim zuckte mit den Achseln, unterbrach das Essen und folgte dem Mann, der ihn zum Aufzugsschacht, zur Luftschleuse und dann in die *Falcon* führte. Der seltsame beißende Geruch war immer noch da, aber nicht mehr so unangenehm wie beim ersten Mal. Die Vertrautheit hatte ihn gemildert.

Fayez schwebte einen langen Gang hinunter zum Reaktor des Schiffs und zum Antrieb. Es war gespenstisch, die gleiche marsianische Designsprache zu erkennen, die auch der *Rosinante* zugrunde lag, jedoch weiterentwickelt und nach der Art der Laconier in der *Falcon* umgesetzt. Jim fühlte sich an einen Dokumentarfilm über parasitäre Pilze erinnert, die Ameisen übernahmen. Dieses Schiff war marsianisch gewesen, doch das Protomolekül und Winston Duartes Ehrgeiz hatten es infiziert. Es sah so ähnlich aus und verhielt sich ähnlich, sodass man es beinahe mit dem Schiff verwechseln konnte, das die *Rosinante* immer noch war. Dennoch war dies hier etwas ganz anderes.

»Sie wissen doch, dass wir Xan isolieren, wenn sie eine Sitzung macht, oder?«

»Ja«, bestätigte Jim.

»Wir denken uns, dass er eine weitere Unbekannte wäre. Ein zusätzlicher Einfluss, den wir herausrechnen müssten. Zugleich ist er aber auch die Kontrollgruppe. Wir können beobachten, wie

Cara sich im Gegensatz zu ihm verändert, und das verrät uns vielleicht etwas, das wir wissen müssen.«

Eine dunkelhaarige Frau, die konzentriert auf ihr Handterminal blickte, schwebte vor ihnen durch den Korridor. Als sie den Kopf hob und Jim sah, irrlichterte ein Anflug von Panik in ihren Augen. Er nickte, als sie vorbeisegelten.

»Das kann ich nachvollziehen«, sagte Jim.

»Und wenn wir nicht experimentieren, benutzen wir dieselbe Vorrichtung, um den Katalysator zu isolieren. Es ist fast wie auf Ilus. Sie hatten eine Spur Protomolekül auf dem Schiff, das auf alle Artefakte auf Ilus zugegriffen hat. Es hat Schalter umgelegt und abgewartet, was dabei herauskam.«

»Es wollte berichten, dass das Ringtor fertig war.«

»Dazu kam es nicht, weil es niemanden mehr gab, dem es berichten konnte. Nun, wir haben hier eine Probe, und Cortázar hat herausgefunden, wie man eine Rückkopplung einbaut, sodass unser Artefakt nur erwacht, wenn wir es wollen. Eine saubere und einfache Lösung, oder?«

»Es klingt sehr danach.«

Fayez blickte zu ihm zurück. Das Lachen und der Humor waren gänzlich verschwunden. »Hier bewahren wir die Probe auf. Den Katalysator. Kommen Sie, sehen Sie es sich an.«

Die Kabine war klein und spartanisch eingerichtet. An einer Wand war ein Ranzen befestigt, aus dem ein Tabletcomputer herausschaute. Der einzige andere Gegenstand erinnerte Jim an eine Druckkammer, wie man sie auf der Erde benutzte, wenn jemand nach einem Tauchgang zu schnell an die Oberfläche gekommen war, oder an einen Krematoriumsofen. Die Vorrichtung war etwa zwei Meter lang und hatte an einem Ende eine Luke. In die Wand war ein dunkler Bildschirm eingelassen. Fayez tippte darauf, und er erwachte zum Leben.

Auf dem Bildschirm war eine Frau zu sehen. Ihre Augen waren geöffnet. Sie glühten und strahlten einen schwachen, blauen Schein ab, waren aber auf nichts fixiert. Jim verstand es, und es war wie ein Schlag gegen die Brust.

»Das ist der Katalysator?«

»Ich habe nachgesehen«, erklärte Fayez. »Elvi habe ich nichts davon gesagt. Damals hieß sie Francisca Torrez. Sie arbeitete als Technikerin im Wissenschaftsdirektorat. Ich nehme an, Cortázar kannte sie mindestens flüchtig. Sie hat irgendetwas durchgemacht. Vielleicht lag ihr Liebesleben in Scherben. Vielleicht wollte sie schon immer eine Tänzerin werden und erkannte, dass sie es nicht schaffen würde. Jedenfalls begann sie zu trinken und erschien immer öfter berauscht und streitlustig zur Arbeit. An jenem Tag ging sie nicht einmal nach Hause. Ochida führte ein sehr geradliniges Disziplinarverfahren mit Cortázar und dem Leiter des Sicherheitsdienstes durch, und sie kam in den Pferch, ehe sie überhaupt wieder nüchtern wurde.«

Jim betrachtete das Gesicht. Es war glatt, aber nicht so, als sei sie jung. Eher, als sei es geschwollen. Die Frau … der Katalysator … *Francisca* öffnete den Mund, als wollte sie etwas sagen, dann schloss sie ihn wieder.

»Etwa fünf Jahre bevor Duarte Elvi ausfindig machte und nach Laconia brachte – zugegebenermaßen auf Ihren Vorschlag hin, ja –, wurde diese Frau vom Protomolekül gefressen. Der Prozess ist noch nicht beendet. Wir bremsen ihn stark ab, damit es nicht wie früher wild wuchert, aber wir ernähren sie nicht. Wir schneiden ihr nicht die Haare. Sie geht nicht auf die Toilette, und sie schläft nicht. Hin und wieder versorgen wir die Kammer zwei Stunden lang mit harter Strahlung. Das ist alles. Sie ist auf keine irgendwie denkbare Art und Weise ein Mensch. Nicht mehr. Sie ist eine Hülle aus Haut voller Protomolekül.«

Jim hätte beinahe nach Luft geschnappt.

»Ich will Ihnen nichts vormachen«, fuhr Fayez fort. »Wenn wir mit ihr vor einen normalen Ethikausschuss treten würden, dann würden sie einfach die Polizei rufen. Wir sind über wissenschaftliche Ethik und moralische Fragen hinaus, und ich bin ziemlich sicher, dass wir auch über Verbrechen gegen die Menschlichkeit hinaus sind. Trotzdem weiß ich, dass es noch viel schlimmer sein könnte.«

Jim nickte. »Das verstehe ich.«

»Nehmen Sie es nicht persönlich, aber verdammt, das können Sie gar nicht«, widersprach Fayez. »Ich will nicht derjenige sein, der dies hier tun muss. Ich will nicht, dass Elvi diejenige ist, die es tut. Aber mehr als alles andere will ich nicht, dass Cortázar oder Ochida hier sind. Die Männer, die Francisca Torrez gesehen und gedacht haben, es sei eine gute Idee, dies hier mit ihr zu tun. Die dürfen nicht die Führung haben. Wäre dies hier nicht Elvis Labor, dann wäre Xan nicht da drüben bei seiner neuen Freundin Teresa und würde darüber lachen, wie ein Hund in ein lokales Vakuum kackt. Er würde in einer Kiste stecken wie damals, als wir ihn gefunden haben. Sie würden ihn herausholen, wenn sie etwas mit ihm tun wollen, und sie würden ihn wieder hineinstecken, wenn sie fertig wären, genau wie wir einen Schraubenzieher wieder in die Werkzeugkiste legen. Also, ja, Sie haben mich und meine Frau in eine beschissene Lage gebracht. Und wir haben hier Mist gemacht, den die Götter uns nie verzeihen werden. Aber wenn Sie sich deshalb mies fühlen, dann bedenken Sie, dass die Alternative irgendwie noch viel schlimmer wäre.«

Als das Labor drei Tage später bereit war, musste Jim immer noch darüber nachdenken. Der Raum sah chaotisch aus. Die Kabel schlängelten sich an den Wänden und auf dem Boden entlang und waren notdürftig mit Draht und Klebeband fixiert. Die zweite medizinische Liege – die für Amos gedacht war – hatte man um dreißig Grad gekippt, um Platz für die mit ihr verbundenen Sensoren zu schaffen. Was ein perfekt organisiertes, sauberes, übersichtliches und aufgeräumtes Labor gewesen war, sah jetzt aus wie Jims Schlafzimmer, ehe er zur Navy gegangen war, nur mit weniger Wäsche auf dem Boden. Die Stimmen der laconischen

Wissenschaftler klangen angespannt und etwas schrill. Niemand beachtete ihn, und zum ersten Mal, seit die *Rosinante* an der *Falcon* angedockt hatte, fühlte er sich mit einer gewissen Selbstverständlichkeit ignoriert. Wenn sie ihn tatsächlich einmal bemerkten, reagierten sie eher gereizt, weil er im Weg herumstand, als irgendetwas anderes.

»Wenn dir nicht wohl dabei ist …«, setzte Elvi an.

»Mir geht es gut«, erwiderte Cara. Sie trug einen eng anliegenden Body, der sie warm hielt und die Sensoren einklemmte, damit sie nicht verrutschten. So würde sie feinmaschig überwacht, sobald die Sitzung begann. Sie erinnerte ein wenig an eine Schwimmerin vor dem Wettbewerb und zeigte genau die gleiche scharfe, sportliche Konzentration. »Ich will das tun. Ich bin bereit.«

Er glaubte, in Elvis Miene eine Veränderung zu erkennen, wusste aber nicht, was sie zu bedeuten hatte.

Harshaan Lee, Elvis Stellvertreter, schnallte Amos auf der anderen medizinischen Liege fest. Der große Mann steckte in einem Anzug, der Caras Aufmachung entsprach, doch während das Mädchen konzentriert und entschlossen wirkte, lächelte er über die absurde Situation. Die schwarzen Augen suchten Jim. Amos nickte ihm zu.

»Hallo, Käpt'n. Willst du dir die Show ansehen?«

»Ich bin nicht sicher, ob es hier überhaupt etwas für mich zu sehen gibt.«

»Die Kluft gefällt mir«, sagte Amos. »Sehr schmeichelhaft.«

»Wenn du das nicht tun willst, musst du es nur sagen. Das weißt du doch, oder?«, warnte Jim ihn.

Dr. Lee schaltete sich ein. »Bitte nicht bewegen. Ich versuche, die Sensoren zu justieren.«

»Tut mir leid.« Amos wandte sich wieder an Jim. »Mach dir meinetwegen keine Sorgen. Genau deshalb bin ich ja hier.«

»Warte mal – ehrlich?«

»Bitte legen Sie sich flach auf die Liege«, verlangte Dr. Lee.

Amos zeigte ihm fröhlich die erhobenen Daumen und legte sich hin wie befohlen. Jim zog sich rückwärts bis zur Wand zurück. An der Tür zum Korridor sah er Naomi, die gerade hereinschwebte. Sie hatte sich die Haare zurückgebunden und machte eine finstere Miene, die sofort freundlicher wurde, als sie ihn bemerkte.

Dr. Lee sagte energisch und mit lauter Stimme: »Letzte Überprüfungen, das gilt für alle. Letzte Checks.«

Die Aktivitäten in dem Raum überstürzten sich nicht und schliefen nicht ein, doch sie veränderten sich. Jim fand einen Handgriff und verankerte sich. Elvi schwebte neben ihm.

»Sind Sie bereit?«, fragte Jim.

»Ich hoffe nur, dass es klappt. Wenn wir all das für nichts und wieder nichts getan haben … also, das wäre schon ärgerlich.«

»Letzte Checks erledigt, alles grün«, verkündete Dr. Lee. »Wir können auf Anweisung der leitenden Forscherin zum nächsten Schritt übergehen.«

Er blickte zu Elvi. Sie nickte.

»Wir können fortfahren«, verkündete Lee. Jim glaubte, eine gewisse Befriedigung herauszuhören. »Bitte, verlegen Sie jetzt den Katalysator.«

Cara entspannte sich auf ihrer Liege. Amos schloss die Augen.

ZWISCHENSPIEL Die Träumer

Die Träumer träumen, und ihr Traum trägt sie hinauf in die vertraute Weite. Das Anschwellen und Fließen und die Bewusstseine, die leer sind, weil das Licht zwischen ihnen der Gedanke ist, den sie zusammen denken. Die Großmütter winken mit Fingern, die nie zu einer Hand gehört haben. *Schau, schau, schau. Und dann siehe!* Sie dreht sich und funkelt, er jedoch nicht. Er verharrt fest wie ein Fels im Strom, als Schatten im Licht, als ein Ding. Er hält an, und indem er anhält, weckt er Erinnerungen.

Sie sind drei, das war einmal wichtig, doch die Großmütter stürzen kichernd weiter, in sich selbst hinein und über sich selbst hinaus schicken sie Samenkorn auf Samenkorn mit dem luftlosen Wind, und unendlich wenige schlagen Wurzeln und wachsen zu ihnen zurück. *So haben wir alles aufgebaut, so hat es uns genährt, und hier ist das, was Liebe bedeutete, als Liebe noch nichts bedeutete.* Sie erweitert sich und verflüchtigt sich, während sie hineinfällt, doch er verharrt reglos. Sie spürt das Streben in ihm ebenso stark wie in sich selbst, doch sie spürt auch das Ding, das dem Streben im Weg steht, und das erinnert sie an etwas. Sie sind drei, und der Traum erbebt wie ein Bild, das auf ein Tuch projiziert wird, wenn der Wind weht. Die Großmütter sind tot, ihre Stimmen sind jetzt Lieder, die von Geistern gesungen werden, und die Wahrheiten, die sie verkünden, teilen sie jedem mit. Sie können nicht zuhören, und die Träumerin sieht die Leere hinter der Maske. Sie will den Kopf drehen und hinter sich blicken, will den einzigen lebenden Menschen im Land der Toten sehen, und die Geste hält bis in alle Ewigkeit an, das Wesen des Umdrehens, immer nur umdrehen und umdrehen ohne die Erleichterung, sich umgedreht zu haben …

Der Traum löst sich in Fäden auf, und dort ist er, blaue Leuchtkäfer und schwarze Spiralen. Er strahlt Müdigkeit aus, und sie sieht, wie dünn die Haut über den Knochen ist, schwach und gebrechlich wie Gott selbst in den Geburtswehen der Schöpfung. Er dreht sich zu ihr und zu ihnen um.

Sie ist nicht mit dem VGS synchronisiert. Die Meldung schwebt hinter ihr. *Wir sehen, wie die Wurmloch-Aktivität im Artefakt abfällt, aber sie lässt sich nicht beirren.* Und: *Das Gleiche bei Versuchsperson zwei. Weiß eigentlich jemand, was wir hier beobachten?* Die weichen, erschöpften Augen suchen sie und ihn und die anderen. Die Träumerin will erwachen, doch der andere schiebt sich vor sie, als hätte er mit seiner schwarz vernarbten Brust etwas zu verbergen.

Lasst sie weitermachen, entscheidet Dr. Okoye.

Der dritte Mann hört sie durch deren Ohren, und er lächelt und senkt den breiten, mächtigen und zeitlosen Kopf.

Es gibt keinen Ärger, solange es keinen Ärger gibt, sagt der Träumer wortlos. Und dann gibt es eine Menge Ärger.

Es war ein Krieg, den man nicht gewinnen konnte, sagt der dritte Mann. Dennoch wurde er ausgefochten. Es waren Soldaten aus Krepppapier und Zuckerwatte, zerfetzt von ihren eigenen Waffen. Ja, sie haben Waffen gebaut. Sie waren Spinnweben, die sich gegen einen Bergrutsch stemmten, und wurden trotz ihrer Klugheit zerrissen. Die Träumerin sieht es und ist blind.

Verdammt, sagt Dr. Okoye. Der dritte Mann wendet sich an sie.

Ich hätte mich an euch gewandt, wenn ihr mir helfen könntet. Doch nicht einmal diese zerstörten Gefäße, so prachtvoll sie sind, können das Werk jetzt unterstützen. Mein Werk.

Gut. In Ordnung. Was heißt hier »mein Werk«?

Was ist ein Reich, wenn nicht die gesamte Menschheit unter Führung eines einzigen Geistes? Ich hatte recht, aber ich habe zu klein geträumt. Ich habe gesehen, wie viel mehr wir sein müssen.

Ich kann da nicht folgen.

Der behörnte Gott atmet blaues Feuer aus, das in einem Moment, der ein Äon ist, lebt und stirbt.

Uns stehen Werkzeuge zur Verfügung, Dr. Okoye. Werkzeuge, die dazu da sind, gegen die Feinde an der dritten Seite des Tores zu kämpfen. Ich … ich lerne etwas darüber. Ich habe einige Fortschritte gemacht. Es ist ein Krieg, den wir gewinnen können, aber nicht ohne gewisse Veränderungen.

Wollen Sie sagen, Sie seien dafür verantwortlich, dass die Bewusstseinsausfälle und die Veränderungen der physikalischen Grundlagen aufhören, die von den Wesen in den Ringen ausgelöst wurden? Ist das richtig?

Wir sind nicht stärker, als sie es waren. Aber wir sind das Ausgangsmaterial. Wir sind aus Lehm gemacht, und das ist unsere Kraft. Sie waren zerbrechlich, wir sind robust. Sie hatten ein Schwert, aber nicht die Kraft, es zu schwingen. Ich finde das Schwert und die Landkarte, die sie hinterlassen haben.

Ich komme nicht mehr mit. Ein Schwert?

Sie haben gewisse Werkzeuge gebaut, konnten sie aber nicht wirkungsvoll benutzen, um den Feind daran zu hindern, in das einzudringen, was wir als Universum bezeichnen. Aber diese Werkzeuge existieren, und ich glaube, wir können sie wirkungsvoll einsetzen.

Ich glaube, das verstehe ich. Jedenfalls in groben Zügen.

Um den vollen Zugriff auf diese Werkzeuge zu bekommen, müssen wir ihnen ähnlicher werden. Wir müssen ein Wesen sein, statt Milliarden unterschiedlicher Geschöpfe. Ich lerne auch, wie man dies tut.

Wollen Sie … damit sagen, dass wir ein Schwarmbewusstsein werden müssen?

Ja. Miteinander verbunden, sodass unsere Gedanken und Erinnerungen frei zwischen den Knoten fließen können. Alle unsere Illusionen vom Getrenntsein müssen weggewischt werden. Das Reich war die beste Annäherung, die ich mir vorstellen konnte. Aber – der dritte Mann zeigt verlegen auf sich selbst – jetzt kann ich mir mehr vorstellen.

Es ist alles gut, uns wird nichts passieren.

Werden wir noch einzelne Personen sein?

Wir werden etwas Besseres sein.

Mit einem blauschwarzen Wirbeln seines Atems löscht er das Licht des Bewusstseins und ist anderswo.

Also gut, ich brauche alle Sensordaten. Von der Falcon, *vom VGS. Vom Ringtor. Einfach alles. Speisen Sie alles ins System ein. Ich muss verstehen, was gerade passiert ist, und zwar auf der Stelle.*

Eine andere Stimme. Eine völlig andere Stimme. Wie seltsam, dass es so unterschiedliche Stimmen gibt. *Meine Damen und Herren, Sie haben die leitende Forscherin gehört. Arbeiten Sie sorgfältig. Dies ist nicht der Augenblick, nachlässig zu werden.*

Die Träumer öffnen die Augen, und nichts verändert sich.

30 Elvi

»Es ist alles gut«, sagte Duarte. »Uns wird nichts geschehen.«

Aufmerksam musterte Elvi den Mann. Er wirkte überhaupt nicht wie ein Phantom. Genauso solide und gegenwärtig wie alle anderen auf dem Deck. Schmaler als damals auf Laconia. Auf der Schläfe dicht unter der Haut zeichnete sich eine Ader ab wie eine bläuliche Raupe. Er trug keine Schuhe, die Füße waren bleich. Sie fragte sich, ob er es auffangen konnte, wenn sie ihm ein Handterminal zuwarf. Ein interessanter Test, der jedoch die Verbindung stören konnte. Das wollte sie vermeiden.

»Werden wir noch einzelne Personen sein?«, fragte Elvi.

Duartes Lächeln war beinahe melancholisch. »Wir werden etwas Besseres sein.«

Und dann war er weg. Auf dem ganzen Deck starrten die Techniker mit großen ängstlichen Augen die Stelle an, wo der Hochkonsul von Laconia gerade noch gestanden hatte. In der Stille waren nur noch das Summen der Luftrecycler, das Ticken der Instrumente und das Pochen der Herzschläge zu hören. Elvi senkte den Kopf, holte tief Luft und stieß Befehle hervor wie ein Spieß. »Also gut, ich brauche alle Sensordaten. Von der *Falcon*, vom VGS. Vom Ringtor. Einfach alles. Speisen Sie alles ins System ein. Ich muss verstehen, was gerade passiert ist, und zwar auf der Stelle.«

Einen Moment lang rührte sich niemand. Sie alle waren viel zu bestürzt, um einfache menschliche Dinge wie Sprache zu verarbeiten. Lee fasste sich als Erster. »Meine Damen und Herren, Sie haben die leitende Forscherin gehört. Arbeiten Sie sorgfältig. Dies ist nicht der Augenblick, nachlässig zu werden.«

Er klatschte in die Hände, und als sei ein Bann gebrochen, kehrten die Techniker und Wissenschaftler mit beinahe manischer Geschwindigkeit und Konzentration an ihre Pulte zurück. Cara und Amos schlugen gleichzeitig die Augen auf. Um Caras Lippen spielte ein weiches, entspanntes Lächeln, das inmitten der Hektik und des Aufruhrs fehl am Platze wirkte. Amos kratzte sich am Kopf und sah sich um.

Jims Gesicht war bleich. Er wollte sich ein Lächeln abringen, schaffte es aber nicht ganz. »Das hat anscheinend funktioniert.«

»Sie haben ihn auch gesehen, oder? Ich war das doch nicht alleine?«

»Sie waren damit nicht allein. Das ist wirklich eigenartig. Als Miller in meinem Kopf war, konnte ich ihn als Einziger sehen.« Er redete schnell, die Worte überschlugen sich fast. »Vielleicht ist es der gleiche Vorgang, aber mit mehr Rechenleistung, vielleicht auch etwas ganz anderes. Ich weiß es nicht.«

»Hey, Doc«, sagte Amos und zeigte auf die Leitungen, die an Schädel und Oberkörper festgeklebt waren. »Darf ich das jetzt abnehmen?«

Naomi nickte knapp, dann zog sie sich hinaus auf den Gang, während die Wissenschaftler Amos und Cara von den Geräten trennten. Jim folgte ihr. Elvi schwebte zurück und beobachtete das Geschehen im Labor, ohne sich auf etwas Bestimmtes zu konzentrieren. Sie verschaffte sich einen Überblick. Ihre Mitarbeiter bewegten sich präzise und zielstrebig. Falls sie Angst hatten, so konnten sie dies mit ihrer Professionalität und dank der Übung überspielen. Das war gut. Es war das, was sie wissen musste. Außerdem war es das, was sie in sich selbst kultivieren musste. Sie verschränkte die Arme vor der Brust, atmete einige

Male tief durch und übte sich in Geduld, bis ihr Bewusstsein zur Ruhe kam. Gerade als sie dachte, sie sei auf dem richtigen Weg, fiel ihr ein, wie Winston Duarte mitten in ihrem Labor erschienen war, und sie musste noch einmal von vorne beginnen. Mit einer Anmut, als wehte Rauch aus einem Weihrauchschälchen empor oder als würde unter Wasser ein Stück Stoff von einer Strömung erfasst, schwebte Cara von ihrer Liege hoch. Sie lächelte träge und in sich gekehrt, ihre Wangen waren gerötet und dunkel.

»Geht es dir gut?«, fragte Elvi.

»Perfekt«, antwortete das Mädchen. Ihr gegenüber sah Amos mit freundlichem, leerem Lächeln zu, während die letzten Sensoren von seinem Anzug entfernt wurden.

»Ich habe noch etwas zu tun, ehe wir mit dem Debriefing beginnen«, erklärte Elvi.

»Wie du willst«, sagte Cara abwesend und in ihrer Verzückung halb verloren.

Elvi öffnete eine Verbindung zur Zelle des Katalysators. »Wie ist da unten der Status?«

»Katalysator ist isoliert«, meldete Fayez. »Xan ist wieder draußen. Alles wie immer, nur dass alle aus dem Labor, mit denen wir reden, den Eindruck erwecken, sie wollten uns heimlich mitteilen, dass sie als Geiseln gehalten werden. Was ist da oben passiert? Bist du eine Geisel?«

»Wir treffen uns in meinem Büro«, sagte sie.

Die Informationen, die Tanaka gesammelt hatte, waren Elvi auf den ersten Blick nicht besonders eigenartig vorgekommen. Absurde kognitive Effekte konnte man schon seit Ilus mit der Alien-Technologie in Verbindung bringen. Davor war Jim Holdens Freund in Jims Wahrnehmungszentren wiederauferstanden. Das menschliche Bewusstsein war so einfach gestrickt, dass die Reparaturdrohnen auf Laconia funktionstüchtige Annäherungen von dem herstellen konnten, was vernichtet worden war. Xan. Amos. Eine Drohne, die Cara versehentlich zerstört hatte.

Erst jetzt, als sie die Daten noch einmal durchging, entdeckte sie die Lücken.

Haben Sie in Zusammenhang mit dem Ereignis irgendwelche Erlebnisse gehabt?, hatte Tanaka gefragt.

Es gab nicht einmal eine Pause, bis die befragte Person antwortete: *Und ob, o Mann, und ob.*

Damit endete die Befragung. Statt der primären Daten oder einer Aufzeichnung des Gesprächs hatte Tanaka nur eine kurze Zusammenfassung mitgeschickt: *Berichtet von traumähnlichen Halluzinationen, ein anderer Mensch gewesen zu sein und/oder mit einer großen Zahl anderer Menschen verbunden zu sein. Behauptet, die Erinnerung an die halluzinatorischen Erfahrungen bleibe über längere Zeit sehr klar.*

Immer und immer wieder tauchten in den Daten solche Hinweise auf. Statt der eigentlichen Erfahrungsberichte hatten Tanaka und ihr Team es mit eigenen Worten formuliert. Elvi arbeitete lange genug als Wissenschaftlerin, um es zu erkennen, wenn jemand Daten überging und sofort mit der Interpretation begann. Das bedeutete fast immer, dass sie etwas überspielten, das ihnen unangenehm war.

Naomi, Jim und Fayez schwebten in ihr privates Büro. Viel Bewegungsfreiheit hatten sie dort nicht. Vielleicht störte sich niemand daran, aber sie war so sehr daran gewöhnt, nach den Sitzungen allein mit Cara zu sprechen, dass es ihr seltsam vorkam, wenn dort so viele Leute versammelt waren. Oder sie war frustriert und hätte sich im Augenblick über alles Mögliche aufgeregt.

»Was wir sicher wissen, ist, dass er nicht hier war«, begann Elvi. »Die Überwachungskameras konnten ihn nicht erfassen. Nicht einmal, als ich mit ihm gesprochen habe. Es gibt keinerlei Beweise dafür, dass er auf der physischen Ebene mit irgendetwas interagieren konnte, wenn man von unseren Gehirnen einmal absieht.«

»Haben wir Beweise dafür, dass er das getan hat?«, fragte Jim.

»Wir haben ihn gesehen«, erklärte Elvi und bereute sofort ihren Tonfall, als Jim zusammenzuckte. Es war nicht seine Schuld, dass er es nicht bis zu Ende durchdacht hatte. Sie gab sich Mühe und sprach freundlich weiter. »Die Tatsache, dass wir dieses Erlebnis hatten, ist Beweis genug. Wenn wir Kontrollscans bei jemandem durchführen würden, der nicht beeinflusst wurde, dann könnten wir das vermutlich sogar dokumentieren, aber auch ohne diese Kontrolle haben wir eine Korrelation von Erlebnissen, die ich recht schlüssig finde.«

»Ihr habt alle das Gleiche gesehen«, fügte Fayez hinzu. »Also steckt vermutlich eine objektive Realität dahinter, auch wenn das womöglich nur bedeutet, dass ihr alle im gleichen Moment auf die gleiche Weise manipuliert wurdet.«

»So etwas konnte Miller nicht tun«, ergänzte Jim. »Wenn auch nur eine zweite Person bei mir war, wurde seine Simulation gestört.«

»Das ist interessant«, erklärte Elvi. »Duarte hat offensichtlich mehr Ressourcen und, in Ermangelung einer besseren Metapher, mehr Rechenleistung. Vielleicht konnte er deshalb auch die Angriffe abwehren.«

»Was ist mit dem Plan, den er erwähnt hat?«, fragte Naomi.

»Was soll damit sein?«

»Ist das plausibel?«

Elvi presste sich die flache Hand auf die Stirn und rieb in kleinen Kreisen. Vertraut dem Kriegshäuptling, überspringt die wissenschaftliche Grundlage und kommt gleich zur praktischen Politik. »Theoretisch? Ob unsere Spezies modifiziert werden könnte, bis sie sich grundsätzlich anders verhält? Sicher. Unbedingt. Das passiert ja andauernd.«

»Sind Sie jetzt sarkastisch?«, fragte Naomi.

»Nein. Es passiert wirklich ständig. Hätten sich nicht Mitochondrien und Chloroplasten im Inneren anderer Organismen eingerichtet, dann gäbe es kein eukaryotisches Leben, was uns alle einschließt. Einsiedlerkrebse benutzen abgelegte Muschelschalen und Konservendosen. Akazienameisen stimmen ihre ganze evolutionäre Strategie mit passenden Bäumen ab. Die Mikroflora im Darm hat einen starken Einfluss auf Wahrnehmung, Emotionen und Metabolismus. Die meisten Zellen in Ihrem Körper sind gar nicht menschlich. Verändern Sie ein paar Bakterienarten in Ihrem Bauch, und Sie sind ein grundsätzlich anderer Mensch. Soweit wir es sagen können, waren die Erbauer frei schwebende individuelle Organismen, die sich wie ein Netzwerk verbunden und ein gemeinsames, funktionierendes Bewusstsein erschaffen haben, ganz ähnlich, wie Oktopusse auch ohne zentralisiertes Gehirn ausgesprochen intelligent sind. Und die nichtlokalen Ereignisse, die wir beobachtet haben? Sicher, warum sollte man diese Architektur nicht mit höher entwickelten Primaten nachbilden können?«

Elvi hielt inne. Sie redete zu schnell und stieß einfach hervor, was ihr gerade in den Sinn kam. Das tat sie manchmal, wenn sie unter Stress stand. Sie streckte die Hände aus, bis sie die Spannung der Sehnen spürte, um sich ein wenig stärker in ihrem Körper zu verankern.

»Also kann er es vielleicht tun«, meinte Jim. »Was auch immer es ist.«

»Das ist der Punkt, den ich nicht verstehe«, antwortete Elvi. »Ob er über einen Superorganismus oder eine Subsumtion spricht.«

Jim hob eine Hand. Seine Miene war Frage genug.

»Ob er darüber spricht, uns in Ameisen oder Neuronen zu verwandeln«, erklärte Elvi. »Als Ameise sind Sie noch ein Individuum, nur eben eines, das einer größeren Organisation angehört. Als Neuron … Neuronen haben kein Ichgefühl.«

»Ich bin nicht hundertprozentig sicher, ob Ameisen eins haben«, wandte Fayez ein.

»Also wollen Sie sagen, dass Duarte oder das Wesen, in das er sich verwandelt hat, höchstwahrscheinlich darauf hinarbeitet, dass alle Menschen, wo sie auch sind, mit ihm im Zentrum ein kollektives Bewusstsein werden, damit er gegen die Wesen hinter den Toren in den Krieg ziehen kann«, unterbrach Naomi.

Elvi sammelte sich und rang darum, ihre Gedanken zu ordnen. »Ja«, bestätigte sie.

Daraufhin herrschte langes Schweigen.

Jim durchbrach die Stille mit einem humorlosen Lachen. »Verdammt will ich sein. Er hat einen Weg gefunden, sein autoritäres Regime so darzustellen, als sei es die gute alte Zeit. Ich hätte nicht gedacht, dass ihm das gelingt.«

»Ich muss Nachrichten an meine Leute schicken«, sagte Naomi. »Gibt es einen Weg, Ihre Repeater zu benutzen, ohne Sie bloßzustellen?«

»Die Verbindung ist wacklig, seit die Tore hell geworden sind«, erwiderte Elvi. »Es wäre besser, eine Rakete zu schicken, die drüben die Nachricht absetzt.«

»Ich würde mehrere brauchen«, wandte Naomi ein. »Dies hier kommt mir vor wie eine Situation, in der alle an einem Strang ziehen müssen, und ich habe viele Leute in vielen verschiedenen Systemen.«

»Wir sollten uns mit dem Com-Offizier unterhalten«, schlug Fayez vor. »Ich komme mit und stelle Sie vor.«

»Ich brauche auch noch einige Erklärungen von Tanaka«, fuhr Elvi fort. »Und von Ochida. Verdammt, ich kann Ochida diese Daten nicht schicken. Ich kann sie niemandem schicken. Wie kann ich erklären, dass Amos ein Teil der Datenbasis ist?«

»Das war von Anfang an ein Problem«, meinte Fayez.

»Ich wollte das vertuschen. Das ist jetzt wohl nicht mehr möglich.«

Trotz der fehlenden Schwerkraft beugte Jim sich vor. Tatsächlich schwebte er nur in einem anderen Winkel. »Vielleicht finden wir einen Weg, es zu fälschen. Die Daten bereinigen, aber zu den gleichen Schlussfolgerungen gelangen?«

Elvi dachte angestrengt über komplizierte Zusammenhänge und mögliche Gefahren nach. Dabei hatte sie noch nicht einmal mit Cara gesprochen. Es gab so viel zu tun, und der einzige Hinweis auf die verstreichende Zeit war der Zeitpunkt, an dem sie keine mehr hatte.

»Ich will sehen, was ich tun kann«, erwiderte sie.

Sie begann mit Tanaka. Mehrfach wiederholte sie die Aufzeichnung mit den Bitten um ergänzende Klarstellungen und vergewisserte sich immer wieder, dass sie keinerlei Andeutung auf die Gegenwart der *Rosinante* fallen gelassen hatte. Immer wieder bekam sie Zweifel, löschte die Aufzeichnung und begann noch einmal von vorne. Als sie die Nachricht in die Warteschlange schickte, verschwamm es ihr vor Müdigkeit vor den Augen. Es war nicht das erste Mal, dass sie so etwas durchmachte. Als Nächstes kam eine Liste mit Anfragen an Ochida und die anderen Teams an die Reihe. Sie konnte die Scans von Caras Gehirn vorschieben. Wenn sie herausfanden, wie zwischen ihr und dem VGS das Signal übertragen wurde, fanden sie vielleicht auch einen Weg, es zu stören. Und die Stille nachdem Duarte das Verschwinden der Schiffe unterbunden hatte? Es wäre überhaupt nicht seltsam, wenn sie zu diesem Thema weitere Berichte anforderte. Sie wünschte nur, Tanaka wäre eine bessere Feldforscherin gewesen. Oder besser darin, Duarte zu finden.

Ein leises Klopfen unterbrach sie. Als sie die Tür freigab, schwebte Amos auf dem Flur. Er trug seinen alten Bordoverall und lächelte verlegen.

»Hallo, Doc, haben Sie einen Moment Zeit für mich? Oder komme ich ungelegen?«

Elvi schüttelte den Kopf, um ihre Gedanken zu ordnen. Die Müdigkeit war so groß, dass sie sich beinahe fühlte, als hätte sie zu viel getrunken. »Kommen Sie rein. Tut mir leid, ich wollte noch mit Ihnen und mit Cara sprechen, aber … ich will unbedingt die Anfragen hinausschicken, ehe ich mit etwas anderem beginne.«

Amos zog sich herein und schloss hinter sich die Tür. »Kein Problem. Ich brauche nur eine Minute lang Ihre Aufmerksamkeit.«

»Wegen des Experiments?«

»In gewisser Weise, ja«, antwortete Amos. »Ich wollte Ihnen nur sagen, dass es jetzt vorbei ist.«

Elvi schaltete ihr Display ab. Die Augen des großen Mannes waren genauso tiefschwarz wie die von Cara und Xan. Sie hatte sich an den Anblick gewöhnt. Sein Lächeln war liebenswürdig und vielleicht ein wenig verlegen. Er sprach ohne besonderen Nachdruck und ruhig. Sie wusste nicht, warum es ihr trotzdem kalt über den Rücken lief.

»Was denn?«

»Das hier. Die Sachen, die Sie mit Fünkchen und dem kleinen Mann gemacht haben. Das ist jetzt vorbei. Wir müssen hier einpacken und weiterziehen«, sagte er achselzuckend. Als sie nicht antwortete, wandte er den Blick ab. »Als Sie begonnen haben, war ich dabei. Eindrücke. Nichts, was Sie vor einem Richter beschwören konnten, oder? Deshalb mussten wir hierher kommen. Wir mussten hier sein, und ich musste es selbst erleben. So habe ich es verstanden. Und jetzt haben wir das gemacht, und ich verstehe es. Deshalb kann ich Ihnen jetzt sagen, dass es vorbei ist. Es hört jetzt auf.«

»Sie haben Einwände gegen das Experiment.«

»Genau.«

»Verstehe.« Elvi verschränkte die Arme vor der Brust. Ihr Com signalisierte eine neue Nachricht in der Warteschlange. Sie sah nicht einmal nach, von wem sie kam. »Sie sind nicht der Einzige, der Vorbehalte hat. Ich will Sie nicht anlügen.«

»Gut.«

»Aber hier steht zu viel auf dem Spiel. Cara und Xan … und Sie? Sie sind unser Zugang zu den Informationen im Artefakt. Sie sind die Einzigen, die dorthin gelangen können.«

»Das ist wahr.« Amos runzelte die Stirn. »Ich meine, Duarte kann das auch, aber ich glaube, er steht nicht unbedingt auf unserer Seite.«

»Wenn es auch nur eine verschwindend kleine Möglichkeit gibt, diese ganze Sache mit den Informationen, die wir dort finden, in Ordnung zu bringen, dann kann ich nicht aufhören.«

»Das müssen Sie auch nicht. Ich bin hier. Sie müssen es nicht abbrechen, weil ich es für uns alle abbreche.«

»Wenn ich sie in Gefahr bringen muss … wenn ich sie verliere? Sie opfern muss? Und wenn wir dafür einen Weg finden, damit die ganze Menschheit überlebt …«

Amos hob eine Hand, als wollte er ein Tier beruhigen. »Doc, ich verstehe das. Sie sind ein guter Mensch, und ich mag Sie. Ich vertraue Ihnen. Ich verstehe, dass Sie nicht einverstanden sind. Deshalb werden wir nicht weiter über dieses Thema reden. Aber es ist entschieden. Ich kannte viele gute Leute, die Gründe dafür hatten, dass es dieses Mal anders sei. Dass es dieses eine Mal in Ordnung sei. Vielleicht geht es den Kindern schlecht, und Sie helfen ihnen wirklich. Oder sie wollen es sogar gerne tun, und es besteht gar keine Gefahr. Und Fünkchen macht das gern. Das wissen wir beide, oder?«

»Das wissen wir.«

»Es gibt also alle möglichen Geschichten, die dies hier rechtfertigen könnten. Ich bin nicht hier, um Geschichten zu erzählen. Ich teile es Ihnen einfach mit.«

Das Schiff war seltsam laut. Elvi spürte ihren Puls in der Kehle und hörte ihn in den Ohren. Schlagartig war sie unendlich müde, oder ihr wurde bewusst, wie lange sie schon so müde war.

»Und wenn wir alle sterben, weil wir es nicht noch ein wenig weiter getrieben haben?«

»Das wäre beschissen«, gab Amos zu. »Ich bin kein Philosoph. Ich zerquetsche Ihnen nicht die Eier oder durchdenke alles oder so. Ich bin hergekommen, um zu sehen, was Sie und Fünkchen machen. Ich habe es gesehen. Es muss aufhören, also hören wir auf. Das ist alles. Damit sind wir fertig.«

Er verstummte auf die gleiche Weise wie Cara. Unmenschlich still. Dann versuchte er ein wenig zu lächeln. Elvi hatte sich in ihrem Leben ausgiebig mit Taxonomie beschäftigt. Darüber nachgedacht, wo eine Spezies aufhörte und eine andere begann. Nun wurde ihr bewusst, dass sie nicht wusste, was sie gerade betrachtete.

»Gut«, antwortete sie. »Wir sind fertig.«

»Schön«, sagte Amos. Das Wesen, das einmal Amos gewesen war. Er zog sich zur Tür, öffnete sie und zeigte ihr den hochgereckten Daumen, dann war er fort. Hinter ihm schloss sich die Tür.

Wieder zirpte ihr Com und erinnerte sie an die neue Nachricht oder sogar an mehrere. Sie öffnete die Warteschlange nicht. Sie schwebte noch einige Minuten in dem Raum und beobachtete, wie in ihrem Bauch und ihrem Oberkörper etwas aufblühte, das mehr als Müdigkeit war. Sie schaltete das Licht aus, zog sich auf den Flur hinaus und schwebte hinunter. Einige Crewmitglieder, an denen sie vorbeikam, nickten ihr zu. Sie fühlte sich wie im Traum. Oder dissoziiert.

Fayez war schon in ihrer Kabine, als sie dort ankam. Er unterbrach die Lektüre auf seinem Handterminal und sah sie an. Irgendeine Stichelei oder ein Kommentar starb unausgesprochen auf seinen Lippen. Sie putzte sich die Zähne, wusch sich das Gesicht und zog einen frischen Schlafanzug an. Ihr Ehemann sah ihr zu und tat so, als beachtete er sie gar nicht. Er spürte, dass sich etwas verändert hatte, auch wenn er nicht genau wusste, was es war. Das empfand sie ganz ähnlich.

»Du … äh … geht es dir nicht gut, Süße?«, fragte er, als sie sich für die Nachtruhe anschnallte.

»Doch«, antwortete sie.

Sobald sie die Augen schloss, wuchs das Gefühl im Bauch und in der Brust weiter heran, es schwoll an und überflutete sie. Endlich erkannte sie es. Sie hatte sich gewünscht, es sei Erleichterung, aber dem war nicht so.

Ihr Körper sagte ihr, dass sie gerade dem Tod ins Auge geblickt hatte. Es war Angst.

31 Tanaka

Major Ahmadi war Traumaspezialistin und die Leiterin des Psychiatrischen Dienstes auf dem Stützpunkt Gewitter. Sie war eine kleine Frau, in der Hüfte etwas breit, mit kurz geschnittenem ergrautem Haar und sehr dunkler Haut. *Sie scheint nett zu sein. Sie erinnert mich an eine Lehrerin, die ich nicht mochte. Sie erinnert mich an meine Lieblingsfrau,* sagte der Chor der fernen Stimmen in ihrem Kopf. Der letzte Gedanke ging mit dem Kitzel einer unscharf erinnerten sexuellen Erregung einher.

»Ihrer Akte, soweit ich auf sie zugreifen kann, entnehme ich, dass Sie in sehr jungen Jahren zum Waisenkind wurden.«

»Ja«, bestätigte Tanaka. Sie rutschte unbehaglich auf dem Stuhl hin und her. Ahmadis Büro war dunkel vertäfelt und hatte weiche Oberflächen, die ein Gefühl von Sicherheit, Geborgenheit und geteilter Vertraulichkeit vermitteln sollten. Es sah aus wie das Sprechzimmer aller anderen Seelenklempner, die Tanaka gesehen hatte, bisher allerdings meist nur als letzten Schritt eines von ihr geführten Verhörs. Nachdem man den Willen des Subjekts mit intensiveren Techniken gebrochen hatte, versuchte man, einen Rapport herzustellen, damit es den Eindruck bekam, man sei ein Freund, dem man das Herz ausschütten konnte.

Zunächst wartete Ahmadi einige Minuten ab, ob Tanaka sich weiter dazu äußern wollte, um schließlich zu sagen: »Mehr als vierzig Jahre Dienst in Kampfeinheiten an vorderster Front, allerdings ist die Natur dieser Einsätze weitgehend geheim.«

»Ja«, antwortete Tanaka noch einmal.

»Und vor Kurzem erlitten Sie eine Schussverletzung im Gesicht und mussten sich einer rekonstruktiven Operation unterziehen.«

Tanaka berührte die Verbände, die die Hälfte ihres Gesichts bedeckten. »Steht das auch in meiner Akte? Oder besitzen Sie eine phänomenale Beobachtungsgabe?«

Ahmadi schluckte den Köder nicht, sondern berührte lächelnd und wie zufällig ihr Datendisplay, das sie sich auf den Schoß gelegt hatte, als machte sie sich gar keine Notizen.

»Sie haben Ihr ganzes Leben unter mehr oder weniger traumatischen Bedingungen verbracht.«

»Danke für die Schmeichelei, aber diesen Teil können wir überspringen.«

»Ich schmeichle Ihnen nicht«, erwiderte Ahmadi. »Ich halte einen kleinen Spiegel hoch und bitte Sie hineinzuschauen. Sie haben im Grunde seit Ihrer Kindheit in einem Zustand gelebt, in dem es außer Kampf oder Flucht nichts anderes gab. Ohne Vorwarnung wurde Ihnen alles entrissen, worauf sich ein Kind verlassen können sollte.«

»Ich bin nicht hier, um über meine Eltern zu reden.«

»Wir können beginnen, wo Sie wollen. Es hängt ohnehin alles zusammen.«

»Das klingt, als hätten Sie mich schon einsortiert.«

»So weit würde ich nicht gehen, aber …« Sie zuckte mit den Achseln. »Ich beherrsche mein Fachgebiet recht gut. Der größte Teil Ihrer Akte ist unter Verschluss, aber was ich einsehen kann, erzählt mir eine aufschlussreiche Geschichte. Keine langfristigen Beziehungen. Sie haben nirgends länger als ein Jahr gelebt. Sie haben eine akademische Ausbildung abgebrochen und sich freiwillig gemeldet. Sie haben wiederholt Beförderungen abgelehnt, um im Kampfeinsatz bleiben zu können. Sie laufen schon ziemlich lange weg.«

Tanaka ballte die Hände zu Fäusten. »Wovor laufe ich weg?«

»Das weiß ich nicht«, antwortete Ahmadi. »Aber dies scheint das erste Mal zu sein, dass Sie eine Therapie in Anspruch nehmen.«

»Ja.«

»Warum sind Sie hier?«, fragte Ahmadi und notierte wieder etwas auf ihrem Pad. Die Art und Weise, wie sie schreiben konnte, ohne den Blickkontakt mit ihrer Patientin zu unterbrechen, war eine Fertigkeit, die sie sicher lange eingeübt hatte. Es war ein wenig unheimlich.

Schließlich wurde das Bedürfnis, sich auf dem unangenehm weichen Stuhl zu bewegen, übermächtig, und Tanaka stand auf. Ihre Beine kribbelten, als liefe Schwachstrom durch ihre Muskeln. Sie ging durch den Raum und tat so, als wollte sie sich ein Bild an der hinteren Wand ansehen. Es war eine neoimpressionistische Darstellung der laconischen Hauptstadt bei Nacht mit schweren Ölfarben. Der Maler hatte bei Imogen Batia oder jemand anderem aus ihrer Schule gelernt. Das Bild erweckte den Eindruck, der Betrachter blickte durch ein Fenster in den strömenden Regen hinaus. Sie fragte sich, ob Ahmadi es selbst gemalt hatte, oder ob sie es aus Laconia mitgebracht hatte, als sie auf den Stützpunkt Gewitter versetzt worden war. *Früher habe ich mal gemalt,* sagte eine Stimme in ihrem Kopf.

Ahmadi räusperte sich, und Tanaka begriff erst jetzt, dass die Ärztin ihr eine Frage gestellt hatte, auf die sie die Antwort schuldig geblieben war.

»Haben Sie das selbst gemacht?«, fragte Tanaka.

»Warum sind Sie hier?«, wiederholte die Ärztin.

Tanaka drehte sich zu ihr um, richtete ihre volle Aufmerksamkeit auf die Therapeutin und wartete darauf, dass diese zusammenzuckte. Tristan hatte einmal beschrieben, wie sie mit ihrer ganzen Haltung überdeutlich *Nerv mich bloß nicht* sagte, wenn sie gereizt war. Die meisten Menschen wichen unwillkürlich einen Schritt zurück.

Ahmadi lächelte und legte die Hand auf das Datenpad. Tanaka hatte ein unbestimmtes und sehr unbehagliches Gefühl, ausmanövriert worden zu sein.

»Ich war bei … bei etwas zugegen«, sagte Tanaka schließlich. »Es ist ein Teil meiner Mission, es zu verstehen.«

»Aber Sie verstehen es nicht?«

Tanaka wandte sich wieder dem Gemälde zu. Wo wäre sie jetzt, wenn Tante Akari sie hätte Kunstgeschichte studieren lassen und sie sich nicht beim Militär verpflichtet hätte? Und wer würde jetzt den Hochkonsul suchen? Was alles – wie viele tausend Dinge – wäre jetzt anders?

Ein blitzartiger Eindruck von einer Frau, die Ahmadi sehr ähnlich war, die ihr auf einem Bett mit weißen Bezügen zublinzelte. *Gott, wie gern ich neben ihr aufgewacht bin,* dachte jemand in Tanakas Kopf.

»Es ist etwas passiert«, sagte Tanaka und war selbst überrascht, dass sie es ausgesprochen hatte.

Ahmadi nickte. Sie sah … nicht gerade mitfühlend aus. Kein Bedauern. Eher so, als sei auch sie müde. Als hätte man auch ihr im Laufe ihres Lebens immer wieder den Boden unter den Füßen weggezogen, und als wüsste sie genau, wie sehr das schmerzte. Einladend zeigte sie auf den Stuhl. »Erzählen Sie es mir.«

Tanaka setzte sich. *Sag es ihr nicht, sie ist gemein. Sag es ihr, sie hat dich immer geliebt,* wetteiferten die Stimmen in ihrem Kopf.

»Es gab einen Vorfall im Ringraum«, fuhr Tanaka leise fort. »Ich war dabei. Sie wissen sicher nichts davon.«

»Colonel, meine Arbeit bringt es mit sich, dass ich eine sehr hohe Sicherheitsfreigabe habe«, erwiderte Ahmadi. »Das Reich muss mir vertrauen können, falls mich ein Patient während einer

Sitzung in Staatsgeheimnisse einweiht. Ich nehme diesen Aspekt meiner Arbeit sehr ernst.«

»Wenn nicht, dann würde man Sie in den Pferch schicken. Oder man hätte Sie dorthin geschickt. Ich glaube, jetzt würde man Sie einfach erschießen.«

Ahmadi nickte und legte das Datenpad weg. Die raffinierte Agentin in Tanaka durchschaute das Spiel mit Gesten, und doch funktionierte es bei ihr. Ahmadi wollte zuhören. Das weckte in Tanaka den Wunsch zu reden.

»Es gab eine Inkursion, verbunden mit kognitiven Effekten. Vergleichbar mit dem Bewusstseinsverlust bei vielen Menschen, aber es war anders. Die Menschen, die dort waren … kamen in Verbindung. Bewusstsein zu Bewusstsein. Erinnerung zu Erinnerung. Ich war im Kopf anderer Menschen.«

»Es ist keine ungewöhnliche Halluzination …«

»Ich habe es überprüft. Es ist geschehen. Alle konnten es bestätigen. Wir haben uns gegenseitig in die Köpfe geschaut. Es war real.« Sie zitterte und wusste nicht, warum sie zitterte. Ahmadi war sehr still. »Glauben Sie mir?«

»Ja, das tue ich.«

Tanaka nickte langsam. »Ich kann keine anderen Leute in meinem Kopf dulden.«

»Weil es Ihr eigener ist«, bestätigte Ahmadi. »Der einzige Ort, der Ihnen gehört.«

»Ich habe … Ventile.«

»Ventile?«

»Ich habe Geheimnisse, die … nur ich kenne. So schaffe ich mir Raum in der Welt. Indem ich Geheimnisse habe, kann ich weiterexistieren. Ich mag Laconia, weil es gefährlich wäre, erwischt zu werden.«

»Wollen Sie mir sagen, was für Geheimnisse es sind?«

Tanaka schüttelte den Kopf.

»Seit dem Vorfall habe ich … Erlebnisse.«

»Erlebnisse«, wiederholte Ahmadi.

»Stimmen, aber es sind keine Halluzinationen, die mich zu irgendetwas drängen. Bilder aus dem Leben anderer Menschen, Gesichter von Leuten, denen ich nie begegnet bin. Gefühle. Tiefe, überwältigende Gefühle aus Situationen, die ich nie erlebt habe. Und ich fürchte, dass irgendjemand da draußen die gleichen Erfahrungen macht … mit mir.«

Ahmadi holte tief Luft und atmete langsam wieder aus. Ihre Miene war ernst. Dann sagte sie: »Darf ich Sie mit dem Vornamen ansprechen?«

Tanaka nickte. Aus irgendeinem Grund fiel ihr das Sprechen schwer. Mit ihrer Kehle stimmte etwas nicht.

»Aliana? Ich möchte Sie fragen, ob ich Ihre Hand halten darf. Darf ich Ihre Hand nehmen?«

»Ja«, antwortete Tanaka. Es war kaum mehr als ein Flüstern.

Die dicke matronenhafte Frau beugte sich vor. Ihre Finger waren stark, ihre Haut war trocken. Tanaka schauderte.

»Aliana, ich habe den Eindruck, dass Sie einen Angriff auf Ihre Intimsphäre beschreiben.«

»Niemand hat mich berührt.«

»Sie haben eine sehr wichtige, sehr persönliche Grenze. Sie wurde ohne Ihre Erlaubnis und ohne Ihre Einwilligung verletzt. Trifft das zu? Bitte, sagen Sie es mir, wenn ich mich irre. Ich will es verstehen.«

»Sie sind in meinem Kopf. Ich bekomme sie nicht heraus. Sie werden Dinge erfahren, die Sie nicht erfahren dürfen.« Sie war der Ansicht, dass ihre Stimme alles in allem sehr ruhig klang. Ahmadi nickte.

»Und Sie sagen mir, diese … diese Sache geht weiter? Es passiert immer noch? Jetzt im Augenblick?«

Tanaka wurde ganz still. Ahmadi ließ ihre Hand los und zog sich mit fließenden Bewegungen zurück, bis der Schreibtisch zwischen ihnen war. Die Augen der Psychiaterin waren geweitet, die Wangen gerötet. Eine Beutereaktion. Welche Ausbildung die Frau auch genossen hatte, sie war einfühlsam genug, um die Gefahr zu erkennen. Einen Augenblick lang dachte Tanaka an die vielfältigen Möglichkeiten, diese Frau zu töten. Es gab mehrere. Keine von ihnen hätte sie selbst irgendwie in körperliche Gefahr gebracht, und zwei davon wären kathartisch gewesen.

Vorübergehend schwiegen auch die anderen Stimmen, als hätten sie genauso große Angst wie die Seelenklempnerin. Das war interessant, konnte aber warten. Jetzt, in diesem Raum, breitete Tanaka die Hände aus und spreizte die Finger. Die universelle Geste, die besagte: *Ich bin unbewaffnet.* Ahmadi kam nicht wieder hinter dem Schreibtisch hervor. Eine kluge Frau.

»Ich glaube, Sie verstehen die Situation«, sagte Tanaka so vorsichtig, als könnte sie sich mit den Worten die Lippen aufschneiden.

»Ich kann erkennen, womit Sie ringen. Das klingt … schrecklich.«

»Das ist es. Können Sie etwas dagegen tun?«

»Es gibt einige Dinge, die wir versuchen können …«

Tanaka wischte den Vorschlag weg, Ahmadi verstummte. »Ich muss das unterbinden. Ich kann mir das nicht erlauben. Verstehen Sie das?«

»Ich verstehe.«

Die Frau leckte sich über die Lippen. Tanaka hatte eine lebhafte Erinnerung an eine sehr ähnliche Frau, allerdings mit breiterem Gesicht und höherem Haaransatz, die das Gleiche tat. Sie schob den Gedanken weg.

»Möglicherweise sind einige Interventionen nötig«, fuhr Ahmadi fort. »Es gibt Mittel, die wir einsetzen, um aufdringliche Gedanken zu dämpfen. Unter der Voraussetzung, dass der Mechanismus ähnlich ist, könnten sie sehr wirkungsvoll sein.«

»Gut.«

»Falls eine stationäre Behandlung für Sie infrage kommt, könnten wir es mit genau gezielten Behandlungen mit Magnetfeldern versuchen. Dies sollte dazu führen, dass Ihre Erlebnisse schwächer werden.«

»Aber es hört nicht auf.«

»Ich weiß nicht, was es ist«, räumte die Ärztin ein. »Aber ich helfe Ihnen, es herauszufinden. Das verspreche ich Ihnen, Aliana. So schrecklich es auch ist, Sie müssen es nicht allein durchstehen.«

Die Ironie, die in dieser Bemerkung lag, entging ihr offenbar. Tanaka war nicht in der Stimmung, es ihr zu erklären. Körperlich fühlte sie sich, als hätte sie eine schlimme Viruserkrankung. So müde, als könnten gleich die Muskeln von den Knochen abfallen. Der Sturm in ihrem Kopf hatte sich nicht gelegt, war aber im Moment nicht überwältigend schlimm. Sie vertraute nicht darauf, dass es so blieb. Wenn sie müde wurde, dann wurde sie verletzlich und schwach. Es befreite sie nicht von den anderen.

»Wir versuchen es zuerst mit den Medikamenten«, entschied sie.

»Ich lasse sie Ihnen sofort zukommen.«

Tanaka stand auf. Die Station schwankte unter ihr. Sie wollte unbedingt die Augen schließen. »Ich glaube, das reicht für heute.«

»Wir haben noch etwas Zeit, falls Sie …«

»Ich glaube, das reicht für heute. Lassen Sie die Mittel in mein Quartier hier auf der Station liefern. Ich nehme sie dann.«

»Ich würde Sie gern wiedersehen.« Das war kühn, und sie wussten es beide. Tanaka senkte den Kopf. Ahmadi reckte die Schultern. Dann sprach sie leise, gelassen und beruhigend weiter, beinahe so wie vorhin, als Tanaka das Sprechzimmer betreten hatte. »Sie sind gerade in einer Krise. Aber Sie sind auch ein unglaublich starker Mensch. Bisher ist Ihnen noch nie etwas begegnet, das Sie aufhalten konnte, und deshalb glauben Sie, Sie können die Zähne zusammenbeißen und sich durchschlagen. Ehrlich gesagt, können Sie das vermutlich sogar. Aber, Aliana, Sie können dies nicht heilen. Nicht ohne Hilfe.«

Als Tanaka antwortete, imitierte sie absichtlich den Tonfall und die Sprechweise der Frau. Nicht um sie zu verspotten, oder nicht ausschließlich deshalb. »Sie glauben, ich leide unter einem fortwährenden und nicht aufzuhaltenden Einbruch in meine Intimsphäre.«

»Ja.«

»Und Sie glauben, das ist etwas, von dem ich geheilt werden kann?«

»Ich würde Ihnen gern helfen.«

»Ich möchte gern Hilfe bekommen«, antwortete Tanaka. »Schicken Sie mir die Pillen, dann sehen wir weiter.«

Die Station war unvertraut genug, um ihre Aufmerksamkeit zu fesseln. Die kleinen Rätsel, die Hinweisschilder richtig zu deuten, den Weg zu den Transportröhren zu finden, den richtigen Aufzug zu ihrem Quartier zu wählen, all das hielt sie davon ab, allzu viel über andere Dinge nachzudenken. Als sie ankam, wurde es sofort schlimmer.

Ihre Räume waren schlicht, sparsam und elegant eingerichtet. Das Farbschema setzte auf angegrautes Rot, das die Tupfer von laconischem Blau besonders zur Geltung brachte. Die Dekoration war minimalistisch und geschmackvoll: Ein kalligrafischer Druck einer Passage aus den Schriften des Hochkonsuls, eine Kristallvase mit einer einzelnen Blume, die jeden Tag von den Mitarbeitern ausgetauscht wurde, ein Bodenbelag, der an Tatami-Matten erinnern sollte. Es gab nichts, was sie von ihren Impulsen und Gedanken ablenken konnte.

Sie bestellte Essen auf ihr Zimmer: Fischcurry und einen trockenen Weißwein. Irgendjemand in ihrem Kopf erinnerte sich an ein Apartment mit Wänden, von denen die blaugrüne Farbe abblätterte, und an ein Sofa aus Schaumstoff und Tüchern. Es war eine glückliche Erinnerung, auch wenn Tanaka den Grund nicht erkennen konnte. Irgendjemand anders hatte ein verdorbenes Fischcurry gegessen, und die Erinnerungen an eine Nacht, in der sich der Betreffende von der Lebensmittelvergiftung erholte, wehte durch ihr Bewusstsein und verflog wie dünner Zigarettenrauch.

Die Medikamente trafen fast gleichzeitig mit dem Essen ein. Es war ein Schächtelchen aus Pergamentpapier mit zehn pfirsichfarbenen Tabletten und einer gedruckten Anleitung. Sie sollte jeden Morgen eine davon nehmen und keinen Alkohol trinken. Sie warf gleich zwei ein und spülte sie mit einem großen Schluck aus der Weinflasche hinunter. Das Curry war unglaublich scharf, genau wie sie gehofft hatte. Das war ein guter Vorwand, den Wein auszutrinken. Als sie fertig war, wuchs in ihrer Schädelbasis ein dumpfer Schmerz heran, doch sie hatte den Eindruck, dass die Erinnerungen und Gedanken etwas gedämpft und die Stimmen etwas leiser waren.

Das System des Zimmers zirpte. Eine Verbindungsanfrage von der *Derecho*. Sie blickte auf ihr Handterminal. Dort warteten ein halbes Dutzend Nachrichten von Botton im Eingangsfach. Sie hatte vergessen, nach dem Besuch bei Ahmadi die »Nicht stören«-Einstellung wieder aufzuheben. Sie holte es jetzt nach und nahm die Verbindung über die Anlage des Raums entgegen. Ein Wandbildschirm erwachte zum Leben, den Bottons Kopf ausfüllte.

»Colonel«, sagte er. »Es tut mir sehr leid, dass ich Sie stören muss. Ich würde es auch nicht tun, wenn Sie nicht ausdrücklich befohlen hätten, sofort informiert zu werden.«

Hatte sie sofortige Benachrichtigungen verlangt? Sie konnte sich nicht erinnern, aber es klang so, als hätte sie es getan. Die Kopfschmerzen in der Schädelbasis wurden etwas stärker.

»Schon gut«, antwortete sie. »Worum geht es?«

»Wir haben vom Wissenschaftsdirektorat auf Laconia einen Bericht mit höchster Priorität bekommen. Dr. Ochidas Büro weist eigens auf besondere Dringlichkeit hin.«

»Was beunruhigt Dr. Ochida?«

Botton blinzelte. »Das weiß ich nicht, Colonel. Ich habe keine Freigabe.«

Das wusste sie. Sie hätte es wissen sollen. »Natürlich. Schicken Sie ihn mir, ich lese ihn hier.«

»Colonel«, sagte der Kapitän und verschwand vom Bildschirm. Stattdessen wurde eine verschlüsselte Datei angezeigt. Als sie die Entschlüsselung aktiviert hatte, fragte sie sich, wie der Alkohol mit ihrem neuen Medikament zusammenwirkte. Solange er nur die Leber und die Nieren schädigte, war es ihr das wert. Falls er aber die Wirkung der Medikamente beeinträchtigte …

Trotzdem bestellte sie eine weitere Flasche Wein.

Ochida erschien auf dem Bildschirm. Er sah so sauber und frisch aus wie immer. Sie erkannte den Raum, in dem er sich befand. Er war nicht im Wissenschaftsdirektorat, sondern im Staatshaus. Das bedeutete, dass er vermutlich auch mit Trejo über das gesprochen hatte, was er ihr mitteilen wollte.

»Colonel«, begann er. »Ich hoffe, es geht Ihnen gut.«

»Leck mich doch«, sagte Tanaka mit einem höflichen Nicken zu der Aufzeichnung.

»Wir haben die Daten, die Sie uns geschickt haben, durch die virtuelle Intelligenz und die Mustererkennung gejagt und etwas Interessantes herausgefunden. Sehen Sie es sich an.«

Der Bildschirm zeigte ein neues Bild. Wo Ochida gewesen war, konnte sie jetzt den Ringraum sehen. Mit Teleskopen aufgenommene Bilder, die taktische Karte, verschiedene Daten. Sie musste nicht auf den Zeitstempel blicken. Sie kannte den Ablauf so gut wie ein Gemälde, das sie oft betrachtet hatte. Es war die Spanne zwischen dem Moment, als die *Derecho* in den Ringraum geflogen war, und dem Transit der *Preiss*. Die letzten Momente, in denen ihr Kopf noch ihr selbst gehört hatte.

Von der Analysesoftware verlangsamt, rückte die Darstellung Einzelbild um Einzelbild weiter. Sie beobachtete, wie die Schiffe auf ihren jeweiligen Flugbahnen mit kleinen Rucken vorankamen. Das taktische Display verfolgte sie alle. Die sich auflösende Rückstoßwolke in Richtung Bara Gaon, die sie getäuscht hatte. Das Flackern des Antriebs der *Preiss*, als das Schiff zu verschwinden drohte. Dann das Weiß. Das vernichtende Weiß von tausend Ringen, die zu strahlen begannen.

Aber sie strahlten nicht allein.

Tanaka beugte sich vor. Die Bilder veränderten sich und konzentrierten sich auf die Ringstation im Zentrum des Raumes. Sie glühte genauso heftig wie die Ringe. Die optischen Teleskope zoomten die Oberfläche der Station näher heran. Dort gab es einen Fehler. Einen dunklen Fleck wie Staub auf dem Objektiv. Oder, nein, nicht ganz. Irgendetwas befand sich auf der Oberfläche der Station. Die seltsame Silhouette des Gebildes machte es schwer, etwas zu erkennen, bis die virtuelle Intelligenz alle Störfaktoren herausrechnete.

Es war klein, dunkel und oval. Eine Einblendung diente als Maßstab für die Größe. Es war nicht sehr groß. Kleiner als ihr Quartier auf Gewitter. Das Adrenalin schoss in ihr Blut, noch ehe das Vergleichsbild aufgerufen wurde. Die eiförmigen Schiffe in der Grotte auf Laconia. Und die Wahrscheinlichkeit der Übereinstimmung: 98,7 Prozent.

»Du Hundesohn«, flüsterte sie. »Da steckst du also.«

32 Kit

Viele, viele Dinge waren bekannt, aber einige waren sonnenklar und leuchteten sofort ein. Fortuna Sittard war zugleich die Hauptstadt und der Firmensitz. Die Unterteilung des Logos von Nieuwestad in Sechsecke und Fünfecke war genau genommen der Oberfläche eines Fußballs entlehnt. Obwohl die Stadt noch nicht einmal zehn Jahre alt war, lebten hier schon mehr als eine halbe Million Menschen am Rand eines mächtigen tektonischen Steilabbruchs, wo die Flüsse aus dem Hochland tiefe Täler in den Boden schnitten, um zum Südmeer zu streben. Die Morgensonne drang durch die Fenster herein und strahlte über dem Bett die Decke an. Jede kleine Unebenheit der Oberfläche warf im rosafarbenen Licht einen winzigen Schatten.

Es gab noch andere Dinge, die weniger stark strahlten, aber trotzdem genauso bekannt waren. Ein Café in Toronto, wo ein Mann und eine Frau sich für immer verabschiedet hatten, und der Geruch von Bratäpfeln, der sie manchmal immer noch zum Weinen brachte. Ein wiederkehrender Schmerz in der Brust, den die Ärzte als Angina pectoris bezeichneten, obwohl er die ganze Angst und Gefahr eines Herzinfarkts mit sich brachte. Eine alte Melodie auf Klaviertasten, eigens angepasst, weil an der linken Hand der kleine Finger fehlte. Die vermischte Grammatik von Italienisch und Tschechisch. Eine Flut von Erinnerungen, von Bedeutungen und Wissen, alles war da, aber irgendwie grau geworden. Es schwappte wie die kleinen Wellen am Seeufer.

Augen gingen auf und sahen, wo die Schatten sein sollten. Beine rutschten unter der Decke hervor, aber sie gehörten niemandem. Sie waren einfach nur da. Eine Frau murmelte im Schlaf und träumte, sie hätte mitten in einer Tanzvorführung alle Figuren vergessen. Die Toilette war nur wenige Schritte entfernt, und einen Augenblick lang gab es noch andere Toiletten, die man von anderen Zimmern aus erreichen konnte. Einige waren links, andere waren rechts, einige den Flur oder die Treppe hinunter. Nicht wenige waren in der Wand der Schiffskabine verankert und hatten eine Vakuum-Absaugvorrichtung für die Phasen ohne Schub, wenn alles schwebte.

In der Nähe berührte ein Finger den Lichtschalter, und der Schein erfüllte den Raum. Eine Hand fummelte an einem warmen, weichen Penis herum, dann strömte der Urin in die weiße Keramikschale. Erleichterung, dann die Seife und das warme Wasser, und das Licht ging wieder aus.

In einem Kinderzimmer schlief ein Kind. Der Junge war schon zu groß für seine Wiege. Das war bekannt. Weiter, aber nicht zu weit entfernt machte sich eine Tochter fertig, um zur Arbeit zu gehen. Ihre Bemühungen, leise zu sein, waren störender, als es echter Lärm gewesen wäre. Nichts war im Haus außer der Stille und den daumengroßen Maden, die sie auf Pathé als »Maulwurfsschnecken« bezeichneten. Die Schiffsantriebe summten und dröhnten – alle Schiffsantriebe wie ein Zikadenchor.

Die Hand, die den Lichtschalter berührt hatte, zog die Vorhänge beiseite. Das Fenster hatte Flecken, wo Regentropfen getrocknet waren. Draußen sah man die Sterne. Eine Frauenstimme sagte: *Kit?* Noch mehr Augen gingen auf. Ein nackter Mann stand am Fenster und blickte in die Nacht hinaus. Irgendetwas stimmte nicht mit ihm – alles schien richtig zu sein und war es doch nicht. Vertraut und unvertraut zugleich. Seitenverkehrt, weil er sich im Spiegel sah, auf einmal war er gar nicht mehr der Mensch, der sich im Spiegel betrachtete, und dann war er es doch wieder.

»Kit?«, sagte Rohi noch einmal. Kit stürzte in sich selbst zurück, als wäre er von einem Hochhaus gesprungen. In seinem Kopf drehte sich alles, als er auf die Toilette ging, auf die Knie sank und sich in die Schüssel übergab. Obwohl der Magen längst leer war, würgte er noch eine Weile, jeder Krampf war schmerzhafter als der vorherige, doch langsam wurden die Abstände größer. Bakari weinte, Rohi sang für ihren Jungen, beruhigte ihn und gurrte, es sei alles gut.

Nach einer Weile klang die Übelkeit ab, und Kit war wieder er selbst. In Nieuwestad, in der Schwerkraft des Planeten, fühlte sich sein Körper auf eine Weise schwer an, die ganz anders war als beim Schub auf einem Schiff, obwohl Einstein bewiesen hatte, dass dem nicht so war. Er spülte sich über dem kleinen metallenen Waschbecken den Mund aus und kehrte ins Schlafzimmer zurück. Rohi hatte sich zusammengerollt, und Bakari schlief in ihrer Armbeuge. Der Kleine träumte, unter den Lidern zuckten die Augen. Kit bekam in der Kälte eine Gänsehaut. Er zog Thermounterwäsche an. Einen Schlafanzug hatte er nicht.

Es hatte auf der *Preiss* begonnen. Es hatte in dem Augenblick begonnen, als sie gestorben waren. Kit sprach es nicht aus, aber er war sicher, dass genau dies geschehen war. Die dunklen Wesen, realer als die Realität, hatten ihn und sein Baby fortgeweht wie ein starker Wind eine Handvoll Staub. Das war der Tod. Und dann war ihre Uhr rückwärts gelaufen. Sie wurden nicht wiedergeboren, sondern der Tod wurde aufgehoben. Der Mann, der nicht bei ihnen in dem Raum war, hatte es mit einer großen Anstrengung geschafft. Eine Anstrengung, die ihn erschöpft hatte. Kit war desorientiert, dankbar, verwirrt und verängstigt gewesen. Einen blitzartigen Moment lang hatte er sich in einer Kakofonie aus Erinnerungen, Identitäten und Eindrücken verloren.

Und er hatte Stimmen gehört. Keine realen Stimmen, keine Worte. Er bekam keine akustischen Halluzinationen. Doch er hatte sich an manche Dinge erinnert. Er hatte Dinge aus dem Leben anderer Menschen gesehen. Während die Laconier von der *Derecho* sie befragten, bis sie die Freigabe zum Weiterflug nach Nieuwestad erhielten, und sogar noch eine Weile nach ihrer Ankunft, als man sie zum Orientierungscampus brachte.

Aber dieses Erlebnis, in einem Strom von Bewusstseinsinhalten jeden Begriff seiner selbst zu verlieren, das war neu. Es war nur wenige Male geschehen, doch seitdem fühlte er sich durchlässiger und weniger in der Realität verankert. Als wäre das grundlegende Selbst, das er immer gekannt hatte – das Wesen, das er meinte, wenn er »ich« sagte –, eher eine Art Angewohnheit als ein Objekt. Es war nicht einmal eine feste Angewohnheit wie die Einnahme von Drogen oder das Glücksspiel, sondern eine Sache, die man tun oder lassen konnte. Kaffee zum Frühstück statt Tee. Immer die gleiche Sorte Socken kaufen. Als Individuum existieren. Wenn er daran dachte, wurde ihm sofort wieder übel, doch das Gefühl verging.

Er legte sich ins Bett und versuchte die beiden nicht zu wecken. Bakari schlief wie ein weicher, warmer Stein. Jetzt konnte ihn nichts mehr wecken, solange nicht Armageddon über sie hereinbrach. Rohi hielt die Augen geschlossen und rührte sich nicht. Er war schon fast sicher, dass sie ebenfalls schlief, doch dann sprach sie.

»Alles in Ordnung?«

»Du warst auf einer Tanzaufführung«, sagte er leise. »Aber du hast die Choreografie vergessen. Du musstest alles improvisieren, und es lief nicht so gut.«

Sie schwieg eine Weile. »Es wird schlimmer, oder? Es passiert öfter.«

Kit seufzte. Über ihnen auf der Decke bildeten sich die ersten schwachen Schatten. »Ja.«

»Für mich auch«, gestand sie.

Die ersten beiden Orientierungswochen fanden in einem großen Auditorium statt, das bis zu dreitausend Zuschauer aufnehmen konnte. Zusammen mit ihnen waren allerdings nur weniger als sechshundert Einwanderer zugegen. Die Bühne war nicht ganz im Zentrum, weil eine Wand den riesigen Fenstern vorbehalten blieb, die einen Ausblick über die Abbruchkante erlaubten. Die lokalen Pseudobäume waren komplexe moosähnliche Gewächse, die wuchsen wie riesige Korallenriffe und je nach Temperatur und Windrichtung silbrig, grün oder rotorange schimmerten.

Nachdem Bakari im Kinderhort der Firma untergebracht war, nahm Kit am Morgen an Präsentationen der Jacobin-Black Combined Capital teil. Das Begrüßungsteam der Firma und die Vertreter der Gewerkschaften sprachen über den Planeten Nieuwestad und die Hauptstadt Fortuna Sittard. Jedes Jahr hatte sechzehn Monate, jeder Tag dauerte zweiunddreißig Stunden. Die einheimische Biosphäre beruhte auf Stoffen, die zwar nicht giftig waren, aber stark reizten. Daher wurde empfohlen, sich immer innerhalb der abgeschirmten Bereiche der Stadt aufzuhalten. Sie bekamen Stadtpläne – Kantine, Medizinkomplex, Unterhaltungsbezirk, öffentliches Schwimmbad, religiöse Einrichtungen. Man beschrieb ihnen die Vorgehensweise, wenn sie den Sicherheitskräften Gesetzesverstöße und den Gewerkschaftsvertretern Sicherheitsverstöße melden wollten, und Kit und Rohi mussten unterschreiben, dass man sie informiert hatte und dass sie alles verstanden hatten. Das Begrüßungsteam von JBCC intonierte Lieder über Zusammenarbeit und Gemeinschaft, bei denen sogar die Gewerkschaftsleute einstimmten.

Mit Rohi an seiner Seite fühlte Kit sich im Meer der neuen Stimmen und Gesichter etwas besser geerdet. Sein neuer Arbeitsvertrag hatte ihn in ein Leben geführt, in dem er sich erst noch zurechtfinden musste. Hunderte neuer Gesichter, all die verstörenden Details, sich in einer neuen Stadt auf einem fremden Planeten einzurichten, aber Rohi war da und diente ihm als Anker.

Als er in der dritten Woche wieder ein wenig Boden unter den Füßen hatte, begann die Orientierungsphase in seinem Team, und Rohi ging in eine eigene Gruppe. Nachdem der erste Tag zur Hälfte vorbei war, wurde ihm bewusst, dass er, seit sie im Solsystem an Bord der *Preiss* gegangen waren, nicht mehr so lange von Rohi getrennt gewesen war.

Im Lehrgang für Bauingenieure waren nur sechs Teilnehmer. Sie trafen sich in einem Unterrichtsraum, der aussah wie hundert andere, in denen er vorher gesessen hatte – dünner Industrieteppich mit einem Muster, auf dem Flecken nicht auffielen, schallschluckende Wandverkleidung aus Hartschaum, in die Decke eingelassene Leuchtkörper, die billig waren, weil man überall die gleichen vorgefertigten Module benutzen konnte. Seine neue Vorgesetzte war eine attraktive Frau namens Himemiya Gosset. Sie lächelte angespannt und rieb sich oft über das Kinn, wenn sie nachdachte. Irgendwann am zweiten Tag wurde Kit bewusst, dass er schon einmal einen Artikel von ihr gelesen hatte. Es ging um den Einsatz lokaler Materialien bei der Einrichtung großer Wasseraufbereitungsanlagen. Nach und nach wichen das Unbehagen und die Erschöpfung und das tiefe Gefühl, am falschen Ort zu sein, einer Begeisterung und sogar Erregung angesichts der Arbeit, die er hier tun würde.

Am dritten Tag traf Gosset Vorbereitungen, um mit ihrer Gruppe zu den Büros zu gehen, damit sie ihre Arbeitsplätze und die anderen Mitarbeiter kennenlernen konnten, als ein Wachmann den kleinen Raum betrat und sie zur Seite zog. Die Unterhaltung war kurz, machte der Ausbilderin aber sichtlich zu schaffen. Schon ehe sie sich wieder der Klasse zuwandte, wusste Kit, dass etwas geschehen war und dass es mit ihm zu tun hatte.

»Kamal?«, sagte Gosset. »Ich muss Sie sprechen.«

Kit ging zu den beiden hinüber. Die anderen fünf saßen stumm hinter ihm.

»Es gibt einen Notfall«, sagte der Wachmann. »Ich kann Sie zum Krankenhaus bringen.«

»Rohi?«, fragte Kit.

»Ihr Sohn, Sir. Ich fürchte, er musste eingewiesen werden. Sie sollten gleich mitkommen.«

»Was ist denn passiert?«, wollte Kit wissen, doch der Wachmann antwortete nicht.

Gosset nickte knapp in die Richtung der Tür, die universelle Geste für: *Gehen Sie.* »Keine Sorge, dass Sie hier etwas verpassen. Wir können das später nachholen.«

»Danke«, sagte Kit automatisch. Er achtete kaum noch auf sie. Mit Bakari stimmte etwas nicht. Sein Herz schlug heftig und schnell, er spürte den Puls im Hals.

Er widerstand dem Drang, den Wachmann abermals zu fragen, was passiert sei, was mit seinem Sohn nicht stimmte, und woher sie überhaupt wussten, dass mit ihm etwas nicht in Ordnung war, was sie getan hätten, und die tausend anderen Dinge, die der Mann nicht wissen konnte. Er saß einfach nur in dem kleinen Elektrokarren, der durch die breiten, mit Leitkabeln versehenen Korridore der Stadt sauste, und beugte sich vor, als wollte er das Fahrzeug drängen, sich schneller zu bewegen.

Das Krankenhaus befand sich überwiegend unter der Erde, das Licht war jedoch auf ein Spektrum eingestellt, das einem sonnigen Nachmittag auf Terra entsprach. Die Blumen in der Aufnahme waren künstlich, rochen aber echt. Der Wachmann marschierte wie eine wandelnde Bitte um Vergebung hinter Kit. Noch bevor sie den Empfang erreichten, kam ihnen ein älterer Mann im Arztkittel entgegen. Kit wurde erwartet.

»Mister Kamal.« Der Arzt zeigte auf zwei helle Holztüren. »Hier entlang, bitte.«

»Was ist denn passiert?«, fragte Kit.

Statt zu antworten, wandte sich der Arzt an den Wachmann. »Danke, vielen Dank.« Es war höflich, aber eine Entlassung. Also sollte die Unterhaltung, worum es auch ging, vertraulich sein. Vielleicht entsprach das der Firmenpolitik von JBCC. Vielleicht gab es andere Gründe.

Sie traten durch die Flügeltür in die eigentliche Krankenstation. Die Türen waren hier breiter als gewöhnlich, sodass zwei Betten mit Ärzten an den Seiten aneinander vorbeifahren konnten. Der Blumenduft des Vorraums wich einem strengeren Geruch.

»Ihr Sohn ist stabil«, erklärte der Arzt. »Die Mitarbeiter im Kinderhort berichteten, er habe sich seltsam verhalten. Eine Weile reagierte er überhaupt nicht mehr.«

»Ich weiß nicht, was das bedeutet«, gestand Kit.

»Ich glaube, er hatte eine Art Anfall. Die ersten Scans zeigen keine angeborenen Anomalien oder Tumore, was ein gutes Zeichen ist. Aber es gab … eigenartige Aktivitäten in seiner Inselrinde.«

»Geht es ihm denn gut?«

»Im Augenblick schon«, antwortete der Arzt. »Wir werden ihn weiter beobachten, und ich würde gern einige Tests durchführen, um so viele Faktoren wie möglich auszuschließen.«

»Aber er wird doch wieder gesund.« Es war keine Frage. Kit formulierte es, als müsste das Universum seine Anweisungen entgegennehmen.

Der Arzt blieb stehen, Kit lief zwei Schritte an ihm vorbei, ehe er anhielt und sich umdrehte. Dem Arzt war das Unbehagen deutlich anzusehen.

»Wir haben eine klare Anweisung vom laconischen Wissenschaftsdirektorat bekommen. Alle Probleme und anormale Ereignisse bei den Menschen, die auf der *Preiss* waren, müssen dokumentiert, und die Daten müssen nach Laconia geschickt werden.«

»Wegen dem, was da passiert ist?«, fragte Kit.

»Es gibt tausenddreihundert Systeme. Laconia hat nicht einmal einen offiziellen politischen Offizier nach Nieuwestad abgeordnet«, erklärte der Arzt. »Wenn nun der Bericht an Dr. Ochida hinter meinen Schreibtisch fällt? Es könnte Monate oder Jahre dauern, bis ich es bemerke. Da ich weiß, wer Ihr Vater ist, dachte ich …«

Der Arzt neigte den Kopf. Er war an den Schläfen ergraut, um die Augen- und Mundwinkel hatten sich tiefe Falten gebildet. Er war alt genug, um von der *Rosinante* gehört zu haben, noch ehe die Transportgewerkschaft gegründet worden war. Vielleicht gehörte er sogar zu Naomi Nagatas Untergrundnetzwerk.

»Danke«, sagte Kit.

Der Doktor lächelte beruhigend. Er führte Kit zu einer gläsernen Tür, deren Scheiben milchig eingestellt waren. Kit trat ein. Das leise Summen der medizinischen Scanner war wie der Wind in den Bäumen. Das Bett war groß genug für einen Erwachsenen. Rohi lag auf der Seite, Bakari war an ihren Oberkörper gekuschelt. Er hatte die Augen geschlossen und die rechte Hand unter dem Kinn zur Faust geballt, als sei er tief in Gedanken. Sie sprach leise und besänftigend mit dem Kind, fast, als wollte sie das Baby in den Schlaf begleiten.

»Der Ameisenbär sagte: ›Aber natürlich sind wir Freunde. Warum denn auch nicht?‹ Und der raffinierte kluge Junge, der aussah wie Bakari, sagte: ›Weil du Ameisen frisst, und der Ameisenhaufen ist voll von ihnen.‹«

Kit setzte sich behutsam auf das Fußende und legte ihr eine Hand auf das Fußgelenk. Sie lächelte und fuhr fort.

»›Auch du bist aus vielen verschiedenen Dingen gemacht‹, sagte der Ameisenbär. ›Du bestehst aus Haut und Haaren, aus Augen und Knochen und Blut und kräftigen, starken Muskeln. Hast du etwas dagegen, dass dir der Arzt eine Blutprobe entnimmt, damit es dir gut geht? Magst du es nicht, wenn dir der Friseur ein Stückchen deiner Haare abschneidet? Ich mag den Ameisenhaufen, weil er mir hilft zu leben, und er liebt mich, weil ich ihn gesund erhalte, indem ich die Ameisen herausnehme, die erschöpft sind. Nur weil du aus einer Sache gemacht bist, heißt das doch nicht, dass dies alles ist, was du bist.‹ Und da verstand es der kluge Junge, der so aussah wie Bakari. Und damit ist die Geschichte zu Ende.«

Rohi schwieg. Bakari seufzte leise und kuschelte sich noch tiefer in das Bett. Er sah gut aus. Völlig gesund.

»Diese Geschichte kannte ich noch nicht«, sagte Kit. »Woher kommt sie?«

»Äsop?«, überlegte Rohi.

»Ich glaube nicht.«

»Vielleicht habe ich sie auch erfunden. Ich weiß es nicht mehr.«

Ich glaube, es war ein Philosoph, murmelt eine Stimme in Kits Hinterkopf. *An den Namen kann ich mich nicht erinnern.* Die Stimme gehört nicht Kit. Es ist niemand, den er kennt, aber er kann sich an das Buch erinnern – orange, mit einer komplizierten Figur auf dem Einband und mit dünnen Blättern aus hochwertigem Papier. So ein Buch hat er nie gelesen. Es gab eine Zeit, in der ihn diese streunenden Erinnerungen beunruhigt hatten. Jetzt kamen sie ihm beinahe normal vor. *Was man nicht vermeiden kann, muss man hinnehmen.* Das hatte mal jemand zu ihm gesagt. Seine Großmutter. Kit war seiner Großmutter nie begegnet. Der Raum drehte sich ein wenig um ihn. Nur ganz leicht.

»Kannst du dir vorstellen, wie das ist?«, fragte Rohi. »Es ist für uns schon schwer, und wir kennen uns bereits. Ich bin seit Jahrzehnten ich selbst. Stell dir jemanden vor, der so klein ist wie er. Er findet gerade erst heraus, wo sein Körper endet und wo die Welt beginnt, und jetzt muss er sich mit … mit so etwas herumschlagen.«

»Wir wissen nicht, dass es der Grund ist.«

»Wir können es nicht beweisen«, antwortete Rohi. »Aber ich weiß es. Du nicht?«

Er sank auf das Bett und legte den Kopf auf ihren Oberschenkel. Die Krankenhausmatratze zischte und passte sich an, um sein Gewicht aufzunehmen. Er spürte ihre Körperwärme auf der Wange. Er erinnerte sich, dass sie während der Schwangerschaft immer so heiß wie ein Schmelzofen gewesen war, sogar im Winter. Ganz egal, wie stark sie das Schlafzimmer kühlten, sie warf die Decke ab. Er dachte, sie sei es gewesen. Er dachte, er sei es selbst gewesen. Aber vielleicht war es auch die Erinnerung eines anderen Menschen. Jemand von der *Preiss* oder von einem anderen Schiff. Es war schwierig, man konnte nicht sicher sein.

»Ich hatte solche Angst, als sie ihn hierhergebracht haben«, sagte Rohi. »Ich habe ständig Angst.«

»Ich weiß. Ich auch.«

»Willst du auch manchmal loslassen? Ich stelle mir vor, wie es wäre, in den Ameisenhaufen zu stürzen und nie wieder die einzelne Ameise zu sein. Selbst wenn ich sterbe, wäre es mir egal. Vielleicht bemerke ich es nicht einmal.«

»Aber ich würde es bemerken.«

»Nicht, wenn du auch da drin bist.«

»Du wirst mir immer wichtig sein«, sagte Kit. »Genau wie er. Nichts kann das ändern. Egal, wie oft es geschieht. Es löscht mich nicht aus und nicht meine Liebe für euch.«

Rohi gab einen leisen Laut von sich, kaum mehr als ein Hauchen, und legte Kit die Finger auf den Kopf, um ihn sachte zu streicheln, weil sie beide wussten, dass er log.

33 Naomi

Naomi schwebte in ihrer Kabine und dachte über die Arbeit nach. Der Untergrund hatte sich schon schwierig und störrisch gezeigt, als Saba ihn angeführt hatte, und damals war sie nur seine Stellvertreterin gewesen. Seit dem Fall Laconias und ihrer Flucht vor dem Sturm war das Chaos nur noch größer geworden. Die geheimen Werften im Larson-System waren schon so lange stumm, dass sie davon ausgehen musste, sie seien aufgeflogen oder es hätte einen katastrophalen Unfall gegeben. Dann erschien ein Bericht von dort in ihrer Warteschlange, der mit einer kurzen, eher beiläufigen Entschuldigung begann und fortfuhr, als sei nichts weiter geschehen. Eine Zelle im Solsystem war entdeckt und verhaftet worden, doch sechs andere starteten eine Gegenoperation, ohne auf die Zustimmung der ganzen Organisation zu warten. Auf Calypso wollte Théo Ammundsun, der ehemalige Direktor des Louvre auf der Erde, eine Institution ins Leben rufen, die Proben der Alien-Artefakte sammelte und katalogisierte. Er schickte nur sporadische, meist unvollständige Berichte. Eintragungen wie *Probe aus San Ysidro scheint aktiv zu sein – werde sie isolieren* erfüllten sie mit Furcht und lieferten keine brauchbaren Informationen.

Es war ihr Netzwerk, und mit jedem Tag, an dem sie die Augen abwandte, mit jeder Stunde, die sie es nicht mit Nachrichten überhäufte und den besten lokalen Anführern zur Macht verhalf, mit jedem Augenblick, in dem sie nicht bewies, wie wichtig eine zentrale Koordination war, zerfranste das Netz. Vielleicht war das unvermeidlich. Sie hatte nur ihren Namen und ihren Ruf und dazu Jims Namen und dessen Ruf. Das war ein schwacher Hebel, um die Leute zu bewegen, einen Tritt gegen Laconias Kniescheibe nicht gleich als Erringung der Freiheit, sondern erst einmal als Ruf zur Verantwortung zu betrachten.

Sie bereitete Botschaften für diejenigen vor, die sie für nützlich hielt: Gregor Shapiro hatte auf Ganymed vor allem an nicht lokalen Signalprotokollen gearbeitet. Emilia Bell-Cavat (die entweder mit ihren Berichten drei Wochen im Rückstand war, oder deren Sendungen verloren gegangen waren) fungierte als geheime Koordinatorin des Untergrunds im New-Greece-System und war zugleich Expertin für nicht insektoide Superorganismen. Kachela al-Din hatte sich um direkte Hirn-zu-Hirn-Kommunikation im medizinischen Kontext gekümmert, ehe er Schiffsdesigner geworden war. Sie waren die Strohhalme, nach denen sie griff. Das Gefühl, sie bewegte sich viel zu langsam und sei gleich von Anfang an weit im Rückstand, ließ Duartes Schwarmintelligenz beinahe verführerisch wirken. Wenn sie, so weit sich die Menschheit ausgebreitet hatte, einfach eine Frage stellen, unverzüglich die Antwort hören oder bei den Leuten sein konnte, die sie brauchte, obwohl sie nicht in der Nähe waren …

»Hey«, sagte Jim von der Tür aus. »Ist etwas mit Elvi passiert?«

»Meinst du abgesehen davon, dass der Gottkaiser in ihrem Labor erschienen ist?«

Jim dachte nach. »Das meinte ich nicht, aber wenn du es so ausdrückst, erklärt das so einiges. Sie kam mir nervös vor.«

»Ich bleibe bei der Sache mit dem Gottkaiser.«

»Anscheinend vor allem in unserer Nähe«, fuhr Jim fort, während er sich in die Kabine zog. »Sie wollte zum Abendessen auf die *Rosinante* kommen, hat aber abgesagt. Ich habe den Eindruck, sie ist wegen Amos beunruhigt.«

»Hast du sie gefragt?«

»Siehst du? Schon kommt ein nützlicher, nachvollziehbarer Vorschlag. Auf solche Sachen komme ich einfach nicht von selbst.«

»Doch, das schaffst du.«

Er fing sich hinter ihr an der Wand ab und betrachtete über ihre Schulter hinweg den versammelten Untergrund. »Was hast du da?«

»Nur das, was vorher schon da war«, antwortete sie. »Ich fühle mich, als wäre ich angetreten, um ein Essen zuzubereiten, und dann stellt sich heraus, dass es ein Dichterwettstreit ist. Alles, was ich aufgebaut habe, diente dazu, Laconia zu bekämpfen. Damals, als Laconia noch etwas Einfaches war wie etwa unverwundbare Schiffe und neofaschistische Herrscher. Jetzt ist es ein wirklich aufdringlicher schlechter Traum geworden. Wie baut man eine Widerstandsbewegung auf, die so etwas bekämpfen soll?«

»Irgendwie war es schon immer ein aufdringlicher schlechter Traum, aber ich verstehe, was du mir sagen willst«, antwortete Jim. »Und außerdem San Esteban. Vergiss nicht die brodelnden dunklen Götter, die darauf aus sind, alles Leben auszulöschen, weil wir sie gereizt haben. Hast du eine Ahnung, wie der Plan aussieht?«

»Duarte ausfindig machen und es ihm ausreden«, sagte sie. »Weitersuchen und die Werkzeuge finden und nutzen, die die Erbauer besaßen, ohne dabei die ganze Menschheit in eine Erweiterung von Winston Duartes Hippocampus zu verwandeln.«

Jim nickte und rieb sich das Kinn und den Hals mit der flachen Hand, was ihr verriet, dass er nicht überzeugt war. Kein Wunder. Sie war selbst nicht überzeugt.

»Wir haben Teresa«, fuhr Naomi fort. »Sie ist der einzige Mensch, der ihm wichtig genug ist, um seine Wahrnehmung anzupassen. Wenn sie ihn bittet, lässt er sich vielleicht noch einmal darauf ein.«

»Elternteil und Kind«, stimmte Jim zu. »Das ist ein starkes Band. Ich bin bloß nicht sicher, ob ich mich allein darauf verlassen will, wenn es um das Überleben der Menschheit geht.«

»Andernfalls locken wir ihn aus der Reserve, wo immer er steckt, und suchen jemand anders, der für ihn einspringen kann. Cara oder Xan. Amos.«

»Jesus, wirklich?«

»Das ist nicht meine erste Option, aber vielleicht muss es sein.«

Jim seufzte leise. Es wäre weniger deprimierend gewesen, hätte sie nicht die Verzweiflung dahinter gehört. »Detective Miller hat mir mal gesagt: ›Wir haben nichts, was richtig ist, nur jede Menge Sachen, die nicht ganz so falsch sind.‹«

»Ja, aber er war ein Arschloch.«

Jim lachte, dann streckte er die Hand aus und legte sie ihr in den Nacken. Sie lehnte sich gegen ihn und freute sich über den Trost und die schlichte körperliche Gegenwart des Mannes, dem sie vertraute.

»Wenn du die Informationen abschickst«, sagte Jim beinahe verlegen. »Ich meine, wenn du dem Rest des Untergrunds die Situation schilderst, wird das einiges auslösen.«

»Ich weiß«, murmelte sie.

»Hast du auch dafür einen Plan?«

»Den habe ich.«

»Wird er mir gefallen?«

»Nein«, antwortete sie und suchte den Blick seiner sanften, strahlenden Augen.

»Darauf wäre ich nie gekommen«, sagte er.

Später, als sie auf die *Falcon* wechselten, erinnerte Naomi sich an den Blick. Sie hatten viel erlebt – gemeinsam und getrennt –, seit sie in jungen Jahren auf der *Canterbury* angeheuert hatten. Man konnte allzu leicht glauben, das Leben hätte ihnen den Idealismus und die Freude ausgetrieben. Sie war viel öfter, als ihr lieb war, mit den Nerven am Ende. Und Jim schien … nicht direkt müde, aber irgendwie verbraucht. Als sei sein Tank leer, und jetzt versuchte er, möglichst reibungslos bis zur Ziellinie zu rollen. Trotzdem, hin und wieder sah sie den alten Jim in ihm. Hinter den geröteten hellen Augen, unter dem grauen Haar lebte immer noch der tollkühne heilige Narr, den sie in ihm gesehen hatte, als Kapitän McDowell ihn an Bord geholt hatte. Die Zeit und die Mühen des Lebens hatten sie beide verändert, aber es hatte nicht das verändert, was sie waren. Darin fand sie Freude. Ein Versprechen.

Elvi war allein im Labor. Die Apparate für die Sitzung – die beiden medizinischen Liegen, die Scanner und die Sensoren – schwebten neben ihr. Hier und dort hatten sich Kabel aus den Halterungen gelöst und pendelten im leichten Luftzug hin und her. Elvi segelte von einem Pult zum nächsten, rief Logdateien und Daten auf und überprüfte Verbindungen und die Stromversorgung. Mit ihren atrophierten Muskeln sah sie gebrechlicher aus, als Naomi sie in Erinnerung hatte. Ihr Blick hatte etwas Gehetztes.

»Woran arbeiten Sie gerade?«, fragte Naomi statt einer Begrüßung.

»Nichts Besonderes«, antwortete Elvi. »Einfach nur … auf der Universität hatte ich einen Mitbewohner, der gestickt hat. Er war nicht besonders gut, aber so hatten seine Hände etwas zu tun, während er nachdachte. Wenn er bei einem Problem festhing und nicht weiterwusste …« Sie zeigte auf das verlassene Labor. Die Geste wirkte mutlos. »Ich sticke jetzt. Haben Sie schon mal etwas getan, von dem Sie wussten, dass es falsch war, sich aber gesagt, in diesem besonderen Fall sei es gerechtfertigt? Nur dieses eine Mal sollten die Regeln nicht gelten? Oder wenn doch, dann gebe es ein besonders wichtiges Anliegen, das diesen Verstoß rechtfertigte?«

»Sie beschreiben gerade den größten Teil meines letzten Jahrzehnts«, antwortete Naomi.

»Ich weiß nicht, wie ich mit diesem Vorhaben weitermachen soll.«

Stimmt etwas nicht? Die Frage lag ihr auf der Zunge. Es war so offensichtlich und lächerlich, dass sie stattdessen sagte: »Ich habe meine Nachrichten aufgenommen, sie können gesendet werden.«

»In Ordnung«, antwortete Elvi. »Ich gebe Ihnen den Zugang zum Com.«

»So einfach ist das nicht«, wandte Naomi ein. »Sie sagten, die Relais seien sicher. Ich glaube Ihnen. Aber …«

»Sie glauben, Trejo wird es herausfinden.«

»Ich weiß, dass er es erfahren wird. Wenn ich das alles abschicke, geht es an zwanzig Leute in sechzehn Systemen. Sie geben es an ihre Netzwerke weiter. Das wird die wichtigste Sache, die sie je gesehen haben. Es wird durchsickern. Es wird sofort durchsickern, wenn ich es geschickt habe, und das kann ich nicht verhindern.«

Elvi fing ein treibendes Kabel mit einer Hand ein, betrachtete es und steckte es in eine Buchse in der Krankenliege, die Amos während der Sitzung benutzt hatte. Einen Moment lang fühlte Naomi sich, als wären sie zu dritt in dem Raum. Elvi und sie und dann der leere Ort, wo Winston Duarte erschienen war. Dort war jetzt nur leere Luft, aber die Stelle hatte eine Bedeutung. Das Reich, der Untergrund und der Mann, der Gott sein wollte. Drei Seiten der Medaille.

»Wir müssen uns um Hilfe bemühen. Ich habe versucht, es allein zu schaffen, aber das kann ich nicht. Ich bin nicht einmal sicher, ob ich meinem eigenen Urteil trauen kann. Duartes Plan wird jeden treffen, ganz egal, wo. Ich weiß nicht einmal, ob ich aus moralischen Gründen Einwände erheben könnte, die Nachrichten zu schicken. Selbst wenn das bedeutet, dass Trejo Dr. Lee befehlen wird, mir in den Kopf zu schießen.«

»Das scheint mir etwas extrem.«

»Es ist Laconia. So was machen sie ständig.«

»Ich habe noch eine andere Idee«, erklärte Naomi. »Aber vorher wollte ich mit Ihnen darüber reden.«

»Admiral Trejo«, sagte Naomi, während sie direkt in die Kamera blickte. »Ich akzeptiere Ihren Vorschlag und die Amnestie, die Sie dem Untergrund angeboten haben. Ich schicke Kopien Ihrer ursprünglichen Sendung und diese Antwort an verschiedene Empfänger, damit sie in meiner Organisation weiterverbreitet werden. Sobald meine Leute erkennen, dass sich die laconischen Kräfte so verhalten, wie Sie es versprochen haben, werden alle Aktionen gegen laconische Mitarbeiter und Einrichtungen enden, und wir können uns dringenderen Themen zuwenden.

Vor diesem Hintergrund schicke ich Dateien, Debriefings und Befragungen zu einem kürzlich durchgeführten Experiment mit, das Sie sicherlich genau wie ich zugleich interessant und beunruhigend finden werden.«

Naomi richtete sich auf. Sie hatte das Gefühl, sie müsste noch mehr sagen. Dies war einer der Augenblicke, die in Geschichtsbüchern verewigt wurden. Die Ansprache, die den Krieg zwischen Laconia und den Überresten der Transportgewerkschaft beendete. Sie hatte Gedanken und Absichten erwogen, Dinge bedacht, die sie sagen wollte, aber jetzt war der Augenblick gekommen, und all das kam ihr jetzt schwerfällig und gekünstelt vor.

Zum Teufel damit, dachte sie. *Soll sich doch die Nachwelt um ihren eigenen Kram kümmern.*

»Bitte nehmen Sie Verbindung mit mir auf. Je eher wir funktionierende Abläufe vereinbaren können, desto eher können wir diese Situation angehen.«

Sie hielt die Aufnahme an.

»Und desto unwahrscheinlicher wird es, dass wir von einem riesigen nicht menschlichen Bewusstsein aufgesogen werden, in dem wir untergehen wie Regentropfen im Ozean«, sagte sie zu der abgeschalteten Kamera.

Elvi zeigte ihr an ihrem Pult einen erhobenen Daumen. Die Aufnahme war gut. Naomi streckte die Arme zur Seite aus und löste die Spannung zwischen den Schulterblättern auf, die sich anfühlte, als hätten sich dort Knoten gebildet. Sie stellte sich vor, wie all die Menschen, die geschworen hatten, sich an dem Kampf gegen Duarte und Laconia zu beteiligen, diese Aufzeichnung sahen. Sie wollte glauben, dass sie alle ihrem Beispiel folgen würden und dass alle die Weisheit ihrer Entscheidung erkennen würden, dass sie ihren Groll beiseiteschieben und die Waffen ruhen lassen würden. Oder wenigstens die meisten von ihnen. Es gab eine gar nicht so ferne Zukunft, in der sie gegen einige der Leute kämpfen musste, die bisher ihre Verbündeten gewesen waren. Sie wollte nicht nur die Situation mit Duarte schildern, sondern beim Untergrund und bei Trejo alle Karten auf den Tisch legen. So ähnlich wie jetzt war sie James Holden noch nie gewesen.

»Letzte Gelegenheit«, sagte sie. »Schicken wir es raus oder nicht?«

Elvi erschrak. »Oh … nein, ich …« Sie hielt noch einmal den Daumen hoch, dieses Mal allerdings etwas zögerlicher. »Es ist schon gesendet. Es ist weg. Ich habe es abgeschickt. Ich dachte, wir seien uns einig?«

»Gut so«, bestätigte Naomi. »Jetzt wollen wir sehen, ob er uns einen Blumenstrauß oder eine Kampftruppe schickt. Ich sollte meiner Crew sagen, was wir getan haben.«

»Ich auch.«

»Es war richtig so«, bekräftigte Naomi.

Elvi legte den Kopf schief und wandte sich ab. Sehr leise, aber auch deutlich entspannter, sprach sie weiter. »Das glaube ich auch. Ich wünschte nur, das führt auch dazu, dass wir belohnt werden.«

Naomi schwebte hinaus und segelte durch die Korridore des laconischen Schiffs zur Luftschleuse. Die feindliche Crew, die vielleicht im Augenblick genau genommen nicht mehr feindlich war, machte ihr Platz. Sie flog durch den Verbindungstunnel und kehrte zur *Rosinante* zurück. Es fühlte sich an, als zöge sie ihre Lieblingsjacke an. Ihr war klar gewesen, dass sie etwas Einschneidendes tat, aber erst jetzt, als es getan war, erwachten die Gefühle. Was von nun an auch geschah, Trejo würde bald erfahren, dass sie mit Elvi zusammengearbeitet und was Duarte über seine Pläne offenbart hatte.

Als sie sich zum Maschinenraum wandte, fragte sie sich, wie es wäre, wenn sie die Verbundenheit mit der rasch anschwellenden Menschheit unmittelbarer empfände als die eigene Persönlichkeit. Sie hatte einige vorsichtige Analysen gelesen, die Elvis Team anhand eines theoretischen Modells vorgenommen hatte, das auf Cara und Amos beruhte. Ihre Gehirnwindungen verhielten sich, als stünden sie tatsächlich physisch miteinander in Verbindung, und ein Gedanke, der in einem Gehirn begann, konnte mühelos auf das andere übergreifen und dann zurückkehren wie ein Lied, das der Wind durchs Fenster hereinwehte. Es war seltsam poetisch, wenn man nicht gerade an die völlige Auslöschung dachte.

Als sie das Maschinendeck erreichte, waren Teresa und Amos emsig beschäftigt. Auf den Wandbildschirmen waren die Start-Checklisten zu sehen, fast die Hälfte war bereits grün.

»Boss«, sagte das Wesen, das früher Amos war. »Was gibt es?«

»Ich wollte Bescheid sagen, dass wir uns auf einen eiligen Start vorbereiten sollten, aber …« Sie zeigte auf die Bildschirme.

»Ich dachte mir schon, dass es besser ist, jederzeit startklar zu sein.«

»Gut gemacht«, stimmte sie zu. »Ich habe Trejos Angebot angenommen. Jetzt warte ich auf seine Antwort, ob es noch gilt. Falls nicht …«

»Amos sagte, du hast ihn gesehen«, warf Teresa ein. Sie trug einen Bordoverall mit dem alten Logo der *Tachi*. Naomi war überrascht, dass die *Rosinante* nach so langer Zeit immer noch den alten Anweisungen folgte und sie auf diese Weise herstellte. »Mein Vater … hast du ihn wirklich gesehen?«

»Wir haben etwas gesehen«, bestätigte Naomi. »Aber wir wissen auch, dass es eine Illusion war. Wir können nicht sagen, worauf sie tatsächlich beruhte. Es sah aber nach ihm aus.«

»Ich bin ziemlich sicher, dass es der Typ war«, meinte Amos. »Mein Standort war ja etwas anders.«

»Werden wir ihn töten?«, wollte Teresa wissen. Es klang nicht ängstlich oder flehend. Falls Wut mitschwang – und sie war wütend –, dann richtete sie sich nicht gegen Naomi.

»Wir wissen nicht, was wir tun werden«, erwiderte Naomi. »Ich habe nicht die Absicht, jemanden zu töten. Aber es könnte einen Weg geben, das zu benutzen, was er entdeckt hat, ohne es auf die Weise zu nutzen, die er sich vorstellt.«

»Würdest du es mir sagen, wenn du ihn töten musst?«

»Ja«, antwortete Naomi, und sie meinte es ernst.

Einen Moment lang schwiegen sie. Teresa regte sich als Erste wieder, es war nur ein knappes Nicken, dann wandte sie sich den Inventarbildschirmen zu. Amos' Lächeln wurde einen Millimeter breiter. Naomi hatte den Eindruck, dass das Mädchen gerade etwas getan hatte, das ihn mit Stolz erfüllte.

Es dauerte fast einen ganzen Tag, bis die Antwort aus Laconia eintraf. Inzwischen hatte Naomi eine lange, schlaflose Nacht verbracht und ihre Entscheidung immer wieder hinterfragt. Alex und Jim standen bereit, und die *Rosinante* konnte jederzeit zum Ringtor aufbrechen, entweder zusammen mit der *Falcon* oder allein.

Sie wollte gerade einen Raumanzug anziehen und die Außenverkleidung der *Rosinante* noch einmal mit eigenen Augen überprüfen, da rief Jim auf dem Operationsdeck: »Naomi, gerade kommt etwas von Trejo rein.«

Sie schob den Helm zurück in die Aufhängung und zog sich hinauf. Alex war schon vom Flugdeck heruntergekommen. Er hatte die besorgten Augen weit aufgerissen. Jim sah aus wie aus Gips modelliert. Sie sagte nichts. Es gab nichts zu sagen. Entweder ihr Schachzug hatte funktioniert oder eben nicht. Sie würden es gleich erfahren.

Sie rief die neuen Nachrichten auf. Ganz oben stand die Eintragung mit dem Absender ANTON TREJO. Sie öffnete die Nachricht und wich weit genug zurück, damit die anderen zusehen konnten. Trejo war an dem Schreibtisch, an dem er auch bei seinem letzten Angebot gesessen hatte, doch seine Miene war weniger freundlich. Genau genommen war es immer noch ein Lächeln, aber aus seiner Miene sprach ein Zorn, den Naomi keinesfalls übersehen konnte. Das war auch kein Wunder. Sie hatte ihn gerade gedemütigt, indem sie dem Untergrund und damit allen Menschen in allen Systemen gezeigt hatte, dass Naomi Nagata die höchsten Ränge Laconias unterwandert hatte.

»Naomi Nagata«, begann Trejo. Er kicherte, als hätte er es einstudiert. »Sie haben Nerven. Ich bin froh, dass wir endlich an einem Strang ziehen. Ich will Ihnen sagen, dass ich Ihren Mumm und Ihre Kompetenz immer bewundert habe. Ich wünschte, Sie hätten unser Anliegen unter ganz anderen Begleitumständen kennengelernt. Dann wäre vielleicht vieles ganz anders verlaufen. Aber besser jetzt als nie.«

»Der Mann schießt dir bei nächster Gelegenheit eine Kugel in den Hinterkopf«, sagte Jim.

»Oh, garantiert«, stimmte Alex zu. »Das ist keine Frage.«

»Darüber mache ich mir Gedanken, wenn es so weit ist«, erwiderte Naomi.

Sie spulte die Botschaft zurück, um sicher zu sein, dass sie nichts übersehen hatte. »Als erste Geste unserer Zusammenarbeit schicke ich ein Sicherheitsbriefing für Sie und Dr. Okoye mit. Sehen Sie es sich an, und lassen Sie mich wissen, was Sie darüber denken. Ich würde es begrüßen, wenn wir von jetzt an sichere Kanäle benutzen könnten. Ich bin sicher, die freundliche

Frau Doktor kann Ihnen alles zeigen, was Sie dazu tun müssen, sofern es nicht längst eingerichtet ist.«

»Der Mann hat Wochen damit verbracht, mich langsam zu Tode zu prügeln«, sagte Jim. »Und auf mich war er nie so wütend wie jetzt auf dich.«

Naomi rief den Download auf. Der wichtigste Bericht betraf die Vorgänge im Ringraum in dem Augenblick, als die Tore weiß wurden. Sie hatte bereits einige Teile davon in Elvis wissenschaftlichen Notizen gesehen und erkannte es sofort. Als die Ringtore aufflammten und die Schiffe mit Licht überfluteten, hielt die Wiedergabe an, und der Ausschnitt wurde verschoben, bis die Station im Zentrum des Ringraums ins Bild kam. In dem Licht hob sich ein kleiner, dunkler Punkt ab, und daneben ging ein Textfenster auf: WAHRSCHEINLICHKEIT DER ÜBEREINSTIMMUNG 98,7 %.

»Holt Elvi«, sagte Naomi.

34 Tanaka

Tanaka wusste, dass sie träumte, war jedoch nicht sicher, ob es ihr eigener Traum war. Sie sah sich in einem Tunnel, der aus nacktem Fels geschnitten und gegen Sickerwasser gesichert war wie die alten Transitkorridore in Innis Shallows auf dem Mars, wo sie ihre Jugend verbracht hatte. Zugleich war sie verwirrt, als hätte sie so einen Ort noch nie gesehen. Irgendwo in der Nähe schrie ein Mann, und der Name, den sie mit den Schreien in Verbindung brachte, war »Nobuyuki«, doch sie wusste nicht, wer es war.

Aber vielleicht lag das auch in der Natur der Träume, und sie empfand es nur als eigenartig, weil sie an der verschwommenen Grenze zwischen Wachsein und Traum verharrte. Das Detail, das ihr das Gefühl gab, den Traum eines anderen Menschen zu sehen, war subtiler. Die Textur der Emotionen war falsch. Die Art und Weise, wie sie durch ihr Bewusstsein zogen. Sie erkannte sie, sobald sie auftauchten: Treuebruch, Panik, der tiefe Kummer über einen Fehler, den sie nicht wiedergutmachen konnte. Es war, als sähe sie eine Komposition von Picasso im Stil von van Gogh, zugleich vertraut und sehr fremdartig.

Dank der Logik der Träume bekam sie mit, wie jemand neben ihr über die verschiedenen Arten von Bewusstlosigkeit nachdachte: Schlaf, Traum, Tod. Ein junger Geist, männlich, aber auf eine Weise sanft, die sie gewöhnlich nicht mit Maskulinität in Verbindung brachte. Eine sanfte Seele neben ihr, in der gleichen Strömung gefangen wie sie.

Und dann fühlte sie die anderen um sich herum, als seien sie alle in demselben Theater und betrachteten einen Bildschirm oder eine Aufführung. Andere Geister, andere Persönlichkeiten, alles verschmolz miteinander und brach über sie herein. Gedanken und Impulse, Eindrücke und Emotionen, alles wallte empor und trieb wieder weg, war keinem Individuum mehr zuzuordnen, und ihr eigenes Ich war nur noch eine Flocke im Schneesturm.

Wenn das Wesen, das sich Aliana Tanaka nennt, hier zerfällt und nie mehr zusammenfindet, dann würde ich nicht einmal bemerken, was mir fehlt, dachte sie.

Die Idee war wie eine geflüsterte Drohung. Sie kämpfte sich zum Wachzustand empor und schrie.

Als sie die Augen aufschlug, war die Umgebung unvertraut. In dem schwach beleuchteten Raum war helles Bettzeug zu erkennen. Ein Bilderrahmen an der Wand mit handgeschriebenen Zeilen. Etwas auf dem Boden, das aussah wie ein Tatami und keiner war. Sie sagte sich, sie würde es bald begreifen. Noch wusste sie es nicht, noch nicht, aber das würde sich ändern. Dies war ihr Zimmer. Dies war ihr Bett. Es gab einen Grund dafür, dass es ihr nicht vertraut vorkam …

Richtig, dies war ihr Quartier auf der Gewitter-Station. Nicht ihre eigenen Räume. Sie gehörten ihr nicht. Diese Unterkunft hatte man ihr vorübergehend zugewiesen, wie in einem Hotel. Es fühlte sich nicht nach ihr selbst an, weil sie zu der Einrichtung nur eine flüchtige Beziehung hatte. Das war einleuchtend. Es klang nachvollziehbar. Sie kroch unter der Decke hervor und stolperte in das winzige Bad. Über dem Waschbecken diente die ganze Wand als Spiegel. Sie betrachtete die Frau, die zurückstarrte, und sie kam ihr bekannt vor.

Tanaka bewegte den Kopf und sah, wie ihr Spiegelbild der Bewegung folgte. Sie öffnete den Mund und betrachtete die Stellen, wo die Operationsnarben auf den Wangen die Augenlider unterschiedlich weit heruntergezogen. *Wärst du mit der Notoperation zufrieden gewesen, dann wäre es inzwischen verheilt,* sagte sie sich. Warum, zum Teufel, brauchte sie eine Schönheitsoperation?

Was ist eine dritte Miko?, fragte jemand in ihrem Kopf. Sie schob den Gedanken weg.

»Aliana Tanaka«, sagte sie, und das Spiegelbild tat es ihr nach. »Du bist Aliana Tanaka. Colonel Aliana Tanaka vom laconischen Marinecorps. Abteilung für Spezialeinsätze, zweites Bataillon, Erstes Marine-Erkundungsregiment. Aliana Tanaka, das bist du.«

Sie sprach die Silben ihres Namens wie ein Mantra, und langsam, ganz langsam, gewann das Mantra an Kraft. Sie erinnerte sich an das Medikament, kehrte ins Schlafzimmer zurück, suchte die Schachtel und schluckte trocken zwei weitere Pillen. Auf halbem Wege in der Speiseröhre bildeten sie einen dicken Klumpen. Na schön.

Dann nahm sie das Handterminal und scannte das Päckchen. Sie hatte nur noch zwei Tabletten. Als sie Nachschub anforderte, warf das System eine Fehlermeldung aus. Sie tippte ihren Vorrangcode ein und bestand darauf, und da sie schon einmal dabei war, verdoppelte sie auch die Zahl der Tabletten. Egal, welche Schäden das Mittel anrichtete, im Augenblick stand dies nicht einmal auf der Liste der zehn dringendsten Probleme.

Sie sah auf die Uhr – die zweite Wache war zur Hälfte vorüber – und erinnerte sich nicht, wann sie sich schlafen gelegt hatte. Vielleicht war sie früh auf. Vielleicht hatte sie verschlafen. Die Zeit und das Verhalten der Menschen waren mitunter sehr seltsam. Es spielte keine Rolle. Sie wollte nicht weiterschlafen. Sie konnte auch gleich anfangen.

So schaltete sie das Licht ein, duschte mit ungemütlich kaltem Wasser und zog die Uniform an. Die Frau im Spiegel über dem Waschbecken wirkte nicht mehr ganz so gequält. Die Narben waren beinahe würdevoll. *Aliana Tanaka. Aliana Tanaka.*

Sie schickte eine Verbindungsanfrage an Kapitän Botton auf der *Derecho*. Es dauerte so lange, dass sie annahm, er habe geschlafen, doch er war angekleidet und befand sich auf der Brücke. Vielleicht sprach er einfach nicht gerne mit ihr.

»Colonel«, sagte er statt einer Begrüßung.

»Wie ist die Situation?«, fragte sie ohne weitere Einleitung.

Er nickte und sammelte sich. Sie hatte den Eindruck – ein letzter Hauch des Traums –, als schwirrten winzige Insekten um seinen Kopf, durchsichtig und so klein, dass die Kamera sie kaum erfassen konnte. Sie ignorierte den Eindruck. »Wir müssten in zweiundsiebzig Stunden voll bestückt sein.«

Tanaka machte eine finstere Miene. »Ich habe persönlich die Anforderungen hinausgeschickt. Wir sollten doch in der Warteschlange ganz vorne stehen.«

»Das trifft auch zu«, bestätigte Botton. »Die allgemeinen Vorräte sind bereits an Bord. Wasser, Nahrung, Filter, medizinische Grundversorgung. Wir warten noch auf die Katalysatorplatten für die Recycler und eine Ladung Treibstoffpellets, die bereits abgeschickt war. Sie kehren mit hohem Schub zurück.«

Auf eine seltsame Weise fand sie es beruhigend, dass ihretwegen sogar ein Schiff umkehren musste. Es war der Beweis dafür, dass es eine objektive Realität gab und dass die einfache Welt der Grundelemente immer noch zählte, dass nicht alles ein Ausrutscher des Bewusstseins war, wo andere Geister eindringen und alles verändern konnten.

»Gut. Halten Sie die Crew in Bereitschaft, damit wir sofort starten können. Wenn ich entscheide, dass wir ohne volle Versorgung starten, will ich nicht die Leute aus den Hafenkneipen holen müssen, weil sie glauben, sie hätten immer noch Landurlaub.«

Die Insekten, die Bottons Kopf umschwirrten, traten jetzt deutlicher hervor, und seine Lippen wurden eine Spur schmaler. Botton mochte es nicht, dass sie ihn und sein Schiff herumkommandierte. Das war kein Wunder. Sie hätte ihn ebenfalls gehasst, wenn die Rollen vertauscht gewesen wären. Gewöhnlich gelang es ihm besser als ihr, seine Gereiztheit zu verbergen. Sie hatte das unbestimmte Gefühl, dass sie seine Gedanken erkennen konnte, sobald sie entstanden.

»Wenn ich fragen darf, hat das etwas mit dem Waffenstillstand zu tun?«

Womit, bitte?, hätte Tanaka beinahe gefragt. Jahrzehntelang im Militärdienst eingeübte Reflexe griffen ein, ehe sie eine bewusste Entscheidung treffen konnte. »Das kann ich im Augenblick weder bejahen noch verneinen.«

»Verstanden, Madam. Darf ich offen sprechen?«

»Bitte.«

»Es würde der Crew helfen, wenn sie etwas direkt von Ihnen hören würde. Im Augenblick erfahren sie alles lediglich aus den Newsfeeds, und das führt nur zum Chaos.«

»Ich verstehe«, antwortete sie. »Ich will sehen, was ich tun kann.«

»Aye, aye.« Botton nahm Haltung an. Sie trennte die Verbindung. Waffenstillstand? War das etwas … das sie wissen sollte? Irgendetwas, das ihr im Schlaf eingeflüstert worden war? Sie suchte nach übernatürlichen Antworten, wo Erinnerung und der Lauf der Welt genug waren, bis sie die Newsfeeds einschaltete und die aus dem Untergrund durchgesickerten Nachrichten von Nagata und Trejo sah. Tanaka wusste von dem Friedensschluss zwischen Laconia und dem Untergrund, weil sie diejenige war, die das Angebot überbracht hatte. Nagata war nun doch noch dazu gekommen, Ja zu sagen.

Tanaka stand mitten im Raum und ging die Feeds durch, bis sie eine anscheinend ungeschnittene Version der Nachricht fand. *Je eher wir funktionierende Abläufe vereinbaren können, desto eher können wir diese Situation angehen.* Über das Duarte-Mädchen hatte Nagata nichts gesagt. Das war auch nicht nötig. Die Tochter war jetzt zweitranging – ein Köder für eine Falle, die Tanaka nicht mehr stellen musste. Das hieß aber nicht, dass sie nutzlos war, und es ging ihr gegen den Strich, dass Trejo Nagata entgegengekommen war, ohne eine Gegenleistung zu erhalten.

Als sie darüber nachdachte, etwas zu essen und ob sie von sich aus eine Anfrage an Trejo senden sollte, meldete ihr Posteingang eine vordringliche Nachricht vom Admiral. Sie öffnete sie mit einem Fingerschnippen. Auf dem Wandbildschirm erschien ein zorniger Trejo. Seine Augen zuckten hin und her, als läse er eine Schrift in der Luft. Bei ihm schwirrten aber keine Insekten. Die Nachricht war nur ein Objekt, kein Bewusstsein.

»Okoye hat uns verraten«, sagte Trejo. »Ich weiß nicht, wie viel sie und ihr Mann verraten haben, aber wir müssen annehmen, dass der Untergrund alles weiß. Die gute Neuigkeit ist, dass jetzt alles offen ist. Die schlechte ist, dass wir uns zuerst um diesen anderen Schlamassel kümmern müssen. Ich habe ihnen den Bericht überlassen, den Ochida Ihnen geschickt hat. Die senden jetzt die besten und klügsten Leute zu den Ringtoren. Ich möchte, dass auch Sie dort sind.

Ihre Mission hat sich nicht verändert. Suchen Sie Duarte und holen Sie ihn zurück. Nur die Begleitumstände haben sich verändert. Was er auch getan hat, es funktioniert. Ochida sieht keine neuen San Estebans mehr. Die Ausfälle haben aufgehört. Die Realität kehrt zur Normalität zurück.«

Irgendetwas wallte in Tanaka empor – Wut, Angst, Übelkeit. Sie schob es weg.

»Das bedeutet, dass Duarte nach wie vor höchste Priorität genießt«, fuhr Trejo fort. »Wenn Sie ihn finden, müssen wir begreifen, was er tut, und die Kontrolle übernehmen, was auch immer das bedeuten mag. Offiziell hat Nagata die Aufsicht über den Verkehr im Ringraum, also halten wir uns da vorläufig zurück, aber zwischen uns muss eines klar sein: Ihr Omega-Status ist nach wie vor gültig. Wenn Sie zwischen Ihrer Mission und der Wahrung der Abmachung entscheiden müssen, vertraue ich Ihrem Urteil.«

Damit endete die Botschaft. Sie war deutlich genug. Tanaka holte tief Luft, ließ die Schultern kreisen und verband sich wieder mit Botton auf der *Derecho*. Dieses Mal meldete er sich schneller. Sie fragte sich, wie lange es dauern würde, sich ein Sandwich zu besorgen.

»Soeben habe ich mich mit Admiral Trejo abgestimmt«, erklärte sie. »Ich habe eine Botschaft, die Sie an die Crew weitergeben können. Sagen Sie ihnen, sie sollen sich startbereit machen. Sobald ich wieder an Bord bin, fliegen wir zum Ringraum und treffen uns mit Nagata und dem Hochkonsul.«

»Jawohl, Madam«, antwortete Botton.

»Wer ist der diensthabende Sicherheitsoffizier?«

Botton blinzelte und blickte nach rechts. Einen Moment lang rang sie mit der irrationalen Furcht, er könne »Noboyuki« sagen. Allerdings glaubte sie nicht, dass jemand dieses Namens auf der *Derecho* Dienst tat.

»Leutnant De Caamp.«

»Sie soll sofort zwei bewaffnete Wächter zu meinem Quartier auf der Station schicken.«

»Verstanden«, antwortete Botton. »Gibt es ein Problem?«

»Nein. Ich muss noch etwas erledigen, ehe ich die Station verlasse, und es ist möglich, dass man mich dort nicht hineinlassen will.« Sie kicherte. »Oder heraus.«

Knapp eine Stunde später betrat sie mit zwei Marinesoldaten im Schlepptau die psychiatrische Abteilung der Klinik auf der Gewitter-Station. Am Empfang saß ein junger Mann mit unmodisch langem Haar. Sein Gesicht wurde aschfahl, als sie sich vor ihm aufbaute.

»Ich will zu Dr. Ahmadi«, sagte sie.

»Natürlich. Sie können im Warteraum Platz nehmen, und ich …«

»Ich will Dr. Ahmadi sofort sprechen.«

»Ich weiß nicht, wo sie ist.«

Tanaka beugte sich vor, stemmte die Handflächen auf den Tisch und lächelte milde. »Nur mal angenommen, es sei wirklich wichtig – wo würden Sie sie dann suchen?«

Die Lounge der Ärzte war leer, als sie dort eintraf. Der Raum war warm, indirekt beleuchtet und sogar mit echten Pflanzen ausgestattet – Farne und Efeu –, die in Töpfen an den Wänden hingen. Zwei Sofas, lang genug, um darauf zu schlafen, und eine automatische Kombüse, die gut genug gewesen wäre, um ein ganzes Schiff zu bedienen, vervollständigten die Ausstattung.

Sie wusste nicht, ob die anderen Ärzte gewarnt worden waren, oder ob Ahmadi die ganze Zeit schon allein gewesen war, doch als sie sich der Ärztin gegenüber niederließ, sah sie, dass Ahmadis Tee eine kleine ölige Haut bekommen hatte, weil er unbeachtet abgekühlt war. Der Blick der Ärztin verschwamm ein wenig, während sie sich Tanaka zuwandte.

»Sie sind hier«, sagte Ahmadi.

»In der Tat«, bestätigte Tanaka. Sie schob die kleine Schachtel mit den beiden Pillen über den Tisch. »Wie genau wirkt das Mittel? Warum dämpft es den Effekt?«

Ahmadi nickte. »Es reduziert die Aktivität in den Temporoparietalregionen und wirkt antipsychotisch. Es vermindert ganz allgemein die neuronale Erregungsfähigkeit. Ich dachte, es hilft Ihnen, nicht auf das zu reagieren, was da in Ihr Bewusstsein greift.«

»Welche anderen Mittel haben diese Wirkung? Welche Medikamente sind ähnlich? Ich brauche eine Liste.«

Ahmadi streckte die Hand aus. Zuerst begriff Tanaka nicht, was die Frau wollte, aber dann gab sie der Ärztin ihr Terminal. Ahmadi erklärte, während sie schrieb. Ihre Stimme war leise und belegt.

»Als Praktikantin hatte ich einen Patienten mit linksseitigem Neglect.«

»Ich weiß nicht, was das ist.«

»Er hatte eine Hirnverletzung, die dazu führte, dass er nicht mehr wusste, was links ist. Wenn ich ihn bat, einen Kreis zu zeichnen, dann zeichnete er nur die rechte Hälfte. Wenn Sie ihn aufgefordert hätten, ein Zifferblatt mit allen Ziffern zu malen, dann hätte er alles auf der rechten Seite angeordnet. ›Links‹ war ein Gedanke, den er einfach nicht mehr haben konnte. Als wäre er farbenblind, nur dass die Hälfte seines Gesichtsfeldes betroffen war.«

Tanaka lehnte sich zurück. »Geht es Ihnen nicht gut?«

»Ich dachte immer, wie seltsam so ein Wahrnehmungsverlust sein müsse. Ich habe nie daran gedacht, wie eigenartig wir ihm vorgekommen sein müssen. Diese seltsamen Leute, die doppelt so viel von einer Welt sahen, die er sich nicht einmal vorstellen konnte. Er konnte es wirklich nicht. Die Gedanken, die Sie haben, hängen von dem Gehirn ab, das Sie besitzen. Verändern Sie das Gehirn, und Sie verändern die Gedanken, die es hervorbringen kann.«

Sie legte das Terminal neben dem vergessenen Tee auf den Tisch. Als sie es hinüberschob, kratzte es wie ein Fingernagel auf der Haut. Tanaka hob es nicht auf.

»Das ist auch Ihnen passiert.«

»Genau«, bestätigte Ahmadi. »Ich konnte mich an einen Tunnel erinnern. Sie waren dort. Etwas Böses ist geschehen.«

»Nobuyuki«, sagte Tanaka. »Wer auch immer das ist.«

»Es stellt eine Verbindung zwischen uns her«, erklärte Ahmadi. »Es baut Querverbindungen zwischen unseren Neuronen. Das führt dazu, dass die elektrischen Impulse eines Gehirns die Neuronen in einem anderen Gehirn aktivieren können. Wir haben das früher mit Ratten getan, wussten Sie das? Wir haben einer Ratte eine Elektrode ins Gehirn gesetzt und sie mit einem Sender verbunden. In einem anderen Raum war eine andere Ratte mit dem Empfänger verbunden. Wir haben einer die Farbe Rot gezeigt und der anderen einen Schock versetzt. Nach einer

Weile zuckte die andere auch ohne Schock zusammen, wenn sie etwas Rotes sah. Wir haben das ›Telepathie für arme Leute‹ genannt.«

»Nehmen Sie es nicht persönlich, aber Ihre Arbeit kommt mir ziemlich abartig vor.«

»Ich dachte, es müsse mit Menschen … so ähnlich sein. Wie in einem Traum. Aber so ist es nicht. Es ist, als sei man ein Teil einer Idee, die zu groß ist, um sie zu denken. Ein Teil eines Gehirns, das so riesig und so eng verknüpft ist, dass man es nicht mehr menschlich nennen kann. Es besteht zwar aus Menschen, aber es ist nicht mehr menschlich. So wenig, wie wir unsere Neuronen und Zellen sind.«

»Glauben Sie immer noch, es sei ein Angriff auf die Intimsphäre?«

»O ja«, bestätigte Ahmadi leise und voller Inbrunst und Überzeugung. »Ja.«

Tanaka nahm ihr Handterminal an sich. Die Ärztin hatte ein Dutzend Mittel notiert, dazu Angaben zur Dosierung und Warnungen. Nicht auf leeren Magen einnehmen. Absetzen, falls sich Ausschläge bilden. Nicht für Schwangere geeignet. Sie klatschte das Handterminal auf ihren Unterarm und steckte die zwei restlichen Tabletten ein.

»Es greift um sich«, sagte Ahmadi. »Es betrifft nicht nur die Leute, die mit Ihnen im Ringraum waren. Es breitet sich überallhin aus wie eine ansteckende Krankheit.«

»Ich weiß.«

»Wie kann es das tun?«

Tanaka stand auf. Ahmadi wirkte kleiner als während der Sitzung. Ihr Gesicht war weicher. Der Sprecher, der sie bewundert hatte und sich an die Ehefrau erinnert sah, schwieg jetzt. Oder er war anderswo. Oder von dem Medikament blockiert.

»Ich weiß nicht, wie es vor sich geht«, erklärte Tanaka. »Aber ich habe die Absicht, es herauszufinden.«

»Wie wollen Sie das aufhalten?«

»Auch das werde ich herausfinden«, sagte sie und ging. Draußen auf dem Korridor schickte sie Kopien der Liste an die beiden Marines, während sie zur Apotheke marschierten. »Alles, was bereits hergestellt ist, nehmen wir mit. Alle Grundstoffe, die wir brauchen, um mehr davon auf der *Derecho* herzustellen, nehmen wir ebenfalls mit.«

»Woher wissen wir, was da infrage kommt?«

»Schütteln Sie einen Apotheker«, sagte Tanaka.

Es dauerte länger, als Tanaka beabsichtigt hatte, doch der Vorrat war auch größer als erwartet. Am Ende mussten sie große blaue Plastiksäcke benutzen, die für die persönlichen Wertgegenstände von Patienten gedacht waren. Als sie fertig waren und aufbrechen wollten, sah es aus, als wären sie in einer teuren Einkaufsmeile shoppen gegangen. Einer der Ärzte – ein kleiner Mann mit rundem Gesicht und unvorteilhaftem Bart – folgte ihnen bis zur Kreuzung, ehe sie ins Zentrum der Station wechselten, und gestikulierte verzweifelt mit beiden Händen. Tanaka war so freundlich, ihn zu ignorieren.

Der Aufzug brauchte einige Sekunden. Als Tanaka vor der Tür wartete, räusperte sich einer der Wächter. »Direkt zum Dock, Madam?«

»Ja«, bestätigte Tanaka. Und dann: »Nein, warten Sie.« Als die Aufzugkabine klingelte, öffnete sie einen Beutel und nahm eine mit Tabletten gefüllte Schachtel aus Pergamentpapier heraus. »Gehen Sie vor. Wir treffen uns im Schiff.«

»Madam, sind Sie sicher?«

»Gehen Sie.«

Sie wartete nicht und sah ihnen nicht nach. Wer auf der *Derecho* so dumm war, ihren Anordnungen nicht zu folgen, war nicht mehr zu retten. Sie stolzierte in den Aufenthaltsraum der Ärzte zurück. Dieses Mal waren mehr Leute anwesend. Alle drehten sich um, als stellte sie eine Bedrohung dar. Kein Wunder.

Ahmadi war noch genau dort, wo Tanaka sie vorgefunden hatte, nur dass jetzt eine frische Tasse Tee zum Ignorieren auf dem Tisch stand. Tanaka berührte sie an der Schulter. Langsam drehte sich die Frau zu ihr um. Tanaka legte die Schachtel neben der Teetasse auf den Tisch. Ahmadi bedeckte sie sofort mit der Hand.

»Ich will tun, was ich kann«, sagte Tanaka.

35 Alex

Zuerst bemerkte Alex den heftigen Krach gar nicht. Dafür gab es mehrere Gründe: Er war auf dem Flugdeck ganz oben in der *Rosinante*, und der Streit fand unten an der Luftschleuse der Crew statt. Er hatte eine lange, arbeitsreiche Schicht hinter sich, und die Müdigkeit führte dazu, dass er die Dinge nicht ganz so schnell verarbeitete wie sonst. Außerdem sah er sich einen seiner liebsten Unterhaltungsfeeds mit alten Neo-Noir-Filmen an. Der Detective – gespielt von Shin Jung Park – war gerade der geheimnisvollen Frau – Anna Reál – in einen Nachtclub auf Titan gefolgt. In wenigen Minuten würde er die Leiche des Polizisten finden, und eine Stunde später würde er begreifen, dass die geheimnisvolle Frau seine Tochter war. Alex hatte diesen Film im Laufe der Jahre schon oft gesehen. Er kannte ihn gut. Es war irgendwie tröstlich, alte Feeds noch einmal anzuschauen. Zu wissen, was geschehen würde, brachte eine große Ruhe mit sich.

Er konnte selbst nicht sagen, was seine Aufmerksamkeit erregte, nur dass im Nachtclub etwas falsch klang. Er hielt den Feed an. Shin Jung Park hatte die Augen beinahe geschlossen und den Mund mitten in der Bestellung eines Drinks halb geöffnet. Die Recycler der *Rosinante* summten, und er hörte seinen eigenen Herzschlag. Als der nächste Ruf ertönte, fuhr Alex auf. Es war die wutentbrannte Stimme eines Mädchens. Einzelne Wörter konnte er nicht verstehen, aber es klang eindeutig nach Ärger.

Er schnallte sich ab und zog sich durch das Operationsdeck zum Aufzug. Wieder schrie das Mädchen etwas, noch lauter und sehr hastig. Das Einzige, was er verstehen konnte, war das Wort *verdammt* mitten in einem Satz. Dann hallte ein lauter Aufprall durch das ganze Schiff.

»Hey«, sagte er, als er die Luftschleuse erreichte. »Stimmt etwas nicht?«

Niemand antwortete ihm, nur Amos sprach leise und ruhig weiter. Alex' erster Gedanke war, dass Bisam etwas zugestoßen war und Teresa vor Kummer fast umkam, aber das schien nicht zuzutreffen.

Wieder war die Mädchenstimme zu hören, doch es war nicht Teresa. Das Mädchen war jünger, der Tonfall höher. Die Stimme klang wie eine schartige Klinge. *Verdammt noch mal, du hattest kein Recht, dich da einzumischen. Du bist so ein Arschloch. Du bist genauso ein mieses Arschloch wie Cortázar, und du musst jetzt zu ihr gehen und ihr sagen, dass du dich geirrt hast.* Alex segelte weiter nach unten.

Cara schwebte vor der Luftschleuse, ihr Gesicht war vor Wut und inneren Schmerzen verzerrt. Amos versperrte ihr den Weg in die *Rosinante*, er hatte die Arme seitlich zu den Wänden ausgestreckt, als wollte er sich abstützen. Jim und Teresa waren im Aufzugsschacht. Anscheinend waren sie gerade, angelockt von eben dieser Unruhe, vom Mannschaftsdeck hochgekommen. Teresa hatte die Augen weit aufgerissen. Jim suchte Alex' Blick und nickte.

»Ich verstehe, dass du sauer bist, Fünkchen«, sagte Amos. »Das ist schon gemein.«

»Sag das nicht immer!«, rief das kleinere Mädchen. »Du weißt rein gar nichts über mich!«

»Aber das geht vorüber«, fuhr Amos fort. »Vielleicht wird es nicht ganz wieder so wie früher, bevor du den Kopf in das Ding gesteckt hast, aber es wird besser sein als jetzt.«

»Ich *muss* dort sein! Sie *müssen* mir Sachen erzählen! Ich will das, und du hast es vermasselt. Jetzt musst du das wieder in Ordnung bringen.«

»Was jetzt ist, das ist das, was ich in Ordnung gebracht habe.«

»Wir sind doch sowieso schon tot!« Sie kämpfte gegen ein Schluchzen an. »Es spielt doch keine Rolle mehr, wenn wir alle tot sind.«

»Wir sollten dich zu dem kleinen Mann zurückbringen. Er macht sich deinetwegen Sorgen.«

»Halt dich aus unseren Köpfen raus!«, kreischte Cara und ging auf Amos los. Der Aufprall ihrer Körper klang dumpfer und heftiger, als Alex es erwartet hätte. Als wären sie beide mit Blei gefüllt. Caras Angriff war nicht ausbalanciert und durchdacht, während Amos sich unter Kontrolle hatte. Sie schlug um sich und verlor die Orientierung. Als ihre Ferse die Wand traf, klang es wie ein Hammerschlag. Wo sie getroffen hatte, blieb im Schaumstoff eine tiefe Delle zurück.

Das Kreischen und Schluchzen wurde heftiger und hörte schlagartig auf, als wäre eine Kerze erloschen. Amos sah sich über die Schulter um, zuerst zu Jim und Teresa, dann aufwärts zu Alex. Ein schwarzer Streifen auf der rechten Wange markierte die Stelle, wo Cara ihn erwischt hatte.

»Ich bin gleich wieder da«, sagte Amos.

»Lass dir ruhig Zeit«, antwortete Alex und kam sich dumm vor, weil er es gesagt hatte. Amos nickte nur und hangelte sich von Handgriff zu Handgriff weiter, bis er die schwebende Cara erreichte. Sie hatte sich zusammengerollt, ihr ganzer Körper war zu einer Faust geballt. Amos sagte etwas zu ihr, das Alex nicht verstehen konnte, dann nahm er sie in einen breiten, bleichen Arm und zog sie mit sich durch die Schleusentür in die Andockbrücke.

Jim und Teresa richteten sich auf, als Alex herabschwebte, und dann sahen die drei Amos nach, wie er auf die *Falcon* wechselte und darin verschwand.

»Verdammt!«, sagte Alex. »Anscheinend hat Elvi ihr gesagt, dass wir die Sache mit der Bibliothek komplett fallen lassen.«

»Er wusste, dass es unschön wird«, bemerkte Teresa. »Er hat schon damit gerechnet. Er hat Dr. Okoye gesagt, sie solle die Verantwortung für die Beendigung der Experimente allein ihm zuschieben.«

»Weil er einen Hieb vertragen kann?«, bemerkte Alex.

»Hast du Elvi gesehen?«, fragte Jim. »Sie sieht aus, als könnte sie zerbrechen, wenn du sie anpustest.«

»Ja, es war wohl gut, dass Amos es so dargestellt hat«, stimmte Alex zu. Einen Moment lang hatte er das Gefühl, es sei noch jemand bei ihnen in der Luftschleuse, eine vierte Person, die ebenfalls zusah. Als er sich zum Aufzug umdrehte, erwartete er, Naomi dort zu sehen, doch da war niemand.

Sobald der Befehl kam, dauerte es nicht lange, dic *Rosinante* vorzubereiten, damit sie das Adro-System verlassen konnten. Dank seiner langen Erfahrung konnte Alex die Checks vor dem Start im Handumdrehen erledigen. Die Steuerdüsen arbeiteten einwandfrei. Der Wasservorrat war ausreichend, vor allem im Vergleich zur *Falcon*, die nur noch so wenig hatte, dass Alex nicht wohl dabei war. Die Luftrecycler arbeiteten sogar besser als angegeben. Der Epstein-Antrieb musste irgendwann im nächsten Jahr gewartet werden, falls alles gut lief und sie im nächsten Jahr noch lebten und als Menschen zu erkennen waren.

Alex hatte gehört, dass ein Werkzeug, das man lange genug benutzte und gut pflegte, eine Seele entwickelte. Er war kein frommer Mann, aber auch ohne zu übernatürlichen Erklärungen zu greifen, hatte er das Gefühl, diese Idee enthielte ein Körnchen Wahrheit. Die *Rosinante* und Alex hatten viele Jahre miteinander verbracht, und er verstand das Schiff so gut, als wäre es ein alter Freund. Vermutlich war es nur die instinktive Regung eines Primaten, wenn er sich einredete, das Schiff hätte Stimmungen und Bedürfnisse. An der Art und Weise, wie sich das Schiff drehte, spürte er es, wenn eine Schubdüse neue Speiseleitungen haben wollte, und die Laute des Antriebs in den Korridoren verrieten ihm, wann die Reaktionsmasse knapp wurde. Sich auf einen Flug zu den Toren vorzubereiten war, als zöge er sich ein Paar Socken an. Er musste nicht einmal mehr darüber nachdenken. Das Schiff und seine Crew kannten sich gut genug, um alles geschehen zu lassen.

Die *Falcon* war neuer und hatte eine jüngere Besatzung. Es dauerte länger, sie für den Flug vorzubereiten, zumal sie monatelang schwerelos geflogen war. Elvis Leute hatten das Labor betrieben, ohne über so absonderliche Dinge wie oben und unten nachdenken zu müssen. Jetzt mussten sie alles wieder abbauen, einpacken und verstauen. Alex hatte den Eindruck, einige Crewmitglieder da drüben hatten nicht damit gerechnet, Adro noch einmal zu verlassen.

Die letzte Entscheidung betraf die Frage, ob sie die Andockbrücke draußen lassen und den Flug koordinieren wollten. Das Manöver war nicht schwierig. Es bedeutete lediglich, dass die *Falcon* und die *Rosinante* miteinander redeten und ihre Antriebe synchronisierten. So konnte die Brücke zwischen den Schiffen intakt bleiben, und die Besatzungen konnten jederzeit hin und her gehen. Alex mochte die Idee. Er wollte nicht, dass die Crew der *Falcon* herüberkam, und er hatte auch kein großes Interesse daran, das andere Schiff zu besuchen, aber ein Flug im Tandem vermittelte ein Gefühl von Gleichberechtigung. Die *Rosinante* war ein altes Kampfschiff aus der Zeit, bevor sich die Tore geöffnet hatten. Die *Falcon* war ein hochmodernes Wissenschaftsschiff aus Laconia mit noch fortschrittlicherer Technologie, als die *Gathering Storm* sie besessen hatte. Die beiden Schiffe zu einer Einheit zu verbinden fühlte sich für Alex an, als bekäme die *Rosinante* das nötige Maß an Respekt.

Doch Naomi hatte zwar das laconische Waffenstillstandsangebot akzeptiert, war aber absolut nicht scharf darauf, die Systeme der *Falcon* allzu eng mit denen der *Rosinante* zu koppeln. Zu gegebener Zeit suchten Naomi, Jim, Amos, Teresa und Bisam ihre jeweiligen Plätze auf. Die *Rosinante* zog die Andockbrücke zurück, und die beiden Schiffe kehrten dem großen grünen Diamanten den Rücken und flogen zusammen, aber getrennt zum Tor. Es fühlte sich wie ein Omen an, aber Alex konnte einfach nicht sagen, was es ankündigen mochte. Er dachte über Amos und Cara in der Luftschleuse nach, an ihre Wut und seine Ruhe. Er war nicht sicher, ob er sich freute, dass das Mädchen mit den schwarzen Augen nicht mehr jederzeit herüberkommen konnte, oder ob er besorgt war, weil Amos auf der *Rosinante* festsaß, wenn es drüben auf der *Falcon* Probleme gab.

Der Schub war stark, aber nicht unerträglich. Meistens nur wenig mehr als ein volles G, zu den Mahlzeiten auf ein halbes G reduziert. Inzwischen waren Newsfeeds und Berichte von anderen Schiffen des Untergrunds eingegangen, die sich nicht mehr vor den laconischen Kräften verstecken mussten. Alex verfolgte einige von ihnen. Jedes Mal, wenn ein neues Datenpaket eintraf, hoffte er auf eine Nachricht von Kit. Naomi war vollauf mit der Koordination beschäftigt, hörte Nachrichten ab, beantwortete sie und leitete sie an die *Falcon* weiter, damit Elvi sie sehen und kommentieren konnte.

Amos war gestorben und aus dem Abgrund zurückgeholt worden, ohne sein Verhalten merklich geändert zu haben, doch Jim und Teresa litten in diesem wichtigen Augenblick unter Stress. Jim gab sich wie üblich gut gelaunt, aber hin und wieder schimmerte seine tiefe Erschöpfung durch. Teresa dagegen verkörperte das andere Ende des Spektrums und entwickelte eine nervöse Energie, für die sie kein Ventil fand. Sobald sie aufwachte, führte sie Diagnoseläufe durch, die erst in Wochen wieder fällig gewesen wären, oder reinigte Filter, die gerade erst gereinigt worden waren. Manchmal suchte sie den Trainingsraum des Schiffs auf und quälte sich in dem Widerstandsgel. Alex hätte es den unerschöpflichen Energiereserven der Jugend zugeschrieben, hätte es nicht so sehr nach nackter Angst gerochen.

Einen Tag, bevor sie den Umkehrpunkt erreichten und mit dem Bremsschub beginnen wollten, fand er Teresa in der Kombüse, wo sie einen Proteinriegel aß und das Video des Ringtors betrachtete, auf das sie zurasten. Hochenergetische Partikel wirbelten heraus, das Licht strömte hervor und verlor sich wie Nebelschwaden.

»Beeindruckend, was?«, sagte Alex.

»Wir wussten schon immer, dass die Tore Energiequellen waren«, antwortete Teresa achselzuckend.

Alex änderte den Plan für seine Essenspause. Er hatte die Absicht gehabt, mit seiner Portion auf das Flugdeck zurückzukehren und seine Feeds anzuschauen. Stattdessen ließ er sich einen Teller Reis mit schwarzer Soße zubereiten und setzte sich mit einer Gabel Teresa gegenüber hin. Sie sah ihn kurz an und wandte rasch den Blick ab.

»Es scheint, als würde dich irgendetwas beschäftigen«, sagte Alex. »Oder bilde ich es mir nur ein?«

Sie zuckte heftig mit den Achseln. Er fragte sich, ob auch sie von den hellen Toren träumte, oder ob es nur ihm so ging.

»Ich denke über den Schlag nach«, erklärte sie.

»Ja.« Alex dachte, sie meinte den Kampf gegen die Dinge, die San Esteban ausgelöscht hatten.

»Er hat sich verändert. Ich wusste ja, dass ihn die Reparaturdrohnen rekonstruiert haben, aber es ist so vieles wie früher, dass ich dachte, er sei noch der Alte. Aber sie haben ihn auf New Egypt getötet, und er ist nicht gestorben. Das Mädchen, das ihn angeschrien hat, Cara, wenn sie dich oder mich geschlagen hätte, dann hätte sie uns die Knochen gebrochen. Er hat es einfach hingenommen, als wäre es gar nichts.«

»Amos war schon immer so zäh wie altes Leder«, erklärte Alex. »Das ist nichts Neues.«

»Er ist so anders.« Sie stopfte sich den Rest des Proteinriegels in den Mund, kaute eine Weile und schluckte. »Ich denke auch an meinen Vater.«

»Weil auch er sich verändert hat?«

Teresa beugte sich vor und stützte die Ellenbogen auf den Tisch. Sie biss die Zähne zusammen, und der Glanz ihrer Augen wirkte ein wenig fiebrig. »Ich dachte, er sei weg. Ich dachte, das ganze Experiment sei gescheitert, und er sei … es kommt ja oft vor, dass jemand seine Eltern verliert. Ich dachte, nun sei es eben auch mir passiert.«

»Verwaist.«

»Aber wenn er sich nur verändert hat, dann weiß ich nicht, was ich bin. Eine Waise. Keine Waise. Etwas anderes.«

»Und jetzt werden wir ihm begegnen. Das macht dir Sorgen.«

»Wie sehr kann man sich verändern und trotzdem man selbst bleiben?«, fragte sie. Alex brauchte einen Moment, um zu erkennen, dass es keine rhetorische Frage war. Er schaufelte sich eine Gabel Reis in den Mund, um Zeit zum Nachdenken zu gewinnen.

»Also«, begann er, »die Leute verändern sich ja ständig. Es wäre viel seltsamer, wenn man es nicht täte. Ich meine, schau dich selbst an. Du bist nicht mehr der gleiche Mensch wie vorher, als du noch nicht auf dem Schiff warst. Ach, du hast dich sogar weiter verändert, während du hier warst. Du bist älter und selbstsicherer geworden, du bist eine gute Mechanikerin. Ich bin auch nicht mehr der Typ, der ich mal war. Amos … ja, das ist extremer. Verrückter. Das Gleiche wie bei deinem Dad. Aber ich glaube, Amos ist immer noch Amos, auch wenn es sich um eine andere Version von ihm handelt. Ich glaube, wenn wir deinen Dad finden, dann wird er irgendwie noch so sein wie früher. Verstehst du? Ich meine, du kannst damit rechnen, dass du ihm immer noch wichtig bist.«

»Das weiß ich nicht«, gestand sie. Die Trauer, die in ihrer Stimme mitschwang, verriet ihm, dass er einen wunden Punkt getroffen hatte.

»Ich habe einen Jungen«, erklärte er. »Ich bin ein Dad, genau wie dein Vater. Und ich kann dir sagen, die Verbindung zwischen einem Elternteil und einem Kind ist etwas sehr Grundlegendes. Sehr tief. Du siehst Amos und erkennst die Punkte, wo er sich verändert hat. Ich erkenne die Punkte, wo er noch der Alte ist. Dein Dad hat sich verändert, aber wenn es in ihm irgendetwas gibt, das noch so ist wie früher, dann ist es der Teil, der etwas für dich empfindet.«

»Das ist tröstlich«, antwortete Teresa. »Und völliger Unfug.«

»Das weißt du nicht. Solange du kein Kind hast, kannst du das nicht verstehen. Ich bleibe dabei. Die Liebe eines Elternteils für das Kind ist das Letzte, was verschwindet.«

»Selbst wenn man den sozioökonomischen Status berücksichtigt, liegt die Anzahl von Eltern, die ihre Kinder misshandeln, konstant bei acht pro Tausend. Die meisten Opfer sind Neugeborene bis zum Alter von drei Jahren. Manche Kolonien mit mehr als einer Million Kindern – Warsaw, Benin City, Auberon – haben also *achttausend* missbrauchte, vernachlässigte oder misshandelte Kinder. Das entspricht einer mittelgroßen Universität voller Kinder, deren Eltern sie schlecht behandeln. Sicher, die Menschen lieben ihre Kinder. Aber sie töten sie auch. Zuverlässig wie ein Uhrwerk.«

Alex nickte. Sie schwiegen eine Weile. »Manchmal vergesse ich, wie gebildet du bist.«

»Wenn sie dich darauf vorbereiten, die ganze Menschheit zu regieren, dann ist im Stundenplan nicht viel Platz für Gefühlsduselei«, antwortete Teresa.

»Das ist wirklich schade.«

»Ich habe Angst, ihn wiederzusehen«, gestand sie. »Ich habe einfach nur Angst.«

Mit jeder Stunde, die verging, kam das Tor näher und strahlte heller, und Alex dachte immer öfter an die Unsicherheit, in die sie hineinflogen. Die Berichte des Untergrunds und aus Laconia gingen inzwischen als stetiger Strom ein, und die Unterhaltungen zwischen der *Falcon* und der *Rosinante* waren ein anhaltendes Summen im Hintergrund – Amos redete mit Cara und Xan, Jim mit Fayez, Naomi mit Elvi und Harshaan Lee. Das Gefühl, sie näherten sich einem kritischen Punkt und ihnen liefe die Zeit davon, überlagerte alles andere. Er dachte oft an Teresa und ihren Vater, an Amos und die Kinder, die nicht seine waren, obwohl sie die gleichen Augen hatten, an Giselle, Kit und Rohi und an den Enkelsohn, den er noch nie gesehen hatte. Er überlegte, ob er ihnen eine Nachricht schicken sollte, doch er wusste nicht, was er überhaupt sagen wollte. Das war immer das Problem. Zu viele Gefühle und nicht die richtigen Worte, um sie zu übermitteln.

Als sie kurz vor dem Tor waren und Naomi auf das Operationsdeck kam, dachte er sich nichts weiter dabei. Er überwachte ihren eigenen Antrieb und den der *Falcon*, während Naomi unter ihm den Com übernahm. Sie waren dem Ring inzwischen so nahe, dass ein starker Sender die Störungen des Ringes, so laut sie auch waren, durchdringen konnte.

Als Naomi die Masse und die Antriebstypen der *Rosinante* und der *Falcon*, ihre berechneten Transitzeiten und die Vektoren im Ringraum durchgab, bemerkte Alex, dass dies ein zusätzlicher Schritt war, auf den sie sonst verzichtete. Wahrscheinlich hatte Naomi es sich zusammen mit den anderen ausgedacht. Erst als die Antwort kam, begriff er, was dort vor sich ging.

Die Daten, die zurückgespielt wurden, stammten von der *Spider Webb*, einem Vermessungsschiff aus New Wales. Alex wusste nicht, ob es vorher den Laconiern oder dem Untergrund gehört hatte, aber die Antwort, die sie schickten, klang sehr sachlich und klar. Sie listete die Schiffe im Ringraum, die Tonnage und die Antriebe, die Flugbahnen und die Flugpläne auf. Sie übermittelte auch den erwarteten eingehenden und ausgehenden Verkehr in einem einfachen Standardformat. Die Daten zeigten, dass die *Rosinante* und die *Falcon* den Transit ungefährdet vornehmen konnten. Es war das erste und einzige Mal, dass sie Naomis Vorgaben tatsächlich beachteten, und es funktionierte exakt so, wie sie es sich ausgedacht hatte.

Alex löste die Riemen und schwebte zum Operationsdeck hinunter. Naomi war auf ihrer Druckliege. Das Licht des Displays schimmerte in ihren Augen und beleuchtete ihre hellen Haare. Sie warf Alex einen Blick zu, ihre Miene war eine Mischung aus Verärgerung und Belustigung.

»Tja«, sagte Alex.

»Es hätte funktioniert«, sagte sie. »Hätten wir zusammengearbeitet, dann hätte es funktioniert.«

»Das wäre besser gewesen.«

»Ich denke an all die Dinge, die wir hätten tun können, an all die Wunder, die wir hätten wirken können, wenn wir alle nur ein wenig besser wären, als wir es offensichtlich sind.«

36 Jim

Der Ringraum war voll. In der gespenstischen Helligkeit zwischen den Toren trieben sechsundfünfzig Schiffe, und statt unter Schub von einem Ort zum nächsten zu fliegen, standen sie still. Jim betrachtete sie auf einer dreidimensionalen Anzeige. Vor allem waren es Forschungsschiffe, aber dazwischen gab es auch einige Frachter und Kolonistenschiffe. Die Antriebe zielten in alle möglichen Richtungen, je nachdem, woher sie gekommen waren und wie sie die Geschwindigkeit abgebaut hatten. Er brauchte eine Weile, bis er herausfand, was ihn daran störte.

Jahrzehntelang war der Ringraum – die langsame Zone – die Schnittstelle zwischen den Systemen gewesen. Besonders seit dem Untergang der Medina-Station und der *Typhoon* kamen die Schiffe herein, so schnell sie konnten, und verbrachten so wenig Zeit wie irgend möglich in dem sternenlosen Nichthimmel. Jetzt waren sie hergekommen und blieben. Es waren nur die Schiffe, die in der Nähe gewesen waren und jederzeit eingesetzt werden konnten, doch zum ersten Mal, soweit er sich erinnern konnte, blieben sie hier. Hin und wieder aktivierten sie die Steuerdüsen, um winzige Bewegungen auszugleichen, doch die Epstein-Antriebe waren dunkel. Die Flotte hatte sich versammelt, weil Naomi sie gerufen hatte. Und Trejo. Und Elvi. Sie wollten keine Schlacht schlagen. Sie reisten nicht zu anderen Orten, wo Menschen lebten und die für Menschen besser bewohnbar waren. Sie waren kleine Bröckchen aus Keramik und

Silikatgeflecht in einer Blase, die so groß war wie eine Million Erden.

Sie wirkten verloren.

»Also, wir haben das Schiff jetzt optisch erfasst«, sagte Elvi auf der *Falcon*. So nahe sie sich auch waren, die Richtstrahlsendung klang flach und verzerrt, weil sie durch Störungen beeinträchtigt wurde. Nicht so stark, dass man sich nicht mehr verständigen konnte, aber deutlich genug, um ein klaustrophobisches Gefühl auszulösen.

»Das angebliche Schiff«, sagte Jim. Ein schwacher Versuch, einen Scherz zu machen.

»Das eiförmige Ding. Wir haben es optisch erfasst. Die gute Neuigkeit ist also, dass es noch da ist.«

»Gab es Hinweise auf Bewegungen oder Aktivitäten?«, fragte Naomi auf dem Operationsdeck der *Rosinante*.

»Nein«, antwortete Elvi. »Jedenfalls nicht auf der Station.«

»Und an anderen Orten?«, hakte Naomi nach.

»Alles ist aktiver als vorher. Die Menge der abgestrahlten Hitze in diesem Raum liegt um Größenordnungen höher als vorher. Mehr Licht, mehr Strahlung. Einige Schiffe, die zuerst hier eintrafen, müssen möglicherweise bald in den normalen Raum wechseln, um einen Teil der Strahlung abzugeben. Die Wärmetauscher nehmen mehr Energie auf, als sie loswerden können. Ich habe alle verfügbaren Sensoren programmiert, die Daten zu sammeln und Zusammenhänge zu erkennen.«

»Zuerst mal etwas zur Geschäftsordnung«, warf Jim ein.

»Eine direkte Erkundung der Station?«, fragte Elvi.

»Ich wollte eigentlich sagen, wir sollten dafür sorgen, dass all die Leute, die in den letzten Jahren versucht haben, sich gegenseitig umzubringen, keine Probleme damit haben, die Vergangenheit ruhen zu lassen«, antwortete Jim. »Wir haben hier von jeder Seite zwei Dutzend Schiffe, und man muss bedenken, dass sie alle Crews haben, die wegen des Krieges nachtragend sind.«

»Bin schon dabei«, sagte Naomi. »Ich übermittle Nachrichten, seit wir durch das Tor gekommen sind.«

»Wie schlimm ist es?«, fragte Jim.

»Sie grollen, aber bisher gibt es nichts, was uns beunruhigen sollte. Noch nicht.«

Wieder betrachtete Jim die verlorenen kleinen Punkte. Sie versuchten nicht, sich gegenseitig umzubringen. Das war ein Grund zum Feiern. »Na gut, dann sollten wir nachsehen, ob jemand an Bord dieses eiförmigen Dings ist.«

Elvi schaffte es, zugleich müde und resolut zu sprechen. »Die *Falcon* ist auf Kurs, aber ich will in der Nähe der Oberfläche nicht den Epstein-Antrieb zum Bremsen benutzen. Es wird also noch eine Weile dauern.«

»Sie wissen doch, dass dieses Ding eine Menge Gammastrahlen einfach geschluckt hat und immer noch da ist?«, erwiderte Jim.

»Ich sorge mich nicht um die Station«, erklärte Elvi. »Ich will nur nichts beschädigen, solange ich nicht genau weiß, was es ist. Ich fände es dumm, wenn ich Duarte grille, während er noch in dem Ei sitzt.«

»Auch wieder wahr«, stimmte Jim zu. »Wir gehen auf einen Rendezvouskurs.«

Er trennte die Verbindung. Wenige Augenblicke später verlagerte sich die *Rosinante* unter ihm, weil Alex den Kurs geändert hatte. Jim schloss das Display, saß auf seiner Druckliege, spürte ringsum die Wände, die Vibrationen des Schiffs und hatte, wie es manchmal geschah, das Gefühl, ein winziger Organismus in einem riesigen Universum zu sein. Ihm taten die Kaumuskeln weh, aber das geschah oft in der letzten Zeit, und wenn er genau hinschaute, spürte er auch die Spannung an der Schädelbasis, die sich nicht mehr auflösen wollte, nicht einmal im Schlaf. Er hatte sich daran gewöhnt, das war jetzt sein Leben.

Früher hatte er sich auf die Anspannung konzentriert, auch wenn sich der Anlass manchmal veränderte. Die Angst, das laconische Reich könne durchbrechen und jeden unter dem Stiefelabsatz zerquetschen, der nicht mitziehen wollte. Oder die Furcht vor der Apokalypse, die er in der Ringstation gesehen hatte, damals, ehe sich die Tore geöffnet hatten. Oder die ewig an ihm nagende Drohung, Duarte könne seine schützende Hand zurückziehen und Jim in den Pferch werfen lassen. Die fast sichere Gewissheit, dass Duarte mit dem Versuch herauszufinden, ob die Wesen jenseits der Ringtore bewusst und zur Einsicht fähig waren, einen Krieg heraufbeschwören würde, den er nicht gewinnen konnte. Und jetzt, dass sein individuelles Leben – das Ich, das sich James Holden nannte – in einem Ozean des Bewusstseins untergehen würde, in dem riesigen, alles umfassenden Geist, der aus menschlichen Bewusstseinen entstand, aber nicht mehr menschlich war. Er konnte es sich aussuchen, und sein Körper war sofort bereit, die passenden Schmerzen dafür zur Verfügung zu stellen.

Vielleicht war es inzwischen auch eine bloße Angewohnheit. Vielleicht hatte ihn die Last der Geschichte nur niederdrücken können, weil er nicht wusste, wie er sie abschütteln sollte. Er wusste nicht einmal, ob er es tun würde, selbst wenn er dazu fähig gewesen wäre. Zwei Ausdrucksformen für dieselbe Sache.

»Wird das eine einmalige Aktion?«, fragte Alex auf dem Flugdeck. »Oder haben wir sie jetzt gleich wieder an der Backe?«

»Ich verstehe die Frage nicht«, gestand Jim.

»Wenn wir dich nur absetzen, damit du mit Elvis Crew arbeiten kannst, halte ich neben ihnen an. Wenn du meinst, wir brauchen einen Austausch, kannst du die Frachtschleuse öffnen, und ich fahre die Brücke aus.«

Naomi kam ihm zuvor. »Fahre die Brücke aus. Es ist gut, wenn die anderen Schiffe es sehen können, selbst wenn wir sie gar nicht brauchen.«

»Verstanden«, sagte Alex. »Ich bringe uns hin.«

Jim schnallte sich ab und bewegte sich in die Frachtschleuse.

Teresa war schon dort. Sie trug einen Raumanzug und überprüfte die Dichtungen an Stiefeln und Handschuhen und die Ladung der Magnetstiefel. Jim hielt inne und verankerte sich, als sich das Schiff unter ihm verlagerte. Sie hatte sich die Haare zurückgekämmt und unter einer eng sitzenden Kappe verstaut. So traten die Form ihrer Augen und ihre raue Haut deutlich hervor. Sie reckte das Kinn. Die Geste konnte ein Gruß sein, vielleicht auch Trotz oder sogar beides.

»Willst du irgendwohin?«

»Wenn mein Vater dort ist, willst du mich dabeihaben.«

Jim schüttelte den Kopf. »Ich sage dir Bescheid, falls wir etwas finden. Und wenn wir dich brauchen, dann hole ich dich. Versprochen.«

Das Mädchen schüttelte den Kopf, einmal nur und nur wenige Millimeter. Ihre Miene verhärtete sich. »Es ist mein Dad«, wandte sie ein.

Binnen wenigen Sekunden wallten ganz verschiedene Emotionen in ihm auf und klangen wieder ab. Frustration, Sorge, Schuldgefühle, Angst. Und, ganz unvermutet, auch ein starkes Heimweh. Er erinnerte sich, wie er einmal aus der Schule nach Hause gekommen war und Vater Anton hinter dem Haus entdeckt hatte, wo dieser eine Feuergrube aushob. Es war ein alltäglicher Augenblick gewesen. Jahrelang hatte er nicht mehr daran gedacht, unvermittelt stand es so eindringlich und stark vor ihm, und er empfand eine Liebe, als sei es gerade eben erst geschehen. *Er ist mein Dad.*

»Du verstehst, wie gefährlich es ist?«, fragte Jim.

»Nein, das verstehe ich nicht«, antwortete Teresa. »Verstehst du es?«

Jim zuckte mit den Achseln. »Pass nur auf, dass dein Helm dicht ist.«

Als sie bereit waren, aktivierte er die Frachtschleuse. Die Luft wurde abgepumpt, und als sie dünner wurde, veränderten sich auch die Geräusche im Anzug. Sie wurden leiser, wie er es gewohnt war. So fühlte er sich stärker isoliert, oder seine Isolation wurde ihm stärker bewusst. Sein Atem, das leise Surren der Ventilatoren, das Knacken des Anzugs erfüllten seine Sinne. Es war fast, als schliefe er ein. Dann spürte er unter den Füßen die Vibrationen, während sich die äußere Tür entriegelte und öffnete. Durch die Spalten fiel ein Licht herein, das er so noch nie gesehen hatte. Erst nach einigen Augenblicken begriff er, warum es ihm so seltsam vorkam. Wenn sich auf einem Schiff wie dem ihren die Schleusentür öffnete, sahen sie gewöhnlich Arbeitsleuchten oder Sterne – stark, grell und gerichtet. Das milchige Licht, das jetzt in den Raum strömte, kam aus allen Richtungen zugleich. Es war weich und warf keine Schatten wie an einem dunstigen Nachmittag auf der Erde. Wie die einfache Vorstellung eines Kindes vom Himmel.

Unter ihm zog die Station dahin, eine Metallkugel von fünf Kilometern Durchmesser. Zu groß für ein Schiff, zu klein für einen Planeten, zu glatt und regelmäßig für einen Asteroiden. Auf der glühenden blauen Oberfläche war ein Punkt zu erkennen, der kaum größer war als ein Reiskorn. Elvis Team war daneben so winzig wie Staubflocken.

Jim und Teresa steuerten mit den Schubdüsen der Anzüge die Gruppe an. Wenn man menschliche Gestalten zum Vergleich hatte, wurde der Maßstab des eiförmigen Schiffs deutlich. Das ganze Ding passte beinahe in den Laderaum, den sie gerade verlassen hatten. Die Oberfläche war nahtlos glatt und anmutig gekrümmt und wirkte eher organisch als konstruiert. Eine Seite war geöffnet, die Haut des Objekts war Schicht um Schicht weggezogen, bis das Loch groß genug war, damit jemand herausklettern konnte.

Eine der Gestalten in der Nähe löste sich aus der Gruppe und kam ihm und Teresa entgegen. Elvis Gesicht verschwamm hinter dem Visier, als betrachtete er sie im Wasser eines stillen Sees. Die

Stimme, die er im Funk hörte, war von statischem Rauschen gestört und klang fern, obwohl sie ihm physisch sehr nahe war.

»Das Objekt entspricht den Artefakten auf Laconia«, berichtete Elvi. »Anscheinend benutzt es den gleichen trägheitslosen Antrieb wie damals Eros, denn es gibt hier nichts, was nach einer Schubdüse aussieht. Wir wissen nicht, wie lange es schon hier ist, weil die Temperatur …« Sie deutete auf die tausend hellen Tore, die sie umgaben.

»Sind Sie sicher, dass er es war?«, fragte Teresa.

»Beweisen kann ich es nicht, nein. Es wäre aber albern, etwas anderes anzunehmen. An diesem Punkt würde ich Beweise dafür verlangen, dass es *nicht* Duarte ist, ehe ich ernsthaft über irgendetwas anderes nachdenke. Wenn ich Hufschläge höre, dann denke ich erst einmal an Pferde.«

Ein halbes Dutzend Gestalten in laconischen Raumanzügen umkreiste das Ei und folgte dabei, wie Jim nach und nach erkannte, einem vorgegebenen Suchmuster. »Gibt es eine Spur von ihm?«

»Denken Sie an etwas Bequemes wie eine Luftschleuse oder eine Tür?«, fragte Elvi. »Nein, nichts. Das Artefakt ist hier, aber die Oberfläche der Station weist keinerlei Auffälligkeiten auf.«

»Haben wir schon angeklopft?«, fragte Jim. Beinahe hätte es ein Scherz sein können.

»Wenn ich helfen darf«, sagte Teresa. »Ich könnte ihm mitteilen, dass wir hier sind. Wenn er meine Stimme hört, kommt er vielleicht heraus. Oder er lässt uns rein.«

»Es ist einen Versuch wert«, stimmte Elvi zu.

Neben dem eiförmigen Objekt lagerten Kisten mit Ausrüstungsgegenständen: Sensorengruppen, Stromversorgung, Behälter für biologische Proben. Harshaan Lee schwebte daneben wie eine Glucke über der Kükenschar. Jim sah, wie der Mann den Mund bewegte, doch er sprach auf einem anderen Kanal, den Jim nicht abhörte. Dann knackte es, und er war bei ihnen. »Einen Moment noch, dann verbinde ich den Ausgang im Anzug der jungen Dame mit unserem System. Wir können mit Breitband direkt von hier aus senden und außerdem Vibrationen einsetzen.«

»Der größte Subwoofer der Menschheit«, bemerkte Jim. Elvi kicherte, aber sonst hielt es wohl niemand für witzig.

»Wie sind Sie vorher hier reingekommen?«, wollte Elvi wissen.

Jim schüttelte den Kopf. Er war nicht sicher, ob sie es sah, daher schüttelte er die Faust wie ein Gürtler. »Ich bin einfach runtergekommen, und sie ging auf. Ich habe gar nichts gemacht.«

Nur dass ich einem Geist gefolgt bin, der in dem Spukhaus alle Türen öffnen konnte. Die Erinnerungen an die Schrecken und Wunder, die er dort drinnen gesehen hatte, drohten ihn zu übermannen. Er musste aufmerksam bleiben und schob sie weg.

»Das Protomolekül hat es veranlasst«, sagte Elvi. »Es wollte herausfinden, was mit den Systemen passiert ist, an die es Bericht erstatten sollte. Sie waren ein Weg, um dieses Ziel zu erreichen.«

»Weil ich einen Körper hatte«, sagte Jim. *Da drin sind jetzt nur noch Geister. Dort einen Körper zu haben bedeutet etwas.* »Das hat es mir mitgeteilt. Ich glaube, es entsprach nicht dem Standard, fähig zu sein, auf Materie einzuwirken.«

»Ich habe Ihre Debriefings gehört«, erwiderte Elvi. »Aber die Begriffe, die Sie benutzt haben? Oder die es benutzt hat. *Pleroma, gefallene Welt, Substrat.* Das sind menschliche Begriffe.«

»Alles, was ich getan habe, wurde durch menschliches Bewusstsein gefiltert«, erklärte Jim. Lee zog ein hellrotes Kabel aus einem dunklen, runden Kasten, der auf der Oberfläche der Station stand, und verband es mit einem Anschluss im Arm von Teresas Anzug. »Ich hatte dabei nicht die Regie. Ich wurde nur von dem mitgerissen, was es tat.«

»Also, ich glaube, jetzt führt jemand Regie«, erwiderte Elvi.

Lee hielt einen Daumen hoch. Teresa blickte, auf einmal nervös, zwischen Elvi und Lee hin und her. »Was soll ich sagen?«

»Teile ihm einfach nur mit, dass wir es sind«, schlug Elvi vor.

Teresa nickte und sammelte sich. »Dad, ich bin's. Teresa. Ich bin hier auf der Außenseite der Station. Wir würden gern reinkommen und mit dir reden.« Sie wartete einen Moment, und als sie weitersprach, schwang in ihrer Stimme eine Sehnsucht mit, die Jim beinahe das Herz brach. »Ich möchte dich sehen, ich will reinkommen.«

Sie warteten. Jim drehte sich langsam um sich selbst und beobachtete, ob sich auf der Station irgendetwas tat – eine Welle, ein Loch, ein Hinweis, dass etwas auftauchte. Nichts.

»Versuch es noch einmal«, schlug er vor.

»Vater? Wenn du da bist, hier ist Teresa. Ich bin außen auf der Station. Ich möchte reinkommen.«

Die Sekunden dehnten sich, und langsam erstarb die Hoffnung in der Miene des Mädchens. Lee zeigte auf sie, holte sie zu sich und klemmte das Kabel ab. »Es gibt noch andere Wege, etwas herauszufinden«, erklärte er. »Wir haben mehrere Hundert Kilometer Leitungen mit Kontaktsensoren mitgebracht. Die haben wir schon beim Adro-Diamanten benutzt, und sie könnten auch hier nützlich sein.«

»Wir helfen Ihnen, sie aufzuspannen«, bot Jim an.

»Falls Sie irgendetwas sehen, das sich seit dem letzten Mal verändert hat …«, setzte Elvi an.

Abgesehen von mir selbst?, dachte er. Er sprach es nicht aus.

In den nächsten vier Stunden legte das Wissenschaftlerteam die Sensorenketten auf der Station aus. Jim hatte eine lebhafte Erinnerung daran, wie er endlose Wollfäden zu Kugeln gerollt hatte, als Vater Dimitri eine Strickphase hatte. Elvi hörte nach einer Stunde auf und kehrte auf die *Falcon* zurück. Lee sagte, sie wolle die Datensammlung überwachen, doch Jim war ziemlich sicher, dass sie sich einfach nur ausruhen musste.

Zuerst war die Arbeit ermüdend, aber als die Zeit verging, fand Jim einen angenehmen Rhythmus. Ein Kabel ausrollen und an Ort und Stelle festhalten, damit die anderen die Verbindung zwischen den Sensoren und der Oberfläche der Station überprüften. Auch Teresa half. Die vielen Monate der Lehrzeit auf der *Rosinante* zeigten sich in der Art und Weise, wie sie um Anweisung bat und ihre nächsten Aktionen dem Team mitteilte, ehe sie sich in Bewegung setzte. Als ihre Sauerstoffvorräte sich dem Ende neigten und Jim sie zum Schiff zurückbeorderte, hatte Teresa die Bitterkeit der Enttäuschung schon fast überwunden.

Sobald die Luftschleuse ihre Arbeit verrichtet und sich hinter ihnen geschlossen hatte, zog Jim den Raumanzug aus, wartete und verstaute ihn und kehrte in seine Kabine zurück. Er stank nach Schweiß und Neopren, und seine Muskeln schmerzten und zuckten. Vor einigen Jahrzehnten hätte ihn die Arbeit lange nicht so angestrengt wie jetzt, aber auch wenn er wusste, dass er nicht mehr so lange durchhalten konnte wie ein junger Mann, freute er sich über die getane Arbeit. Als er sich geduscht und einen sauberen Bordoverall angezogen hatte, empfand er eine Freude, wie er sie schon lange nicht mehr verspürt hatte.

Amos war allein auf dem Operationsdeck, er hatte sich auf eine Druckliege geschnallt, obwohl es keine Schubschwerkraft gab und vorläufig auch nicht geben würde. Jim bremste sich an einem Handgriff ab und blickte nach oben zum Flugdeck.

»Wo sind die anderen?«, fragte er.

»Alex schläft, die Kleine kümmert sich um den Hund und holt sich was zu futtern. Naomi ist rüber auf die *Falcon* und redet mit ihnen über die Sensordaten.«

»Gibt es denn schon Daten? Ich dachte, es müsste mindestens einige Stunden dauern, bis sie genug haben, um darüber reden zu können.«

»Wenn die Leute nichts wissen, halten sie eine Konferenz ab und reden darüber«, meinte Amos.

»So sieht es wohl aus.«

Amos streckte sich und kratzte sich gemächlich auf der Brust, wo die Schusswunde noch als unregelmäßiger stumpfer, schwarzer Fleck in der hellen Haut zu erkennen war. »Anscheinend geht in der Station eine Menge vor sich. Da passieren Sachen, auch wenn niemand weiß, was es ist. Sie wird wärmer, und die Temperatur steigt weiter.«

»Es ist seltsam, dass jetzt das Getriebe in Gang kommt. Besonders weil ich gar nicht wusste, dass es eins gibt.«

»Habt ihr ihn gefunden?«

»Nein, haben wir nicht.«

»Ist er dort?«

Jim streckte sich, sein Rückgrat knackte. »Ja, er ist dort. Aber ich glaube, er hat keine Lust, mit uns zu reden.«

Was Amos auch sagen wollte, er kam nicht mehr dazu, weil die Coms mit einer Alarmmeldung herausplatzten. Jim zog sich auf eine Liege und rief die Meldungen auf. Die automatische Überwachung hatte ein Schiff registriert, das auf der Alarmliste der *Rosinante* stand. Es war die *Derecho* – das Schiff, das die *Gathering Storm* vernichtet und sie aus Freehold verjagt hatte. Sie war gerade durch das Tor von Bara Gaon gekommen. Jim schaltete den Alarm ab, und ein paar Sekunden später stand eine Nachricht von Colonel Aliana Tanaka in der Warteschlange.

37 Tanaka

Wären sie sich auf Laconia begegnet, dann hätte das Treffen im Staatshaus stattgefunden. Sie hätten an einem sorgfältig gezimmerten, eleganten Tisch in einem Raum gesessen, der von Macht, Behagen und Ernsthaftigkeit sprach. Stattdessen waren sie in der Kombüse eines halb reparierten Forschungsschiffs, das nach überlasteten Luftrecyclern und industriellen Lösungsmitteln roch. Irgendwie passte das sogar. Gemälde von großen Kriegsherren und Entscheidungsschlachten, die schmeichelhaft, schön komponiert und ausbalanciert wirkten, schmeckten immer nach Propaganda. Tanaka hatte viel Zeit in den Vorhallen der Macht verbracht. Sie hatte viele Gemälde großer Männer in Uniformen gesehen, die mit Adleraugen in die Ferne blickten, wo der künftige Ruhm wartete. Sie hatte nur sehr wenige Gemälde von Soldaten mit einem zerlumpten Zelt und einem sterbenden Feuer gesehen, das die Kälte der Nacht vertreiben sollte, bis ein Fremder sie am Morgen mit dem Bajonett aufspießte.

Sie hatte Botton auf der *Derecho* gelassen und war allein auf die *Falcon* gekommen. Sie trug ihre Ausgehuniform und eine Handfeuerwaffe. Von den Medikamenten war ihr ein wenig übel, und sie hatte Kopfschmerzen, die kurz vor dem Transit aus Bara Gaon eingesetzt hatten. Entweder braute sich in ihrem Kreislauf etwas Hässliches zusammen, oder es war der beständige und erbarmungslose Ansturm der anderen Bewusstseine, die gegen ihr eigenes prallten. Obendrein litt sie noch unter der beharrlichen

Halluzination, dass ihr linkes Auge weinte, und kühle Tränen rollten sogar ohne den Zug der Schwerkraft auf ihrer Wange hinunter.

»Sind Sie sicher, dass sich dieser … Effekt weiter ausbreitet?«, fragte Dr. Okoye. Seit Tanaka sie das letzte Mal gesehen hatte, waren die Falten auf der gerunzelten Stirn und um die Mundwinkel tiefer geworden. Außerdem war sie abgemagert und verweichlicht, nachdem sie zu viel Zeit in der Schwerelosigkeit verbracht hatte. Atrophie, Stress und Fehlernährung hatten ihr zugesetzt, bis sie aussah wie ein halb verbrannter Stock.

»Ja, ich bin sicher«, antwortete Tanaka. »Die Leute, die in der Nähe waren, hat es am stärksten getroffen. Doch es geschieht auch mit anderen Menschen. Ich weiß nicht, wie viele es sind. Und wenn Sie nicht wollen, dass es Ihnen passiert, sollten Sie die hier nehmen.«

Abgesehen von der verräterischen Leiterin des Wissenschaftsdirektorats, waren noch ihr ebenso verräterischer Ehemann, die Anführerin des Untergrunds und der Mann anwesend, der Tanaka die Zähne ausgeschossen hatte. Sobald sie über etwas nachdachten, schwirrten die seltsamen kleinen Nichtmücken um ihre Köpfe. Diejenigen, die Holden umkreisten, waren besonders eigenartig, doch sie konnte nicht genau erkennen, woran dies lag. Tanaka gab sich Fantasien hin, in welcher Reihenfolge sie diese Leute erschießen würde. Sie war eigentlich sicher, dass sie mit Holden beginnen würde. So gestört, wie sie sich jetzt fühlte, bezweifelte sie allerdings, dass sie alle erledigen konnte, und es wäre enttäuschend gewesen, in einem Universum zu sterben, in dem es immer noch einen James Holden gab.

Wie kleinkariert, murmelte eine Stimme in ihrem Kopf. Ein älterer Mann. Sein Urteil tat weh, obwohl sie ihn nie gekannt hatte. Sie hörte auf, sich Holden tot vorzustellen, um keine weiteren unerwünschten Kommentare zu provozieren.

Elvi Okoye blätterte die Medikamentenliste durch, die Tanaka ihr gegeben hatte, und ihr Mann sah über die Schulter zu. Das Stirnrunzeln der schmalen Frau verstärkte sich noch, doch es war Holden, der als Erster das Wort ergriff.

»Wie schlimm ist es?«

»Unangenehm.« Tanaka untertrieb etwas. »Die Medikamente helfen, heben es aber nicht völlig auf.«

»Wir müssen einen Zugang in die Ringstation finden«, erklärte Nagata.

»Es gibt keinen«, wandte Fayez Sarkis ein. »Die Daten der Sensoren belegen eine Menge Aktivität und ständige Umgruppierungen. Starke magnetische und elektrische Ladungen bauen sich auf und verschwinden wieder. Alle möglichen Dinge. Aber keine Türen.«

»Ich glaube nicht, dass wir uns mit Gewalt einen Weg hinein bahnen können«, meinte Holden. »Aber …«

»Das Ding hat einen Schlag aus der Primärwaffe eines *Magnetar*-Schlachtschiffs einfach geschluckt und dann eine volle Breitseite von einem kollabierenden Neutronenstern weggesteckt, ohne auch nur eine Delle abzubekommen«, sagte Tanaka. »Aber meinetwegen, wir können ja die Meißel und Bügelsägen auspacken und es versuchen.«

»Aber«, fiel ihr Nagata ins Wort, ohne auf sie einzugehen, »es kann sich öffnen. Es hat sich schon einmal geöffnet. Es gibt also einen Weg.«

Von ihnen allen überraschte Nagata sie am stärksten. Sie war fast so alt wie Tanaka, und der lange, schlaksige Körperbau der Gürtlerin war entstanden, weil sie als Kind zu viel Zeit in der Schwerelosigkeit verbracht hatte, doch sie sahen immer noch so aus, als wären sie miteinander verwandt. Vielleicht wie entfernte Cousinen. Außerdem war ihr eine Müdigkeit anzusehen, die Tanaka nachempfinden konnte, und da war auch dieser Eindruck, sie behielte viele ihrer Gedanken für sich.

»Wir sind einer Meinung, dass man die Station nicht mit Gewalt öffnen kann«, sagte Elvi.

»Deshalb versuchen wir es auch nicht damit«, führte Nagata den Gedanken weiter. »Als sie das letzte Mal aufging, war auf der *Rosinante* eine Probe des Protomoleküls verborgen. Die *Falcon* hat ebenfalls eine Probe. Wir sollten sie nutzen.«

»Also noch eine Sitzung«, meinte Fayez. »Dieses Mal aber mit der Station statt mit der Bibliothek.«

Tanaka erkannte Elvis Zögern an den Mücken, ehe sie sprach. »Das ist möglicherweise … nicht ganz so einfach. Der Adro-Diamant wurde konstruiert, um Informationen zu vermitteln. Wir haben ihn eingeschaltet, und er hat das getan, was seinem Zweck entsprach. Als sich die Station für Holden öffnete, geschah es auf Veranlassung des Protomoleküls. Es hat ihn benutzt, um hineinzukommen, und hat so improvisiert, wie es seiner Anlage entspricht. Wir verstehen aber nicht, welchem Zweck die Station dient.«

»Wenn ich mich recht erinnere, soll sie die Tore mit Energie versorgen und ganze Sonnensysteme auslöschen, sofern es nötig scheint«, sagte Holden. Vorübergehend sausten die Mücken etwas schneller um seinen Kopf herum.

»Entweder hat Duarte sein Schiff hier geparkt und geht im Weltraum spazieren, oder er ist da drin«, warf Fayez ein.

»Haben wir denn etwas, das aussichtsreicher erscheint?«, fragte Tanaka.

Elvis Schweigen war Antwort genug.

Tanaka verdrehte nicht die Augen. »Wir haben einen plausiblen Ansatz, um die Station zu öffnen. Also versuchen wir es. Wir haben die Tochter des Hochkonsuls, die vielleicht der einzige Mensch mit einer starken emotionalen Bindung ist, um ihn aus der Versunkenheit zu reißen, in der er sich befinden mag. Sie öffnen den Zugang, und ich führe sie hinein.«

»Kommt nicht infrage«, sagte Nagata.

»Warum nicht?«

Holden antwortete an ihrer Stelle. »Wir haben sie Ihnen nicht in New Egypt und Freehold übergeben. Wir werden es auch jetzt nicht tun.«

Tanaka zeigte ihm die offenen Handflächen. Da sie gerade mit überkreuzten Beinen schwebte, fühlte sie sich wie ein Bildnis eines Heiligen, der in den Himmel auffahren sollte. Der Schutzheilige all jener, die es mit Idioten aufnehmen mussten, wer das auch sein mochte.

»Admiral Trejo machte deutlich, dass wir jetzt auf der gleichen Seite stehen«, erklärte Tanaka. »Er gab mir die höchste Sicherheitsfreigabe im Reich, um eine einzige Mission zu erledigen. Diese Mission besteht darin, den Hochkonsul zu finden, und so war es schon vor New Egypt. Sie alle sind Rebellen, die immer noch gegen ihn Krieg führten, als er bereits verschwunden war. Ich bin offen für Gegenargumente, aber wenn der Plan darin besteht, mit ihm ins Gespräch zu kommen, sind Sie nicht unbedingt bessere Botschafter als ich.«

»Im Moment sind Hunderte Schiffe hierher unterwegs«, sagte Elvi. »Das Wissenschaftsdirektorat schickt alles, was wir entbehren können. Auch der Untergrund …« Sie sah Nagata an, die nickte.

»Wir brauchen nicht noch mehr Schiffe«, widersprach Tanaka. »Meinetwegen überlassen wir es dem Mädchen. Wenn sie nicht mit mir gehen will, finden wir jemand anders. Aber es gibt niemanden, der besser geeignet ist.«

»Sie hat recht«, sagte Holden erbittert. »Teresa muss einverstanden sein, aber jeder von uns wäre eine Ablenkung. Vielleicht sogar eine Bedrohung. Die Nächstbeste wäre Elvi, und sie ist …«

»Eine Doppelagentin«, sagte Fayez. »Eine Verräterin.«

»Sie ist damit beschäftigt, die Sitzung zu überwachen«, erklärte Holden. Er wandte sich an Tanaka. »Was passiert, wenn Sie ihn erreichen?«

»Ich hole ihn heraus«, antwortete Tanaka. »Wenn mir das nicht gelingt, richte ich einen zuverlässigeren Kommunikationsweg zu ihm ein. Wir finden heraus, was er weiß, und wir finden einen Weg, das Reich zu schützen. Die Begleitumstände mögen sich geändert haben, mein Auftrag aber nicht.«

Und wenn ihr mir nicht in die Quere gekommen wärt und mich hättet machen lassen, dann würden eine Menge Menschen noch leben. Sie sprach es nicht aus, und Holden steckte nicht in ihrem Kopf wie die anderen, aber sie war ziemlich sicher, dass er sie richtig verstand.

»Nicht um das Reich zu schützen«, wandte Naomi ein. »Um die ganze Menschheit zu schützen.«

Tanaka zuckte mit den Achseln. »Aus meiner Sicht ist das eine Unterscheidung, die nichts bedeutet.«

»Sie haben recht«, stimmte Holden zu. »Wir sollten zuerst die existenzielle Bedrohung ausschalten. Dann können wir unter zivilisierten Umständen damit fortfahren, uns gegenseitig zu töten.«

Er starrte sie an, die Mücken standen reglos um seinen Kopf, als starrten auch sie. *Er denkt darüber nach, wie er mich noch einmal töten kann, wenn das alles vorbei ist,* dachte Tanaka.

»Natürlich«, antwortete sie lächelnd. »Eins nach dem anderen.«

»Ich rede mit Teresa«, sagte Nagata.

»Ausgezeichnet«, erwiderte Tanaka. »Wie lange wird das dauern?«

Sechsunddreißig Stunden später bekam Tanaka die Bestätigung, dass das Experiment vorbereitet war. Inzwischen waren sieben weitere Schiffe in den Ringraum gekommen. Noch einmal dreißig würden am folgenden Tag eintreffen. Nicht mehr lange, und dort würde eine ganze Flotte von Leuten umherschweben, die sich den Daumen in den Arsch steckten, weil sie nicht wussten, was sie tun sollten. Das alles spielte keine Rolle. Nicht, wenn sie ihren Auftrag erledigen konnte. Die Mission vollenden, wie auch immer sie jetzt gerade aussah.

Tanakas Kopf fühlte sich an wie eine Cocktailparty mit Menschen, die sie nicht kannte, aber sie hatte sich nicht mehr selbst verloren. Die Stimmen waren leise und gedämpft, man konnte sie leicht ignorieren. Also hörte sie nicht mehr hin. Sie verbrachte ihre Zeit im Trainingsraum und trieb sich an, bis die schmerzenden Muskeln für sich selbst genommen schon einen ganz neuen Bezugsrahmen bildeten. Sie stellte sich unter der Dampfdusche, so heiß, dass sie sich fast verbrühte, zwischen den Zustrom und die Vakuumabsaugung. Wie das Training halfen ihr die Schmerzen, sich in ihrem Körper zu zentrieren. Das brachte Klarheit mit sich.

Sie hatte Lust, sich einen Geliebten zu nehmen – jemanden in der Crew zu finden, an dem sie sich ein paar Stunden lang abarbeiten konnte. Auch das war nur ein Weg, ihre Aufmerksamkeit ganz und gar auf ihren eigenen Körper und dessen Empfindungen zu richten. Es war nicht die Angst, ertappt zu werden, die sie zögern ließ. Es war die unschöne Gewissheit, dass alles, was sie tat, mit anderen Menschen geteilt würde, sie würden es wissen und sogar *erleben*. Es war nicht mehr möglich, ein Geheimnis für sich zu behalten. Die ständige Gegenwart anderer Bewusstseine, die ihres berührten und sie in deren Erinnerungen und Emotionen hineinziehen wollten, fühlte sich an, als würde sie aufgefressen.

Mehrmals suchte sie nach neuen Nachrichten von Trejo, doch es kam nichts. Stattdessen ging ein langsam anschwellender Strom von ergänzenden Berichten über die Debriefings und Befragungen ein, die sie vor dem Transit nach Bara Gaon durchgeführt hatte. Der Kapitän der *Preiss* war in eine Schockstarre gefallen. Der alte Medizintechniker auf der *Konjin* hatte psychoaktive Drogen genommen, um seinen Geist für sich zu behalten, doch die anderen auf dem Schiff lösten sich allmählich auf. Er schickte Bilder von der Crew des Schiffs, die eigenartig still geworden war und perfekt abgestimmt wie ein Dutzend Tentakel eines

Tintenfischs zusammenarbeitete. Seit die *Ilrys Eves* den Ringraum in die Richtung des Parker-Systems verlassen hatte, antwortete das Schiff nicht mehr auf Com-Anrufe und wich von dem Flugplan ab. Es steuerte nicht mehr die Hauptstadt des zweiten Planeten an, sondern einen fernen Exoplaneten in einer nicht elliptischen Umlaufbahn, der als mögliches Artefakt für spätere Erkundungen vorgemerkt war.

Wo sie auch hinsah, überall gab es Hinweise und Berichte, dass das Bewusstsein der Menschen auf andere Personen übergriff. Jede Minute, die sie damit leben musste, tat auf eine Weise weh, die sie nicht einmal beschreiben konnte. Sie musste es auch nicht. Die Crew der *Derecho* wusste es. Sie waren alle an dem gleichen Ort gefangen wie sie selbst.

Botton stand in seinem Büro, mit den Magnetstiefeln am Boden verankert, mit einem Trinkbeutel in der Hand und mit einem abwesenden Blick in den Augen. Nur langsam kehrte seine Aufmerksamkeit zu ihr zurück. Er salutierte. Seit sie Gewitter und Bara Gaon verlassen hatten, war sein Gesicht noch hagerer geworden, und auf Kinn und Hals wuchsen Bartstoppeln.

»Kapitän«, sagte sie.

»Wie kann ich Ihnen helfen?« Er sprach leise und stockend.

»Was trinken Sie da?«

Er stutzte kurz, dann betrachtete er den Beutel in seiner Hand, als hätte er ihn ganz vergessen. »Wasser. Das ist Wasser.«

»Das Medikament?«

Er nickte und ging zu seinem Schreibtisch, die Magnetstiefel klickten bei jedem Schritt. Die pfirsichfarbenen Tabletten, die er aus der gesicherten Schublade holte, waren ihr inzwischen so vertraut wie die Luft. Er schob sie sich in den Mund und schluckte sie. »Ich richte mir eine automatische Erinnerung ein.«

»Die *Falcon* ist bereit.«

Botton war schlagartig hellwach. »Gute Jagd.«

»Deshalb bin ich nicht hier.«

Seine überraschte Miene war höchst befriedigend. Jeder kleine Hinweis, dass ihr Bewusstsein nicht für jeden offenstand, war beruhigend. Oder, nein, das war nicht ganz richtig. Es war eine Gelegenheit, so zu tun, als könne sie Grenzen setzen und besäße ein Ausmaß an Kontrolle, über das sie gar nicht verfügte. Eine Gelegenheit für sich selbst, eine beruhigende Lüge zu glauben.

»Wir wissen nicht, worauf wir stoßen, wenn ich den Hochkonsul finde«, erklärte sie. »Diesen Waffenstillstand mit dem Untergrund hat Trejo vereinbart. Sobald wir den Hochkonsul haben, müssen wir uns entscheiden, ob er noch gilt.«

Botton blinzelte. »Ich … ich glaube, das verstehe ich.«

»Ich werde dann nicht auf dem Schiff sein. Und wenn ich den Befehl gebe?«

»Ich bin ein Offizier des laconischen Reichs.«

Tanaka lächelte. Ihre Wange tat kaum noch weh, wenn sie lächelte. Wie seltsam, dass der Heilungsprozess gerade jetzt abgeschlossen war. »Sagen Sie es niemandem, solange es nicht so weit ist. Wir können unserem eigenen Bewusstsein nicht mehr trauen. Und nehmen Sie regelmäßig die Medikamente.«

»Verstehe.«

»Noch etwas, Botton. Wenn … wenn es scheitert? Wenn wir nicht unterbinden können, was mit uns passiert …« Sie zeigte auf ihren Kopf. »Ich möchte Sie um einen Gefallen bitten.«

Er lächelte leise. »Colonel, ich spare mir zwei Patronen auf. Eine für jeden von uns.« In diesem Augenblick mochte sie ihn beinahe.

Ihre Rüstung wartete poliert, aufgeladen und startklar in der Waffenkammer. Der Anzug, mit dem sie die Draper-Station erledigt hatte. Sie stellte sich vor, er sei ein Glücksbringer. *Ich hatte eine Kupfermünze, die an einem Faden hing. Ich habe sie an dem Abend bekommen, als Emily Nam mich geküsst hat. Seit vierzehn Jahren trage ich sie Tag und Nacht.* Tanaka stellte sich die kleine Münze mit dem Grünspan und der geflochtenen Plastikschnur vor. Sie erinnerte sich an Emily, an die weichen Lippen, an die Fingerspitzen, die ihm sachte den Bart kraulten. Er hieß Alan und war auf Titan aufgewachsen. Sie ließ ihn wegtreiben und mied jede Erinnerung an ihr eigenes Leben, damit nichts auf ihn überspringen konnte.

Brandmunition. Granaten. Als das letzte Mal jemand in der Alien-Station eine Granate abgefeuert hatte, waren Tausende Menschen gestorben. Nun ja, zur Hölle mit ihnen. Sie hatten von Anfang an gewusst, dass sie einen gefährlichen Job übernahmen. Tanaka befestigte den Helm, überprüfte den Sauerstoffvorrat und die Dichtungen. Sie vergewisserte sich, dass das medizinische System über genügend Medikamente verfügte, damit sie wenigstens noch ein paar Stunden lang sie selbst blieb. Dies war ihre letzte Gelegenheit.

Sie ging durch die Luftschleuse und flog zu der metallisch blauen Kugel hinunter. Rings um sie glühten die Tore, als starrten sie tausenddreihundert Augen an. Das Mädchen war zu klein, um es zu erkennen, doch Tanakas Anzug erfasste sie – ein winziger schwarzer Punkt vor dem hellen Glühen. Neben ihr stand noch jemand – Nagata. Mit einem starken Schub beschleunigte Tanaka, dann bremste sie mit kurzen, schärferen Stößen wieder ab, während sie sich der Erbin des Reichs und der rebellischen Beschützerin näherte. Nagatas Anzug war ein altes marsianisches Modell. Fast wie aus einem Museum.

Tanaka deutete mit einigen Gesten den gewünschten Kanal an, Nagata schaltete sich mit einem Klicken zu.

»Ich dachte, wir hatten eine Abmachung«, sagte Tanaka.

»Ich gehe nicht mit rein«, erklärte Nagata. »Ich wollte nicht, dass Teresa allein kommt. Ich warte hier draußen.«

Das Mädchen trug einen ähnlichen Anzug wie Nagata, doch während die ältere Frau aussah wie aus einer anderen Zeit, wirkte Teresa Duarte wie ein Kind in einem Kostüm. Die Augen hinter dem Visier waren trotzig, das Kinn vorgereckt, der Kopf leicht zurückgelegt. Tanaka brauchte keine Bewusstseinsverschmelzung, um das Mädchen einzuschätzen. Es hatte Angst. Es hatte schreckliche Angst. Es wäre ein erbärmlicher Anblick gewesen, hätte Tanaka sich nicht genauso gefühlt, aber da dem so war, fand sie es abscheulich.

»Ich weiß nicht, ob es den Hochkonsul wirklich freundlicher stimmt, wenn er seine Feinde nicht drinnen, sondern auf der Oberfläche sieht«, sagte sie.

Nagata machte eine zustimmende Gürtler-Geste. »Wenn Teresa mich nicht braucht, werde ich nicht hier sein.«

»Ich habe ihr gesagt, dass es okay ist«, schaltete sich Teresa ein. Sie sprach wie ihr Vater. Tanaka begriff nicht ganz, was sie da gerade vor sich sah. Dieser stille Ingrimm der älteren Frau und die herrische Haltung des Mädchens, die beide glaubten, sie beschützten die jeweils andere, wie die Krieger im klassischen Griechenland nebeneinander die Schilde erhoben. Idiotische Überheblichkeit oder in langen Jahren erworbenes Selbstvertrauen, man konnte den Unterschied kaum erkennen, bis es zu spät war.

»Wie Sie wollen«, antwortete Tanaka. »Komm jetzt mit.«

Nagata fasste an den Helm des Mädchens und zog ihn gegen ihren eigenen. Es war unhöflich, sich direkt vor ihr privat zu verständigen, doch Tanaka nahm es hin. Sie hatte viele von Nagatas Freunden und Anhängern getötet. Nagatas Liebhaber hatte ihr das Gesicht zerschossen. Eine kleine Unhöflichkeit war jetzt ihre geringste Sorge. Tanaka nahm an, dass früher oder später ohnehin alle Rechnungen beglichen würden.

Ein kurzer Stoß der Steuerdüsen ihres Anzugs, und sie schwebte über die makellose Oberfläche der Station zu dem kleinen eiförmigen Schiff. Es war seltsam, es hier zu sehen. Sie dachte an die anderen kleinen Schiffe in der Grotte auf Laconia. Es war, als hätte sie nach einer wochenlangen Jagd nun endlich eine vielversprechende Fährte gefunden. Die Freude, die in ihr aufblühte, kam völlig unerwartet und war eindeutig ihre eigene. Trejo hatte sie eine Jägerin genannt. Er hatte recht.

Tanaka schaltete auf den Kanal der *Falcon* um. »Hier ist Colonel Tanaka. Das Mädchen und ich sind in Position.«

Okoyes Stimme wurde von Störungen überlagert. Der Ringraum war inzwischen ein sehr lauter Ort, weil die Götter des Chaos gegen die Wände hämmerten. »Verstanden. Wir beginnen jetzt mit der Sitzung. Bitte warten.«

Dann wurde es still. Tanaka überprüfte ihre Munition, ihren Luftvorrat und den medizinischen Status. Neben ihr schwebte das Mädchen langsam nach rechts, weil ihre Geschwindigkeit nicht ganz an Tanakas Tempo angepasst war.

»Wie gut kennen Sie ihn?«, fragte das Mädchen.

»Den Hochkonsul? Wir sind uns einige Male begegnet. Ich war in der ersten Welle. Als wir vom Mars nach Laconia gezogen sind.«

»Sie sind eine Gründerin.«

»Das bin ich«, antwortete Tanaka. »Und all das hier … ich habe beim Aufbau mitgewirkt. Er leitete uns an, und wir haben die Arbeit erledigt. Das einzige galaktische Reich der Menschheit.«

»Glauben Sie …«, setzte das Mädchen an, ließ die Frage aber unvollendet. *Glauben Sie, es geht ihm gut? Glauben Sie, dies hier wird funktionieren? Glauben Sie, das war es wert?* Wer konnte schon sagen, was das Mädchen fragen wollte.

Unter ihnen glühte die Station. Tanaka wusste es besser, aber sie hatte den Eindruck, dass sie summte und dass sich die Geräusche irgendwie durch das Vakuum fortpflanzten. Vielleicht gab es eine Art magnetische Resonanz, die ihren Anzug mitschwingen ließ. Vielleicht war es auch nur eine Illusion.

Sie überprüfte die Anzeigen ihrer Rüstung. Die *Falcon* überwachte das Verhalten der Station – Energie, Magnetfelder, seismische Aktivitäten. Der Datenstrom war so mächtig wie ein

Löschstrahl. Sie verstand nicht genug davon, um die Daten zu interpretieren. Ihr Blick wanderte über die blaue einförmige Oberfläche, während sie etwas suchte. Irgendetwas. Sie erinnerte sich an ein Gemälde, das von Coleridges *Ballade vom alten Seemann* inspiriert war. Es beschrieb den Teil, wo das Schiff des Seemanns in der Nähe des Äquators in einer Flaute festsaß. Auf dem Gemälde war das Schiff sehr klein und das Meer weit und leer gewesen. Beim Betrachten hatte sie sich nicht viel gedacht. Jetzt verstand sie es besser.

Das Mädchen korrigierte den Kurs und schwebte zu ihr zurück. Tanaka schnaubte verärgert. Ein guter Soldat hätte es gleich beim ersten Mal richtig gemacht.

»Wissen wir, wie lange es dauern soll?«, fragte das Mädchen.

»Es dauert so lange, wie es dauern muss.«

Sie schwiegen. Tanaka zählte die Atemzüge, während die Minuten verstrichen. Die weite, blaue Fläche strengte die Augen an, irgendwann schien die Farbe zu vibrieren und zu tanzen. Das Mädchen schaltete den Kanal ein, dann aus, dann aktivierte sie ihn wieder. Endlich fand sie den Mut, etwas zu sagen, und was sie sagte, entsprach Tanakas eigenen Gedanken.

»Da stimmt was nicht.«

38 Elvi

Im Labor herrschte ein gut organisiertes Chaos. Beim Abflug aus Adro hatten sie die alte Einrichtung in der Annahme zerlegt, sie würden sie vorläufig nicht mehr in Betrieb nehmen. Jetzt kam alles wieder zum Vorschein und wurde für einen neuen Zweck auf die bekannte Weise angeordnet. Es erinnerte an eine Autopsie. Alles war an der richtigen Stelle, aber es funktionierte nicht mehr.

Oder es funktionierte noch nicht.

Der Wiederaufbau ging einfacher und schneller vonstatten als die erste Einrichtung. Die medizinischen Liegen kannten bereits die für Cara und Amos richtigen Werte. Die vielen Monate, in denen die Wissenschaftler immer wieder das System kalibriert hatten, machten es ihnen leicht, es jetzt neu einzustellen. Die Sensoren waren bereits an Ort und Stelle, und das Gebiet, das sie erkunden wollten – die Station –, war um viele Größenordnungen kleiner als der Adro-Diamant.

Es hätte sich besser anfühlen sollen, doch mit jedem Kabel, das aus dem Lager kam, mit jedem Monitor, der mit den Sensoren der Liegen verbunden wurde, nahm Elvis Besorgnis ein wenig zu, und der Klumpen in ihrem Bauch schwoll ein wenig an. Sie konnte nicht einmal genau sagen, wovor sie sich fürchtete. Sie wusste nur, dass sie Angst hatte.

Die Crew arbeitete mit der Effizienz einer gut trainierten Militäreinheit. Jemand, der nicht wusste, was er beobachtete, hätte nichts als ein Stimmengewirr gehört. Alle schienen durcheinanderzureden. Sie dagegen erkannte die Strukturen. Sie wusste, dass Oran Alberts und Susan Yi die Stromleitungen abschirmten, damit sie möglichst wenig Störstrahlung im System verursachten. Weyrick und Cole arbeiteten an der Synchronisation zwischen den NIR-Scannern der Krankenbetten und der Signalverarbeitung. Jenna und Harshaan speisten die Back-ups in das Hilfssystem ein. Dort fanden drei unterschiedliche Unterhaltungen statt, als würden drei Melodien gleichzeitig abgespielt, die wie ein Missklang schienen, bis man begriff, wie gut sie zusammenwirkten.

Zwölf Stunden vor der geplanten Sitzung kam Fayez ins Labor. Um seine Augen war eine Anspannung zu erkennen, die er manchmal zeigte, wenn er unter Stress stand. Sie legte das Potenziometer zurück in die Kiste, um es später zu kalibrieren, und stieß sich in seine Richtung ab. Mit hochgezogener Augenbraue suchte sie seinen Blick.

»Wir haben ein neues Briefing von Ochida bekommen«, sagte er. »Wollen wir uns ansehen, ob er uns alles erklären kann?«

»Die Hoffnung stirbt zuletzt.« Fayez drehte sich um und übernahm die Führung in ihr Büro.

Seit Naomi Trejos Angebot zur Zusammenarbeit akzeptiert hatte, war vom Admiral keine Nachricht mehr bei Elvi eingegangen. Sie war nicht sicher, wie ihr Status bei ihm und in Laconia aussah, war sich aber sehr bewusst, dass sie den militärischen Diktator des Reichs gedemütigt hatte. So etwas war, historisch gesprochen, für die Betroffenen noch nie gut ausgegangen. Trotzdem zählte dies nicht zu ihren fünf wichtigsten Sorgen.

Ochida dagegen hatte sich entschieden, eine beinahe transzendente Verleugnung an den Tag zu legen. Seine Berichte und die Informationen, die er vom Rest des Wissenschaftsdirektorats durchreichte, waren völlig unredigiert. Er lächelte strahlend aus dem Bildschirm in ihrem Büro, und die Daten, die er ihr übermittelte, waren vollständig, akkurat und nicht nachbearbeitet.

In San Esteban hatte das Erkundungsteam etwas gefunden, das es für das Geschoss hielt. Die Kugeln – oder die Narben im Raum-Zeit-Kontinuum, wie es die neueste Theorie formulierte – gingen anscheinend mit jedem Eindringen der dunklen Götter in die Realität diesseits der Tore einher. Kosmologisch gesprochen waren sie relativ klein, aber allein schon die Tatsache ihrer Existenz erzwang eine grundsätzliche Veränderung im Verständnis der Menschheit für den Kosmos. In der Phase, die jetzt immer schneller die gute alte Zeit wurde, hatte man sie recht einfach lokalisieren können, weil sie immer in der Nähe des jeweils ausgelösten Ereignisses aufgetreten waren. Die Hunderte oder Tausende oder Hunderttausende Experimente, die der Feind seitdem durchgeführt hatte, hätten theoretisch zu ebenso vielen kleinen, beständigen Anomalien führen müssen, doch wo sie nicht an menschliche Objekte oder Aktionen oder an einen genau erkennbaren Bezugsrahmen gebunden waren, musste man die sprichwörtliche Suche nach der Nadel im Heuhaufen als vergleichsweise triviale Angelegenheit betrachten.

In San Esteban war das Loch in der Realität mehrere Meter groß, mit Instrumenten fast nicht aufspürbar, aber völlig offensichtlich für das menschliche Bewusstsein. Es schwebte einen halben Kilometer über dem Mond eines kleinen, felsigen inneren Planeten. Das Team konzentrierte sich ganz und gar darauf, Daten aus der Erscheinung zu gewinnen, weil man hoffte, Variationen zwischen den Geschossen könnten etwas Wichtiges über den Mechanismus aussagen, der ihnen zugrunde lag.

»Was ist?«, fragte Fayez.

Elvi sah ihn verwirrt an.

»Du hast ein Geräusch von dir gegeben. Du hast gegrunzt.«

»Oh. Ich habe nur nachgedacht. Das hier wäre normalerweise eine wichtige Neuigkeit gewesen. Vielleicht sogar wichtiger als das, was wir in Adro erfahren haben. Aber jetzt?«

»Nichts lenkt mehr von dem Typ ab, der mit der Waffe auf dich zielt, als die Tatsache, dass deine Klamotten brennen«, sagte Fayez. »San Esteban war die größte Bedrohung, die wir uns vorstellen konnten, bis Duarte wieder aufgetaucht ist.«

»Duarte will uns nicht umbringen.«

»Bist du sicher, es wäre nicht besser, wenn er es versuchen würde?«

Elvi ließ die Nachricht weiter ablaufen. Ochidas Bericht über etwas, das er »spontane nichtlokale kognitive Querverbindungen« nannte, verstärkte noch das flaue Gefühl im Magen. Sie biss die Zähne zusammen. Inzwischen waren die Auswirkungen in allen Systemen erkennbar. An den Orten, zu denen die Schiffe nach dem ursprünglichen Ereignis geflogen waren – Bara Gaon, Nieuwestad, Clarke, São Paulo –, gab es deutlich stärkere Reaktionen, was an eine infektionsähnliche Übertragung durch Kontakte denken ließ, doch es gab auch Stellen von erhöhter Aktivität zwischen Systemen mit geringem physischem Kontakt und hohem Kommunikationsaufkommen. Das deutlichste Vorzeichen für den Befall mit dem Schwarmbewusstsein war es, wenn jemand einen wahrnahm, der bereits betroffen war. Die Epidemiologen arbeiteten an einem Modell der Übertragung durch Bewusstheit und hofften, bald einen ausführlichen Bericht vorlegen zu können. Elvi drängte sich ein Bild auf – ein riesiges, helles, eng verbundenes Netzwerk wie die Zellen in einem Gehirn oder die Beziehungen in einer Stadt, wo ein Knoten blutrot wurde, dann diejenigen, die ihn umgaben, dann diejenigen, die mit diesen verbunden waren, und so weiter, und so weiter.

Die längste Kette von Verbindungen zwischen zwei Menschen lief über höchstens sieben oder acht Zwischenträger. So weit sich die Menschheit auch ausgebreitet hatte, so weit sie ins Universum vorgestoßen war, die Menschen waren sich immer noch viel zu nahe.

»Das sieht nicht gut für uns aus«, meinte Elvi.

»Wir könnten vorschlagen, dass Colonel Tanaka und ihre ganze Crew als sanitäre Maßnahme unter sensorischer Deprivation in Tanks gesperrt werden müssten. Das könnte sogar ganz lustig sein.«

Ochida sprach gerade über einen ergänzenden Bericht zu den Toten in San Esteban, als ein leises Klopfen sie unterbrach. Elvi öffnete die Tür. Draußen stand Cara. Ihre Miene war angespannt, und sie hielt die Hände vor sich, als sänge sie in einem Chor. Elvi wusste, was sie wollte, ehe sie etwas sagte.

»Ich habe gehört, dass wir eine Sitzung machen?«, fragte sie.

»Ja, wir wollen versuchen, mithilfe des Katalysators einen Weg in die Ringstation zu finden«, bestätigte Elvi. »Aber das ist anders, als in den Diamanten einzudringen. Dieselbe Ausrüstung, aber eine ganz andere Aufgabe.«

»Ich sollte da reingehen. Du solltest mich schicken.«

»Amos Burton wird …«

»Ich habe mehr Erfahrung«, beharrte Cara. »Ich verstehe besser als er, wie es ist, da drin zu arbeiten.«

Elvi hob die Hände und bemerkte sofort, wie herablassend die Geste war. »Das ist nicht richtig. Es ist ein anderes Artefakt. Es ist kaum anzunehmen, dass es sich genauso verhält. Es gibt keinen Grund zu der Annahme, dass sich deine Erfahrungen in Adro auf dies hier übertragen lassen. Und die Frage der Abhängigkeit …«

Die Wut brach so heftig aus dem Mädchen hervor, als hätte jemand einen Schalter umgelegt. Als sie sprach, klang es, als hätte jemand ein Hornissennest aufgescheucht. Fayez rückte näher an Elvi heran.

»Abhängigkeit ist Blödsinn. Das wissen wir beide.«

»Sie existiert«, widersprach Elvi. »Ich kann dir die Daten zeigen. Die Ausschüttung von Serotonin und Dopamin …«

Cara schüttelte einmal heftig den Kopf. Eine Stimme in Elvis Kopf sagte: *Du hast das getan. Es ist deine Schuld.* Es klang wie Burton. Eine tonlose, sachliche Wut.

»Ich kenne die Risiken«, beharrte Cara. »Sie waren mir immer bewusst. Willst du mich vor der Sucht retten, indem du unsere letzte Aussicht zu überleben verspielst? Findest du das richtig?«

Fayez regte sich, um den Zorn des Mädchens von Elvi abzulenken. »Ich glaube, so kann man das nicht …«

»Schau doch in den verdammten Spiegel, Doc«, sagte Cara. »Du kannst mir nicht erzählen, wie wichtig meine Gesundheit sei, wenn du dich selbst so auslaugst. Wenn du nicht wichtig bist, warum tust du dann so, als wäre ich es? Weil ich wie eine Jugendliche aussehe? Du kannst dir deinen verdammten Mutterinstinkt sonst wohin stecken.«

»Es gibt einen Unterschied zwischen ein paar versäumten Trainingsstunden und der Frage, ob man eine Versuchsperson absichtlich einem Risiko aussetzt. Was ich mit meinem Körper mache …«

»Ich kann auch entscheiden, was ich mit meinem Körper mache!«, brüllte Cara. In ihren Augen brannte die Bedürftigkeit, eine ungezügelte Gier. »Du behandelst mich wie ein Kind, weil ich so aussehe, aber ich bin kein Kind.«

Sie hätte auch sagen können: *Du behandelst mich wie einen Menschen, weil ich so aussehe wie ein Mensch.* Das wäre genauso wahr gewesen. Irgendetwas in Elvis Brust rückte an die richtige Stelle. Ein uralter Instinkt, tief in ihrem Inneren, sagte ihr, dass es ein Schritt in den Tod wäre, an diesem Punkt Schwäche zu zeigen. Sie rief die Kälte zu Hilfe, die sie sich in Jahrzehnten im akademischen Betrieb angeeignet hatte.

»Ich halte dich nicht für ein Kind, aber ich bin hier die leitende Forscherin, und meiner Ansicht nach bist du nicht die richtige Versuchsperson für diesen Test. Wenn du der Ansicht bist, du könntest mich durch solche Attacken bewegen, meine Meinung zu ändern, dann kannst du es gern versuchen.«

Cara schwieg einen Augenblick, dann sagte sie niedergeschlagen: »Du machst das nur, weil du Angst vor ihm hast.« Der Zorn war verflogen. Cara drehte sich um und zog sich durch den Korridor. Die Schuldgefühle schnürten Elvi die Kehle zu, doch sie lenkte nicht ein. Später war immer noch Zeit für Entschuldigungen.

Hoffentlich gab es ein Später.

»Hier ist Colonel Tanaka. Das Mädchen und ich sind in Position.«

Elvi ließ ein letztes Mal den Blick durch das Labor wandern. Amos war an Ort und Stelle, er lag angeschnallt auf dem Krankenbett. Sie hatten ihm das Hemd ausgezogen, um die Sensoren anzubringen. Die schwarze, chitinartige Narbe von der Schusswunde, die er auf New Egypt erlitten hatte, schimmerte im Licht wie Öl auf Wasser. In einer Armvene steckte eine Keramikleitung, die mit Klebeband fixiert war. Sein extrem schnell heilender Körper versuchte unentwegt, die Nadel abzustoßen.

Anscheinend fühlte er sich gut und nahm das alles belustigt zur Kenntnis.

Die Techniker und Wissenschaftler waren an ihren Pulten. Wo vorher die Anzeigen des VGS erschienen waren, flackerten jetzt die Bilder der Ringstation. Elvi spürte eine leichte Übelkeit. Sie wusste nicht mehr, wann sie das letzte Mal etwas gegessen hatte.

»Verstanden«, antwortete sie. »Wir beginnen jetzt mit der Sitzung. Bitte warten.« Sie trennte die Verbindung nach draußen. »Die letzte Gelegenheit zu kneifen.«

Amos lächelte sie an. Es war der gleiche Ausdruck, den er gezeigt hätte, wenn sie ihm einen Witz erzählt oder ihm ein Bier angeboten hätte. Die medizinischen Daten verrieten, dass sein Herz stetig und langsam schlug, der Cortisolspiegel war niedrig. Entweder hatte seine Wiederauferstehung ihn stärker verändert als Cara, oder er fürchtete tatsächlich nichts und niemanden. Er zeigte ihr den erhobenen Daumen und streckte sich. Jim hockte in einer Ecke wie ein Geist, der sich bemühte, abseits zu bleiben, damit niemand durch ihn durchlief. Beinahe bereute sie es wieder, ihn als Beobachter zugelassen zu haben.

Sie konzentrierte sich auf die Zelle des Katalysators.

»Seid ihr bereit?«

»Wir sind bereit«, antwortete Fayez. »Die Zelle ist für Cara und Xan zusammen ein wenig eng, aber ich glaube, das klappt schon. Jedenfalls solange niemand einen klaustrophobischen Schub bekommt.«

»Alles klar. Dann holt den Katalysator heraus.«

Sie hätte einen Videofeed aufrufen und Fayez und seine Techniker beobachten können, wie sie die Zelle öffneten, den Katalysator herausrollten und die beiden nur äußerlich wie Kinder aussehenden Gestalten hineinbugsierten. Stattdessen konzentrierte sie sich auf Amos und die Station. Sie würde es hören, wenn die Zelle geschlossen wurde.

»Meine Damen und Herren«, sagte Harshaan Lee. »Bitte alles nach Vorschrift.« Und dann, etwas leiser: »Falls es für so etwas überhaupt Vorschriften gibt.«

Langsam speiste ein Techniker die helle Mischung aus Beruhigungsmitteln in Amos' mit Muskeln bepackten Arm ein. Er schloss die schwarzen Augen.

»Der Katalysator ist draußen«, meldete Fayez, doch sie konnte es bereits erkennen. Die Aktivitäten auf der Ringstation veränderten sich, als habe sich ein Auge auf sie gerichtet. Wo vorher nichts gewesen war, tasteten jetzt Magnetfelder, und der Rhythmus der seismischen und energetischen Aktivitäten veränderte sich. Auch in Amos' Gehirn veränderte sich etwas.

»Bitte suchen Sie nach übereinstimmenden Mustern«, sagte Lee. »Wenn es ähnlich abläuft wie die Begrüßung unseres grünen Freundes in Adro, müssten wir in der Versuchsperson ein Echo entdecken.«

Doch die Techniker hörten nicht auf ihn. Alle Köpfe in dem Raum konzentrierten sich auf irgendeinen Bildschirm, alle Hände schwebten über den Steuerungen. Sogar die *Falcon* schien zu summen, als alle angespannt warteten. Elvis Herz pochte ungeduldig an das Brustbein.

»Ich sehe …«, setzte ein Geologe an und verstummte wieder.

Die Zeit verlief sehr langsam. Auf den Bildschirmen verglich die Mustererkennung die inneren Signale aus Amos Burtons Gehirn und seinem Körper mit dem Input und den Daten der Ringstation, überlagerte die Datenströme eine Million Mal pro Sekunde miteinander und suchte nach einer Übereinstimmung. Grünes und gelbes Licht flackerte in Kaskaden, während der Mann und das Artefakt sich synchronisierten und den Takt verloren. Einmal seufzte Amos, es klang wie ein Kommentar zu etwas, das er enttäuschend fand.

»Ich habe hier etwas, das einem Handshake ähnelt«, erklärte die Frau am Informatikpult. Sie sprach betont gelassen und gab sich große Mühe, ihre Erregung zu verbergen. »Es hat vor zwanzig Minuten begonnen … an dieser Markierung hier.«

»Bestätigt. Sie reden miteinander.«

Elvi zog sich zu der Krankenliege. Amos' Gesicht war leer wie eine Maske, die Muskeln schlaff, die Augen geschlossen. Seine Lippen, durch die das veränderte Blut strömte, waren hellgrau. Sie wollte ihn berühren und sich vergewissern, dass er noch warm war. Dass er noch lebte. Unter den Lidern zuckten die Augen, nach links und nach rechts, erneut nach links. Wieder atmete er durch.

Ein Medizintechniker gab ein Ächzen von sich. »Ich erkenne hier Aktivitäten in der posterioren Inselrinde, die ich nicht …«

Amos riss die Augen auf und schrie. Die Wut und die Schmerzen, die aus dem Schrei sprachen, waren für Elvi wie ein Schlag ins Gesicht. Sie fuhr zurück und drehte sich um sich selbst, als hätte sie einen Handgriff verfehlt. Noch einmal holte er Luft und kreischte.

»Das Herz macht Probleme«, sagte ein anderer Medizintechniker mit schriller, angespannter Stimme. »Ich sehe eine Arrhythmie … aber ich weiß nicht, was ich davon halten soll.«

»Elvi?«, fragte Jim.

»Jetzt nicht«, fauchte sie.

Amos hob die Arme, unter der Haut spannten sich die Muskeln. Sein linker Bizeps – so dick wie Elvis Unterschenkel – wellte sich in Krämpfen. Er gab ein dumpfes Geräusch wie einen Schluckauf von sich und hatte Atemnot.

»Holt ihn da raus«, sagte Elvi. »Das war es, holt ihn da raus.«

»Ihr habt die Chefin gehört!«, rief Harshaan. »Alles nach Vorschrift!«

Lee trat vor und setzte eine Spritze in Amos' Infusion. Anscheinend wollte die Mischung aus revitalisierenden Medikamenten nicht in Amos' Ader eindringen. Elvi wartete darauf, dass die Krämpfe aufhörten. Jim schwebte aus seiner Ecke herunter neben sie. Sein Gesicht war aschfahl.

»Er kommt nicht hoch«, sagte er. »Warum kommt er nicht zu sich?«

Amos warf den Kopf zurück und entblößte den Hals. Die Adern traten auf eine Weise hervor, die Elvi als *massiver, vernichtender Schlaganfall* diagnostizierte. Er hatte die Augen geöffnet. Schwarze Abgründe, die nichts mehr sahen.

»Ich kann ihm noch eine Dosis geben«, schlug Lee vor.

»Tun Sie es«, rief Elvi.

Ein weiterer Medikamentencocktail schoss in die Vene des großen Mannes. Im ganzen Labor schrillten Warnsignale. Maschinen und Mitarbeiter reagierten panisch, als die Werte hereinkamen.

Die Stimme des Medizintechnikers war eine Insel professioneller Ruhe in dem Chaos. »Er kommt nicht zu sich. Wir nähern uns einem tonisch-klonischen Krampfanfall mit Kammerflimmern. Wir werden ihn verlieren.«

Jim murmelte eine Reihe von Flüchen, als spräche er ein Gebet.

»Sedieren Sie ihn. Tun Sie, was immer nötig ist«, befahl Elvi. »Ich bin gleich wieder da.«

»Wohin wollen Sie?«, fragte Jim. Sie antwortete nicht.

Erst als sie draußen war, wurde ihr bewusst, was sie wollte. Sie zog sich Hand über Hand durch die Korridore wie ein Albtraum, der in einer dunklen Höhle gefangen war. Sie bewegte sich zu schnell, um die Bewegungsabläufe zu beherrschen, und zog sich Prellungen zu, wenn sie abbiegen musste. In ihrem Bewusstsein rangen eine tiefe animalische Panik und etwas Kleines, Ruhiges und Aufmerksames um die Vorherrschaft.

Die Zelle des Katalysators war so voll wie noch nie. Fayez und zwei Techniker schwebten neben dem Katalysator. Die Augen blickten ins Leere, sie konnte nichts mehr überraschen, die Haare schwebten um sie wie bei einer Ertrunkenen. Xan und Cara waren auf dem Bildschirm der Isolierzelle zu sehen. Die kleinen Körper füllten den Raum aus.

»Elvi?«, sagte Fayez. »Was ist denn los?«

Sie antwortete ihm nicht. Jim schwebte hinter ihr herein. Auch ihn ignorierte sie.

Die Isolierzelle war eines der fortschrittlichsten Hilfsmittel, die Laconia je konstruiert hatte, doch sie war so leicht zu benutzen wie eine Tiefkühltruhe. Elvi packte den Griff, spannte die Muskeln an und zog die schwere Tür auf. Cara und Xan drehten sich mit weit aufgerissenen Augen zu ihr um.

»Raus da«, drängte Elvi. »Raus aus der Zelle, sofort.«

Fayez war neben ihr. Sie fürchtete, er werde sie festhalten und sie aufhalten, sie bremsen und sie zwingen, es erst einmal zu erklären. Er tat es nicht.

»Die Sitzung ist gescheitert«, sagte Elvi. »Amos steckt dort fest, und wir können ihn nicht zurückholen.«

Xan schüttelte den Kopf. »Das verstehe ich nicht. Warum kannst du ihn nicht zurückholen? Warum steckt er fest? Was hält ihn denn da fest?«

Cara lächelte triumphierend. Sie nahm die Hand ihres Bruders. »Schon gut, wir schaffen das. Komm mit.«

Sie schloss die Augen, und einen Moment später folgte Xan ihrem Beispiel. Der Katalysator gurrte leise und ohne Bewusstsein. Elvis Atem flatterte, ihre Hände zitterten. Ihr fiel ein, wie ungünstig es wäre, wenn sie genau in diesem Moment selbst ein medizinischer Notfall würde. Fayez legte ihr eine Hand auf die Schulter. Sie ließ es zu, dass er sie zu sich herumdrehte. Er hatte vor Sorge die Stirn in tiefe Falten gelegt. Oder aus Angst.

»Hey, Elvi«, sagte er.

»Fayez.«

»Also … wollen wir diese Feldversuche jetzt als die neue Geschäftsordnung betrachten?«

Zu ihrer eigenen Überraschung musste Elvi lachen, auch wenn es eher wie ein Schluchzen herauskam. Cara regte sich wie jemand, der in tiefem Schlaf lag. Das Schiffssystem meldete eine Verbindungsanfrage. Harshaan Lee suchte sie. Sie antwortete, ließ ihm aber keine Zeit, irgendetwas zu sagen.

»Was passiert gerade?«

»Die Versuchsperson scheint sich zu stabilisieren«, berichtete Lee. »Allerdings sehe ich auch …«

Ehe er das nächste Wort aussprechen konnte, weitete sich Elvis Bewusstsein, als hätte es das Maul weit aufgesperrt, und sie ging in einer weißen Explosion unter.

ZWISCHENSPIEL Die Träumer

Der Träumer träumt, und sein Traum ist anders als alles, was vorher geschah. Wo Großmuttermasken flüsterten, Versprechungen machten und Geheimnisse offenbarten, heißt ihn nun niemand mehr willkommen. Stattdessen ist da die Maschine, und die Maschine ist ständig in Bewegung. Etwas, das kein Licht ist, schimmert in Farben, die noch nie ein Auge gesehen hat. Umrisse verschmelzen und lösen sich viel schneller auf, als es ein Bewusstsein verfolgen kann. Das Zwitschern eines Schwarms, voller Bedeutungen, die er nicht entdeckt. Der Träumer betrachtet die Wahrheit hinter dem Traum und findet keinen Platz für sich selbst.

Doch er muss einen Platz für sich finden oder schaffen, und daher stellt sich der Träumer vor, wie er näher ist, er drängt sich hinein, und die Maschine beißt und zerreißt ihn, schabt ihm die Haut vom Körper, bis er wund ist. Die Schmerzen sind real, und sie sind eine Lehre. Die Funken mit ihrem Nichtlicht formen sich zu Mustern, in der Kaskade der Umrisse liegt Musik, das Lied des Schwarms ist wie ein statisches Rauschen voller Worte kurz vor der Grenze des Verstehens. Wenn vom Träumer weniger da ist als vorher, wenn die Maschine etwas genommen hat, das nicht zurückgegeben werden kann, dann ist der Lohn ein Wissen, das tiefer reicht als die Knochen.

Die nächste Gelegenheit kommt, und der Träumer schiebt die blutenden Hände in die Räume zwischen den Räumen, atmet durch die vielen Lücken und baut aus Abstraktionen ein Werkzeug, um das Abstrakte aufzubrechen. Er sieht mit seinen fremdartigen Augen den Mechanismus, dessen Reichweite ihn erstaunt und erschreckt. Die Stimme der Maschine klingt tief, großartig und entsetzlich: Gott flüstert eine Obszönität, die ganzen Welten ein Ende setzt. Die Dunkelheit ist die Dunkelheit des Alten, doch der Schrecken hat für ihn kein Gesicht, und es muss einen Weg geben, also gibt es einen Weg. Tausend Bisse, eine Million Nadelstiche. Alles, was nicht hineinpasst, wird fortgerissen.

Und der stierköpfige Gott wendet sich ihm zu. Einen Moment lang, der ein Äon ist, erkennen sie sich mit einer Intimität, die jenseits von Namen ist. Zwischen den beiden Männern, die tot sind, ohne zu sterben, gibt es keine Geheimnisse. Ihre Qual ist eine Qual, ihre Müdigkeit ist eine Müdigkeit, ihre Entschlossenheit verflicht sich zu einem einzigen Seil, das sie in beide Richtungen zieht. Etwas zerbricht, und der behörnte Gott mit seinen blutigen Flanken richtet den Blick auf den Träumer. Räder in Rädern in Rädern. Wo ein Mann war, marschieren erbarmungslose Legionen.

Der Träumer reckt die Schultern und tritt in den Ring. Außerhalb des Rings ist nichts. Etwas, das ihn töten will, ist in seinem Inneren.

Der Gott, der ein Mann war, findet den Mann, der eine Leiche war, und die Zeit springt donnernd weiter. Der Träumer spürt, wie der Traum schwindet, und mit dem Schwinden kommen die Schmerzen. Er kann nur noch ausatmen und weiß, dass kein neuer Atemzug mehr folgen wird, wenn dieser vorüber ist. Er kämpft wie ein tobender Sturm, doch der andere Mann kämpft wie ein stürzendes Meer.

Der tote Mann beginnt zu sterben. Er spürt, wie sich anderswo ein Körper selbst zerreißt. Das Herz, das er früher hatte, bleibt stehen. Zwischen den Schmerzen hört er in dem Raum Menschen sprechen, doch es gibt keinen Weg zurück. Der Träumer träumt Gewalt als Antwort. Eine Ratte beißt den Tiger in die Pranke.

Und dann ist da noch mehr. Ein Geist, der aus Hunger gemacht ist. Ein Geist, der aus Verlangen gemacht ist. Todgeweihte Kinder und Gefangene. Sie verbinden ihren Zorn mit seinem, und die Träumer träumen gemeinsam. Sie drängen sich in die Maschine, und die Maschine weicht und öffnet sich. Ein Faden entsteht, rot und dünn und dem Zerreißen nahe. Der behörnte Gott brüllt vor Müdigkeit, die so tief ist wie ein Ozean, und senkt das nichtmenschliche Haupt.

Helligkeit flutet herein, und in einer Zeit außerhalb der Zeit verlieren sie sich in einem Meer von Erinnerungen und Gefühlen, die jeden Sinn verloren haben, schlicht und staunend wie Neugeborene. Als sie wieder existieren, ist die Maschine die Maschine, und sie sind außerhalb.

Die Maschine surrt und klappert. Der kleine Mann richtet sich auf. Der hungrige Geist richtet sich funkelnd auf. Die Träumer erheben sich gegen die drei Helligkeiten. Drei Löcher in dem Eis, das das Dach der Welt bildet.

Der behörnte Gott vergisst. Der kleine Mann vergisst. Der funkelnde weibliche Geist kann sich nicht vergessen machen, denn dies ist und wird ewig ihr Verlangen sein. Die Maschine schimmert mit ihren dummen Funken, sie gestaltet ihre unlösbaren Rätsel, sie singt ein Lied wie eine Kreissäge. Und in einem Traum hinter dem Traum steht ein Mann allein in einem Leuchtturm und blickt zum zornigen Meer. Seine Erschöpfung und die Schmerzen schwingen im Einklang mit etwas Realem. Amos schlägt die Augen auf.

Im Labor herrschte eine bedrückte Stille. Ringsum zirpten die Monitore, und die Alarmsignale schrillten. Als er einatmete, fühlte es sich an, als füllten sich seine Lungen mit Glasscherben. Mit Mühe drehte er den Kopf herum. Elvi war nicht da. Jim auch nicht. Er erkannte Elvis Stellvertreter. Lee, dachte er. Der Mann schien verblüfft. Alle waren verblüfft.

»Hey«, sagte Amos.

Lee antwortete nicht.

»Hey.«

Schaudernd kam der Arzt zu sich und erwachte aus der Benommenheit, in der er versunken war.

»Was? O ja, bitte bewegen Sie sich nicht. Sie waren … Sie haben eine Menge durchgemacht.«

»Geht es Ihnen nicht gut?«

»Doch, aber ich … ich hatte ein sehr seltsames Erlebnis.«

»Ja, das kann ich mir vorstellen. Aber Sie müssen Jim und Elvi Bescheid sagen. Es gibt keinen Weg hinein. Duarte weiß jetzt, dass wir hier sind, und ich glaube, er ist wütend.«

39 Jim

Als die Erfahrung kam, war sie überwältigend. Jim erinnerte sich an alles, was vorher war, doch mit einem Gefühl der Distanz, wie es ein Trauma manchmal mit sich brachte. Er konnte sich Amos vorstellen, wie er an die Krankenliege geschnallt war, und an Anfällen und unter den Schmerzen litt. Er erinnerte sich, wie er Elvi in die Zelle des Katalysators gefolgt war, wo er auf Fayez und die Techniker traf.

Er erinnerte sich, die Frau betrachtet zu haben, die sie als Katalysator bezeichneten, und wie er dabei an Julie Mao gedacht hatte, die erste Person, bei der er eine Infektion mit dem Protomolekül gesehen hatte, und wie lange sie gebraucht hatte, um zu sterben. Oder wenn nicht zu sterben, dann um transformiert zu werden. Und er dachte an die Opfer auf der Eros-Station, die mit der Protomolekül-Probe infiziert und massiven Strahlungsdosen ausgesetzt wurden, damit sich der Alien-Organismus oder die Technologie, oder wie man es auch nennen wollte, schneller ausbreitete. Auch unter diesen Bedingungen waren die Menschen nur langsam gestorben. Oder sie waren aufgelöst und neu zusammengebaut worden und hatten dazwischen die Erleichterung des Todes erfahren. Er erinnerte sich, wie pervers er es gefunden hatte, dass der Katalysator unendlich lange in diesem Zustand verweilen konnte, eine Haut, die das Protomolekül in sich barg. Ein Werkzeug aus menschlichem Gewebe. Er erinnerte sich, wie er sich gefragt hatte, ob von ihr noch irgendetwas vorhanden war, das sich dessen, was sie geworden war, bewusst sein konnte.

Dann hatte Elvi die Isolierzelle geöffnet und Cara und Xan in der Hoffnung herausgeholt, sie könnten den fortwährenden Angriff unterbinden, der Amos umbrachte. All diese Erinnerungen waren ungetrübt, doch es fühlte sich an, als hätte es sich schon vor Wochen oder Monaten zugetragen. Das lag an dem, was als Nächstes geschah.

Da war etwas Helles: Ein Licht, das zugleich ein Geräusch und auch ein Aufprall war, als hätte jemand gegen jede einzelne Zelle seines Körpers geschlagen. Er spürte, wie sich etwas in ihm öffnete und immer weiter öffnete. Er fürchtete, es werde nie mehr aufhören, sich zu öffnen, bis er nur noch ein einziger, anhaltender Akt der Expansion sei, was mit der völligen Vernichtung enden musste.

Dann war er wie im Traum an hundert Orten zugleich, er war tausend Menschen zugleich. Eine Weite, in der die Idee eines »James Holden« sich verlor wie ein Stein im Meer. Er war eine Frau mit schmerzender Schulter in der Kombüse eines Schiffs, das er nicht kannte, sie hatte einen Beutel mit billigem Kaffee heimlich mit Alkohol versetzt und zur Hälfte ausgetrunken. Er war ein junger Mann auf einem kleinen, beengten Maschinendeck und hatte Sex mit Rebecca – wer auch immer sie war –, und fühlte sich in seiner Untreue zwischen Schuld und Entzücken hin- und hergerissen. Er war ein Offizier der laconischen Raummarine, der sich bei ausgeschaltetem Licht im Bereitschaftsraum versteckte und versuchte, möglichst leise zu schluchzen, damit es die Crew nicht hörte und nicht bemerkte, wie sehr er sich fürchtete.

Seine Erinnerungen waren strahlend, hell und fragmentiert wie ein Kaleidoskop aus dem Privatleben anderer Menschen. Ihm wurde schwindlig, wenn er es sich zu genau anschaute.

»Also«, sagte Elvi. »Dann können wir wohl davon ausgehen, dass Colonel Tanakas Berichte akkurat waren.«

Tanaka nickte auf dem Wandmonitor. Auf dem Bildschirm neben ihr war Naomi zu sehen, das Operationsdeck der *Rosinante* umgab sie wie ein Bilderrahmen. Jim und Fayez schwebten in Elvis Büro. Sie waren zusammen, aber nicht an demselben Ort.

Amos, Cara und Xan wurden vom Ärzteteam gescannt, genau wie alle anderen Crewmitglieder. In den Stunden, die seit der gescheiterten Sitzung verstrichen waren, hatten sich alle ins Zeug gelegt. Die Wissenschaftler überprüften mehrfach ihre Daten und suchten eilig nach Mustern, damit sich nichts veränderte und verblasste, ehe man es gründlich ins Auge gefasst hatte. Jim bezweifelte nicht, dass sie alle genau das finden würden, was Tanaka bereits beim ersten Mal festgestellt hatte, als die *Preiss* gerettet worden war.

Der Gedanke ließ ihn nicht los. »Hat gerade ein Transit stattgefunden, als es geschehen ist?«

»Nein«, antwortete Naomi. »Der Auslöser war dieses Mal nichts, was sich innerhalb der Tore ereignet hat. Wir waren es selbst.«

»Davon gehe ich auch aus«, bestätigte Elvi. »Duarte oder die Station oder beide zusammen haben uns zurückgewiesen. Zurückgestoßen. Ich glaube, Colonel Tanakas Medikamente haben den Effekt gedämpft. Wenigstens für uns.«

»Moment mal«, warf Fayez ein. »Wenigstens für uns? Im Gegensatz zu wem?«

»Anscheinend war der Effekt diesmal weiter gefächert als vorher. Ich habe Berichte von fünf Forschungsmissionen bekommen, die den Toren nahe waren. Sie haben ähnliche Erfahrungen gemacht wie wir. Es würde mich nicht wundern, wenn im Laufe der Zeit noch mehr hereinkommt.«

»Wie weit mag es um sich gegriffen haben?«, fragte Tanaka.

»Es ist ein nichtlokaler Effekt«, erklärte Elvi. »Ohne ein besseres Verständnis dafür, wie er sich fortpflanzt, kann ich keine belastbaren Aussagen treffen.«

»Ich glaube, ich habe einige Hinweise.« Naomis Stimme war hart wie Schiefer. Ihr Bild verschwand vom Display und wich einer Reihe taktischer Darstellungen. Die Sonnensysteme liefen durch, ein paar Sekunden für jedes, dann ein weiteres, dann noch eines. Während Naomi sprach, ging es ohne Wiederholungen weiter. »Der Untergrund und seine Verbündeten teilen uns mit, dass seit dem Ereignis hundertfünf Schiffe in siebzig Systemen den Kurs auf eine Weise verändert haben, der sie durch die Tore führt. Betroffen sind laconische Einheiten, Schiffe des Untergrunds und rein zivile Flüge. Und sie sind verstummt.«

»Verstummt?«, fragte Jim. Es war eher ein Ausdruck des Schocks als eine Frage. Naomi antwortete ihm trotzdem.

»Keine Sendungen mehr. Kein Richtstrahl. Keine Erklärungen, die geänderten Flugpläne wurden nicht eingereicht. Sie kommen einfach nur alle in unsere Richtung.«

»Die Funkstille ist seltsam«, meinte Fayez. »Ihre Rückstoßwolken bleiben ja sichtbar. Was wollen sie verbergen, indem sie Funkstille halten? Was wollen sie damit gewinnen?«

»Sie gewinnen nichts«, erklärte Tanaka. »Sie brauchen keinen Com mehr, weil sie alle mit demselben Kopf denken.«

Elvi stieß einen kleinen Laut aus, irgendetwas zwischen Seufzen und Schluchzen.

Tanaka bemerkte es nicht oder entschied sich, es zu ignorieren. »Ich habe mir die Freiheit genommen, mich mit Admiral Trejo in Verbindung zu setzen. Ich hoffe, wir können rechtzeitig Verstärkung hierherholen.«

»Rechtzeitig wozu?«, fragte Jim.

»Für die Schlacht«, antwortete Tanaka, als sei es eine dumme Frage.

»Sind wir denn sicher, dass sie Feinde sind?«, fragte Elvi.

»Ja«, bekräftigte Tanaka. »Wir haben versucht, in die Station zu gelangen. Wir wurden zurückgeworfen. Jetzt fliegt eine spontan zusammengestellte Flotte, die von einem Schwarmbewusstsein gesteuert wird, auf uns zu. Wenn sie nur hierherrasen, um uns Kuchen und Dekorationen für die Party zu bringen, dann wüssten wir es, weil wir dann bereits mit dem Hochkonsul auf der Station feiern würden.«

»Wir haben achtzehn Systeme identifiziert, in denen es anscheinend keine feindlichen Aktivitäten gibt«, warf Naomi ein.

»Wenn wir uns zurückziehen, gewinnen wir diesen Bereich nie mehr zurück«, erklärte Tanaka. Sie beugte sich vor und blickte in ihre Kamera. Jim verabscheute und fürchtete die Frau, was umso schlimmer wurde, wenn sie recht hatte. »Entweder, wir kommen jetzt rein, oder wir reden mit dem Hochkonsul, wenn er in uns ist und unsere Fäden zieht.«

Naomi sprach leiser, aber mit der gleichen Entschlossenheit. »Wissen wir, warum das Experiment gescheitert ist? Warum konnte Jim in die Station gelangen, bevor die Tore geöffnet wurden, während wir es jetzt nicht können?«

»Als Sie das erste Mal hier waren, lief die Station sozusagen auf Autopilot«, erklärte Elvi. »Sie öffnete sich für das Stückchen Protomolekül, das sich auf Ihrem Schiff versteckt hatte, weil es nichts gab, das ihr sagte, sie solle es nicht tun. Jetzt gibt es etwas. Unser Katalysator kann Dinge einschalten, und Cara und Amos können darauf reagieren. Doch Winston Duarte wurde mit dem Protomolekül neu erschaffen. Es ist jetzt ein Teil von ihm. Wir kommen nicht in die Station, weil er uns nicht hineinlassen will. So einfach ist das.«

»Ich höre immer noch die Stimmen im Kopf«, sagte Alex. »Ich meine, die Stimmen von richtigen Leuten. Geht es dir genauso?«

»Ja«, bestätigte Teresa.

Die Kombüse der *Rosinante*, in der sie saßen, schien eine Hochstaplerin zu sein, die sich selbst darstellte. Real und gegenwärtig, aber irgendwie auch weniger authentisch, als sie hätte sein sollen. Wie Jim, der zugleich da war und nicht da war.

Teresas bekümmerte Augen lagen tief in den Höhlen. Er überlegte, wie es für sie war, wenn sie so kurz davorstand, ihren Vater zu sehen und ihn auf irgendeine Weise zurückzubekommen, nur um am letzten Hindernis dann doch noch zu scheitern.

»Wann ist Amos wieder da?«, fragte Alex. Jim zuckte mit den Achseln.

»Wenn sie mit ihm fertig sind«, antwortete er.

»Was wollen wir jetzt tun?«

Das war die Frage. Jim schaufelte sich den Rest Reis mit Bohnen in den Mund, kaute und schluckte. Die *Rosinante* war ein gutes Schiff. Ein gutes Zuhause. Es gab Millionen Menschen in Hunderten Systemen, die nie im Leben über eine so lange Zeit hinweg, wie er die *Rosinante* und deren Crew gehabt hatte, einen Platz wie diesen finden würden. Er war nicht sicher, warum ihn dieser Gedanke so melancholisch stimmte. Er warf die Schale und den Löffel in den Recycler und freute sich, wie der Deckel unter seiner Hand klickte und sich versiegelte, sobald er die Finger wegzog. Es war ein eleganter kleiner Apparat. So leicht zu übersehen.

»Ich will jetzt …« Er zeigte mit dem Daumen in die Richtung, wo seine Kabine lag. Alex nickte.

Jim bewegte sich langsam und tief in Gedanken durch das Schiff. Er dachte an Eros. An das entfesselte Protomolekül, das die Menschen zerlegt und wieder zusammengesetzt hatte, wie es seinen Bedürfnissen und seiner Programmierung entsprach. Jahrzehnte später musste er nun sehen, dass sich nichts verändert hatte. Amos, Cara, Xan. Sie waren gestorben und neu erschaffen worden, weil eine Alien-Drohne, die irgendeinem Entscheidungsbaum folgte, zu dem Entschluss gelangt war, dass sie den Tod überstehen sollten. Duarte und die Ringstation nahmen die ganze Menschheit auseinander wie eine Raupe, die sich im Kokon verflüssigte und als Schmetterling neu zusammengesetzt wurde.

Der Krieg würde weitergehen. Die Erbauer der Ringtore zogen von Form zu Form – primitive biolumineszente Meeresschnecken, Engel aus Licht, ein Stamm überwiegend haarloser Primaten mit Milliarden Körpern und einem einzigen Bewusstsein. Die dunklen Wesen in den Toren und außerhalb des Universums kratzten an der Grenze, rissen Löcher auf und bekämpften die Krankheit, die in ihre Realität eingedrungen war. Vielleicht würden sie eines Tages den Kampf gewinnen. Vielleicht würde es ewig weitergehen. Wie auch immer, nichts, was Jim als menschlich kannte, würde fortbestehen. Keine ersten Küsse mehr. Keine Gebete. Keine Momente der Eifersucht, der Einsicht, der Selbstsucht oder der Liebe. Sie würden zerlegt und neu zusammengebaut werden wie die Körper auf Eros. Irgendetwas wäre dort, aber nicht sie würden es sein.

Naomi trug einen sauberen Overall, als er die Kabine betrat. Sie roch nach Seife und frisch gewaschen. Das Licht ihres Displays hob die Falten im Gesicht hervor – gleichermaßen vom Kummer und vom Lachen gegraben. Als sie beide jung gewesen waren, hatten sie die ganz eigene Schönheit der Jugend besessen. Erst das Alter zeigte, ob sich die Schönheit hielt.

Sie kniff die Augen zusammen und lachte. »Was ist?«

»Ich bewundere nur den Anblick.«

»Du kannst jetzt unmöglich scharf sein.«

»Sag mir nicht, was ich nicht sein kann«, erwiderte er, kam zu ihr und legte seine Hand auf ihre. »Wir kommen hier nicht mehr heil heraus, oder?«

»Ich wüsste nicht, wie. Nein.«

Sie schwiegen einen Moment. Jim empfand einen tiefen Frieden. Zum ersten Mal, seit man ihn auf Medina gefangen genommen hatte, war er wirklich mit sich im Reinen. Er streckte sich, es fühlte sich gut an.

»Du bist der Dreh- und Angelpunkt meines Lebens«, sagte er. »Dich zu kennen, neben dir aufzuwachen, das war das Wichtigste, was ich je erlebt habe. Und ich bin verdammt dankbar dafür, dass ich das habe. Ich stelle mir vor, wie leicht wir uns hätten verpassen können, und ich kann mir überhaupt nicht vorstellen, wie das Leben dann verlaufen wäre.«

»Jim …«

Er winkte ab, weil er noch ein paar Sekunden brauchte, um zu sagen, was gesagt werden musste. »Ich weiß, dass ich Entscheidungen getroffen habe, für die du teuer bezahlt hast. Ich habe so eine Angewohnheit, mich in Dinge zu stürzen, weil ich glaube, sie müssten getan werden. Ich habe deshalb Zeit mit dir verloren, aber es war immer meine Entscheidung. Als ich auf die *Agatha King* ging. Als ich auf Medina Alarm geschlagen habe. Als ich versuchte, auf Ilus an die Kugel heranzukommen. Als ich zurückging, um herauszufinden, was wirklich auf der Eros-Station passiert ist. Das waren Risiken, die ich auf mich genommen habe, und ich habe mir gesagt, das sei akzeptabel, weil ich nur mein eigenes Leben aufs Spiel gesetzt habe. Aber ich habe damit jemanden gefährdet, der dir wichtig war, und ich bin so dankbar, dass ich dir so wichtig war. Das wollte ich nicht auf die leichte Schulter nehmen.«

Sie schaltete das Display ab und drückte seine Hand. »Du bist bemerkenswert. Du warst es schon immer. Nicht immer klug, nicht immer überlegt. Aber immer bemerkenswert. Ja, ich habe einen Preis dafür bezahlt, dass ich einen so starrköpfigen und impulsiven Menschen wie dich für mich so wichtig werden ließ. Aber ich würde es wieder tun.«

Er wusste nicht einmal, wer wen zuerst an sich zog, aber auf einmal verflochten sich ihre Gliedmaßen. Sein Arm fand einen Weg unter ihren, sie zog den Kopf ein und legte die Wange an seine Brust. Er schmiegte das Kinn auf ihren Kopf, was selten vorkam, weil sie viel größer war als er. Ihr erstes kleines Schluchzen erschütterte sie beide, und dann folgte seines. Sachte trieben sie durch die Kabine, die so lange ihre gewesen war. Jim hatte das Gefühl, andere Bewusstseine würden von diesem Moment angezogen wie Insekten von Pheromonen, doch er wollte nicht darauf achten. Nicht, wenn er sie in den Armen hielt.

Nach einer Weile, es konnten Minuten oder Stunden sein, versiegten die Tränen, und sie schwiegen miteinander. Naomi entfaltete sich ein wenig und hob den Kopf. Ihre Münder trafen sich, ganz sanft und mit einer zarten Andeutung der jugendlichen Gier.

»Was du auch glaubst, jetzt tun zu müssen«, flüsterte sie. »Was es auch ist, warte damit, bis ich eingeschlafen bin.«

Jim nickte. Sie schmiegte sich im Dunkeln an ihn. Er zählte die eigenen Atemzüge bis hundert und wieder hinunter, ehe ihre Atemzüge tiefer wurden. Dann zählte er noch einmal bis hundert, um ihr Zeit zu geben, bis sie über den Punkt hinaus war, wo er sie wecken würde, wenn er ging. Einmal schauderte sie, dann schnarchte sie leise. Vorsichtig streckte er sich, berührte die Wand und drückte sich zur Kabinentür hin ab. So leise wie möglich öffnete er sie und schloss sie hinter sich mit einem Klicken.

Irgendwo auf einem tieferen Deck bellte Bisam fröhlich, und er hörte Amos' heisere Stimme, nur die Worte konnte er nicht verstehen. Das Schiff knarrte leise, während es sich aufwärmte und die Hitze abstrahlte. Irgendwo schlief Alex oder sah einen Neo-Noir-Film an oder hatte Schuldgefühle wegen Kit und Giselle. Irgendwo verging Teresa vor Enttäuschung und in jugendlicher Verwirrung. Bobbie Draper war nicht mehr da, sie würde nie mehr hier sein. Auch Clarissa Mao war fort, aber beide hatten in dem Schiff und in den Menschen, die auf ihm lebten, ihre Spuren hinterlassen. Einen Moment lang stellte er sich vor, wie Chrisjen Avasarala neben ihm stand, mit verschränkten Armen und die Lippen zu einem Lächeln verzogen, das gleichzeitig böse und tröstend wirkte. *Verdammt auch, das hier ist nicht der letzte Tag des Sommercamps. Wie viele verdammte tränenvolle Umarmungen hast du noch eingeplant?*

In der Krankenstation nahm er sich ein Notfallpäckchen mit einer roten Keramikhülle und schob es sich unter den Arm. Er tätschelte den Autodoc wie einen alten Bekannten, den er schätzte und von dem er sich für eine Weile verabschieden wollte.

Die Luftschleuse war nicht gesichert, und er konnte die Brücke zur *Falcon* überwinden, ohne besonders aufzufallen. Die laconische Crew hatte sich inzwischen gut daran gewöhnt, so zu tun, als sei er gar nicht da. Sein Platz, einmal als Elvis Gast und andererseits als Geliebter der Anführerin des Widerstandes, verlieh ihm einen undefinierten Status in ihrer sonst so strengen Hackordnung. Solange er zu wissen schien, wohin er ging, nahmen sie an, dass dies auch zutraf. Beinahe war es, als wäre er unsichtbar.

Der Raum des Katalysators war leer bis auf die Isolierzelle. Hinter sich zog er die Tür zum Korridor zu. Es gab kein Schloss und keine andere Möglichkeit, sie zu verriegeln. Nun ja, nichts war perfekt. Er knackte die Notfallpackung und ging den Inhalt der Reihe nach durch. Verbände. Antiseptikum. Hypoxspritze, Kanülen.

Er fühlte sich völlig klar. Auch wenn er in der Ferne die anderen wahrnahm, gehörte dieser Augenblick nur ihm selbst. Er fühlte sich so allein wie noch nie, empfand aber auch eine Art Befriedigung. Die Zweifel fielen von ihm ab. Die Ängste, die ihn seit der Gefangenschaft auf Laconia geplagt hatten, verflogen wie der Tau an einem warmen Tag. Jetzt war er nur noch er selbst.

Die Isolierzelle ließ sich leicht öffnen. Er holte den Katalysator heraus. Die blinden, leeren Augen erfassten ihn nicht. Der Mund arbeitete, als sagte sie Dinge, die nur sie selbst hören konnte. Sie reagierte nicht, als er ihr die Nadel in den Arm stach und den Kolben hochzog.

Die Spritze füllte sich mit einer wirbelnden, blauschwarz schillernden Flüssigkeit. Fünf Kubikzentimeter. Dann zehn. Irgendwo in der Nähe ertönte ein Alarmsignal, und er musste annehmen, dass er es ausgelöst hatte. Eigentlich hatte er die Absicht gehabt, sich den Ärmel hochzurollen und die Probe in der Ellenbeuge in die Vene zu injizieren, doch nun machte er sich Sorgen, die Crew der *Falcon* könne zu schnell eintreffen und würde ihn aufhalten. Er schnitt eine Grimasse und stach sich die Nadel durch das Bein seines Bordoveralls in den Oberschenkel. Dann drückte er den Kolben hinunter, bis es nicht weiterging. Der Katalysator schmatzte und wand sich, als wollte sie sich erinnern, wie man schwamm.

Jim schloss die Augen.

Zuerst fühlte es sich kalt an. Ein Faden aus Eis, der von der Einstichstelle aus hinauf zum Bauch verlief. Dann eine Übelkeit, die kam und ging und ein brennendes Gefühl hinterließ, das sich über den Bauch bis in den Brustkorb ausbreitete. Sein Herz pochte kräftig, die Schläge kamen langsam und stark, so heftig wie Hammerschläge. Er hatte einen metallischen Geschmack im Mund.

In der Dunkelheit hinter den Augenlidern flackerten blaue Leuchtkäfer. Er hatte das Gefühl, das Blut strömte in einen Körperteil zurück, der viel zu lange abgeschnürt gewesen war. Als füllte der Regen in der Wüste die trockenen Arrojos. Es war, als erwachten Erinnerungen.

Er holte langsam und tief Luft. Er zitterte. Endlich öffnete er die Augen, sah sich in dem Raum um und entdeckte, was er zu finden erwartet hatte. Was er gehofft hatte. Diese lümmelnde Körperhaltung. Dieses halb verlegene, halb erstaunte traurige Hundegesicht. Dieser Porkpie-Hut.

»Tja«, sagte die vertraute Stimme an einem Ort, wo nur Jim sie hören konnte. »Das sieht nicht gut aus.«

»Hallo, Miller. Wir müssen reden.«

40 Naomi

»Siehst du ihn?«, fragte Naomi. »Kannst du ihn jetzt gerade sehen?«

Jim nickte. Sie schwebten im leer geräumten Labor, wo Amos erst vor Kurzem für seine gescheiterte Erkundung der Station angeschnallt worden war. Die Sicherheitsleute der *Falcon* hatten Jim direkt aus der Zelle des Katalysators hierhergebracht, und Elvi hatte Naomi hinzugerufen. Jetzt hielt er sich an einem Handgriff fest. Sein Gesicht zeigte den verschwitzten, angespannten Ausdruck, den er immer hatte, wenn er krank wurde oder zu viel getrunken hatte. Doch jetzt ging eine innere Ruhe damit einher. Und noch etwas anderes. Belustigung vielleicht.

»Für mich scheint er direkt zwischen dir und Elvi zu stehen«, erklärte Jim. »Ein bisschen näher neben Elvi.«

»Das kann nicht derselbe Miller sein«, wandte die Wissenschaftlerin ein. »Es muss sich um etwas anderes handeln.«

Jim kicherte.

»Was ist los?«, fauchte Elvi.

»Tut mir leid. Er hat etwas Witziges gesagt. Hören Sie, im traditionellen Sinne ist der Miller, den ich kannte, gestorben, als Eros in die Venus gekracht ist. Das Protomolekül hat aber die Strukturen seines Gehirns bewahrt und nachgebildet, und wenn es ein Werkzeug benötigte, um fehlende Dinge zu finden, dann lagen diese Strukturen im Werkzeugkasten bereit. Diese Version von Miller brauchte etwas, das ein Schiff an verschiedene Orte bringen konnte, und ich war der Typ, der entschied, wohin das

Schiff flog. Also begann das Protomolekül mich zu benutzen. Es hat mein Gehirn physisch manipuliert, damit ich die Muster, die es auf der Grundlage von Miller gebildet hatte, sehen und mit ihnen interagieren konnte. Diese Manipulationen haben Kanäle hinterlassen. Ich habe das Protomolekül nur wieder in diese Kanäle hineingelassen.«

Er blickte zu Naomi, legte den Kopf schief und lächelte. »Ich habe mich gerade an etwas erinnert, das Alex über Werkzeuge gesagt hat, die eine Seele entwickeln, wenn man sie lange genug benutzt. Ach, das ist ein ganz anderes Thema. Vergiss es.«

»Früher konnten Sie ihn nicht sehen, wenn andere Leute in der Nähe waren«, wandte Elvi ein.

»Das ist wahr«, bestätigte Jim. »Dies hier ist eine andere Beziehung.« Gleich darauf lachte er wieder. Naomi wusste nicht, worum es ging, aber offensichtlich hing es auch dieses Mal mit Miller zusammen. Sie spürte einen eifersüchtigen Stich, auch wenn sie nichts ändern konnte.

»Kann diese Version von Miller die Station öffnen, wie es die letzte konnte?«

Jim schien einen Augenblick zu lauschen, dann zuckte er mit den Achseln. »Das weiß ich nicht. Er weiß es auch nicht. Die Situation ist auch in dieser Hinsicht anders. Wir wissen es erst, wenn wir es versuchen.«

»Ich würde gern einige Scans vornehmen«, sagte Elvi eher zu sich selbst als zu den anderen. »Mindestens die Gehirnaktivität messen. Wenn wir Zeit haben, den ganzen Stoffwechsel überprüfen.«

»Ich bin nicht sicher, ob wir so viel Zeit haben«, widersprach Jim.

»Kann man das rückgängig machen?«, fragte Naomi. »Gibt es einen Weg, das wieder aus ihm herauszuholen?«

»Dieses Rührei kann man nicht mehr trennen«, erklärte Elvi. »Aber vermutlich gibt es einige Dinge, die wir tun können, damit er stabil bleibt. Oder annähernd stabil.«

Jim zuckte mit den Achseln. »Es ist gut, wenn wir Zeit gewinnen, aber das hilft nur, wenn dabei mehr herauskommt, als wir investiert haben, oder? Im Augenblick laufen eine Menge Timer ab.«

»Ich rede darüber, Ihnen das Leben zu retten«, beharrte Elvi.

»Ich weiß, und ich weiß es zu schätzen. Das ist ein Problem, um das wir uns später kümmern können. Wenn wir das hier jetzt nicht hinkriegen, ist alles andere sowieso egal. Wenn Sie aber später noch als Individuum existieren, das mich reparieren will, dann heißt das, dass eine Menge Dinge gut gelaufen sind.«

Die anderen schwiegen. Naomi betrachtete den leeren Raum zwischen sich und Elvi, als könnte sie dort vielleicht doch noch etwas entdecken. Sie sah nichts, doch Elvi drehte sich um, als fühlte sie sich angesprochen. Naomi wurde bewusst, dass alle auf ihre Entscheidung warteten. Jim lächelte sie an. Naomi hätte ihm am liebsten die Faust ins Gesicht geschlagen. *Verdammt noch mal, wie bin ich bloß in diese Situation gekommen?,* dachte sie.

»Sammeln Sie alle Daten, die Sie bekommen können, und stabilisieren Sie ihn«, sagte sie. »Wir müssen Teresa vorbereiten.«

»Und Tanaka?«, fragte Elvi.

Naomi zögerte. Sie mochte Tanaka nicht und traute ihr nicht, aber im Augenblick verfolgten sie die gleichen Interessen, und es käme ihr kleinlich vor, in ihrem persönlichen Krieg eine neue Front aufzumachen. »Und Tanaka.«

»Gut«, sagte Elvi. »Ich hole das Ärzteteam.«

Sie zog sich aus dem Labor und schloss hinter sich die Tür. Erst als der Riegel einrastete, erkannte Naomi, dass Elvi ihnen beiden einen ungestörten Augenblick verschaffen wollte. Jim wandte fast schüchtern den Blick ab. Er war älter, schmaler, verbrauchter als der Mann, den sie vor Jahrzehnten auf der Canterbury kennengelernt hatte, doch die Offenheit, an die sie sich erinnerte, war noch da. Und die Verletzlichkeit. Die fast genetisch verankerte Ansicht, die Dinge würden sich zum Guten wenden, wenn er seinem Herzen folgte.

»Es tut mir leid«, sagte er.

»Wirklich? Habe ich noch nicht oft genug erlebt, wie du versuchst, dich umzubringen? Jetzt muss ich dir zusehen, wie du in Zeitlupe Erfolg dabei hast. Aber immerhin, es tut dir leid.«

»Ja. Das ist ziemlich beschissen. Aber mir ist nichts Besseres eingefallen, und das ist …«

»Wir wollen uns um das Problem kümmern«, sagte sie. »Alles andere kann warten.«

Er zögerte, dann nickte er. »Wahrscheinlich muss ich jetzt auf die Station. Sobald sie mit den Scans fertig sind.«

»Ich bin dann auf der *Rosinante.*«

»Gut. Ich gebe dir Bescheid, wenn ich in Position bin.«

Naomi nickte und zog sich zur Tür und den Korridor hinunter, als gingen sie nur ihren alltäglichen Pflichten nach. Als wäre es nicht das letzte Mal. Wie seltsam, es sofort zu wissen, wenn etwas Kostbares zu Ende ging, und es änderte trotzdem nichts. Entweder war dies ein Anzeichen ihrer Trostlosigkeit oder ein Ausdruck dafür, dass sie zusammen ein gutes Leben gehabt hatten.

Sie kehrte auf die *Rosinante* zurück. Dieses Mal veränderte sich der Geruch der Luft nicht mehr. Vermutlich hatte zwischen den verbundenen Schiffen ein hinreichender Austausch stattgefunden, sodass sich die Atmosphären vermischt hatten, oder sie hatte sich einfach an beide gewöhnt. Sie zögerte einen Moment und war nicht sicher, ob sie in die Kabine oder auf das Operationsdeck gehen sollte. Ihre Arbeit konnte sie an beiden Orten erledigen, doch in der Kabine waren Jims Sachen – seine Kleidung, sein Geruch, seine Abwesenheit –, und deshalb entschied sie sich für das Operationsdeck.

Alex war dort, die Augen weit aufgerissen und ohnmächtig und verzweifelt herumfuchtelnd.

»Hast du es gehört?«, fragte sie.

»Ist es denn wahr?«

»Ja, ist es.« Sie suchte sich eine Liege und schnallte sich an. »Woher weißt du es?«

»Casey.«

»Casey?«

»Der Energietechniker der *Falcon*. Dunkle Haare, breites Gesicht? Ein kleines Muttermal am Hals? Er, Amos und ich haben in Adro öfter mal ein Bier zusammen getrunken.«

Naomi schüttelte den Kopf. Wahrscheinlich hatte sie ihn gesehen, doch sie konnte sich nicht mit der gleichen Mühelosigkeit wie Alex auf neue Menschen einstellen.

»Alles klar?«, fragte Alex in einem Tonfall, der deutlich machte, dass er längst vom Gegenteil überzeugt war.

Naomi rief das taktische Display auf und teilte die Anzeige. Links der Ringraum, rechts eine schematische Darstellung der Ringe und der Systeme hinter ihnen, dazu die Schiffe, die aus allen Richtungen herbeiströmten. Der Maßstab war überwältigend. Sie musste herausfinden, welche Schiffe ihr zu Hilfe kamen und welche die neuen Feinde waren. Sie musste eine Bestandsaufnahme der Medikamente und ihrer Grundstoffe machen, die dafür sorgen konnten, dass die Schiffe, die sie hatte, nicht in Duartes albtraumhafter Schwarmintelligenz aufgingen. Sie musste den Ringraum lange genug kontrollieren, damit Jim eine Chance bekam, die Katastrophe zu verhindern, die aus allen Richtungen gleichzeitig über sie hereinbrach.

»Ich bin wirklich sauer«, erklärte sie. »Als Jim aus Laconia zurückgekommen ist – als wir ihn zurückbekommen haben –, wusste ich, dass er verletzt war. Ich wusste, dass er irgendwie nicht ganz da war. Ich dachte, wir kümmern uns um ihn. Weil er nicht nur körperlich verletzt war. Auch in seiner Seele, sofern dies das richtige Wort ist. Ich dachte mir, mit genügend Fürsorge und Liebe könnte ich ihn eines Tages wieder so sehen, wie er früher war. So, wie ich mich an ihn erinnert habe.«

»Das verstehe ich«, sagte Alex.

»Und dann war der Anlass, der ihn zurückverwandelt hat, ein ganz anderer. Ich habe ihn wiedergesehen. Gerade eben. Ich habe ihn gesehen, wie er früher war, wie er in seinen besten Momenten war. Nicht die Liebe hat ihn dorthin gebracht. Nicht die Fürsorge. Nicht die Zeit. Er hat etwas unglaublich Dummes und Gefährliches gesehen, das getan werden musste und das nur er tun konnte. Und er hat einfach …«

Sie öffnete eine geballte Faust, als wollte sie Staub verstreuen.

»Er hat es einfach gemacht.« Alex ließ den Kopf hängen.

»Er stellt sich der Herausforderung.« Jetzt benetzten Tränen ihre Augen, bis die Farben blitzten und brachen. Sie wischte sie mit dem Ärmel ab.

»So ist er«, bekräftigte Alex. »So war er schon immer. Auch das verstehe ich. Ich habe zwei Ehen hinter mir, weil ich dachte, ich hätte mich verändert und sei jemand anders geworden. Das war nicht falsch, aber es war auch nicht ganz richtig. Jim hat sich verändert, er ist aber auch derselbe geblieben.«

»Ich wünschte nur, wir wären diejenigen gewesen, die ihn zurückgeholt haben, und nicht dies hier.«

»Was können wir jetzt tun?«

Naomi betrachtete ihre Displays. Die Tränen trockneten schon, auch wenn die Dunkelheit, die Leere und das Bedauern unverändert tief blieben. »Wir verschaffen ihm so viel Zeit, wie wir können. Wir versuchen, seiner letzten idiotischen, tapferen, dummen Geste so viel Raum wie möglich zu geben. Und dann sehen wir, was als Nächstes passiert. Irgendjemand muss Teresa informieren und sie vorbereiten. Und sag Amos Bescheid. Vielleicht gibt es einen Kampf.«

»Darum kümmere ich mich, mach dir deshalb keine Sorgen.«

Er drehte sich um und ging zum Aufzug.

»Alex?«

Er hielt inne, ihre Blicke trafen sich einen Moment lang. Sie wusste nicht, was sie sagen wollte, aber was es auch war, er wusste es schon.

»Ich habe diesen Teil begriffen«, sagte er. »Kümmere du dich um deinen.«

Sie begann mit der Arbeit, die ihr zunächst unglaublich umfangreich vorkam. Die Komplexität war überwältigend, aber sie sagte sich, dass es keine Rolle spielte, ob es möglich war. Sie musste es einfach tun. Also begann sie mit kleinen, konkreten Dingen. Die *Tullus Aufidius* – ein Söldner-Kampfschiff mit Wurzeln in Freehold – sollte in sechzehn Stunden durch das Tor von St. Anthony kommen. Sie hatte sich auf Naomis Ruf hin als Teil des Untergrunds in Bewegung gesetzt, aber nicht mehr auf Anfragen über den Repeater am Tor reagiert, seit Amos' schmerzhafte Sitzung mit der Ringstation so schrecklich gescheitert war. Das war demnach das erste Problem. Sie fand eine Lösung. Die *Kerr*, die *Vukodlak* und die *Dhupa* – zwei laconische Jäger und ein Versorgungsschiff des Untergrunds, an das man außen Torpedoschächte angeschweißt hatte – würden sie abfangen. Diejenigen der drei Schiffe, die die Begegnung überlebten, sollten zur *Armando Guelf* im Hakuseki-Tor stoßen und dort die *Brother Dog* abfangen.

Sie überlegte, ob sie Trejo eine Nachricht schicken und noch mehr laconische Unterstützung anfordern sollte. Die Nachricht würde ihn erst nach mehreren Stunden erreichen, seine Antwort würde noch einmal Stunden auf sich warten lassen, und falls er wirklich Schiffe schickte, bestand die Möglichkeit, dass sie nicht mehr auf Trejo und Naomi hörten, wenn sie eintrafen. Es war besser, mit den Karten zu spielen, die sie hatte. Sie würde nicht gewinnen, aber sie konnte dafür sorgen, dass es lange dauerte, bis sie verlor.

Sie ließ die Lösungsmöglichkeiten durch das System der *Rosinante* laufen und sprang von Szenario zu Szenario wie ein Footballtrainer, der sich auf ein kompliziertes Spiel vorbereitete. Hier sind meine Spieler. Da sind die gegnerischen Spieler. Hier ist das Spielfeld. Die Verletzung, das Entsetzen und der Kummer waren immer noch da, wenn sie genau hinschaute, aber sie waren weit weg. Nach und nach rutschte sie wieder in die Rolle hinein, die sie während Jims Gefangenschaft gespielt hatte: die Naomi, die im Verborgenen lebte und der Welt mit ihrem Intellekt begegnete, weil ihr Herz zu wund war.

Sie fragte sich, ob Camina Drummer als letzte und Michio Pa als erste Präsidentin der Transportgewerkschaft auf ähnliche Weise überlebt hatten. Oder Avasarala auf der Erde, als die Erde noch das Zentrum der Menschheit und nicht nur der älteste Planet unter Tausenden gewesen war. Die *Indefatigable* und die *Yunus Emre* würden die *Blackberry* abfangen, die durch das Tor von Xicheng fliegen wollte. Sie fragte die Torpedomodelle und die Nahkampfkanonen der *Yunus Emre* ab und ließ die *Rosinante* nach Schiffen mit kompatibler Ausstattung suchen.

Als Jacob gestorben war, hatte es ganz ähnlich ausgesehen. Nur wenige Wochen vor ihrem vierzigsten Hochzeitstag, und die Kinder kamen alle von der Universität nach Hause, um mitzufeiern. Sie hatte ihn im Bad gefunden. Gestorben an einem Schlaganfall, sagten die Ärzte. Sie hatte achtundzwanzig Stunden lang ohne Pause das Apartment gereinigt und hätte auch da noch nicht aufgehört, wäre nicht Hannah zu früh gekommen und …

Naomi hielt inne, hob die Hände und hörte, wie ihr Herz dreimal so schnell wie normal schlug. Sie sah sich auf dem Operationsdeck um, als könnte es stabiler, realer und konkreter werden, wenn sie es genau untersuchte. Sie sah auf die Uhr. Noch eine halbe Stunde, bis sie das nächste Mal die Medikamente nehmen musste. Sie nahm sie trotzdem schon. Die pfirsichfarbenen Tabletten schmeckten bitter, und der Geschmack hielt sich lange im Gaumen. Sie wartete ein paar Minuten und beobachtete ihre eigene Wahrnehmung, ob sich wieder Erinnerungen an andere Leben anschlichen, die nicht ihre eigenen waren.

»Das ist wirklich beschissen«, sagte sie zu dem leeren Raum. Dann öffnete sie eine Verbindung zu Elvi. »Wie lange noch, bis wir in die Gänge kommen?«

»Tanaka ist unterwegs«, berichtete Elvi. »Wir stecken Jim in einen laconischen Anzug. Sie dachte, damit fühlt sich Duarte vielleicht besser, als wenn Jim die Ausrüstung der *Rosinante* nimmt. Und … damit erhöhen sich auch seine Überlebensaussichten. Sie wissen schon, bis …«

»Ich bekomme aufdringliche Gedanken.«

»Ich weiß«, sagte Elvi. »So geht es vielen. Die bisherigen Daten besagen, dass es nicht allzu schlimm werden dürfte, solange Sie Ihre Medikamente nehmen. Aber wir dämpfen diese Übertragungen nur. Wir sperren sie nicht gänzlich aus.«

»Bekommen die anderen auch Informationen von mir?«

Die *Rosinante* schlug Alarm. Naomi rief die Meldung auf, während Elvi antwortete. »Das könnte sein, aber es verläuft ziemlich willkürlich. Ich nehme an, dass die Informationen, die durchrutschen, im allgemeinen Lärm untergehen. Aber das ist nur eine Vermutung.«

»Ich bin nicht sicher, ob die Daten das stützen.«

»Warum nicht?«

»Die Repeater an den Toren oder diejenigen, die noch funktioniert haben – sie sind gerade offline gegangen. Die Abschaltcodes kamen jeweils aus den betreffenden Systemen.«

Elvi zögerte. »Alle zugleich?«

»Im Abstand von wenigen Sekunden.«

»Das … das ist besser koordiniert, als es mir lieb ist.«

Naomi zog die Schultern hoch. Anscheinend musste sie die Strategie ändern. Alles noch einmal abwägen, was sie sich ausgedacht hatte. Sie leitete immer noch ein Spiel, aber jetzt durfte sie dabei nicht einmal mehr zuschauen …

»Geben Sie mir Bescheid, wie es sich weiterentwickelt«, sagte sie. »Ich habe hier zu tun.«

Sie rief die taktische Karte auf. Die vier wichtigsten Tore waren Erde, Laconia, Auberon und Bara Gaon. Sie suchte die Schiffe, die ihnen am nächsten waren. Es dauerte fünf Minuten, um die Flugpläne zu berechnen, die sie ihnen geben wollte: Starke Beschleunigung und der Bremsschub sollten schon innerhalb des Ringraums einsetzen. Gerade genug Tempo, um den Transit vorzunehmen, teleskopische Daten zu sammeln und wieder zu verschwinden. Und der Punkt des Transits wurde zufällig gewählt, damit die Feinde nicht mit Torpedos oder Railguns zielen konnten, auch wenn sie eine Hintertür in die Köpfe der Leute geöffnet hatten.

Sie war dankbar, dass keiner der Kapitäne ihre Anweisungen missachtete oder den Auftrag ablehnte. Sie setzte Verfolger auf die Schiffe – winzige rote Dreiecke, die ihr zeigten, welche Entfernung die Einheiten schon zurückgelegt hatten, ohne die präzise Position anzuzeigen. Während sie sich bewegten, führte sie Simulationen der Transitzeiten für das erste Dutzend Schiffe durch, die in den Ringraum kommen sollten, und berechnete, welche Veränderungen der Flugbahnen physikalisch möglich waren. Die Abfangpositionen, die vorher festgestanden hatten, waren jetzt nur noch Wolken aus Zeitpunkten und Orten …

Sie war kurz davor, wütend zu werden, als die Verbindungsanfrage einging und ihre Konzentration störte.

»Hey«, sagte Jim, und die ganze Selbstkontrolle und Distanziertheit, die sie mit so viel Mühe aufgebaut hatte, verflog mit einem einzigen Wort. Der Kummer überflutete sie wie eine riesige Woge, warf sie um und drohte, sie zu ertränken.

»Hey«, murmelte sie.

»Wir sind hundert Meter über der Oberfläche der Station und gehen runter.«

Sie rief das taktische Display auf und wählte die Außenkamera der *Rosinante* an. Es dauerte nicht einmal eine Sekunde, die kleine

Gruppe zu finden. Drei schmale Silhouetten vor der blau glühenden Station. Als die *Rosinante* ihre Positionen und ihre Eigengeschwindigkeit erfasst hatte, kamen kleine Fenster mit den Daten hinzu. Naomi löschte sie wieder. Es reichte ihr, die drei zu sehen. Zusehen war wichtiger, als alle Details zu kennen. Diese spielten jetzt keine Rolle.

»Ich hab dich«, sagte sie, und es tat weh, weil es gleichzeitig zutraf und auch wieder nicht. »Ich hab dich, Jim.«

»Teresa bittet dich, Bisam auf die Druckliege zu schnallen, falls du schnell manövrieren musst.«

»Ich kümmere mich darum.«

Einer der kleinen Striche nickte, das war also Jim. Das Schiff, das nach Auberon hineingespäht hatte, gab seine Meldung durch, dann das zweite aus Laconia. Sie schloss die Fenster. Es sah nicht so aus, als würden sich die drei Punkte überhaupt bewegen. Sie schwebten einfach nur vor der blauen Fläche. Dann erschien Duartes kleines, eiförmiges Schiff und wuchs langsam heran. Sie waren fast da.

»Gut«, sagte Jim. »Es gibt einen Eingang. Wir kommen hinein.«

»Wir verschaffen euch so viel Zeit, wie wir können.«

»Es wird alles gut.« Der unerschöpfliche Optimismus wäre bei jedem anderen eine Lüge gewesen. Oder vielleicht ein Gebet.

»Gute Jagd, Liebster«, sagte sie. Die drei Punkte glitten in die blaue Fläche hinein und verschwanden. Sie wartete noch einen Augenblick, doch nichts veränderte sich. Die Station blieb rätselhaft wie immer. Ein dritter Alarm ging ein, dieses Mal vom Sol-Tor. Sie schaltete die Außenkameras ab und rief wieder die taktische Anzeige auf.

Viele weitere Schiffe kamen in ihre Richtung. Hunderte Schiffe. Die meisten beschleunigten stark und würden trotzdem noch Tage brauchen, um die Tore zu erreichen.

Dann würde das alles aber keine Rolle mehr spielen, weil hinter dem laconischen Tor zu erkennen war, wie das Spiel enden würde. Die *Voice of the Whirlwind*, das letzte der drei *Magnetar*-Schlachtschiffe, flog mit vernichtendem Schub zum Tor. Bei diesem Tempo riskierten sogar die Passagiere, die auf den Druckliegen mit atembarer Flüssigkeit versorgt wurden, ihr Leben. Nur dass sie gar nicht mehr ihr Leben riskierten. Ihr Leben war jetzt nicht wichtiger als die Hautzellen auf den Knöcheln eines Boxers. Sie würden zu Hunderten zerquetscht werden, aber niemand würde sie vermissen.

In dem Moment, in dem die *Whirlwind* durch das Tor käme, wäre der Kampf vorüber. Was Duartes Schwarmbewusstsein sonst noch aufbot, würde ungehindert zur Ringstation fliegen und Jim und Teresa herausholen wie einen Splitter aus der Haut.

Sie öffnete eine Verbindung zu ihrer kleinen, dem Untergang geweihten Flotte.

»Hier ist Naomi Nagata«, sagte sie. »Bereiten Sie sich darauf vor, Ihre Befehle zu empfangen.«

41 Jim

»Das ist keine gute Idee«, sagte Miller. »Ich meine, Sie waren schon immer etwas beschränkt, aber sogar Sie müssten einsehen, dass es keine gute Idee ist.«

»Ja, ich weiß«, antwortete Jim. »Aber es ist trotzdem noch die beste Idee, die ich hatte.«

»Wenn Sie zurückblicken, werden Sie erkennen, dass einige Ihrer Entscheidungen, die Sie hierhergebracht haben, nicht gerade klug waren.«

Jim drehte sich ein wenig, um die Stelle zu betrachten, wo der tote Detective zu sein schien. Miller war so anständig, etwas verlegen dreinzuschauen und beschwichtigend eine Hand zu heben. Eine Geste der Resignation.

»Ich sage ja nicht, dass es nicht wunderbar folgerichtig ist«, meinte Miller. »Ich will nur Ihre Erwartungen, wie es enden könne, ein wenig dämpfen.«

Die Station war aus dieser Nähe nicht mehr als Kugel zu erkennen. Er war so nahe – sie waren so nahe –, dass die Oberfläche eher wirkte wie eine blau glühende Ebene. Die Ringtore ringsherum und hinter ihm leuchteten wie winzige, auf eine perverse Weise absolut gleichförmige Sterne.

Der schwere laconische Anzug, den Elvi ihm überlassen hatte, saß in den Achselhöhlen und Kniekehlen nicht sehr gut, verlieh ihm aber eine Bewegungsfreiheit, in der die Amygdala immer wieder kleine Panikattacken auslöste, weil er den Eindruck hatte, der Anzug flöge gerade auseinander. Das Helmdisplay zeigte, dass er für fünfzehn Stunden Atemluft hatte, was ziemlich gut war. Er brauchte nicht einmal eine zweite Luftflasche. Die laconischen Anzüge speicherten Reserveluft und -wasser in den Poren der Panzerung. Es war zwar kein Kampfanzug – er besaß lediglich eine Handfeuerwaffe aus dem Waffenschrank der *Rosinante* –, aber immer noch gut genug abgeschirmt, um ihm einen gewissen Schutz zu bieten.

Die Sensoren des Anzugs zeigten in der Station nichts Gefährliches an, und insgesamt strahlten die Tore nur ein paar Hundert Millirem ab. Bei einem kurzen Ausstieg im normalen Raum, um im Weltraum die Außenhülle der *Rosinante* zu überprüfen, hätte er sich mehr Strahlung eingefangen. Es war das Einzige in dieser Situation, was sich wenigstens halbwegs sicher anfühlte.

Die *Rosinante* und die *Falcon* schwebten ein paar Kilometer entfernt rechts von ihm, genauso weit weg auf der linken Seite war die *Derecho*. Aus dieser Entfernung betrachtet waren die Schiffe so klein, dass er sie mit dem Daumen der ausgestreckten Hand verdecken konnte. Der Alien-Transporter, der Winston Duarte von Laconia hierhergebracht hatte, war unter ihm auf der Oberfläche der Station als heller Punkt zu erkennen. Sein Helm versicherte ihm, Teresa und Tanaka seien zu seiner Position unterwegs, doch er konnte sie ohne Vergrößerung nicht erkennen. Noch nicht. Also war er allein, oder er war mit Miller allein, je nachdem, wie man es betrachtete.

Der Detective trug denselben grauen Anzug und den dunklen Hut wie immer. Die traurige Basset-Miene schien jünger, als Jim sie in Erinnerung hatte, was aber vermutlich nur daran lag, dass Jim gealtert war, während Miller sich nicht verändert hatte. Da das Protomolekül direkt auf seinen Körper einwirkte, konnte Miller in Jims Bewusstsein bleiben, obwohl andere in der Nähe waren. Außerdem hatte Miller die unschöne Angewohnheit entwickelt, ständig irgendwo in Jims Blickfeld zu sein. Wenn er rechts neben Jim zu sein schien, und Jim wandte sich nach links, dann tauchte Miller genau dort auf. Und sein Gefühl für die Richtung, aus der Millers Stimme kam, passte haargenau zu dessen jeweiligem Standort. Es war desorientierend und unheimlich, als sei Miller der Schurke in einem billigen Horrorfilm.

Miller schob die Hände in die Taschen und nickte in die Richtung der *Derecho.* »Sieht aus, als wäre die freundliche Frau Colonel auch da.«

»So sollten Sie sie wirklich nicht nennen.«

»Warum nicht? Ist ja nicht so, dass sie mich hören könnte.«

Tanaka war ein dunkler Punkt vor dem hellen Hintergrundlicht der Tore. Ihre Steuerdüsen stießen komprimiertes Gas aus. Man konnte nicht sehen, wann sie aktiviert wurden, während Tanaka sich näherte und abbremste. Ihr Anzug war von dem gleichen Blau wie die laconische Flagge und mit stilisierten Flügeln geschmückt. Abgesehen davon erinnerte er James an Bobbie Drapers alten Goliath: nicht so sehr ein Raumanzug, sondern eher eine Waffe, die lediglich wie ein Raumanzug geformt war. Ihr Gesicht konnte man überraschend gut erkennen. Eine Wange schien glatter und jünger zu sein, weil er vor gar nicht so langer Zeit das Original in Stücke geschossen hatte. Ihr Blick fiel auf ihn, als begutachtete sie irgendein Inventar. Dann hielt sie mit gerunzelter Stirn inne und konzentrierte sich lieber auf die Leere, die seinen Helm umgab.

»Also ist es wohl wahr«, sagte sie über Funk. »Sie haben wirklich noch jemand anders an Bord.«

»Ja, das ist richtig«, bestätigte Jim. »Aber wo ist …«

»Ich bin hier«, warf Teresa ein. Jim drehte sich zur *Rosinante* um. Teresa trug einen verkratzten Raumanzug mit dem Logo der *Rosinante*, Miller schwebte neben ihr und machte eine verlegene Geste. »Ich bin fast bereit. Ich muss mich nur noch um eine Sache kümmern.«

»Was denn?«, fragte Tanaka scharf.

»Bisam. Falls es zum Kampf kommt, sollte sie auf der Druckliege sein.«

Tanakas Schweigen war wie eine ironische Antwort.

»Oh, das wird lustig«, sagte Miller.

»Darum kümmere ich mich«, bot Jim an. »Aber abgesehen von Bisam, seid ihr beide bereit? Brauchen wir noch etwas, ehe wir hineingehen?«

»Nein«, antwortete Teresa. »Wir können gehen.« Tanaka schüttelte den Kopf. Jim drehte sich zu der blauen Leere um und stellte fest, dass Miller schon unter ihm war.

Er öffnete eine Verbindung zur *Rosinante.* »Hey.«

»Hey«, antwortete Naomi. Sie sprach leise und schien mit etwas anderem beschäftigt zu sein. Jim visierte wieder die Station an.

»Wir sind hundert Meter über der Oberfläche der Station und gehen runter.«

»Ich hab dich«, sagte sie und dann noch etwas, das er nicht ganz mitbekam.

»Teresa bittet dich, Bisam auf die Druckliege zu schnallen, falls du schnell manövrieren musst.«

»Ich kümmere mich darum.«

Die große blaue Wand rückte näher. Aus dem Augenwinkel sah er, wie Tanaka die Waffe im Unterarm ihres Anzugs aktivierte und deaktivierte. Als der Lauf herausfuhr und sich zurückzog, war es gleichzeitig eine nervöse Geste und eine Drohung. Teresa starrte beinahe begierig die Station an.

Miller, jetzt wieder neben ihm, nickte. »Ich habe da etwas. Schauen Sie sich das an.« Auf einmal waren in der blauen Fläche Details zu erkennen. Linien liefen hindurch, so dünn wie Fäden, und bildeten große komplizierte Spiralen, die zusammenfanden und sich trennten, um von neu emporsteigenden Wirbeln verdrängt zu werden. Es war eine Mischung aus organischen und mechanischen Prozessen, und es fühlte sich sehr vertraut an.

Miller sprang weiter, er teleportierte von einer Stelle zur nächsten, wie es nur eine Halluzination konnte, und wartete, bis sich die Muster einen Moment lang beruhigten. Dann griff er in die Oberfläche hinein. Jim spürte es, als hätte er den eigenen Körper angestrengt, auch wenn er keinen bestimmten Körperteil identifizieren konnte. Als hätte er die Muskeln eines Phantomarms angespannt. Während sich die Spiralen neu formierten, blieb der Ort, an dem Miller stand, leer und erweiterte sich sogar noch. Das blaue Glühen verdunkelte sich in einem Umkreis von drei Metern, dort bildete sich nun eine Delle, die tiefer und tiefer wurde, bis ein Tunnel entstand. Tanaka sagte etwas, doch sie hatte den Funk abgestellt. Jim bemerkte es nur, weil sie die Lippen bewegte.

»Gut, wir haben einen Eingang. Wir gehen rein.«

»Wir verschaffen euch so viel Zeit, wie wir können.« Naomis Stimme klang verzweifelt.

»Sie glaubt, ihr seid alle tot«, erklärte Miller. »Naomi und Sie und alle anderen auf den Schiffen. Oder, ich weiß auch nicht. Wenn nicht tot, dann etwas Schlimmeres. Ich war als Bewusstsein bei diesen Ärschen gefangen und durfte nicht sterben. Das war nicht lustig. Da wir gerade davon sprechen, habe ich schon gesagt, wo Sie mich mal können, weil Sie mich wieder hervorgezerrt haben?«

Jim schüttelte den Kopf. Er wusste nichts Tröstendes, das er Naomi hätte antworten können. *Du hast es schon mal ohne mich geschafft*, oder *Wenn wir sterben, dann können wir wenigstens sagen, dass wir alles versucht haben*, oder *Ich will die Zeit, die du mir verschaffst, gut nutzen*. Nichts passte zu dem, was er ihr eigentlich mitteilen wollte. »Es wird alles gut«, sagte er schließlich.

»Gute Jagd, Liebster.«

»Das wird nicht gut«, meinte Miller. »Es wird bestimmt nicht gut.«

Holden schaltete sein Mikrofon ab. »Ja, ich weiß, Sie sind sauer, weil ich Sie zurückgeholt haben. Und jetzt helfen Sie uns, oder halten Sie die Klappe.«

Als sie dem gekrümmten Tunnel in die Station folgten, verschwanden die *Rosinante*, die *Derecho* und die sternenhellen Tore. Er führte tiefer in die Kugel hinein, doch die Richtung wechselte in Jims Wahrnehmung immer wieder zwischen vorwärts und abwärts – er bewegte sich durch einen Tunnel oder stürzte in einen Schacht.

»Augen auf«, warnte Tanaka über den offenen Kanal. »Holden, wie ist Ihr Zustand?«

»Entschuldigung, wie bitte?«

»Ihr Zustand. Sie sind mein Generalschlüssel für diese kleine Privathölle. Wenn Sie sich in ein Protomonster verwandeln möchten, würde ich das gerne erfahren, und zwar rechtzeitig vorher. Also, verdammt noch mal, wie ist Ihr Zustand?«

»Tja«, sagte Miller. »Ich habe den Eindruck, das war eine Unterhaltung darüber, wer in diesem Fall das Sagen hat. Das hätten Sie beide früher klären sollen.«

»Es geht mir gut«, antwortete Jim. Er überlegte einen Augenblick. »Vielleicht etwas fiebrig? Aber nicht schlecht.«

»Ich will alle fünf Minuten ein Update von Ihnen haben. Stellen Sie sich einen Timer.«

»Ich werde es Ihnen schon sagen, wenn ich mich schlechter fühle.«

»Ja, das werden Sie, weil Sie sich einen Timer stellen.«

Miller, der einen halben Schritt hinter und zwischen ihnen schwebte, hatte Mühe, sich ein Grinsen zu verkneifen. Jim bedachte das Für und Wider, sich Tanaka zu widersetzen, und stellte sich einen Timer. Allerdings auf sieben Minuten.

Der Tunnel wurde breiter. An seinem Ende befand sich etwas wie eine durchsichtige Membran, doch als er hindurchging, spürte er nicht den geringsten Widerstand. Dahinter ging der Tunnel oder das Loch noch einmal zehn Meter weiter, bis sie einen riesigen Raum erreichten, der so groß war wie eine Kathedrale. Die Linien, die er auf der Außenhülle der Station gesehen hatte, wanderten und ringelten sich hier über Wände und Säulen. Die Wände strahlten ein schwaches, pulsierendes Licht ab, zu diffus, um Schatten zu werfen. Überall war Bewegung, und Jim hatte das Gefühl, dass er das meiste davon gar nicht bemerkt hätte, wenn er sich nicht das Protomolekül gespritzt hätte. Alle Oberflächen lebten und tauschten Flüssigkeiten und winzige Objekte aus, die kleiner waren als Sandkörner. Es war, als beobachtete er einen riesigen Körper mit allen seinen Gewebeschichten, die ihren individuellen Aufgaben nachgingen, während der Körper insgesamt einem gewaltigen undurchschaubaren Zweck diente.

Eine der Säulen war zugleich eine Statue – ein Mech, ein Insekt oder etwas völlig anderes. Auf einmal erinnerte er sich an einen marsianischen Marinesoldaten, der etwas wie dies mit einer Handgranate zerstörte und dann selbst zerstört wurde, in komplexe Moleküle zerlegt, die benutzt wurden, um den angerichteten Schaden zu reparieren. Er schaltete das Mikrofon wieder ein.

»Äh«, machte er. »Versuchen Sie, hier drin nichts zu beschädigen, wenn Sie es vermeiden können.«

Er rechnete damit, dass Tanaka ihn anfauchte, doch Teresa kam ihr zuvor. »Ich dachte, es gäbe hier keine atembare Atmosphäre. Das geht aus den Berichten hervor. Edelgase und ein paar flüchtige Stoffe. Aber jetzt ist es anders.«

Jim befragte seinen Anzug. Sie hatte recht. Neon, und zwar ein höherer Anteil als beim letzten Mal, die gleichen Spuren von Benzol, aber auch Sauerstoff. Nach Ansicht des Anzugs konnte er den Helm abnehmen und problemlos atmen. Er tat es nicht.

»Das war er«, sagte Tanaka. »Der Hochkonsul hat keinen Raumanzug mitgenommen, und wenn auch keiner in dem … in dem Schiff war, mit dem er hergekommen ist«, sie nickte und meinte die Luft, die Wände und die ganze Station, »dann hat er sich diese Lebenserhaltung eingerichtet.«

»Er hatte auch kein Essen und kein Wasser«, gab Teresa zu bedenken.

Tanaka machte hinter dem Visier ein finsteres Gesicht. »Ich glaube, er bekommt auch Proviant. Auf die gleiche Weise. Er ist hier. Holden? Wo finden wir ihn?«

Jim blinzelte unsicher und wandte sich an Miller.

»Keine Ahnung«, antwortete der Detective. »Wenn Duarte ein neues, gut eingestelltes Rennboot ist, dann sind Sie und ich zwei Frachtcontainer, die man auf einen Reaktor geschnallt hat. Wenn man sagt, dass wir das Gleiche tun, ist es technisch gesehen gar nicht so falsch, aber wir spielen auf keinen Fall in der gleichen Liga.«

»Ich weiß nicht«, sagte Jim. »Ich dachte, Sie sind die Fährtenleserin.«

Tanaka antwortete nicht, sondern winkte ihnen zurückzubleiben und bewegte sich mit ihren Steuerdüsen ins Zentrum der Kammer. Sie übernahm die Spitze.

Sobald sie ein Stück entfernt war, hielt sie an, als lauschte sie auf etwas. Vielleicht tat sie das wirklich. Die Atmosphäre war dicht genug, um Schallwellen zu übertragen, und Jim wusste nicht, wozu ihr Anzug imstande war. Energiebahnen und komplexe elektromagnetische Felder, die Tanaka vermutlich nicht wahrnehmen konnte, wanderten durch die Kathedrale. In hundert verschiedene Richtungen zweigten Seitengänge ab. Einen Moment lang sah Jim die Anlage als riesiges Herz, das sich gleich zusammenziehen und sie zerquetschen würde. Ihm wurde schwindlig, als stürzte er, und er empfand eine tiefe Ehrfurcht, als hörte er die Stimme Gottes, die jedoch nur flüsterte.

»Mann, Mann, Mann«, sagte Miller. »Reißen Sie sich zusammen. Das Spiel hat gerade erst angefangen, und Sie bekommen einen spirituellen Anfall.«

Jims Gefühl für die Majestät dieser Station schwand ein wenig. Er schaltete sein Mikrofon ab. »Sie sagen das, als gäbe es in diesem Spiel noch ein Später.«

Miller lächelte rätselhaft, und seine Augen schienen ein wenig bekümmert. »Das Leben dauert nun mal bis zum Tod.«

»Ich habe das Gefühl, ich sollte wissen, wer das gesagt hat.«

»Holen Sie ein paarmal tief Luft und nehmen Sie sich zusammen. Ich glaube, wir sind ein bisschen neben der Spur.«

Sein Blick fiel auf Teresa, die ihn besorgt musterte.

»Alles klar, es geht mir gut«, sagte er. Dann stellte er das Mikrofon an und wiederholte es. Teresa nickte, sagte aber nichts dazu.

»Ich bin nicht sicher, ob sie Ihnen das abkauft«, meinte Miller.

Tanaka meldete sich über den offenen Kanal. »Wir müssen weiter. Ihr beide folgt mir. Bleibt in meiner Nähe.«

Sie manövrierte bereits durch die Halle. Teresa orientierte sich schneller als Jim und schoss hinter ihr her. Jim bildete die Nachhut.

Rechts von ihm bewegte sich etwas Riesiges. Ein Summen wie von einem Hornissenschwarm drang ihm in die Ohren, war jedoch mit den Instrumenten des Anzugs nicht wahrnehmbar. Etwas, das Licht war, aber doch kein Licht war, strömte durch die Wände. Das Adrenalin schoss in seinen Kreislauf, und sein Herz pochte ängstlich gegen die Rippen. Was es auch war, es veränderte seine Position, verblasste und zog weiter, ohne in die Kammer einzudringen. Jim hatte noch nie einen Wal atmen sehen, aber jetzt glaubte er zu verstehen, wie es wäre, neben einem Wal zu stehen, der es tat. Tanaka und Teresa hatten anscheinend nichts bemerkt. Er überprüfte seine medizinischen Werte. Laut Anzug hatte er etwas über achtunddreißig Grad Fieber, aber nicht so stark, dass er Halluzinationen bekam.

»Nein, das war real«, sagte Miller. »Eine kleine Erinnerung, dass wir hier nichts zu suchen haben.«

»War nicht nötig, das wusste ich auch so schon«, antwortete Jim.

»Was?«, fragte Tanaka.

»Nichts«, antwortete Jim. »Ich rede nur mit mir selbst.«

An der ovalen Mündung eines Zugangs, der tiefer in die Station führte, hielt Tanaka an. Aus dem Gang kamen Funken, als flögen blaue Leuchtkäfer heraus, die sich hinter ihnen in der großen Halle verloren.

»Ich dachte, ich hätte Ihnen gesagt, Sie sollen in der Nähe bleiben«, fuhr Tanaka ihn an. »Beim nächsten Mal tun Sie es gefälligst auch.«

»Colonel, bitte weiter«, sagte Teresa.

Miller, jetzt neben Teresa, nahm den Hut ab und rieb sich über die Schläfe. »Meine Güte, gibt es hier eigentlich auch jemanden, der *nicht* das Kommando hat?«

Tanaka drehte sich um und übernahm den Gang hinunter wieder die Führung. Hier unten glühten die Wände gelblich wie Butter. Die Linien, die sie durchzogen, waren nicht mehr spiralförmig, sondern wild überkreuzend und schräg angeordnet, was Jim daran erinnerte, wie er einmal als kleiner Junge mit seinen Eltern durch einen Schneesturm gefahren war. Nach etwa hundert Metern veränderte sich der Gang. Das Oval wurde spitzer und schmaler, bis Jim mit beiden Händen die Seiten berühren konnte.

»Das wird eng«, sagte Teresa. »Wir passen da nicht durch.«

»Bleib in der Nähe.«

Der Gang wurde abwechselnd breiter und schmaler, bis Jim das Gefühl bekam, sie wanderten durch ein Höhlensystem. Das Gefühl, direkt neben ihnen sei etwas sehr Massives, weckte klaustrophobische Gefühle. Tanaka zog zielstrebig weiter.

Sein Timer meldete sich.

»Ich habe leichtes Fieber, sonst geht es mir gut«, sagte er.

»Was?«

»Ich sollte mich melden. Ich melde mich. Ein leichtes Fieber. Sonst fühle ich mich gut. Vielleicht sollten wir uns gegenseitig auf dem Laufenden halten. Ich sage Ihnen, wie es mir geht, und Sie sagen mir, wie es Ihnen geht. Gegenseitig.«

Tanaka drehte sich um, zwängte sich an Teresa vorbei und näherte sich ihm wie eine Muräne im Korallenriff. Ihr Unterkiefer arbeitete, als sie auf einen privaten Kanal wechselte. Er schaltete sich zu.

»Kapitän Holden«, sagte sie, »ich weiß zu schätzen, was Sie getan haben, um mich in diese Station zu bringen, aber ich bin jetzt drin. Von jetzt an sind Sie für mich weitaus weniger nützlich. Ich würde Ihnen dringend empfehlen, mir nicht auf die Nerven zu gehen, weil ich mich sonst erinnere, dass Sie noch eine Kugel ins Gesicht bei mir guthaben. Gegenseitigkeit, nicht wahr?«

Sie nickte einmal knapp, als stimmte sie an seiner Statt zu, und wechselte wieder auf den offenen Kanal.

»Das hier ist eine Sackgasse. Wir kehren um und versuchen es anderswo.«

Sie schob sich an Jim vorbei und steuerte die Halle an, die sie kurz vorher verlassen hatten. Teresa folgte ihr. Jim schwebte einen Moment im Gang, links und rechts mit den Händen an den Wänden verankert. Aus der Tiefe, wo der Gang zu schmal für Menschen war, flog ein Schwarm Leuchtkäfer empor und zog an Teresa und Tanaka vorbei.

»Ehrlich? Haben Sie ihr einen Schuss ins Gesicht verpasst?«

»Sie wollte uns umbringen«, erwiderte Jim. »Aber es lag wohl vor allem daran, dass sie mich an die laconischen Verhörspezialisten erinnert hat, die mich windelweich geprügelt haben.«

»Als Rache für Prügel ist ein Schuss ins Gesicht schon ziemlich gut.«

»Ich habe mich danach nicht besser gefühlt.«

»Da war mal ein Typ, als ich gerade bei Star Helix angefangen hatte. Jason. Hat den Boss verärgert, ich weiß gar nicht mehr, warum.

Musste im Büro arbeiten und forensische Daten verarbeiten. Das klingt gar nicht so übel, aber in Wirklichkeit musste er die Logdaten von Leuten durchsehen. Überwachungskameras auswerten. Das grässliche Zeug sichten, das die Verdächtigen nicht auf den Hauptpartitionen hatten. Tag für Tag musste er sich furchtbare Sachen ansehen und konnte absolut nichts tun. Das setzte ihm zu. Der Gewerkschaftspsychiater nannte es ›beständig wiederkehrendes Trauma‹. Wir wussten alle, was kommen würde. Die da erinnert mich an ihn.«

Jim schaltete das Mikrofon ab, folgte den anderen und schloss rasch auf. »Wie lange hat er das ausgehalten?«

»Anderthalb Jahre. Fast neunzehn Monate. Wir fanden alle, dass es ziemlich lange war. Die meisten Leute, die diesen Job machten, suchten sich spätestens nach sechs Monaten einen Weg, um da wieder rauszukommen.«

»Ich glaube, wir haben hier keine sechs Monate.«

»Ich sage nur, dass die freundliche Frau Colonel schon vorher einen an der Waffel hatte. Es geht ihr gar nicht gut. Sie sollten sich darauf vorbereiten, dass Sie noch einmal auf sie schießen müssen, ehe es vorbei ist.«

»Als ich das letzte Mal auf sie geschossen habe, trug sie keine laconische Motorrüstung, und ich habe sie nicht mal getötet.«

»Tja, alter Freund«, sagte Miller. »Das könnte ein Problem werden.«

42 Alex

»Ich sehe immer noch eine Verzögerung bei den rückwärtigen Nahkampfkanonen«, sagte Alex. »Es sind aber nur fünfzehn Millisekunden, also nicht so schlimm.«

»Verstanden«, antwortete Amos. »Ich habe sonst gerade nichts zu tun, und eine Verzögerung ist eine Verzögerung. Gib mir eine Minute, dann isoliere ich die Leitung.«

»Alles klar«, antwortete Alex. Auf dem Flugdeck war die Beleuchtung stark gedämpft, wie er es bevorzugte, aber die Dunkelheit war nicht beruhigend. Selbst die Geräusche der *Rosinante*, sonst so vertraut wie sein Gesicht im Spiegel, schienen unheildrohend. Sein Rücken und die Schultern waren so verspannt, dass er seit einigen Tagen Kopfschmerzen hatte, und er konnte nicht mehr sagen, wann er das letzte Mal eine Nacht durchgeschlafen hatte. Und das hatte schon begonnen, bevor Jim und Teresa mit einer eiskalten Killerin in die Alien-Station geflogen waren. Ehe Jim sich absichtlich mit dem Protomolekül infiziert hatte. Ehe Duarte begonnen hatte, die Menschheit zu einem einzigen riesigen Organismus zu verschmelzen, der anscheinend vor allem ihn, Amos und Naomi umbringen wollte.

Wenn man es so sah, war ein wenig Schlaflosigkeit vermutlich durchaus angemessen.

»So«, sagte Amos. »Probier es noch mal.«

Alex aktivierte die Testroutine. »Unverändert.«

»Gut. Jetzt die einzelnen Nahkampfkanonen am Heck.«

»Die gleiche Verzögerung.«

»Und alle zusammen?«

»Das sieht gut aus.«

Mit Amos' Seufzen ging ein bestimmter Gesichtsausdruck einher, den Alex vor sich sah, auch wenn der große Mann die Kamera nicht eingeschaltet hatte. Hochgezogene Augenbrauen, die Mundwinkel verzogen wie ein Vater, der sein Kind bei etwas Wichtigem versagen sah. Zu gleichen Teilen Zuneigung und Enttäuschung. »Das bedeutet, dass es der Vakuumkanal zwischen ihnen ist. Ich versuche mal, ihn zu spülen.«

Naomis Stimme drang vom Operationsdeck herauf und kam gleichzeitig aus dem Com. »Brauchst du Hilfe?«

»Da sage ich nicht Nein«, antwortete Amos. »Das ist eigentlich ein Job für zwei Leute.«

»Bin schon unterwegs.« Und dann, nur durch die Luft: »Alex, behalte die Tore im Auge. Wenn irgendein Transit hereinkommt …«

»Dann schlage ich Krach. Keine Sorge.«

»Danke.«

»Hey, Naomi, ich wollte nur sagen, ganz egal, was geschieht, es war mir eine Ehre, so lange mit dir zu fliegen.«

»Alex, ich glaube, ich bin nicht in der Stimmung für eine weitere Abschiedsrede.«

»Nein, aber ich wollte, dass du es weißt.«

Nach einer kleinen Pause sagte sie: »Es war auch mir eine Ehre.« Dann war sie fort und kroch durch den Raum zwischen den Hüllen zu Amos, um ihr Schiff ein letztes Mal auf Vordermann zu bringen.

Es war seltsam, dass Teresa nicht da war und Amos helfen konnte. Das Mädchen war noch gar nicht so lange auf der *Rosinante*, aber er hatte sich so an sie gewöhnt, dass ihn ihre Abwesenheit störte. Und dass Jim auch nicht da war, fand er sogar noch schlimmer. Am liebsten hätte er ständig bei ihm nachgefragt und sich erkundigt, ob er schlief, ob er das Radar beobachtete oder sich einen Kaffee holte. Es gab einen Bereich in Alex' Denken, der sich einfach nicht damit abfinden wollte, dass Jim nicht auf der *Rosinante* war. Und dass Clarissa nicht da war. Und Bobbie.

Nun begann die letzte Runde, und ihm wurde bewusst, dass er irgendwie immer erwartet hatte, alle würden irgendwie schon wieder auftauchen. Genau genommen ein törichter Gedanke, aber es kam ihm überhaupt nicht lächerlich vor. Clarissa war schon vor vielen Jahren gestorben, und doch wartete Alex' Herz geduldig darauf, dass ihr Name wieder auf dem Dienstplan erschien. Bobbie war verloren – er hatte es sogar gesehen –, und doch rechnete er damit, ihre Stimme in der Kombüse zu hören, wie sie lachte und Amos auf die eigenartige Weise nervte, wie es sonst nur Geschwister konnten.

Die Toten waren immer noch da, weil er es nicht über sich brachte, sich einzugestehen, dass sie fort waren. Natürlich wusste er es, natürlich verstand er es. Aber wie ein Kind, das etwas Kostbares verloren hatte, konnte er das Gefühl nicht abschütteln, dass es irgendwie doch noch da sei, wenn er noch einmal genau hinschaute. Vielleicht waren die Menschen, die er liebte, doch nicht für immer verloren. Vielleicht war die Vergangenheit – seine Vergangenheit mit den Verlusten und den Fehlern – noch nahe genug, um hineinzugreifen und alles an die richtige Stelle zu rücken, wenn er sich nur ein wenig danach ausstreckte. Vielleicht konnte trotz allem immer noch alles gut enden.

»Prüfe es noch einmal«, sagte Amos. Alex startete den Test.

»Verdammt will ich sein«, sagte er. »Das war es.«

»Keine Verzögerung mehr?«

»Eine Millisekunde.«

»Ja, also, besser wird es nicht«, stimmte Amos zu. »Ich packe das Werkzeug ein und nehme mir dann die Railgun vor.«

»Ich bin hier«, antwortete Alex. Es klang viel eher nach einem Gebet als gewöhnlich.

Er aktualisierte die taktische Anzeige, um zu überprüfen, ob sich etwas verändert hatte, ließ Musik laufen und stellte sie wieder ab. Nach den letzten Daten, die sie bekommen hatten, ehe die Repeater ausgefallen waren, sollten die ersten anrückenden Schiffe schon da sein. Die Tatsache, dass sie nicht kamen, ließ vermuten, dass sich außerhalb des Ringraums etwas verändert hatte. Leider konnte er nicht in Erfahrung bringen, worum es sich handelte. Als junger Mann auf dem Mars, noch ehe er zur Raummarine gegangen war, hatte ihn einer seiner Cousins überredet, ein paar Wochen lang eine Kampfkunstschule zu besuchen. Eine der Übungen hatte darin bestanden, dass ihnen der Trainer einen Sack über den Kopf gestülpt hatte. Dann mussten sie erraten, aus welcher Richtung die fortgeschrittenen Schüler angreifen würden. Die Mischung aus Verletzlichkeit, Aufmerksamkeit und der Übelkeit erregenden akuten Vorahnung unterschied sich nicht sehr von dem, was er jetzt erlebte. Er frischte die taktische Karte noch einmal auf.

Naomi kehrte auf das Operationsdeck unter ihm zurück. Er erkannte es an dem süßen Duft von Kamille und dem leisen Klirren der Gurtverschlüsse, als sie sich anschnallte. Ein paar Sekunden später war im Com Elvis blechern komprimierte Stimme zu hören. Es war zu leise, um die Worte zu verstehen, doch sie sprach angespannt und abgehackt.

»Verstanden«, sagte Naomi. »Momentan bin ich etwas unterbesetzt. Schicken Sie jemanden rüber, und ich gebe ihnen die nötigen Rechte.«

Alex wartete ein paar Sekunden, bis er sicher war, dass er nicht störte, dann rief er nach unten: »Stimmt was nicht auf der *Falcon*?«

»Sie sind etwas knapp mit den Medikamenten, die uns die Leute aus dem Kopf halten. Elvi will auf unsere Vorräte zurückgreifen.«

»Wenn man es so sieht, ist das ein gutes Zeichen«, sagte Alex.

»Ich kann dir nicht folgen.«

»Würde Duarte sich keine Sorgen machen, dass wir etwas gegen ihn ausrichten können, dann müsste er nur abwarten, bis uns die Medikamente ausgehen, oder? Die ganze Sache mit den Schiffen und den ausgeschalteten Repeatern, das macht er nur, weil er denkt, es lohnt sich für ihn. Also sind wir auf irgendeine Weise eine Bedrohung.«

»Ich frage mich, ob er es uns verraten würde. Ich meine, wenn wir ihn ganz freundlich fragen?«, antwortete Naomi. Es war eine Harmonie aus Verzweiflung und Galgenhumor.

»Wir werden es schon noch herausfinden«, erwiderte Alex. »Soll ich die Brücke einziehen, sobald Elvi hat, was sie von uns haben will? Im Kampf können wir besser manövrieren, wenn wir uns nicht mit der *Falcon* abstimmen müssen.«

»Nein«, entschied Naomi. »Die *Rosinante* ist das Flaggschiff des Untergrunds, und die *Falcon* ist das laconische Flaggschiff. Alle anderen Einheiten beobachten uns. Ich will nichts tun, was den Eindruck erweckt, wir seien zwei verschiedene Flotten. Außerdem stehen wir weit hinten. Wenn uns der Kampf erreicht, ist vorher eine ganze Menge in die Hose gegangen.«

»Oder die *Whirlwind* ist angekommen«, meinte Alex.

»In dem Fall ist sowieso alles egal.«

»Ja«, stimmte er zu. Etwas leiser und mehr für sich ergänzte er: »Aber wenigstens haben wir den Ärschen etwas Angst gemacht.«

Wie um ihm zu antworten, überfluteten ihn andere Wesenheiten, und auf einmal waren viele Menschen bei ihm. Eine Woge von Eindrücken – eine ältere Frau in einem Apartment auf Luna, ein jüngerer Mann, mit dessen rechtem Fuß etwas nicht stimmte, ein Kind auf einer unbefestigten Straße trat gegen einen abgenutzten Ball. Ein umfassendes Gefühl für die ganze Menschheit – Männer, Frauen, beides und keines davon, erschöpft, überschwänglich und wütend, jung und alt – überschwemmte ihn, als hätte jemand einen Löschschlauch aufgedreht. Die Idee eines

Alex Kamal erodierte. Er biss sich auf die Unterlippe, um in den eigenen Körper und sein eigenes Ich zurückzukehren.

Es ist in Ordnung, einfach loszulassen, sagte eine Stimme, die so komplex und vielfältig klang wie ein ganzer Chor. Hätten Engel Stimmen gehabt, sie hätten so geklungen. *Es ist in Ordnung loszulassen. Festhalten bringt nur Schmerz und Müdigkeit mit sich. Lass uns dich tragen, dann kannst du ruhen. Du kannst jetzt loslassen.* Es war fast überzeugend. Fast reichte es aus.

Die Woge ging vorüber, aber sie verschwand nicht völlig. Sie blieb bestehen, ein kleiner Druck wie eine Hand auf dem Hinterkopf. Eine leichte Berührung, zugleich Einladung und Drohung. Mit fliegenden Fingern fischte er eine pfirsichfarbene Tablette aus der Tasche. Er kaute sie, damit sich das Pulver im Mund verteilte und schneller in den Kreislauf aufgenommen wurde. Das Mittel schmeckte unglaublich bitter.

»Habt ihr das auch gespürt?«, fragte er über den Schiffscom.

»Und ob«, antwortete Amos. »Ich kann nicht behaupten, dass es mir gefallen hat.«

Naomi sagte: »Ich glaube, es war konzentrierter als vorher. Ich fürchte, es will uns weichklopfen und jeden, der an der Grenze steht, endgültig herüberziehen.«

»Das glaube ich nicht, Boss«, widersprach Amos. »Für mich fühlte es sich eher an wie ›ergib dich oder stirb‹.«

Alex' taktische Karte warf eine Alarmmeldung aus. Helle rote Punkte an mehreren benachbarten Toren. Die *Rosinante* analysierte das Geschehen anhand alter Daten, der Umrisse und der Antriebssignaturen. Ausgehend von dem Wissen, welche Schiffe sich vorher genähert hatten und was jetzt zu erkennen war, konnte sie sechs Einheiten ausmachen: ein laconisches Kampfschiff, drei Piratenjäger und zwei private Frachter mit nachträglich eingebauten Torpedorohren. Sie flogen schnell durch eine kleine Gruppe von Toren, die im Ringraum nicht weiter als zwanzig Grad voneinander entfernt waren.

»Ich glaube, die Railgun sieht gut aus«, meldete Amos. »Ich gehe jetzt in den Maschinenraum und lege das Flickzeug bereit, falls uns jemand durchlöchert.«

Über den Com war eine andere Stimme zu hören, ein Rundspruch an alle Schiffe. »Hier ist Kapitän Botton von der *Derecho.* Wir haben Feinde gesichtet und greifen an.«

»Bestätigt«, rief Naomi auf dem Operationsdeck. »Alle Schiffe, weichen Sie aus und verteidigen Sie sich, aber halten Sie die Positionen.«

Auf der taktischen Karte flog die *Derecho* den hereinkommenden Schiffen entgegen, doch der Rest von Naomis Flotte wartete ab. Mehr als fünfzig blaue Flecken schossen durch den Ringraum, ein halbes Dutzend rote Punkte rasten wie eine Messerklinge auf die Station im Zentrum zu. Sie zielten auf die *Rosinante*, auf die *Falcon* und auf Jim. Wenn die Punkte sich langsam zu bewegen schienen, dann lag es nur daran, dass die Distanzen so groß waren.

»Was siehst du?«, rief Alex.

»Ich bin noch nicht sicher«, rief Naomi zurück. Sechs weitere Punkte erschienen auf der taktischen Karte. Sie drangen auf der anderen Seite in den Ringraum ein. »Das da. Darauf habe ich gewartet.«

Die Coms gaben eine zirpende Fehlermeldung aus. Naomi fluchte. Alex rief einen Spiegel ihres Displays auf, um festzustellen, was da los war. Störsignale im gesamten Spektrum von allen feindlichen Schiffen. Auf allen Funkbändern waren Störgeräusche und gefälschte Anfragen zu hören, bis die *Rosinante* aufgab und die Antennenanlage neu startete. Alex hatte schon viele Kämpfe erlebt, aber, abgesehen von einem Piratenangriff, noch nie etwas so Weitgefächertes gesehen.

»Alex, kannst du mir eine Richtstrahlverbindung geben?«

»Sag mir, mit wem du reden willst, dann stelle ich uns darauf ein.«

Auf seinem Bildschirm erschien eine Liste, die er der Reihe nach abarbeitete. Das Ziel anpeilen, die Verbindung aufbauen,

Befehle senden, zum nächsten Schiff springen. Es dauerte nicht viel länger als eine allgemeine Sendung, doch die unsichtbare Hand auf seinem Hinterkopf wurde ein wenig schwerer. Naomis Kräfte ohne Rundruf zu koordinieren bedeutete, ein spontanes Netzwerk einzurichten, das im Auge behielt, wo alle anderen Schiffe waren, zwischen ihnen hin und her zu springen und die Daten hin und her zu befördern, so schnell es die Laserstrahlen erlaubten. Theoretisch war es ohne Weiteres möglich. In der Praxis war es komplizierter. Jedes Schiff, bei dem der Buffer versagte, verlangsamte das ganze System. Jeder Laser, der das Ziel verlor, führte dazu, dass Befehle nicht ankamen, und die Bitten um erneute Übermittlung und die zusätzlichen Sendungen waren ein Quell für Missverständnis, Hemmnis und Fehler.

Die feindlichen Schiffe waren fünf zu eins unterlegen, und sie flogen auf eigenartigen, spiralförmigen Kursen, lockten Naomis Flotte an und rasten davon, ehe sie in Reichweite waren. Sie verleiteten Naomis Schiffe, sich zu weit vorzuwagen, ließen sich aber nie auf einen Kampf ein. Alex war nicht sicher, ob es überhaupt ein Kampf oder womöglich doch nur eine Finte war, um festzustellen, wie Naomi reagieren würde, bis die *Derecho* in Schussweite der ersten feindlichen Gruppe kam.

Das Timing des Angriffs war erstaunlich. Das am weitesten entfernte feindliche Schiff blühte förmlich auf, als es Torpedos losjagte wie ein Löwenzahn seine Samen. Dann war das nächstnähere Schiff an der Reihe, dann das folgende und schließlich das nächste. Welle auf Welle, wobei die ersten Torpedos ein wenig langsamer flogen, damit die anderen aufschließen konnten. Alex richtete die Teleskope der *Rosinante* ein, um alles genau zu verfolgen.

Die *Derecho* war ein Zerstörer der *Storm*-Klasse. Das Rückgrat der laconischen Raummarine. Die anderen Schiffe waren schwächer und kleiner und nicht so gut bewaffnet. Hätte ihn jemand gefragt, dann hätte Alex ohne groß nachzudenken sein ganzes Geld auf die *Derecho* gesetzt. Die vollen Salven der feindlichen Schiffe schwärmten aus und trafen koordiniert im Abstand von Millisekunden bei der *Derecho* ein. Die Nahkampfkanonen feuerten unablässig, die Abwehrraketen erledigten ein Dutzend Raketen auf einmal, und doch wurde sie überwältigt.

Der Einschlag war wie eine plötzlich aufflammende neue Sonne. Als sie kurz danach verblasste, trieb der Zerstörer ohne Steuerung dahin, drehte sich langsam um sich selbst und näherte sich dem vernichtenden Rand des Ringraums. Es gab nichts, was ihn retten konnte. Er hoffte, alle an Bord seien bereits tot.

»Ach du Scheiße«, sagte Naomi.

»Ich habe das Gefühl, dies hier läuft nicht so wie andere Kämpfe«, sagte Alex über den Com. Er war ziemlich sicher, dass seine Stimme nicht bebte.

»Es ist leichter, einen Feind auszuschalten, wenn einem egal ist, was danach kommt«, stimmte Amos zu. »Diese Schiffe sind fertig, aber ich glaube, das kümmert sie nicht.«

Es ist in Ordnung loszulassen. Leg jetzt die Waffen nieder, damit rettest du die Menschheit, statt sie zu zerstören. Fürchte dich nicht vor den Veränderungen, die kommen werden, denn sie sind das Einzige, was uns alle retten kann. Alex biss die Zähne zusammen, bis ihm die Kaumuskeln wehtaten.

»Alex!«, rief Naomi.

Ihm wurde bewusst, dass sie ihn nicht zum ersten Mal rief. »Ich bin da. Was gibt es?«

»Ich brauche einen Richtstrahl für die *Godalming*. Sofort.«

Alex beeilte sich und suchte das Schiff. Es war ein Piratenschiff, das mit dem Untergrund konspirierte. Er entdeckte es am Rand von Naomis Kräften, von der zerstörten *Derecho* aus gesehen, fast auf der anderen Seite des Ringraumes. Die Zeitverzögerung war so gering, dass sie in Echtzeit sprechen konnten.

»*Godalming*«, sagte Naomi. »Hier ist die *Rosinante*. Sie weichen von der festgelegten Flugbahn ab.«

Die Stimme, die ihr antwortete, klang älter und rau. »*Rosinante*, wir können dieses pinché Arschloch erwischen. Wir nehmen ihn uns vor.«

»Lassen Sie das«, sagte Naomi.

Alex rief die taktische Karte auf, und selbst dort brauchte er einen Augenblick, um es zu erkennen. Die feindlichen Schiffe hatten mit ihrem seltsamen Spiralkurs Naomis Einheiten weiter und weiter herausgelockt, bis sich eines zu weit vorgewagt hatte. Jetzt wendeten die feindlichen Schiffe wie verschiedene Gliedmaßen ein und desselben Tiers und beschleunigten stark auf Bahnen, die dem Piraten jede Unterstützung und Hilfe nahmen, während sie ihn umzingelten.

»Hier ist alles klar«, beharrte die *Godalming* halsstarrig. »Wir haben schon Schlimmeres erlebt.«

Es ist in Ordnung loszulassen. Im Tod liegt keine Ehre.

Die taktische Karte warf einen weiteren Alarm aus. Fünf neue rote Punkte kamen im gleichen Augenblick durch verschiedene Ringtore herein. Jetzt sah Alex sie als das, was sie waren. Eine Jagdgruppe.

Er bereitete die Serie von Richtstrahlverbindungen vor, um angesichts der neuen Feinde neue Befehle zu übermitteln, da kam ein weiterer Transit. Klein und rasend schnell, mit hartem Bremsschub, um die Geschwindigkeit zu mindern, damit es nicht gegen die Ringstation prallte und vernichtet wurde. Die *Rosinante* schätzte den Schub auf fast zwanzig G. Selbst wenn die Leute im Inneren in Tanks lagen, gefährdete sie der eigene Bremsvorgang so sehr wie der Kampf, in den sie sich stürzen wollten.

»Naomi?«

»Bring uns hin«, sagte sie.

Sie hatten keine Zeit, sich von der *Falcon* zu lösen. Alex übernahm die Kontrolle über beide Schiffe, wendete sie und gab koordiniert Schub, damit sie zusammenblieben. Das winzige schnelle Schiff war durch seine eigene Rückstoßfahne weitgehend blind, doch die feindlichen Schiffe konnten beobachten, was die *Rosinante* tat. Alle Augen waren miteinander verbunden, alle Geister waren eins. Alex entwarf einen Beschussplan, der mit der *Falcon* synchron war, und jagte dem feindlichen Schiff eine Railgun-Ladung in den Weg. Schon als er feuerte, wich der Gegner aus. Alex schaltete auf Torpedos um und schickte einen Fächer hinaus, der zwischen dem Schiff und der Station explodieren würde.

Als die Raketen unterwegs waren, ging ein Notruf von der *Godalming* ein, der plötzlich abbrach. Die Torpedos schienen über das Display zu kriechen. Alex drängte sie in Gedanken, sich schneller zu bewegen, als könnten sie den Gesetzen der Physik vielleicht doch ein wenig trotzen. Weil es ihm wichtig war.

»Sie werden nicht treffen«, sagte Naomi.

»Sollen sie auch nicht«, antwortete Alex. »Ich lege ihnen nur ein paar Trümmer in den Weg.«

Die Torpedos explodierten und verschwanden vom Display. Die *Rosinante* erfasste die Kugeln aus Energie und Schrott, die von ihren letzten Positionen ausgingen. Das feindliche Schiff schlug durch die Kugeln, als fiele ein Stein durch eine Wolke. Alex hielt den Atem an. In diesem Bereich war immer noch erheblich mehr leerer Raum als Materie, doch bei der Geschwindigkeit, mit der dieser schnelle Transporter flog, wäre schon ein Metallbröckchen in der Größe eines Fingernagels genug, um …

Der Antrieb des feindlichen Schiffs flackerte. Alex atmete langsam aus.

»Gut gemacht«, sagte Amos über den Com.

»Man muss ja auch mal Glück haben«, antwortete Alex. Trotzdem war er ein wenig stolz auf seine Leistung.

»Wir ziehen uns zurück«, entschied Naomi. »Wir parken direkt über Jims Eingang. Sie wollen zur Station, und wir werden das Letzte sein, was sie bekämpfen müssen, um dorthin zu gelangen.«

43 Jim

Die Gänge waren unterschiedlich. Manche waren so groß, dass ein ganzes Raumschiff hindurchgepasst hätte, eher ein Dock als ein Korridor. Andere waren wie die auf der *Rosinante* oder der *Falcon*, gut geeignet für menschliche Benutzer. Manche waren eher Kriechräume und wieder andere so eng wie Strohhalme. Wahrscheinlich gab es auch welche, die man mit bloßem Auge nicht einmal erkennen konnte. Die Station funktionierte in jeder Größenordnung wie ein Fraktal ihrer selbst.

Jims Fieber hielt sich, und nun wurden sein Gesicht und die Finger taub. Zuerst waren es Nadelstiche, dann ein Gefühl der Leere. Wenn er die Hände zusammenpresste, spürte er den Druck oder sogar einen Schmerz, aber leichtere Berührungen nahm er nicht mehr wahr. Im Bauch hatte er ein vibrierendes elektrisches Gefühl, das er überhaupt nicht mochte. Tanaka bat ihn nicht mehr um Auskunft über seinen Gesundheitszustand, und er teilte ihr von sich aus nichts mehr mit.

Der Gang, in dem sie es jetzt versuchten, machte eine scharfe Biegung. Jim hatte längst die Orientierung verloren. Vielleicht näherten sie sich dem Zentrum der Station, vielleicht auch der Außenhülle. Das Einzige, was er sicher wusste, war, dass Tanaka immer genau zu wissen schien, welchen Weg sie nehmen mussten, und dass die Zeit knapp war. Jim und Teresa folgten Tanaka um die Biegung in einen etwas größeren Raum, wo ihr Tunnel einen anderen in einem schiefen Winkel kreuzte. Tanaka blieb auf der Kreuzung stehen und tippte auf die Anzugsteuerung am Handgelenk. Die Falten auf ihrer Stirn waren so scharf, dass man ein Messer an ihnen wetzen konnte.

»Suchen Sie etwas Bestimmtes?«, fragte Jim über den offenen Kanal. »Die Anlage ist ziemlich groß, sodass wir sicher nicht zufällig auf Duarte treffen werden.«

Tanaka reagierte gereizt. »Ich habe eine vollständige Karte, die mir die *Falcon* erzeugt hat, und ich erkenne die wahrscheinlichsten Standorte anhand der Strukturen und der Energieströme, die allerdings nur Annäherungen und ungenauer sind als erwartet ...«

»Oder die Anlage ändert sich ständig«, meinte Miller achselzuckend.

»... und außerdem benutze ich chemische Marker, die aufschlussreicher wären, wenn ich einen anderen Anzug hätte. Ich bin jedoch sicher, dass sie uns zum Ziel führen werden. Es gibt Störgeräusche, aber ich mache Fortschritte.«

Miller kratzte sich an der Nase, worauf Jims Nase juckte. »Ich glaube nicht, dass sie Fortschritte macht. Aber da sie gewalttätig, frustriert und schwer bewaffnet ist, würde ich sie nicht weiter ärgern.«

Teresa schwebte neben Jim. Ihr Gesicht war bleich, und sie hatte dunkle Ringe unter den Augen, als hätte sie lange nicht geschlafen.

Jim legte ihr eine Hand auf die Schulter. Es dauerte ein paar Sekunden, bis sie ihn ansah. »Wie kommst zurecht?«, fragte er sie.

»Ich höre einen Jungen, der erzählt, wie sehr er seine Schwester vermisst. Ich glaube, er spricht Koreanisch. Die Sprache beherrsche ich gar nicht, aber ich verstehe ihn trotzdem. Es ist wie der Turmbau zu Babel, nur umgekehrt.«

»Lass dich nicht ablenken«, sagte Tanaka.

Jim rechnete mit einer heftigen Erwiderung von Teresa, doch das Mädchen beschränkte sich auf ein Kopfschütteln. »Ich will einfach nur meinen Vater finden.«

»Hier entlang.« Tanaka zeigte auf einen abzweigenden Tunnel. »Dort sind die Spuren stärker.«

Sie stieß sich ab, und Teresa folgte ihr. Jim fragte sich, was sie tun würde, wenn er einen anderen Weg einschlug. Dann seufzte er und folgte den beiden. Er wollte Tanaka nicht mit dem Mädchen allein lassen.

»Wenn Sie einen Wiederholungstäter haben«, sagte Miller, »dann wissen Sie nach einer Weile, wie er tickt.«

Vor ihnen wurde der Gang heller und teilte sich wie eine Arterie in zwei kleinere Zweige auf. Tanaka entschied sich für einen davon, Teresa verfehlte ihn, trieb umher, prallte gegen eine Wand und richtete sich neu aus.

»Ich habe ganz vergessen, wie wenig ich Ihre erhellenden Copgeschichten vermisst habe«, antwortete er.

»Und trotzdem bin ich da und erkläre Ihnen was. Wenn Sie sehen, wie jemand arbeitet, dann erkennen Sie, wie er denkt. Joey schneidet ein halbes Dutzend Mal die Wand auf, um in ein Lagerhaus zu gelangen, und wenn Sie das nächste Mal ein Lagerhaus mit einem Loch in der Wand sehen, wollen Sie vermutlich überprüfen, wo Joey in der Nacht war. Die Leute verändern sich nicht. Nicht wirklich. Auf die Strategien, die für sie funktionieren, greifen sie immer wieder zurück.«

»Verstehe.«

»Also sehe ich mir Ihren Kumpel Duarte an, ja? Und es scheint mir, dass es hier wieder so läuft wie auf Eros. Vielleicht nicht was das Ziel betrifft, aber die Methode ist ähnlich. Auf Eros hat der Dreck die Körper der Menschen übernommen und aus ihnen gemacht, was er brauchte.«

»Und Duarte tut das Gleiche. Er benutzt die Menschen als Bausteine für das, was er will.«

»Kann sein.«

Jim sah sich um. Miller schien neben ihm zu schweben, obwohl das gar nicht möglich war. Eine perfekte Illusion.

Der Detective machte eine müde Geste mit dem Ellenbogen. »Sie müssen sich fragen, ob Sie Duarte für den Täter halten, oder ob er eines der ersten Opfer ist. Sie wissen doch, dass sich dieses Zeug in die Dopaminrezeptoren einklinken kann. So kann es Sie trainieren, das zu mögen, was Sie mögen sollen. Vielleicht hat das Zeug ausgenutzt, was er für das Mädchen da vorne empfindet, und benutzt das wie eine Hundeleine. Die Wesen, die dieses Labyrinth gebaut haben, steuern ihn vielleicht genauso aus ihren Gräbern, wie sie es mit Julie getan haben. Und es gibt einige Dinge, auf die Sie nur zugreifen können, wenn Sie im Substrat sind. Daran erinnern Sie sich doch.«

»Das ist unangenehm«, antwortete Jim. »Aber es ist richtig. Meine Überlegungen gehen in eine ähnliche Richtung.«

»Natürlich denken Sie so. Ich benutze ja Ihr Gehirn. Es ist ja nicht so, dass ich irgendwelche eigenen Neuronen in diese Partnerschaft einbringe.«

»Also rede ich letzten Endes doch nur mit mir selbst? Wie enttäuschend.«

»Nein«, antwortete Miller. »Was von mir noch da ist, bemüht sich, Ihnen Hinweise zu geben. Das ist Ihr Fall, alter Freund. Sie wissen mehr, als Sie glauben.«

Tief in Jims Bauch regte sich etwas. Einen Moment lang tat es weh, dann wichen die Schmerzen einer Gelassenheit, die ihn sofort an Dinge wie Nervenschäden denken ließ. Doch er dachte nicht an seinen Körper. Er dachte an die Eros-Station, als das Protomolekül freigesetzt wurde. Er sah wieder Julie Maos Leiche in dem miesen kleinen Hotelzimmer und die schwarzen Spiralen, die von ihrem Körper die Wand hinaufgelaufen waren. Die blauen Leuchtkäfer, die in der Luft geschwebt hatten. Diese Erinnerung löste im Hinterkopf einen Juckreiz aus. Es ging um sie und doch nicht um sie. Es ging um Eros und doch nicht um Eros.

»Oh«, sagte er. »Wir haben Wärmesensoren eingesetzt.« Tanaka drehte sich nicht um und reagierte nicht. Er vergewisserte sich, dass sein Mikrofon eingeschaltet war. »Tanaka! Damals auf Eros haben wir Wärmesensoren benutzt.«

Tanaka tippte auf die Düsen ihres Anzugs, hielt mitten in der Luft an und drehte sich zu ihm um. Teresa, die näher an der Wand war, hielt sich mit den Fingern an einem Vorsprung fest und benutzte ihn wie einen Handgriff. Jim bremste ab und hielt ebenfalls an. Miller schwebte unsichtbar neben Tanaka, bis Jim zurückblickte. Dann war er auch dort.

»Als Eros sich in Bewegung gesetzt hat, wärmte er sich auf«, erklärte Jim. »Miller ging da rein, um es aufzuhalten. Er suchte nach warmen Stellen. Wenn Duarte hier auf ähnliche Weise im Zentrum ist, wie Juliette Mao Eros gesteuert hat, dann verbraucht er eine Menge Energie. Das erzeugt viel Abwärme. Vielleicht hilft das, falls die Karte nicht stimmt.«

Er wusste Tanakas Schweigen nicht zu deuten, doch sie dachte anscheinend darüber nach. Das Jucken auf Jims Nase wurde schlimmer, wie ein Stich von einem kleinen Insekt direkt neben dem rechten Nasenloch. Aus einer Wand wirbelten blaue Punkte heraus, drangen in die gegenüberliegende Wand ein und verschwanden.

»Na gut.« Tanaka betrachtete die Steuerung auf ihrem Handgelenk. Kurz danach schüttelte sie den Kopf. »Ich habe die Verbindung zur *Falcon* verloren.«

Jim überprüfte sein System. Die einzigen Optionen waren lokal – Tanaka und Teresa. Soweit es seinen Raumanzug betraf, existierte sonst niemand im Universum.

»Wir sind zu weit drinnen«, sagte er. »Oder die Station wirkt wie ein faradayscher Käfig.«

Tanaka senkte den Kopf. Ohne Schwerkraft war es nur ein Ausdruck einer Emotion. In diesem Augenblick empfand Jim sie nicht als Bedrohung, sondern als jemand, der in der gleichen Zwangslage steckte wie er selbst. Dieses schmale, von der Verletzung entstellte Gesicht, die zusammengepressten Lippen, die erschöpften Augen.

»Hey, schon gut«, sagte er. »Wir schaffen das.«

Sie hob den Blick, und die Frau, die ihn nun ansah, war diejenige, die Amos' Wirbelsäule zerschossen hatte. In dem stummen Ausdruck von Hass und Wut in diesen Augen war kein Raum für Verletzlichkeit oder Mitgefühl. Er war sicher, dass sie ausgespuckt hätte, wenn sie keinen Helm getragen hätte.

»Mir nach«, sagte sie. »Und bleiben Sie in meiner Nähe.«

Er tat es.

»War ein guter Versuch«, meinte Miller.

Jim schaltete das Mikrofon ab. »So langsam glaube ich, das hier war doch kein so guter Plan.«

Miller lachte bellend, Jim lächelte. Die Kälte in seinem Bauch und die Taubheit der Gliedmaßen erinnerten ihn ständig daran, dass ihn der Detective bei lebendigem Leibe von innen nach außen auffraß. Tanaka erreichte eine weitere Kreuzung. Hier gab es einen Schacht, der anscheinend aus dem gleichen metallischen Verbundmaterial konstruiert war wie die Außenhülle der Station. Seit ihrer Ankunft war dies der erste Gang, der so aussah. Sie blieb stehen, und er hatte den Eindruck, dass im Spiegelbild ihres Helmdisplays ein thermischer Scan ablief.

»Was passiert?«, fragte er.

»Was passiert wann?«

»Wenn es einen übernimmt. Das Protomolekül. Wenn es damit fertig ist und einen übernommen hat, was passiert dann?«

Der Detective kniff die nicht existierenden Augen zusammen. Jim glaubte einen unnatürlichen blauen Schimmer in ihnen zu entdecken. »Sie wollen wissen, was Sie sich da eingebrockt haben?«

»Genau.«

»Es ist zu spät, um jetzt noch umzukehren.«

»Ich weiß. Ich fühle mich einfach nicht so gut.«

»Wollen Sie verlogene, glückliche Mundbewegungen oder die Wahrheit?«

»Verlogene, glückliche Mundbewegungen.«

»Es ist schön«, antwortete Miller sofort. »Es ist, als schliefe man lange und erholte sich und hätte dabei lauter interessante Träume.«

Jims Bauch verkrampfte sich, ein stechender Schmerz, als hätte sich ein Schraubenzieher herumgedreht. »Sie haben recht, das klingt wirklich schön«, antwortete er mit zusammengebissenen Zähnen. »Ich glaube, das wird mir gefallen.«

»Hier entlang.« Tanaka ging zu dem Metallschacht. »Versuchen Sie Schritt zu halten.«

Sie stürzten. Jim konnte es nun wirklich nicht mehr anders als einen Sturz nennen. Wenn er versuchte, die Bewegung als ein Schweben oder als ein Streben nach vorne oder nach oben zu betrachten, funktionierte es ein oder zwei Herzschläge lang, und dann stürzten sie wieder. Entweder waren die Fäden der Kraftlinien verschwunden, oder er war nicht mehr imstande, sie zu erkennen. Hier gab es mehr blaue Leuchtkäfer, sie wirbelten und tanzten in Strömungen, die nichts mit der Luft zu tun hatten. Unwillkürlich dachte Jim an Vogelschwärme in der Morgendämmerung und an Schulen von Fischen mit silbernen Schuppen. Tausende einzelner Tiere koordinierten sich und bildeten etwas Größeres und Umfassenderes, das Dinge tun konnte, die keines von ihnen allein geschafft hätte. Das fand er wichtig.

Mit seiner linken Hand geschah etwas. Er bemerkte, dass Teresa sie genommen hatte. Sie drückte seine Finger, doch er spürte es nicht.

»Schlaf nicht ein«, sagte sie. Er war ziemlich sicher, dass der Schlaf ein Euphemismus für etwas viel Dauerhafteres war. Er versuchte, das Mikrofon einzuschalten, was ihm schwerer fiel, als es eigentlich der Fall sein sollte. Mit der rechten Hand fummelte er an den Dichtungen herum, bis das Visier aufsprang. Die Luft war eigenartig dicht, als wäre sie feucht, nur eben ohne Feuchtigkeit. Teresa beobachtete ihn mit weit aufgerissenen Augen.

Dann nahm sie ebenfalls ihren Helm ab und hakte ihn an der Hüfte an ihren Anzug.

»Ich gehe nicht weg«, sagte Jim. »Versprochen.«

»Verdammt, was tut ihr da?« Tanakas Stimme klang im Gegensatz zu Teresas Stimme verzerrt. Jim nahm sich vor, die Lautsprecher im Helm zu überprüfen, sobald er wieder auf der *Rosinante* war. Vermutlich hatte sich ein Stecker gelockert.

»Ich hatte Probleme mit dem Mikrofon. Und meine Nase hat gejuckt.«

»Teresa, setz den Helm wieder auf.«

Teresa hielt immer noch seine Hand. Sie sah Tanaka mit einer hinreißenden Darstellung ahnungsloser Unschuld an und zeigte auf die Ohren. *Ich kann nichts hören.* Tanakas Miene spiegelte ihre Wut, und Jim fürchtete sich ein wenig. Doch dann klappte auch sie ihr Visier auf.

»Haltet euch bereit, die Helme auf meinen Befehl wieder aufzusetzen.« Teresa nickte wortlos.

Die Metallwände strahlten Wärme ab. Vorher hatte er es nicht gespürt, weil seine Haut bedeckt gewesen war, doch jetzt fühlte es sich an wie Sonnenlicht an einem heißen Tag. Oder wie ein Backofen, den man gerade geöffnet hatte. Außerdem bemerkte er ein gespenstisches Druckgefühl. Erklären konnte er es nicht. Der Luftdruck lag kaum über einer Atmosphäre, doch ein Teil von ihm spürte eine unmenschlich mächtige Kraft, die mühsam in Schach gehalten wurde. Als schwebte die Station nicht im Vakuum, sondern stünde auf dem Grund eines Meeres, das größer war als manche Planeten.

»Oh, das stimmt sogar ganz wörtlich«, meinte Miller. »Das war ja der Trick.«

»Was für ein Trick?«

Miller machte eine Geste zu den Wänden und den Leuchtkäfern und schloss die ganze unverständliche, komplexe und fremdartige Station mit ein. »Von dort kommt die Macht. Sie haben das Universum aufgeknackt und sich hier hereingedrängelt, und es hat sie zurückgestoßen. Ein ganzes Universum versucht, diesen Ort hier platt zu quetschen, und versorgt dadurch die Tore und die Artefakte mit Energie. Diese Magnetstrahlwaffe, mit der Duarte herumgespielt hat – damit haben sie Sterne gebaut. Sie haben Regeln gebrochen, die man ohne eine völlig andersgeartete Physik im Rücken gar nicht brechen kann. Sie können ja gern an Eva und den Apfel denken, aber das hier? Das hier ist die Ursünde.«

»Wenn wir ihn finden, gehst du vor«, sagte Tanaka. Zuerst verstand Jim nicht, was sie damit meinte.

»In Ordnung«, antwortete Teresa mit einem widerwilligen Ton, der verriet, dass sie dies nicht zum ersten Mal gehört hatte.

»Ich kümmere mich um alles andere.«

Dieses Mal zögerte Teresa mit der Antwort, auch wenn sie das Gleiche sagte. »In Ordnung.«

Die Wärme nahm zu, Jim konnte spüren, wie sich die ersten Schweißperlen auf der Haut bildeten. Der mit Metall ausgekleidete Tunnel vereinigte sich mit drei weiteren ähnlichen Gängen, die jeweils im spitzen Winkel einmündeten. So entstand ein einziger, größerer Gang mit einem fast symmetrischen sechseckigen Querschnitt, der irgendwie desorientierend wirkte. Als seien die Winkel eben doch nicht ganz so regelmäßig. Das Glühen verstärkte sich, und die Hitze wurde allmählich unangenehm.

Tanaka sah auf die Anzeigen am Handgelenk. »Ich glaube, wir sind bald da.«

»Das wäre richtig gut«, stimmte Miller zu. »Sonst seid ihr drei leicht gedünstet, ehe wir den Verdächtigen finden.«

Vor ihnen bewegte sich etwas. Etwas Helles. Zuerst dachte Jim, er hätte es sich nur eingebildet – eine Halluzination vom Protomolekül oder Erschöpfung wegen der Hitze –, doch Tanaka schob sich zwischen sie und das Objekt, was es auch war. Sie schloss das verstärkte Visier und übernahm instinktiv die Rolle der Beschützerin. Aus dem Unterarm fuhr der Lauf der Kanone heraus.

»Oh«, sagte Miller. »Das sollte sie lieber nicht tun.«

»Warten Sie«, sagte Jim, doch Tanaka war schon unterwegs. Er folgte ihr. Ohne Helmdisplay sah er auch keine Anzeigen mehr. Sein Anzug gab ihm mit einem akustischen Signal zu verstehen, dass seine Steuerdüsen fast zur Hälfte erschöpft waren und dass er umkehren sollte, falls er nicht in der Schwerelosigkeit hängen bleiben wollte. Unter anderen Bedingungen wäre dies ein wichtiger Hinweis gewesen.

Das Ding kam ihm bekannt vor, es war metallisch blau und erinnerte an ein Insekt. Einen halben Meter größer als Tanaka, die keinesfalls eine kleine Frau war. Es bewegte sich ruckartig wie ein Uhrwerk, das tickend von einer Position zur nächsten wechselte. Als er sich genauer umsah, bemerkte er andere ähnliche Objekte, die ringsherum in den Wänden verankert waren. Sie standen dort so dicht, dass man hinter ihren Körpern die Wand nicht mehr erkennen konnte.

»Tun Sie ja nichts Aggressives«, warnte Jim.

»Dies ist das erste Objekt, das wir sehen und das ein Wächter sein könnte«, erklärte Tanaka. Ihre Stimme drang laut dröhnend aus den Außenlautsprechern des Anzugs. »Wir weichen nicht zurück.«

Sie veränderte die Position, und der Wächter veränderte seine, um ihr den Weg zu versperren. Sie verzog das Gesicht zu einem wilden Grinsen. Miller beugte sich vor und starrte ihr erstaunt ins Visier. »Sie wird euch alle umbringen, oder?«

»Lassen Sie es mich versuchen«, schaltete sich Jim ein. »Ich bin hier, ich habe die Station geöffnet. Lassen Sie mich wenigstens versuchen, den Wächter abzuschalten.«

Tanaka zog die Waffe ein, fuhr sie wieder heraus und fuhr sie abermals ein. Sie nickte.

»Miller?«

Der Detective zuckte mit den Achseln. »Geben Sie mir eine Minute. Ich werde sehen, was ich tun kann.«

Das eigenartige Gefühl verstärkte sich. Jim beugte einen Phantomkörperteil und wusste, dass er etwas tat, hatte aber kein Gefühl mehr dafür, was es eigentlich war. Wieder verkrampfte sich sein Bauch, dieses Mal etwas höher. Näher am Brustkorb. Die Schmerzen schwollen an und klangen rasch wieder ab.

»Versuchen Sie es jetzt«, sagte er.

Tanaka trat zur Seite, der Wächter ignorierte sie. Danach ging sie an ihm vorbei, und er blieb reglos stehen. Tanaka winkte Teresa zu sich, und das Mädchen kam, während Tanaka den Wächter beobachtete. Es sah aus, als wartete die Frau auf einen Vorwand, um sie zu verteidigen. Jim ging als Letzter. Er atmete flach und schnell, unterhalb der Knie konnte er die Beine nicht mehr spüren.

»Hier wird in mehrfacher Hinsicht die Zeit knapp«, sagte Miller. »Wenn Sie irgendwo herumspielen wollen, sollten Sie es möglichst bald tun.«

»Danke für Ihre Unterstützung und Ihren Rat«, murmelte Jim.

Vor ihnen wechselte das Licht von Blau zu Weiß. Jim aktivierte die Düsen und flog in die kugelförmige, etwa hundert Meter durchmessende Kammer. In der Helligkeit konnte er andere Gänge, demjenigen ähnlich, durch den sie gekommen waren, als dunkle Flecken ausmachen. Das Licht fühlte sich falsch an – irgendwie zäh, körperlich spürbar, flackernd und lebendig. Jim bekam eine Gänsehaut.

Von entgegengesetzten Seiten der Kuppel aus war ein dunkles Geflecht gewachsen, ähnlich wie die Stalaktiten und Stalagmiten, die am Dach und am Boden einer Höhle entstanden und sich in der Mitte trafen. Oder wie die Flügel eines großen, dunklen Engels.

Im Zentrum befand sich etwas von der Größe eines menschlichen Körpers. Ein Mann mit ausgebreiteten Armen wie ein Gekreuzigter. Dicke Stränge des Geflechts liefen in seine Seiten, in die Arme und die Beine hinein. Er trug noch das laconische Blau, nur die Füße waren nackt.

Jim erkannte ihn schon, ehe sie so nahe waren, dass er das Gesicht sehen konnte.

»Daddy?«, sagte Teresa.

44 Teresa

Seit sie die Station betreten hatten, sah Teresa James Holden beim Sterben zu.

Als sie sich getroffen hatten, war ihr sofort klar geworden, dass mit ihm etwas nicht stimmte. Sie erlebte ihn schon seit vielen Jahren, zuerst im Staatshaus auf Laconia, wo er eine unterschwellige Bedrohung dargestellt hatte, dann auf seinem Schiff, wo er sanfter und zerbrechlicher gewirkt hatte. Sie kannte seine Stimmungen und wie er die Dunkelheit, die ihn heimsuchte, mit Humor zu überspielen versuchte. Die Verletzlichkeit, die ihn ausmachte, und seine Stärke. Sie war ziemlich sicher, dass er über sie viel weniger wusste, und das fand sie richtig.

An ihren Vater hatte er sie noch nie erinnert. Bis jetzt.

Sie konnte es nicht genau benennen oder jedenfalls nicht sofort. Sie kämpfte gegen die eindringenden Gedanken an. Die Stimme des Jungen, der immer direkt hinter ihr in einer Sprache redete, die sie nicht verstand, auch wenn sie wusste, was er sagte. Dieser gespenstische Chor, der ihr empfahl, einfach loszulassen. Die Frau, die ein Kind zur Adoption freigegeben hatte und jetzt zwischen Schuldgefühlen und Erleichterung schwankte. Und dann wieder der koreanische Junge, der immer noch über seine Schwester trauerte. Es war anstrengend, nicht hinzuhören, sich nicht darauf einzulassen und bei sich zu bleiben. Deshalb dachte sie, Jim ginge es genauso.

Stundenlang folgte sie Colonel Tanaka durch das Gewirr der Gänge in der Station, während ihr Bewusstsein Funken schlug und ihr entglitt. Es war wie ein Albtraum, aus dem sie gar nicht aufwachen wollte, und die Anstrengung hinderte sie daran, die kleinen Anzeichen wahrzunehmen, die verrieten, wie schlecht es Jim ging. Die Hautfarbe, die sich verändert hatte. Der Ausdruck seiner Augen. Und mehr als alles andere dieses Gefühl von Distanziertheit, als löste er sich nach und nach aus dem, was sie für die Realität hielt.

Einmal vergaß er sein Mikrofon abzuschalten. Dieser Unfug, den er murmelte – *Ich habe ganz vergessen, wie wenig ich Ihre erhellenden Copgeschichten vermisst habe. Verstehe. Und Duarte tut das Gleiche. Er benutzt die Menschen als Bausteine für das, was er will* – und ohne es zu bemerken über Funk verbreitete.

Bei anderen Gelegenheiten verhielt er sich beinahe normal. Er erkundigte sich, wie es ihr ging und wie sie sich hielt, wie er es manchmal auf dem Schiff getan hatte. Er redete mit Tanaka darüber, dass sie mithilfe der Wärmestrahlung den richtigen Weg finden könnten. In diesen Situationen war er fast der Alte. Er selbst. Und dann zogen sie weiter, und er driftete wieder weg.

Sie fanden einen Durchgang, der mit dem gleichen blau schimmernden Metall verkleidet war wie die Außenhülle der Station. Als er hineinflog, öffnete Tanaka einen privaten Kanal zu ihr.

»Wir müssen uns unterhalten«, sagte die Offizierin. »Kapitän Holden ist kompromittiert.«

»Wir sind alle kompromittiert«, erwiderte Teresa.

»Nein, nicht so. Er hat sich eine aktive Probe des Protomoleküls injiziert. Die Eierköpfe haben ihn so weit wie möglich stabilisiert, aber meiner Einschätzung nach wird er bald funktionsuntüchtig.«

Abgelenkt von dem Lärm in ihrem eigenen Kopf, hatte Teresa kaum noch auf ihn geachtet. Das holte sie jetzt nach. Er war neben ihr, ein wenig zurückgefallen, die Arme angelegt und ein abwesendes Lächeln auf den Lippen. Sie erinnerte sich, wie sie im Zimmer ihres Vaters dessen Hand gehalten und ihm zu erklären versucht hatte, dass Dr. Cortázar sie umbringen wollte. Die Unbestimmtheit und die Distanziertheit, die sie jetzt bei Jim sah, waren genau wie bei ihrem Vater.

»Es geht ihm gut«, sagte sie. Sie staunte selbst, wie heftig sie antwortete.

»Ich bitte dich nicht um eine Beurteilung, sondern ich informiere dich über meine«, antwortete Tanaka. »Bis jetzt glaube ich noch, dass Holden nützlich sein konnte, wenn wir den Hochkonsul suchen und bergen, deshalb gehe ich das Risiko ein, das mit seinem Zustand verbunden ist. Du musst aber verstehen, dass dies nicht immer so bleiben wird.«

»Wir lassen ihn nicht zurück.«

»Wenn wir deinen Vater finden, musst du dich ihm nähern. Ihn überzeugen, dass er aufhört, diese Dinge mit unseren Köpfen zu tun. Das ist deine Aufgabe.«

»Ich weiß.«

»Wenn Kapitän Holden noch weiter verfällt, werde ich alles Nötige tun, damit dir und deinem Vater nichts passiert. Du musst verstehen, was dies bedeuten könnte, denn wenn du dich aufregst, regt sich vielleicht auch der Hochkonsul auf.«

Teresa schwieg einen Augenblick. Genau zu verstehen, was Tanaka meinte, war schwieriger, als es hätte sein sollen. *Ich mag sie nicht,* sagte der Junge mit der vermissten Schwester. *Sie verhält sich ruhig, aber sie tut nur so.* Teresa schüttelte den Kopf, doch das Gefühl, jemand sei in ihr Bewusstsein eingedrungen, hielt sich. Sie hatte eine unbehagliche Erinnerung daran, Tanaka zu sein, die nackt und chemisch verändert einen Mann auf einem Bett festhielt. Sie spürte, wie seine Handgelenke knackten, und erinnerte sich an die Freude, dem jungen Mann wehzutun. Ihm Angst einzujagen. *Du wirst die Version von mir, die dann bei dir vorbeischaut, nicht mögen.*

»Wollen Sie mir sagen, dass Sie ihn töten werden?«

»Dazu könnte es kommen, ja. Wenn er meiner Einschätzung nach so sehr kompromittiert ist, dass er eine Bedrohung darstellt.«

»Er ist keine Bedrohung. Das wird er auch nicht sein.«

»Du musst verstehen, dass dies eine militärische Operation ist, und meine Mission ist es, dich und deinen Vater zu beschützen. Ich werde tun, was immer nötig ist, um das zu erreichen. Deine Pflicht ist es, dich deinem Vater zu nähern. Für alles, was danach kommt, bin ich zuständig. Verstehst du das?«

»Ich verstehe.«

»Gut.«

Gedankenverloren hob Jim eine Hand und kratzte sich am Visier. Anscheinend bemerkte er gar nicht, was er tat. Teresa erinnerte sich an die langen Wochen und Monate, in denen sich ihr Vater verändert hatte. Das Entsetzen angesichts des schrecklichen Bruchs, als die Veränderung einsetzte, als er wegging. Als sie ihn verlor. *Im Raumanzug werde ich nicht weinen,* dachte sie. *Ich werde nicht in meinem verdammten Raumanzug weinen.*

Sie tippte auf die Steuerdüsen ihres Anzugs und manövrierte sich neben Jim. Dann nahm sie seine Hand. Zuerst schien er es nicht zu bemerken, aber dann richtete er langsam den Blick auf sie. Mit seinen Augen stimmte etwas nicht. Im Weiß war ein Schimmern zu erkennen, das vorher nicht dort gewesen war. Das nicht dorthin gehörte.

»Schlaf nicht ein.«

Jim wollte etwas sagen, irrte ab, setzte noch einmal an. Er schien frustriert, und dann, ohne Vorwarnung, öffnete er das Visier seines Helms. Er holte einmal tief Luft, dann noch einmal. Sofort war der Impuls in ihr da, seinem Beispiel zu folgen, teils aus Trotz gegenüber Tanaka, teils aus Wut auf das Universum, teils aus einem seltsamen Gefühl der Treue zu diesem alten Mann, der geplant hatte, sie zu töten, um sie dann doch zu retten. Teresa nahm ebenfalls den Helm ab und hakte ihn in die Halterung an der Hüfte. Die Luft im Korridor war bedrückend warm und fühlte sich in der Lunge seltsam an.

Als er sprach, hörte sie ihn nicht über Funk, sondern direkt durch die freie, fremde Luft. *Ich gehe nicht weg. Versprochen.* Sie wusste, dass es nicht wahr war, auch wenn er es nicht begriff.

Tanakas Stimme drang als blechernes Summen aus Jims Funkgerät und den Lautsprechern im Helm an Teresas Hüfte. »Verdammt, was tut ihr da?«

»Ich hatte Probleme mit dem Mikrofon«, antwortete Jim. »Und meine Nase hat gejuckt.«

»Teresa, setz den Helm wieder auf.«

Oder was?, dachte Teresa. Sie war es leid, sich von Leuten herumschubsen zu lassen, die behaupteten, ihr zu helfen. Sie war es leid, eine Laconierin zu sein. Sie tat so, als könne sie Tanakas Worte nicht verstehen, auch wenn alle wussten, dass es nicht zutraf. Tanakas Zorn war weniger wichtig als ihr eigener. Als auch Tanaka ihr Visier öffnete, spürte Teresa den Kitzel eines kleinen Sieges.

»Haltet euch bereit, die Helme auf meinen Befehl wieder aufzusetzen.«

Sie richteten ihre Aufmerksamkeit wieder auf den Korridor und die Station, auf die Jagd. Ein paar Minuten später sagte Jim völlig unvermittelt: *Was für ein Trick?* Er sprach nicht mit ihnen beiden.

Tanaka warf Teresa einen Blick zu. *Ich sagte dir doch, dass er ein Problem darstellt. Ich sagte dir doch, dass er verfällt.* »Wenn wir ihn finden, gehst du vor.«

»In Ordnung.«

»Ich kümmere mich um alles andere.«

»In Ordnung.«

»Daddy?«

Im Laufe der Monate war er schmaler geworden, er hatte aber keinen Bart. Seine Wangen waren so glatt, als hätte Kelly ihn erst am Morgen rasiert. Die alten Pockennarben zeugten von der Akne, die er als Jugendlicher gehabt hatte, lange bevor Teresa auf die Welt gekommen war. Seine Kleidung war noch die gleiche wie im Staatshaus in Laconia, und sie war nicht zerlumpt, aber dünn und spröde. Wie Papier, das Regen und Sonne ausgesetzt worden war.

Die schwarzen Fäden, die von den Wänden der großen, hell erleuchteten Kammer heruntergriffen, umspannten seine Arme und waren in seine Seite eingedrungen. Sie pulsierten leicht, wurden dicker und dünner. In den schwarzen Fäden tanzten flackernde blaue Pünktchen, die zu verschwinden schienen, wenn sie den Blick direkt auf sie richtete. Als er die Augen aufschlug, glühten die Iriden in dem gleichen Blau wie die Station. Sie blickten ins Leere, als sei er blind.

»Daddy?«, fragte sie noch einmal, leiser als beim ersten Mal.

Die Lippen, die sie als Baby geküsst hatten, verformten sich zu einem Lächeln. »Teresa? Bist du das?«

»Ich bin hier. Direkt vor dir.«

»Alles wird gut«, sagte er. »Früher waren meine Träume zu klein. Das erkenne ich jetzt. Ich dachte, ich könnte uns retten, indem ich unser Leben organisiere und unsere Einheit wahre, und damit hatte ich recht. Ich hatte recht, mein Kind. Aber ich habe nicht begriffen, wie ich es anfangen musste.«

»Schau dich nur an.« Teresa zeigte auf die Stellen, wo die Station ihn durchbohrt hatte. »Schau, was sie dir angetan haben.«

»Deshalb wird es funktionieren. Das Fleisch, die Materie, der unbearbeitete Lehm, aus dem wir sind, er ist schwer zu töten. Diejenigen, die vor uns lebten, waren brillant, aber auch zerbrechlich. Ein Genie aus Wischpapier, und das Chaos hat sie zerfetzt. Wir können jetzt das Beste aus beiden Welten sein …«

Teresa wagte sich näher heran. Ihr Vater spürte sie mit den Augen, die sich nicht auf sie richteten, und wollte sie umarmen, doch die dunklen Stränge hielten ihn fest. Sie schlang die Arme um ihn. Seine Haut auf ihrer Wange war sengend heiß.

»Wir müssen ihn aus dem verdammten Geflecht holen«, sagte Tanaka. »Kann er sich befreien? Frage ihn, ob er sich losmachen kann.«

»Daddy«, sagte Teresa. Die Tränen quollen ihr aus den Augen und verwandelten alles in einen Schmierfilm aus Farben und Licht. »Daddy, wir müssen gehen. Du musst mitkommen. Kannst du das?«

»Nein, nein, mein Kind. Ich muss hier sein. Hier, wo ich schon immer sein musste. Glaube mir, das wirst du bald verstehen.«

»Hochkonsul Duarte, ich bin Colonel Aliana Tanaka. Admiral Trejo hat mir den Omega-Status verliehen und mich beauftragt, Sie zu finden und zurückzuholen.«

»Wir waren zum Untergang verurteilt, sobald die Tore erschienen«, sagte er zu Teresa. »Hätte niemand die Verantwortung übernommen, dann wären wir weitergestolpert, bis die anderen gekommen wären und uns alle getötet hätten. Das habe ich erkannt, und ich tat, was ich tun musste. Ich habe es nicht für mich getan. Das Reich war nur ein Mittel zum Zweck. Nur ein Weg, um uns zu koordinieren. Um uns auf den kommenden Krieg vorzubereiten. Auf den Krieg im Himmel.«

Jemand berührte sie an der Schulter und zog sie sanft zurück. Es war Jim, der sie bekümmert ansah. »Komm mit.«

»Er ist es, er ist es immer noch.«

»Er ist es, und er ist es nicht mehr«, erklärte Jim. Seine Stimme klang seltsam, als imitierte er den Tonfall eines anderen Menschen. »Ich habe das schon einmal beobachtet. Die Station ist in ihm. Was sie will und was er will, kann man nicht mehr unterscheiden. Jetzt nicht mehr.«

»Sie haben das schon einmal gesehen?«, fragte Tanaka. »Wo war das?«

»Auf Eros«, antwortete Jim. »Julie war so wie er jetzt. Sie war nicht so weit fortgeschritten, aber sie war wie er.« Dann wandte er sich wieder an Teresa. »Es tut mir leid, Mädchen. Es tut mir so leid.«

Teresa blinzelte die Tränen weg, so gut sie konnte. Durch die Verzerrung sah Jim seltsam aus. Anscheinend hatte sich der Umriss seines Gesichts verändert, verzogen zu einem Ausdruck ewiger Müdigkeit und Belustigung. Sie blinzelte noch einmal, und er war wieder er selbst.

Tanaka sauste mit zischenden Düsen hin und her und umkreiste die grässliche Skulptur, die Teresas Vater gewesen war. »Ich muss mit ihm reden. Er muss damit aufhören. Du musst dafür sorgen, dass er damit aufhört.«

»Colonel, ich bin hier und kann Sie hören«, antwortete ihr Vater. Er drehte den Kopf mit den reglosen leeren Augen zu ihr herum. »Und ich erinnere mich an Sie. Sie gehörten zu den Ersten, die bei mir waren. Sie haben den Mars sterben sehen, und Sie haben beim Wiederaufbau im Reich mitgewirkt. Dies hier ist die Fortsetzung des Aufbaus. Für dies hier haben wir die ganze Zeit gekämpft. Wir werden dafür sorgen, dass die Menschheit sicher und geeint ist.«

»Sir«, antwortete Tanaka. »Wir können das tun, ohne in den Köpfen der Leute herumzupfuschen. Wir können diesen Krieg führen und trotzdem menschliche Wesen bleiben.«

»Colonel, Sie verstehen es nicht. Aber Sie werden es verstehen.«

Teresa schüttelte sich und befreite sich aus Jims Griff. »Du musst das nicht tun. Du kannst zurückkehren.« Sie hörte selbst, wie verzweifelt ihre Stimme klang.

Ihr Vater lächelte selig. »Es ist in Ordnung loszulassen. Festhalten bringt nur Schmerz mit sich. Du kannst loslassen.«

Teresa fühlte eine Woge des Nichts, die sie durchflutete, eine Leere, wo ihr Selbst sein sollte, und stieß einen Schrei aus. Es waren keine Worte, es war keine Warnung und keine Drohung. Einfach nur ihr Herz, das aufschrie, weil es sonst nichts mehr gab, was sie tun konnte. Sie aktivierte die Steuerdüsen ihres Anzugs, rammte das schwarze Geflecht, das ihren Vater festhielt, und riss daran. Sie packte die dunklen, spiralförmig angeordneten Fasern mit beiden Händen und zerrte sie weg. Unter dem grellen, heißen Licht breitete sich der Geruch von Ozon aus wie ein drohender Sturm im Gefolge einer Hitzewelle. Ihr Vater rief und wollte sie wegschieben, doch die Stränge hielten ihn fest.

Jims Stimme drang wie aus weiter Ferne zu ihr. »Teresa! Geh da weg! Du darfst die Station nicht beschädigen!«

Ihr Universum schrumpfte bis auf ihren eigenen Körper, ihren Raumanzug, den geschundenen Körper ihres Vaters und das Alien-Ding, das ihn verzehrte. Er wand sich vor Schmerzen, als sie ihn herausreißen wollte, und schrie sie an, sie solle aufhören.

Eine Kraft packte sie wie eine gewaltige unsichtbare Hand und zog sie fort. Eine Million winzige, nicht reale Nadeln bohrten sich in ihre Haut und rissen sie auseinander. *Oh,* dachte sie. *Mein Vater wird mich töten.*

Und dann ließen die Schmerzen nach. Jim war neben ihr. Einen Moment lang war noch jemand anderes da, den sie aber nicht sehen konnte. Jims Augen schimmerten heller, seine Haut war wächsern und schien sogar gespenstisch aus sich selbst heraus zu leuchten. Er hatte vor Anstrengung die Zähne gefletscht wie ein wildes Tier.

»Er ist weg«, sagte Jim. Es war kaum mehr als ein Grunzen. »Er ist verloren. Wenn er dich töten will, dann ist er nicht mehr er selbst. Er ist verloren.«

Ihr Vater – das Wesen, das ihr Vater gewesen war – hing immer noch in dem schwarzen Geflecht. Er hatte vor Schmerzen und Wut den Mund geöffnet, doch es kam kein Laut heraus. Die blauen Leuchtkäfer tanzten an den zerrissenen Fäden entlang wie Ameisen auf einem beschädigten Ameisenhaufen.

»Holden«, sagte Tanaka. »Wir haben ein Problem.«

Tanaka hatte ihnen den Rücken zugewandt. Der weite, helle Raum füllte sich mit Körpern. Aus allen Korridoren und Gängen strömten die Alien-Wächter herein wie Rauchschwaden.

45 Naomi

Je näher die *Rosinante* und die *Falcon* an der Station blieben, desto mehr Deckung bot ihnen das Alien-Bauwerk und desto kleiner wurde der Teil des Schlachtfelds, den sie überblicken konnten. Die *Rosinante* konnte in Echtzeit Berichte erhalten, indem sie sich mit den anderen Einheiten ihrer kleinen Flotte über Richtstrahl synchronisierte, um anhand der Daten von einem halben Dutzend verschiedenen Schiffen die Karte wie einen Flickenteppich zusammenzustellen. Naomi mochte es nicht. Sie fühlte sich halb blind.

»Da sind noch zwei«, meldete Alex.

»Hab sie«, rief Naomi zurück. Ein Schiff kam aus dem Argatha-System, das andere aus Quivira. Sie wies die *Rosinante* an, die Silhouetten und die Antriebssignaturen auszuwerten. Beide Schiffe hatten die Transponder abgeschaltet. Es gab keinen Grund, sie zu benutzen. Wer auf der Seite des Schwarms stand, wusste bereits, wer sie waren, und die Gegner sollten es nicht herausfinden.

Auf der anderen Seite des Ringraums zerlegten drei feindliche Schiffe langsam ihre Kampfeinheiten. Sie hatte die *Amador* und die *Brian and Kathy Yates* verloren. Die *Senator* war schwer beschädigt und verlor Luft. Durch die Ringe kamen unablässig weitere feindliche Schiffe, eine Welle nach der anderen. Einige davon – sogar viele von ihnen – waren Schiffe, die sie selbst herbeigerufen hatte. Laconische Forschungs- und Militäreinheiten,

Vermessungs- und Logistikschiffe des Untergrunds. Die Crews hatten sich ihr oder Elvi oder Trejo unterstellt und waren jetzt etwas ganz anderes. Ein anderer Organismus.

Als sie einen Augenblick Zeit hatte, um sich zu sammeln, fragte sie sich, wie viele Leute noch da draußen waren. Hatte Duarte inzwischen die Bewusstseine aller Menschen in allen Systemen angegriffen und übernommen, oder zielte er vor allem auf diejenigen, die zu den Ringen unterwegs waren? Sie stellte sich ganze Stationen mit stummen Körpern vor, die perfekt koordiniert arbeiteten. Verbale Kommunikation war überflüssig, weil sie direkt von Gehirn zu Gehirn beeinflusst wurden. Eine einzige Hand mit Milliarden Fingern. Wenn dies jetzt die Menschheit darstellte, würde es nie mehr ein Gespräch geben, nie mehr ein Missverständnis oder einen Scherz oder einen beschissenen Schlager. Sie überlegte, wie es wäre, wenn ein Baby in so eine Welt hineingeboren würde. Nicht als Individuum, sondern als Anhängsel, das nie etwas anderes gekannt hatte.

»Naomi?«, sagte Alex. »Schon wieder drei, eines davon gehört zur *Storm*-Klasse.«

»Ich sehe es. Richtstrahl zu … zu der *Lin Siniang.*«

»Verbindung steht«, antwortete Alex.

»Achte auf den Transporter aus dem Torfaen-System.«

»Ich warte noch, bis er in Reichweite ist.«

Naomi rief den Munitionsvorrat auf, obwohl sie dazu eigentlich keine Zeit hatte. Sie hatten noch eine ganze Menge Torpedos und Geschosse für die Railgun. Der Vorrat an Nahkampfmunition war geschrumpft, und sie befanden sich im Rücken der Flotte, soweit es auf einem kugelförmigen Schlachtfeld überhaupt einen rückwärtigen Abschnitt gab.

Die Verbindung baute sich auf. Die Frau auf der anderen Seite hatte die langen schwarzen Haare zu einem strengen Knoten gebunden. Auf dem Schlüsselbein prangte der alte geteilte Kreis der AAP, obwohl sie zu jung war, um auf die Welt gekommen zu sein, als die AAP noch eine Macht gewesen war, mit der man rechnen musste. Die *Rosinante* blendete für Naomi den Namen in einem Laufband ein.

»Kapitänin Melero, Sie müssen die anfliegenden Schiffe abfangen und aufhalten. Übernehmen Sie die *Duffy*, die *Cane Rosso* und die *Malak Alnuwr.*«

Die Augen der jungen Frau wurden hart, und sie erbleichte. Sie hatte gerade ihr Todesurteil bekommen, und das wussten sie beide. *Vergiss es,* dachte Naomi. *Nimm deine Leute und verschwinde, so schnell du kannst. Überlebe und kämpfe an einem anderen Tag.* Nur dass es keine anderen Tage mehr geben würde. Dies war der letzte Tag für alle Menschen, und er dauerte nur so lange wie die Zeit, die sie für Jim und Teresa herausschinden konnten.

Sie versuchte, nicht mehr an Jim zu denken.

»Compra todas, sa«, antwortete Melero. »Sie können auf uns zählen, ke?«

Dann trennte sie die Verbindung. Naomi glaubte nicht, dass sie Kapitänin Melero schon einmal gesehen hatte, und sie war sicher, dass sie die Frau nie wiedersehen würde. Sie wünschte, sie könnten ihre Verteidigung besser koordinieren, doch im Augenblick konnte sie nicht mehr tun, als kleine Gruppen zusammenzustellen und ihnen die Freiheit zu geben, so vorzugehen, wie sie es für richtig hielten. Und sie konnte hoffen.

Ihr Timer schlug an. Sie nahm eine Tablette aus der Tasche und schluckte sie trocken.

Du musst das nicht tun. Es ist keine Schande loszulassen. Früher oder später geschieht es sowieso. Naomi drängte den Gedanken nicht zurück. Sie hatte den Eindruck, dass die Eingebungen umso stärker wurden, wenn sie andere Gedanken dagegenhielt und gegen sie ankämpfte. Das Beste war es, sie aufsteigen und wieder verschwinden zu lassen und weiter Tabletten zu nehmen, bis ihre Nieren nach der Mama schrien. Über Langzeitschäden machte sie sich keine Sorgen. Eine Überdosis wäre schlecht, aber sie sah ohnehin nicht mehr viele Möglichkeiten. Wenn sie von den Bewusstseinsinhalten anderer Menschen überflutet wurde, wenn sie sich im Geschnatter der Bewusstseine verlor, die ihr fremd waren, dann war sie sowieso schon so gut wie tot. Aus taktischer Sicht war es sogar noch schlimmer.

»Haltet euch fest«, sagte Alex. »Ich schieße.«

»Bin gesichert«, sagte Amos über den Com, während sich Naomi auf der Druckliege zurechtrückte. Der Ruck der Railgun war kaum zu spüren und wurde vom Antrieb ausgeglichen, doch sie wollte nicht wie ein schlechter Wurf beim Golgo über das Deck schießen, falls das Timing nicht stimmte.

Gerade noch rechtzeitig, um zu sehen, wie der Truppentransporter in einer hellen Staubwolke verging, rief sie die Teleskope auf. Auf diesem Schiff waren Menschen gewesen. Sie fragte sich, ob sie jetzt tot waren oder ob ihre Erinnerungen immer noch durch eine Milliarde von Gehirnen geisterte, die ihnen nie gehört hatten.

Von der *Falcon* ging eine Verbindungsanfrage ein. Von Elvi. Naomi sah auf die Timer. Das Fenster für den Eintritt der *Whirlwind* in das System war bereits offen. Je nachdem, wie stark das *Magnetar*-Schiff beschleunigt oder gebremst hatte, konnte es jetzt jederzeit durch das Laconia-Tor kommen. Das Ende war so nahe, wie es nur sein konnte. Sie akzeptierte die Verbindung.

Elvi wirkte noch erschöpfter als sonst. Blitzartig erinnerte Naomi sich an einen dunkelhäutigen Mann mit hellem Haar und sanften, halb geschlossenen Augen, der etwas zitierte: *Meine Kerze brennt an beiden Enden, die Nacht überdauert sie nicht.* Sie wusste nicht, ob es eine eigene Erinnerung oder die eines anderen Menschen war.

»Ich hoffe, Sie haben gute Nachrichten.«

»Also«, begann Elvi. »Es sieht so aus, als könnte die Isolierzelle diesen Effekt des geteilten Bewusstseins unterbinden. Wenn man in der Kammer des Katalysators ist, setzt das Schwarmbewusstsein aus, obwohl die psychoaktiven Substanzen unter der Wirkungsschwelle liegen.«

»Wie schnell können wir das auf etwas erweitern, das, sagen wir mal, die Größe eines Kampfschiffs hat?«

»Mit genügend Laborplätzen und Material könnten wir das möglicherweise in zwei Jahren schaffen. Bis dahin können Sie jeweils drei oder vier Leute hineinstecken und drinnen lassen, bis jemand die Kammer öffnet und sie wieder herausholt.«

Naomi musste lachen, doch es war völlig humorlos.

»Ja«, antwortete Elvi. »Ich weiß.«

»Schicken Sie mir einen Bericht. Ich will wissen, wie die Isolierzelle wirkt. Und ich brauche Anleitungen, um eine zu bauen. Wir stecken das in einen Torpedo und schicken die Informationen durch einige Tore. Das hilft uns jetzt nicht mehr, aber vielleicht kann irgendjemand da draußen etwas damit anfangen.«

»Darf der Text beginnen mit: ›Fremder, lass die Laconier wissen, dass wir hier ruhen und uns ihrem Befehl unterwerfen?‹«

»Ich will Sie nicht davon abhalten«, antwortete Naomi. »Sol, Auberon und Bara Gaon. Wohin sonst könnten wir es schicken?«

»Am besten überallhin. Duarte dürfte sich auf die wichtigsten technologischen Zentren konzentrieren. Die kleineren Kolonien haben möglicherweise nicht genügend Produktionsmittel, um etwas zu bauen, aber das Wissen wird überdauern, solange es noch jemanden gibt, der nicht zum Schwarmbewusstsein gehört.«

»Falls es noch jemanden gibt. Ich habe noch einunddreißig Schiffe, uns eingeschlossen. Es werden rasch weniger. Ich habe keine dreizehnhundert Torpedos, und jede dieser Botschaften ist ein Geschoss weniger, mit dem wir Jim und uns selbst verteidigen können.«

Elvi nickte. »Ich schicke Ihnen die Daten.«

»Beeilen Sie sich«, drängte Naomi. »Wir haben nicht mehr viel Zeit.«

Elvi trennte die Verbindung. Auf dem taktischen Display griffen die *Lin Siniang* und ihr kleiner Kampfverband die beiden neuen feindlichen Schiffe an. Gleichzeitig erschienen vier weitere feindliche Einheiten in verschiedenen Quadranten des Ringraums. *Sie ziehen uns auseinander,* dachte sie. *Sie locken uns von der Station weg.* Und es funktionierte. Vor ihren Augen brach Naomis kleine Flotte auseinander, und sie konnte nichts dagegen tun. Während sie zusah, wechselte die *Cane Rosso* von Grün zu Orange und verschwand in der Glut. Dreißig Schiffe, die eine einzige Station verteidigten, und auf der anderen Seite ließen eintausenddreihundert Systeme alles auf sie los, was sie hatten.

»Alex«, sagte sie. »Da kommen noch vier weitere Freunde zum Tanz. Gib mir Richtstrahlen für die *Lastialus* und die *Kaivalya.*«

»Wird gemacht«, antwortete Alex so gelassen, als hätte sie ihn um einen Flugplan gebeten.

Er war länger als jeder andere ihr Pilot gewesen. Sie kannten ihre Stimmungen, und unter Stress arbeiteten sie umso reibungsloser zusammen. Vielleicht war ein Gruppenbewusstsein doch keine so schlechte Sache. Auf ihre eigene Weise hatte die Crew der *Rosinante* etwas entwickelt, das sich nach vielen Jahrzehnten anfühlte, als sei es größer als die Summe seiner Teile. Es war rissig und brüchig geworden – Bobbie war fort, Clarissa war fort, Jim war fort, Amos hatte sich verändert –, doch wenn sie mit Alex zusammenarbeitete, spürte sie noch einen Funken davon. Die letzte glatte Oberfläche in einem Universum, das rau und schneidend geworden war.

»Verdammt auch«, sagte Alex. »Das sieht aus wie der letzte Tanz.«

Noch während er sprach, schlug ihre taktische Anzeige Alarm. Durch das Laconia-Tor war ein weiteres Schiff hereingekommen.

Es hatte den Transponder abgeschaltet, aber das spielte keine Rolle. Die Silhouette sagte alles. Größer als alles andere zwischen den Städten in der Leere und gespenstisch organisch geformt kam die *Voice of the Whirlwind* in den Ringraum. Es war fast eine Erleichterung, sie zu sehen. Das Wissen, dass sie kam, war schrecklich gewesen. Jetzt war das Schlimmste eingetreten, und nun blieb ihnen nur noch, ihre letzten Züge zu machen. Dann mussten sie das Spielbrett einpacken und sehen, ob am Ende der Tod oder etwas Interessanteres auf sie wartete.

Sie startete eine Aufzeichnung. »Hier ist Naomi Nagata. Konzentrieren Sie das Feuer auf die *Whirlwind*. Wenn Sie keine Munition mehr haben, räumen Sie das Gebiet nach eigenem Ermessen. Wir halten unsere Position.«

Sie übernahm den Com und wies die *Rosinante* an, die Nachricht der Reihe nach an alle verbliebenen Schiffe zu übermitteln. Als sie fertig war, hatte sich die *Whirlwind* deutlich weiter in den Ringraum vorgeschoben. Ihr Tempo war beängstigend und der Bremsschub mörderisch. Die *Rosinante* berechnete die Daten. Das *Magnetar*-Schiff steuerte die Ringstation an und würde in zwanzig Minuten eine halbe Million Kilometer zurücklegen. Sie kamen, um Duarte zu schützen.

»Hey«, sagte Amos über den Com. »Wie viele Railgun-Ladungen kannst du auf das Ding abschießen, ehe es hier ankommt?«

»Es gibt nur einen Weg, es herauszufinden«, antwortete Alex. Naomis Zuneigung für die beiden durchflutete sie wie eine warme Welle.

Im ganzen Ringraum ließen die letzten Überreste der Menschheit, die wenigen Menschen, deren Bewusstsein noch ihnen selbst gehörte, die Raketen, die Nahkampfgeschosse und die Railgun-Ladungen, die sie noch hatten, auf das anrückende Ungetüm los und wussten doch, dass es keine Rolle spielen würde. Naomi sah zu, wie die Torpedos abgeschossen wurden, wie das Schiff dem Strom der schnell fliegenden Geschosse auswich oder sie einfach ignorierte. Sie waren nur Mücken, die die *Whirlwind* nicht weiter beachten musste.

Elvis Nachricht mit dem Bericht über die Isolierzelle ging ein. Naomi übertrug sie in die Torpedos der *Rosinante* – eine letzte Flaschenpost – und schoss sie ab. Damit fiel die Bewaffnung der *Rosinante* auf null. *Du hast es versucht,* sagte ein alter Mann. *Du hast es versucht.* Sie stellte sich sein Haus vor – ein kleines Reihenhaus in einer schmalen Straße in Bogotá – und den orangeroten Tabby, der auf der Fensterbank schlief. Als fiele sie in einen Tagtraum, spürte sie die anderen lebendigen Wesen ringsherum und vergaß Naomi Nagata und die Schmerzen, den Verlust und den Zorn, weil sie war, wer sie war. Und auch die Freude.

Sie sah auf den Timer. Noch eine Stunde, bis sie das nächste Mal das Mittel nehmen musste. Bis dahin spielte das alles keine Rolle mehr. Sie öffnete den Rundspruchkanal für das Schiff und suchte nach den richtigen letzten Worten. Etwas, das der Liebe entsprach, die sie für diese Crew, dieses Schiff und das Leben, das sie geführt hatte, empfand. Die *Whirlwind* hatte schon die halbe Distanz bis zur Station zurückgelegt, allerdings würde die zweite Hälfte etwas länger dauern. Sogar aus der Entfernung von einer Viertelmillion Kilometer erfasste die *Rosinante* die Strahlung der Rückstoßfackel.

Der Schrei, den sie auf einmal hörte, spottete buchstäblich jeder Beschreibung. Es war ein überwältigender Geschmack von Minze oder ein lebhaftes Lila oder das Schaudern eines Orgasmus, aber ohne die Freude. Ihr Bewusstsein sprang fort und setzte einen Moment aus und versuchte, etwas zu verstehen, das es nicht fassen konnte, um das Signal mit einem Gefühl und mit noch einem und einem weiteren in Verbindung zu bringen, bis sie schließlich über ihrer Druckliege schwebte und keine Ahnung hatte, wie viel Zeit verstrichen war.

»Ah«, machte Alex. »Habt ihr das auch gespürt?«

»Jo«, sagte Amos.

»Hast du eine Ahnung, was es war?«

»Nö.«

Naomis taktische Karte war noch aktiv, und sie hatte sich verändert. Die *Whirlwind* hatte den Bremsschub unterbrochen und würde jetzt an der Station vorbeischießen. Die Formationen der anderen Schiffe – sowohl feindliche als auch ihre eigenen – lösten sich auf. Über die Coms kam ein Rundruf herein, und nun erst bemerkte sie, dass die Störungen aufgehört hatten. Sie akzeptierte den Ruf.

Die Frau auf dem Bildschirm war jung, hatte eine dunkle Haut und kurz geschnittene Haare. Naomi hatte sie schon einmal gesehen.

»Hier ist Admiral Sandrine Gujarat vom laconischen Schlachtschiff *Voice of the Whirlwind*. Ich würde mich sehr freuen, wenn mir jemand erklären könnte, wie, zum Teufel, ich hierhergekommen bin.«

Naomis Finger schwebten über der »Antworten«-Taste, während sie sich überlegte, was sie sagen wollte. Sie war noch nicht damit fertig, als ein zweiter Rundruf einging, dieses Mal von der *Falcon*. Elvi hatte die strahlenden Augen weit aufgerissen, und ihr Lächeln war so grimmig, dass es beinahe wie eine Drohung wirkte.

»Hier ist Dr. Elvi Okoye, Leiterin des laconischen Wissenschaftsdirektorats. Ich arbeite mit Naomi Nagata auf der *Rosinante* zusammen. Sie alle haben eine kognitive Manipulation erlebt. Sie sind möglicherweise desorientiert oder leiden unter unangemessen starken emotionalen Reaktionen. Kein Schiff in diesem Raum stellt eine Bedrohung dar. Bitte stellen Sie den Kampf sofort ein und bleiben Sie an einem sicheren Ort. Wir melden uns bald bei Ihnen. Ich wiederhole …«

Naomi schaltete den Com ab. In der Stille in der *Rosinante* ließ sie ihre Gedanken wandern, und nichts drang auf sie ein.

Erinnerungen von Fremden. Keine Stimmen, kein Gefühl mehr, irgendwo lauerte etwas Unsichtbares.

»Naomi?«, rief Alex herunter. »Ich fühle mich gerade komisch.«

»Es ist weg. Das Schwarmbewusstsein. Es ist weg.«

»Also geht es nicht nur mir so?«

Amos meldete sich mit liebenswürdiger Stimme. »Auch in meinem Kopf treibt sich niemand mehr herum.«

»Er hat es geschafft«, sagte sie. »Ich glaube, James hat es geschafft.«

Sie schloss die Augen und entspannte sich, doch in diesem Augenblick traf sie etwas mit voller Wucht wie ein Tritt, nur aus allen Richtungen gleichzeitig. Sie riss die Augen auf und verstand nicht, was sie wahrnahm. Das Operationsdeck sah aus wie immer – das Com-Display, die Druckliegen, der Durchgang hoch zum Flugdeck und hinunter zum Rest des Schiffs. Und doch hatte sich alles verändert. Das Com-Display war ein Feld voller heller Pixel, die viel zu schnell glühten und flackerten, um sie mit menschlichen Augen zu verfolgen. In dieser Auflösung waren die Umrisse der Worte und der Schaltflächen, zu denen sie gehörten, zu abstrakt, um noch etwas zu verstehen, als hätte sie versucht, die Krümmung eines Planeten von der Oberfläche aus zu erkennen. Sie hob die Hand, und die Haut auf den Knöcheln war eine Reihe von Hügeln und Tälern, so komplex wie irgendetwas, das sonst nur Stein und Erosion erschaffen konnten. Als sie aufschrie, flatterte es vor ihrem Mund, die Wellen der komprimierten Luft hüpften und waberten, verstärkten sich und hoben sich auf.

Sie tastete nach den Verschlüssen der Gurte ihrer Druckliege, konnte aber die Oberflächen nicht mehr erkennen und wusste nicht, wo ein Objekt begann und das andere endete. Durch die Leere der Dinge, durch das Vakuum, das im Herzen der Materie existierte, griffen lebendige, schwarze Fäden nach ihr, fester und realer als alles, was sie je gesehen hatte. Sie wanden sich und schwebten frei, und hinter ihnen wirbelte alles umher und löste sich auf. Da niemand mehr im Leuchtturm wachte, kehrten nun die älteren Götter zurück.

Oh, dachte sie. *Richtig.*

46 Tanaka

»Teresa!«, rief Holden dem Mädchen zu. »Geh da weg! Du darfst die Station nicht beschädigen!«

Also, dachte Tanaka. *Sind wir jetzt endgültig im Arsch?*

Das Mädchen hörte nicht auf ihn, sondern zerriss weiter die schwarzen Fäden, die mit dem Körper des Hochkonsuls verbunden waren. Nichts von alledem entsprach den Anweisungen. Nichts von alledem hatte auch nur entfernt mit dem zu tun, was sie und Trejo beabsichtigt oder gehofft hatten. Von ihr wurde nun eine unabhängige Beurteilung gefordert, zu der sie sich sehr bald durchringen musste.

Das Mädchen schauderte und zuckte zusammen, aber die Bewegungen wirkten willkürlich. Irgendetwas hatte sie gepackt und hob sie von dem weg, was Duarte gewesen war. Die nackte Panik in Holdens Miene verriet ihr, dass er wusste, was vorging und dass es nichts Gutes war. Das Mädchen kreischte, ohne es überhaupt selbst zu bemerken, und Holden packte sie und zog sie an sich. Einen Augenblick lang schien es so, als erweiterte sich das Mädchen. Beinahe konnte Tanaka sich vorstellen, wie unsichtbare Engel an ihren Armen und Beinen zerrten. Früher war das eine Hinrichtungsmethode gewesen, dachte sie. Man band an die Gliedmaßen der Delinquenten jeweils ein Pferd und sah zu, welches den größten Teil abriss. Aber dann rief Holden etwas, und die Engel verschwanden und ließen das Mädchen in Ruhe.

Jesus, bist du enttäuscht? Bist du enttäuscht, dass du nicht zusehen konntest, wie das Mädchen getötet wurde?, sagte ein Mann. *Was ist nur los mit dir? Wie hältst du es mit dir selbst aus?* Dann war jemand anders bei ihr – ein Mann, eine Frau, irgendjemand –, und sie war elf Jahre alt und befand sich im Büro des Administrators in Innis Deep. Der Administrator teilte ihr mit, dass ihre Eltern tot seien. Das überwältigende Gefühl, nicht ausgesprochen, aber deutlich zu erkennen, war Mitleid. Deshalb war sie zerbrochen. Deshalb musste sie andere Menschen verletzen. Deshalb fickte sie nur Männer, die sie dominieren konnte – weil sie immer so große Angst hatte. Schau dir nur an, was mit dir alles nicht stimmt.

»Ich schwöre bei Gott«, sagte sie so leise, dass Holden und das Mädchen es nicht hören konnten, aber sie sprach auch nicht ausschließlich mit sich selbst, »ich werde mir eine Kugel in den Kopf jagen, wenn du nicht aus mir verschwindest.«

Holden sprach mit dem Mädchen. Das war Tanaka egal. Winston Duartes bleicher Körper wand sich und zuckte – er hing immer noch in den schwarzen Fäden, als hätte jemand sie an ihm festgenäht – und war ein gutes Argument dafür, dass der Appell an väterliche Gefühle nicht funktionieren konnte. Das Mädchen war nutzlos. Und ihre Mission – den Hochkonsul zu Trejo zurückbringen – konnte sie jetzt ebenfalls nicht mehr erfüllen. Selbst wenn Duarte fähig gewesen wäre, diesen Ort zu verlassen, Trejo und Laconia existierten im Grunde nicht mehr.

Was bedeutete, dass auch ihr Omega-Status bedeutungslos war. Sie hatte jetzt etwas Besseres. Sie hatte die Freiheit. Es gab nichts, was sie davon abhalten konnte, das zu tun, was sie für richtig hielt, solange niemand den Mut aufbrachte, sich ihr in den Weg zu stellen.

Ein Geräusch ging ihr auf die Nerven. Ein Stampfen oder ein Summen, das an marschierende Soldaten erinnerte. Aus einer Öffnung in dem grellen Glutofen dieser Kammer kam einer der großen insektenähnlichen Wächter heraus. Dann noch einer. Und dann ein ganzer Schwarm. Tanaka riss die Augen weit auf.

»Holden, wir haben ein Problem.«

Er murmelte etwas Obszönes. Das Mädchen weinte. Blaue Leuchtkäfer schwirrten umher wie die Funken eines Osterfeuers.

»Wenn Sie sie verletzen, nehmen die Sie auseinander. Sie benutzen buchstäblich Ihren Körper, um den Schaden zu beheben, den Sie anrichten.«

»Konnten Sie das Mädchen beschützen?«

Holden schien verwirrt. Seine Haut sah nicht richtig aus. Als wüchse direkt darunter etwas wie Perlmutt nach. »Ich … ja, ich glaube schon.«

Tanaka schaltete die Waffe im Unterarm auf panzerbrechende Munition um. »Gut. Dann tun Sie das jetzt für mich.«

Ihr erster Schuss sollte Duarte gelten, doch der erste Feind kam ihr zuvor und rammte sie. Der Aufprall stieß sie zur Seite, und sie drehte sich um sich selbst, hielt den Angreifer aber eisern fest. Er war gesichtslos und hatte keine Augen, eher eine Maschine als organisch. Sie setzte die Faust auf das, was sie für den Brustkorb hielt, presste die Knöchel gegen die eigenartigen Platten des Exoskeletts und schoss. Obwohl er von ihrem Anzug gedämpft wurde, fühlte sich der Rückstoß wundervoll an. Der Wächter zuckte und hörte rasch auf, sich zu regen, aber schon waren zwei neue da. Etwas wie eine magnetische Kraft, die die Sensoren des Anzugs jedoch nicht anzeigte, zerrte an ihr. Sie hatte überall Schmerzen, als würden ihr Nadeln in den Körper gejagt. Ein Wächter schlug mit einem Arm wie mit einer Sense nach ihr, die Schneide kratzte über ihren Brustharnisch. Aus dem Augenwinkel sah sie Holden, der das Mädchen mit seinem Körper abschirmte, wobei er vor Anstrengung die Zähne bleckte.

Die Nadelstiche hörten auf, sie griff nach dem Sensenarm, stemmte den Fuß gegen den Rumpf des Wächters und riss den Arm ab. Inzwischen waren noch mehr Wächter eingetroffen und prallten gegen sie, bis die Aufschläge laut in ihren Ohren hallten. Sie ging auf in der wundervollen Gewalt und zerstörte, was sie nur packen konnte, oder zerschoss, was sie nicht erreichte.

Es waren zu viele, sie konnte nicht hoffen zu siegen. Einer landete einen Glückstreffer und hinterließ einen Splitter seines Panzers im linken Schultergelenk ihres Anzugs. Ein anderer schlang sich um ihr rechtes Bein und ließ nicht einmal los, nachdem sie ihm ein Dutzend Kugeln in den Körper gejagt hatte. Sie umschwärmten sie, stürzten sich auf sie, starben und machten Platz für ein Dutzend weitere, die schon hinter ihnen warteten. Sie schaltete auf Brandmunition um, und nun ging rings um sie alles in Flammen auf, doch immer noch kamen sie und drangen durch die anschwellenden Feuerbälle. Zwei von ihnen packten den rechten Arm ihrer Rüstung und bogen ihn trotz des Motorantriebs nach hinten. Dann hielten zwei weitere den linken Arm fest. Sie wusste nicht, wie viele sie getötet hatte, aber es mussten mehr als ein Dutzend sein. So lange hatte es gedauert, bis die Angreifer eine Strategie gegen sie fanden, die funktionierte.

Sie schoss weiter, doch jetzt kontrollierten die Wächter, wohin sie zielte. Sie konnte nur hoffen, dass ein paar von ihnen in die Schusslinie stolperten und starben. Holden hatte das Mädchen in die Arme genommen und die Augen geschlossen. Auf seiner Haut glänzte Schweiß. Hinter ihm, hinter der Menge der Wächter, war Duarte.

Der Mann, für den sie den Mars verraten hatte, flatterte wie ein feuchter Lappen im Wind. Die hellen, blicklosen Augen erinnerten an Okoyes Spielzeug, den Katalysator. Über die schwarzen Stränge sausten blaue Leuchtkäfer und flickten ihn wieder zusammen. Sie empfand kein Mitleid für ihn. Jetzt war da nichts außer Verachtung.

Die glühenden Augen richteten sich auf sie und schienen sie zu fixieren. Schienen sie zum ersten Mal wirklich zu *sehen*. Weit hinten in ihrem Bewusstsein wurde etwas aufgerissen, und

Duarte strömte in sie hinein. Die Idee der Aliana Tanaka war auf einmal sehr fern und sehr klein im Vergleich zu diesem Mahlstrom seines Bewusstseins. Eine Ameise, die dem Ameisenhaufen getrotzt hatte, wurde zerrissen. Keine Wespe konnte den Schwarm verraten und es überleben.

Die Wächter zerrten sie zu ihm und seinem schwarzen Netz, und dort wurde sie erniedrigt. Sie empfand eine unendliche Scham, und diese Scham war die Strafe, die ihr mit Gewalt auferlegt wurde – eine Manipulation und ein Beweis, dass ihr eigenes Herz ihr selbst zum Trotz gesteuert werden konnte. Es spielte keine Rolle mehr. In der Nähe schrie das Mädchen nach ihrem Vater, und irgendwo tief im Verlies ihres Bewusstseins weinte eine junge Aliana Tanaka über den Verlust ihrer Eltern und weil sie böse gewesen war und sich gegen ihren spirituellen Vater, ihren wahren Vater und das Ideal von Laconia gewandt hatte. Stimmen überfluteten sie, klagend und zornig und beißend wie ein Sandstrahler. Sie verging unter dieser Aufmerksamkeit, bis nur noch Kummer blieb. *Fortlaufender Angriff auf die Intimsphäre*, sagte eine andere Stimme in ihrem Bewusstsein, das eigentlich nicht mehr ihres war. Eine Invasion verletzte ihren geheimen Raum. Den Bereich, den sie verbarg, den sie nur sich selbst vorbehielt.

Dann brach eine andere Stimme durch. Sie kam nicht aus Duarte oder seinem Schwarm, sondern aus ihr selbst. Aus ihrer Vergangenheit. Hätte es nicht immer noch wehgetan, sie hätte es vielleicht nicht einmal gehört. Tante Akari. *Bist du traurig, oder bist du wütend?* Sie spürte das Brennen der Ohrfeige auf der immer noch nicht ganz verheilten Wange. *Bist du traurig, oder bist du wütend?*

Ich bin wütend, dachte Tanaka, und weil sie es dachte, war es wahr.

Sie hob den Kopf. Sie war nur noch acht Meter von Duarte in seiner zerfetzten dunklen Wiege entfernt. Sie konnte sich nicht bewegen. Die Wächter hatten sie umklammert und bemühten sich, sie zu zerreißen. Allerdings hielten sie ihre Motorrüstung fest. Niemand hielt sie selbst.

Der Vorteil, wenn man so viele Jahre so konsequent so viele verschiedene Kampftechniken gelernt hatte, lag auf der Hand. Man bewegte sich instinktiv. Man musste nicht mehr nachdenken, nicht abwägen, was man tun oder lassen sollte, nicht mehr planen. Das alles benötigte man nicht mehr. Die Notsprengung der Motorrüstung war wie eine aufgehende Blüte. Die Platten und Gelenke, an denen sich die Alien-Insekten festhielten, platzten auf und wehten davon wie Blütenblätter. Die Insektenwächter hielten sich weiter daran fest, doch Tanaka hatte sich bereits abgestoßen. Sie spürte die Luft auf der Haut, die leichte innere Montur und die bedrückende Hitze der Kammer. Das waren Empfindungen, die blitzschnell aufflackerten und sich einprägten, ohne ihre bewusste Aufmerksamkeit zu erfordern. Sie wusste, dass ein kräftiger Schlag eines Wächters ihren Körper bis auf die Knochen aufreißen würde, wenn er sie richtig traf, doch dieses Wissen ging nicht mit Angst einher. Es war eine von vielen Tatsachen, und die Berechnungen liefen so automatisch ab, als wollte sie einen Ball auffangen.

Blitzschnell überwand sie die Distanz zu Duarte und schwebte links über ihm durch das Netz, wo das Mädchen ein großes Loch aufgerissen hatte. Sie schlang ihm einen Arm um den Hals und stemmte ihm die Beine in die Hüften. Seine Körperwärme tat beinahe weh, doch sie suchte sich unbeirrt den richtigen Ansatzpunkt. Nun konnte sie ihre ganze Körperkraft zur Geltung bringen, mit dem Rücken ziehen, sich zugleich drehen und ihr Gewicht gegen Duartes kleine Halswirbel einsetzen. Irgendwo kreischte das Mädchen, Holden rief etwas. Tanaka zog und drehte. Duartes Hals brach mit einem Geräusch wie ein Pistolenschuss. Sie spürte es und hörte es zugleich. Unter Schwerkraft wäre sein Kopf zur Seite gekippt, das Eigengewicht hätte den Schädel nach unten gezogen. Hier aber schien es fast, als sei gar nichts geschehen.

Die Wächter schauderten, wieder rief Holden etwas. Irgendetwas stach sie in den Arm wie eine Wespe. Ein dunkler Strang bohrte sich in ihre Haut. Wo er sie getroffen hatte, quoll eine dunkelrote Halbkugel hervor. Sie wischte den Faden weg. Wieder rief Holden etwas. Dieses Mal verstand sie ihn.

Er ist nicht tot.

Zwischen ihren immer noch angespannten Beinen regte sich Duarte. Der Lärm in ihrem Kopf steigerte sich zu einem Kreischen. Ihre Instinkte rangen miteinander: sich abstoßen und ausweichen oder sich auf den Angriff konzentrieren. Sie entschied sich für den Angriff.

Holden schwebte frei und drehte sich langsam um alle drei Achsen. Er hielt das Mädchen in den Armen, und sie hatte den Kopf an seinen Hals geschmiegt, um ihre Augen zu verbergen. Seine Haut war gesprenkelt und hell und vor Anstrengung angespannt. Die Wächter zuckten, sprangen auf sie zu und zogen sich wieder zurück. Werkzeuge mit zwei Herren, hin- und hergerissen zwischen widersprüchlichen Befehlen. Ihre letzte Schlacht, und sie kämpfte Seite an Seite mit dem verdammten James Holden.

Tanaka versetzte Duarte zwei Schläge in die Rippen. Beim zweiten Mal spürte sie, wie die Knochen brachen. Wieder stach es. Ein neuer Strang, der sich dieses Mal in ihr Bein bohrte. Sie streifte ihn ab. Das Mädchen hatte versucht, ihren Daddy aus dem Geflecht zu ziehen, und selbst mit ihrem amateurhaften Vorgehen einigen Schaden angerichtet. Tanaka wusste nicht, wie die Beziehung zwischen Duarte und den Fäden aussah, doch sie erkannte eine Schwachstelle, wenn sie eine sah. Es war kein richtiges Shuto-Uchi, aber sie konnte improvisieren. Sie verankerte sich mit beiden Beinen, legte einen Arm um Duartes gebrochenen Hals und schlug die Handkante auf die Stellen, wo die Fäden seinen Körper berührten. Bei jedem Schlag rissen einige ab. Eine schwarze Flüssigkeit quoll heraus, die Tropfen schwebten in der Luft. Sie wusste nicht, ob sie von Duarte oder dem Geflecht stammten.

Duarte wand sich unter ihr und sträubte sich, und seine Schmerzen waren nur ein Anlass, ihn noch stärker zu umklammern. Ihre Oberschenkel brannten, als hätte er Säure über sie gekippt, doch die Schmerzen waren nur eine Botschaft. Sie musste sich nicht darum kümmern. Sie hackte weiter auf die Stränge ein. Als eine Seite frei war, ruderte er mit den Armen, schlug sie seinerseits und traf ihre Schläfen und ihr Gesicht. Das Kreischen in ihrem Kopf wollte einfach nicht aufhören.

Als sie die Position wechseln und die Verbindungen auf der anderen Seite kappen wollte, riss die Haut auf ihrem Arm auf. Aus Duartes Kehle wuchsen winzige Vorsprünge, so dick und so feucht wie Schnecken. Sie hatten sich durch ihren Ärmel gewühlt und waren in ihren Arm eingedrungen. Als sie die Beine wegziehen wollte, stellte sie fest, dass es ihr nicht gelang.

»Ach, leck mich doch«, sagte sie. Jetzt verzichtete sie auf jegliche Strategie und drosch Duarte von der Seite die Faust in den Leib. Bei jedem Hieb brachen Knochen. Das Wesen, das der Anführer der ganzen Menschheit gewesen war, quiekte vor Schmerzen, und sie freute sich über den Laut. Irgendetwas presste sich gegen ihren Bauch und wühlte sich hinein wie eine Schlange. Sie spannte die Finger an und stach sie in die weiche Stelle, wo Duartes Brustkorb endete. Unter dem Druck riss seine Haut auf. »Wenn es dir selbst passiert, macht es nicht mehr ganz so viel Spaß, du Arsch«, sagte Tanaka. »Du magst es wohl nicht, wenn es dir passiert.«

Tintenschwarzes Blut lief ihr über die Hand und brannte in der Haut unter den Fingernägeln. Ihre Fingerspitzen durchbohrten eine zähe, widerstandsfähige Schicht aus Muskeln, dann war ihre Hand in seinem Körper. Das Schlangending in ihrem Bauch zuckte und wand sich. Die Schmerzen hatten etwas Transzendentes. Sie stieß die Hand bis zum Handgelenk in ihn hinein und zog ihn dicht an sich. In seiner Brust flatterte etwas wie ein kleiner Spatz. Sie packte es, zerquetschte es und stieß noch tiefer hinein.

Dann geschah etwas, alles wurde weiß. Ein paar Sekunden lang verlor sie sich selbst. Als sie wieder zu sich kam, war ihr Bewusstsein klar. Zum ersten Mal, seit die *Preiss* verschwunden und zurückgekehrt war, gehörte ihr Kopf wieder ihr allein. Sie hustete und schmeckte Blut.

Die Fäden, die mit ihrem zerstörten Körper verbunden waren, fielen ab und schwebten in der Glutofenhitze wie Rauchfahnen aus der Hölle. Tanaka atmete flach, und als sie sich überwinden und tief durchatmen wollte, gelang es ihr nicht. Sie zerrte die Beine von Duartes Körper weg. Fleischbrocken in der Größe von Golfbällen rissen aus ihrem Körper heraus, die Löcher füllten sich mit Blut. Als sie ihn wegstoßen wollte, riss das Schlangending ab, ein Teil blieb in ihrem Bauch stecken.

Duarte schwebte davon und drehte sich langsam um sich selbst. Sein leerer Blick wanderte über sie hinweg. Fast vier Jahrzehnte lang war sie eine Offizierin des laconischen Reichs gewesen, und sie hatte ihre Arbeit gut gemacht. Noch viel länger war sie sie selbst gewesen.

Links von ihr waren Holden und das Mädchen, sie rührten sich nicht. Auch der Schwarm der Wächter, der sie umgab, verharrte reglos wie eine Gruppe von Statuen. Holden suchte ihren Blick. In ihm war noch genug Menschlichkeit, sodass sie sein Entsetzen und seinen Abscheu erkennen konnte. Sie wünschte, sie hätte eine Handfeuerwaffe, um den beiden eine Kugel in den Körper zu jagen und zuzusehen, wie sie zusammen mit ihr verbluteten. Sie streckte den Arm aus, zielte mit dem Zeigefinger auf sein Gesicht und streckte den Daumen hoch.

»Peng, du Arschloch«, sagte sie.

Das Letzte, was sie fühlte, war die Wut, weil er nicht starb.

47 Jim

»Schau nicht hin«, sagte Jim. »Sieh nicht hin, Mädchen. Ich habe dich. Sieh nicht hin.«

Teresa hatte den Kopf an ihn geschmiegt und hielt den Blick gesenkt. Trotz der tauben Arme spürte er, dass sie hyperventilierte. Der Körper ihres Vaters, nicht nur verstümmelt, sondern auch transformiert, schwebte langsam fort, die Oberflächenspannung hielt eine Schicht der schwarzen Flüssigkeit auf ihm. Tanaka, eher von normalem Blut bedeckt, schwebte ebenfalls. Langsam lösten sich die beiden Körper voneinander.

Er überlegte, wie es für ihn gewesen wäre, wenn er Mutter Elise oder Vater Caesar oder seine anderen Elternteile auf diese Weise hätte sterben sehen. Er versuchte, sich Naomi oder Alex dort vorzustellen, wo Duarte war. Es gelang ihm nicht. Er konnte sich nicht vorstellen, sechzehn Jahre alt zu sein und zuzusehen, wie sein Vater, das Zentrum seines Lebens und seiner Realität, der ihm weggenommen worden und fast in seine Reichweite zurückgekehrt war, auf so schreckliche Weise starb.

»Alles wird gut«, flüsterte er für sie, als sie heftig schluchzte. »Alles wird gut.«

Miller nahm den Hut ab und wischte sich den nicht existierenden Schweiß von der Stirn. Er wirkte erschöpft.

»Ist er weg?«, fragte Jim.

Miller nickte. »Ja, wir sind jetzt die Einzigen hier. Das ist gut. Ich habe diese Apparate hundertmal pro Sekunde abgeschaltet, und er hat sie wieder aktiviert und ihnen befohlen, alle zu ermorden.«

Teresa hob die geballten Fäuste vor die Augen. Miller schüttelte den Kopf. »Diesen Teil habe ich immer gehasst. Die Toten und das Blut sind manchmal eklig, aber diejenigen, die übrig bleiben und den Leichensack halten? Besonders die Kinder? Das hasse ich.«

»Was soll ich jetzt machen?«

»Normalerweise habe ich ihnen einen Plüschbären gegeben und die Sozialarbeiter gerufen. Ich weiß nicht. Wie erklärt man es jemandem, dass das Spiel eben manchmal so läuft und dass dieses Mal ihre Nummer gezogen wurde?«

Jim legte das Kinn auf ihren Kopf. »Alles wird gut.«

»Oder ich habe sie angelogen«, fuhr Miller fort. »Das funktioniert auch manchmal. Aber es gibt eine Frage, die wir beantworten müssen. Ich bin nicht sicher, wie wir sie unversehrt hier herausbekommen.«

»Wir können uns einen Weg bahnen, oder? Wenn Duarte die Station nicht mehr kontrolliert, können wir das doch tun, oder?«

»Sicher, das geht vermutlich. Was die lokalen Dinge angeht, bin ich anscheinend eine Art Allzweck-Fernbedienung. Aber wohin wollen Sie sie bringen, wenn sie dort ankommt?«

Trotz der Hitze wurde es Jim kalt. »Warum nicht auf die *Rosinante*?«

Miller legte den Kopf schief, als hörte er ein unvertrautes Geräusch. »Sie vergessen, was uns hierhergebracht hat. All dies ist nur eine Komplikation des ursprünglichen Problems. Als die freundliche Frau Colonel Duarte erledigt hat, zog sie zugleich seinen Finger aus dem Deich. Hier drin sind wir sicher. Diese Station hat schon das Schlimmste überstanden, was die bösen Jungs überhaupt liefern können, und ist stabil geblieben. Aber alle anderen da draußen?« Er schüttelte den Kopf.

Die Kälte in Jims Brustkorb tat einen Augenblick lang schrecklich weh, dann verflog das Gefühl. Er schnappte nach Luft. »Was soll ich tun? Wie kann ich das verhindern?«

»Was willst du verhindern?«, fragte Teresa.

»Hey«, antwortete Miller. »Wir haben hier nur ein Gehirn. Wenn ich es weiß, dann wissen Sie es auch. Es ist so, wie ich es beim letzten Mal gesagt habe. Wenn Sie hier mit einem Körper umherwandern, haben Sie einen gewissen Status.«

»Einen Zugang«, ergänzte Jim.

»Sie sind keine Fernbedienung. Deshalb musste er hierherkommen. Er musste direkt hier sein.«

Eine Anspannung, die er nicht gespürt hatte, ließ nach. Seine Arme waren bis zur Schulter taub, die Beine bis zur Hüfte. Sein Atem war flach, das Kinn tat weh. Miller zuckte mit den Achseln. »Sie wussten ja, dass Sie nicht mehr herauskommen, wenn Sie hier reingehen.«

»Das wusste ich. Aber ich hatte Hoffnung. Sie wissen schon, vielleicht geht es ja gut.«

»Optimismus ist etwas für Idioten«, lachte Miller.

»Was geht vielleicht gut?«, fragte Teresa. »Ich weiß nicht, was du meinst. Was soll das?«

Er fasste sie an den Schultern. Vom Weinen waren ihre Augen gerötet. Ihre Lippen zitterten und bebten. Er kannte sie, seit man ihn in Ketten nach Laconia geschickt hatte. Damals war sie noch ein Kind gewesen, aber sie hatte nie so jung ausgesehen wie jetzt.

»Ich muss etwas tun. Ich weiß nicht genau, wie es ausgehen wird, aber hör mir zu. Ich lasse dich hier nicht im Stich, verstehst du?«

Sie schüttelte den Kopf, und er begriff, dass sie nicht zuhörte. Nicht wirklich. Natürlich stand sie unter Schock. Wie sollte es auch anders sein? Er wünschte nur, er könnte mehr für sie tun. Ungeschickt fasste er sie bei den Händen.

»Ich passe auf dich auf«, sagte er. »Aber ich muss das jetzt tun.«

»Was denn?«

Er zog die Hände zurück und drehte sich zu dem Geflecht der schwarzen Fäden um. Abgesehen von den wehenden schwarzen Fäden, befand sich nichts mehr an der Stelle, wo Duartes Körper gewesen war. Die Fäden regten sich in einem Luftzug, den Jim nicht spüren konnte. Die Bewegungen erinnerten ihn an Meeresbewohner, die Fühler ausstreckten, um ihre Beute zu packen. Ihm wurde übel.

Er streckte die Arme aus, spreizte die Finger und ließ zu, dass die Fäden ihn berührten. Blau schimmernde Punkte liefen auf ihnen entlang und flogen durch die Luft. Er spürte einen sanften Zug an den Schultern, als sich das Geflecht spannte. Die reglosen Wächter schwebten kreuz und quer durch den riesigen, hell beleuchteten Raum. Die laconischen Leichen trieben ein Stück entfernt durch die Luft. Die schwarzen Fäden schlängelten sich ihm entgegen, als hätten sie die Witterung aufgenommen, und bohrten sich in seine Seiten, sobald sie ihn fanden.

Teresa beobachtete ihn benommen und riss entsetzt die Augen auf. Er überlegte, ob er etwas sagen konnte – ein Scherz, der die Anspannung vertrieb, damit sie über diesen Albtraum lachen konnte. Ihm fiel nichts ein.

»Was er auch getan hat, er hat es vorher getan«, erklärte Miller, der jetzt neben ihm war. »Wenn es irgendwelche Vorkehrungen gab, die getroffen werden mussten, dann hatte Duarte dies schon veranlasst, bevor die *Preiss* verschwand und wieder auftauchte. Wir müssen uns ein wenig umsehen.«

»Wie soll ich finden, was wir brauchen?«, fragte Jim. »Ich weiß nicht, wie all das hier funktioniert. Ich weiß nicht, wie ich irgendetwas tun kann, wenn ich davon absehe, mich in den Kreislauf einzuklinken und zu hoffen.«

»Es ist, wie der Doc gesagt hat. Das ganze Ding hier will das tun, was es eben tun muss. Sie sind nur hier, damit es das erreicht. Sie bauen keine Waffe, Sie drücken nur auf den Abzug.«

»Das ist weniger hilfreich, als Sie vielleicht glauben«, erwiderte Jim.

Das Ding in seinem Bauch regte sich. Sein Herz machte irgendetwas Heftiges, das nichts mit normaler Herztätigkeit zu tun hatte, und er war an einem anderen Ort. Dort war es kühl. Er spürte seine Arme und Beine und hatte keine Schmerzen mehr. Wenn er sich konzentrierte, konnte er immer noch den hell erleuchteten Raum und die schwebenden Wächter sehen. Er spürte auch seinen Körper, den die Fäden und das Protomolekül ruinierten. Es war wie kurz vor dem Einschlafen, wenn er zugleich den schlafenden Körper und das träumende Ich wahrnahm.

Miller räusperte sich. »Es passiert. Sie sollten sich beeilen.«

»Wie soll ich das anstellen?«

Der Detective sah ihn mitfühlend an. »Sie sind jetzt die Station. Das hier ist Ihr Eros, und Sie sind das, was Julie war. Entspannen Sie sich, und lassen Sie sich zeigen, was Sie wissen wollen.«

Naomi, dachte Jim gequält. *Ich will Naomi wiedersehen.*

So unbeholfen wie ein Kind, das die ersten Schritte machte, erweiterte sich sein Bewusstsein. Es war nicht ganz wie das Sehvermögen und nicht ganz so wie intellektuelles Wissen, sondern eine Mischung aus beidem. Er spürte Naomi an ihrem Platz auf dem Flugdeck und sah ihre Verzweiflung. Als sich der Feind näherte und die Atome seines Schiffs verstreute wie ein Wind den Staub, konnte Jim zum ersten Mal den Feind deutlich erkennen.

Instinktiv streckte er sich und stieß ihn zurück. Das schwarze Ding aus einer anderen Realität kreischte und wehrte sich und hielt dagegen. Jim wollte mit bloßen Händen kämpfen, aber das war nicht der richtige Weg. Sein Körpergefühl war eigenartig verändert. Er spürte, wie das schwarze Wesen vorwärtsstrebte, als kämpfte es sich gegen eine starke Strömung zu Naomi.

»Sie müssen etwas größer denken«, sagte Miller. Jims Bewusstsein erweiterte sich abermals. Die Ringtore mit dem Raum zwischen ihnen sprangen förmlich in sein Bewusstsein hinein. Nicht nur der physische Raum und die in ihm verstreuten Schiffe, nicht nur die Crews und ihre Bewusstseine, die wie helle Kerzen brannten, sondern auch die unsichtbaren Strukturen dahinter: feine Kraftfelder, die sich zwischen den Toren und der Station spannten, sich ineinanderschlangen und sich verstärkten, sich in einer komplexen, heiligen Geometrie vereinigten und sich trennten. Aus dieser Perspektive war das Eindringen des Feindes in die *Rosinante* und in alle anderen Schiffe ein einziger Vorgang. Eine Deformation jener Kraftfelder, die den Ringraum davor bewahrten, zu einem Nichts zusammenzubrechen.

Er drängte den Eindringling zurück und versuchte, den Ringraum so wiederherzustellen, wie es seinem Wesen entsprach, doch der Druck, der sich ihm entgegenstellte, war unerbittlich. Er war allgegenwärtig, und wenn er sich irgendwo dagegenstemmte, strömte er um ihn herum.

»Miller?«

»Ich bin da.«

»Ich kann das nicht, ich kann es nicht aufhalten.«

»Dann ist das ein Problem.«

»Miller! Sie werden sterben!«

Jim drängte weiter, und es war, als wollte er eine schwere Wolldecke mit einem Zahnstocher anheben. Er war zu klein, und der Druck, die Deformation, kam aus allen Richtungen zugleich. Er spürte, wie die Kerzenlichter auf einem Dutzend Schiffen auszugehen drohten. Jim geriet in Panik und schlug um sich. Wieder erloschen flackernde Lichter. Eines der Schiffe verwandelte sich von einem einzigen Objekt mit einem hellen Kern aus Energie in seinem Herzen in tausend winzige Dinge und verschwand, weil der Feind es zertrümmerte und es mit der Wucht seines Angriffs aus der Blase des Raums herausfegte.

»Wie kann ich das aufhalten?«

»Sie wissen es«, antwortete Miller. »Ich habe es Ihnen gesagt. Sie halten es auf die gleiche Weise auf wie er.«

Jim griff nach den Kerzenflammen der Menschen, schob sich in sie hinein und wuchs mit jedem, den er berührte. Ein Mann von der Erde, geboren nach der Zerstörung, der sich dem Untergrund angeschlossen hatte, weil er auf seinen Vater zornig war, der vor Laconia kapituliert hatte, wurde ein Teil von Jim. Eine Frau, deren Mutter krank war und in einer Klinik auf Auberon im Sterben lag. Jemand, der sich insgeheim in den Piloten verliebt hatte. Jemand, der mit dem Gedanken an Selbstmord spielte. Jim zog durch die Bewusstseinsinhalte der Menschen im Ringraum – Naomi, Alex, Amos –, und was unmöglich erschienen war, wurde möglich.

Das, sagte Miller, doch er sagte es nicht laut, *all das hier wurde von einer Art Tier gebaut. Ein Tier aus Licht, das ein einziges Bewusstsein hatte, das sich auf mehr als tausend Systeme verteilte. Wenn Sie diese Waffen benutzen wollen, müssen Sie Hände von der gleichen Form wie deren Schöpfer haben.*

Hände?, wollte Jim fragen, doch er war jetzt so groß, er war so weit und hell und erfüllt, dass er kaum noch erkennen konnte, ob er es gesagt hatte.

Das ist nur eine Metapher, erklärte Miller. *Klammern Sie sich nicht zu sehr daran.*

Jim drängte hinaus, und dieses Mal konnte er überall zugleich stoßen. Der Druck war schrecklich. Der Feind war stärker als er – als sie waren –, doch die Struktur der Ringe und des Raums und die subtilen Kraftlinien waren wie ein Konstruktionsmechanismus, der seine Kraft verstärkte und ihn schützte. Langsam schob er den Angreifer zurück. Der erbarmungslose Druck außerhalb des Rings war ein Schmelzofen, eine Maschine, eine Quelle unvorstellbarer Energien. Wie ein Judomeister nahm die Ringstation die fast unerschöpfliche Energie eines ganzen Universums, das sie zerquetschen wollte, und drehte sie um den Angelpunkt, um die Kraft des Angreifers gegen ihn selbst zu wenden. Das andere, ältere Universum knapp außerhalb der Kugel mit den Ringen zog an ihm vorbei, und er spürte die Schmerzen, die er ihm zugefügt hatte. Er spürte den Hass. Die Wunde in seinem Fleisch, die er selbst war.

Es drängte, aber er konnte dagegenhalten. Die Kraftfelder waren wieder an Ort und Stelle und stabil, sodass es ihn weniger Anstrengung kostete, um sie zu halten, bis der uralte Feind erneut angriff. Er spürte, wie der Gegner hinter der langsamen Zone entlangglitt wie eine große, schwarze Schlange, die sich sonnte.

All die Energie, die wir benutzen, kommt von Dingen, die etwas anderes sein wollen, erklärte Miller. *Das Wasser hinter dem Damm, das ein Meer sein will. Die Kohle, die Asche und Rauch sein will. Die Luft, die den Druck ausgleichen will. Diese Anlage hier stiehlt die Energie eines anderen Ortes wie eine Turbine, die den Wind ein wenig abbremst. Und die Wesen an jenem anderen Ort werden nie aufhören, uns deshalb zu hassen.*

Jim zog sich zurück und gab die Bewusstseine frei. Mit jedem einzelnen wurde er kleiner und kleiner und schwächer und schwächer, bis er nur noch er selbst war.

»Also«, fuhr Miller fort. »Sie haben uns gewissermaßen ihr Unbehagen mitgeteilt, indem sie Wege fanden, uns abzuschlachten. Mit ›uns‹ meine ich alles, was in unserem Universum existiert. Unsere galaktischen lichtempfindlichen Quallencousins oder was auch immer. Die bösen Jungs haben hier und dort ein System vernichtet. Wir haben die Tore abgeschaltet, damit sie uns nicht mehr töteten, aber das hat nicht funktioniert. Wir haben versucht, Werkzeuge zu bauen, die sie aufhalten konnten.«

»Aber sie sind nicht aufzuhalten«, sagte Jim.

»Nicht bis zu diesem Augenblick. Aber jetzt sind wir eine Milliarde mörderische Primaten und können dort weitermachen, wo die feenhaften Licht- und Luftwesen aufhören mussten. Ich würde uns höhere Chancen ausrechnen.«

»Das war Duartes Plan.«

»Genau.«

»Ich habe doch nicht all das auf mich genommen, um so zu werden wie er.«

»Vielleicht haben Sie all das auf sich genommen, um zu verstehen, warum er es getan hat. Damit Sie sich etwas Besseres überlegen können«, sagte Miller. Er nahm den Hut ab und kratzte sich an einem Ohr. »Sie tun, was Sie tun müssen, um dagegen anzukämpfen, oder Sie werden umgebracht. So oder so verlieren Sie das, was die Menschheit einmal war.«

Im ganzen Ringraum empfanden Menschen Angst und Erleichterung und konzentrierten sich auf Reparaturen, die erledigt werden mussten, während die Alarmsignale heulten.

Er spürte Milliarden Menschen jenseits der Ringe. Milliarden von Knoten, die darauf warteten, zu einem einzigen, riesigen, schönen Bewusstsein zusammengeflochten zu werden. Von hier aus sah Jim die große Einheit, zu der die Menschheit werden konnte. Und mehr als das, er konnte es tun. Er konnte das Werk vollenden, mit dem Duarte begonnen hatte, und im Universum etwas Neues und Großartiges und Starkes entstehen lassen.

Es wäre wunderschön.

Miller nickte, als wollte er zustimmen. Vielleicht tat er es sogar. »Den ganzen Mut zusammennehmen, um das Mädchen, in das man verknallt ist, zum ersten Mal zu küssen? Lamentieren, weil die Wohnung über der eigenen einen schöneren Ausblick hat? Mit den Enkelkindern spielen oder mit den Ärschen von Kollegen Bier trinken, weil es zu deprimierend ist, in das leere Haus zurückzukehren? All der dreckige Mist, der entsteht, wenn man das ganze Leben lang im eigenen Kopf eingesperrt ist. Das ist das Opfer. Das ist es, was Sie aufgeben müssen, um Ihren Platz zwischen den Sternen zu finden.«

Einen Augenblick lang blickte Jim nach vorne in die kommenden Epochen, um das Strahlen zu sehen, das von der Menschheit ausgehen konnte, wenn sie sich im Universum ausbreitete, wenn sie Dinge entdeckte und erschuf und ihr Chor anschwoll. Wenn sie sich weiter ausdehnte, als es sich ein einzelner menschlicher Geist überhaupt vorstellen konnte. Ein Netzwerk aus Lichtern, das mit den Sternen selbst wetteifern konnte. In der hellen Kammer weinte sein Körper vor Ehrfurcht.

Er seufzte.

»Das ist es nicht wert.«

»Ja«, antwortete Miller. »Ich weiß. Aber was können Sie schon tun?«

»Sie haben die Ringe abgeschaltet«, sagte Jim, »aber sie haben die Station und die langsame Zone behalten. Sie haben alles so belassen, damit sie wieder darauf zurückgreifen konnten. Der Sol-Ring hätte nicht funktioniert, wenn die Station nicht existiert und die Verbindung mit ihr erlaubt hätte. Sie haben einen Verband darübergelegt, ohne den Splitter zu entfernen.«

Miller runzelte die Stirn, doch in seinen Augen lag ein Funkeln. Irgendwo schrie Teresa Jims Namen. Er musste sich darum kümmern. Aber das Wichtigste zuerst.

»Amos«, sagte er, und der große Mechaniker drehte sich zu ihm um. In der Werkstatt flackerte die Notbeleuchtung, und ein Teil des Decks fehlte. Amos hatte Flickzeug in einer und das Schweißgerät in der anderen Hand. Bisam lag auf der Druckliege, bellte zur Begrüßung und wedelte mit dem Schwanz.

»Hallo, Kapitän.«

»Wie schlimm sind die Schäden?«

Amos zuckte mit den Achseln. »Wir haben schon Schlimmeres erlebt. Was ist mit dir passiert?«

»Eine Menge, wirklich. Du musst mir einen Gefallen tun.«

»Klar.«

»Sag Naomi, sie soll den Ringraum evakuieren. Alle müssen da raus. Und wohin ihr auch fliegt, bereitet euch darauf vor, dort zu bleiben.«

»Wie lange denn?«

»Ihr bleibt dort«, bekräftigte Jim. Amos zog die Augenbrauen hoch.

»Also gut.«

Am Rand des Ringraums regte sich der Feind und drängte, weil er vielleicht spürte, dass Jims Kräfte schwanden. »Und sag ihr, sie soll sich beeilen. Ich bin nicht sicher, wie lange ich das hier halten kann.«

Amos presste die Lippen zusammen und sah sich in der Werkstatt um. Dann seufzte er und verstaute das Flickzeug. »Bist du sicher, dass du es ihr nicht selbst sagen willst?«

»Ich glaube, wir haben schon alles gesagt, was es zu sagen gab«, erwiderte Jim. »Ein weiteres Lebewohl würde keinem helfen.«

»Das verstehe ich. Also, es war gut, mit dir zu fliegen.«

»Ebenso.«

»Hey, Kapitän, was ist mit den anderen?«

»Tanaka ist tot, genau wie Duarte.«

»Und die Kleine?«

»Flieg nicht weg, ehe sie bei dir ist.«

»Das wollte ich hören.«

Jim richtete seine Aufmerksamkeit wieder auf die Station, die so komplex und so aktiv war wie die Zellen seines Körpers. Jetzt verstand er das alles – die Durchgänge, die Wächter, die riesigen Maschinen, die das energiereiche Licht erzeugten und die Löcher im Spektrum öffneten. Dadurch entstanden die feinen Kraftlinien. Es gab so viel, was sie nie gesehen und verstanden hatten. Sie waren blind umhergestolpert, hatten die Tore als Abkürzungen benutzt und das Beste gehofft. Eine Spezies wundervoller Tölpel.

Er veränderte, was er konnte, und öffnete die Korridore. Darin lag ein gewisses Risiko. Die feinen Linien erbebten, und der Feind umkreiste ihn und schnüffelte an den Toren. Jim schlug die Augen auf.

Die Schmerzen waren erstaunlich. Da er jetzt wieder seinen Körper spürte, verstand er gar nicht, wie er das hatte ignorieren können. Die Taubheit seiner Gliedmaßen war einem Brennen gewichen. Die Fäden in seiner Seite zerrten und rissen an ihm. Es fiel ihm schwer, etwas zu sehen. Seine Augen veränderten sich, und auf seiner Brust juckte die Haut, doch die Arme waren blockiert, und er konnte sich nicht kratzen.

Teresa hatte sich wie ein Fötus zusammengerollt und schwebte vor ihm. Er wusste, dass sie nach ihm geschrien hatte, wie er die relative Dichte verschiedener Elemente oder die Namen griechischer Götter kannte. Intellektuell und ohne sich zu erinnern, woher er es wusste.

»Teresa«, sagte er. Es klang feucht und schleimig. Sie reagierte nicht. »Teresa!«

Sie schreckte auf. Ihr Gesicht war voller roter Flecken, auch die Augen waren gerötet. Sie sah so elend aus. Sie sah so schmerzhaft schön aus. Sie sah so menschlich aus.

»Ich habe dir einen Weg zu den Schiffen geöffnet«, sagte Jim. »Du musst dich beeilen …«

48 Alex

»… sofort evakuieren. Gehen Sie davon aus, dass Sie dauerhaft in dem System bleiben, in das Sie jetzt fliegen. Rechnen Sie nach dem Transit nicht mit weiteren Kontakten, und kehren Sie nicht in den Ringraum zurück, sobald Sie ihn verlassen haben. Dies ist kein Scherz. Dies ist keine Übung. Ich wiederhole.« Naomi beendete die Aufzeichnung, schickte die Aufnahme als Endlosschleife hinaus und schwebte von ihrem Pult weg. Sie schluckte mehrmals. Alex ging es nicht besser. Dieses leere Gefühl in der Magengrube …

»Also«, sagte er. »Verdammt auch.«

Das Operationsdeck war nicht völlig zerstört, aber es hatte beträchtliche Schäden erlitten. Er war in der Kombüse gewesen, als das Universum seltsam geworden war und die schwarzen Dinger hindurchgeschwommen waren, als sei die Materie nur ein dünner Nebel und sie seien die einzigen realen Wesen. Das konnte durchaus zutreffen, weil die Hälfte der Druckliege des Piloten fehlte. Hätte er sich an seinem gewohnten Platz aufgehalten, dann würde er sich überhaupt keine Sorgen mehr machen.

Naomi trug den rechten Arm in einer Schlinge, war aber sonst unversehrt. Soweit sie es rekonstruieren konnten, war sie zurückgesprungen, als eines der Dinger nach ihr greifen wollte, und mit der Schulter gegen das Schott geprallt. Ein langer Streifen der Verkleidung fehlte, und in der Hülle klaffte ein Loch, das Amos notdürftig geflickt hatte. Das Metall schimmerte hell auf der alten Schaumstoffverkleidung.

»Was brauchen wir, um bereit zu sein?«, fragte Naomi.

Amos wurde still, wie er es immer tat, seit er getötet worden war, und zuckte mit den Achseln. »Es gibt ein paar Dinge, die ich flicken muss. Wir haben eine Nahkampfkanone am Heck verloren, aber solange wir auf niemanden schießen wollen, kann das warten. Ich vergewissere mich, dass die Wassertanks keine Lecks haben, und überprüfe noch einmal den Reaktor und den Antrieb.«

»Wie lange dauert das?«

Der große Mechaniker lächelte. »Wenn alles in Ordnung ist, eine halbe Stunde. Wenn nicht, dann kommt es darauf an, wie schlimm es ist.«

»Mach dich an die Arbeit. Ich helfe dir, sobald ich kann.«

»Verstanden, Boss«, antwortete Amos. »Und die Kleine, ja?«

»Ohne sie fliegen wir nicht weg«, bekräftigte Naomi. »Aber möglicherweise muss ich uns von der *Falcon* trennen.«

»Dann überprüfe ich noch mal die Brücke. Du kannst einen ziemlichen Schaden anrichten, wenn du diese Dinger einfaltest, obwohl sie kaputt sind.«

»Danke«, sagte Naomi und wandte sich an Alex. »Bereite den Abflug vor. Alle nötigen Tests, von oben bis unten. Und lass die Diagnosen laufen, bis wir tatsächlich losfliegen.«

»Alles klar«, bestätigte Alex und schwang sich auf eine Druckliege. »Keine Sorge, die *Rosinante* lässt uns nicht im Stich.«

»Das tut sie nicht, weil wir sie auch nicht im Stich lassen«, antwortete Naomi.

Auf dem taktischen Display wechselte die Farbe der im Ringraum verbliebenen Schiffe von Gelb nach Grün, sobald sie den Kurs änderten und den Antrieb aktivierten. Im Com waren ein halbes Dutzend Verbindungsanfragen aufgelaufen – Leute, die Rückfragen hatten oder um Hilfe baten. Er wusste nicht, was er für sie tun konnte.

Naomi ignorierte sie und schickte eine Anfrage an Elvi, die sofort akzeptiert wurde.

»Wie ist der Status der *Falcon*?«, erkundigte sich Naomi.

Elvi antwortete teils hektisch und teils erleichtert. »Im Arsch, verängstigt und weitab von der Heimat.«

»Ich könnte etwas genauere technische Angaben gebrauchen«, meinte Naomi, doch ihr war anzuhören, dass sie dabei lächelte.

»Wir haben zwei Besatzungsmitglieder verloren, Harshaan Lee und David Contreras. Ich glaube, David haben Sie nicht kennengelernt. Er war Chemiker und hinterlässt eine Frau auf Laconia.«

»O nein, nicht Harshaan. Es tut mir so leid.«

»Wir haben einige Schäden erlitten, aber nicht so viele wie beim letzten Mal, weil ich das jetzt schon zweimal erlebt habe. Ich wollte das nie wieder tun. Ich hasse es.«

»Wie lange brauchen Sie, bis Sie starten können?«

»Das wird eine Stunde dauern«, antwortete Elvi. »Und dann schwirren wir ab wie eine Fledermaus aus dem Abgrund der Hölle.«

»Wohin wollen Sie?«, fragte Naomi.

Alex hörte Elvis angespanntes Seufzen, während er eine defekte Leitung von den Wassertanks überbrückte. »Sol«, sagte sie leise. »Ich habe es noch nicht laut gesagt, aber wir fliegen nach Sol.«

»Nicht nach Laconia?«

»Dorthin fliegt die *Whirlwind*. Selbst wenn Trejo beschließt, sich an die Amnestie zu halten, obwohl es keinerlei Konsequenzen hätte, wenn er sein Wort bricht, bin ich ziemlich sicher, dass Admiral Gujarat eine schwarze Liste hat. Wenn ich darauf stehe, und ich stehe mit Sicherheit darauf, dann wird es auch einer Menge meiner Mitarbeiter schlecht ergehen. Ich zerreiße einige Familien, aber ich rette einige Leben. Und Sie?«

»Sol«, antwortete Naomi. »Aber ich kann erst weg, wenn Teresa die Station verlassen hat. Ich will nicht, dass Sie auf mich warten. Sobald wir die Schiffe getrennt haben, machen Sie, dass Sie wegkommen.«

»Das müssen Sie mir nicht zweimal sagen«, antwortete Elvi und beendete die Verbindung. Alex identifizierte eine Speiseleitung, die keinen Druckabfall zeigte, und schaltete auf sie um. Naomi rief die erste Nachricht in der Warteschlange auf.

»Hier ist Kapitän Loftman auf der *Lagomorpha.* Wir brauchen Unterstützung. Unser Antriebstrichter hat einen katastrophalen Schaden erlitten …«

Naomi machte sich an die Arbeit und suchte Retter für Schiffe, die gerettet werden mussten, beantwortete Fragen von Schiffen, deren Kommandanten in Panik geraten waren, und stimmte sich hin und wieder mit Amos ab, der die *Rosinante* überprüfte. Ein kleines Fenster auf dem Bildschirm zeigte die Bilder des optischen Teleskops, das auf den Eingang der Station gerichtet war.

Alex zitterte, ehe ihm bewusst wurde, was mit ihm los war. Als er es erkannte, nahm er die Hände von der Steuerung. Die *Rosinante* machte weiter und überprüfte den Status der Luft- und Wasserrecycler, die Stromversorgung und den Epstein-Antrieb.

»Naomi«, sagte er. Sein Tonfall verriet ihr, dass er ein Problem sah. Sie wandte sich von den Coms ab und hörte zu. Ihm fiel ein, wie er sie auf der *Canterbury* kennengelernt hatte. Dort war das größte Problem gewesen, ob sie schnell genug von Ceres bis zum Saturn fliegen konnten, um den Bonus zu kassieren. Damals war sie sehr still gewesen. Sie hatte sich immer hinter den Haaren versteckt und jeden Blickkontakt vermieden. Die Frau, die sie jetzt war … nun ja, sie waren miteinander verwandt, aber es war nicht mehr dieselbe Frau.

»Wenn es jetzt so läuft«, sagte er und dachte über jedes Wort nach. »Wenn wir uns jetzt den letzten Ort aussuchen müssen, an dem wir bleiben wollen … ich war ja immer rastlos, aber Kit ist mit seiner Frau und ihrem kleinen Jungen in Nieuwestad. Ich bin nicht mehr der Jüngste, und wenn da einerseits die Möglichkeit besteht, dass ich sie nie wiedersehe, und andererseits die Chance, dass ich mir einen Job suche und Nachrichten schicke und zweimal im Jahr vorbeischaue … ich weiß nicht, ob ich nach Sol fliegen will. Da ist nicht meine Familie.«

Seine letzte Bemerkung hätte grausam sein können, aber er wusste nicht, wie er es sonst sagen sollte. Naomi war seine Familie genau wie Jim. Und Amos. Sogar Teresa und ihr alter Hund. Ein wenig. Er wandte sich ab, weil er Angst vor Naomis verletztem Blick hatte.

»Wenn es Filip wäre, dann würde ich dorthin gehen, wo er ist«, antwortete sie.

»Es tut mir leid.«

»Du bist ein liebenswerter Mann.« Sie wandte sich wieder dem Com zu, und gleich darauf war Elvis Stimme zu hören. »Planänderung. Ich muss die *Rosinante* woandershin schicken. Können Amos und ich bei Ihnen mitfliegen?«

»Aber sicher.«

»Wir haben auch einen Hund.«

»Das dürfte der am wenigsten problematische Passagier sein, den ich seit vielen Jahren hatte.«

Naomi trennte die Verbindung und baute eine neue auf.

»Boss, was gibt es?«, fragte Amos.

»Zieh die Brücke zur *Falcon* noch nicht ein. Mach die *Rosinante* startklar, nimm dir, was immer du behalten willst, und sichere dir eine Koje auf der *Falcon*. Nimm auch Bisams Kram mit.«

Alex beugte sich vor und suchte nach einer Erklärung. Nach der richtigen Entschuldigung.

»Will Alex zu seinem Jungen?«, fragte Amos.

»Genau«, bestätigte Naomi.

»Es ist ja nicht so, dass ich nicht an euch hänge«, erklärte Alex.

»Klar, kein Problem«, antwortete Amos fröhlich. »Wenn ich nicht mehr an Bord bin, um die Lecks zu flicken, sollte ich vorher noch einige Reparaturprioritäten umstellen.«

»Mach es, wie du es für richtig hältst«, sagte Naomi und trennte auch diese Verbindung. Sie streckte sich, drückte Alex einmal die

Hand und ließ los. »Kümmere dich um die Startvorbereitungen. Wir stehen unter Zeitdruck.«

Dreißig Minuten später trafen sie sich an der Luftschleuse. Naomi hatte sich eine kleine Tasche unter den Arm geklemmt. Amos hatte eine Flasche Schnaps und ein Stück von Bisams maßgefertigter Druckliege dabei. Der Rest war schon auf der *Falcon*. Der Hund, der mit rotierendem Schwanz zwischen ihnen schwebte, schien aufgeregter als alle anderen und sah mit großen, feuchten Augen zwischen ihnen hin und her. Kaum zu glauben, dass sie nach so vielen Jahren auf der *Rosinante*, nach der langen Zeit, die sie hier zusammen verbracht hatten, einfach so alles schnappen und einpacken konnten. Und doch, nun geschah es.

Die innere Luftschleuse war geöffnet, die Steuerung verriet ihnen, dass die Brücke unter Druck stand. Obwohl er nicht wegtrieb, packte Alex den Handgriff, ließ ihn aber gleich wieder los. *Das ist ein Fehler*, dachte er. *Wir sollten das nicht tun. Ich habe einen Fehler gemacht.*

Dann dachte er an Kit, stellte sich vor, ihn nie mehr zu sehen und nie mehr seine Stimme zu hören, und behielt seine Gedanken für sich.

»Ich habe im Maschinenraum eine Liste hinterlegt«, erklärte Amos. »Da stehen die Sachen drauf, die du möglichst bald reparieren musst. Das duldet keinen Aufschub. Und dann noch zwei Dutzend weitere Sachen, die du dir mal ansehen musst. Ich bin aber ziemlich sicher, dass so weit alles in Ordnung ist. Ich weiß nur nicht, ob sie auf Nieuwestad ein Dock haben.«

»Haben sie«, antwortete Alex. »Ich habe es überprüft.«

Amos' schwarze Augen wanderten. Auf einmal waren sie überhaupt nicht mehr gespenstisch. »Wahrscheinlich solltest du zuerst raus. Und benutze nicht die Railgun. Ein kaputter Kondensator schlägt wahrscheinlich durch, wenn du ihn auflädst.«

»Auf niemanden schießen. Verstanden.«

»Es sei denn, du musst es unbedingt«, sagte Amos. Er klemmte sich den Hund unter den Arm und ging zur Luftschleuse. Naomi sah ihm lächelnd zu.

»Er hat sich nicht verändert«, meinte Alex. »Nicht wirklich.«

»Er hat sich verändert«, widersprach sie. »Wie wir alle.«

»Ehe du gehst, wollte ich noch sagen …« Naomi schüttelte sachte den Kopf, und er ließ den Satz unvollendet.

»Es war gut«, sagte sie.

»Das war es.«

Sie berührte einen Handgriff, drehte sich und schwebte in die Luftschleuse. Bisam bellte einmal, Alex wollte ihnen noch sagen, sie sollten Teresa von ihm grüßen, doch da glitt die Innentür schon zu. Die Außentür ging auf, und Naomi, Amos und der Hund bewegten sich über die Brücke. Er sah, wie sie miteinander redeten, konnte aber nicht hören, was sie sagten. Als die Luftschleuse der *Falcon* aufging, um sie in Empfang zu nehmen, schloss sich die Außentür der *Rosinante*, und Alex war allein auf dem Schiff. Er wartete einen Augenblick und sagte sich selbst, er lauschte nur dem Summen der einfahrenden Andockbrücke. Nur um sich zu vergewissern, dass alles in Ordnung war. Doch auch nachdem sie zusammengefaltet und für die Reise verstaut war, schwebte er noch ein paar Sekunden dort, ehe er zur Steuerung zurückkehrte.

Es fühlte sich seltsam an, das Schiff von der Operationszentrale aus zu fliegen. Nicht dass er es nicht schon getan hätte, doch bei jenen Gelegenheiten war jemand bei ihm gewesen, mit dem er reden wollte, ohne vom Flugdeck herunterschreien zu müssen. Obwohl er, als die anderen noch da gewesen waren, schon so viele Male die Diagnosen hatte laufen lassen, startete er sie noch ein weiteres Mal, fand nichts Unerwartetes und entfernte sich von der *Falcon*. Als er den Antrieb zündete, stieg die Druckliege unter ihm empor, und er versank im Gel. Der Antrieb arbeitete einwandfrei, und er hatte die *Falcon* nicht mit der Rückstoßwolke getroffen. Er beschleunigte bis auf ein Drittel, ein halbes, dann ein volles G. Und weiter. Das Schiff knarrte, und er sagte sich, das seien ganz normale Geräusche. Sie kamen ihm nur lauter vor, weil er der Einzige war, der sie hörte. Bei zwei G injizierte er sich eine halbe Dosis Saft. Dann hörte er auf. Er wollte das Schiff nicht zu stark beanspruchen, ehe es nicht gründlich überprüft war. Und er wollte keinen Schlaganfall bekommen, wenn niemand da war, der ihn zum Autodoc schleppen konnte.

»Schattenseiten«, sagte er laut. »Immer gibt es irgendwo eine Schattenseite.«

Niemand antwortete ihm. Er wartete einen Augenblick, ließ die Leere des Schiffs auf sich wirken. Nur er und die *Rosinante* und die sternenlose Leere des Ringraums. Er öffnete den Rundruf.

»Falls noch jemand hier ist, das ist die letzte Gelegenheit. Sagt mir Bescheid, oder ihr seid von jetzt an ein Teil der Crew.«

Es war nur ein Scherz, und er selbst war der Einzige, der sich darüber amüsieren konnte. Er überprüfte den Antrieb. Alles in Ordnung. Der Kurs war innerhalb der Toleranzen, aber es gab viele Störimpulse, sodass er ihn vor dem Transit noch ein- oder zweimal überprüfen wollte. Die Zeit, bis er das Tor erreichte … er beschleunigte auf 3 G. Damit kamen seine Knochen zurecht, so alt war er noch nicht.

Während der ersten halben Stunde saß er auf der Druckliege, kontrollierte verschiedene Diagnosebildschirme, wartete ab und suchte nach Anzeichen von Fehlfunktionen. Dann senkte er den Schub ein paar Minuten lang auf ein Drittel G, ging in die Kombüse und holte sich eine Tasse Tee. Eigentlich hätte er gern ein Bier getrunken, doch er wartete lieber bis nach dem Transit. Allerdings konnte er etwas Musik abspielen. Die alte marsianische Rai-Fusion lärmte in den Korridoren und Kabinen, zugleich schön und melancholisch.

Er kehrte zur Liege zurück und gab dem Pferd wieder die Sporen.

Es dauerte nicht lange, bis die anderen Schiffe die Tore erreichten. Die Liste der Einheiten im Ringraum, übersichtlich formatiert, wie Naomi es vorgegeben hatte, wurde um einen Namen kleiner. Dann ein weiterer. Die Werte verrieten ihm, dass er sicher durch das Tor fliegen konnte und dass das Risiko, verloren zu gehen, sehr gering war. Mit jedem Schiff, das den Ringraum verließ, wurden die Werte etwas besser. Die *Duffy* flog nach Bara Gaon, die *Kaivalya* nach Auberon. Sogar die bedauernswerte *Lagomorpha* mit dem kaputten Antriebstrichter schaffte es zum Sol-Tor. Als die *Whirlwind* nach Laconia wechselte, veränderten sich die Daten fast eine Minute lang und ermahnten anfliegende Schiffe, sich behutsamer zu nähern. Es wäre ein gutes System gewesen.

Langsam und doch mit der gebotenen Eile leerte sich der Ringraum.

In die Druckliege geschmiegt, dachte er über das nach, was als Nächstes käme. Er war nun ein Pilot mit einem alten beschädigten Schiff ohne Crew. Über Nieuwestad wusste er nicht viel, wenn man davon absah, dass sich die Kolonie in Firmenbesitz befand. Das hatte nicht viel zu bedeuten. Auf jeden Fall gab es dort keine starke militärische Präsenz. Ein Kampfschiff zu haben sicherte ihm entweder die Unabhängigkeit oder machte die örtlichen Behörden nervös, weil sie nicht wussten, was sie von ihm halten sollten. Doch das waren die Sorgen von morgen. Die *Rosinante* war ein gutes Schiff, das auch in der Atmosphäre fliegen konnte. Sobald er sie repariert und eine Crew gefunden hatte, konnte er Wissenschaftlerteams durch das System befördern. Vielleicht sogar ein wenig schürfen. Er stellte sich vor, wie Kit und seine Frau mit ihm flogen, um irgendwo das Mikroklima anzupassen. Oder was auch sonst anstand. Vielleicht auch nur ein Familienurlaub. Er stellte sich vor, Opa Alex zu sein, und grinste in sich hinein. Dann malte er sich aus, Opa Alex ohne Giselle zu sein, die Kommentare über seinen Bauch machte, und sein Lächeln wurde etwas breiter. Da draußen wartete ein gutes Leben auf ihn. Neue Möglichkeiten.

Der Alarm schlug an, als er noch hunderttausend Kilometer von dem Tor entfernt war. Ein Fehler in der Treibstoffversorgung des Reaktors. Vielleicht war es nicht weiter wichtig, vielleicht aber auch das erste Anzeichen eines echten Problems. Er rief die Logs auf und ließ die Fingerspitzen darüber wandern, damit seine Augen sich besser konzentrieren konnten. Dies war nicht der richtige Augenblick, um irgendetwas zu übersehen. Er war froh, dass er sich gegen das Bier entschieden hatte.

»Komm schon«, schmeichelte er dem Schiff. »Wir schaffen das. Es ist nicht mehr weit.«

49 Naomi und Jim

Irgendwo brannte Holden. Fieber im Körper, Hitze draußen. Irgendwo fühlte er sich elend, aber das war nicht hier. Hier war ihm alles bewusst, auch wenn er es nicht sah. Die *Rosinante*, die sich von der *Falcon* löste und sich von der Station entfernte. Sie wendete und gab Schub. Hätte er sich Mühe gegeben, dann hätte er sich ihr nähern und noch mehr erfahren können. Er verzichtete darauf.

»Wahrscheinlich eine kluge Entscheidung«, sagte Miller. »Sie wollen ja nicht ermüden.«

»Dazu ist es etwas zu spät«, antwortete Holden.

Der Detective kicherte, und Holden bekam einen Krampf im Rücken. Einen Moment lang war er wieder in dem hell erleuchteten Raum. Die blauen Leuchtkäfer umschwirrten ihn und sprachen mit ihrem Flackern Worte, die er beinahe verstehen konnte. Zu gegebener Zeit würde er sie entschlüsseln. Ihm wurde immer wieder übel, und ihn schwindelte, der Raum drehte sich um ihn wie ein Kreisel, aber das war nur die Veränderung im Innenohr. Er schloss die Augen und versetzte sich an einen anderen Ort.

Tief im Inneren der Station flog Teresa zu schnell. Sie hatte die Abzweigung verfehlt, die zur Oberfläche und zur *Falcon* führte. Er veränderte vor ihr die Durchgänge und leitete sie wieder auf den richtigen Weg. Er sah, wie sie die Zähne zusammenbiss, ihre Miene zeigte eine Entschlossenheit, die an Zorn grenzte. Er wünschte, er könnte noch mehr für sie tun.

Das Wesen des Raums veränderte sich, die feinen Linien hatten Mühe, die Veränderung aufzuhalten. Holden stemmte sich dagegen und richtete sie wieder aus. Der Raum blieb, wie er war. Vorläufig.

»Wissen Sie noch, wie wir es das erste Mal getan haben?«, fragte Miller.

»Ich habe das noch nie gemacht.«

»Sie wissen doch, was ich meine. Eros. Wir haben dort gesessen und darauf gewartet, dass uns die Strahlung die Haut abschälte. Sie haben eine Kinderserie erwähnt.«

»Misko und Marisko.«

»Genau.« Miller summte die Titelmelodie und wedelte mit der Hand wie ein Dirigent vor dem Orchester.

Holden lächelte. »Daran habe ich seit Jahren nicht mehr gedacht. In einem früheren Leben muss ich große Sünden begangen haben, wenn ich jetzt mit Ihnen hier festhänge und sterbe.«

»Nein, Sie lösen sich auf, aber das ist kein Tod. Es dauert erheblich länger als das Sterben.«

»Es sei denn, irgendetwas unterbricht den Prozess.«

»Ja«, stimmte Miller zu. »Auch wieder wahr.«

Teresa näherte sich dem Eingang. Noch ein paar Hundert Meter, und sie wäre draußen. Er hoffte, sie dachte daran, den Helm aufzusetzen. Normalerweise hätte er sich keine Sorgen gemacht, aber sie war so aufgewühlt.

»Damals, als ich Naomi zum ersten Mal gesagt habe, dass ich sie liebe, hat sie mir meinen Arsch auf einem Teller serviert«, erklärte Holden.

»Das hatten Sie auch verdient. Aber was soll's, es lief ja besser, als es angefangen hat.«

Teresa erreichte den Rand der Station und schwebte weiter hinaus. Er spürte, wie sie zögerte, wie sie die Orientierung verlor und dann die *Falcon* entdeckte und in ihre Richtung flog. An den Toren wechselten die Schiffe in die Systeme, zuerst eines, dann eine ganze Reihe. Der leere Raum wurde noch ein wenig leerer. Teresa näherte sich der *Falcon*. Die Wesen auf der anderen Seite regten sich wie Raubtiere, die etwas witterten – Rauch oder Blut. Unsicher, ob sie angreifen sollten.

Teresa erreichte die Luftschleuse und schwebte hinein. Holden entspannte sich. Er wartete, dass sich das Schiff in Bewegung setzte. »Macht schon«, sagte er. »Macht schon, verschwindet hier. Bleibt nicht hier, bitte fliegt weg.«

Die Innentür der Schleuse ging auf, und Teresa stürzte hinein. Mit tränenvollen Augen sah sie sich um, den Mund hatte sie wütend aufgesperrt.

»Wo ist mein *Schiff*?«

Die *Falcon* wimmelte von Aktivität. Die Crew führte letzte Reparaturen durch und bereitete sich auf den Start vor. Amos baute für den Hund die improvisierte Druckliege zusammen, Naomi koordinierte die Evakuierung der letzten Nachzügler. Beinahe wäre sie nicht heruntergekommen, um Teresa zu begrüßen. Sie beobachtete den Moment, als das Mädchen sie entdeckte. Eine Mischung aus Erleichterung und dem Wunsch, ein Ziel für ihre Wut zu finden.

»Wohin ist die *Rosinante* geflogen?«, rief Teresa.

»Alex musste sie nehmen«, antwortete Naomi. »Wir bleiben jetzt auf der *Falcon*.«

»Mir hat niemand gesagt, dass es dazu kommen würde!«

»Hey, Kleine.« Amos schwebte rechts neben Naomi herbei. »Ich dachte, du …«

Teresa kreischte und stürzte sich auf den Mechaniker. Sie prallte gegen seine Schulter, schlang ihm die Arme um den Hals und die Beine um seinen Arm. Das Adrenalin fuhr wie ein Hammerschlag in Naomis Kreislauf, dann hörte sie das Mädchen schluchzen. Amos hielt sich mit einer Hand fest, während Teresa ihn mit dem ganzen Körper umklammerte. Seine ausdruckslosen schwarzen Augen suchten Naomi. Er machte eine hilflose Geste. *Was soll ich bloß tun?*

Naomi zog die Schultern hoch. *Ich weiß es nicht.* Linkisch tätschelte Amos Teresas Hinterkopf. »Schon gut, Kleine. Du bist jetzt in Sicherheit. Wir haben dich.«

Er schien völlig hilflos und so unverkennbar menschlich wie noch nie seit seiner Veränderung. Gleich danach tauchten Cara und Xan auf, schwebten zu Amos und berührten Teresa an der Schulter, um ihr zu zeigen, dass sie da waren. Wortlos umarmten sie das Mädchen. Das tief erschütterte Mädchen, umgeben und getröstet von drei grauhäutigen schwarzäugigen Menschen. Es war wie ein Gemälde. Fremdartig und schön. Teresas Schluchzen ebbte ab, doch sie hielt sich weiter fest.

»Boss, wir brauchen noch ein oder zwei Minuten.«

»Nehmt euch, was ihr kriegen könnt«, antwortete Naomi und zog sich zurück zu dem Arbeitsplatz, den Elvi ihr überlassen hatte.

Die Evakuierung ging zügig vonstatten. Jedes Schiff, das noch fliegen konnte, hatte sich in Bewegung gesetzt. Jedes Schiff, das nicht mehr manövrieren konnte, hatte angedockt, und die Crews wechselten auf andere Einheiten. Die meisten steuerten den nächsten Ausgang an. Die *Falcon* und die *Rosinante* im Zentrum des Ringraums hatten den weitesten Weg bis zu einem Tor. Einige wenige Schiffe flogen mit dem höchstmöglichen Schub quer durch den Ringraum und wollten nach Bara Gaon, Sol oder Auberon.

»Wir sind bereit«, sagte Elvi.

»Das ist übertrieben«, widersprach Fayez. »Wir haben einen willkürlich bestimmten Zustand von ›Leck mich doch, wir versuchen es jetzt einfach mal‹ erreicht und tun so, als wären wir bereit.«

Naomi drehte sich um. Fayez hatte sich mit Magnetstiefeln auf dem Deck verankert, Elvi schwebte neben ihm. Das erweckte den

Eindruck, er stünde unter dem Einfluss der Schwerkraft, während sie wie ein ätherisches Wesen davonschwebte. Ihr schmaler Körper mit den atrophierten Muskeln verstärkte den Eindruck noch.

»Wir haben nicht genügend Tauchliegen für alle«, erklärte Elvi. »Das drückt den Maximalwert, mit dem wir beschleunigen können.«

Naomi betrachtete ein letztes Mal die taktische Karte. Sie konnte nichts weiter tun. Mit dem Gefühl, dass dies der letzte Augenblick als Anführerin des Untergrunds war, schloss sie das Display. Sie rechnete damit, dass dieser Gedanke Erleichterung auslöste, und wunderte sich, dass es Kummer war.

»Wir können die Tauchliegen für die empfindlichsten Personen reservieren«, schlug sie vor.

Fayez sah seine Frau an. »Damit meint sie dich, Liebes.«

»Genau«, bestätigte Naomi. »So ist es.«

»Hätten wir mehr Zeit, dann würde ich widersprechen«, antwortete Elvi. »Fünf Minuten, bis alle untergebracht sind?«

»Ich lege mich sofort auf meine Liege«, bestätigte Naomi.

Das Design entsprach weitgehend dem Standard: eine Gelschicht auf einer kardanisch aufgehängten Fläche. Allerdings war es nicht die gleiche Bauart wie auf der *Rosinante*. Die Laconier hatten eine lautlose Aufhängung konstruiert, und das Gel strahlte eine eigenartige Wärme aus, die, soweit Naomi wusste, dabei helfen sollte, den Kreislauf unter hohem Schub in Gang zu halten. Dadurch fühlte sich die Liege allerdings unangenehm organisch an. Zum Glück gab es eine Temperaturkontrolle. Sobald sie angeschnallt war, stellte sie den Regler niedriger ein.

Mit dem Handterminal vergewisserte sie sich, wie es Amos ging. Die Verzögerung war verdächtig, bis ihr bewusst wurde, dass das Gerät immer noch versuchte, die Verbindung über die Systeme der *Rosinante* herzustellen. Sie wechselte auf die Systeme der *Falcon*, und nun antwortete er sofort.

»Hallo, Boss«, sagte das Wesen, das Amos gewesen war – das vielleicht irgendwie immer noch Amos war.

»Ist bei dir alles untergebracht?«

»Jo. Bisam ist ein bisschen aufgeregt wegen der neuen Umgebung und weil die Kleine ausflippt. Der Arzt hat der Kleinen etwas gegeben, damit sie sich beruhigt. Sie schläft jetzt. Er sagt, sie sei traumatisiert.«

»Das leuchtet ein.«

»Ich weiß nicht, wie ich so alt geworden bin, ohne zu erfahren, dass es für so was Pillen gibt«, antwortete Amos. Es klang ausgesprochen missbilligend. Es erinnerte sie an den Mann, der er früher gewesen war.

»Das ist ein großer Werkzeugkasten«, erklärte sie. »Da muss sich jeder selbst zurechtfinden.«

»So sieht es wohl aus. Jedenfalls bin ich angeschnallt, die Kleine ist versorgt, dem Hund geht es gut. Das wären wir dann.«

Verdammt, dachte Naomi. *Das wären wir dann.*

»Alles klar.«

»Wie geht es dir?«, erkundigte sich Amos.

»Wir sehen uns auf der anderen Seite.« Sie trennte die Verbindung.

Gleich danach meldete Elvi sich über den allgemeinen Rundruf und forderte alle an Bord auf, sich anzuschnallen und sich auf einen harten Schub vorzubereiten. Naomi rief das Außenteleskop auf und richtete es auf die Station. Auf Jim. Sie tat es, obwohl sie wusste, dass sie wegen der Rückstoßwolke nicht viel sehen konnte.

Der Countdown begann. Die Druckliege jagte ihr Nadeln in die Haut, der Saft strömte in ihren Kreislauf, und die *Falcon* versetzte ihr von unten einen Tritt.

Holden spürte, wie die Schiffe, eines nach dem anderen, den Ringraum verließen. Diejenigen, die noch in der Blase des falschen

Raums waren, näherten sich den Ausgängen und flogen atemberaubend schnell und immer noch zu langsam. In Gedanken trieb er sie an, schneller zu fliegen. Damit sie hinauskamen. Damit sie sicher waren.

Die hellen Tore, das Licht, das sie teilten, umfing ihn, während er sich tiefer in den Mechanismus einfügte. Es erinnerte ihn an die mühelose Art und Weise, mit der Kleinkinder lernten – sie saugten die Informationen auf, entdeckten Strukturen und wuchsen zu dem heran, was sie sein sollten. Irgendwie wünschte er sich, er könnte länger verweilen, noch mehr sehen und erst sterben, wenn er noch viel mehr gelernt hatte.

»Es ist schwer, eine schlechte Idee fallen zu lassen«, sagte Miller, als stimmte er ihm zu. »Ich meine, ich bin ja nicht gerade der Typ, der den ersten Stein nach jemandem werfen sollte, der sich in seinen Fall verbissen hat, oder?«

»Aber Sie sind ziemlich gut darin zu sterben, wenn das nötig ist, um etwas in Ordnung zu bringen.«

»Wie sich herausstellt, ist das meine besondere Begabung«, bestätigte Miller mit einem schiefen Grinsen. »Da draußen gibt es immer neue Geheimnisse. Wir bekommen sie jetzt kostenlos.«

Die dunklen Wesen regten sich wieder, deformierten den Raum und griffen hinein. Sie versuchten, sein Wesen und seine Zeit zu verändern, und berührten die Ringtore. Stießen sogar hindurch in die Systeme, die dahinter lagen. Ihre Aufmerksamkeit fühlte sich glitschig und muskulös an. Irgendwie feucht. Holden streckte sich und drängte sie zurück. Es war furchtbar anstrengend.

»Es ist schwerer, wenn man es ganz allein tun muss«, sagte Miller.

»Sie könnten mir ja helfen.«

Das Gefühl veränderte sich, als wären sie jetzt wirklich zu zweit und nicht nur Illusionen, die aus den Erinnerungen eines sterbenden Körpers entstanden. Die dicken, schleimigen Ausläufer der Wesen hinter den Toren wanden sich und wehrten sich, sträubten sich gegen Holden und wollten wieder einmal einen Weg finden, die Eindringlinge zu vertreiben.

»Verdammt, nun lasst mir doch noch ein wenig Zeit«, sagte Holden, doch wenn der Feind ihn hören konnte, dann ignorierte er es. Holden legte sich noch mehr ins Zeug, und widerstrebend zogen sich die unsichtbaren Tentakel in ihr eigenes Universum zurück. Danach war er völlig erschöpft.

Den nächsten Angriff konnte er vermutlich nicht mehr abwehren.

»Die Entscheidung fällt im Strafraum«, sagte Miller. »Was auch immer das bedeuten soll.«

»Fußball.«

»Was?«

»Das kommt aus dem Fußball.«

»Oh.« Miller kratzte sich am Hals. »Ja, das verstehe ich.«

Die *Rosinante* flog durch das Tor von Nieuwestad. Zwei andere Schiffe wechselten nach Sol. Jetzt waren nur noch Holden und die *Falcon* im Ringraum. Er spürte Naomi auf dem Schiff. Und Amos. Sein eigener Körper schauderte und weinte, und er gab sich Mühe, es zu ignorieren.

»Ist ja irgendwie komisch«, sagte Miller. »Dass Sie hier sind und das jetzt tun.«

»Ja, es ist zum Lachen.«

»Das ist es wirklich, Sie Klugscheißer. Sie wollten immer, dass jeder Gehör findet. Sie haben gegen jeden gekämpft, der für andere Leute Entscheidungen getroffen hat. Das hat Ihr ganzes verdammtes Leben bestimmt. Und jetzt sind Sie hier. Die Koloniesysteme sind noch lange nicht über den Berg. Viele hängen vom Handel ab. Wenn wir das machen, werden es einige von ihnen nicht schaffen.«

»Ich weiß.«

Die dunklen Wesen regten sich und drängten herüber. Sie waren keineswegs müde. Holden spürte ihre Gier und wusste nicht, ob es real war, oder ob er es nur auf sie projizierte. Die *Falcon* näherte sich dem Sol-Tor. Mit jeder Sekunde flog sie ein wenig schneller als in der letzten. Sie stürzte schneller in die Sicherheit und von ihm fort, als es bei einem bloßen Fall möglich gewesen wäre. *Geht,* dachte er. *Bitte bringt euch in Sicherheit.* Die Ringe sangen ihre Lieder aus Licht. Der blaue Kleister in seinen Adern zerrte an ihm, veränderte ihn und bot ihm Wege an, wie er leben, sich ausbreiten und *wissen* konnte.

»Ich meine, verstehen Sie mich nicht falsch. Meine Analyse sieht ganz ähnlich aus wie Ihre. Aber Sie müssen auch die Ironie erkennen. All dieser Mist, den Sie mir darüber erzählt haben, dass alle Leute alle Informationen bekommen sollten und dass man ihnen vertrauen müsse, dass sie das Richtige tun? Die meisten dieser Ärsche werden nicht einmal begreifen, was passiert ist. Aber Sie treffen jetzt eine Entscheidung für die ganze Menschheit.«

»Gibt es einen Grund dafür, dass Sie mich so piesacken?«

Miller machte ein bekümmertes Gesicht. »Ich versuche, Sie wach zu halten, alter Freund. Sie driften weg.«

Holden erkannte, dass Miller recht hatte. Er strengte sich an und riss sich zusammen. Die *Falcon* näherte sich dem Sol-Tor. Es waren nicht einmal mehr Minuten. Weniger als Minuten.

»Ich glaube auf jeden Fall, dass die Menschen insgesamt eher gut als schlecht sind«, sagte er. »All die Kriege und die Grausamkeiten und die Gewalt – davor verschließe ich nicht die Augen, und trotzdem glaube ich, dass wir etwas Schönes in uns haben. Die Geschichte ist mit Blut geschrieben. Vermutlich wird es auch die Zukunft sein. Aber für jede Grausamkeit gibt es tausend kleine Freundlichkeiten, die niemand bemerkt. Hundert Menschen, die ihr Leben damit zubringen, andere zu lieben und auf sie achtzugeben. Ein paar Augenblicke echter Gnade. Vielleicht ist nur eine Winzigkeit mehr Gutes als Böses in uns, aber …«

Die *Falcon* flog durch das Sol-Tor. Nun war außer ihm selbst niemand mehr im Ringraum.

»Und trotzdem wollen wir Millionen Menschen einem langsamen Tod aussetzen. Das ist die schlichte Wahrheit. Sind Sie sicher, dass Sie jetzt das Richtige tun?«

»Ich habe absolut keine Ahnung«, sagte Holden und tat es trotzdem.

Einen Moment lang gab es einen Energieausbruch, der nur vom Anbeginn des Universums übertroffen wurde. Niemand war da, der es sehen konnte.

Das Ringtor verblasste. Zuerst erlosch der unlängst entstandene helle Schein, dann verblasste die Verzerrung im Zentrum. Wo vorher ein Geheimnis und ein Wunder gewesen waren, ein Tor in die Galaxis, sah man jetzt nur noch ferne Sterine in einem tausend Kilometer durchmessenden Ring aus stumpfem Metall.

Und dann fiel es.

Die *Falcon* beschleunigte gemächlich mit einem Drittel G und würde in einigen Wochen Ganymed erreichen. Alle Mitarbeiter – die klügsten Geister eines zerstörten Reichs – sahen zu, wie das Ringtor starb, führten Messungen durch und sammelten die Daten der Leiche. Naomi saß allein mit einem Beutel Tee in der Kombüse und schaute zu. Über Jahrzehnte hatte es wie festgenagelt an seinem Platz gestanden, eines der am weitesten entfernten Objekte im Sonnensystem. Es hatte nicht die Sonne umkreist und sich nicht bewegt. Jetzt taumelte es ein wenig und wurde wie alles andere von der Sonne angezogen. Das Wunder war vorbei.

Ihre Nachrichten-Warteschlange war prall gefüllt wie ein Feuerwehrschlauch. Kontakte im Untergrund, Reporter von hundert verschiedenen Medien, Politiker und Vertreter der Transportgewerkschaft, die Mitarbeiter der lokalen Verkehrskontrolle. Alle wollten mit ihr reden, und wie auch immer sie es formulierten, alle verlangten Antworten auf die gleichen Fragen. Was hat das zu bedeuten? Was soll jetzt werden?

Sie beantwortete keine einzige davon.

Die Crewmitglieder kamen und gingen. Einige waren verletzt wie sie selbst. Bei manchen waren die Verletzungen weniger gut zu sehen. Einige kannte sie. Es dauerte fast eine ganze Schicht, bis Amos erschien. Sein breitbeiniger, leicht wiegender Gang war so vertraut wie ihre eigene Stimme. Sie wollte sich selbst überzeugen, dass er es wirklich war, dass ihr alter Freund in Laconia tatsächlich überlebt hatte und nicht zum Rohmaterial einer Alien-Maschine geworden war. Sie lächelte und hob ihren Beutel.

»Hey, Boss«, sagte Amos. »Wie geht es dir so?«

»Ich fühle mich etwas seltsam«, gestand sie. »Was macht Teresa?«

Amos ging zum Spender und runzelte angesichts der ungewohnten Vorrichtung die Stirn, während er sprach. »Sie hat schon bessere Tage gesehen. Was auf dieser Station auch geschehen ist, es hat ihr ziemlich zugesetzt. Ich glaube, sie hat wirklich gehofft, sie könnte ihren Dad zurückbekommen.« Er fand das Menü, das er gesucht hatte, und grunzte zufrieden. »Anscheinend verstehen sie und Fünkchen sich ganz gut. Der kleine Mann wirkt sogar eifersüchtig. Ich glaube, er will der beste Freund der Kleinen werden. Probleme zwischen Bruder und Schwester, aber sie werden schon zurechtkommen.«

Die Kombüse klingelte und spie eine kleine silberne Röhre aus. Amos brach die Spitze ab und setzte sich Naomi gegenüber hin. Sein sanftes Lächeln konnte alles Mögliche bedeuten. Er bemerkte ihr Handterminal, das den taumelnden Ring zeigte.

»Fayez meint, er wird in die Sonne stürzen«, erklärte Amos. »Er sagt, nicht einmal so weit draußen wie hier hat er genug Schwung, um eine Umlaufbahn einzuschlagen. Es wird einfach peng machen, und er verschwindet in der Feuerkugel.«

»Glaubst du, das ist wahr?«

Amos zuckte mit den Achseln. »Ich glaube, eine Menge unabhängige Bergungsfirmen werden das Ding ausschlachten, ehe es den Gürtel erreicht. Höchstwahrscheinlich wird nicht mehr als eine Handvoll Staub die Korona erreichen.«

Zu ihrer eigenen Überraschung musste Naomi lachen. Amos' Lächeln wurde möglicherweise eine Spur aufrichtiger.

»Ich glaube, du hast recht«, stimmte sie zu. »Und wenn nicht, wird jemand einen Schlepper mieten und ihm einen kleinen seitlichen Impuls versetzen. Nichts, was Menschen in die Finger bekommen, bleibt unbeeinflusst.«

»Die verdammten Menschen. Was ist mit dir, Boss? Was hältst du von dem ganzen Scheiß?«

Er meinte: *Geht es dir gut? Du hast Jim verloren. Du hast Alex verloren. Du hast dein Schiff verloren. Kannst du damit leben?* Die Antwort war, dass sie es konnte. Aber sie war noch nicht bereit, es laut auszusprechen, und deshalb beantwortete sie die andere Frage.

»Ich denke, wir hatten Glück. Ich denke, wir waren ein kleines System in einem unüberschaubaren Universum, das immer am Rande der Selbstzerstörung stand, und jetzt haben wir tausenddreihundert Chancen, um herauszufinden, wie man miteinander auskommt. Wie man sanft miteinander umgeht. Wie man es richtig macht. Das sind bessere Aussichten, als wir sie je hatten.«

»Selbst wenn es jemandem gelingt, werden wir es nie erfahren. Die Alien-Straßen sind weg. Jetzt sind wir allein.«

Der Ring taumelte auf dem Display, sie blickte daran vorbei zu den Sternen. Milliarden und Milliarden und Milliarden von Sternen, und zwischen ihnen die wenigen, von denen aus andere Menschen zu ihr zurückblickten.

»Die Sterne sind noch da«, antwortete sie. »Wir werden einen eigenen Weg zu ihnen finden.«

EPILOG Der Linguist

Marrel rechnete damit, dass die Reintegration wehtun würde, doch dem war nicht so. Er empfand absolut nichts. Nicht einmal die Benommenheit, wenn man aus dem Schlaf aufwachte, was – wenn er recht darüber nachdachte – auch nicht weiter überraschend war, weil er gar nicht geschlafen hatte. Aus irgendeinem Grund fand er es trotzdem überraschend.

Er war zusammen mit allen anderen an Bord der *Musafir* in die Transitkapsel gestiegen und hatte zugesehen, wie der Timer in der verstärkten Kristallwand vor ihm bis zur Null heruntergelaufen war. Dann sprang er auf 31:11:43:27, als sei dies die Zahl, die normalerweise auf die Null folgte.

Einunddreißig Tage, elf Stunden, dreiundvierzig Minuten und siebenundzwanzig Sekunden waren auf seiner Heimatwelt vergangen, während Marrel und neunundzwanzig andere Seelen an Bord der *Musafir* nur als Energie und Absicht existierten und an der Membran zwischen den Universen entlangglitten. Einunddreißig Tage verschwanden sie und tauchten am Ziel wieder auf, fast 3800 Lichtjahre von der Heimat entfernt. Als hätten sie sehr lange den Atem angehalten, seien durch den kosmischen Schaum geschwommen und an einem ganz anderen Ort im Meer wieder aufgetaucht.

»Yinvisa Merrel isme dorasil. Yi ie dovra?«, fragte ihn die Kapsel mit der sorgfältig modulierten neutralen Stimme.

»Caan Ingliz«, antwortete Marrel. »Ta-Connia atze a en callase, per.« *Gewöhnliches Englisch, post-laconische Expansion, vor dem Zusammenbruch, bitte.*

»Geht es Ihnen gut?«, wiederholte die Kapsel.

»Es geht mir gut.«

»Der Transit von Dobridomow war erfolgreich«, informierte ihn die Kapsel. »Willkommen in Sol. Die *Musafir* ist bei Höchstgeschwindigkeit noch vierundzwanzig Tage vom Ziel entfernt.«

»Würden wir überhaupt noch existieren, wenn der Transit nicht erfolgreich verlaufen wäre?«, fragte Marrel.

»Es ist theoretisch möglich, aber statistisch unwahrscheinlich, dass die Reintegration an einem unvorhergesehenen Ziel stattfindet.«

»Kann ich bitte den Kontaktbericht sehen?«

Die *Musafir* landete ein Stück außerhalb einer alten Stadt auf einem kleinen Hügel. Die Leere des Weltraums um die Erde war gespenstisch. Als beträte man ein Grab. Dies war die Urheimat aller Dreißig Welten, und doch gab es in diesem System weniger Einrichtungen im Weltraum als bei allen anderen Kontakten. Nicht dass hier überhaupt nichts war. Die Waffenstellungen waren getarnt, aber nicht so gut, dass die *Musafir* sie nicht erfassen konnte. Die verborgenen Schiffe, die sie identifiziert hatte, waren mit ziemlicher Sicherheit nicht die einzigen, die es hier gab. Überall war eine Bedrohung zu spüren.

Das diplomatische Team blieb auf dem Schiff, sah und hörte aber genau zu, als Marrel die Rampe zu der mit Gras bewachsenen Ebene hinunterlief, die sich in alle Richtungen erstreckte, und die Luft, in der die Menschheit geboren worden war, tief einatmete. Das Schiff hatte ihm vorsorglich Mittel gegeben, damit die Pollen keine allergischen Reaktionen auslösten. Wenn auch sonst nichts, dann konnte Marrel seinen zukünftigen Enkelkindern wenigstens dies erzählen: Er hatte im Gras der Erde gestanden. Er hatte die Luft der Erde eingeatmet.

Die Gruppe, die ihn empfangen wollte, wartete ein Stück entfernt. Viele waren offensichtlich bewaffnet. Marrel war nicht sicher, ob sie eine Ehrengarde waren, die ihn empfangen würde, wenn er sich näherte, oder ein Einsatzteam, das ihn angreifen und das Schiff kapern wollte. Er fummelte mit dem Zielgeber herum, den er in der Hand hielt. Wenn nötig, konnte das Schiff das Feld vor ihm in einen See aus geschmolzener Lava verwandeln. Er betete, dass es nicht nötig würde.

Aus der Gruppe löste sich eine einzelne Gestalt und kam ihm mit ausgreifenden Schritten entgegen. Die Person war groß, aber damit hatte Marrel gerechnet. Auf Dobridomow herrschte eine etwas größere Schwerkraft als auf der Erde, und die Durchschnittsgröße war etwas geringer. Die Person hatte außerdem breite Schultern und kräftige Gliedmaßen, eine ebenholzschwarze Haut und einen mächtigen kahlen Schädel. Als sie sich näherte, wurde klar, dass die Tönung seiner Haut nicht natürlich war, sondern eher an ein künstliches Pigment erinnerte. Marrel fragte sich, ob hier Ganzkörpertätowierungen oder entsprechende Kosmetik in Mode waren. Vielleicht war es eine Art Abzeichen einer Kaste.

Die Person blieb einige Meter vor ihm stehen und wartete. Aus der Nähe betrachtet, schien sie männlichen Geschlechts zu sein.

»Ich bin Marrel Imvic aus dem Dobridomow-System«, erklärte er auf Altchinesisch. Er war darauf vorbereitet, die Begrüßung in einem Dutzend weiterer alter Sprachen zu wiederholen, bis eine erkannt wurde. »Ich bin Linguist und will ein Kommunikationsprotokoll einrichten, damit unsere Diplomaten in einen Dialog eintreten können.«

»Haben Sie auch Englisch drauf?«, fragte der Mann im perfekten Englisch aus der Zeit vor dem Zusammenbruch.

»Ja«, antwortete Marrel verblüfft. »Ja, habe ich.«

»Das ist gut, denn mein Chinesisch ist ziemlich eingerostet. Gürtler kann ich ganz gut, aber ich möchte wetten, dass ihr das inzwischen vergessen habt.«

»Ich weiß, was Gürtler ist«, antwortete Marrel. Die Erkenntnis, dass dieser Mann einen Dialekt beherrschte, der seit tausend Jahren als ausgestorben galt, begeisterte ihn.

»Cool«, antwortete der Mann. »Also, hier ist ungefähr ein Jahrtausend vergangen. Wir kriegen es allmählich wieder auf die Reihe, und ich habe getan, was ich konnte, um dabei zu helfen, aber es geht langsam.«

»Sind Sie der Anführer dieser Menschen?«, fragte Marrel.

»Ich halte nicht viel von Titeln. Ich bin Amos Burton. Wenn wir gut auskommen, bin ich einfach nur irgendein Arschloch. Wenn Sie hier Ärger machen wollen, bin ich der Typ, an dem Sie als Erstes vorbeimüssen. Sagen Sie Ihren Leuten, dass ich das gesagt habe.«

Er schenkte Marrel ein nichtssagendes Lächeln und wartete. Die Diplomaten hörten zu, was Marrel für sie übersetzte.

»Schön«, fuhr Amos Burton fort, als das erledigt war. »Da wir das jetzt geklärt haben, können Sie mir folgen. Wir schnappen uns ein Bier und machen uns noch mal neu bekannt.«

DANKSAGUNG

Gewöhnlich beginnen wir hier mit der Bemerkung, dass jedes Buch in gewisser Weise eine Gemeinschaftsarbeit ist. Dieses Mal reden wir über mehr als ein Buch. Der erste Band der *Expanse*-Reihe wurde vor mehr als einem Jahrzehnt geschrieben, und die Zeit von damals bis heute war ein wilder Ritt. Wir haben unterwegs Schulden aufgetürmt und viele Gründe gefunden, dankbar zu sein.

Diese Reihe und alles, was mit ihr einherging, könnte nicht existieren ohne die harte Arbeit und den Einsatz von Danny Baror und Heather Baror-Shapiro, ohne die brillante Crew bei Orbit einschließlich Bradley Englert und seinen Vorgängern Darren Nash, DongWon Song, Will Hinton und Tom Bouman, Tim Holman, Anne Clarke, Ellen Wright, Alex Lencicki und Lauren Panepinto. Ganz besonders danken wir Carrie Vaughn für ihre Unterstützung als Testleserin und der Bande von Sakeriver: Tom, Sake Mike, Non-Sake Mike, Jim-me, Porter, Scott, Raja, Jeff, Mark, Dan, Joe und Erik Slaine, die die Kugel ins Rollen gebracht haben.

Zu dem Unterstützerteam dieser Buchreihe gehören inzwischen auch die Leute bei Alcon Entertainment und die Schauspieler und die Crew der *Expanse*-Filmreihe. Besonders danken wir dem Showrunner Naren Shankar und dem unvergleichlichen Dan Nowak, die von Anfang bis zum Ende dabei waren. Ganz besonders erwähnen möchten wir auch Sharon Hall, die das Risiko mit unseren Büchern einging und uns gezeigt hat, wie man sie auf den Bildschirm bringt.

Entscheidend für den Erfolg dieses Projekts war auch der Beitrag des immer wieder brillanten Jefferson Mays, der die Stimme ist, die Sie hören, wenn Sie dies hier als englisches Hörbuch anhören. Falls wir uns jemals in einer Kneipe treffen, ist er eingeladen.

Und wie immer: Nichts von alledem wäre möglich gewesen ohne die Unterstützung und Begleitung von Jayné, Kat und Scarlet. Um dies hier zu tun, haben wir Zeit mit ihnen verloren, und das alles war nur der Mühe wert, weil sie da waren, als wir zurückkamen.

THE

EXPANSE

WIRD FORTGESETZT IN:

JAMES COREY

DAS PROTOMOLEKÜL

LESEPROBE

Antrieb

DIE BESCHLEUNIGUNG DRÜCKT SOLOMON IN DEN PIlotensitz und legt sich wie ein Gewicht auf seine Brust. Die rechte Hand landet auf dem Bauch, die linke fällt auf die Polsterung neben seinem Ohr. Seine Fußgelenke werden gegen die Beinstütze gepresst. Der Schock trifft ihn wie ein Schlag, überfallartig. Sein Gehirn, das Produkt von Millionen Jahren der Evolution von Primaten, ist nicht darauf vorbereitet. Es betrachtet es als Angriff und dann als Sturz und dann als schrecklichen Traum. Die Jacht ist kein Produkt der Evolution. Ihre Alarmsignale sind rein informativer Natur. Übrigens, wir beschleunigen mit vier G. Fünf. Sechs. Sieben. Über sieben. Auf dem Monitor der Außenkamera schießt Phobos vorbei, und dann ist nur noch das Sternenfeld zu sehen, das so unveränderlich wirkt wie ein Standbild.

Es dauert fast eine Minute, bis er versteht, was passiert ist, dann versucht er zu grinsen. Das Hochgefühl lässt sein schwer arbeitendes Herz noch schwerer arbeiten.

Das Interieur der Jacht ist creme- und orangefarben. Das Steuerpult ist ein einfacher Touchscreen und so alt, dass es an den Rändern schon grau wird. Es ist nicht schön, aber funktional. Solide. Ein Alarm meldet, dass die Wasseraufbereitung ausgefallen ist. Solomon ist nicht überrascht – er überschreitet die zugelassenen Werte – und überlegt, wo genau die Fehlfunktion liegt. Da der gesamte Schub auf der Hauptachse des Schiffs lastet, tippt er auf das Rückflussventil des Tanks, aber er freut sich schon darauf, es zu überprüfen, sobald der Testflug vorbei ist. Das Gewicht seiner Hand verblüfft ihn, als er sie zu bewegen versucht. Eine menschliche Hand wiegt ungefähr dreihundert Gramm. Bei sieben G wären das nur knapp über zweitausend. Eigentlich sollte er sie noch bewegen können. Mit zitternden Muskeln schiebt er den Arm auf das Steuerpult zu. Er fragt sich, wie weit er die sieben G überschritten hat. Da die Sensoren festhängen, muss er es nach dem Flug herausfinden. Wie lang die Beschleunigung andauerte und welche Geschwindigkeit erreicht wurde. Einfache Mathematik. Ein Kind könnte es ausrechnen. Er macht sich keine Sorgen. Wieder greift er nach dem Steuerpult, dieses Mal mit aller Kraft, und spürt einen stechenden Schmerz und Feuchtigkeit an seinem Ellbogen.

Huch, denkt er. Er will die Zähne fletschen, aber das funktioniert auch nicht besser als das Grinsen. Das wird peinlich. Wenn er den Antrieb nicht ausschalten kann, muss er warten, bis der Treibstoff ausgeht, und dann Hilfe rufen. Es könnte problematisch werden. Je nachdem, wie schnell er beschleunigt, wird das Rettungsschiff lange Schub geben müssen. Vielleicht doppelt so lang wie er. Vielleicht brauchen sie ein Langstreckenschiff, um zu ihm zu gelangen. Die Treibstoffanzeige ist eine kleine Zahl in der unteren linken Ecke des Steuerpults, grün auf schwarz. Es ist schwierig, den Blick darauf zu fokussieren. Die Beschleunigung verformt seine Augäpfel. Hightech-Hornhautverkrümmung. Er kneift die Augen zusammen. Die Jacht ist für lange Beschleunigungsphasen konstruiert, und beim Start waren die Ausstoßtanks zu neunzig Prozent gefüllt. Das Display zeigt eine Schubphase von zehn Minuten. Der Treibstoffvorrat sinkt auf neunundachtzig Komma sechs Prozent. Das kann nicht stimmen.

Nach zwei weiteren Minuten fällt er auf neunundachtzig Komma fünf. Noch zweieinhalb Minuten später auf neunundachtzig Komma vier. Das bedeutet über siebenunddreißig Stunden Beschleunigung und eine Endgeschwindigkeit von knapp fünf Prozent c.

Allmählich wird Solomon nervös.

ER LERNTE SIE VOR ZEHN JAHREN KENNEN. DAS FORschungszentrum in Dhanbad Nova war eines der größten auf dem Mars. Drei Generationen später, nachdem die ersten Siedler sich in das Gestein und die Erde der zweiten Heimat der Menschheit gruben, waren Wissenschaft und Kultur so weit fortgeschritten, dass die unterirdische Stadt fünf Bars aufzuweisen hatte, auch wenn eine davon ein alkoholfreier Laden war, in dem die Jainas und wiedergeborenen Christen herumhingen. Die anderen vier verkauften den gleichen Alkohol und das gleiche Essen wie in der Verpflegungsstelle, nur dass dazu Musik und ein Wandbildschirm liefen, auf dem Tag und Nacht ein Unterhaltungsfeed von der Erde abgespielt wurde. Solomon und seine Kollegen trafen sich dort zwei- oder dreimal pro Woche, wenn die Arbeitsbelastung im Forschungszentrum nicht zu hoch war.

Meistens rekrutierte sich die Gruppe aus demselben Dutzend von Leuten. Heute waren es Tori und Raj von dem Wasserrückgewinnungsprojekt. Voltaire, die in Wirklichkeit Edith hieß. Julio und Carl und Malik, die alle in der Krebstherapie arbeiteten. Und Solomon. Der Mars, so hieß es, war die größte Kleinstadt im Sonnensystem. Fast nie tauchte jemand Neues auf.

Heute war eine Neue da. Sie saß neben Malik und hatte dunkles Haar und eine geduldige Miene. Ihr Gesicht war ein wenig zu spitz, um als klassische Schönheit durchzugehen, und sie hatte dunkle Haare auf den Unterarmen. Mit Mitte dreißig würden ihre Gene ihr ein kleines Schnurrbartproblem bescheren. Solomon glaubte nicht an Liebe auf den ersten Blick, aber sobald er sich an den Tisch setzte, wurde ihm bewusst, dass er sich am

Morgen nicht gründlich gekämmt hatte und dass seine Hemdsärmel ein wenig zu lang waren.

»Der Mars *ist* Amerika«, sagte Tori, während er sein Bierglas schwenkte. »Er ist genau das Gleiche.«

»Er ist nicht Amerika«, sagte Malik.

»Nicht so wie zum Schluss. So wie am Anfang. Überleg mal, wie lange es im sechzehnten Jahrhundert gedauert hat, von Europa nach Nordamerika zu reisen. Zwei Monate. Wie lange braucht man von der Erde hierher? Vier. Je nach Umlaufbahn sogar länger.«

»Worin er sich schon mal von Amerika unterscheidet«, sagte Malik trocken.

»Es ist dieselbe Größenordnung«, sagte Tori. »Ich will darauf hinaus, dass Entfernung in politischer Hinsicht in Zeit bemessen wird. Wir sind Monate von der Erde entfernt. Für die sind wir immer noch eine abtrünnige Kolonie. Als müssten wir ihnen gegenüber Rechenschaft ablegen. Wie viele hier, allein an diesem Tisch, haben schon Anweisungen von jemandem bekommen, der noch nie die Schwerkraftsenke verlassen hat, aber trotzdem meint, er könnte uns vorschreiben, in welche Richtung wir forschen?«

Tori selbst hob die Hand, und Raj tat es ihm schnell nach. Voltaire. Carl. Malik, zögerlich. Tori grinste selbstgefällig.

»Wer sind die richtigen Wissenschaftler im System?«, fragte Tori. »Wir. Unsere Schiffe sind moderner und besser. Unsere Umweltforschung ist der auf der Erde mindestens ein Jahrzehnt voraus. Letztes Jahr haben wir die Selbstversorgung erreicht.«

»Das glaube ich nicht«, bemerkte Voltaire. Die Neue hatte noch nichts gesagt, aber Solomon beobachtete, wie sie ihre Aufmerksamkeit auf den jeweiligen Sprecher richtete. Er sah zu, wie sie zuhörte.

»Selbst wenn wir noch ein paar Dinge von der Erde brauchen, können wir sie eintauschen. Scheiße, noch ein paar Jahre, und wir bauen sie im Gürtel ab«, schwächte Tori seine letzte Aussage ab und stellte zugleich eine neue, genauso unwahrscheinliche Behauptung auf. »Ich sage ja nicht, dass wir die diplomatischen Beziehungen abbrechen sollen.«

»Nein«, meinte Malik. »Du sagst, wir sollten unsere politische Unabhängigkeit erklären.«

»Ganz genau«, sagte Tori. »Weil Entfernung in Zeit bemessen wird.«

»Und Logik wird in Bier bemessen«, entgegnete Voltaire im gleichen Tonfall. Die Neue in der Runde lächelte über seine Parodie.

»Selbst wenn wir glauben, dass wir außer unseren Ketten nichts zu verlieren haben«, sagte Malik. »Warum sollten wir uns die Mühe machen? De facto regieren wir uns schon selbst. Darauf herumzureiten bringt nur Ärger.«

»Glaubst du wirklich, die Erde hätte es noch nicht bemerkt?«, fragte Tori. »Glaubst du, die Kids in den Labors auf Luna und in São Paulo sehen nicht zum Himmel hinauf und sagen: *Dieser kleine rote Punkt macht uns noch fertig*? Sie sind neidisch und haben Angst, und das zu Recht. Wenn wir unser eigenes Ding machen, und sie wollen was dagegen unternehmen, bleiben uns immer noch ein paar Monate Zeit. England hat seine Kolonien verloren, weil man mit einer Verzögerung von sechzig Tagen nicht die Kontrolle behalten kann, und bei hundertzwanzig Tagen erst recht nicht.«

»Na ja«, sagte Voltaire trocken. »Das und die Franzosen.«

»Und das war auch gut so«, sagte Tori, als hätte er sie gar nicht gehört. »Denn wer ist gekommen, als die Nazis an Englands Tür geklopft haben? Habe ich recht?«

»Hm«, sagte Solomon, »eigentlich nicht. Du hast gerade ein Argument für die Gegenseite geliefert. In Wirklichkeit sind wir die Deutschen.«

Weil er das Wort ergriff, sah die neue Frau ihn an. Er spürte, wie sich seine Kehle zusammenzog, und trank einen Schluck

Bier. Wenn er jetzt spräche, würde seine Stimme brechen wie die eines Vierzehnjährigen. Voltaire stützte die Ellbogen auf den Tisch, legte das Kinn in ihre dunklen Hände und zog die Brauen hoch. Ihre Miene hätte die Überschrift *Jetzt sollte was Gutes kommen* tragen können.

»Okay«, sagte Malik, als hätte er seine Meinungsverschiedenheit mit Tori vergessen. »Ich bin ganz Ohr. In welcher Hinsicht sind wir wie ein Haufen mörderischer Faschisten?«

»Durch die Art, wie wir kämpfen würden«, sagte Solomon. »Die Deutschen hatten die fortschrittlichste Wissenschaft, genau wie wir. Sie hatten die beste Technik. Sie hatten Raketen. Niemand außer ihnen hatte Raketen. Ein Panzer der Nazis war im Gefecht so viel wert wie vier oder fünf der Alliierten. Sie hatten die besten U-Boote und Raketenwerfer und die ersten Düsenflugzeuge. Sie waren einfach so viel besser. Besser entworfen, besser hergestellt. Die Nazis waren elegant und schlau.«

»Abgesehen von dem Rassenwahn und Völkermord«, sagte Julio.

»Davon abgesehen«, stimmte Solomon ihm zu. »Aber sie haben verloren. Sie hatten die beste Technik, genau wie wir. Und sie haben verloren.«

»Weil sie Psychopathen waren«, sagte Julio.

»Nein«, sagte Solomon. »Ich meine, sie waren zwar Psychopathen, aber es gab eine Menge verrückter Faschisten, die ihre Kriege *nicht* verloren haben. Die Nazis haben verloren, obwohl ihre Panzer fünfmal so gut waren, weil die Amerikaner zehn bauen konnten. Es war ein riesiger Industriestandort, und wen interessierte es, wenn die Produkte nicht mithalten konnten? Die Erde hat diese Industrie. Sie hat eine große Bevölkerung. Vielleicht brauchen sie Monate oder sogar Jahre, um herzukommen, aber dann sind sie so viele, dass sie uns überlegen sind. Es ist schön, technologisch voraus zu sein, aber wir bauen immer noch bessere Versionen von dem Zeug, was schon da war. Wenn man den demografischen Vorteil der Erde überwinden will, braucht man etwas so Neues, dass es ein Paradigmenwechsel ist.«

Voltaire hob die Hand. »Ich nominiere Paradigmenwechsel zum Wort des Abends.«

»Ich stimme zu«, sagte Julio. Solomon spürte die Röte an seinem Hals hochkriechen.

»Alle dafür?« Ein kleiner Chor antwortete. »Der Antrag ist angenommen«, sagte Voltaire. »Jemand muss dem Mann einen Drink ausgeben.«

Die Unterhaltung entwickelte sich, wie sie es immer tat. Von Politik und Geschichte zu Kunst und Feinstrukturtechnik. Der große Streitpunkt des Abends war, ob künstliche Muskeln besser mit Schichten oder Bündeln von Nanoröhren funktionierten, und am Schluss ließen sich beide Seiten zu Beschimpfungen herab. Das meiste war gutmütig, und beim Rest wurde zumindest so getan, was fast auf dasselbe hinauslief. Der Wandbildschirm schaltete zu einem Musik-Feed von einer kleinen Gemeinde auf dem Syria Planum. Das Wehklagen und die Blechbläser des *Raï* wurden mit klassischen europäischen Saiteninstrumenten kombiniert. Es gehörte zu Solomons Lieblingsmusik, weil sie dicht und intellektuell anspruchsvoll war und man nicht dazu tanzen musste. Er saß den halben Abend neben Carl und redete über effiziente Ausstoßsysteme und versuchte, nicht die neue Frau anzustarren. Als sie von Malik wegging und sich zu Voltaire setzte, machte sein Herz einen Freudensprung – vielleicht war sie nicht mit Malik zusammen –, um gleich darauf wieder schwer zu werden – vielleicht war sie lesbisch. Er hatte das Gefühl, eine Dekade in seinem Leben zurückzuspringen und sich plötzlich in der hormonellen Folterkammer der Studentenzeit wiederzufinden. Er nahm sich vor, die Existenz der neuen Frau zu vergessen. Falls sie am Forschungszentrum arbeitete, könnte er in Ruhe herausfinden, wer sie war, und sich überlegen, wie er mit ihr sprechen konnte, ohne verzweifelt und einsam zu wirken. Falls nicht, würde sie nicht da sein. Trotzdem behielt er sie im Auge, um nichts zu verpassen.

Wie immer ging Raj zuerst. Er war in der Entwicklung, deswegen musste er neben der technischen Arbeit auch noch die Ausschusssitzungen koordinieren. Falls man das Terraforming-Projekt eines Tages wirklich umsetzte, würde es Rajs intellektuelle Handschrift tragen. Danach verließen Julio und Carl Arm in Arm die Bar. Carl hatte seinen Kopf an Julios Schulter gelegt, wie er es häufig tat, wenn sie beide angetrunken und verliebt waren. Als nur noch Malik, Voltaire und Tori übrig blieben, wurde es schwerer, der Neuen aus dem Weg zu gehen. Einmal stand Solomon auf, um zu gehen, aber dann machte er kehrt, ohne genau zu wissen, warum. Sobald die Neue geht, sagte er sich. Wenn sie weg war, konnte er auch gehen. So würde er sehen, mit wem sie die Bar verließ, und wüsste, wen er nach ihr fragen konnte. Oder, falls sie mit Voltaire ging, wen er besser nicht fragen sollte. Er sammelte nur Informationen. Sonst nichts. Als auf dem Bildschirm der frühmorgendliche Newsfeed erschien, musste er zugeben, dass er sich etwas vormachte. Er winkte den anderen zum Abschied, dieses Mal wirklich, schob die Hände in die Taschen und ging hinaus in den Hauptkorridor.

Wegen der technischen Herausforderungen, die der Bau einer robusten Kuppel mit sich brachte, und des Fehlens einer funktionierenden Magnetosphäre auf dem Mars befanden sich sämtliche Aufenthaltsräume unter der Erde. Die Gänge, die vom Hauptkorridor abgingen, hatten vier Meter hohe Decken und LEDs, die ihre Farbtemperatur und Helligkeit der Tageszeit anpassten, aber manchmal hatte Solomon immer noch das primitive Verlangen nach einem Himmel. Nach Weite und Freiheit und vielleicht danach, nicht sein ganzes Leben unter der Erde zu verbringen.

Hinter ihm ertönte ihre Stimme. »Hey.«

Sie hatte einen entspannten, schlendernden Gang. Ihr Lächeln wirkte warm und vielleicht ein wenig zaghaft. Außerhalb des Halbdunkels der Bar konnte er die helleren Strähnen in ihrem Haar sehen.

»Ah. Hallo.«

»Wir sind da drin nicht dazu gekommen, uns richtig vorzustellen.« Sie streckte die Hand aus. »Caitlin Esquible.«

Solomon nahm ihre Hand und schüttelte sie einmal, als wären sie im Forschungszentrum. »Solomon Epstein.«

»Solomon Epstein?«, fragte sie. Aus irgendeinem Grund gingen sie jetzt nebeneinander. Zusammen. »Was macht ein netter jüdischer Junge wie du auf so einem Planeten?«

Wenn er nicht angetrunken gewesen wäre, hätte er es mit einem Lachen abgetan.

»Vor allem versuche ich, den Mut aufzubringen, dich anzusprechen«, sagte er.

»Das ist mir schon aufgefallen.«

»Hoffentlich war es charmant.«

»Besser als dein Freund Malik, der mich bei jeder Gelegenheit am Arm angefasst hat. Egal. Ich arbeite im Ressourcenmanagement für die Kwikowski Mutual Interest Group. Vor einem Monat bin ich von Luna gekommen. Was du über den Mars und die Erde und Amerika gesagt hast, das war interessant.«

»Danke«, sagte Solomon. »Ich bin Triebwerkstechniker bei Masstech. Wie lange bleibst du auf dem Mars?«

»Bis ich weggehe. Unbefristeter Vertrag. Und du?«

»Ach, ich bin hier geboren«, sagte er. »Wahrscheinlich werde ich auch hier sterben.«

Mit einem spöttischen Lächeln betrachtete sie seine lange dünne Gestalt. Natürlich hatte sie gewusst, dass er hier geboren wurde. Man konnte es nicht verbergen. Seine Worte fühlten sich jetzt wie eine schwache Prahlerei an.

»Ein Leben für die Firma«, sagte sie, um es in einen Scherz zu verwandeln.

»Ein Marsianer.«

Am Wagenverleih standen sechs elektrische Fahrzeuge bereit. Solomon zog seine Karte hervor und malte damit Achten in die Luft, bis das Lesegerät das Signal empfing und der erste Wagen in der Reihe von Rot auf Grün schaltete. Er zog ihn heraus, bevor er begriff, dass er es gar nicht wollte.

»Willst du …« Solomon räusperte sich und versuchte es noch einmal. »Willst du mit mir nach Hause kommen?«

Er konnte sehen, wie sich in ihrem Hirnstamm ein *Klar, warum nicht* bildete. Er konnte den Gedanken auf ihrem kurzen gewundenen Weg zu den Lippen folgen. Sie waren nah genug, um sein Blut anzuziehen wie ein Mond. Und er sah, wie sie im letzten Moment abbogen. Als Caitlin den Kopf schüttelte, war es weniger eine Absage als der Versuch, klar zu werden. Aber sie lächelte. Sie lächelte tatsächlich.

»Du bist mir ein bisschen zu schnell, Sol.«

GESCHWINDIGKEIT IST NICHT DAS PROBLEM. SOLANGE er nicht irgendwo dagegen prallt, ist Tempo nur Tempo; selbst bei annähernd Lichtgeschwindigkeit könnte er sich schwerelos fühlen. Delta v ist das, was wehtut. Die Beschleunigung. Die Änderung. In jeder Sekunde bewegt er sich achtundsechzig Meter pro Sekunde schneller als in der vorigen. Oder mehr. Vielleicht auch mehr.

Die reine Beschleunigung ist auch nicht das Problem. Seit den frühen chemischen Triebwerken haben Raumschiffe die Energie, um mit fünfzehn oder zwanzig G zu beschleunigen. Die Kraft war immer da. Nur die Effizienz, um die Beschleunigung aufrechtzuerhalten, fehlte. Schub im Verhältnis zu Gewicht, wenn der Großteil des Gewichts aus Treibstoff für den Schub bestand. Und der menschliche Körper kann für den Bruchteil einer Sekunde eine Beschleunigung von über zwanzig G aushalten. Es ist die Dauer, die ihn umbringt. Und jetzt hält es schon seit Stunden an.

Es gibt Notabschaltungen. Wenn der Reaktor überhitzt oder die magnetische Flasche instabil wird, schaltet das Triebwerk ab. Es gibt alle möglichen Abschaltungen für alle möglichen Notfälle, aber es ist alles bestens. Alles läuft perfekt. Das ist das Problem. Das bringt ihn um.

Außerdem gibt es eine manuelle Abschaltvorrichtung am Steuerpult. Das Symbol ist ein großer roter Schalter. Ein Panikknopf. Wenn er ihn erreichen könnte, wäre alles in Ordnung. Aber er schafft es nicht. Sämtliche Freude ist jetzt verflogen. Statt Hochstimmung empfindet er nur Panik und zunehmenden mahlenden Schmerz. Wenn er nur das Steuerpult erreichen könnte. Oder wenn irgendetwas *schiefgehen* würde.

Nichts geht schief. Er hat Mühe zu atmen und keucht, wie die Sicherheitsausbilder es ihm beigebracht haben. Er spannt die Beine und Arme an, um das Blut zurück in die Arterien und Venen zu pressen. Falls er das Bewusstsein verliert, wird er nicht mehr aufwachen, und an den Rändern seines Gesichtsfelds breitet sich schon Dunkelheit aus. Wenn er keinen Ausweg findet, wird er hier sterben. In diesem Stuhl, die Hände an den Körper gedrückt, die Kopfhaut von den Haaren nach hinten gezogen. Das Handterminal in seiner Tasche fühlt sich an, als rammte ihm jemand ein stumpfes Messer in die Hüfte. Er versucht sich zu erinnern, wie viel Masse ein Handterminal hat. Es gelingt ihm nicht. Er ringt um Atem.

Das Handterminal. Wenn er es erreichen kann, wenn er es herausziehen kann, kann er Caitlin kontaktieren. Vielleicht kann sie eine Verbindung herstellen und die Triebwerke abschalten. Die Hand auf seinem Bauch wird hart gegen seine inneren Organe gepresst, aber sie ist nur Zentimeter von der Tasche entfernt. Er drückt, bis die Knochen knacken, und sein Handgelenk bewegt sich. Die Reibung von Haut auf Haut reißt ein kleines Loch in seinen Bauch, und das austretende Blut stürmt auf den Sitz zu, als hätte es Angst vor irgendetwas.

Wieder drückt er. Ein bisschen näher. Das Blut ist ein Gleitmittel. Die Reibung nimmt ab. Seine Hand bewegt sich weiter. Es dauert Minuten. Seine Fingernägel stoßen gegen das gehärtete Plastik. Er kann es schaffen.

Kraft und Effizienz, denkt er, und einen Moment lang steigt trotz allem Freude in ihm auf. Er hat es erreicht. Das magische Paar.

Die Sehnen in seinen Fingern schmerzen, aber er zieht den Stoff der Tasche zur Seite. Er spürt, wie das Handterminal herauszurutschen beginnt, aber er kann nicht den Kopf heben, um es zu sehen.

DREI JAHRE NACHDEM ER SIE KENNENGELERNT HATTE, tauchte Caitlin um drei Uhr morgens weinend, verängstigt und nüchtern an der Tür seines Wohnlochs auf. So etwas hätte Solomon nicht von ihr erwartet, und er hatte eine Menge Zeit mit ihr verbracht. Knapp sieben Monate nach ihrer ersten Begegnung waren sie ein Liebespaar geworden. So nannte er es. Caitlin würde so etwas nicht sagen. Bei ihr war alles ein bisschen derb und anzüglich. Das war ihre Persönlichkeit. Er hielt es für eine Art emotionalen Schutz, dass sie nie ganz offen war. So konnte sie ihre Ängste kontrollieren und leugnen. Und solange sie trotzdem ab und zu mit ihm ins Bett ging, war das in Ordnung für ihn. Und wenn sie es nicht mehr gewollt hätte, wäre er enttäuscht gewesen, aber er hätte auch damit leben können. Es gefiel ihm, wie sie die Welt mit einem Grinsen betrachtete. Ihr selbstsicheres Benehmen, besonders wenn sie es nur vortäuschte. Alles in allem mochte er sie so, wie sie war. Es machte alles einfacher.

Zweimal hatte sich ihr Vertrag automatisch verlängert, ohne dass sie die Ausstiegsklausel wahrgenommen hätte. Als er eine Stelle bei der funktionellen Magnetik annahm, fragte er sich, ob der zusätzliche Zeitaufwand sie voneinander entfremden werde. Keiner von ihnen hatte sich auf sexuelle oder romantische Beziehungen mit anderen am Forschungszentrum eingelassen. Alle behandelten sie, als gehörten sie einander, und deshalb bezeichnete Solomon ihre Beziehung als *de facto* monogam, obwohl sie diesbezüglich keinerlei Versprechen abgegeben hatten. Sicher hätte er sich gekränkt und betrogen gefühlt, wenn sie mit jemand anderem geschlafen hätte, und er nahm an, dass sie dasselbe empfand.

Aber so angenehm es auch war, Sex und gemeinsam verbrachte Zeit bedeuteten nicht, dass man sich besonders verletzlich zeigte. Deshalb war er überrascht.

»Hast du es schon gehört?«, fragte sie. Ihre Stimme klang rau und tief. Frische Tränen rannen ihr über die Wangen, und sie zog die Mundwinkel nach innen und unten.

»Ich glaube nicht.« Solomon trat zurück, um sie einzulassen. Sein Loch entsprach der Standardausführung: vorn ein kleiner Mehrzweckraum mit einer einfachen Kochnische, einem Viertel-Wandbildschirm und Platz für drei oder vier Personen zum Sitzen. Dahinter befand sich das Schlafzimmer. Dahinter gab es einen Wandschrank und ein Badezimmer. Auf dem Mars erzählte man sich den Witz, das Wohnloch eines Mannes sei sein trautes Heim, wobei es ungefähr so traut wie ein Wohnheimzimmer war. Sie ließ sich schwer auf eine der Bänke sinken und schlang die Arme um den Oberkörper. Solomon schloss die Tür. Er wusste nicht, ob er mit ihr reden oder sie in den Armen halten sollte oder beides. Er begann mit einer Umarmung. Ihre Tränen hatten einen Geruch: Salz und Feuchtigkeit und Haut. Sie weinte an seiner Schulter, bis Neugier und Kummer die Überhand gewannen über die Befriedigung, ihr Kuscheltier zu sein. »Also. Was habe ich gehört?«

Sie gab ein verschleimtes Lachen von sich.

»Die Vereinten Nationen«, sagte sie. »Sie wenden das Statut für abtrünnige Provinzen an. Ihre Schiffe haben die Schubphase schon hinter sich. Vierzig Stück. Sie sind schon in der Flugbahn.«

»Oh«, sagte er, und sie fing wieder zu weinen an.

»Alles wegen dieser beschissenen Sezessionisten. Seit sie ihr Manifest veröffentlich haben, benehmen die Leute sich, als müsste man sie ernst nehmen. Als wären sie nicht bloß kurzsichtige Arschlöcher, die auf Aufmerksamkeit aus sind. Jetzt haben sie einen Krieg angefangen. Sie machen es wirklich, Sol. Sie werden Steine auf uns werfen, bis wir nur noch eine zehn Atome dicke Kohlenstoffschicht sind.«

»Das machen sie nicht. Das machen sie nicht«, sagte er und bereute sofort, dass er sich wiederholt hatte. Dadurch klang es, als wollte er es sich selbst einreden. »Jedes Mal, wenn das Statut für abtrünnige Provinzen in Kraft gesetzt wurde, ging es darum, dass die UN sich Ressourcen einverleiben wollten. Wenn sie unsere Infrastruktur zerstören, kommen sie nicht an die Ressourcen. Sie wollen uns nur Angst einjagen.«

Caitlin hob die Hand wie ein Schulmädchen, das sich meldet. »Funktioniert. Ich habe Angst.«

»Und es geht nicht um die Sezessionisten, auch wenn sie das behaupten«, fuhr Solomon fort. Langsam kam er in Schwung. Er wiederholte sich nicht mehr ständig. »Das Problem ist, dass der Erde Lithium und Molybdän ausgehen. Trotz Recycling brauchen sie mehr, als sie haben. Wir haben Roherz. Das ist alles. Es geht nur um Geld, Cait. Sie werden uns nicht mit Steinen bewerfen. Außerdem, wenn sie damit anfangen, machen wir es auch bei ihnen. Wir haben bessere Schiffe.«

»Achtzehn Stück«, sagte sie. »Sie haben vierzig, die im Anflug sind, und genauso viele zur Verteidigung.«

»Aber wenn sie eines verfehlen …« Er brachte den Gedanken nicht zu Ende.

Sie schluckte und wischte sich über die Wangen. Er beugte sich vor und zog ein Tuch für sie aus dem Spender.

»Weißt du das wirklich?«, fragte sie. »Oder erzählst du mir das nur, um mich zu beruhigen?«

»Muss ich das beantworten?«

Seufzend lehnte sie sich bei ihm an.

»Es wird Wochen dauern«, sagte er. »Mindestens. Wahrscheinlich Monate.«

»Also. Wenn du noch vier Monate zu leben hättest, was würdest du tun?«

»Mit dir ins Bett kriechen und nicht mehr rauskommen.«

Caitlin küsste ihn. Sie hatte etwas Wildes an sich, das ihn beunruhigte. Nein, nicht wild. Offen.

»Komm«, sagte sie.